HIGHLANDS

**Ardsmuir** ■

*Moray Firth*

**Castle Leoch** ■

● Beauly

● Culloden

**Lallybroch** ✝

■ **St. Kilda**

Inverness

Fort William ●

● **Craigh na Dun**

*ATLANTISCHER*

*OZEAN*

● Stirling

● Prestonpans

Glasgow ● Falkirk ●

Edinburgh ✝

**SCHOTTLAND**

■ **Wentworth Prison**

● Carlisle

**IRLAND**

*IRISCHE SEE*

● York

**ENGLAND**

● Derby

● Ludlow

● London

K A N A L

✝ **Abtei Ste.Anne de Beaupré**

Le Havre ● ● Rouen

● Amiens

● Compiègne

Versailles ● ● Paris

● Fontainebleau

**FRANKREICH**

0 ⬆ N 200 km

Diana Gabaldon
*Der magische Steinkreis*

# Der magische Steinkreis

## Das große Kompendium zur Highland-Saga

Mit vielen Enthüllungen über Claire und Jamie Fraser,
ihr Leben und ihr(e) Zeitalter, ihre Vorgeschichte,
ihre Abenteuer, Wegbegleiter und Nachkommen,
mit gelehrten Anmerkungen (und zahlreichen Fußnoten)
aus der Feder ihrer ergebenen Schöpferin

# Diana Gabaldon

Ins Deutsche übertragen
von Barbara Schnell

Blanvalet

Die Originalausgabe erschien unter dem Titel
»The Outlandish Companion«
bei Delacorte Press, Random House, Inc., New York.

Umwelthinweis:
Dieses Buch und der Schutzumschlag
wurden auf chlorfrei gebleichtem Papier gedruckt.
Die Einschrumpffolie (zum Schutz vor Verschmutzung) ist aus
umweltschonender und recyclingfähiger PE-Folie.

Der Blanvalet Verlag
ist ein Unternehmen der Verlagsgruppe Bertelsmann.

3. Auflage
© der Originalausgabe 1999 by Diana Gabaldon
Published in agreement with the author,
c/o Baror International Inc., Armonk, New York, USA
© der deutschsprachigen Ausgabe 2000 by
Blanvalet Verlag, München,
in der Verlagsgruppe Bertelsmann GmbH
Satz: Uhl + Massopust, Aalen
Druck und Bindung: GGP Media, Pößneck
Printed in Germany
ISBN 3-7645-0102-2
www.blanvalet-verlag.de

*Für Jackie Cantor,*
*meine Begleiterin auf dieser langen Reise*
*durch Magie und Steinkreise*

# INHALT

# Prolog

Also, es war alles nur Zufall, ehrlich. Ich hatte es gar nicht darauf angelegt, unter die Schriftsteller zu gehen; ich hatte nicht einmal vor, es jemandem zu *zeigen*. Ich wollte einfach ein Buch schreiben – irgendein Buch.

Na ja, nicht *irgendein* Buch. Einen Roman. Wissen Sie, ich kann gut Geschichten erzählen. Darauf kann ich mir nicht viel einbilden – es ist angeboren. Als meine Schwester und ich noch klein waren und ein gemeinsames Zimmer hatten, da blieben wir fast jede Nacht lange auf und erzählten uns enorme, verwickelte Fortsetzungsgeschichten mit Tausenden von Charakteren (wie gesagt, es ist angeboren).

Obwohl ich schon seit meiner frühesten Kindheit wusste, dass ich eine Erzählerin war, wusste ich nicht genau, wie ich damit umgehen sollte. Schließlich ist die Schriftstellerei keine klar definierte Laufbahn. Es ist nicht wie Jura, wo man soundsoviele Jahre lang die Schulbank drückt, sein Examen macht und *Bing!* den Leuten zweihundert Dollar pro Stunde dafür abknöpfen kann, dass sie sich schlaue Vorträge anhören (meine Schwester ist Rechtsanwältin).

Schriftsteller sind vor allem Improvisationskünstler, und es gibt keinerlei Garantie dafür, dass ein Buch veröffentlicht wird, wenn man bestimmte Dinge tut. Es gibt erst recht keine Garantie dafür, dass man davon leben kann.

Nun ist es so, dass ich aus einer sehr konservativen Familie stamme (moralisch und finanziell, nicht politisch). Dann und wann sind meine Eltern mit mir und meiner Schwester essen gegangen, und während wir auf unsere Bestellungen warteten, deuteten sie dann auf die älteste, ausgelaugteste Kellnerin des Restaurants und sagten streng: »Seht zu, dass ihr eine gute Ausbildung bekommt, damit ihr mit fünfzig nicht *so etwas* machen müsst!«

Da man uns also zu Hause derart bearbeitete, verwundert es

nicht, dass ich nicht direkt nach der High School verkündete, ich würde nach London ziehen, um Romane zu schreiben. Stattdessen erwarb ich einen *Bachelor of Science* in Zoologie, einen *Master of Science* in Meeresbiologie, einen *Doctor of Philosophy* in Ökologie und bekam einen schönen Forschungsauftrag an einer großen Universität, komplett mit Zusatzleistungen und Altersversorgungsplan. Das Problem war nur, dass ich immer noch Romane schreiben wollte.

Nun ist es so, dass ich eine ausgesprochene vielseitige wissenschaftliche Laufbahn hinter mir habe, eingeschlossen solche Highlights wie den Anschlussjob an meine Promotion, bei dem man mich dafür bezahlte, Seevögel zu zerlegen (ich kann einen ausgewachsenen Tölpel in nur drei Stunden in seine Bestandteile zerlegen. Seltsamerweise ist mir noch kein anderer Beruf untergekommen, für den diese Fähigkeit erforderlich ist) oder jene Anstellung, in der ich Kofferfische folterte und vom FBI verhört wurde (dem die Bürgerrechte der Kofferfische völlig schnurz waren; sein Interesse galt den russischen Austauschwissenschaftlern, die damit beschäftigt waren, in meinem Labor Venusmuscheln zu zerkleinern). Zu dem Zeitpunkt, als mein Wunsch zu schreiben wieder zum Vorschein kam, war ich allerdings an der Arizona State University angestellt und schrieb FORTRAN-Programme zur Analyse des Inhalts der Muskelmägen von Vögeln.

Das kam nun wirklich durch Zufall; mein Auftrag lautete, ein Forschungsprogramm zu entwickeln, das sich mit dem Nistverhalten von Vogelkolonien beschäftigte. Allerdings war ich die einzige Person in meiner Forschungsabteilung, die (und ich zitiere meinen Vorgesetzten) »Computererfahrung hatte«. Zu dieser Zeit belief sich besagte »Erfahrung« auf einen FORTRAN-Kursus, den ich am *College of Business* belegt hatte, um meinem Mann Gesellschaft zu leisten. Allerdings machte mich der Institutsleiter in aller Logik darauf aufmerksam, dass mein Computerwissen damit das sämtlicher *anderen* Mitarbeiter um hundert Prozent übertraf. Daher wurde ich herangezogen, bei der Analyse von Vogelernährungsdaten aus zehn Jahren zu helfen, wozu mir Lochkarten, Erfassungsbögen und der Großrechner der Uni zur Verfügung standen. (Mit anderen Worten ereignete sich dies lange, bevor der Begriff »Internet« zum Allerweltswort wurde.)

Nach Abschluss der achtzehnmonatigen Arbeit – die in einem gigantischen, achthundertseitigen Gemeinschaftswerk über das

Ernährungsverhalten der Vögel im Tal des Colorado River resultierte – sagte ich mir selbst: »Also weißt du, wahrscheinlich gibt es zwar auf der ganzen Welt nur fünf andere Menschen, die sich für Vogelmägen interessieren. Wenn diese aber von den Programmen wüssten, die ich geschrieben habe, würde es jedem von ihnen achtzehn mühselige Monate ersparen. Das sind ungefähr siebeneinhalb Jahre überflüssige Arbeit. Warum gibt es keine Möglichkeit für mich, diese fünf Leute zu finden und diese Programme mit ihnen zu teilen?«

Unterm Strich kam bei dieser rhetorischen Frage ein akademisches Periodikum namens SCIENCE SOFTWARE heraus, das ich ins Leben rief und mehrere Jahre lang sowohl redigierte als auch weitgehend verfasste[1]. Als mein Mann dann seine Stelle aufgab, um sich selbstständig zu machen, und wir mehr Geld brauchten, war ich demzufolge in der Lage, mich als freie Autorin bei der Computerpresse zu bewerben.

Ich bewarb mich schriftlich bei den Herausgebern von BYTE, InfoWorld, PC und mehreren anderen großen Computermagazinen und fügte sowohl eine aktuelle Ausgabe von SCIENCE SOFTWARE als auch ein Exemplar eines Walt-Disney-Comics bei, dessen Story ich geschrieben hatte[2]. Mein Bewerbungsschreiben lautete in etwa: »Wie Sie den Anlagen entnehmen können, werden Sie niemanden finden, der bessere Voraussetzungen dafür mitbringt, wissenschaftliche und technische Software zu rezensieren – und gleichzeitig ein breites Publikum anzusprechen.«

Glücklicherweise war die Mikrocomputer-Revolution gerade so weit aufgeblüht, dass es tatsächlich eine ganze Anzahl technischer und wissenschaftlicher Programme auf dem Markt gab, und als einer von vielleicht einem Dutzend »Experten« auf dem frisch erfundenen Feld der wissenschaftlichen Computernutzung (es ist nicht besonders schwierig, ein Experte zu sein, wenn es auf der ganzen Welt nur zwölf Leute in dem entsprechenden Betätigungsfeld gibt) bekam ich augenblicklich Aufträge. Im Rahmen eines solchen Auftrags geschah es nun, dass ein Softwarehersteller mir eine Probediskette für CompuServe schickte, weil ich ein Support-Forum erwähnen sollte, das der Hersteller dort für ein von mir besprochenes Produkt betrieb.

Ich verbrachte eine halbe Stunde damit, mich in diesem Forum umzusehen, und da mir noch mehrere Stunden kostenloser Probezeit zur Verfügung standen, machte ich mich daran herauszufinden, was diese faszinierende neue Online-Welt sonst noch zu bieten hatte. Da es Mitte der achtziger Jahre war, war online noch nicht annähernd so viel los wie heute (es gab kein World Wide Web, nur die Online-Dienste, die man abonnieren konnte, wie zum Beispiel CompuServe, Genie und Prodigy. AOL existierte noch gar nicht). Doch befand sich unter den Informationsquellen, die damals (bei CompuServe) verfügbar waren, eine Gruppe namens *The Literary Forum*.

Dies war eine faszinierende Ansammlung von Individuen, die allesamt ein Faible für Bücher hatten. Das war der einzige gemeinsame Nenner; die Gruppe umfasste Menschen jeder denkbaren Herkunft und Profession – unter ihnen ein paar Schriftsteller, die bereits Bücher veröffentlicht hatten, eine ganze Anzahl aufstrebender Autoren und viele, viele Nichtschreiber, die einfach nur gerne über Bücher und das geschriebene Wort diskutierten. Da mir dieser sympathische Treffpunkt der ideale Freizeitvertreib für eine viel beschäftigte Mutter mit Kleinkindern zu sein schien – eine Art rund um die Uhr geöffneter elektronischer Cocktailparty –, abonnierte ich CompuServe sofort und begann, mehrmals täglich beim *Literary Forum* vorbeizuschauen, um die dort posteten Mitteilungen zu lesen und mich mit den gleich gesinnten Forumsteilnehmern auszutauschen.

Zu diesem Zeitpunkt hatte ich eine Vollzeitstelle an der Universität, ich schrieb nebenbei für die Computerpresse, und ich hatte drei Kinder im Alter von sechs, vier und zwei Jahren. Ich weiß auch nicht genau, warum ich dachte, dass ausgerechnet dies der ideale Moment war, um mein lang gehegtes Vorhaben zu verwirklichen und einen Roman zu schreiben – durch Schlafmangel ausgelöster Wahnsinn vielleicht –, doch genau das tat ich.

Ich hatte nicht vor, diesen mutmaßlichen Roman einer Menschenseele zu zeigen. Er war nicht zur Veröffentlichung gedacht, sondern zum Üben. Auf Grund meiner Erfahrung war ich zu dem Schluss gekommen, dass man wohl nur vernünftig lernen konnte, wie man einen Roman schreibt, indem man einen Roman schrieb. Schließlich hatte ich auf diese Weise auch gelernt, wissenschaftliche Artikel, Comics und Softwarebesprechungen zu schreiben. Warum sollte es bei einem Roman anders sein? Wenn ich ihn sowieso niemandem zeigen wollte, dann würde es auch keine Rolle spielen, ob er schlecht war oder nicht. Also brauchte ich mich beim Schreiben auch nicht befangen zu fühlen, sondern konnte mich einfach nur auf das Schreiben konzentrieren. Und wenn ich ihn nur zu Übungszwecken schrieb, dann brauchte ich mir auch keine übermäßigen Gedanken darüber machen, was für eine Art Roman es war. Ich setzte mir nur zwei Regeln: Erstens, ich würde nicht aufgeben, bis ich das Buch vollständig zu Ende geschrieben hatte, egal wie schlecht ich es fand, und zweitens, ich würde beim Schreiben jederzeit mein Bestes geben.

Nun... was für eine Art Roman sollte es werden? Na ja, ich lese alles und zwar in rauen Mengen, vielleicht aber doch mehr Krimis als alles andere. Schön, dachte ich, dann würde ich einen Krimi schreiben.

Doch dann fing ich an zu überlegen. Ein Krimi hat eine Handlung. Ich war mir nicht sicher, ob ich wusste, wie man eine Handlung konstruiert. Vielleicht sollte ich mir für mein Übungsbuch doch etwas Leichteres aussuchen und dann einen Krimi schreiben, wenn ich glaubte, für ein *richtiges* Buch bereit zu sein.

Schön. Was für ein Buch konnte ich am einfachsten als Übungsstück schreiben? (Ich sah keinen Sinn darin, es mir selber schwer zu machen.)

Nach reiflicher Überlegung erschien es mir, als sei vielleicht ein historischer Roman das Praktischste, woran ich mich versuchen konnte. Schließlich war ich Forscherin; mir stand eine riesige Universitätsbibliothek zur Verfügung, und ich wusste, wie man sie benutzte. Ich stellte mir vor, dass es einfacher sein würde, Dinge nachzuschlagen als sie zu erfinden – und falls sich herausstellen sollte, dass ich keine Phantasie besaß, so konnte ich geschichtliche Ereignisse stehlen[3].

Okay. Schön. Wo sollte dieser historische Roman spielen? Ich besitze keine formelle Ausbildung in Geschichte, jede Zeitperiode und jeder Ort würde genauso gut sein wie der andere.

Auftritt: der nächste Zufall. Ich sehe selten fern, doch zu diesem Zeitpunkt sah ich mir regelmäßig im Fernsehen die wöchentliche Wiederholung von *Doctor Who* an (einer britischen Science-fiction-Serie), weil eine Folge gerade so lange dauerte, wie ich für meine Maniküre brauchte[4]. Während ich also darüber nachdachte, vor welchem Hintergrund mein hypothetischer historischer Roman spielen sollte, sah ich zufällig eine sehr alte Folge von *Doctor Who*[5], in welcher der Doktor einen Begleiter hatte – einen jungen Schotten namens Jamie MacCrimmon, den er im Jahre 1745 aufgegabelt hatte. Diese Figur trug einen Kilt, was ich sehr ansprechend fand, und legte – zumindest in dieser Folge – eine Art von sturköpfiger männlicher Ritterlichkeit an den Tag, die es mir schon immer angetan hatte: den starken Drang eines Mannes, eine Frau zu beschützen, selbst wenn ihm möglicherweise klar ist, dass sie eindeutig in der Lage ist, selbst für sich zu sorgen.

Am nächsten Tag saß ich gerade in der Kirche und dachte müßig über diese Sendung nach (nein, so komisch es ist, aber ich erinnere mich *nicht* an das Thema der Predigt an diesem Tag), als ich plötzlich zu mir sagte: Ach, Mensch! Du willst ein Buch schreiben, du brauchst eine geschichtliche Periode, und das Wo oder Wann spielt keine Rolle. Wichtig ist nur, dass du *irgendwo* anfängst. Okay. Schön. Schottland, achtzehntes Jahrhundert.

Also ging ich nach der Messe zu meinem Auto, kramte einen Papierfetzen unter dem Vordersitz hervor, und so begann ich, *Feuer und Stein* zu schreiben: kein Entwurf, keine Handlung, keine Figuren – nur Zeit und Ort.

Die nächste Station lag auf der Hand. Es war die Universitätsbibliothek der *Arizona State University*, die ich am nächsten Tag aufsuchte. Ich begann meine Recherche, indem ich SCHOTTLAND, HIGHLANDS, ACHTZEHNTES JAHRHUNDERT in den Indexkatalog eingab – und der Rest ergab sich wie von selbst[6].

Ich hatte nicht die geringste Absicht, meinen elektronischen Bekanntschaften im *Litforum* mitzuteilen, was ich im Schilde führte. Ich wollte keine Ratschläge, und wenn sie noch so gut gemeint waren; ich wollte einfach nur herausfinden, wie man einen Roman schreibt, und ich war überzeugt, dass ich das ganz allein tun musste – schließlich hatte ich auch nie jemanden danach gefragt, wie man eine Softwarebesprechung oder eine Comicvorlage schreibt, und ich wollte nicht, dass mir jemand Vorschriften macht, bevor ich mir selbst ganz sicher war, was ich da tat.

Deshalb sagte ich nichts. Zu niemandem. Ich schrieb einfach vor mich hin, jeden Tag ein bisschen, wenn ich nicht gerade Windeln wechselte oder mich um Forschungszuschüsse bewarb.

Nach etwa acht Monaten geriet ich eines Abends im *Litforum* mit einem Herrn in ein Streitgespräch darüber, wie es sich anfühlt, schwanger zu sein[7]. Er versicherte mir, dass er wüsste, wie es sich anfühlte, schließlich hätte seine Frau drei Kinder zur Welt gebracht.

Ich lachte (auf elektronische Weise) und erwiderte: »Schön für dich. *Ich* habe drei Kinder zur Welt gebracht.«

Worauf er erwiderte: »Dann sag mir doch, wie du meinst, dass es sich anfühlt.«

Nun befand sich unter den Romanfragmenten, die ich bis dato geschrieben hatte, eine kurze Szene, in der eine Frau (Jenny Murray) ihrem neugierigen Bruder (Jamie Fraser) erzählt, wie es sich anfühlt, wenn man schwanger ist. Da diese Szene die Erfahrung mit größerer Eloquenz zu erfassen schien, als ich es in einer kurzen Forumsnachricht vermochte, teilte ich meinem Korrespondenten mit, dass ich eine Szene hätte, die das Phänomen erklärte, und dass ich sie in die Bibliothek[8] des *Literary Forums* stellen würde.

Die meisten Unterhaltungen in den CompuServe-Foren sind öffentlich, das heißt, die postierten Mitteilungen sind für jedermann sichtbar, es sei denn, sie wurden »privat« verschickt (in welchem Fall nur Sender und Empfänger sie sehen können). Jeder kann sich nach Belieben in einen *Thread* (eine zusammenhängende Serie von Mitteilungen und Erwiderungen zu einem Thema) einmischen[9]. Eine Anzahl von Leuten hatten den Schwangerschaftsstreit verfolgt, und als ich jetzt meine Szene in die Bibliothek stellte, lasen sie sie.

Mehrere von ihnen hinterließen mir Mitteilungen, die (mehr oder weniger) lauteten: »Das ist toll! Was ist das?«

Worauf ich ungeheuer schlau antwortete: »Ich weiß es nicht.«

»Na gut, wo ist der Anfang?«, fragten sie.

»Den habe ich noch nicht geschrieben«, antwortete ich.

»Na dann... zeig uns mehr davon!«, forderten sie.

Also tat ich das. Dazu muss ich erklären, dass ich nicht nur schreibe, ohne mir einen Entwurf zurechtzulegen, ich schreibe auch nicht *geradlinig*. Ich schreibe Stückchen und Fetzen, die ich dann zusammenklebe wie ein Puzzle. Jedes Mal, wenn ich ein Stück fertig hatte, das für sich einen Sinn zu ergeben schien, ohne dass ich allzu viel erklären musste, stellte ich es in die Bibliothek. Nach und nach fingen die Leute an, sich über meine Szenen zu unterhalten und mich nach dem Buch zu befragen, das da Gestalt annahm. Und schließlich sagten sie zu mir: »Weißt du, das ist gut, du solltest versuchen, einen Verleger zu finden.«

»Na klar«, sagte ich. »Es ist nur zum Üben, und ich weiß ja nicht einmal, was für eine Art Buch es *ist*.« (Angesichts des Zeitreise-Elements, des Monsters von Loch Ness und diverser anderer Dinge glaubte ich nicht mehr so recht, dass es ein historischer

Roman war, aber ich hatte keine Ahnung, was es sonst sein könnte.) »Andererseits… wenn ich es veröffentlichen wollte, was sollte ich dann tun?«

»Besorge dir einen Agenten«, war die prompte Erwiderung mehrerer professioneller Autoren, mit denen ich mich angefreundet hatte. »Ein Agent kann dir viel schneller dazu verhelfen, dass dein Manuskript gelesen wird, als wenn du es selber einreichen würdest. Und wenn es jemand kauft, kann ein Agent einen viel besseren Vertrag für dich aushandeln, als du es selber könntest.«

»Schön«, sagte ich. »Wie finde ich einen Agenten?«

»Tja…«, rieten sie, »wie du sagst, ist dein Buch ja noch nicht einmal ansatzweise fertig, also hast du noch viel Zeit. Hör dich doch am besten erst einmal um. Frag nach, welche Agenten welche Genres vertreten, wer einen guten Namen hat, von wem du dich fern halten solltest und so weiter.«

Das tat ich. Ich hörte mir an, was die Buchautoren erzählten, ich stellte Fragen, und nach mehreren Monaten beiläufiger Recherche glaubte ich, einen Agenten gefunden zu haben, der eine gute Partie war. Sein Name war Perry Knowlton, und er schien im Verlagswesen nicht nur einen guten Ruf zu haben, sondern auch sehr bekannt zu sein. Was noch besser war, er schien auch keine Einwände gegen unorthodoxe oder sehr lange Bücher zu haben – und mir dämmerte inzwischen, dass beides auf mein Buch zutraf.

Allerdings hatte ich keine Ahnung, wie ich an diesen Mann herantreten sollte. Ich hatte gehört, dass er keine unverlangt eingesandten Manuskripte annahm und keine elektronische Adresse besaß. Doch war ich noch weit davon entfernt, das Buch zu beenden, also machte ich mir keine Gedanken darüber; ich fragte mich nur weiter durch.

Eines Tages unterhielt ich mich (im Forum) mit einem Autoren, der mir beiläufig bekannt war: John Stith, der Romane und Krimis mit wissenschaftlichem Hintergrund schreibt, und ich fragte ihn, ob er mir von seinem Agenten erzählen könnte, falls er einen hätte.

John antwortete, dass er sich in der Tat durch einen Agenten vertreten ließ – Perry Knowlton. »Möchtest du, dass ich dich ihm vorstelle?«, fragte John. »Ich weiß, dass du fast so weit bist, dass du dich nach einem Agenten umsehen kannst.«

Angesichts dieses großzügigen Angebotes schluckte ich und sagte mit weichen Knien: »Äh… das wäre nett, John. Danke!«

Daraufhin schickte John eine Notiz an Perry, die mehr oder weniger besagte, dass es sich lohnen würde, einen Blick an mich zu verschwenden. Ich ließ meine eigene Bewerbung folgen, in der ich erklärte, dass ich seit einigen Jahren Sachtexte (und Comicstorys) verkaufte, jetzt aber an einem Roman schriebe und man mir zu verstehen gegeben hätte, dass ich unbedingt einen guten Agenten brauchte. Er sei mir von mehreren Schriftstellern empfohlen worden, deren Meinung ich schätzte; ob er Interesse daran hätte, Auszüge dieses ziemlich langen Romans zu lesen, den ich in Arbeit hätte? (Ich sagte ihm nicht, dass ich das Teil noch nicht zu Ende geschrieben hatte; »Auszüge« waren alles, was ich hatte).

Perry war so freundlich, mich zurückzurufen, und sagte ja, er würde meine Auszüge lesen. Ich schickte ihm die diversen Bruchstücke, die ich hatte, zusammen mit einer groben Inhaltsangabe, die das Ganze zusammenhielt[10] – und er nahm mich unter Vertrag, auf der Basis eines unvollendeten Erstlingsromans[11].

Unterdessen schrieb ich weiter, und sechs Monate später beendete ich das Buch. Ich schickte Perry das Manuskript und erwähnte auch, dass ich in der kommenden Woche auf einer akademischen Konferenz in New York sein würde – vielleicht könnte ich ja vorbeikommen und ihn persönlich kennen lernen?

Auf dem Weg zu Perrys Büro war ich ziemlich nervös, da ich wusste, dass er das Manuskript inzwischen gelesen hatte – aber nicht wusste, was er davon hielt. Es stellte sich heraus, dass Perry selbst ein charmanter Herr war, der sein Bestes tat, um mir die Nervosität zu nehmen, während er mich zu seinem Büro begleitete und über einige seiner anderen Klienten plauderte. Jetzt fand ich heraus, dass Perry – neben meinen elektronischen Bekannten, durch die ich von ihm erfahren hatte – auch so berühmte Autoren wie Brian Moore, Ayn Rand (die zugegebenermaßen tot war, aber dennoch...), Tony Hillerman, Frederick Forsyth und Robertson Davies repräsentierte.

Als reichten diese Offenbarungen nicht, mir das Herz in die Hose sinken zu lassen, hatte er mein Manuskript in meinen eigenen, riesigen orangen Versandkartons auf seinem Schreibtisch stehen. Ich war fest überzeugt, dass er sich irgendwann im Verlauf der Unterhaltung hüstelnd entschuldigen und mir mitteilen würde, dass er jetzt, nachdem er das komplette Werk gesehen hatte, die Befürchtung hätte, es doch nicht verkaufen zu können, und es mir zurückgeben würde.

Doch während ich so dasaß und ihm zuhörte (und mir unterdessen dachte, wenn du den Nerv hast, Robertson Davies »Robbie« zu nennen, dann hast du mehr Mumm als ich, Kumpel), sagte er stattdessen: »Wissen Sie, es ist so: Freddy Forsyth und Robbie Davies sind beide großartige Erzähler.« Dann legte er eine Hand auf mein Manuskript, lächelte mir zu und sagte: »Und Sie gehören auch dazu.«

In diesem Moment war es mir absolut egal, ob wir das Buch verkauften oder nicht. Ich war schlichtweg selig. Dennoch war ich so geistesgegenwärtig zu fragen, was er mit dem Buch vorhatte.

»Oh«, sagte er beiläufig, »ich schicke es heute an fünf Lektoren.« Dann erzählte er mir von der Lektorin, von der er sich am meisten versprach [12].

»Ach, wirklich«, sagte ich und schluckte. »Und... äh... was glauben Sie, wie lange es dauern könnte, bis Sie wieder von ihr hören?« Wie die meisten aufstrebenden Autoren hatte ich mich im Fachblatt *Writer's Market* eingehend über das Verlagswesen informiert und wusste, dass es oft sechs, neun, sogar zwölf Monate dauerte, bis man von einem Lektor hörte.

»Oh«, sagte Perry noch beiläufiger, »ich habe ihnen gesagt, dass ich innerhalb von dreißig Tagen ihre Antwort brauche.« In diesem Moment kam ich zu dem Schluss, dass ich mir wohl den richtigen Agenten ausgesucht hatte.

Also fuhr ich nach Hause, um – so geduldig wie möglich – dreißig Tage lang zu warten. Doch vier Tage später fand ich beim Nachhausekommen eine Nachricht auf meinem Anrufbeantworter vor. »Hier ist Perry«, sagte eine ruhige Stimme. »Ich rufe nur an, weil ich Sie bezüglich Ihres Manuskriptes auf den neuesten Stand bringen möchte.«

O je, sagte ich zu mir selbst. Einer von den fünfen hat einen Blick auf den Karton geworfen und gesagt: »Ich lese keine Fünf-Kilo-Manuskripte, da haben Sie es wieder.« Also rief ich Perry in der Erwartung an, das zu hören zu bekommen.

Stattdessen sagte er: »Also, bis jetzt haben drei von den fünfen, denen ich es geschickt habe, sich mit Angeboten zurückgemeldet.«

»Oh«, machte ich und verstummte, weil ich mir vorkam, als hätte man mich mit einem stumpfen Gegenstand am Kopf getroffen. »Ah. Das ist doch... äh... gut. Oder?«

Perry versicherte mir, dass dem so war. Dann verhandelte er

zwei Wochen lang mit den verschiedenen Lektoren, woraufhin ihm schließlich von zwei Verlagen vergleichbare Angebote vorlagen. Da alles andere übereinstimmte, sagte er, liefe es auf eine Entscheidung für eine Lektorin hinaus – und er empfahl, Jackie Cantor bei Delacorte Press den Zuschlag zu geben. Da ich nicht das Geringste über Lektoren wusste, sagte ich: »Okay, schön.« Was sich als die beste Wahl erwies, die ich jemals getroffen habe – abgesehen von meinem Ehemann und meinem Agenten.

Als ich Perry das Buch gab, hatte ich ihm gesagt, dass es so aussah, als würde diese Geschichte noch weitergehen, dass ich mir aber gedacht hatte, ich sollte besser einen Punkt machen, solange ich das Manuskript noch hochheben konnte. Da Perry ein guter Agent ist, handelte er einen Vertrag über drei Bücher für mich aus. Danach... nun, danach ist die Lage außer Kontrolle geraten, und hier sind wir nun, acht Jahre später.

Und wo genau *sind* wir? Wie schon gesagt, lege ich mir meine Geschichte vor dem Schreiben nicht zurecht – wenn ich wüsste, was als nächstes kommt, würde es ja auch keinen Spaß mehr machen, das Buch zu schreiben, oder? Während ich aber vor mich hinschreibe und fröhlich ein Stück an das andere klebe, bekomme ich manchmal eine vage Vorstellung von dem einen oder anderen Ereignis, das in der Geschichte vorkommen könnte. Am Ende von *Cross Stitch* (mein Arbeitstitel für das Buch, das später in Amerika als *Outlander* erschien und auf Deutsch *Feuer und Stein* heißt) konnte ich also sehen, dass die Geschichte noch weitergehen würde.

Mit einem Vertrag über drei Bücher in der Tasche, begann ich das zweite Buch, *Die geliehene Zeit (Dragonfly in Amber)*. Doch kurz nach der Hälfte dieses Buches bekam ich dieses dumpfe Gefühl, dass es mir vielleicht doch nicht gelingen würde, die gesamte Amerikanische Revolution in einen einzigen Folgeband zu stopfen, und dass es vier Bände werden müssten. Ich gestand Perry diese Befürchtung, und er sagte: »Erzähl ihnen das nur nicht. Jedenfalls nicht, bevor das erste in den Läden ist.«

Als wir uns schließlich entschlossen, mit der schrecklichen Wahrheit herauszurücken, waren die ersten Bücher glücklicherweise erschienen und hatten sich ordentlich verkauft, und der Verlag machte uns gern ein Angebot für das vierte (und mutmaßlich letzte) Buch in dieser Serie. Da ich das Gefühl hatte, dass dies vielleicht meine einzige Chance war, jemanden dazu zu bringen, dass er mich dafür bezahlte, einen Krimi zu schreiben, sagte ich kühn, sie könnten das vierte Buch haben, wenn sie mir auch einen Vertrag über einen modernen Krimi geben würden. Zu meiner großen Überraschung bekam ich einen Vertrag über *zwei* Krimis – und das vierte Claire-und-Jamie-Buch.

Also machte ich mich ans Schreiben. Ich schrieb, und ich schrieb, und ich schrieb, und nachdem ich das anderthalb Jahre gemacht hatte, sagte ich mir, ich habe hier eine viertel Million Wörter, warum zum Kuckuck bin ich nicht einmal annähernd fertig damit? Kurzes Nachdenken brachte die Antwort zu Tage: Ich hatte »wieder einmal« zu viel Story, als dass sie in ein Buch gepasst hätte.

Auf einer Autorenkonferenz, die auch meine Lektorin besuchte, beugte ich mich während der Preisverleihungsgala zu ihr hinüber und zischte ihr ins Ohr: »Weißt du was? Es sind fünf.« Worauf Jackie, eine Frau von großer Geistesgegenwart und Unerschütterlichkeit, antwortete: »Wieso überrascht es mich nicht, das zu hören?«

In Wirklichkeit war es noch schlimmer als ich dachte. Während ich sämtliche Szenen entfernte, die in das fünfte Buch gehörten, wurde mir schließlich klar, dass das, was ich da vor mir hatte, eine doppelte Trilogie war – insgesamt sechs Bücher. Im Mittelpunkt der ersten drei Bücher – *Feuer und Stein, Die geliehene Zeit* und *Ferne Ufer* – steht der Jakobitenaufstand von 1745. Die zweiten drei Bücher drehen sich auf ähnliche Weise um die Amerikanische Revolution, die sozusagen ein verstärktes Echo des vorausgehenden Konfliktes war, der in Culloden endete.

Und das wiederum führt uns zu einer Betrachtung dessen, was eigentlich in diesen Büchern vor sich geht. Nachdem mir jetzt klar war, dass ich tatsächlich eine Schriftstellerin war und es nicht nur mit einem Buch, sondern mit einer Reihe zu tun hatte, verfolgte ich in der Hauptsache zwei Absichten.

Die eine war der Wunsch, die immensen gesellschaftlichen Veränderungen des achtzehnten Jahrhunderts nachzuvollziehen. Dies war eine Zeit großen gesellschaftlichen und politischen Umbruchs, eine Zeit, die den Übergang der westlichen Welt von den letzten Überbleibseln des Feudalismus in das Zeitalter der Moderne erlebte, und zwar in jeder Beziehung, von der Politik und der Wissenschaft bis hin zu den Künsten und den gesellschaftlichen Umgangsformen. Die Gezeiten der Geschichte wendeten sich, strömten von der Alten in die Neue Welt, getragen auf den Wellen des Krieges, und was konnte es für eine bessere Betrachtungsweise geben als die Augen einer Zeitreisenden?

Das alles ist zweifellos ein phantastischer Hintergrund für einen Roman, doch es ist nun einmal so, dass gute Romane von Menschen handeln. Ein Buch, in dessen Vordergrund sich kein fesselndes persönliches Schicksal abspielt, mag ja ein gutes Geschichtsbuch sein oder voller guter Ideen stecken – aber als Roman taugt es nichts. Wie sah es also mit den Persönlichkeiten in dieser Story aus?

Das erste Buch wurde in Amerika ursprünglich als historischer Liebesroman vermarktet. Obwohl es sich in kein *einziges* Genre hundertprozentig einordnen ließ (und gleichzeitig mit Sicherheit nicht das war, was man als »literarisch« bezeichnet), war das romantische Genre von allen in Frage kommenden Marktsegmenten bei weitem das Größte.

Davon einmal abgesehen, handeln Liebesromane von der Zeit des Werbens. Sie erzählen davon, wie zwischen zwei Menschen ein Band entsteht, und wenn dieses Band einmal durch Heirat und sexuelle Vereinigung (hoffentlich in dieser Reihenfolge) geformt ist – tja, dann ist die Geschichte vorbei. Das war niemals das, was mir vorschwebte.

Ich wollte nicht davon erzählen, wie zwei Menschen zueinander kommen, obwohl das ein sehr kraftvolles und universelles Thema ist. Ich wollte herausfinden, was dazugehört, dass zwei Menschen *zusammenbleiben,* und zwar fünfzig Jahre lang oder länger. Ich wollte nicht die Geschichte eines Liebeswerbens erzählen, sondern die Geschichte einer Ehe.

Um aber nun Themen wie die Zeit der Aufklärung, den Fall der Monarchie und die Natur von Liebe und Ehe adäquat zu behandeln, braucht man ein gewisses Maß an Platz. Außerdem braucht man eine recht komplexe Handlung. Dann und wann sagen die Leute zu mir: »Aber werden Sie es nicht müde, immer wieder über dieselben Figuren zu schreiben?« Das würde ich mit Sicherheit, wenn es dieselben Figuren *wären* – aber sie sind es nicht. Sie wachsen, und sie verändern sich. Sie werden älter, und ihr Leben wird komplexer. Sie entwickeln mehr Tiefe und neue Facetten. Sie bleiben zwar – so hoffe ich – ihrem grundsätzlichen Charakter treu, doch ich muss sie mit jedem weiteren Buch neu entdecken.

Und das führt mich zu einer anderen Frage, die mir oft gestellt wird: Was ist es, das die Leute an diesen Büchern interessiert? Lange Zeit habe ich darauf (der Wahrheit entsprechend) geantwortet: »Da bin ich überfragt.« Doch nach all den Jahren, in denen ich Post und E-Mail bekomme, habe ich jetzt eine gewisse Vorstellung von dem, was die Leser *sagen*, was ihnen gefällt.

Viele von ihnen genießen das Gefühl »da zu sein«, einen anderen Ort und eine andere Zeit aus zweiter Hand zu erleben. Viele mögen die historischen Aspekte der Bücher; es macht ihnen Spaß (sagen sie), »etwas zu lernen«, während sie sich unterhalten lassen. Viele schätzen das Gefühl der Verbundenheit, das Gefühl, ihr eigenes Erbe wieder zu entdecken. Und eine Menge Leser haben Spaß an den interessanten Details, an der Pflanzenheilkunde, an den medizinischen Vorgängen, am Wie und Warum des Alltags in einer anderen Zeit. Doch das, was bei weitem die meisten Menschen übereinstimmend an den Büchern mögen, sind die Figuren – die Leser haben sie in ihr Herz geschlossen, sie interessieren sich für sie und wollen mehr über sie erfahren.

Also richtet sich dieses Begleitbuch an meine Leser: ein schnelles Nachschlagewerk für jene, die nicht unbedingt anderthalb Millionen Wörter noch einmal lesen wollen, um ihrem Gedächtnis in Bezug auf das Wer oder Was auf die Sprünge zu helfen; eine Quelle der Information und (vielleicht) der Einsicht über die Charaktere, ein Begleitbuch für jene, die sich für Hintergründe und Nebensachen interessieren; ein ansatzhafter Führer für jene, die sich für das achtzehnte Jahrhundert und alles Schottische interessieren, und schließlich ein kurzer Einblick in die Arbeitsmethoden eines verschrobenen Hirns.

*»Richtig. Ich habe allerdings schon gehört, wie jemand die Ansicht vertrat, dass das Können des Romanautors in der kunstvollen Auswahl der Details liegt. Meint Ihr nicht, dass ein Werk von solcher Länge auf einen Mangel an Disziplin bei dieser Auswahl hinweisen könnte, und daher auch auf einen Mangel an Können?«*

*Fraser überlegte und nippte langsam an der rubinfarbenen Flüssigkeit.*

*»Sicher, ich habe schon Bücher gesehen, wo das der Fall ist«, sagte er. »Wo ein Autor versucht, den Leser seine Geschichte glauben zu machen, indem er ihn mit einer Unzahl von Details erschlägt. Doch in diesem Fall ist es, glaube ich, nicht so. Jede Figur ist äußerst sorgfältig durchdacht, und sämtliche ausgewählten*

*Begebenheiten scheinen für die Handlung wichtig zu sein. Nein, ich glaube, es ist wahr, dass manche Geschichten einfach mehr Platz benötigen.«*

FERNE UFER, Kapitel 11
*Das Torremolinosgambit*

## Anmerkungen

1 *Später verkauften die Universität und ich diese Publikation an John Wiley & Sons, Inc., obwohl ich weiterhin als Herausgeberin fungierte. Sie wurde schließlich an einen kleinen britischen Verlag weiterverkauft, der es mit einer bereits existierenden Publikation namens* Laboratory Microcomputer *verschmolz. Als ich das letzte Mal nachgesehen habe, war ich immer noch als Mitarbeiterin aufgeführt, aber das ist schon einige Zeit her.*

2 *Oh, die Comics. Also, meine Mutter hat mir sehr früh das Lesen beigebracht, unter anderem, indem sie mir Walt-Disney-Comics vorgelesen hat. Irgendwie habe ich dann nie damit aufgehört. Ich war achtundzwanzig, als ich gerade einen solchen Comic las und zu mir selber sagte: Also weißt du, diese Geschichte ist ziemlich blöd. Ich wette, das könnte ich selbst besser!*
*Ich fand den Namen und die Adresse des verantwortlichen Redakteurs und schickte ihm einen mittelbösen Brief, in dem in etwa stand:* »*Ich lese Ihre Comics seit fünfundzwanzig Jahren, und sie werden immer schlechter. Ich kann nicht mit Sicherheit sagen, ob ich es besser könnte, aber ich würde es gern versuchen.«*
*Glücklicherweise war der Redakteur – Del Connell – ein Mensch mit Humor. Er schrieb zurück:* »*Okay. Versuchen Sie es.«* *Meinen ersten Versuch kaufte er zwar nicht, tat aber etwas sehr viel Wertvolleres: Er sagte mir, was damit nicht stimmte. Er kaufte meine zweite Story – einer der aufregendsten Momente meines Lebens –, und ich schrieb etwa drei Jahre lang für ihn und einen anderen Disney-Redakteur, Tom Golberg, bis sie so viel Material in Reserve hatten, dass sie gezwungen waren, keine weiteren Scripts von freien Autoren mehr zu erwerben.*
*Del und Tom haben mir fast alles beigebracht, was ich über die Struktur von Geschichten weiß. Das erkenne ich mit großer Dankbarkeit an.*

3 *Das ist übrigens eine wirklich bewährte Technik.*

4 *Unglücklicherweise zeigt unser lokaler Kanal* Doctor Who *nicht*

*länger, aber zu meinem Glück kann ich mir weiterhin Samstagabends die Nägel maniküren, während ich mir* Mystery Science Theater 3000 *ansehe – das ist allerdings das Einzige, was ich mir regelmäßig im Fernsehen anschaue. Das erklärt ganz bestimmt irgendetwas, aber ich kann Ihnen nicht sagen, was.*

5  *Die Episode hieß* »War Games«, *falls sich jemand für solchen Kleinkram interessiert.*

6  *Siehe auch unter* »Recherche«.

7  *Mittels öffentlicher Forumsnachrichten; ich bin im Leben noch in keinem* »Chatroom« *gewesen, außer als geladener Gast bei einem Gruppeninterview.*

8  »Bibliotheken« *sind Speicherplatz innerhalb eines CompuServe-Forums, den die Mitglieder benutzen können, um dort für längere Zeit Dinge abzulegen, die sie anderen zugänglich machen möchten: Geschichten, Gedichte, Essays, Artikel, Shareware-Dateien und so weiter.*

9  *Damals gab es noch keine* »Chatrooms« *und Live-Konferenzen. Anders als bei AOL bleiben Nachrichten bei CompuServe nur vorübergehend zugänglich, bis sie von neuen Nachrichten sozusagen ins Nichts geschubst werden.*

10  *Eine leicht überarbeitete Fassung dieser Inhaltsangabe erscheint im zweiten Teil dieses Buches.*

11  *Ahnungslos wie ich damals war, war mir nicht klar, dass ein Agent (oder Lektor) normalerweise ein vollständiges Manuskript sehen will, bevor er darüber entscheidet – einfach nur um sicher zu gehen, dass der Autor das Buch auch wirklich* beenden *kann. Glücklicherweise war Perry bereit, darauf zu spekulieren, dass ich das konnte.*

12  *Welche das Manuskript interessanterweise ablehnte.* »Es ist eine phantastische Story«, *sagte sie,* »aber eigentlich ist es kein klassischer Liebesroman, und das ist es, was wir verlegen.«

ERSTER TEIL

# Inhaltsangaben

*Die folgenden Inhaltsangaben sind für jene Leser ge-
dacht, die mir Fragen schreiben wie: »Wer war noch
gleich Archie Hayes?« oder: »Ich erinnere mich nicht
mehr genau, wie sie von Falkirk zum Haus des Herzogs gekommen sind, könnten Sie mir das noch einmal erklären?« – sowie einen ganzen Haufen anderer
Fragen, die man eigentlich leicht beantworten kann,
wenn man die Bücher vor der Nase hat. Aber wer hat
schon in diesen hektischen, modernen Zeiten die
Muße, sich ganz gemütlich durch anderthalb Millionen gedruckter Worte zu blättern? Ich jedenfalls nicht,
das sage ich Ihnen.*

*Dies also für all jene, die ihre Bücher verliehen ha-
ben und nicht zur Bücherei fahren möchten, um ein
Detail der Handlung oder den Namen einer Figur
nachzuschlagen, oder für diejenigen, die einfach nur
ihr Gedächtnis auffrischen möchten…*

# Feuer und Stein

s ist 1946[1], die schottischen Highlands stehen in voller Blüte, und Claire Randall, eine Engländerin und ehemalige Armeekrankenschwester, ist nach Schottland gekommen, um hier mit ihrem Ehemann Frank, von dem sie durch den Krieg getrennt wurde, die zweiten Flitterwochen zu verbringen.

Zwar teilt sie Franks Leidenschaft für Ahnenkunde nicht, doch sie freut sich darauf, einen neuen Zweig am Stammbaum der Familie zu beginnen. Unterdessen verbringt sie ihre Freizeit damit, die Gegend zu erkunden und ihrem Interesse an der Pflanzenkunde nachzugehen. Bei einem dieser Ausflüge entdeckt sie einen urzeitlichen Steinkreis – der dadurch noch interessanter wird, dass Frank zu Ohren gekommen ist, dass eine Gruppe von Frauen aus dem Ort diesen Kreis immer noch benutzt, um dort das »Brauchtum der Alten« zu pflegen.

In der Dämmerung des Beltane-Festes – am ersten Mai – schleichen Claire und Frank zu dem Kreis hinauf, um zu beobachten, wie die Frauen tanzen und singen, um die Sonne herbeizurufen. Das Paar stiehlt sich unentdeckt wieder davon, doch später kehrt Claire zu dem Kreis zurück, um einen genaueren Blick auf eine ungewöhnliche Pflanze zu werfen, die sie dort gesehen hat.

Sie berührt einen der aufrechten Steine und wird von einem plötzlichen Strudel aus Lärm und Chaos erfasst. Orientierungslos und halb ohnmächtig findet sie sich außerhalb des Kreises auf dem Hügel wieder und bahnt sich langsam ihren Weg nach unten – um an seinem Fuß auf etwas zu stoßen, was sie für Dreharbeiten zu einem Film hält; einen Schinken über den Prinzen in der Heide, in dem mit Kilts bekleidete Schotten von rotberockten englischen Soldaten verfolgt werden.

Vorsichtig umrundet Claire die Szene, um das Bild nicht zu verderben, und stößt auf ihrem Weg durch den Wald auf einen Mann in der Aufmachung eines englischen Soldaten aus dem achtzehnten Jahrhundert. Das verstört sie jedoch nicht annähernd so sehr wie die verblüffende Ähnlichkeit des Mannes mit ihrem Ehemann Frank.

Die Ähnlichkeit ist schnell erklärt: Der Mann ist nämlich Franks Vorfahr, der berüchtigte »Black Jack« Randall, von dem Frank ihr schon oft erzählt hat. Ungeachtet der großen äußerlichen Ähnlichkeit mit seinem Nachkommen, verfügt Jack Randall unglücklicherweise aber nicht über denselben Charakter – der Randall vergangener Tage ist nicht etwa ein kultivierter Geschichtsprofessor, sondern ein perverser bisexueller Sadist.

Claire wird durch einen der Schotten, die sie anfangs gesehen hat, aus Black Jacks Klauen befreit. Dieser bringt sie zu der Kate, wo seine Begleiter versteckt liegen und auf die Dunkelheit warten, um zu fliehen. Einer der Männer ist verletzt, und Claire kümmert sich – so gut sie kann – um seine Wunde, während sie versucht zu akzeptieren, wo – und *wann* – sie sich allem Anschein nach befindet.

Da ihnen nicht nur Claires seltsame – weil spärliche – Kleidung bedenklich erscheint, sondern auch die merkwürdige Tatsache, dass sie überhaupt da ist – englische Damen kommen 1743 in den Highlands einfach nicht vor –, beschließen die Schotten, sie mitzunehmen, als sie im Schutz der Dunkelheit ihre Zelte abbrechen.

Claire bemerkt dazu: »*Der Rest der Reise verlief ereignislos – wenn man es denn als ereignislos betrachtet, mitten in der Nacht, zumeist abseits der Straße, in Begleitung bis an die Zähne bewaffneter Männer in Kilts, auf einem Pferd mit einem verletzten Mann fünfzehn Meilen über Stock und Stein zu reiten. Immerhin lauerten uns keine Wegelagerer auf, es kamen uns keine wilden Tiere in die Quere, und es regnete nicht. Gemessen an den Zuständen, an die ich mich zu gewöhnen begann, war es ziemlich langweilig.*«

Als sie im Morgengrauen im Schloss Leoch, dem Stammsitz des MacKenzie-Clans, eintrifft, begegnet Claire Colum, dem MacKenzie. Dieser ist ein eleganter Mann, der durch eine schreckliche Erbkrankheit missbildet ist, und er zeigt sich fasziniert und argwöhnisch zugleich. Er kann sich nicht vorstellen, warum sich eine Engländerin auf Wanderschaft in den Highlands befinden sollte, und gibt sich gar nicht erst den Anschein, als glaube er Claires fadenscheinige Geschichte, sie sei unter die Räuber gefallen. Da er nicht weiß, wer sie ist oder was sie vorhat, macht er kein Hehl daraus, dass er sie vorerst als Gast dazubehalten gedenkt – freiwillig oder nicht.

Während sie Pläne für ihre Flucht und die Rückkehr zu dem Steinkreis schmiedet, lernt Claire den jungen Mann, dessen Wunde sie verbunden hatte, näher kennen, ein Clanmitglied namens Jamie, den sie zunächst für einen Stallknecht der Burg hält.

Sie entdeckt ihren Irrtum: In Wirklichkeit ist Jamie der Neffe Colums und seines Bruders Dougal (der das militärische Oberhaupt des Clans ist und die Männer an Stelle seines verkrüppelten Bruders in den Kampf führt), obwohl sein Vater dem Fraser-Clan angehörte. Außerdem ist er ein Geächteter, den die Engländer auf Grund einer Reihe von Straftaten suchen, die von Diebstahl bis hin zu einem nicht genauer spezifizierten Delikt namens »Obstruktion« reicht – Straftaten, denen er das Netz von Narben verdankt, die sein Rücken beim Auspeitschen davongetragen hat.

Die Beziehungen zwischen den Onkeln und ihrem Neffen scheinen seltsam angespannt, und der Grund dafür wird in der Folge einer Zusammenkunft des Clans deutlich, in deren Verlauf Colum einen Treueid von Jamie verlangt – den dieser nicht leistet. Colum hat einen Sohn, Hamish, acht Jahre alt, so erklärt Jamie Claire. Falls Colum sterben sollte, bevor der kleine Hamish alt genug ist, den Clan anzuführen – was angesichts seiner Krankheit sehr wahrscheinlich ist –, wer erbt dann sein Amt?

Dougal liegt als Kandidat auf der Hand, doch es gibt Stimmen im Clan, die ihn zwar für einen fähigen Soldaten halten, dem jedoch der kühle Kopf und die Intelligenz fehlen, die ein Anführer haben sollte. Hamish ist eindeutig zu jung – doch es gibt noch einen Kandidaten: Jamie. Jamie selbst bekundet nicht den geringsten Wunsch, den Platz des Oberhauptes einzunehmen, doch Colum und Dougal sind sich nicht so sicher, dass seine Ablehnung aufrichtig ist, und sie sind darauf vorbereitet, notfalls sogar tödliche Maßnahmen zu ergreifen, um jeden Vorstoß seinerseits zu verhindern.

Unterdessen sind Claires Versuche, aus dem Schloss zu entkommen, zweimal gescheitert, daher ist sie hoch erfreut, als Dougal verkündet, dass er vorhat, sie mitzunehmen, wenn er aufbricht, um im Distrikt die Pacht einzutreiben. Er hat die Absicht, sie zum Hauptmann der englischen Garnison zu bringen, der entweder in der Lage sein sollte, ihre Anwesenheit zu enträtseln, oder sie in seine Obhut nehmen könnte. Oder beides.

Claire ist davon sehr angetan, denn sie ist sich sicher, dass sie den englischen Hauptmann überreden kann, sie zu dem Steinkreis zu schicken, von wo aus sie vielleicht in ihre eigene Zeit zurückgelangen kann. Ihre Hoffnungen verfliegen abrupt, als sie entdeckt, dass der Hauptmann der Garnison Jack Randall heißt.

Jack Randall dagegen ist hocherfreut, Claire wieder zu sehen, und fest entschlossen herauszufinden, wer und was sie ist. Als Engländerin reist man einfach nicht in die Highlands; wenn sie sich also allein hier aufhält, muss sie zweifellos eine Spionin sein – doch für wen und warum? Seine Verhörmethoden sind alles andere als sanft, und selbst Dougal MacKenzie ist angewidert. Er weigert sich, Claire in der Obhut des Hauptmanns zurückzulassen, und nimmt sie mit. Nach einer Denkpause teilt er ihr mit, dass er einen Plan gefasst hat: Der Hauptmann hat zwar die Verfügungsgewalt über englische Staatsbürger, kann aber keine Schottin ohne rechtliche Formalitäten in ihrem eigenen Land festnehmen. Also, so verkündet Dougal triumphierend, wird er eine Schottin aus ihr machen; sie muss ohne Aufschub seinen Neffen Jamie heiraten.

Da diese Vorstellung Claire fast ebenso entsetzt wie das Betragen des Hauptmanns, wehrt sie sich aus Leibeskräften dagegen, doch ihr fällt keine Alternative ein. In der Überzeugung, dass sie zumindest bessere Fluchtchancen haben wird, wenn sie Jamie heiratet, willigt sie ein, und ihr Entsetzen weicht dem Erstaunen über die vollkommene Unerfahrenheit ihres Bräutigams:

*»Stört es dich, dass ich keine Jungfrau bin?« Er zögerte einen Augenblick, bevor er antwortete.*

*»Tja, nein«, sagte er langsam, »solange es dich nicht stört, dass ich eine bin.« Er grinste über mein verblüfftes Gesicht und ging rückwärts zur Tür.*

*»Schätze, wir sollten wissen, was wir tun«, sagte er. Die Tür schloss sich leise hinter ihm; die Brautwerbung war eindeutig vorbei.*

Doch es bietet sich keine unmittelbare Gelegenheit zur Flucht, und Claire ist verpflichtet, ihre Eheschließung mit Jamie zu vollziehen – gemäß Dougals unumstößlicher Order. Dougal, so scheint es, schlägt zwei Fliegen mit einer Klappe: Einerseits reichen seine humanitären Instinkte zwar so weit, dass er Claire von Randall fern hält (und sie erfüllt ihn immer noch mit so viel Neugier, dass er selbst herausfinden möchte, was sie in Schottland treibt), doch sein Hauptmotiv ist es, jede Möglichkeit zu unterbinden, dass sein Neffe den Häuptlingssitz des MacKenzie-Clans erlangt – denn der Clan wird Jamie niemals akzeptieren, wenn er mit einer Engländerin verheiratet ist.

Da sie begreift, dass Jamie genauso in Bedrängnis ist wie sie selbst, fügt sich Claire in das Unausweichliche – und stellt fest, dass ihr neuer, junger Ehemann ihr sehr ans Herz zu wachsen beginnt. Viel zu sehr, denn sie hat immer noch vor, so bald wie möglich zu fliehen und zu Frank zurückzukehren.

Bald bekommt sie ihre Gelegenheit und stiehlt sich davon, während Jamie anderweitig beschäftigt ist. Doch ihr Versuch schlägt fehl, als sie erneut in die Hände des beutegierigen Jack Randall fällt und nach Fort William in sein Allerheiligstes gebracht wird, wo sie mehr über die Hobbys des Hauptmanns herausfindet, als ihr lieb ist. Diesmal wird sie von Jamie gerettet, der mit ihr aus dem Fort entkommt, während die anderen Schotten für ein Ablenkungsmanöver sorgen, indem sie das Pulvermagazin in die Luft jagen.

Im Lauf der wütenden Konfrontation, die auf ihre Flucht folgt, erfährt Claire, dass Jamies Antipathien gegenüber dem Hauptmann noch andere Hintergründe haben als nur sein Verhalten in jüngster Vergangenheit. Sie weiß bereits, dass die Narben auf Jamies Rücken von Randall stammen, der den jungen Schotten einige Jahre zuvor festgenommen hatte. Jetzt erfährt sie, dass Jamie die boshaften Peitschenhiebe seiner Weigerung verdankt, sich dem Hauptmann körperlich hinzugeben. Dieser befriedigt seine Neigungen mit den Opfern, die am leichtesten verfügbar sind: den schottischen Gefangenen in seiner Gewalt, für die es keine Zuflucht und kein Entkommen gibt.

Claire kehrt gezwungenermaßen nach Leoch zurück. Zwar gibt sie die Suche nach einem Rückweg zu den Steinen – und zu Frank – nicht auf, doch sie wird sich zunehmend bewusst, wie schmerzhaft eine solche Rückkehr wäre, die sie von der Seite des Mannes reißen würde, den sie zu lieben begonnen hat.

Für eine kleine Schwierigkeit zeichnet sich jedoch Hoffnung ab: Colum – der sich jetzt in Sicherheit wiegt, dass sein Neffe keine Bedrohung für die Häuptlingswürde seines Sohnes Hamish darstellt – bietet an, sich beim Herzog von Sandringham für Jamie zu verwenden, einem englischen Adeligen, mit dem er bekannt ist. Vielleicht, so Colum, kann man den Herzog dazu bewegen, von der Krone eine Begnadigung für Jamie zu erwirken, um seiner fortwährenden Gefährdung durch seine Ächtung ein Ende zu setzen.

Man arrangiert, dass Jamie und Dougal den Herzog auf einen Jagdausflug begleiten, wo man vielleicht die heiklen Verhandlungen bezüglich einer Begnadigung abwickeln kann.

Wie Jamie ironisch zu Claire meint: »*Es geht mir zwar gegen den Strich, für etwas begnadigt zu werden, das ich nicht getan habe, aber es ist besser als gehängt zu werden.*«

Unterdessen hat sich Claire mit der Ehefrau des örtlichen Staatsanwaltes angefreundet, einer Frau namens Geillis Duncan, die genau wie sie viel über Kräuter und Heilkunst weiß. Doch bei einem Abendessen zu Ehren des Herzogs, der inzwischen eingetroffen ist, stirbt der Staatsanwalt – wahrscheinlich durch Gift.

Die Gerüchte breiten sich wie ein Strohfeuer aus, das von Hysterie und Aberglaube genährt wird, und in Jamies Abwesenheit sieht sich Claire gemeinsam mit Geillis Duncan der Hexerei angeklagt. Am Rand des Abgrundes entdeckt Claire Geillis' Geheimnis – sie ist schwanger, und zwar eindeutig nicht von ihrem verstorbenen Ehemann, der impotent war. Sie ist tatsächlich eine Giftmischerin, wenn auch keine Hexe –, erweist sich aber auch als gute Freundin, denn sie vollführt ein Ablenkungsmanöver, das es Jamie ermöglicht, Claire zu retten.

Jamie und Claire fliehen zu Pferd aus der Umgebung des Schlosses, doch als sie in sicherer Entfernung sind, stellt er sie zur Rede: Er wird sie immer lieben und unter allen Umständen zu ihr stehen, doch um seines Seelenfriedens willen muss er es wissen – ist sie eine Hexe?

Nach allem, was sie gerade durchgemacht hat, wird Claire von Hysterie erfasst. Sie sagt ihm, dass es noch viel schlimmer ist, und gesteht ihm die Wahrheit. Sie erklärt ihm, was es mit den Steinen auf sich hat – und mit Frank. Jamie, der ihr ganz klar nicht glaubt, aber über ihren offensichtlichen Gefühlsaufruhr erschüttert ist, führt sie durch die Highlands zu dem Steinkreis. Was dort geschieht, beweist, dass ihre Geschichte wahr ist, und er sagt ihr, dass sie ihre Wahl treffen muss – bei ihm zu bleiben oder zu ihrem Ehemann in der Zukunft zurückzukehren. Dann lässt er sie allein bei den Steinen zurück, damit sie sich entscheiden kann.

Nachdem sie sich fast einen ganzen Nachmittag gequält hat, erhebt sie sich schließlich, geht langsam auf den gespaltenen Stein zu, der ihr Rückweg in ihre eigene Zeit ist – und befindet sich plötzlich im Laufschritt unterwegs in die andere Richtung, stolpert und fällt den Hügel hinunter, denn ihr Körper hat entschieden, was ihr Verstand nicht entscheiden kann, – und läuft auf Jamie zu.

Wieder vereint, fragt Claire: *»Glaubst du mir wirklich, Jamie?«*
*Er seufzte und lächelte reumütig zu mir herab.*
*»Aye, ich glaube dir, Sassenach. Aber es wäre sehr viel leichter gewesen, wenn du einfach nur eine Hexe gewesen wärst.«*

Jetzt, wo die Dinge zwischen ihnen geklärt sind, ziehen sie durch die Highlands nach Lallybroch, wo Jamie zu Hause ist und sie von seiner restlichen Familie herzlich aufgenommen werden, seiner Schwester Jenny mit ihrem Ehemann Ian und ihrem Sohn, dem kleinen Jamie. Doch ihre Idylle ist nicht von langer Dauer; die örtliche Patrouille, eine Art inoffizielle, von den Engländern finanzierte Polizeitruppe, lauert Jamie auf, um ihn seinen Feinden auszuliefern.

Mit Hilfe von Jamies Patenonkel Murtagh macht Claire sich auf, um ihn zu retten. Jamie ist der Patrouille entkommen, so erfährt sie, doch jetzt ist er irgendwo in den Highlands unterwegs. Nach Lallybroch kann er auf keinen Fall zurück, denn das Anwesen steht unter Beobachtung. Wie aber findet man einen Mann, der sich überall in einer trostlosen Landschaft aufhalten könnte?

Murtagh und Claire schlagen sich nach Norden durch, weil sie glauben, dass Jamie vielleicht nach Beauly unterwegs ist, wo sein Großvater väterlicherseits, Simon, Lord Lovat, ihm möglicherweise Hilfe anbietet. Doch bevor sie Beauly erreichen, begegnen sie jemand anderem – Dougal MacKenzie, der katastrophale Nachrichten mitbringt: Jamie ist gefangen genommen, vor Gericht gestellt und zum Tod durch den Strang verurteilt worden. Man hat ihn in das Gefängnis von Wentworth in Grenznähe geschickt, wo die Exekution stattfinden soll.

Dougal beharrt darauf, dass es nicht möglich ist, Jamie zu befreien. Stattdessen verspricht er – selbst seit kurzem Witwer –, sich um Claire zu kümmern und macht ihr einen Heiratsantrag. Augenblicklich wird Claire eine Reihe von Tatsachen klar: Jamies Erbschaftsbedingungen sehen es vor, dass eine Frau Besitzerin von Lallybroch werden kann. Wird Jamie hingerichtet, gehört Lallybroch ihr – oder demjenigen, der sie heiratet.

Im Lauf der folgenden Konfrontation mit Dougal findet Claire bestätigt, was sie schon längst vermutet hat: Der kleine Hamish ist nicht Colums Sohn – auf Grund seiner Krankheit ist Colum unfruchtbar und außerdem so gut wie impotent. Dougal hat Hamish als Akt der Loyalität gegenüber dem geliebten Bruder gezeugt, um Colum einen Erben zu schenken.

Dieses Tête-à-tête wird durch Murtagh unterbrochen, der die beiden mit Hilfe seiner Pistolen höflich daran erinnert, dass sie Dringenderes zu erledigen haben, nämlich nach Wentworth zu gelangen, solange Jamie noch am Leben und damit zu retten ist. Unter Zwang überlässt Dougal ihnen Geld und eine Hand voll Männer – und eine überraschende Nachricht.

Geillis Duncan, so erzählt er Claire, ist tatsächlich nach der Geburt ihres Kindes – dessen Vater ebenfalls Dougal ist – als Hexe verbrannt worden. Doch bevor man sie zum Scheiterhaufen führte, vertraute sie Dougal eine Mitteilung für Claire an, sollte er sie jemals wieder sehen. Die Nachricht, die er wörtlich wiederholen sollte: »*Sag ihr, ich weiß es nicht mit Sicherheit, aber ich glaube, es ist möglich.*« Diesen Satz und vier Zahlen: eins, neun, sechs und acht.

Claire, Murtagh und ihre Begleiter begeben sich sofort auf den langen Ritt nach Wentworth, sodass Claire Zeit hat, über die Bedeutung von Geillis' Mitteilung nachzugrübeln – Geillis musste gemeint haben, dass sie selbst es für möglich hielt, durch die Steine in Claires eigene Zeit zurückzukehren. Und die Zahlen? »*Um der Verschwiegenheit willen, die ihr inzwischen in Fleisch und Blut übergegangen sein musste, hatte sie sie ihm einzeln gesagt, doch eigentlich bildeten sie alle eine Zahl. Eins, neun, sechs, acht. Neunzehnhundertachtundsechzig. Das Jahr, in dem sie in die Vergangenheit verschwunden war.*«

Nach ihrer Ankunft in Wentworth mogelt sich Claire am Vorabend der Hinrichtung in das Gefängnis, wo sie nach Jamie sucht – und ihn im Verlies findet, wo er Jack Randall ausgeliefert ist. Weil er sich nicht in der Position befindet, seine Neigung voll auszuleben, muss sich Randall mit einem Maß an Brutalität zufrieden geben, das kommentarlos durchgeht – Prellungen und Knochenbrüche befinden sich im Rahmen dessen, was offiziell toleriert wird, homosexuelle Vergewaltigungen nicht.

Es gelingt Claire, Jamie von seinen Handschellen zu befreien, doch sie wird unterbrochen, als Randall in Begleitung eines gigantischen, geistig zurückgebliebenen – aber entsetzlich gehorsamen – Offiziersburschen namens Marley zurückkehrt. Hocherfreut über das Wiedersehen mit Claire, äußert er die Absicht, sie vor den Augen ihres Mannes Marley zum Vergnügen zu überlassen – Jamies letzte Unterhaltung vor der Hinrichtung.

Jamie geht auf Marley los, und nach einem brutalen Handgemenge gelingt es ihm, ihn zu überwältigen. Doch Randall hält einen Trumpf in der Hand – sein Messer an Claires Kehle.

In der verzweifelten Gewissheit, dass er nichts zu verlieren hat, schlägt Jamie einen Tauschhandel vor – seinen Körper und sein Schweigen gegen Claires Freiheit. Der Versuchung eines Opfers, das zugleich vollkommen widerwillig, doch auch vollkommen fügsam ist, kann Randall nicht widerstehen, und er willigt ein. Schließlich ist Claire absolut hilflos – meint er.

Claire findet sich im Schnee wieder und begibt sich verzweifelt auf die Suche nach Hilfe. Sie hat einen Plan – wenn sie nur nicht zu spät kommt. Randall hat sie durch eine kleine Hintertür hinausgeworfen, die in einer engen Grube verborgen ist – der Müllhalde des Gefängnisses. Randall weiß nichts von Claires Begleitern; wenn sie sie rechtzeitig finden kann, können sie vielleicht diese Hintertür gewaltsam einnehmen und in das Gefängnis eindringen.

Unglücklicherweise stößt Claire jedoch nicht auf ihre Begleiter, sondern auf die Bewohner der Müllhalde, ein kleines Wolfsrudel.

Mit viel Glück schafft es Claire in ihrer Verzweiflung, einen der Wölfe umzubringen, doch die anderen pirschen sich im winterlichen Zwielicht unbeirrbar an sie heran. Plötzlich surrt ein Pfeil aus dem Nichts herbei – das Geheul der Wölfe hat einen Jäger vom Anwesen Sir Marcus MacRannochs angelockt, das an das Gefängnis angrenzt, und zu seinem Erstaunen sieht sich dieser Claire gegenüber, die in zerfetzten, blutbefleckten Kleidern verzweifelt auf Eile drängt.

Als sie bei Sir Marcus anlangt, fleht sie ihn an, ihr bei Jamies Befreiung zu helfen. Er zeigt sich mitfühlend, aber unnachgiebig; es gibt nichts, was er tun kann. Claire bietet ihm Bezahlung an und bringt die Süßwasserperlenkette zum Vorschein, die Jamie ihr zur Hochzeit geschenkt hat: Perlen, die einmal seiner Mutter Ellen gehört haben.

Der Anblick der Perlen erschüttert MacRannoch; als junger Mann hatte er Ellen MacKenzie den Hof gemacht, und als sie sich anderweitig entschied, hatte er dennoch darauf bestanden, dass sie sein Geschenk behielt – die Süßwasserperlen. Doch so gern er Ellens Sohn auch helfen würde, so sagt er zu Claire, er wagt es nicht, einen Überfall auf das Gefängnis zu riskieren, denn der Gefängnisvorsteher würde seine Rache mit Sicherheit auf Eldridge Manor, MacRannochs Anwesen, lenken.

An den Rand der Verzweiflung getrieben, bricht Claire zusammen und bekommt nur dumpf mit, wie ein weiterer von MacRannochs Männern eintrifft und zögernd berichtet, dass es ihm und seinen Begleitern nur gelungen ist, einen kleinen Bruchteil von MacRannochs Herde reinrassiger Hochlandrinder zu finden – und es zieht ein Schneesturm auf.

Als sie dies hört, beginnt Claire ganz vorsichtig zu hoffen. Denn einer ihrer Begleiter ist Rupert MacKenzie, ein Mann, der für seine Fähigkeiten als Viehdieb berühmt ist – und der kaum der Versuchung durch eine streunende Herde widerstehen wird. Sie erhebt sich und teilt MacRannoch mit, dass sie einen Plan hat, der ihn vor jedem Verdacht bewahren wird, mit Jamies Flucht zu tun zu haben – und dem er besser zustimmen sollte, wenn er seine Rinder wieder sehen will.

Claire findet ihre Begleiter, erklärt ihnen ihren Plan, führt sie zu der Tür – und kann dann nur noch abwarten, während die Männer ein zotteliges Hochlandrind nach dem anderen durch den Korridor in die Verliese des Gefängnisses treiben.

Unterdessen ist Sir Marcus MacRannoch als Besitzer der Rinder in das Büro des Verwalters gestürmt, wo er behauptet, dass die Garnisonssoldaten seine Herde gestohlen haben, und darauf besteht, dass man ihm erlaubt, nach den Tieren zu suchen. Seine Männer sind angewiesen, im Schutz des Gemuhes und der Verwirrung im Verlies nach Jamie zu suchen, ihn zu retten und ihn durch die Hintertür verschwinden zu lassen.

Wie Sir Marcus Claire später berichtet, ist ein Mann aus der Verlieszelle getreten, um herauszufinden, was der Lärm zu bedeuten hatte, und wurde unter den Hufen der Rinder zu Tode getrampelt, *»kaum mehr als ein blutdurchtränktes Stoffpüppchen«*. Also ist Jack Randall tot und Jamie gerettet – doch es sind Stunden vergangen, Stunden, die er in einem stickigen Verlies verbracht hat, allein mit einem Monster.

Claire kann Jamies äußerliche Verletzungen heilen, doch wie soll sie mit dem Schaden umgehen, der seiner Seele zugefügt wurde? Gemeinsam mit Murtagh schafft sie Jamie sicher über den

Kanal nach Frankreich, wo ein Onkel von Jamie als Abt in der Abtei von Ste. Anne de Beaupré lebt.

In der Zuflucht der Abtei stellt sich Claire ihrem letzten und wichtigsten Kampf. Nur mit ihrem Heilwissen und ihrem Mut gewappnet, setzt sie ihr und Jamies Leben aufs Spiel, indem sie den Geist Jack Randalls mit Opium heraufbeschwört, um ihn dann zu vertreiben und Jamie seine Männlichkeit mit Hilfe derselben Brutalität zurückzugeben, mit der sie ihm genommen wurde.

Schließlich finden sie beide Heilung in einer Grotte mit einer heißen Quelle, die sich in einer Höhle tief unter der Abtei befindet.

*Wir kämpften uns feucht und dampfend aus dem Bauch der Welt an die Oberfläche, und der Wein und die Hitze hatten unsere Arme und Beine in Gummi verwandelt. Auf dem ersten Treppenabsatz fiel ich auf die Knie, und als er versuchte, mir zu helfen, sackte Jamie neben mir zusammen, denn seine Robe verwickelte sich in seinen nackten Beinen. Haltlos kichernd, mehr liebestrunken als vom Wein berauscht, bahnten wir uns Seite an Seite unseren Weg und krochen auf Händen und Füßen die zweite Stufenreihe hinauf, wobei wir uns gegenseitig mehr im Weg waren, als dass wir uns halfen, uns in der Enge anrempelten und sanft voneinander abprallten, bis wir uns schließlich auf dem zweiten Treppenabsatz in die Arme fielen und zusammenbrachen.*

*Hier gab ein altes, unverglastes Erkerfenster den Blick auf den Himmel frei, und das Licht des Vollmondes tauchte uns in Silber. Wir lagen aneinander geklammert da, während unsere feuchte Haut sich in der Winterluft abkühlte und wir darauf warteten, dass unsere rasenden Herzen sich verlangsamten und unsere keuchenden Körper wieder zu Atem kamen.*

*Der Mond am Himmel war ein Weihnachtsmond, so groß, dass er das leere Fenster beinahe ausfüllte. Es schien kein Wunder zu sein, dass die Gezeiten der See und der Frauen diesem stattlichen Rund unterworfen waren, so nah und so gebieterisch.*

*Doch die Gezeiten meines Körpers folgten seiner keuschen, sterilen Beschwörung nicht mehr, und das Bewusstsein meiner Freiheit durchraste mein Blut wie eine Gefahr.*

*»Ich habe auch ein Geschenk für dich«, sagte ich plötzlich zu Jamie. Er wandte sich mir zu, und seine große Hand glitt zielsicher über meinen Bauch, der jetzt noch flach war.*

»Ist das so?«, sagte er.
Und die Welt um uns war voller neuer Möglichkeiten.

## Anmerkung

1  Siehe auch »Errata« zum Anfangsdatum des Buches.

# Die geliehene Zeit

INVERNESS, Schottland. Man schreibt das Frühjahr 1968, und Roger Wakefield wird langsam wahnsinnig. Angesichts der Aufgabe, tonnenweise historischen Krimskrams zu sichten, den sein verstorbener Adoptivvater, der Reverend Wakefield, hinterlassen hat, hegt Roger den sehnsüchtigen Gedanken, in sein Auto zu springen, nach Oxford zurückzufahren und das überquellende Pfarrhaus den Ratten, Schimmelpilzen und den Damen des Kirchenvereins zu überlassen. Als es an der Tür klingelt, ist Roger so weit, dass er den Teufel persönlich hereinbitten würde – alles und jeden, der ihm eine Ablenkung von seiner gegenwärtigen Lage bietet.

»Ablenkung« ist noch gelinde gesagt. Die Besucher sind Dr. Claire Randall, die Witwe eines alten Freundes des Reverends – und ihre ziemlich umwerfende Tochter Brianna. Da ihn das unmittelbare Zusammentreffen mit einem einsachtzig großen Rotschopf aus dem Gleichgewicht bringt, hat Roger kaum Aufmerksamkeit für Claires Bitte übrig: Sie hat eine Liste mit Namen dabei, jakobitische Soldaten, die auf dem Feld von Culloden gekämpft haben; kann Roger für sie herausfinden, wie viele von ihnen überlebt haben?

Roger erklärt sich bereit zu helfen, wobei ihn der Wunsch, Brianna zu beeindrucken, mindestens genauso ansport wie seine Historikerneugier und seine Bereitschaft, einer Freundin der Familie einen Gefallen zu tun. Außerdem kommt er auf diese Weise aus dem Haus, weg von den durchhängenden Bücherborden, dem zum Bersten voll gestopften Schreibtisch und der undurchdringlichen Düsternis in der Garage des Reverends, die vom Boden bis zur Decke mit Kartons voller kryptischer Papiere angefüllt ist.

Doch sobald Roger sich an Claires Projekt begibt, bereiten ihm verschiedene Kleinigkeiten Kopfzerbrechen. Warum möchte Claire nicht, dass er Brianna in die Nähe des Steinkreises auf dem Hügel Craigh na Dun bringt? Warum erbleicht sie, wenn der Name des Anführers ihrer Jakobitentruppe fällt – und warum bittet sie Roger, den Namen James Fraser gegenüber ihrer Tochter nicht zu erwähnen?

Eines späten Abends folgt dem Argwohn ein Schock, als Roger auf dem Schreibtisch des Reverends eine Rolle mit Zeitungsausschnitten findet; Fotos von Claire Randall, zwanzig Jahre zuvor aufgenommen, und darunter die Überschrift: VON FEEN ENTFÜHRT? Dreiundzwanzig Jahre zuvor war Claire in den schottischen Highlands verschwunden, ohne eine Spur zu hinterlassen. Drei Jahre später hatte man sie gefunden, wie sie unterernährt, zerlumpt und halb von Sinnen in der Nähe des Steinkreises von Craigh na Dun umherwanderte.

Ein Foto zeigt Frank Randall, ihren Mann, wie er an ihr Krankenbett eilt. Ein Mordsschrecken, denkt Roger, seine Frau wiederzufinden, nachdem man sie für tot gehalten hat.

Doch Frank stand noch ein größerer Schrecken bevor – genau wie jetzt auch Roger. Als ihm das Datum der Zeitungsausschnitte ins Auge fällt, erinnert sich Roger an Briannas Geburtsdatum, das beiläufig in einer Unterhaltung erwähnt worden ist. Während er hastig zurückrechnet, weicht ihm das Blut aus dem Gesicht, als er begreift, dass Claire angeschlagen, orientierungslos, halb verhungert – und schwanger wieder aufgetaucht ist.

Was soll er tun? Brianna hält ganz offensichtlich Frank Randall für ihren Vater; sie kennt die Wahrheit nicht, und Roger bringt es nicht übers Herz, sie ihr zu sagen. Das Rätsel um Claire Randall wird immer größer; vielleicht, so folgert Roger, war Briannas eigentlicher Vater ein Schotte aus den Highlands. James Fraser ist ein Name, der in den Highlands oft genug vorkommt – wenn der Unbekannte so hieß, dann würde das Claires außergewöhnliche Reaktion auf den Klang dieses Namens erklären. Hat Claire ihre Tochter nach Schottland gebracht, um ihr die Wahrheit über ihre Herkunft zu enthüllen? Um vielleicht sogar den mysteriösen James Fraser zu treffen?

Weil ihm beide Frauen mehr und mehr ans Herz wachsen, ist sich Roger nicht sicher, was er tun soll, um zu verhindern, dass eine von ihnen verletzt wird. Es scheint nichts zu geben, was er tun *kann,* außer sich in ihrer Nähe zu halten und zur Hilfe bereit zu sein, was auch immer geschieht.

Unterdessen trägt seine Suche unerwartete Früchte. Er hat ihre Jakobiten gefunden, sagt er Claire; das Seltsame ist, dass keiner von ihnen in Culloden umgekommen zu sein scheint – außergewöhnlich angesichts des Gemetzels, das sich dort ereignet hat. Fast jeder zweite Mann auf dem Feld ist umgekommen; es ist bemerkenswert, dass sich keiner der dreißig Männer auf Claires Liste darunter befand.

Die Art, wie Claire diese Nachricht aufnimmt, ist genauso verwirrend wie ihre sonstigen Reaktionen; sie wird blass und bricht vor Erleichterung fast zusammen. Was kann das Schicksal von Männern bedeuten, die seit zweihundert Jahren tot sind, fragt sich Roger.

Das Rätsel wird größer, als Brianna Roger dabei hilft, einige der Tagebücher des Reverends aus der Garage auszugraben – Tagebücher, die indirekt auf Claires Verschwinden Bezug nehmen, auf ein schreckliches Geheimnis, das sie zu hüten schien – und auf eine rätselhafte Bitte Frank Randalls. Der Reverend schreibt, dass er Franks Bitte bezüglich des Grabsteins nachgekommen ist – doch James Fraser findet nirgendwo eine Erwähnung. Wer *ist* dieser mysteriöse James Fraser – und was hat er mit Claire zu tun?

Weil er sie ablenken möchte, besichtigt Roger mit Brianna das Schlachtfeld von Culloden, das ein stummes, bewegendes Zeugnis vom Gemetzel an den Highland-Clans ablegt. Claire gibt vor, krank zu sein, und bleibt zu Hause. Allerdings lässt sie sich zu einem anderen Ausflug überreden, der sie zu einer alten, längst verlassenen Kirche ein Stück außerhalb der Stadt führt.

Claire geht davon aus, dass sie die Landschaft der Highlands genießen, ein paar Pflanzen sammeln und ein Auge auf die aufkeimende Beziehung zwischen Roger und ihrer Tochter haben wird. Brianna und Roger haben andere Pläne: Beim Durchblättern der Papiere des Reverends hat Roger einen Hauptmann Jonathan Randall erwähnt gefunden, einen Vorfahren von Briannas Vater – oder angeblichem Vater – Frank. Um Claire zu überraschen, führen sie sie zu Randalls Grab – und sind nicht nur überrascht, sondern erschrocken über Claires Reaktion, eine Reaktion plötzlicher und irrationaler Wut.

Die beiden verblüfften jungen Leute lassen Claire zurück, damit sie sich sammeln kann, und gehen in die verlassene Kirche, nur um beinahe augenblicklich wieder nach draußen gerissen zu werden, weil sie einen Schrei hören. Sie finden Claire im Schatten der Eiben, wo sie verwirrt und zitternd über einem Grab steht. Der Grabstein ist ein »Ehestein«, ein Viertelkreis aus Granit, der mit einem zweiten Stein kombiniert werden soll, sodass ein Halbkreis entsteht, der den Ruheplatz von Ehemann und Gattin markiert.

Hier liegt jedoch nur der Ehemann; die andere Hälfte des Steines fehlt.

*»Was ist denn?«, sagte Roger drängend und versuchte, sie aus der starrenden Trance zu reißen, in die sie gefallen war. »Was ist? Ist es ein Name, den Sie kennen?«* Noch während er das sagte, hatte er seine eigenen Worte im Ohr. Hier ist seit dem achtzehnten Jahrhundert niemand mehr beerdigt worden, *hatte er Brianna gesagt.* Seit zweihundert Jahren ist hier niemand mehr beerdigt worden.

*Claires Finger strichen die seinen beiseite und berührten liebkosend den Stein, als wäre es Haut. Sanft fuhr sie die Buchstaben nach, deren Furchen im Lauf der Zeit verflacht, aber immer noch deutlich waren.*

*»JAMES ALEXANDER MALCOM MACKENZIE FRASER«, las sie laut. »Ja, ich kenne ihn.« Ihre Hand sank tiefer und strich das Gras zur Seite, das den Stein umwucherte und die Zeile kleinerer Buchstaben an seinem Fuß verbarg.*

*»Verbunden mit Claire über den Tod hinaus«, las sie.*

*»Ja, ich kannte ihn«, sagte sie noch einmal, so leise, dass Roger sie kaum hören konnte. »Ich bin Claire. Er war mein Mann.« Dann sah sie auf in das weiße, schockierte Gesicht ihrer Tochter. »Und dein Vater«, sagte sie.*

Auf diese Enthüllung hin kehren die drei in das Pfarrhaus zurück, wo Claire ihnen die Grundzüge ihres Geheimnisses preisgibt: dass sie vor dreiundzwanzig Jahren durch die Steine auf Craigh na Dun geschritten – und in der Vergangenheit verschwunden war. Während sie 1743 im barbarischen Schottland ums Überleben kämpfte, hatte es sich ergeben, dass Jack Randall ihr ärgster Feind wurde. Dieser war ein weit entfernter Vorfahr ihres Mannes Frank und ein Mann, der seinem Nachkommen verwirrend ähnelte, was sein Aussehen betraf, nicht aber seinen Charakter – denn »Black Jack« war ein Raubtier mit einem ausgeprägten, ungewöhnlichen Geschmack.

Um Randall nicht in die Hände zu fallen, hatte sie sich gezwungen gesehen, einen jungen Clansmann zu heiraten – Jamie Fraser

–, nur um dann festzustellen, dass ihre Schwierigkeiten noch größer wurden, weil sie sich in ihn verliebte. Brianna nimmt diese Erzählung alles andere als wohlwollend auf, denn sie ist gefangen zwischen Unglauben und dem Gefühl des Verrats.

Im Lauf der Ereignisse, so erzählt Claire den jungen Leuten, fand Jamie die Wahrheit über sie heraus und bestand darauf, dass sie in ihre eigene Zeit zurückkehrte – und zu Frank. Doch als sie schließlich zu dem Stein geführt wurde, den sie so lange verzweifelt zu erreichen versucht hatte, stellte sie fest, dass sie nicht in der Lage war, den endgültigen Schritt durch den gespaltenen Stein zu tun – und entschloss sich, in der Vergangenheit und damit bei Jamie zu bleiben.

Sie waren auf Jamies Familiensitz Lallybroch heimgekehrt, doch ihre Idylle dort war nur von kurzer Dauer, denn Jamie wurde von der Patrouille festgenommen und fiel Jack Randall in die Hände. Es war Claire gelungen, ihn aus dem Gefängnis von Wentworth zu retten, allerdings nicht rechtzeitig, um zu verhindern, dass er von Jack Randall gefoltert und misshandelt wurde. Auf der Suche nach Sicherheit waren die Frasers nach Frankreich gesegelt und hatten Zuflucht in der Abtei von Ste. Anne de Beaupré genommen, deren Abt ein Onkel Jamies war. Hier stellte sich Claire ihrer größten Herausforderung – Jamies körperliche und seelische Wunden zu heilen –, und dabei wurde sie schwanger.

Brianna wehrt sich mit Händen und Füßen dagegen, diese Geschichte zu akzeptieren, und beharrt darauf, dass ihre Mutter unter Schock steht oder Wahnvorstellungen hat. Roger, der keine andere Möglichkeit sieht, gibt ihr die Zeitungsausschnitte; sie bestätigen zwar nicht die Behauptungen ihrer Mutter, dass James Fraser Briannas Vater war, doch sie beweisen zumindest, dass Frank Randall es *nicht* war.

So schockiert und entsetzt Brianna über die Erzählung ihrer Mutter ist, so fasziniert ist Roger. Er hat zwar Mitgefühl mit den beiden Frauen, doch im Augenblick ist es der Historiker in ihm, der die Oberhand hat.

*»Und diese Männer, deren Namen Sie mir gegeben haben, die in Culloden gekämpft haben – dann haben Sie sie gekannt?«*

*Ich entspanne mich ein winziges bisschen. »Ja, ich habe sie gekannt.« Im Osten erklang Donnergrollen, und der Regen begann gegen die hohen Fenster zu prasseln, die vom Boden bis zur Decke des Arbeitszimmers reichten. Briannas Kopf war über die*

*Ausschnitte gebeugt, wie ein Flügelpaar verbarg ihr Haar alles au-
ßer ihrer Nasenspitze, die knallrot geworden war. Jamie wurde
immer rot, wenn er wütend oder aufgeregt war. Der Anblick eines Menschen namens Fraser kurz vor der Explosion war mir nur
allzu gut vertraut.*

*»Und Sie waren in Frankreich«, murmelte Roger, als redete er
mit sich selbst, während er mich immer noch aufmerksam betrachtete. Der Schock in seinem Gesicht wich jetzt der Spekulation und
einer Art Aufregung. »Aber Sie kannten nicht zufällig...«*

*»Doch, so war es«, sagte ich zu ihm. »Deshalb sind wir ja nach
Paris gegangen. Ich hatte Jamie von Culloden erzählt – von der
Rebellion im Jahr '45 und dem, was geschehen würde. Wir sind
nach Paris gegangen, um Charles Stuart aufzuhalten.«*

ABT ALEXANDER von Ste. Anne de Beaupré ist Jamies Onkel – und
ein Anhänger der Jakobiten, der die Wiedereinsetzung der katholischen Stuarts auf dem schottischen Thron ausdrücklich befür-
wortet. Er drängt seinen Neffen – der sich gerade von dem Schaden erholt hat, den er in Wentworth genommen hat –, nach Paris
zu gehen, wo gerade der junge Prinz Charles Edward Casimir Maria Sylvester Stuart eingetroffen ist. Jamies Mission – sollte er sich
dafür entscheiden, sie anzunehmen – ist es, seinem Prinzen mit
Rat und Tat zur Seite zu stehen und ihm dabei zu helfen, die politischen und geschäftlichen Verbindungen zu knüpfen, die ihm
helfen werden, seinen Thron wiederzuerlangen.

Dieser Auftrag kommt den jungen Frasers sehr gelegen: Jamie
ist geächtet und zum Tode verurteilt, und sie können nicht nach
Schottland zurückkehren. Außerdem weiß Claire, wie die Zukunft dort aussehen wird: dass Charles Stuart eine Rebellion an-
führen wird, die mit dem Gemetzel von Culloden enden und die
Highlandclans auslöschen wird.

Sie müssen einen Weg finden, um den tödlichen Lauf der Ereignisse in Richtung Culloden aufzuhalten – wie sollte man den Versuch einer Wiedereinsetzung der Stuarts besser untergraben, als indem man Freundschaft mit dem Schottenprinzen schließt? Jamie
hat einen Verwandten, Jared Fraser, der es zum reichen und ge-
achteten Weinhändler mit Lagerhäusern und Schiffen in Le Havre
und Wohnsitz in Paris gebracht hat. Darüber hinaus hegt Jared
Sympathien für die Jakobiten und ist mehr als bereit, seinen jüngeren Vetter einzustellen, womit er ihm Zugang zu jenen Kreisen

verschafft, in denen er Charles Stuart am meisten nutzen – oder im Weg sein – kann.

Während Jared und Jamie im Hafen von Le Havre an Bord von einem von Jareds Schiffen auf den erfolgreichen Abschluss ihrer geschäftlichen Vereinbarungen anstoßen, befindet sich Claire an Deck und sieht zu, wie ein anderes Schiff entladen wird. Als sie beobachtet, wie ein Mann von Bord getragen wird, der offensichtlich krank ist, eilt sie an Land, um Hilfe zu leisten. Sie kommt gerade rechtzeitig, um einen Fall von Pocken zu diagnostizieren – und zuzusehen, wie der Mann vor ihren Augen stirbt.

Unglücklicherweise hat der Hafenmeister ihre Diagnose gerade noch gehört, und er erklärt, dass das Schiff, von dem der Seemann gekommen ist, nach französischem Seerecht in den Hafen hinausgeschleppt und verbrannt werden muss, um zu verhindern, dass sich die Ansteckung überall im Hafen ausbreitet.

Noch unglücklicher ist die Tatsache, dass der Comte St. Germain, der Besitzer des besagten Schiffes, vor Ort ist – und stark dazu tendiert, Claire für den Verlust seines Schiffes und der Ladung verantwortlich zu machen. Jamie kommt zwar rechtzeitig, um zu verhindern, dass ihr etwas zustößt, doch man gibt Claire zu verstehen, dass es nicht gut ist, den Comte St. Germain zum Feind zu haben. Überschattet von den Flammen des brennenden Schiffes, verlassen die Frasers Le Havre Richtung Paris, wo die Abgründe königlicher Politik sie erwarten – die ihnen vorerst weniger gefährlich vorkommen.

Da Jared sich auf Geschäftsreise in Deutschland befindet, kümmert sich Jamie um die Angelegenheiten des Hauses Fraser in Frankreich und nimmt seinen Platz im Kreis der Jakobiten ein, die Charles Stuart umgeben. Da er etwa im selben Alter wie der Prinz ist, wird er schnell zu Stuarts Saufkumpan und Vertrautem, der unfreiwillig in die Angelegenheiten des Prinzen eingeweiht wird – einschließlich einer Romanze mit der verheirateten Prinzessin Louise de Rohan.

Selbst glücklich verheiratet und in freudiger Erwartung der Geburt seines ersten Kindes, beobachtet Jamie Charles Stuarts Treiben mit missmutigem Blick. Doch die Pflicht ruft, und in so mancher Nacht haftet ihm der Geruch von Wein und fremden Frauen an, wenn er in Claires Bett heimkehrt.

»›*Wer ein Weib ansieht, ihrer zu begehren, der hat schon mit ihr die Ehe gebrochen in seinem Herzen.*‹ Siehst du es so?«

»*Siehst du es denn so?*«

»*Nein*«, *sagte er kurz angebunden.* »*Das tue ich nicht. Und was würdest du tun, wenn ich bei einer Hure gewesen* wäre, *Sassenach? Mich ohrfeigen? Mich aus deinem Schlafzimmer verbannen? Meinem Bett fernbleiben?*«

*Ich wandte mich um und sah ihn an.*

»*Ich würde dich umbringen*«, *sagte ich mit zusammengebissenen Zähnen.*

*Seine Augenbrauen fuhren hoch, und sein Mund verzog sich ungläubig.*

»*Mich* umbringen? *Gott, wenn ich dich mit einem anderen Mann vorfände, würde ich ihn* umbringen.« *Er hielt inne, und sein Mundwinkel verzog sich ironisch.*

»*Versteh mich nicht falsch*«, *sagte er,* »*dir wäre ich auch nicht besonders grün, aber trotzdem wäre er derjenige, den ich umbringen würde.*«

»*Typisch Mann*«, *sagte ich.* »*Nie begreift ihr, worum es wirklich geht.*«

*Er prustete voll bitterem Humor.*

»*Findest du? Dann glaubst du mir also nicht? Soll ich es dir beweisen, Sassenach, dass ich in den letzten paar Stunden keiner Frau beigewohnt habe?*« *Er stand auf, und das Wasser strömte an seinen langen Beinen hinab. Das Licht vom Fenster setzte den rotgoldenen Haaren an seinem Körper Schlaglichter auf, und von seiner Haut stiegen Dampfwölkchen empor. Er sah wie eine Figur aus frisch geschmolzenem Gold aus. Ich warf einen kurzen Blick abwärts.*

»*Ha*«, *sagte ich mit aller Verachtung, die ich in eine einzige Silbe legen konnte.*

»*Heißes Wasser*«, *sagte er kurz und stieg aus der Wanne.* »*Keine Sorge, es dauert nicht lange.*«

»*Das*«, *sagte ich mit sanfter Präzision,* »*glaubst aber auch nur du.*«

Claire, die mit der Eifersucht kämpft, ist beruhigt, als sie hört, dass Jamie sich einen Plan ausgedacht hat, um zu verhindern, dass seine trinkfreudigen Freunde ihn dazu zwingen, sich ihren Orgien anzuschließen: Er hat ihnen erzählt, dass Claire La Dame Blanche ist – die Weiße Dame, eine Zauberin, deren Mächte seine Geschlechtsteile verdorren lassen werden, sollte er ihr jemals untreu werden. Die völlig berauschten und extrem abergläubischen

Männer glauben ihm, und bald machen Gerüchte über La Dame Blanche in Paris die Runde – was Claire sehr belustigt. Mit den Anforderungen des Geschäftslebens und der königlichen Intrigen ist Jamie vollauf beschäftigt. Claire, die nur ihre morgendliche Übelkeit und ihre abendlichen Empfänge hat, ist es nicht. Auf der Suche nach einem sinnvollen Zeitvertreib stellt sie dem Hôpital des Anges ihre Dienste als Medizinerin zur Verfügung, einem Konvent, der von der Respekt einflößenden Mutter Hildegarde und ihrem Assistenten, dem Hund Bouton, geleitet wird.

Auch Jamie hat sich einen Assistenten zugelegt: einen französischen Jungen, auf den er – durch Zufall – in einem Bordell gestoßen ist.

*»Er soll Fergus heißen«, erklärte Jamie. »In Wirklichkeit heißt er Claudel, aber wir fanden, das klingt nicht besonders männlich.«*

*»Aber wir haben doch schon einen Stallburschen und einen Jungen, der unsere Messer und Schuhe putzt«, warf ich ein.*

*»Oh, aye«, erwiderte Jamie. »Aber wir haben noch keinen Taschendieb.«*

Da Fergus eine leichte Hand im Umgang mit Postsäcken hat, hat Jamie den Finger am geheimen Puls der königlichen Politik und erfährt ermutigende Neuigkeiten: Der alte Prätendent, der ehemalige König James, hegt keinerlei Hoffnung, seinen Thron wiederzuerlangen. Vielmehr hat er Charles nach Frankreich geschickt, weil er Louis dazu zu bewegen hofft, dem jungen Mann aus Schamgefühl eine sichere Zukunft zu bieten, möglicherweise als General in der französischen Armee.

Vielleicht, so glauben Jamie und Claire mit aufkeimender Hoffnung, ist ihre Mission überflüssig?

Doch Charles, der junge Prätendent, hat Höheres im Sinn als die französische Armee. Alarmiert hören die Frasers von Charles Stuarts jüngstem Vorhaben: einer Investition in eine Schiffsladung Portwein, deren Erlös vielleicht ausreichen könnte, um die Rebellion zu finanzieren, von der Stuart träumt. Noch alarmierender ist die Wahl des Geschäftspartners, die Charles für dieses Unterfangen getroffen hat – es ist der Comte St. Germain.

Jamie beginnt ein heikles Spiel. Vorsichtig hört er sich unter den Bankiers und Adelsleuten, den Kaufmännern und Diplomaten um, um herauszufinden, wie er den Erfolg dieses Unternehmens verhindern kann. Claire, die ihn trotz ihres zunehmenden Bauchumfangs zu gesellschaftlichen Ereignissen begleitet, trägt das Ihre dazu bei, Gerüchten nachzuspüren – und sie in Umlauf zu bringen.

Unter Claires neuen Bekanntschaften ist auch ein junges Mädchen, das sie auf einem von Louise de Rohans Empfängen kennen gelernt hat: Mary Hawkins, die fünfzehnjährige Nichte eines Geschäftspartners von Jamie. Mary ist schüchtern, hübsch, mit einer stotternden Zunge behaftet. Sie weiß nicht das Geringste über Männer im Allgemeinen – und lebt in seliger Ahnungslosigkeit, was den Plan ihres Onkels betrifft, sie an einen älteren, degenerierten französischen Aristokraten zu verheiraten.

Claire, der das Mädchen zunächst Leid tut und die dann mit ihr Freundschaft schließt, begreift schließlich, warum ihr der Name Mary Hawkins so bekannt vorgekommen ist: Claire hat den Namen auf einem Stammbaum gesehen; Mary ist – oder wird – Frank Randalls Urahnin: Black Jack Randalls Frau.

Aber wie kann das sein? Jack Randall ist im Gefängnis von Wentworth ums Leben gekommen, vor ein paar Monaten wurde er bei Jamies Rettung von den Hufen einer Herde Hochlandrinder zu Tode getrampelt. Und dennoch... trägt Claire nach wie vor den goldenen Ring aus ihrer Ehe mit Frank, der kühl und sicher an ihrer linken Hand steckt. Wie kann das sein, wenn doch der Mann, der Franks Linie begründet hat, gestorben ist, bevor er ein Kind zeugen konnte?

Jonathan Randall mag tot sein, doch sein Geist sucht Jamie in seinen Träumen heim. Die Narben aus Wentworth auf seinem Rücken sind immer noch wund, und er wacht in kalten Schweiß gebadet auf, Randalls Stimme im Ohr, Randalls Berührung auf seiner Haut. Er weigert sich, Claire an den Schrecken seiner Erinnerungen teilhaben zu lassen, und bekämpft seine Dämonen in der Nacht allein. Wenn er morgens aufsteht, hat er seine Erinnerungen fest in das Gefängnis seines stählernen Willens gezwängt.

Auf der Suche nach Heilkräutern, die ihm vielleicht das Schlafen erleichtern, macht Claire die Bekanntschaft eines kleinen, mysteriösen Apothekers – Master Raymond, der sie nicht nur vor den Gefahren des königlichen Intrigenspiels warnt, sondern auch vor dem Comte, dessen unheilvoller Ruf durch Gerüchte über seine okkulten Verbindungen noch ominöser wird. Steckt der Comte hinter dem Attentat auf Jamie in den Straßen von Paris – steckt er dahinter, als Claire in Versailles fast vergiftet wird?

Inmitten der Kreise von Intrigen und Ungewissheit, die sich immer weiter ausdehnen, ist die Sicherheit ihrer Ehe das einzige Refugium der Frasers. Während das Baby, das der spürbare Beweis ihrer Liebe zueinander ist, in Claire heranwächst, fühlen sie und Jamie sich noch dichter zueinander gezogen, und sie beschützen einander vor den verborgenen Gefahren, die sie umgeben.

*»Macht es dich überhaupt nicht nervös?«, fragte ich, als wir die Treppe hinaufgingen. »Dass du niemandem vertrauen kannst?«*

*Er lachte leise. »Na ja, niemand ist zu viel gesagt, Sassenach. Ich habe dich – und Murtagh und meine Schwester Jenny und ihren Mann Ian. Euch vieren würde ich blind vertrauen – was ich ja auch schon mehrfach getan habe.«*

*Ich erschauerte, als er den Überwurf des großen Bettes zurückzog. Das Feuer war für die Nacht eingedämmt worden, und es wurde langsam kalt im Zimmer.*

*»Vier Menschen, denen du vertrauen kannst, das scheint mir nicht sehr viel zu sein«, sagte ich, während ich mein Kleid aufschnürte.*

*Er zog sich das Hemd über den Kopf und warf es auf den Stuhl. Die Narben auf seinem Rücken glänzten silbern im schwachen Licht des Nachthimmels vor dem Fenster.*

*»Aye, na ja«, sagte er gelassen. »Es sind vier mehr als Charles Stuart hat.«*

Trotz der Intrigen und Gerüchte, die sie umgeben, hegt der König eine Vorliebe für Claire und Jamie, und oft wird bei königlichen Empfängen um ihre Anwesenheit gebeten. Claire wird zu einem Essen eingeladen, das zu Ehren eines englischen Adeligen gegeben wird, der zu Besuch in Paris und ein alter Bekannter der Frasers ist: der Herzog von Sandringham. Doch es liegt weder am Herzog noch an Claires fortwährender Übelkeit, dass sie in den Gärten von Versailles in Ohnmacht fällt; es ist das plötzliche Auftauchen eines Mannes, der eigentlich schon zweimal gestorben ist.

*Dann sah ich ihn. Ich konnte spüren, wie mir das Blut aus dem Kopf wich, während mein Blick ungläubig der eleganten Rundung seines Schädels folgte, der dunkelhaarig und kühn mit den gepuderten Perücken um ihn herum kontrastierte. In meinem Kopf ertönten Alarmgeräusche wie Sirenen, während ich darum rang, die Eindrücke, die auf mich einstürzten, zu verarbeiten und zu leugnen. Mein Unterbewusstsein sah die Linienführung seiner*

Nase, dachte »Frank« und ließ meinen Körper sich ihm zuwenden, um auf ihn zuzulaufen und ihn willkommen zu heißen. »Nicht Frank«, entgegnete das übergeordnete, rationale Zentrum meines Verstandes und ließ mich auf der Stelle erstarren, als ich die vertraute Form eines halb lächelnden Mundes sah. Noch einmal: »Du weißt, dass es nicht Frank ist«, als sich meine Wadenmuskeln schon verkrampften. Dann kam der Sturz in die Panik, Fäuste und Magen ballten sich, als die langsameren, aber hartnäckigen Prozesse logischen Denkens der Reaktion von Instinkt und Bewusstsein auf den Grund gingen, die hohe Stirn und die arrogante Kopfhaltung registrierten und mir das Undenkbare bestätigten. Es konnte nicht Frank sein. Und wenn nicht, dann konnte es nur…

»Jack Randall.« Es war nicht meine Stimme, die das sagte, sondern Jamies, die einen seltsam ruhigen und distanzierten Klang hatte. Durch mein seltsames Benehmen aufmerksam geworden, war sein Blick dem meinen gefolgt, und er hatte gesehen, was ich gesehen hatte.

Er regte sich nicht. Soweit ich es durch den zunehmenden Schleier der Panik wahrnehmen konnte, atmete er nicht. Ich war mir dumpf bewusst, dass neben uns ein Bediensteter neugierig an dem hünenhaften schottischen Krieger hochblickte, der erstarrt neben mir stand, schweigend wie eine Statue des Mars. Doch all meine Besorgnis galt Jamie.

In Gegenwart des Königs eine Waffe zu ziehen bedeutete den Tod. Murtagh befand sich am anderen Ende des Gartens, viel zu weit weg, um zu helfen. Noch zwei Schritte, und Randall würde in Hörweite sein. In Reichweite eines Schwertes. Ich legte eine Hand auf seinen Arm. Er war so starr und fest wie der Stahl des Schwertgriffes unter seiner Hand. In meinen Ohren rauschte das Blut.

»Jamie«, sagte ich. »Jamie!« Und fiel in Ohnmacht.

Doch der Neuankömmling ist nicht Jack Randall, sondern vielmehr sein jüngerer Bruder Alexander Randall, der seinem bösartigen Bruder zwar verblüffend ähnlich sieht, aber eine völlig gegensätzliche Persönlichkeit zu haben scheint. Jack war Soldat und ein Sadist; Alex ist eine geistliche Schreibkraft, ein sanftmütiger, intellektueller junger Mann, der als Kaplan und Sekretär im Dienst des Herzogs steht. Außerdem, so erfährt Claire, ist er Mary Hawkins' geheime Liebe, obwohl es angesichts seiner Mittellosigkeit und Marys (immer noch unangekündigter) Verlobung mit dem Vicomte Marigny ausgeschlossen scheint, dass das junge Paar jemals heiratet.

Jamie kann nichts Schlimmes an Alexander Randall finden – außer seiner körperlichen Ähnlichkeit mit seinem Bruder. Alexanders Ankunft in Paris löst weitere Albträume aus, in denen Jamie Jack Randalls Berührungen spürt, und hört, wie seine tote Stimme in der Dunkelheit Obszönitäten murmelt. Er erwacht schweißgebadet und benommen aus diesen Träumen, lässt aber nicht zu, dass Claire ihn tröstet, sondern beharrt darauf, Jack Randalls Geist in seinem eigenen Kopf zu bekämpfen.

Bei einem Ausflug zu den königlichen Stallungen in Argentan tritt der Herzog von Sandringham mit einem interessanten Vorschlag an Claire heran: Wenn Jamie sich einverstanden erklärt, nach Schottland heimzureisen und Charles Stuart den Rücken zu kehren, lässt sich eine Begnadigung arrangieren.

Warum?, fragt sich Jamie. Der Herzog ist ihm nichts schuldig und kann sich von ihm nichts erhoffen. Hat der Herzog – oder vielleicht die englische Krone, die sich des Herzogs als Mittelsmann bedient – vor, Stuart seiner Verbündeten zu berauben, um seine Bemühungen zu hintertreiben?

Claire und Jamie planen einen Abendempfang, in dessen Verlauf sie nicht nur hoffen, die Pläne des Herzogs herauszufinden – ist er ein geheimer Jakobit oder das Gegenteil? –, sondern auch eine Vorstellung davon zu bekommen, ob der Comte St. Germain hinter den Anschlägen auf ihrer beider Leben steckt. Bei Anbruch der Dunkelheit eilt Claire aus dem Hôpital des Anges nach Hause, um sich für den Empfang umzuziehen. Mary Hawkins, Fergus und Murtagh, Jamies Pate und Wegbegleiter, sind bei ihr.

Doch es wird Nacht, und in der Dunkelheit der Rue Faubourg St.-Honoré wird die Gruppe angegriffen. Murtagh findet sich gefesselt und hilflos wieder, und Mary wird zu Boden geworfen und vergewaltigt. Es scheint, als blühte Claire dasselbe Schicksal, als ihr die Kapuze vom Kopf fällt und der Lichtstrahl einer Laterne ihr Gesicht beleuchtet.

*»Mutter Gottes!« Die Hände, die meine Arme umklammert hielten, lockerten ihren Griff, und ich riss mich los und sah, dass Tupfenhemds Mund in entsetztem Erstaunen unter seiner Maske offen stand. Er wich vor mir zurück und bekreuzigte sich im Gehen.*

»In nomine Patris, et Filii, et Spiritus Sancti«, *stammelte er, während er sich wieder und wieder bekreuzigte. »La Dame Blanche!«*
»*La Dame Blanche!« Der Mann in meinem Rücken wiederholte den Ausruf im Schreckenston.*

Innerhalb von Sekunden haben die Angreifer das Weite gesucht und hinterlassen eine leere Straße – und eine Katastrophe.

Fergus ist davongeeilt, um Jamie zu holen. Zusammen mit ihm kommt Alex Randall. Zu schüchtern und sich seiner Armut zu sehr bewusst, ist er Mary durch die Stadt gefolgt, um die Geliebte vielleicht ab und zu zu erspähen. Jamie befreit Murtagh und bringt sie alle heim – und muss sich danach gemeinsam mit Claire hastig auf einen Empfang vorbereiten, der unter denkbar schlechten Vorzeichen steht.

*Was ich mir im Augenblick am meisten wünschte, waren Frieden, Ruhe und vollkommene Zurückgezogenheit, um wie ein Kaninchen zittern zu können. Doch was mir blühte, war ein Empfang mit einem Herzog, der ein Jakobit sein konnte oder ein englischer Agent, einem Comte, der möglicherweise ein Giftmischer war, und einem im Obergeschoss versteckten Vergewaltigungsopfer.*

Der Empfang wird zum Ereignis der Saison – ein Ereignis, das noch monatelang für Gesprächsstoff sorgen wird, wie Claire trocken bemerkt –, wenn auch nicht aus den üblichen Gründen. Das Abendessen ist in vollem Gange, als Mary Hawkins, aufgelöst unter dem Einfluss von Beruhigungsmitteln, auftaucht – worauf es zu heftigen Streitereien, Handgreiflichkeiten und allgemeiner Hysterie kommt und schließlich damit endet, dass Mary zum Haus ihres Onkels Silas Hawkins gebracht wird, Alex Randall k. o. geschlagen wird, der Comte St. Germain sich schadenfroh zurückzieht und Jamie in die Hände der Pariser Polizei fällt.

Als man ihn in der Morgendämmerung entlässt und er in das Haus in der Rue Tremoulins zurückkehrt, wünscht sich Jamie nur noch saubere Kleider und Claires Umarmung. Doch ihm steht noch ein weiterer Wortwechsel bevor: Murtagh kniet zu seinen Füßen nieder, hält ihm seinen Dolchgriff hin und bittet Jamie förmlich, ihm das Leben zu nehmen. Er kann nicht mit der Schande leben, so sagt er, in der Pflicht versagt zu haben, die Frau und das ungeborene Kind seines Herrn zu beschützen.

Anstatt die Bitte seines Patenonkels zu erfüllen, nimmt Jamie Murtagh einen Eid ab:

*Jamies Stimme wurde noch leiser, doch es war kein Flüstern. Er streckte die drei mittleren Finger seiner rechten Hand aus und legte sie zusammen an der Stelle über den Dolchgriff, wo Heft und Zapfen aufeinander stoßen.*

*»Getreu des Eides, den du mir geleistet hast, und des Wortes, das du meiner Mutter gegeben hast, befehle ich dir also: Suche die Männer. Spüre sie auf, und hast du sie gefunden, so trage ich dir die Rache auf, die der Ehre meiner Frau gebührt – und Mary Hawkins' unschuldigem Blut.«*

*Er hielt einen Augenblick inne, dann nahm er die Hand vom Messer. Der Clansmann hielt es an der Klinge senkrecht in die Höhe.*

*Erst jetzt schenkte er mir Beachtung, senkte den Kopf in meine Richtung und sagte: »Was der Herr gesagt hat, Mylady, das werde ich tun. Ich werde Euch die Rache zu Füßen legen.«*

Jamie beschließt, ebenfalls Nachforschungen anzustellen – die Ereignisse des Abendessens und ein von ihm abgefangener, mysteriöser, musikalisch verschlüsselter Brief, der der Sache der Stuarts Unterstützung verspricht, machen es noch dringlicher herauszufinden, wo die Sympathien des Herzogs von Sandringham tatsächlich liegen.

Claire begleitet Jamie zum Haus des Herzogs. Wenn möglich, plant sie sich davonzustehlen und nach Alexander Randall zu suchen. Da der Überfall auf der Rue du Faubourg St.-Honoré öffentlich bekannt geworden ist, kommt eine Heirat Marys mit dem Vicomte nicht mehr in Frage. Alex und Mary können sich nicht offen treffen, doch Claire hat vor, Alex in ihr Haus einzuladen, wo er sich unter vier Augen mit Mary unterhalten kann.

Als sie sich von Jamies Gespräch mit dem Herzog davonstiehlt, trifft sie nicht auf Alex, sondern auf Mary – die sich ihrerseits aus dem Haus ihres Onkels fortgeschlichen hat und hergekommen ist, um den Mann zu suchen, den sie liebt. Ein mitfühlender Bediensteter teilt den Frauen mit, dass sie zu spät gekommen sind: Als Resultat des Skandals am Abend ist Alexander aus den Diensten des Herzogs entlassen worden und befindet sich bereits auf dem Weg nach England.

Bestürzt und ungläubig läuft Mary auf den Flur. Claire folgt ihr, um zu verhindern, dass man Mary entdeckt und es zum Skandal kommt. Doch als sie auf der Verfolgung um eine Ecke schießt, vergisst Claire Mary vollständig, denn sie stößt kopfüber mit einem Mann zusammen, der ihr entgegenkommt.

*Er gab ein erschrockenes »Uff!« von sich, als ich ihm vor den Bauch prallte, und umklammerte meine Arme, um das Gleichgewicht zu behalten, während wir gemeinsam schwankten und stolperten.*

*»Entschuldigung«, begann ich atemlos. »Ich dachte, Ihr wärt – ach du heilige Scheiße!«*

*Mein erster Eindruck – dass ich auf Alexander Randall gestoßen war – hatte nicht länger als jenen Bruchteil einer Sekunde gewährt, den ich benötigte, um die Augen über diesem fein gemeißelten Mund zu sehen. Der Mund ähnelte dem von Alex sehr, abgesehen von den tiefen Falten, die ihn umgaben. Doch diese kalten Augen konnten nur einem Mann gehören.*

*Der Schreck saß mir so in den Gliedern, dass mir einen Moment lang paradoxerweise alles ganz normal vorkam; ich war nahe daran, mich zu entschuldigen, ihn abzuschütteln und meine Verfolgung wieder aufzunehmen, während er vergessen im Korridor zurückblieb, einfach nur eine Zufallsbegegnung. Meine Adrenalindrüsen beeilten sich aber, diesen Eindruck zu korrigieren, und jagten mir eine solche Dosis Adrenalin in den Blutkreislauf, dass mein Herz sich wie eine Faust zusammenballte.*

*Inzwischen kam auch er wieder zu Atem und erlangte seine kurzfristig erschütterte Selbstkontrolle zurück.*

*»Ich bin geneigt, mich Eurer Meinung anzuschließen, Madam, wenn auch nicht unbedingt so, wie Ihr sie ausdrückt.« Er umklammerte mich immer noch an den Ellbogen und hielt mich ein Stückchen von sich weg. Er kniff die Augen zusammen, um im Halbdunkel des Flurs mein Gesicht zu sehen. Ich sah, wie der Schrecken seine Gesichtszüge erbleichen ließ, als Licht auf mein Gesicht fiel und er mich wiedererkannte. »Verdammt, Ihr seid es!«, rief er aus.*

*»Ich dachte, Ihr wärt tot!« Ich ruckte an meinen Armen und versuchte, sie aus Jonathan Randalls stahlhartem Griff zu befreien.*

*Er ließ einen Arm los, um sich den Bauch zu reiben, und betrachtete mich kalt. Seine schmalen, fein geschnittenen Gesichtszüge waren braun und gesund; er sah nicht danach aus, als wären fünf Monate zuvor dreißig Rinder von je einer Vierteltonne Gewicht über ihn hinweggetrampelt. Er hatte nicht einmal einen Hufabdruck auf der Stirn.*

Die Entdeckung, dass Jack Randall noch lebt, versetzt Claire einen Schock, doch was sie noch mehr beunruhigt, ist die Wirkung dieser Entdeckung auf Jamie – und ihre möglichen Nachwehen.

Jamie schickt sie mit der Kutsche nach Hause und verschwindet. Was hat er getan, was tut er gerade? Er kann Jack Randall in Sandringhams Haus nicht offen zum Duell herausfordern – doch plant er mit Sicherheit eine solche Herausforderung.

Verzweifelt vor Angst und Sorge, gelangt Claire wieder in Jareds Haus, wo sie einen unerwarteten Besucher vorfindet – Jamies Onkel Dougal. Dougal, mit Leib und Seele Jakobit, ist aus privaten Gründen, die er Claire verschweigt, zu Besuch in Paris, doch es erfüllt ihn mit Sorge, als er von dem bevorstehenden Duell seines Neffen hört. Duelle sind illegal, und die Teilnehmer enden meistens hinter Schloss und Riegel in der Bastille – und eine solche Entwicklung würde Jamies Mögichkeiten, Charles Stuart zu helfen, nun wirklich einen Dämpfer aufsetzen.

Claire hat einen Plan, der ihrer Verzweiflung entspringt, und sie überredet Dougal, ihr bei der Durchführung zu helfen. Sie wird zur Polizei gehen und Jack Randall als einen der Männer anzeigen, die sie auf der Rue du Faubourg St.-Honoré überfallen haben. Natürlich ist er in dieser Sache unschuldig, doch die Polizei wird ihn einsperren, bis er seine Unschuld beweisen kann – und Claire damit Zeit geben, Jamie zu finden.

Der Plan funktioniert, und Jamie kehrt nach Hause zurück – um seine Beute betrogen und von kalter Wut erfüllt. Jamie hat nur noch Rache im Sinn; nur Jack Randalls Blut wird das Feuer seines Zorns löschen. Claire versteht ihn und wäre mehr als bereit, ihm nicht nur zu helfen, sondern Randall eigenhändig umzubringen – wäre da nicht das eine: Frank.

Jack Randall ist Franks Urahn; das Kind, das ihm in der Abstammungslinie folgt, die zu Frank führt, ist noch nicht empfangen worden. Claire fleht Jamie an, seine Rache nur eine kleine Weile aufzuschieben – nur ein Jahr; Zeit genug für Randall, zu heiraten und einen Sohn zu zeugen. Dann, wenn für Frank gesorgt ist... kann Jack Randall sterben.

Jamie reagiert mit einem Wutausbruch auf diese Bitte. Wie kann sie von ihm verlangen, dass er wartet, dass er einen Mann leben lässt, der ihm angetan hat, was Jack Randall ihm angetan hat? Doch schließlich siegt seine Liebe zu Claire – und sein Gefühl der Verpflichtung gegenüber Frank Randall –, und er erklärt sich grollend bereit, auf die Genugtuung für sein kochendes Ehrgefühl zu warten.

Bis jetzt sind alle erdenklichen Versuche, Charles Stuarts Weingeschäft zu unterbinden, fehlgeschlagen, und die Situation wird immer bedrohlicher: Charles hat in Holland zweitausend Schwerter bestellt und betrachtet die Schiffe im Hafen mit dem gierigen Blick eines Möchtegern-Invasoren. Jamie, der ihn um jeden Preis aufhalten möchte, heckt einen kühnen Plan aus.

Wenn sich herausstellt, dass das Schiff mit Stuarts Portwein die Pocken an Bord hat, werden die französischen Behörden es zerstören. Werden die Pocken aber entdeckt, bevor das Schiff in den Hafen anläuft, wird der Kapitän daher Kurs auf Spanien nehmen, wo diese strengen Einschränkungen nicht existieren. Und bestimmt wird der Kapitän nichts dagegen haben, die Schiffsladung Portwein, die er am Hals hat, an einen Käufer abzugeben, der gerade des Weges kommt – Jamie, gewappnet mit Gold, das er sich von den Bankiers geliehen hat, zu denen er gute Beziehungen hat. Murtagh seinerseits gewappnet mit einer Sammlung von Claires Kräutertränken, wird das Pockenopfer spielen; Jamie den Retter des Kapitäns. Jamie kann den Portwein in Spanien verkaufen, sich sein Geld zurückholen und dann nach Frankreich zurückkehren, um seine Schulden zu bezahlen – und Charles Stuart wird mittellos dastehen und vor Wut kochen, aber fest auf Grund gelaufen sein, und zwar weit weg von Schottland.

Als der Plan vorbereitet ist, macht sich Jamie vor seinem Aufbruch daran, Jareds Geschäfte zu ordnen, wird aber durch eine Mitteilung vom Vorsteher des Lagerhauses unterbrochen. Besagter Herr entschuldigt sich und informiert Jamie, dass er in einem Bordell in Finanznöte geraten ist – ob Jamie wohl so freundlich wäre, ihm auszuhelfen? Hin- und hergerissen zwischen Belustigung und Verärgerung, macht sich Jamie auf den Weg und nimmt Fergus mit.

Unterdessen hat es Anzeichen einer Gefährdung von Claires Schwangerschaft gegeben, und zum Schutz ihres Kindes hat sie widerstrebend die Arbeit im Hôpital, ihre Gastgeberrolle und jede körperliche Anstrengung aufgegeben. Doch ihre Pariser Freundinnen besuchen sie zu Hause, um sie über die Gerüchteküche im Bilde zu halten. Als der Butler sie eines Nachmittags davon in Kenntnis setzt, dass sie zwei dieser Besucherinnen hat, begibt sich

Claire langsam treppabwärts – und hört sie über eine Neuigkeit sprechen, bei der ihr vor Schreck schwindelig wird.

Eine der Frauen hat von einem Handgemenge gehört, das sich am Morgen in einem der bekannteren Pariser Bordelle zugetragen hat. Jamie ist auf einen englischen Soldaten losgegangen, hat ihn die Treppe hinuntergeworfen und ihn zum Duell herausgefordert! Die Damen sind voll schockierten Entzückens über einen solchen Skandal; Claire ist am Boden zerstört.

Irgendetwas hat Jamie bewogen, das Wort zu brechen, das er ihr gegeben hat. Vielleicht war es nur Jack Randalls Anblick, vielleicht etwas anderes – doch was es auch immer ist, er hat vor, Randall am nächsten Morgen in der Dämmerung zu treffen, und er plant ohne Zweifel, ihn umzubringen. Ein solches Duell kann nur auf zweierlei Weise enden, und beide Möglichkeiten sind katastrophal: entweder bringt Jamie Randall wirklich um und löscht damit Franks Abstammungslinie und Frank selber aus – oder Randall bringt Jamie um.

Claire errät, wo das Duell stattfinden wird, und begibt sich trotz ihrer fortgeschrittenen Schwangerschaft im Morgengrauen an diesen Ort, um vielleicht das Duell zu verhindern. Doch sie kommt zu spät; als sie die Lichtung betritt, wird sie vom Geräusch aufeinander prallender Schwerter empfangen.

Beide Männer sind meisterhafte Fechter, doch Jamie wird von einer rasenden Wut getrieben, die seinem Schwert Flügel verleiht. Aus Angst, Jamie von seinem schicksalhaften Kampf abzulenken, wagt Claire nicht, ihm etwas zuzurufen. Ein Fehltritt auf dem feuchten Gras, und Jack Randall liegt auf dem Rücken, Jamie auf Gedeih und Verderb ausgeliefert. Claire öffnet den Mund, um Jamie zuzuschreien, er solle Randall verschonen – doch dann wird sie von Schmerzen überwältigt, als etwas in ihr zerreißt. Sie sieht nur noch, wie Jamies Schwert niederfährt und Randalls Hosenlatz durchbohrt – und dann liegt sie selbst blutdurchtränkt am Boden, und der nahende Tod macht sie blind für die Vorgänge um sie herum.

Eine Woche später liegt Claire im Hôpital des Anges und schwebt durch eine Infektion infolge ihrer Fehlgeburt in Lebensgefahr. Niemand hat Jamie seit dem Duell im Bois de Boulogne gesehen. Claires Körper und Seele sind der Liebe beraubt, die sie einmal gehegt hat, und so kümmert es sie nicht. Ob es nun seine Schuldgefühle sind, weil er sein Wort gebrochen hat – und damit

Franks Stammbaum und seinen eigenen ausgelöscht hat –, die ihn von ihr fern halten oder etwas anderes, sie hat nicht den geringsten Wunsch, ihn zu sehen.

Doch ein Besuch des Apothekers Master Raymond rettet ihr das Leben, und zur Rekonvaleszenz wird Claire nach Fontainebleau gebracht, wo ihre Freundin Louise darauf hofft, dass die Landluft helfen wird, sie an Leib und Seele wiederherzustellen.

Während jedoch Claires Körper heilt, bleibt ihre Seele lustlos und matt. Sie hört kein Wort von Jamie. Claire glaubt, dass er gezwungenermaßen nach Spanien gereist ist, um ihren Plan durchzuführen. Von einem betäubenden grauen Nebel des Verlustes umgeben, kümmert es sie nicht, ob er zurückkehrt.

Durch eine Zufallsentdeckung lichtet sich der Nebel, wenn er auch nicht ganz verschwindet. Von Fergus erfährt sie den Grund, warum Jamie sein Wort gebrochen und mit Jack Randall gekämpft hat. Während er seine Angelegenheit in dem Bordell regelte, hatte er Randall dabei erwischt, wie er Fergus brutal missbrauchte, und hatte ihn wutentbrannt herausgefordert. Claire versteht ihn – kann ihm aber nicht verzeihen. Ihr Verlust ist zu groß.

*Manchmal ertappte ich mich dabei, dass ich mich fragte, wann – oder ob – ich ihn wieder sehen würde, und was – wenn überhaupt – wir wohl zueinander sagen würden. Doch meistens zog ich es vor, nicht darüber nachzudenken, und ließ die Tage kommen und gehen, einen nach dem anderen, und ging allen Gedanken über die Zukunft und die Vergangenheit aus dem Weg, indem ich ausschließlich in der Gegenwart lebte.*

Dieser schlafwandlerische Zustand wird allerdings eines Tages unterbrochen, als eine Nachricht in Fontainebleau eintrifft, aus der klar hervorgeht, dass Jamie *nicht* in Orvieto ist, wie Claire angenommen hat. Doch... wo ist er dann?

*»Er ist in der Bastille«, sagte Louise und holte tief Luft. »Weil er sich duelliert hat.«*

*Mir zitterten die Knie, und ich setzte mich auf die nächste Oberfläche, die zur Verfügung stand.*

*»Warum zum Teufel hast du mir das nicht gesagt?«* Ich war mir nicht sicher, was ich bei dieser Nachricht empfand; Erschrecken, Entsetzen – Angst? Oder ein leises Gefühl der Genugtuung.

*»Ich – ich wollte dich nicht in Aufregung versetzen, cherie«, stammelte Louise, verblüfft über meine sichtliche Bestürzung.*

*»Du warst so geschwächt… und es gab doch sowieso nichts, was
du hättest tun können. Und du hast nicht gefragt«, stellte sie klar.*

*»Ach du heiliges Kanonenrohr«, murmelte ich und wünschte,
mir fiele ein kräftigerer Ausdruck ein.*

*»Es ist ein Glück, dass* le petit James *seinen Gegner nicht umgebracht hat«, beeilte sich Louise hinzuzufügen. »In diesem Fall
wäre seine Strafe sehr viel… huch!« Sie raffte ihre gestreiften Röcke gerade rechtzeitig beiseite, um der Kaskade von Kakao und
Keksen auszuweichen, als ich die gerade eingetroffenen Erfrischungen umstieß. Das Tablett schepperte unbeachtet zu Boden,
als ich auf sie hinabstarrte. Ich hielt die Hände fest an meine Rippen gepresst, und die Rechte schloss sich schützend um den goldenen Ring an meiner linken Hand. Der dünne Metallring schien
meine Haut zu verbrennen.*

*»Dann ist er gar nicht tot?«, fragte ich wie im Traum. »Haupt-
mann Randall… er lebt noch?«*

*»Aber natürlich«, sagte sie und blinzelte neugierig zu mir auf.
»Das hast du nicht gewusst? Er ist schwer verletzt, doch man
sagt, dass er sich erholt. Fühlst du dich nicht gut, Claire? Du siehst
aus…« Doch der Rest ihrer Worte ging in dem Rauschen unter,
das meine Ohren erfüllte.*

Es gibt keinen Ausweg. Was auch immer Claire für Jamie empfindet – und sie ist sich selbst nicht sicher, was es ist – sie muss ihn
aus der Bastille befreien. Es bleiben nur noch Tage; Charles Stuarts Schiff wird bald lossegeln – und mit ihm jede Hoffnung, die
Katastrophe des Aufstandes zu verhindern.

Claire kehrt nach Paris zurück und sucht verzweifelt nach
Hilfe. Doch es bietet sich nur ein einziger Weg an – ein persönlicher Appell an den König. Der König hat eine Schwäche für
den Charme der Frauen – doch ein solcher Appell hat seinen
Preis.

*»Er wird davon ausgehen, dass Ihr ihm beiwohnt«, sagte Mut-
ter Hildegarde unverblümt.*

*Ich starrte auf die Tischplatte hinab, nahm aber die komplexen
Emaillekringel der Einlegearbeiten kaum wahr, die abstrakte Formen aus Geometrie und Farbe bildeten. Mein Zeigefinger folgte
den Schlaufen und Spiralen vor meinen Augen, die meinen dahin-
rasenden Gedanken nur einen brüchigen Anker boten. Wenn es
denn notwendig war, dass Jamie aus dem Gefängnis entlassen
wurde, um die Invasion der Jakobiten in Schottland zu verhin-*

*dern, dann musste ich wohl für seine Befreiung sorgen, egal wie und egal mit welchen Konsequenzen.*

*Schließlich blickte ich auf und erwiderte den Blick der Musiklehrerin.* »*Ich muss es tun*«, *sagte ich leise.* »*Es gibt keinen anderen Weg.*«

»*Ich werde für Euch beten*«, *sagte Mutter Hildegarde, und ihr Lächeln hätte in einem weniger solide geschnitzten Gesicht einen ängstlichen Eindruck gemacht. Ihr Gesicht nahm plötzlich einen sinnierenden Ausdruck an.*

»*Obwohl ich mich frage*«, *fügte sie nachdenklich hinzu,* »*wer genau der passende Schutzheilige wäre, den man unter diesen Umständen anruft.*«

Als sie den Weg zum Palast und ihrem Rendezvous mit dem König antritt, schwankt Claire zwischen Abscheu vor dem, was ihr bevorsteht – und tiefer Wut auf Jamie, der sie unabsichtlich dazu gezwungen hat, sich zu prostituieren. Ihr einziger geringer Trost ist die Tatsache, dass er Jack Randall doch nicht getötet hat – Frank ist wenigstens sicher, irgendwo in der Zukunft.

Aber als dann der Leibdiener die Tür zum königlichen Boudoir öffnet, sorgt sich Claire um die Gegenwart. Zu ihrem großen Erstaunen stellt Claire jedoch fest, dass der König einen anderen Dienst von ihr erwartet. Zwei der Zauberei angeklagte Männer stehen vor dem geheimen Rat des Königs vor Gericht. Sie klagen sich gegenseitig an; nur eine kann das Urteil über sie fällen – La Dame Blanche.

Der eine der Männer ist Raymond, der Apotheker, der andere der Comte St. Germain. Claire steht hilflos im Zentrum des Duells der Zauberer und hat keine Ahnung, was sie tun oder sagen soll, während sich die beiden gegen die Anklage der Magie verteidigen – bis der Comte die Anklage der Zauberei gegen sie richtet.

»*Seht Ihr?*«, *sagte er triumphierend.* »*Die Frau weicht voll Furcht zurück! Sie ist eine Hexe!*«

*Verglichen mit einem der Richter, der sich an die Wand drückte, war ich eigentlich ein Monument der Tapferkeit, musste aber zugeben, dass ich beim Erscheinen der Schlange unwillkürlich einen Schritt rückwärts gegangen war. Jetzt trat ich wieder vor, um sie ihm abzunehmen. Das verdammte Ding war schließlich nicht giftig. Vielleicht würden wir ja sehen, wie harmlos sie war, wenn ich sie ihm um den Hals schlang.*

*Bevor ich zu ihm treten konnte, begann Master Raymond hin-*

*ter ihm zu sprechen. In der ganzen Aufregung hatte ich ihn völlig vergessen.*

»*Das ist nicht alles, was in der Bibel steht, Monsieur le Comte*«, *bemerkte Raymond. Er hob seine Stimme nicht, und sein breites Amphibiengesicht war so ausdruckslos wie Pudding. Doch das Summen der Stimmen verstummte, und der König wandte sich ihm zu, um ihn anzuhören.*

»*Ja, Monsieur?*«, *sagte er.*

*Raymond nahm mit einem höflichen Nicken zur Kenntnis, dass er das Wort hatte, und griff mit beiden Händen in seine Robe. Aus der einen Tasche brachte er ein Fläschchen zum Vorschein, aus der anderen einen kleinen Becher.* »›*Sie werden Schlangen vertreiben*‹«, *zitierte er,* »›*und so sie etwas Tödliches trinken, wird's ihnen nicht schaden.*‹«

Raymond übergibt den Becher an Claire, die ihm vertraut und daraus trinkt. Darauf nimmt er selbst den Becher und trinkt – dann gibt er ihn Claire, damit sie ihn dem Grafen weiterreicht. Doch während er selbst getrunken hat, hat Raymond den Inhalt mit Hilfe eines Taschenspielertricks vergiftet.

*Ich wusste genau, dass der Becher, den ich in den Händen hielt, den Tod bedeutete. Der weiße Kristall hing um meinen Hals, sein Gewicht warnte mich vor Gift. Ich hatte nicht gesehen, wie Raymond etwas hinzugefügt hatte; niemand hatte es gesehen, dessen war ich mir sicher. Doch ich brauchte den Kristall nicht in die blutrote Flüssigkeit zu tauchen, um zu wissen, was sie jetzt enthielt.*

*Der Comte sah das Wissen in meinem Gesicht; La Dame Blanche kann nicht lügen. Er zögerte und blickte den sprudelnden Becher an.*

»*Trinkt, Monsieur*«, *sagte der König. Seine dunklen Augen waren wieder verschleiert. Sie verrieten nichts.* »*Oder habt Ihr Angst?*«

*Der Comte mochte eine ganze Reihe unangenehmer Eigenschaften haben, doch Feigheit gehörte nicht dazu. Sein Gesicht war blass und gefasst, doch er erwiderte den Blick des Königs geradeheraus und mit einem schwachen Lächeln.*

»*Nein, Majestät*«, *sagte er.*

*Er nahm mir den Becher aus der Hand und leerte ihn, die Augen auf die meinen geheftet. Dort verharrte er und starrte mir noch ins Gesicht, als sich seine Augen in der Gewissheit des To-*

*des verschleierten. Die weiße Dame kann das Schicksal eines Menschen zum Guten wenden oder zur Vernichtung.*

Claire kehrt nach Fontainebleau zurück und lässt – so glaubt sie – alles hinter sich. Alles ist vorbei: die Liebe wie auch die Gefahr. Schleichend rückt der Nebel wieder näher, und sie heißt das Grau mit offenen Armen willkommen. Sie lebt nur noch in den Tag hinein und fürchtet sich davor, auch nur an die Zukunft zu denken. Jamie ist frei – sie hat seine Freiheit zu einem Preis erkauft, an den sie nicht gern zurückdenkt. Wahrscheinlich ist er nach Orvieto gereist, um ihren Plan auszuführen. Wenn er gelingt – *falls* er gelingt… so weit mag Claire nicht denken.

Doch die Zukunft greift nach uns, genau wie die Vergangenheit, und jede Zeit ist Gegenwart. Eines regnerischen Nachmittags meldet der Lakai den Lord Broch Tuarach, und durch Claires Nebel geht ein Riss aus Panik.

Jamie folgt ihr durch die Gartenanlage und holt sie schließlich in einer weinbewachsenen Laube ein, wo sie sich gezwungen sehen, sich ihren Verlusten zu stellen – und sich zu entscheiden, ob sie sich an das klammern wollen, was ihnen geblieben ist.

*Er war aufgestanden und stand über mir. Sein Schatten fiel über meine Knie; das konnte nur bedeuten, dass die Wolkendecke aufgerissen war, denn ohne Licht gibt es keinen Schatten.*

*»Claire«, flüsterte er. »Bitte. Lass mich dich trösten.«*

*»Trösten?«, sagte ich. »Und wie willst du das anstellen? Kannst du mir mein Kind zurückgeben?«*

*Er sank vor mir auf die Knie, doch ich hielt den Kopf gesenkt und starrte auf meine Hände, die mit den Handflächen nach oben gekehrt auf meinem Schoß lagen. Ich spürte seine Bewegung, als er die Hand ausstreckte, um mich zu berühren, zögerte, sie zurückzog, sie erneut ausstreckte.*

*»Nein«, sagte er, und seine Stimme war kaum zu hören. »Nein, das kann ich nicht. Aber vielleicht… mit Gottes Gnade… kann ich dir ein anderes schenken?«*

*Seine Hand schwebte so dicht über der meinen, dass ich die Wärme seiner Haut spürte. Gleichzeitig spürte ich noch mehr: die Trauer, die er fest unter Kontrolle hielt, die Wut und die Angst, die ihn zu ersticken drohten, und den Mut, der ihn trotzdem sprechen ließ. Ich nahm meinen Mut zusammen, der ein fadenscheiniger Ersatz für die graue Umhüllung war. Dann ergriff ich seine Hand und hob den Kopf – und sah der Sonne ins Gesicht.*

Die Bedingung für Jamies Freilassung ist, dass er Frankreich verlassen muss. Seine Begnadigung ist sichergestellt; er kann nach Schottland zurückkehren. Jetzt, wo Charles Stuarts Pläne dauerhaft vereitelt sind und die schmerzvollen Erinnerungen hinter ihm liegen, sind die Frasers überglücklich, dass sie gehen können – heim nach Lallybroch.

Die Einsamkeit der Highlands und das friedvolle, geschäftige Leben auf dem Hof sind für Claire und Jamie eine Zuflucht. Sie glauben, ihr Ziel erreicht zu haben: Stuart besitzt keinen Penny mehr und steht bei allen französischen und italienischen Bankiers in Misskredit – es gibt keine Hoffnung für ihn, eine Armee auf die Beine zu stellen. Sie sind frei, sich einander zuzuwenden, ihr gemeinsames Leben aufzubauen, sich in ihre Liebe zu hüllen, deren Wärme sie vor allen Winden der Zukunft schützt.

Doch das Schicksal ist launisch – genau wie Charles Stuart. Die Ankunft eines Briefes erschüttert den Frieden auf Lallybroch. Stuart ist in Glenfinnan gelandet, um Anspruch auf seinen Thron zu erheben. Mitgebracht hat er nur ein paar Männer und ein Dutzend Fässer voll Brandy, mit deren Hilfe er sich bei den Highlandführern einzuschmeicheln hofft, sodass sie sich seiner Sache anschließen. Doch der Brief beinhaltet noch viel schlimmere Nachrichten: Um zu verdeutlichen, wie groß seine Anhängerschaft ist, hat Charles die Namen aller Clansoberhäupter veröffentlicht, die ihm Gefolgschaft geschworen haben – und hat unbekümmert Jamies Namen mit auf die Liste gesetzt, da er sich der Unterstützung seines Freundes sicher war.

Es gibt keinen Ausweg. Es ist ihnen nicht gelungen, Charles Stuart aufzuhalten, und jetzt, da er durch Stuarts Liste als Verräter gebrandmarkt ist, steht Jamie nur ein Weg offen – er muss Charles Stuart helfen, den Sieg zu erringen.

Mit dreißig Männern marschieren Jamie und Claire los, um sich in der Nähe von Preston der Highlandarmee anzuschließen. Doch unterwegs begegnen sie einem Fremden: einem sechzehnjährigen Jungen, der als englischer Soldat mit seinem Regiment ebenfalls nach Preston unterwegs ist. Jamie nimmt den Jungen gefangen und bringt ihn mittels einer Finte dazu, die Stärke und den Standort der Artillerie seines Regiments preiszugeben – welche Jamie und seine Männer im Schutz der Dunkelheit sauber demontieren.

Der Junge – John William Grey – schwört Jamie bittere Rache, bevor man dafür sorgt, dass er sicher wieder zu seinen Begleitern gelangt. Diesem komisch angehauchten Zwischenspiel folgt ein lebensgefährliches Zusammentreffen: Die Highlandarmee muss sich zum ersten Mal gegen die weit überlegene englische Streitmacht unter General Jonathan Cope beweisen.

Claire wartet angstvoll zusammen mit den anderen Frauen, die in Begleitung ihrer Männer mit der Armee unterwegs sind. Ihr Wissen um die Zukunft ist kein Trost: Sie weiß zwar, dass die Highlander gewinnen und nur dreißig Opfer beklagen werden – aber welche von den dreißig werden Männer sein, die sie kennt – oder gar ein Mann, den sie liebt?

Doch dann ist die Schlacht gewonnen, und Jamie überlebt. Die siegreichen Highlander marschieren weiter nach Edinburgh, wo Charles Stuart als Held gefeiert wird. Die Stadt feiert ihn mit Bällen und Empfängen im Holyrood Palast – trotz der Anwesenheit einer englischen Garnison, die sich hinter den Mauern des Edinburgher Schlosses verbarrikadiert hat. Es folgt eine kurze Zeit Schwindel erregender Aktivität; zahlreiche Adelige und Clanhäuptlinge eilen an Stuarts Seite – Abgesandte aus dem Ausland treffen ein und taxieren vorsichtig die Siegeschancen.

Unter den Männern, die gekommen sind, um das Geschehen mit eigenen Augen zu sehen, ist Colum MacKenzie, der Häuptling der MacKenzies von Leoch. Bei einem privaten Treffen mit Jamie bittet er seinen Neffen unverblümt um seinen Rat; soll er die Männer von Leoch der Sache des Prinzen verschreiben – oder umkehren und sich von einem Unternehmen fern halten, das sich als Dummheit erweisen könnte? Sein Bruder Dougal hat sich der Sache der Jakobiten mit Leidenschaft verschrieben, doch Colum obliegt die Entscheidung, was der Clan tun wird.

Jamie zögert, ihm einen Rat zu geben – würde der Rückzug der MacKenzies von Leoch einen Sieg verhindern, der sonst vielleicht errungen werden könnte? Doch wenn der Sieg ausbleibt, dann wird es keinen Clan mehr geben – und die Männer von Leoch sind die Familie seiner Mutter, seine eigenen Blutsverwandten. Nein, sagt er schließlich zu Colum. Halte dich heraus, kehre zurück. Und wenn es zur Katastrophe kommt, wird Jamie Fraser diese Seelen nicht auf dem Gewissen haben.

Auch Claire wird in Holyrood vor eine Entscheidung gestellt: Als sie eines Abends spät die Tür öffnet, sieht sie sich Auge in Auge mit einem Mann, mit dem sie am allerwenigsten rechnet –

Jack Randall. Sie lässt Jamie schlafend zurück, damit er nicht aufwacht und dem Mann begegnet, und folgt Randall in die Ruine der Abteikirche, wo ihr ein verblüffender Vorschlag unterbreitet wird.

Alexander Randall ist in der Stadt, und er ist schwer krank. Da er glaubt, dass Claire übernatürliche Kräfte besitzt, wünscht Jack, dass sie ihn begleitet und seinem jüngeren Bruder mit ihren Heilkräften hilft. Als Gegenleistung wird er ihr Informationen über die Bewegungen der englischen Armee zukommen lassen, die er von seinen Kameraden in der Garnison im Schloss bekommt.

Claire erklärt sich zögernd einverstanden und findet Alexander Randall in großer Not – er leidet an fortgeschrittener Schwindsucht und den ersten Anzeichen drohenden Herzversagens –, doch sie kann ihm in Ansätzen helfen, und die Informationen, die sie von Jack Randall erhält, steigern Charles Stuarts Chancen.

Mit dem unerwarteten – und wahrscheinlich natürlichen – Tod Colum MacKenzies steigen diese noch weiter. Mit Colums Ableben geht die Führung des MacKenzie-Clans an Dougal über – und Dougal kann es gar nicht abwarten, seine Männer und Mittel dem Aufstand zu weihen.

Da er mehr und mehr Unterstützung findet, geht Charles Stuart aufs Ganze und bedrängt die Highland-Clans. Dazu schickt er Jamie und Claire zum Schloss Beaufort, um die Unterstützung des »alten Fuchses« zu erbitten: Simon, Lord Lovat, ist das Oberhaupt des Fraser-Clans – und Jamies Großvater.

»*Mein Großvater hat die Art von Charakter, die es ihm ermöglichen würde, sich ganz bequem hinter einer Wendeltreppe zu verstecken*«, so Jamie zu Claire. Dies ist nicht das erste Mal, dass der alte Fuchs zwei Seiten gegeneinander ausspielt, und Lord Lovat ist zu alt und gerissen, um sich von seinem jungen – illegitimen – Enkelsohn zur Parteinahme überreden zu lassen. Doch Simon kommt zu der Ansicht, dass seine größte Chance, von dieser Angelegenheit zu profitieren, bei den Stuarts liegt, und er entsendet eine nicht unbeträchtliche Anzahl von Männern unter dem Kommando seines Sohnes, des jungen Simon, mit Jamie nach Edinburgh.

Obwohl weitere Männer hinzukommen, wird die Lage in Edinburgh langsam trostloser. Die Unterstützung aus den Lowlands ist nicht eingetroffen, und einige Clanhäuptlinge werden unzufrieden. Die Highlandschotten sind Bauern; der Winter rückt näher, und es drängt sie, auf ihre Höfe zurückzukehren und vor Einbruch der Kälte ihre Häuser und Felder in Ordnung zu bringen. Doch das Schicksal stört sich nicht an ihren Bedürfnissen, und die Rebellenarmee wird ein weiteres Mal auf die Engländer treffen – in Falkirk.

Inmitten des Aufruhrs über die bevorstehenden Feindseligkeiten besucht Claire Alexander Randall, dessen Zustand sich erschreckend verschlechtert hat. Eines jedoch bringt Alex Trost: die unerwartete Ankunft von Mary Hawkins, die – nachdem sie von Alex' Aufenthaltsort erfahren hat – ihren Vater mit List dazu überredet hat, sie zu einer Tante nach Edinburgh zu schicken.

Claire weiß, dass die Highlander noch einmal siegen werden, doch dieses Wissen ist ein schwacher Trost; überall um sich herum sieht sie die Anfänge des gefürchteten Endes, die kleinen Anzeichen abbröckelnden Vertrauens, unfähiger Anführerschaft und mangelnden Nachschubs, die – vielleicht – die Sache der Stuarts und jene, die ihr folgen, zum Scheitern verurteilen werden. Doch fürs Erste ist der Sieg noch einmal nah; auf dem nächtlichen Marsch treffen die Highlander auf eine kleine Truppe englischer Soldaten, und Schüsse zerreißen die Nacht.

Als sie hastig in einer verlassenen Kirche Zuflucht sucht, findet sich Claire mit einigen der MacKenzies von Leoch in der Falle wieder – darunter auch Dougal und sein Leutnant Rupert, der bei dem Scharmützel tödlich verwundet worden ist. Auch Jamie stößt zu der Gruppe, allerdings nicht mehr rechtzeitig, um Claire fortzuschaffen, bevor das Gotteshaus umzingelt wird. Da sie Gefahr laufen, in der Kirche lebendig verbrannt zu werden, ergreift Dougal den einzigen Ausweg, der sich bietet: Claire muss vorgeben, eine Engländerin zu sein, die von den Schotten als Geisel genommen worden ist. Die Highlander werden sie im Austausch für ihre Freiheit herausgeben; wenn sie erst einmal in Sicherheit sind, kann Jamie umkehren, um ihr bei der Flucht aus dem englischen Lager zu helfen.

Der Plan funktioniert, zumindest anfangs. Doch dann geht die Sache unaufhaltsam schief. Claire entdeckt, dass die Schlacht, die sie bereits für beendet hielt, noch gar nicht begonnen hat. Da sämtliche englischen Offiziere mit den Vorbereitungen beschäftigt sind, hat niemand Zeit für sie – und man sendet sie eilig als verdächtige Person unter Bewachung nach Süden. Sie versucht zu entkommen, doch es gelingt ihr nicht, und so wird sie schließlich an einem unerwarteten Ziel in Nordengland abgeliefert – einem Gutshof namens Bellhurst. Auch mit ihrem Gastgeber hat sie nicht gerechnet: Es ist der Herzog von Sandringham.

Als ihm der erstaunliche Fall der englischen Geisel zu Ohren kam, hat der Herzog blitzgescheit erraten, wer die Engländerin sein muss, und dafür gesorgt, dass man Claire zu ihm bringt, damit er Jamie Fraser ködern kann. In einem wenig freundlichen Gespräch mit dem Herzog erfährt Claire die Wahrheit – zumindest zum Teil. Es war der Herzog, der in Paris die Attentate auf Jamie und Claire arrangiert hat, um eine einflussreiche Quelle der Unterstützung für Charles Stuart zu beseitigen. Der Mann, der den Überfall auf der Rue du Faubourg St.-Honoré angeführt hat, war Albert Danton, der Kammerdiener des Herzogs – derselbe Überfall hat ironischerweise die Hochzeit von Mary Hawkins, der Patentochter des Herzogs, verhindert.

Jamie folgt Claire tatsächlich, doch es gelingt ihm, sich unentdeckt in das Gutshaus zu schleichen, wo er Danton umbringt und Claire und Mary befreit. Diese Expedition bleibt allerdings nicht ohne Folgen: Hugh Munro, ein Freund, der Jamie warnen wollte, wird von den Männern des Herzogs ergriffen und gehängt. In Begleitung Murtaghs, der einen Sack mit Diebesgut aus dem Gutshaus mitschleppt, wenden sich Jamie und seine Männer nach Norden und machen unterwegs Halt, um ihre traurige Pflicht zu tun und Hughs Frau seine Leiche zu überbringen.

*Murtagh legte mir die Tasche zu Füßen, dann richtete er sich auf und blickte von mir zu Mary, dann zu Hugh Munros Witwe und schließlich zu Jamie, der mindestens so verwirrt aussah, wie ich mich fühlte. Nachdem er sich so der Aufmerksamkeit seines Publikums versichert hatte, verbeugte sich Murtagh formell vor mir, und eine Locke seines feuchten, dunklen Haars fiel ihm in die Stirn.*

*»Ich bringe Euch Eure Rache, Lady«, sagte er, und ich hatte ihn noch nie leiser sprechen hören. Er richtete sich auf und verneigte den Kopf vor Mary und Mrs. Munro. »Und Gerechtigkeit für das Übel, das man Euch angetan hat.«*

*Mary nieste und wischte sich hastig mit einer Ecke ihres Plaids die Nase ab. Sie starrte Murtagh verblüfft an, die Augen weit aufgerissen. Ich blickte auf die ausgebeulte Satteltasche und spürte eine plötzliche, starke Kälte, die nicht vom Wetter draußen her-*

*rührte. Doch es war Hugh Munros Witwe, die auf die Knie sank und mit ruhigen Händen die Tasche öffnete und den Kopf des Herzogs von Sandringham herauszog.*

Die Frasers kehren mit Höchstgeschwindigkeit nach Norden zurück und erreichen Edinburgh. Zwar kann Jamie es nicht abwarten, weiterzuziehen und zur Armee der Rebellen zu stoßen – und damit den Männern aus Lallybroch –, doch Mary Hawkins hat eine kleine Bitte: dass er und Claire ihrer Hochzeit als Zeugen beiwohnen.

Keine Hochzeit mit dem sterbenden Alexander Randall, sondern mit seinem Bruder Jonathan. Mary erwartet ein Kind, und Alex wünscht sich den Schutz seines Namens und seiner Familie für sie – einen Schutz, den er ihr nicht selber geben kann. Doch als Geistlicher kann er die Ehe zwischen seiner Geliebten und seinem Bruder schließen; eine letzte Verzweiflungstat vor seinem Tod.

Damit ist das Rätsel von Frank Randalls Herkunft gelöst, doch Claire hat keine Zeit, darüber nachzusinnen. Das Unheil naht wie Sturmwolken über den Gipfeln der Highlands. Die Armee der Aufständischen ist nach Culloden unterwegs, ihrem Untergang entgegen – und sie droht, die Männer aus Lallybroch mitzureißen. Die Frasers hasten nordwärts; stets auf der Hut eilen sie halb verhungert auf ihre letzte Konfrontation mit der Geschichte zu.

Die Frasers erreichen Culloden House am Tag vor der Schlacht und finden Chaos und Verzweiflung vor. Hungernde Männer liegen zerlumpt im Schlamm, wo sie erschöpft von einem langen, vergeblichen Marsch schlafen. Morgen werden sie auf dem Moor stehen und sich vom Feuer der englischen Kanonen niedermähen lassen.

In der Zurückgezogenheit eines kleinen Speicherzimmers in der oberen Etage des Hauses eröffnet Claire Jamie, dass es eine letzte, verzweifelte Maßnahme gibt: Charles Stuart ist das Zentrum der Rebellion, der Anführer der Jakobitentruppen – auf seinen Befehl werden die zerlumpten Überlebenden dieser Armee Aufstellung auf dem Moor von Drumossie nehmen. Wenn Charles stürbe – hier, heute Nacht –, dann könnte zumindest die letzte Schlacht verhindert werden.

Obwohl dieser Vorschlag sie beide mit Entsetzen erfüllt, erwägen sie die Möglichkeit – Claire verfügt über Gift, und sie hat Zugang zu dem Prinzen; es könnte ihren eigenen Tod bedeuten, doch wäre das nicht das Leben derer wert, die morgen zu Hunderten auf dem Feld sterben werden? Doch am Ende müssen sie sich die Wahrheit eingestehen – weder Jamie noch Claire können einen kaltblütigen Mord begehen, nicht einmal angesichts dessen, was auf dem Spiel steht.

Doch dieser Entschluss kommt zu spät; Dougal MacKenzie, der auf der Suche nach Jamie war, hat ihre Unterhaltung mit angehört. Er bezeichnet Claire als verräterische Hexe, die seinen Neffen verführt hat, zieht seinen Dolch und will sie auf der Stelle umbringen. Es kommt zu einem verzweifelten Kampf zwischen Jamie und Dougal, an dessen Ende Dougal tot am Boden liegt, Jamies Dolch bis zum Heft im Hals.

Jamie flieht aus dem Haus und trifft sich mit Murtagh, seinem Paten, und seinem Botenjungen Fergus. Er zieht ein Dokument hervor, das er schon vor langer Zeit für den Fall einer Katastrophe vorbereitet hat, und bittet Murtagh, es zu bezeugen: Es ist eine Übertragungsurkunde, die den Besitz Lallybrochs an seinen Neffen James Murray überschreibt. Diese vordatierte Urkunde wird verhindern, dass die Krone das Anwesen als Besitztum eines Verräters beschlagnahmt.

Die Urkunde wird Fergus anvertraut, der mit ihr nach Lallybroch geschickt und so von der Gefahr der herannahenden Schlacht fern gehalten wird. Daraufhin instruiert Jamie Murtagh, die Männer aus Lallybroch zu sammeln; er, Jamie, wird Claire in Sicherheit bringen – und dann zurückkehren, um seine Männer zu befehligen und dafür zu sorgen, dass sie vor der Schlacht sicher das Feld verlassen.

Als sie am Vorabend der Schlacht den Steinkreis erreichen, weigert sich Claire, Jamie zu verlassen. Wenn er in Culloden stirbt, so will sie mit ihm sterben.

*»Wenn du keine Angst hast, habe ich auch keine«, sagte ich und biss die Zähne zusammen. »Es wird... schnell vorbei sein. Du hast es selbst gesagt.« Trotz meiner Entschlossenheit begann mein Kinn zu zittern. »Jamie – ich werde nicht... ich kann nicht... ich werde verdammt noch mal nicht ohne dich leben, und dabei bleibt es!«*

*Er öffnete sprachlos den Mund, dann schloss er ihn kopfschüttelnd wieder. Das Licht über den Bergen verblasste langsam und verlieh den Wolken ein dumpfes rotes Glühen. Schließlich streckte er die Hand nach mir aus, zog mich an sich und hielt mich fest.*

»Glaubst du, das weiß ich nicht?«, fragte er leise. »Ich bin derjenige, der es jetzt einfach hat. Denn wenn du für mich empfindest, was ich für dich empfinde – dann verlange ich von dir, dass du dir das Herz herausreißt und ohne es lebst.« Seine Hand strich über mein Haar, und seine rauen Fingerknöchel verfingen sich in den wehenden Strähnen.

»Aber du musst es tun, a nighean donn, meine tapfere Löwin. Du musst.«

»Warum?«, wollte ich wissen und trat zurück, um zu ihm aufzublicken. »Als du mich von dem Hexenprozess in Cranesmuir fortgeholt hast – damals hast du gesagt, dass du mit mir gestorben wärst, dass du mit mir auf den Scheiterhaufen gegangen wärst, wenn es soweit gekommen wäre!«

Er ergriff meine Hände und fixierte mich mit festem Blick.

»Aye, das wäre ich«, sagte er. »Aber ich habe auch nicht dein Kind unter dem Herzen getragen.«

Ich versuchte, die Wellen der Übelkeit niederzukämpfen – die sich so leicht der Furcht und dem Hunger zuschreiben ließen –, doch ich spürte das kleine Gewicht, das plötzlich in meinem Unterleib brannte. Ich biss mir fest auf die Lippe, doch die Übelkeit spülte über mich hinweg.

Jamie ließ meine Hände los und stand vor mir, die Hände an den Seiten, eine reglose Silhouette vor dem verblassenden Himmel.

»Claire«, sagte er leise. »Morgen werde ich sterben. Dieses Kind ... ist alles, was von mir bleibt – für immer. Ich bitte dich, Claire – ich flehe dich an ... bring es in Sicherheit.«

Ich stand still, und alles verschwamm vor meinen Augen. In diesem Augenblick hörte ich, wie mein Herz brach. Es war ein leises, klares Geräusch, so als ob der Stängel einer Blume bricht.

Schließlich neigte ich ihm den Kopf zu, und der Wind sang ein Trauerlied in meinen Ohren.

»Ja«, flüsterte ich. »Ja, ich gehe.«

Es war fast dunkel. Er trat hinter mich und hielt mich fest. Ich lehnte mich an ihn, als er über meine Schulter hinweg das Tal überblickte. Die Lichter der Wachfeuer hatten aufzuleuchten begonnen, kleine glühende Punkte in weiter Ferne. Wir schwiegen lange, während es immer dunkler wurde. Es war sehr still auf dem Hügel; ich konnte nichts hören, außer Jamies regelmäßigem Atem, jeder Atemzug ein kostbarer Klang.

»*Ich werde dich finden*«, flüsterte er mir ins Ohr. »*Das verspreche ich dir. Wenn ich zweihundert Jahre im Fegefeuer ertragen muss, zweihundert Jahre ohne dich – dann ist das die Strafe, die ich für meine Verbrechen verdient habe. Denn ich habe gelogen, gemordet und gestohlen, ich bin ein Verräter und habe das Vertrauen anderer verletzt. Doch es gibt das eine, das ich auf die Waagschale werfen kann. Wenn ich vor Gott stehe, dann kann ich eines sagen, das den Rest aufwiegt.*«

*Seine Stimme senkte sich fast zu einem Flüstern, und er umarmte mich fester.*

»*Herr, du hast mir eine besondere Frau gegeben, und Gott! Ich habe sie sehr geliebt.*«

Eine letzte gemeinsame Nacht in der verfallenen Kate am Fuß des Hügels Craigh na Dun – und am Morgen bereiten die beiden sich auf den Abschied für immer vor.

»*Man sagt…*«, *begann er und hielt inne, um sich zu räuspern. »Früher, so sagt man, wenn ein Mann auszog, eine große Tat zu begehen – dann suchte er sich eine weise Frau und bat sie, ihn zu segnen. Er stellte sich mit dem Gesicht in die Richtung, in die er gehen würde, und sie trat hinter ihn, um ihr Gebet über ihn zu sprechen. Wenn sie damit fertig war, ging er geradeaus davon und blickte nicht zurück, denn das brachte Unheil über sein Vorhaben.*«

*Er berührte noch einmal mein Gesicht, dann wandte er sich ab und blickte zur offenen Tür. Die Morgensonne strömte herein und ließ sein Haar in tausend Flammen aufgehen. Er richtete seine breiten Schultern auf, über die er das Plaid geworfen hatte, und holte tief Luft.*

»*Segne mich also, weise Frau*«, *sagte er, »und geh.*«

Doch Claires Segen wird durch das plötzliches Eintreffen englischer Soldaten unterbrochen.

*Er küsste mich noch einmal, so heftig, dass ein Blutgeschmack in meinem Mund zurückblieb.*

»*Nenne es Brian*«, *sagte er. »Nach meinem Vater.« Er versetzte mir einen Stoß und schubste mich auf die Tür zu. Als ich losrannte, sah ich mich um und sah, wie er mitten im Eingang stand, sein Schwert halb gezogen, den Dolch in der rechten Hand bereit.*

*Die Engländer, die nicht ahnten, dass jemand in der Kate war, hatten nicht daran gedacht, einen Kundschafter zur Rückseite zu schicken. Der Abhang hinter der Kate war verlassen, als ich hi-*

73

*naufhuschte, weiter bis in ein Erlendickicht unterhalb des Hügelkammes.*

*Ich hörte es hinter mir im Unterholz knacken. Jemand hatte gesehen, wie ich aus der Kate rannte. Ich wischte mir hastig die Tränen weg, krabbelte weiter bergauf und tastete mich auf allen vieren voran, als der Boden steiler wurde. Jetzt war ich oberhalb der Bäume auf dem Granitvorsprung, an den ich mich erinnern konnte. Da war der kleine Hartriegel, der auf der Klippe wuchs, dann das Durcheinander kleiner Felsbrocken.*

*Ich blieb am Rand des Steinkreises stehen, blickte hinunter und versuchte angestrengt zu sehen, was dort vorging. Wie viele Soldaten waren bei der Kate? Schaffte Jamie es, sie abzuhängen und sein Pferd zu erreichen, das weiter unten angebunden war? Ohne das Tier würde er in Culloden niemals rechtzeitig eintreffen.*

*Ganz plötzlich zerteilte ein roter Blitz das Gebüsch unter mir. Ein englischer Soldat. Ich drehte mich um, rannte keuchend über den weichen Boden innerhalb des Kreises, und schleuderte mich durch den Felsenspalt.*

1968. Und das, so erzählt Claire ihrer Tochter, war das letzte Kapitel von Jamie Frasers Geschichte; das war es, was sie in Schottland zu erfahren hoffte, ob sein letztes Vorhaben erfolgreich war – seine Männer zu retten, bevor er selbst zurückkehrte, um in der Schlacht zu sterben. Wenn ihm das gelungen war, so hatte er sicher nicht das Gefühl gehabt, sein Leben ganz vergeudet zu haben. Und jetzt, wo sie das Ende seiner Geschichte kennt, ist sie endlich in der Lage, ihrer Tochter die Wahrheit zu sagen.

Nachdem sie den Schluss der Erzählung ihrer Mutter gehört hat, verlegt sich Brianna Randall auf wütendes Leugnen. Es kann nicht sein – Frank Randall ist ihr Vater! Weil sie Claire als Verräterin betrachtet, weigert sich Brianna aufgebracht, ihr die Geschichte zu glauben. Sie stürmt hinaus und lässt Claire und Roger vom Donner gerührt und schweigend zurück.

Roger, der ein Außenstehender und selbst nicht emotional betroffen ist, glaubt Claire auf Grund der vorliegenden Indizien. Als Antwort auf ihre zögerlichen Fragen erzählt er ihr das letzte Kapitel – was aus den Männern geworden ist, die sie gekannt hat und die in Culloden gestorben sind. Da sie wusste, welches Unglück sie hinter sich gelassen hatte, und den Wunsch hatte, sich mit Frank und Brianna ein neues Leben aufzubauen, hatte Claire versucht, niemals zurückzublicken, sich niemals darum bemüht, Genaueres über das Ende der Highlandclans herauszufinden. Doch jetzt ist die Zeit des Leugnens vorbei – sie kann die Gefallenen betrauern, ihren Frieden mit der Vergangenheit schließen.

Und mit der Gegenwart. Als sie mit Roger durch die regennasse Abendluft spaziert, erzählt sie ihm, dass ihre Geschichte noch ein Kapitel hat – eines, das sie ihm um seiner Selbst willen erzählen muss. Und das eine Entscheidung nach sich zieht, die nur er treffen kann.

*Roger beugte sich über den Stammbaum, dann blickte er auf, und seine moosgrünen Augen sahen nachdenklich aus.*

*»Dieser hier? William Buccleigh MacKenzie, geboren 1744, Eltern William John MacKenzie und Sarah Innes. Gestorben 1782.«*

*Claire schüttelte den Kopf. »Gestorben 1744 im Alter von zwei Monaten an einer Pockeninfektion.« Sie blickte auf, und ihre goldenen Augen erwiderten seinen Blick mit einer Energie, die ihm einen Schauer über den Rücken jagte. »Du bist nicht das erste Adoptivkind in deiner Familie, weißt du«, sagte sie. Ihr Finger pochte auf den Eintrag. »Er brauchte eine Amme«, sagte sie. »Seine Mutter war tot – also hat man ihn einer Familie gegeben, die ein Baby verloren hatte. Sie haben ihm den Namen des Kindes gegeben, das sie verloren hatten – das war damals üblich –, und ich glaube nicht, dass irgendjemand Interesse daran hatte, durch einen Eintrag ins Pfarrregister auf die Herkunft des neuen Kindes aufmerksam zu machen. Er war schließlich bei seiner Geburt getauft worden, also war es nicht nötig, dies zu wiederholen. Colum hat mir gesagt, wo sie ihn untergebracht haben.«*

*»Geillis Duncans Sohn«, sagte er langsam. »Das Kind der Hexe.«*

*»So ist es.« Sie legte den Kopf schief und sah ihn abschätzend an. »Als ich dich gesehen habe, wusste ich, dass es stimmen musste. Die Augen, weißt du. Es sind ihre.«*

Claire sagt zu Roger, dass die Entscheidung bei ihm liegt; es ist 1968, das Jahr, in dem Geillis Duncan in die Vergangenheit verschwunden ist, und das Beltanefest rückt immer näher. Sollen sie versuchen, die Frau zu finden und sie aufzuhalten? Denn wenn sie geht, dann geht sie dem Flammentod in der Vergangenheit entgegen, wo sie als Hexe verurteilt wird. Doch wenn sie *nicht* geht…

*»Ich überlasse es dir«, sagte Claire leise. »Du hast das Recht, es zu sagen. Soll ich nach ihr suchen?«*

*Roger hob den Kopf vom Tisch und sah sie ungläubig blinzelnd an. »Ob du nach ihr suchen sollst?«, sagte er. »Wenn das hier – wenn das alles stimmt –, dann müssen wir sie doch suchen, oder nicht? Wenn sie zurückkehrt, um lebendig verbrannt zu werden? Natürlich musst du sie suchen«, platzte er heraus. »Wie kannst du etwas anderes auch nur in Betracht ziehen?«*

*»Und wenn ich sie finde?«, gab sie zurück. Sie legte ihre schlanke Hand auf den abgenutzten Stammbaum und hob den Kopf, sodass ihr Blick den seinen traf. »Was wird dann aus dir?«, fragte sie leise.*

Wenn Geillis Duncan in die Vergangenheit zurückkehrt, dann wird sie das Kind zur Welt bringen, das Rogers Vorfahre ist – und sie wird als Hexe in einem brennenden Pechfass sterben. Wenn sie nicht durch die Steine zurückgeht, wird sie wahrscheinlich vor einem grauenvollen Tod bewahrt... doch was wird dann aus ihrem Kind... und aus Roger?

Roger, dem von den schockierenden Neuigkeiten dieses Tages sowieso schon schwindelig ist, ist erschüttert über diese letzte Enthüllung, die ihn ganz persönlich betrifft. Dennoch beschließt er, dass sie die Frau suchen müssen, die auf den Namen Geillis Duncan hört, sie suchen, mit ihr sprechen und – vielleicht – ihre Rückkehr in eine Tod bringende Vergangenheit verhindern müssen.

In Begleitung Briannas, die von Widerstreben und Argwohn erfüllt ist, macht sich Roger daran, Claire bei der Suche nach Geillis Duncan zu helfen – die in dieser Zeit den Namen Gillian Edgars trägt. Während sie der Spur der mysteriösen Hexe folgen, deren grüne Augen Roger jeden Tag spöttisch aus dem Spiegel entgegensehen, begreift er, was dies für Claire bedeutet: Es ist nicht nur ein Gefühl der Verpflichtung gegenüber Geillis Duncan, die ihr in der Vergangenheit das Leben gerettet hat, sondern Geillis/Gillian ist der einzige wirkliche Beweis dafür, dass Claires Geschichte wahr ist – denn jemanden leibhaftig durch die aufrechten Steine verschwinden zu sehen, würde sogar Brianna überzeugen.

Roger und Brianna finden Greg Edgars, Gillians Ehemann, doch zu spät – Gillian ist vor einer Woche von zu Hause verschwunden, und niemand weiß, wo sie ist. Bei ihren Freunden, den schottischen Nationalisten und Neo-Jakobiten, vermutet Greg mürrisch; seine Frau ist besessen von der schottischen Vergangenheit, und sie ist deswegen schon öfter von zu Hause fort gewesen.

Claire hat die Spur der Vermissten bis zu einer Schule im Ort verfolgt, wo sie Gillians Notizbücher findet – eine Mischung aus geiferndem Wahnsinn und ganz vernünftiger Logik.

Das Notizbuch bestätigt, was Claire schon vermutet hat: dass das Tor zur Vergangenheit an den traditionellen Sonnen- und Feuerfesten am weitesten offen steht – und eines dieser Feste steht unmittelbar bevor; es ist Beltane, das Datum, an dem auch Claire im Jahr 1946 verschwunden ist.

Als sie sich zu dem unheimlichen Hügel Craigh na Dun begeben, finden sie zwar Gillians/Geillis' Auto, doch keine Spur von der Frau. Beim Aufstieg zu dem Steinkreis riecht Roger Benzin – und plötzlich erleuchtet Feuer den Kreis. Gillian Edgars hat ihren Mann auf den Hügel gelockt, und da sie glaubt, dass ein Blutopfer ihr das Tor zur Vergangenheit öffnen wird, hat sie ihn umgebracht und seine Leiche in Brand gesteckt.

*Er drängte sich an Brianna vorbei und hatte nur Augen für die hoch gewachsene, schlanke junge Frau vor ihm und den Anblick eines Gesichts, das ein Spiegelbild des seinen war. Sie sah ihn kommen, drehte sich um und rannte wie der Wind auf den gespaltenen Stein am Ende des Kreises zu. Sie hatte einen Rucksack aus grobem Leinen über eine Schulter geschlungen; er hörte sie ächzen, als das schwere Gewicht herumschwang und ihr in die Seite stieß.*

*Sie blieb eine Sekunde stehen, die Hand nach dem Felsen ausgestreckt, und blickte zurück. Er hätte schwören können, dass ihr Blick auf ihm ruhte, dem seinen begegnete und ihn über die Barriere der Feuersbrunst hinweg fixiert hielt. Er öffnete den Mund zu einem wortlosen Schrei. Sie wirbelte herum, so leicht wie ein tanzender Funke, und verschwand in der Felsenspalte.*

Augenblicklich bricht über Roger eine Welle aus Lärm und Chaos herein, die anders ist als alles, was er jemals erlebt hat. Betäubt, geblendet und ohne Gehör kriecht er selbst immer näher auf den Spalt zu, als es Brianna gelingt, ihn wachzurütteln. Er ist tief erschüttert über das Erlebte, aber unverletzt. Doch wo ist Claire?

Ohnmächtig von der Schockwelle, die Gillian Edgars' Passage durch die Steine verursacht hat, liegt Claire auf dem Hügel im Gras. Roger und Brianna schaffen sie in das Pfarrhaus zurück, wo sie langsam das Bewusstsein zurückerlangt und die Fragen ihrer Tochter erwartet.

»Also war es wahr?«, fragte Brianna zögernd. »Es war alles wahr?«

Roger spürte den leisen Schauer, der den Körper des Mädchens durchlief, und ohne darüber nachzudenken, streckte er die Hand nach der ihren aus. Er zuckte unwillkürlich zusammen, als sie zudrückte, und hörte plötzlich im Geiste einen der Texte des Reverends: »Selig sind, die nicht sehen und doch glauben!« Und diejenigen, die sehen müssen, um zu glauben? Neben ihm erzitterte Brianna angsterfüllt unter den Nachwehen der Dinge, die sie gesehen hatte und nun glaubte, entsetzt über das, was sie nun ebenfalls glauben musste.

Doch als sich das Mädchen aufrichtete, sich fasste, um sich der Wahrheit zu stellen, die sie jetzt eingesehen hatte, entspannte sich Claires verkrampfter Körper auf dem Sofa. Ihre bleichen Lippen verzogen sich zu einem angedeuteten Lächeln, und ein Ausdruck tiefen Friedens glättete ihr angespanntes, weißes Gesicht und ließ sich leuchtend in ihren goldenen Augen nieder.

»Es ist wahr«, sagte sie. Ein Hauch von Farbe kehrte in ihre blassen Wangen zurück. »Würde deine Mutter dich etwa anlügen?« Und sie schloss die Augen wieder.

Seinerseits erschüttert über die Ereignisse der Nacht, lässt Roger Mutter und Tochter allein, damit sie sich in Ruhe erholen können. Erst nachdem am nächsten Tag die Polizei gekommen ist, ihre nutzlosen Fragen gestellt hat und wieder gegangen ist, steht Roger vor seiner letzten Entscheidung.

Es hatte eine Weile gedauert, doch er hatte sie gefunden – die kurze Passage, an die er sich von seiner anfänglichen Suche in Claire Randalls Auftrag erinnerte. Deren Ergebnisse hatten ihr Trost und Frieden gebracht; jetzt würde es nicht so sein – wenn er es ihr erzählte. Und wenn er Recht hatte. Doch er musste Recht haben; es war die Erklärung für jenes deplatzierte Grab so weit weg von Culloden…

»Claire?« Seine Stimme fühlte sich kratzig an, weil er sie so lange nicht mehr benutzt hatte, und er räusperte sich und nahm einen neuen Anlauf. »Claire? Ich… muss dir etwas sagen.«

Sie drehte sich um und sah ihn an. In ihrem Gesicht war nur ein Hauch von Neugier zu sehen. Sie trug einen Ausdruck der Ruhe, den Ausdruck eines Menschen, der Schrecken, Verzweiflung, Trauer und die verzweifelte Bürde des Überlebens ertragen hat – und alles überstanden hat. Als er sie ansah, bekam er plötzlich das Gefühl, es nicht tun zu können.

Doch sie hatte die Wahrheit gesagt; er musste dasselbe tun.

»Ich habe etwas gefunden.« Er hob das Buch mit einer kurzen, nutzlosen Geste hoch. »Über ... Jamie.« Den Namen laut auszusprechen schien ihm Kraft zu verleihen, als hätte er den kräftigen Schotten persönlich heraufbeschworen und als stünde dieser nun leibhaftig und reglos im Flur, zwischen seiner Frau und Roger. Roger holte tief Luft, um sich zu wappnen.

»Was denn?«

»Was er als Letztes vorhatte. Ich glaube ... Ich glaube, er hat es nicht geschafft.«

Ihr Gesicht erbleichte plötzlich, und sie sah das Buch mit aufgerissenen Augen an.

»Seine Männer? Aber ich dachte, du hättest herausgefunden ...«

»Das habe ich auch«, unterbrach Roger. »Nein, ich bin mir ziemlich sicher, dass ihm das gelungen ist. Er hat die Männer aus Lallybroch beiseite geschafft; er hat sie vor Culloden gerettet und sie auf den Heimweg geschickt.«

»Aber dann ...«

»Er hatte vor, zurückzukehren – in die Schlacht zurückzukehren –, und ich glaube, das hat er auch getan.« Er wurde immer zurückhaltender, doch es musste gesagt werden. Da er selbst keine Worte fand, schlug er das Buch auf und las laut vor:

»Nach der entscheidenden Schlacht von Culloden suchten achtzehn jakobitische Offiziere, alle verwundet, Zuflucht in dem alten Haus und lagen zwei Tage unter Schmerzen dort, ohne dass ihre Verletzungen versorgt wurden; dann holte man sie ins Freie, um sie zu erschießen. Einer von ihnen, ein Fraser aus dem Regiment des jungen Lovat, entkam dem Gemetzel; die anderen sind am Rand der Parkanlage begraben ... Ein Mann, ein Fraser aus dem Regiment des jungen Lovat, entkam ...«, wiederholte Roger leise. Er blickte von der nüchternen Buchseite auf und sah, dass sie die Augen weit aufgerissen hatte, blicklos wie die eines Rehs, das die Scheinwerfer eines herannahenden Autos fixiert.

»Er hatte vor, auf dem Feld von Culloden zu sterben«, flüsterte Roger. »Doch es ist anders gekommen.«

# Ferne Ufer

 r war tot. *Allerdings pochte es schmerzhaft in seiner Nase, was ihm unter diesen Umständen seltsam vorkam. Er besaß zwar beträchtliches Vertrauen in das Verständnis und die Gnade seines Schöpfers, hegte aber gleichzeitig jenen Rest elementaren Schuldgefühls, der alle Menschen fürchten lässt, daß es eine Hölle gibt. Doch nach allem, was er über die Hölle gehört hatte, kam es ihm unwahrscheinlich vor, dass die Qualen, die auf ihre bedauernswerten Insassen warteten, sich auf eine schmerzende Nase beschränkten.*

*Andererseits konnte dies auch nicht der Himmel sein, und zwar aus mehreren Gründen. Erstens verdiente er das nicht. Zweitens sah es nicht danach aus. Und drittens bezweifelte er, dass die Belohnung der Glückseligen eine gebrochene Nase beinhaltete, genauso wenig wie die Strafe der Verdammten...*

*Seine Hand stieß auf etwas Festes, und seine Finger verfingen sich in feuchtem, verknotetem Haar. Er setzte sich abrupt auf und brach mit einiger Anstrengung die getrocknete Blutschicht auf, die ihm die Augenlider zuklebte. Die Erinnerungen strömten zurück, und er stöhnte laut. Er hatte sich geirrt. Dies war die Hölle. Unglücklicherweise aber war James Fraser doch nicht tot.*

Er ist nicht tot, und er ist nicht in der Hölle. In Wirklichkeit liegt Jamie verwundet auf dem Moor von Culloden, die Leiche seines Feindes Jack Randall auf ihm, und überall um ihn herum bereitet die englische Armee den Highlandrebellen, die das Pech haben, noch nicht tot zu sein, ein Ende.

Vorerst von Freunden gerettet, sucht er gemeinsam mit anderen jakobitischen Offizieren Zuflucht in einem Bauernhaus am Rand des Moors. Hier warten sie zwei Tage lang, das Knallen der Gewehrschüsse auf dem Feld in den Ohren, den Geruch der Scheiterhaufen in der Nase, die man aufgehäuft hat, um die Leichen der toten Highlander zu verbrennen – zu denen auch sie bald gehören werden.

Die anderen Offiziere teilen in der Tat bald das Schicksal ihrer toten Kameraden, denn sie werden von den Engländern exekutiert. Doch Jamie wird durch Zufall gerettet: Der befehlshabende Offizier, der das Bauernhaus inspiziert, ist Lord Harold Melton, der ältere Bruder von John William Grey, dessen Leben Jamie ein paar Monate zuvor bei einem Zusammentreffen auf dem Weg nach Prestonpans verschont hatte. Da er dies als Ehrenschuld betrachtet, die er nicht ignorieren kann, entledigt sich Melton seiner lästigen Pflicht, indem er Jamie insgeheim beiseite schafft und ihn nach Lallybroch heimsendet. Er ist schwer verletzt, und es ist gut möglich, dass er unterwegs stirbt – aber das, so glaubt Melton, ist kaum seine Angelegenheit. Vorerst lebt James Fraser.

UNTERDESSEN in der Zukunft (1968)…

Claire Randall und ihre Tochter Brianna haben gerade von Roger Wakefield erfahren, dass Jamie Fraser entgegen Claires langjähriger Überzeugung die Schlacht von Culloden überlebt hat. Diese Nachricht wirft Claire völlig aus der Bahn – doch als Roger fragt, ob sie möchte, dass er herausfindet, was aus Jamie Fraser geworden ist, ist sie einverstanden.

Es beginnt eine detektivische Jagd durch die Geschichte, der sich Brianna Randall zunächst widerstrebend anschließt, um sich dann zunehmend von der Geschichte des Mannes, der ihr Vater war, faszinieren zu lassen – und von der Dreiecksaffäre ihrer Eltern: Claire und Jamie, ihr leiblicher Vater – und Frank Randall, der Mann, den sie ihr Leben lang als Vater geliebt hat.

Da Briannas Gefühle gegenüber ihren beiden Vätern sehr komplex sind, kann Claire nicht mit ihrer Tochter über ihre beiden Ehemänner sprechen – oder über ihre eigenen komplexen Gefühle. Doch sie spricht mit Roger, der nicht minder fasziniert ist, aber mehr emotionale Distanz hat als Brianna. Während die Jagd nach Jamie Fraser weitergeht, erfährt Roger allmählich mehr und mehr über das, was sich zugetragen hat, nachdem Claire ausgehungert, halb wahnsinnig vor Schmerz über den Verlust ihres Geliebten – und schwanger aus der Vergangenheit zurückkehrte.

Er erfährt, wie Claire sich um des Kindes willen, das Jamies Kind ist, ins Leben zurückkämpfte – und wie sie dann darum rang, die andere Hälfte ihres Schicksals zu erfüllen, und eine Heilerin wurde. Hin- und hergerissen zwischen der Rolle einer Mutter und der einer Ärztin, findet sie schließlich die Balance, die ihr einzig durch die faire Handlungsweise ihres Mannes Frank ermöglich wird – der zwischen Wut und Liebe schwankt und die Größe aufbringt, ihrer Lebensaufgabe seinen Segen zu geben, obwohl er sie nicht teilen kann: um der Frau willen, die – wieder – die seine ist, und um eines Kindes willen, das von einem anderen Mann stammt, nicht von ihm.

Roger befindet sich in einer empfindlichen Position zwischen zwei Frauen, die ihm sehr am Herzen liegen: Claire, deren Persönlichkeit und Geschichte ihn faszinieren – und Brianna, in die er sich immer mehr verliebt. Während er sich mit Claire unterhält und mit Brianna seine Suche weiter verfolgt, spürt er zunehmend die unsichtbare Präsenz des dritten Mitglieds dieser Familie: Jamie Fraser.

UNTERDESSEN entfaltet sich auch Jamies Geschichte weiter, ergänzt von den Erinnerungen, die Claire Roger erzählt, und den Nachforschungen, die Roger und Brianna anstellen.

Jamie, der Lallybroch sicher erreicht, überlebt seine Verletzung, ist aber gezwungen, sich in einer Höhle auf dem Anwesen zu verstecken, um nicht den englischen Patrouillen aufzufallen, die nach Culloden plündernd, brandschatzend und mordend den Distrikt durchziehen. Von seiner Familie getrennt, aber in ihrer Nähe, überlebt er Strapazen und Einsamkeit, Abgeschiedenheit und Trauer und zieht seinen Trost aus der Tatsache, dass er in der Lage ist, für die Menschen, die er liebt, zu sorgen, wenn auch nur mit Kleinigkeiten. Er spricht Claires Namen nicht aus und erweckt den Anschein, dass sie tot ist. Nur im Herzen spricht er sein tägliches Gebet – *Herr, lass sie gerettet sein. Sie und das Kind.*

Das Leben in den Highlands ist voller Gefahren, und das nicht nur für die Männer, die für Charles Stuart gekämpft haben. Da sie stets von plündernden englischen Soldaten und Hungersnot bedroht sind, ist das Leben der Bewohner von Lallybroch von Strapazen und Gefahren geprägt. Als Jamies Schwester und sein neugeborener Neffe um ein Haar Opfer der Zerstörungswut der Engländer werden, nur weil er im Haus ist, beschließt Jamie, einen gewagten Schritt zu tun. Er arrangiert, dass einer seiner Pächter ihn an die Engländer »verrät« und die Prämie kassiert, die auf seinen Kopf ausgesetzt ist. Das Gold soll zur Ernährung und Versorgung der Bewohner von Lallybroch dienen.

*Jenny rieb sich mit der Faust fest über die Lippen. Sie begriff schnell; er wusste, dass sie den Plan sofort verstanden hatte – und alles, was er implizierte.*

*»Aber Jamie«, flüsterte sie. »Selbst wenn sie dich nicht auf der Stelle hängen – und da gehst du ein großes Risiko ein –, Jamie, du könntest umkommen, wenn sie dich festnehmen.«*

*Seine Schultern sanken plötzlich unter dem Gewicht seines Unglücks und seiner Erschöpfung zusammen.*

*»Gott, Jenny«, sagte er, »glaubst du, das kümmert mich?«*

*Es gab eine lange Pause, bevor sie antwortete.*

*»Nein, das glaube ich nicht«, sagte sie. »Und ich kann auch nicht behaupten, dass ich es dir verdenke.« Sie hielt einen Augenblick inne, um ihre Stimme wieder in den Griff zu bekommen. »Aber mich kümmert es noch.« Ihre Finger berührten sanft seinen Hinterkopf und strichen ihm über das Haar. »Also gib auf dich Acht, ja, Dummerchen?«*

*Der Lüftungsschlitz über ihren Köpfen verdunkelte sich für einen Moment, und das Klopfen leichter Schritte erklang. Eines der Küchenmädchen vielleicht, auf dem Weg zur Vorratskammer. Dann war das gedämpfte Licht wieder da, und er konnte Jennys Gesicht erneut sehen.*

*»Aye«, flüsterte er schließlich. »Ich gebe auf mich Acht.«*

LORD JOHN GREY ist in Ungnade gefallen. Infolge einer skandalösen Affäre hat man ihn aus London verbannt und als Leiter einer kleinen Gefängnisfestung in die Wildnis der schottischen Highlands entsandt. Seine neue Umgebung empfindet er als öde, ungemütlich und unerfreulich. Seine Gefangenen findet er mehr als nur unerfreulich, denn auf der Liste der grimmigen, mürrischen Schotten steht ein Name, den er niemals mehr zu hören hoffte – der Name Jamie Frasers, des Herrn von Broch Tuarach.

Grey, der sich bei der Erinnerung an seine Begegnung mit Fraser während des Aufstandes vor Scham windet, ist hin- und hergerissen zwischen seiner Rachelust und seinem Ehrgefühl, das ihm eine solche Rache verbietet. Fraser, einst sein Feind, ist jetzt sein Gefangener, seinem Schutz und seiner Sorge unterstellt. Es ist undenkbar, dass er seine Position und seine Macht missbraucht – was auch immer sie sonst sein mögen, die Greys sind immer Ehrenmänner gewesen. Grey nimmt sich vor, Fraser niemals allein zu sehen, niemals mit ihm zu sprechen. Mit etwas Glück wird der Mann mit der Zeit in der gesichtslosen Masse der Gefangenen verschwinden.

Doch an diesen Vorsatz kann er sich nicht lange halten. Als in einem nahe gelegenen Dorf ein mysteriöser, von Seewasser durchnässter Fremder auftaucht, der im Fieberwahn von Gold faselt, sieht sich Grey gezwungen, James Fraser herbeizurufen – den einzigen verfügbaren Mann, der sowohl Französisch als auch Gälisch spricht und der als Gefangener selbst keinen Nutzen aus etwaigen Informationen ziehen kann. In dieser Gegend spitzt jeder bei der bloßen Erwähnung des Wörtchens »Gold« die Ohren, denn es geht das Gerücht von einem Vermögen in Gold, das – so sagt man – der französische König zur Unterstützung seines Vetters Stuart geschickt hat, jedoch zu spät, sodass es in den letzten Tagen der Rebellion verloren ging.

Es kommt zu einer Abmachung; Grey wird Jamie Hand- und Fußeisen entfernen lassen, wenn Jamie sich verpflichtet, das wirre Gerede des Fremden zu übersetzen und es als Geheimnis zwischen ihm und Grey zu bewahren. Jamie hält sich an die Abmachung, sagt Grey aber nicht, dass er den Mann erkennt – Duncan Kerr –, und dass das Gestammel des Mannes für ihn eine Bedeutung hat, die über den Wortlaut hinausgeht.

Duncan hat von »der weißen Hexe« gesprochen. Für Jamie ist die weiße Hexe die Frau, die er verloren hat: Claire, seine Ehefrau. Er kann sich nicht vorstellen, was sie mit den Inseln zu tun haben könnte oder mit dem Schatz, den Kerr beschreibt, und doch… er kann die Worte des Mannes nicht einfach ignorieren. Drei Tage nach dem Tod des Fremden entkommt Jamie Fraser aus dem Gefängnis von Ardsmuir.

Als man ihn wieder festgenommen hat, weigert sich Jamie, seine Gründe preiszugeben – oder seine Entdeckungen, falls es welche gibt. Grey, der fest entschlossen ist herauszufinden, ob der Schatz existiert, überwindet seine persönlichen Gefühle und lädt Jamie ein, eine Gewohnheit wieder aufzunehmen, die er schon bei Greys Vorgänger gepflegt hat, nämlich ein allwöchentliches Abendessen, bei dem Jamie als Anführer und Sprecher der Gefangenen deren Bitten und Probleme vorträgt. Grey erfährt kaum etwas über den Schatz – bis ihm der Gedanke kommt, Jamie mit Drohungen gegenüber seiner Familie zu erpressen. Da er sich ge-

zwungen sieht, die Wahrheit – zumindest teilweise – preiszugeben, bekennt Jamie, dass er tatsächlich einen Schatz gefunden hat:
kein französisches Gold, sondern eine kleine Truhe mit antiken
Münzen und Edelsteinen. Diesen Schatz, so teilt er Grey mit, hat
er in die See geworfen; da er ihn nicht selber nutzen konnte, sah
er auch keinen Grund, warum die Engländer ihn haben sollten.

Grey akzeptiert Jamies Geschichte widerstrebend, setzt aber
ihre Treffen fort. Dabei bemerkt er, dass seine Gefühle sich allmählich verändern: Weit davon entfernt, Jamie Fraser mit Argwohn und Wut zu betrachten, fühlt er sich zunehmend von dem
Mann angezogen, und zwar körperlich und geistig. Schlimmer
noch – er ist dabei, sich zu verlieben. Als Grey jedoch seinen Mut
zusammennimmt und einen vorsichtigen Annäherungsversuch
macht, wird er mit verletzender Endgültigkeit zurückgewiesen,
und alle freundschaftlichen Beziehungen zwischen ihnen reißen
ab. Die Trennung wird endgültig manifestiert, als Jamie die Verantwortung für den Besitz eines Fetzens aus Tartanstoff übernimmt – und das ist nach dem englischen Gesetz, das in der Zeit
nach Culloden erlassen wurde, ein Verbrechen. Die Strafe lautet
auf Auspeitschen, und Grey ist verpflichtet, sie ausführen zu lassen – so krank ihn der Gedanke auch macht.

Roger kommt seinem Ziel näher, er und Claire haben den Beweis
dafür gefunden, dass Jamie überlebt hat, haben seinen Namen in
den Gefangenenlisten von Ardsmuir gefunden. Er hat überlebt, er
ist am Leben gewesen – wie lange? Was ist dann aus ihm geworden?

Die Gefangenen von Ardsmuir werden in die amerikanischen
Kolonien deportiert, um dort als Zwangsarbeiter zu dienen – mit
einer Ausnahme. Da Jamie wegen Hochverrats verurteilt ist, kann
seine Strafe nur umgewandelt werden, wenn es dem König gefällt.
An Stelle der Deportation schickt man ihn nach Helwater, einem
Gehöft im Lake District, wo er als Stallknecht arbeiten soll. Zunächst überzeugt, dass dies Lord Johns Rache ist – ihn zu niederen Arbeiten an einem Ort zu verdammen, wo Grey ihn sehen und
sich ins Fäustchen lachen kann –, begreift Jamie schließlich, was
Grey in Wirklichkeit getan hat: Er hat ihn vor den tödlichen Strapazen der Deportation und der Sklavenarbeit bewahrt und ihm
das nächstbeste Leben ermöglicht, das an Stelle der Freiheit zu bewerkstelligen war.

Wenn es schon keine echte Freiheit ist, so hat er zumindest Sonne und frische Luft, er kann sich frei bewegen und hat Pferde um sich. Zum ersten Mal, seit er Lallybroch verlassen hat, beginnt Jamie ein gewisses Maß an Zufriedenheit zu finden, während er dort unter falscher Identität als Alex MacKenzie lebt.

Dieser relative Friede wird von der Tochter des Hauses bedroht: Geneva Dunsany ist ein verwöhntes, halsstarriges Mädchen, das nur auf seine eigenen Gefühle Rücksicht nimmt und ein Auge auf Jamie geworfen hat – zu seinem großen Erschrecken. Das Erschrecken verwandelt sich in Entrüstung, als Geneva ihn davon in Kenntnis setzt, dass man sie gegen ihren Willen verheiraten wird – dass sie jedoch fest entschlossen ist, sich vor der Eheschließung mit dem Grafen von Ellesmere, einem älteren Herrn, von einem attraktiveren Mann entjungfern zu lassen: Jamie.

Nichts, so teilte er Geneva mit, wird ihn dazu bringen, ihr Bett aufzusuchen. Nichts? Nichts, außer der Drohung, die sie lächelnd zum Vorschein bringt – einen Brief von seiner Schwester, den sie abgefangen hat und der Informationen enthält, die das Augenmerk der Engländer auf Lallybroch lenken könnten. Da er befürchten muss, dass seine ganze Familie verhört und eingekerkert und ihr Besitz konfisziert wird, holt Jamie tief Luft und willigt ein.

*Er hielt sie an seine Brust und bewegte sich nicht, bis sich ihr Atem verlangsamte. Er war sich einer Mischung der außerordentlichsten Gefühle bewusst. Noch nie im Leben hatte er eine Frau in den Arm genommen, ohne so etwas wie Liebe zu empfinden, doch bei dieser Begegnung gab es keine Liebe, und es durfte um ihretwillen keine geben. Er empfand Zärtlichkeit angesichts ihrer Jugend und Mitleid mit ihrer Lage, Wut über ihre Manipulation und Angst vor der Größe des Verbrechens, das er im Begriff war zu begehen. Doch über all dem lag eine furchtbare Lust, ein Drang, der ihm die Klauen in die Eingeweide schlug und ihn Scham über seine Männlichkeit empfinden ließ, während seine Macht ihn gleichzeitig mit Anerkennung erfüllte. Er hasste sich selbst, als er den Kopf senkte und ihr Gesicht mit seinen Händen umschloss.*

Als die Tat hinter ihm liegt und Geneva sicher verheiratet ist, atmet Jamie auf, bis aus Ellesmere die Nachricht kommt, dass die junge Gräfin ein Kind erwartet. Jamie rechnet rückwärts, verflucht Geneva und versucht, den Gedanken zu ignorieren – schließlich ist er nur ein paar Tage vor ihrer Heirat mit ihr zusammen gewesen; es ist unmöglich, Genaueres zu sagen.

Doch sechs Monate später trifft die Kunde in Helwater ein, dass die Gräfin entbunden hat. Und noch eine Nachricht: Das Leben der Gräfin ist in Gefahr, man ruft nach ihrem Vater und ihrer Schwester – und Jamie erhält den Auftrag, die Kutsche zu begleiten. Bei ihrer Ankunft herrscht völliges Chaos. Geneva ist tot, das Baby – ein Sohn – lebt und ist gesund, und der Graf von Ellesmere tobt betrunken in seinem Studierzimmer herum. Die Dienerschaft kennt den Grund: Der Graf hat von Anfang an behauptet, dass das Kind nicht von ihm ist.

*Jeffries, der sein zweites Glas fast ausgetrunken hatte, schnaubte voll verächtlicher Belustigung.* »*Der alte Bock und das junge Mädchen? Warum nicht, aber woher in aller Welt will Seine Lordschaft wissen, woher der Sprössling stammt? Könnte genauso gut von ihm sein wie von jedem anderen, wenn man sich auf die Dame verlassen muss, oder?*«

*Der schmale Mund des Kochs dehnte sich zu einem schadenfrohen Lächeln.* »*Oh, natürlich kann er nicht wissen, von wem es ist – aber er müsste doch wissen, wenn es nicht von ihm ist, oder?*«

*Jeffries starrte den Koch an und ließ sich auf seinem Stuhl nach hinten fallen.* »*Was?*«, *sagte er.* »*Du willst mir sagen, dass Seine Lordschaft impotent ist?*« *Bei diesem pikanten Gedanken zerteilte ein breites Grinsen sein wettergegerbtes Gesicht. Jamie spürte, wie ihm das Omelett hochkam, und er schluckte hastig noch mehr Brandy hinunter.*

Die Lage spitzt sich zu; Jamie und Jeffries, der Kutscher, werden augenblicklich in das Studierzimmer zitiert, um ihrem Herrn beizustehen. Es ist zu einem Handgemenge zwischen Dunsany und dem Grafen von Ellesmere gekommen, der Genevas Unberührtheit und die Aufrichtigkeit ihres Vaters in Zweifel gezogen hat. Durch das ungelegene Eintreffen von Lady Dunsany, die das Kind dabei hat, bietet sich dem aufgebrachten Ellesmere die Gelegenheit, seiner Wut Luft zu machen: Er ergreift das Baby und droht, es aus dem Fenster zehn Meter tief auf die Steine des Hofes fallen zu lassen. Jeffries, der die Szene mit seinen Kutscherpistolen betreten hat, zögert, unsicher, was er tun soll.

*Jenseits allen bewussten Denkens und jeglicher Angst vor den Konsequenzen folgte Jamie Fraser jenem Instinkt, der ihm in einem Dutzend Schlachten beigestanden hatte. In einem Schwung entriss er dem erstarrten Jeffries eine der Pistolen, drehte sich auf dem Absatz um und feuerte.*

*Das Dröhnen des Schusses brachte jedermann zum Schweigen. Selbst das Kind hörte auf zu schreien. Ellesmeres Gesicht verlor jeden Ausdruck, und er zog seine dichten Augenbrauen fragend hoch. Dann stolperte er, und Jamie sprang vor. In einer Art geistesabwesender Klarsicht bemerkte er das kleine runde Loch in den herabhängenden Wickeltüchern des Babys, dort, wo die Pistolenkugel sie durchdrungen hatte.*

*Dann stand er wie angewurzelt auf dem Teppich vor dem Kamin, ohne sich um das Feuer zu kümmern, das ihm die Rückseite seiner Beine versengte, oder um Ellesmeres nach Luft schnappenden Körper zu seinen Füßen oder um Lady Dunsanys regelmäßige, hysterische Schreie, die so durchdringend waren wie die eines Pfaus. Die Augen fest geschlossen, zitternd wie Espenlaub, unfähig sich zu bewegen oder zu denken, stand er da, die Arme fest um das formlose, sich windende, quäkende Bündel geschlossen, das seinen Sohn enthielt.*

Aus Dankbarkeit über die Rettung ihres Enkelkindes bietet Lady Dunsany Jamie an, sich für seine Begnadigung einzusetzen. Der Gedanke, das feuchte Gefängnis des Lake Districts gegen die freie Luft der Highlands einzutauschen, ist eine Versuchung, die er fast nicht ertragen kann. Doch zu gehen würde bedeuten, sein Kind zu verlassen und es wahrscheinlich niemals wieder zu sehen. Jamie lehnt Lady Dunsanys Angebot ab – für den Augenblick.

Die folgenden Jahre sind eine Zeit überraschender Zufriedenheit. Sein Leben ist zwar immer noch einsam, doch es hat auch seine Vorteile, darunter vor allem Jamies Sohn William. Willie, der von seinen weiblichen Verwandten angebetet und verhätschelt wird, ist ein Prachtkerl, der sehr an seinem Knecht »Mac« hängt, mit dem er viel Zeit auf dem Pferderücken oder bei der Stallarbeit verbringt.

Doch alle guten Dinge haben einmal ein Ende; als Willie heranwächst, beginnt sein Gesicht – anfangs noch rund und ungeformt – alarmierende Ähnlichkeit mit Jamies kühnen Gesichtszügen anzunehmen. Zwar könnte ein beiläufiger Betrachter es immer noch übersehen, doch Jamie ist klar, dass die Ähnlichkeit bald für Gerede sorgen wird – und Schlimmeres. Es ist an der Zeit zu gehen.

Mit Hilfe Lady Dunsanys und Lord John Greys, dessen Familie Einfluss bei Hofe hat, wird eine Begnadigung erwirkt. Grey kommt nach Helwater, um sich von Jamie zu verabschieden – und teilt ihm im Verlauf des Gesprächs mit, dass er das Geheimnis um

Willies Vaterschaft erraten hat. Jamie, der über diese Enthüllung erschrickt, lässt sich von den weiteren Neuigkeiten beruhigen, die Lord John für ihn hat: Er wird Lady Isobel heiraten, Genevas jüngere Schwester, und somit Williams Vormund werden.

Jamie ist klar, was der Hintergrund ist, warum Lord John sich auf diese Heirat einlässt: Es ist sein Wunsch, an Jamies Stelle über den Jungen zu wachen, und so ringt dieser sich unbeholfen dazu durch, John Grey das Einzige anzubieten, was er ihm dafür geben kann.

*»Ich … wäre Euch zu Dank verpflichtet.« Jamie hörte sich an, als sei sein Kragen zu eng, obwohl sein Hemd in Wirklichkeit am Hals offen stand. Grey betrachtete ihn neugierig und sah, dass seine Gesichtsfarbe sich langsam in ein dunkles, verlegenes Rot verwandelte.*

*»Dafür … Wenn Ihr es möchtet … Ich meine, ich wäre bereit … also …«*

*Grey unterdrückte das plötzliche Bedürfnis zu lachen. Er legte die Hand leicht auf den Arm des hoch gewachsenen Schotten und sah, wie Jamie sich zusammennahm, um bei der Berührung nicht zusammenzuzucken.*

*»Mein lieber Jamie«, sagte er und schwankte zwischen Gelächter und Verzweiflung. »Bietet Ihr mir tatsächlich Euren Körper als Bezahlung für mein Versprechen an, mich um Willie zu kümmern?«*

*Frasers Gesicht war so rot wie seine Haarwurzeln.*

*»Aye, das tue ich«, schnappte er verbissen. »Wollt Ihr oder nicht?«*

Das führt Lord John zwar in große Versuchung, doch er ist sich bewusst, welche Gefühle Jamie für ihn hegt – beziehungsweise nicht hegt. Da ihm klar ist, dass Jamie ihm keine Liebe geben kann, die er nicht empfindet, ist er bereit, sich stattdessen mit Jamies Freundschaft abzufinden, und diese können beide Männer aufrichtig teilen.

Nach einem schmerzhaften Abschied von seinem Sohn lässt Jamie Willie in Lord Johns Obhut zurück und wendet sich nach Norden, den Bergen Schottlands entgegen – endlich kehrt er heim nach Lallybroch.

Das Jahr 1968 neigt sich dem Samhain zu, dem Novemberfest Allerseelen – und für Claire rückt der Augenblick der Entscheidung näher. Während ihrer ganzen Suche hat sie sich gefragt – was, wenn er noch lebt? Was dann? Jetzt haben Roger und Brianna – so glauben sie – Jamies Spur zu einer Druckerei in Edinburgh weiterverfolgt, wo ein »A. Malcolm« Geschäftspapiere und politische Pamphlete druckt, deren Inhalt mit handschriftlichen Dokumenten in Jamies Schrift identisch ist.

Wenn die Zeit so funktioniert, wie sie glauben, dann könnte Claire zu einem Zeitpunkt zurückkehren, der zwanzig Jahre nach ihrem Abschied wenige Stunden vor der Schlacht von Culloden liegt; sie könnte »A. Malcolm« finden. Doch sollte sie es tun? Ihre Tochter ist erwachsen; sie besucht das College und hat eine eigene Wohnung. Doch fortzugehen, ohne dass es eine Aussicht auf Rückkehr durch die gefährlichen Steine gibt – nicht nur ihr Leben zu riskieren, sondern sich damit abzufinden, dass sie ihre Tochter nie wieder sehen wird… ist die Chance, Jamie zu finden, ein solches Opfer wert?

Claire erforscht ihre Seele und die Vergangenheit und sucht mit Roger Wakefields Hilfe eine Antwort. Roger, der die Tochter liebt – und auch für die Mutter tiefe Gefühle hegt –, verspricht Claire, dass er auf Brianna aufpassen wird; sie wird nicht allein zurückbleiben. Brianna drängt ihre Mutter zu gehen – doch das Band zwischen Mutter und Tochter ist fest und lässt sich nicht einfach so zerreißen.

Am Ende ist Claire sogar noch unentschlossen, als sie schon den Hügel Craigh na Dun hinaufsteigt. Soll sie gehen? Kann sie gehen? Ihre Fragen werden beantwortet, als sie Roger und Brianna sieht, die sie in dem Steinkreis erwarten – Brianna ist im Stil des achtzehnten Jahrhunderts gekleidet. Wenn Claire nicht geht, so teilt sie ihrer Mutter mit, dann geht *sie*. Jemand muss Jamie suchen und ihm sagen, dass sein Opfer nicht umsonst gewesen ist; seine Frau hat überlebt, sein Kind ist gesund geboren worden.

*Sie hielt meine Hände fest zwischen den ihren und drückte sie mit aller Kraft.*

*»Er hat dich mir gegeben«, sagte sie so leise, dass ich sie kaum hören konnte. »Jetzt muss ich dich ihm zurückgeben, Mama.«*

*Ihre Augen, die Jamies so ähnlich waren, blickten tränenerfüllt auf mich herunter.*

*»Wenn du ihn findest«, flüsterte sie, »wenn du meinen Vater findest – gib ihm das.« Sie beugte sich zu mir und küsste mich, heftig, sanft, dann richtete sie sich auf und drehte mich dem Stein zu.*

*»Geh, Mama«, sagte sie atemlos. »Ich liebe dich. Geh!«*
*Aus dem Augenwinkel sah ich, wie Roger sich auf sie zube-*
*wegte. Ich ging einen Schritt, dann noch einen. Ich hörte ein Ge-*
*räusch, ein schwaches Dröhnen. Ich machte den letzten Schritt,*
*und die Welt verschwand.*

Die Reise durch die Steine ist gefährlich, und sie kostet Claire
viel Kraft – doch sie gelingt. Als sie sich von der Passage erholt
hat, begibt sich Claire nach Edinburgh, angstvoll und erwar-
tungsfroh. Ist »A. Malcolm« wirklich James Alexander Malcolm
MacKenzie Fraser? Und wenn er es ist…

*Noch eine Minute, und ich würde die Nerven verlieren. Ich*
*schob die Tür auf und trat ein.*

*Eine breite Theke mit einer offenen Schwingtür nahm den vor-*
*deren Teil des Raumes ein, ein Regal an ihrer Seite enthielt meh-*
*rere Tabletts mit Satztypen. Plakate und Notizen aller Art waren*
*wohl als Muster an die gegenüberliegende Wand geheftet.*

*Die Tür zum Hinterzimmer war offen und zeigte das gewaltige,*
*kantige Gestell einer Druckerpresse. Darübergebeugt, mit dem*
*Rücken zu mir, stand Jamie.*

*»Bist du das, Geordie?«, fragte er, ohne sich umzudrehen. Er*
*war mit Hemd und Kniehose bekleidet und hielt ein kleines Werk-*
*zeug in der Hand, mit dem er in den Innereien der Presse herum-*
*fuhrwerkte. »Hat ja auch lange genug gedauert. Hast du das –«*

*»Ich bin nicht Geordie«, sagte ich. Meine Stimme klang höher*
*als sonst. »Ich bin's«, sagte ich. »Claire.«*

Ihr Wiedersehen ist zärtlich und euphorisch, auch wenn es Momente des Erschreckens gibt. Die Bilder, die Claire mitgebracht
hat, verschönern es noch: Fotos von Brianna in jedem Alter, vom
Baby bis zur jungen Frau. Als sie sich in Jamies spartanischen
Räumen umsieht, ist Claire beruhigt; dieses Haus wird nicht von
einer Frau in Ordnung gehalten. Sie verbringen Stunden verloren
im schlichten Wunder der Gegenwart des anderen – bis Jamie
plötzlich bemerkt, wie spät es ist.

Mit dem Ausruf, er habe »Mr. Willoughby« vergessen, springt
er auf und eilt mit Claire zu einer nahe gelegenen Taverne. Hier
begegnet sie Mr. Willoughby – Jamies chinesischem »Partner«,
den dieser zwei Jahre zuvor auf den Docks von Edinburgh gefunden und vor dem Erfrieren gerettet hatte. Jamie kommt nicht dazu
zu erklären, welcher Art ihre »Partnerschaft« ist, da Mr. Willoughbys Erscheinen einen kleinen Aufruhr in der Taverne aus-

löst. Claire, Jamie und Mr. Willoughby (alias Yi Tien Cho) fliehen durch die Nebenstraßen und Gässchen, bis sie schließlich in einem Bordell Zuflucht finden – dessen Besitzerin eine sehr gute Bekannte von Jamie zu sein scheint.

Als sie endlich in einem Zimmer in einer der oberen Etagen zusammensitzen, kommen bruchstückhafte Erklärungen zu Tage: Jamie ist tatsächlich Drucker, bezieht aber einen guten Teil seines Einkommens aus einer Nebentätigkeit als Alkoholschmuggler. Madame Jeanne stellt sowohl das Versteck als auch den Umschlagplatz für die Schmuggelware. Claire hat immer noch Fragen – viele Fragen –, doch weitere Erklärungen können warten; die Nacht ist da, und sie sind miteinander allein.

Nachdem sie die Nacht wieder vereint und selig verbracht haben, steht Jamie früh auf. Er hat eine dringende Angelegenheit zu erledigen, so erklärt er, wird aber bald zurück sein. Doch bevor Jamie aufbrechen kann, trifft ein unerwarteter Besucher im Bordell ein – Jamies Schwager Ian.

*»Frau?« Ian vergaß, den Blick abzuwenden, und stierte Jamie entsetzt an. »Du hast eine Hure geheiratet?«, krächzte er.*

*»So würde ich es nicht unbedingt nennen«, sagte ich. Beim Klang meiner Stimme riss er den Kopf in meine Richtung herum.*

*»Hallo«, sagte ich und winkte ihm aus meinem Nest in der Bettwäsche fröhlich zu. »Lange nicht mehr gesehen, was?«*

*Ich hatte die Beschreibungen des Verhaltens von Menschen, die ein Gespenst sehen, immer für hemmungslos übertrieben gehalten, hatte mich aber angesichts der Reaktionen, die meine Rückkehr in die Vergangenheit hervorrief, gezwungen gesehen, meine Meinung zu revidieren. Jamie war prompt in Ohnmacht gefallen, und Ians Haar mochte zwar nicht buchstäblich zu Berge stehen, doch er sah eindeutig so aus, als hätte er vor Schreck den Verstand verloren.*

*Während ihm die Augen fast aus dem Kopf quollen, öffnete und schloss er den Mund und gab dabei leise Kollergeräusche von sich, an denen Jamie beträchtlichen Spaß zu haben schien.*

*»Das wird dich lehren, immer gleich das Schlimmste von mir zu denken«, sagte er mit sichtlicher Genugtuung. Dann erbarmte sich Jamie seines zitternden Schwagers, schenkte ihm einen Schluck Brandy ein und reichte ihm das Glas. »Richte nicht, und du wirst nicht gerichtet werden, was?«*

Ian ist auf der Suche nach seinem jüngsten Sohn, dem kleinen

Ian. Dieser hält das Leben in Lallybroch nicht aus. Er sehnt sich nach Abenteuern und ist deshalb fortgelaufen. Er hat eine Nachricht hinterlassen, dass er nach Edinburgh aufgebrochen ist – vermutlich, um dort seinen heiß geliebten Onkel zu besuchen. Jamie hat keine Ahnung, wo sich Ian aufhält, verspricht aber, sofort mit seinem Schwager loszugehen, um sich nach ihm zu erkundigen und sein mysteriöses Geschäft zu erledigen. Claires Kleid ist bei dem Aufruhr in der Taverne beschädigt worden; da sie nichts zum Anziehen hat, bleibt ihr kaum eine andere Wahl, als im Bett zu bleiben und dort sowohl auf das Frühstück als auch auf Jamies Rückkehr zu warten.

An Stelle des Frühstücks bekommt sie noch mehr Besuch: zuerst Mr. Willoughby, der ihr erzählt, wie »Tsei-mi« ihm das Leben gerettet hat – und dann völlig unerwartet Jamies vierzehnjähriger Neffe Ian, der auf der Suche nach seinem Onkel ist. Angesichts der Frau im Bett, die er für Jamies Mätresse hält, wird er rot, stottert herum und verschwindet wieder.

Als ihre Besucher gegangen sind, beschließt Claire, sich etwas zum Anziehen zu suchen und einen Erkundungsgang zu unternehmen. In eine Bettdecke gewickelt, frühstückt sie mit einigen sympathischen Prostituierten, die sie für Madames jüngste Errungenschaft halten.

*»Tsk!«, murmelte Mollie, als sie die Besitzerin kommen sah. »Frühe Kundschaft. Ich hasse es, wenn sie mitten beim Frühstück kommen«, brummte sie. »Davon bekommt man Verdauungsstörungen.«*

*»Mach dir keine Sorgen, Mollie; Claire muss ihn nehmen«, sagte Peggie und schob ihr dunkles Plaid beiseite. »Wer neu ist, nimmt die, die keiner will«, informierte sie mich.*

*»Steck ihm den Finger in den Hintern«, riet mir Dorcas. »Davon gehen sie am schnellsten ab. Ich verwahr dir ein Brötchen für hinterher, wenn du möchtest.«*

*»Äh... danke«, sagte ich. In diesem Moment traf mich Madame Jeannes Blick, und ihr Mund öffnete sich zu einem entsetzten »Oh«.*

Als man sie in ein kleines Zimmer bringt, damit sie sich umziehen kann, hört Claire eine Unterhaltung zwischen Madame und ihrem Pförtner mit: Es hat einen Mord in Edinburgh gegeben – *schon wieder* einen. Das Monster von Edinburgh hat ein neues Opfer gefordert, diesmal ist es ein Zimmermädchen aus dem Bordell, das man gerade enthauptet in ihrem Quartier in der Nähe gefunden hat.

Als sie dies hört, wird Claire von Unruhe ergriffen; Jamie ist immer noch nicht von seinem mysteriösen Gang zurückgekehrt, und sein Neffe Ian spaziert offensichtlich ebenfalls allein in der Stadt herum. Unterdessen macht sich eine nervöse Stimmung im Bordell breit. Wo sind die Männer, und was geht eigentlich vor?

Ihre Nachfragen werden von der plötzlichen Ankunft eines gut aussehenden, dunkelhaarigen jungen Mannes unterbrochen, der einen Haken an Stelle einer fehlenden Hand trägt – und dessen Gesicht ihr ausgesprochen bekannt vorkommt. Sie erkennen sich gegenseitig, und Claire ist überglücklich über das Wiedersehen mit Fergus, der noch ein Junge war, als sie ihn zuletzt gesehen hat. Doch ihr Entzücken ist nur von kurzer Dauer:

*»Da bist du ja! Was in Gottes Namen machst du hier oben, Fergus?« Jamies hoch gewachsene Gestalt ragte plötzlich in der Tür auf. Er riss die Augen auf, als er mich in meiner bestickten Hemdbluse dastehen sah. »Wo sind deine Kleider?«, fragte er. »Egal«, sagte er dann und winkte ungeduldig ab, als ich den Mund aufmachte, um zu antworten. »Ich habe jetzt keine Zeit. Komm mit, Fergus, ich habe achtzehn Anker Brandy auf der Straße stehen, und die Steuereintreiber sind mir auf den Fersen!«*

*Unter Stiefelgedonner verschwanden sie auf der Holztreppe und ließen mich wieder einmal allein zurück.*

Als sie vorsichtig in ihrem geliehenen Hemd und in ein Schultertuch gehüllt die Treppe hinuntersteigt, begegnet Claire ein Fremder in der Küchentür. Er spricht sie an, fragt sie nach Schmuggelware aus und spricht von einer Belohnung. Ein Steuereintreiber, denkt sie und weicht vor ihm zurück, während sie sich fragt, wie sie ihm entkommen und Jamie warnen kann. Der Mann packt sie am Arm, wird jetzt aber seinerseits von Mr. Willoughby angesprochen, der auf der Treppe steht – mit einer geladenen Pistole.

Der Chinese, der immer noch stark verkatert ist, schießt auf den vermeintlichen Zollagenten, der prompt auf Claires Schoß stirbt. Fergus taucht wieder auf, gefolgt von Jamie, der die Dinge in die Hand nimmt, die Leiche in Claires Schultertuch wickelt und Claire in den Keller des Bordells begleitet, wo eine falsche Wand die Zentrale von Jamies Schmuggeloperation verbirgt.

Eine genauere Betrachtung der Leiche des vermeintlichen Zollbeamten zieht Verwirrung nach sich: Der Mann führt keinerlei Dienstausweis mit sich, sondern hat – was viel besorgniserregender ist – ein Exemplar des Neuen Testaments in der Tasche: eine Ausgabe, die in der Werkstatt von A. Malcolm gedruckt wurde. Jemand hat die gefährliche Verbindung zwischen dem ehrbaren Drucker A. Malcolm und dem Schmuggler »Jamie Roy« hergestellt – aber wer?

Jamie und Claire überlassen es Fergus, die Leiche loszuwerden und den Brandy einzulagern und suchen für einen Augenblick Frieden bei Moubray's, einem der besseren Restaurants in Edinburgh. Doch ihre Ruhe dauert wirklich nur einen Augenblick; ihr Mittagessen wird von Sir Percival Turner unterbrochen, einem in der Stadt ansässigen Beamten der Krone, der den frisch Vermählten (so glaubt er) gratuliert – und unheilvolle Warnungen ausspricht.

Sir Percival weiß, dass er ein Schmuggler ist, so erklärt Jamie; allerdings nimmt Sir Percival an, dass Jamie wie fast jeder andere Schotte auch mit Schmuggelware aus Holland handelt: Kambrik, Samt und so weiter, anstatt sich mit dem weitaus profitableren – und gefährlicheren – Alkoholhandel zu befassen. In den nächsten Tagen erwartet man eine Lieferung aus Frankreich; aus Sir Percivals Warnung geht hervor, dass der Treffpunkt bekannt ist. Doch es gibt einen Ersatzplan; Jamie und seine Männer werden sich stattdessen auf den Klippen oberhalb von Arbroath einfinden.

Doch bevor Jamie zu dieser Transaktion aufbrechen kann, muss er sich noch um ein paar unerledigte Dinge kümmern – um Claire und seinen Neffen Ian. Der Aufenthaltsort des kleinen Ian kommt auf dramatische Weise ans Licht: Als sie nach ihrem »Hochzeitsessen« zur Druckerei zurückkehren, finden Jamie und Claire die Werkstatt in Flammen vor, und Ian sitzt darin fest.

Vor der Feuersbrunst gerettet und ins Bordell zurückgekehrt, sieht Ian sich mit seinem zornigen Vater und seinem Onkel konfrontiert. Der väterliche Zorn wird nicht gerade besänftigt, als Ian sich weigert, ihn auf der Stelle nach Lallybroch heimzubegleiten. Verletzt und aufgebracht über das Verhalten seines Sohnes, reist der ältere Ian allein ab.

JAMIE IST ERSCHROCKEN und besorgt darüber, wie Ian mit seinem Vater umgeht, doch als Ian seine Beweggründe preisgibt, erschrickt er noch mehr. Der Junge hat den Morgen damit verbracht, einen mysteriösen einäugigen Seemann zu beschatten, den er zufällig in einer Taverne nach Jamie fragen gehört hat – unter seinem richtigen Namen, den niemand in Edinburgh kennen dürfte, da Jamie in seiner legitimen Tarnung als »Drucker Malcolm« bekannt ist und bei den Schmugglern und Brandyhändlern »Jamie Roy« heißt.

Nachdem er den Mann aus den Augen verloren hatte, war Ian schließlich zur Druckerei zurückgekehrt, nur um den Einäugigen dort im Hinterzimmer anzutreffen, wo dieser im Begriff war, einige frisch gedruckte Pamphlete mitgehen zu lassen – die von höchst belastender Natur waren, da Jamie sie für eine kleine Gruppierung illegaler Aufrührer gedruckt hatte. Um zu verhindern, dass sich der Mann damit davonmachte, hatte Ian die Werkstatt in Brand gesetzt, indem er die Esse zum Bleigießen umstürzte. Dabei hat er – so glaubt er – den Mann umgebracht. Unfähig, seinem Vater mit dem Geständnis gegenüberzutreten, dass er ein Mörder ist, hatte er auf das Verständnis seines Onkels Jamie gebaut.

*Jamie, der hastig in seinem Ärmel nach einem Taschentuch tastete, blickte plötzlich auf, weil ihm ein Gedanke gekommen war.*

*»Darum hast du gesagt, du müsstest es mir sagen, aber nicht deinem Vater? Weil du gewusst hast, dass ich auch schon Menschen umgebracht habe?«*

*Sein Neffe nickte und durchforschte Jamies Gesicht mit bedrücktem, vertrauensvollem Blick. »Aye. Ich dachte … ich dachte, du wüsstest, was ich tun soll.«*

*»Ah.« Jamie holte tief Luft und wechselte einen Blick mit mir. »Tja …« Seine Schultern richteten sich auf und wurden breiter, und ich konnte sehen, wie er die Last übernahm, die Ian abgelegt hatte.*

Jamie empfiehlt fürs erste Gebete, eine Beichte am nächsten Morgen – und versichert Ian tröstend, dass er keine Wahl hatte und daher nicht als Mörder verdammt ist. Der Heilungsprozess wird mit Abendessen und Bettruhe fortgesetzt. Letztere wird allerdings dadurch verkompliziert, dass Fergus zuvorkommenderweise mit Madame Jeanne arrangiert hat, dass man Ian nicht allein im Bett vor sich hingrübeln lässt. Jamie ist entsetzt, kann aber nicht verhindern, dass Ian sich mit einer jungen Prostituierten zurückzieht. Resigniert gibt er Claire gegenüber zu, dass man die beste Medizin gegen die Depression nach dem Töten tatsächlich oft in den Armen einer Frau findet.

Wie dem auch immer sei: Jamie schickt seinen Schützling am Morgen als Erstes zur Beichte und überlässt es Claire, sich wieder mit Edinburgh vertraut zu machen, indem sie dem Apotheker einen Besuch abstattet, um frische Kräuter zu kaufen. Dort begegnet sie einem anderen Kunden, einem Priester der Free Church namens Archibald Campbell. Als dieser von ihrer Erfahrung als Heilerin hört, bittet er sie, ihn zu besuchen und sich seine Schwester anzusehen, die an seltsamen Schweigezuständen und »Anfällen« leidet.

Miss Margaret hat in der Tat »Anfälle«, bei denen sie vor sich hinstiert und schreit – und in der restlichen Zeit lebt sie friedlich in der Vergangenheit vor ihrer traumatischen Erfahrung mit den englischen Soldaten, die sie kurz nach der Schlacht von Culloden um den Verstand gebracht hat. Claire weiß keinen anderen Rat als gute Ernährung und Beruhigungsmittel, äußert aber die Hoffnung, dass der Plan des Reverends, sie auf die Westindischen Inseln zu bringen, etwas an ihrem Zustand ändern wird.

Bei ihrer Rückkehr in das Bordell findet Claire Jamie und Fergus in Beratung vertieft. Man hat einen Ersatztreffpunkt mit dem französischen Schmugglerschiff arrangiert; Jamie und Jared vereinbaren die Details per Brief, und die Schmuggler werden erst kurz vor dem jeweiligen Zusammentreffen informiert, sodass das Geheimnis sicher zu sein scheint. Jamie beschließt widerstrebend, Claire und Ian mitzunehmen, da Ian zurück nach Lallybroch gebracht werden muss. Allerdings, so fügt er streng hinzu, haben sie in der Nähe der eigentlichen Übergabe *nichts* zu suchen und sollen sich stattdessen in dem Wirtshaus an der Straße oberhalb des Strandes aufhalten.

Dieser Plan wird durchkreuzt, als sie bei ihrer Ankunft feststellen, dass das Wirtshaus bis auf die Grundmauern abgebrannt ist. Claire und Ian bekommen strikte Anweisungen, sich vom Geschehen fern zu halten, und bleiben auf den Klippen zurück, wo sie wie von Tribünenplätzen aus den Hergang des Geschehens beobachten können. Es haben in der Tat Steuereintreiber im Sand versteckt gelegen und die Schmuggler erwartet. Im Verlauf des folgenden Handgemenges flüchten Claire und Ian zur Straße, wo Claire um ein Haar mit zwei weiteren Steuereintreibern zusammenprallt, die darauf warten, dass ihnen eventuell fliehende Schmuggler in die Falle gehen.

Aus der Unterhaltung der Zollbeamten geht hervor, dass dies

nicht nur ein vorsätzlicher Hinterhalt gewesen ist, sondern einer, der speziell dazu dienen sollte, Jamie Fraser zu schnappen. Claire stiehlt sich davon, um Jamie zu warnen. Es ist ihm gelungen zu entkommen, und er weist gerade seine Schmuggler an, sich unauffällig nach Hause zu begeben. Als sie auf der Straße zurückkehren, finden sie nur noch einen Zollbeamten vor – der an einem Baum hängt.

Da die Druckerei in Schutt und Asche liegt, an jeder Straßenecke tote Steuerbeamte aufkreuzen und es auf der Hand liegt, dass jemand – wahrscheinlich sogar mehrere Personen – von Jamies diversen Identitäten und seinen weniger legalen Aktivitäten weiß, erscheint eine Rückkehr nach Edinburgh unklug. Auf eine Rückkehr nach Lallybroch freut sich Jamie zwar auch nicht besonders, doch er kommt nicht umhin, Ian heimzubringen.

Claire dagegen fragt sich, wie Jenny sie wohl aufnehmen wird, die Frau, die einmal ihre Freundin war. Dank Ians Benehmen ist der Empfang zunächst kühl, und seine Eltern sind zurückhaltend, weil er ihnen anscheinend seinen Onkel vorgezogen hat. Doch Jamie findet einen Weg der Wiedergutmachung für Ian und sich selbst, und die Stimmung verwandelt sich in Herzlichkeit.

Claire ist überglücklich, als sie am nächsten Morgen an einem Ort aufwacht, der für sie einem Zuhause so nahe kommt wie kein anderer. Doch als sie in der Kälte aufsteht, um Feuer zu machen, sieht sie drei Reiter – allesamt Frauen – auf das Haus zukommen. Sie fragt sich, wer das sein könnte, wird aber durch Jamies Zuwendungen abgelenkt.

*Er wurde durch einen plötzlichen Knall unterbrochen, als die Tür aufflog und von der Wand abprallte. Erschrocken drehten wir uns um. In der Tür stand ein junges Mädchen, das ich noch nie zuvor gesehen hatte. Sie war vielleicht fünfzehn oder sechzehn und hatte langes, flachsfarbenes Haar und große blaue Augen. Ihre Augen waren noch größer als sonst und von einem Ausdruck tiefsten Entsetzens erfüllt, als sie mich anstarrte. Ihr Blick wanderte langsam von meinem zerzausten Haar zu meinen entblößten Brüsten und an den Kurven meines nackten Körpers entlang, bis er auf Jamie traf, der ausgestreckt zwischen meinen Oberschenkeln lag, erbleicht und genauso erschrocken wie sie.*

*»Papa!«, sagte sie in einem Tonfall absoluter Entrüstung. »Wer ist diese Frau?«*

Claire fragt sich in etwa das Gleiche, doch ihre Neugier wird bald befriedigt. Die junge Frau heißt Marsali; sie ist eine Tochter Laoghaires, die Claires Auftauchen genauso entsetzt aufnimmt wie Claire das ihre. Jamie gehört ihr, verkündet Laoghaire; sie haben bei seiner Rückkehr aus Ardsmuir geheiratet. Sie hat keine Ahnung, wo Claire hergekommen ist, doch am besten kehrt sie sofort dorthin zurück.

Claire ist erschüttert über diese Enthüllung, doch auf ihren Schreck folgt Wut. Sie ist verblüfft und bestürzt, von dieser Ehe zu hören, und aufgebracht, weil Jamie ihr nichts davon erzählt hat. Er beharrt darauf, dass er vorhatte, es ihr zu sagen – dass er aber genau die Reaktion befürchtet hat, die sie jetzt an den Tag legt. Es folgt ein furchtbarer Streit, der damit endet, dass Jamie aus dem Haus stapft – und Claire Lallybroch fluchtartig verlässt und sich auf den Rückweg zu den Steinen macht.

Doch ihre Schritte werden langsamer und langsamer, je näher sie dem Ende ihrer Träume kommt.

*Nur bei Jamie hatte ich alles gegeben, was ich hatte, alles riskiert. Ich hatte jede Vorsicht, jedes Urteilsvermögen und jedes bessere Wissen über Bord geworfen, zusammen mit dem Trost und den Einschränkungen einer Karriere, für die ich hart gearbeitet hatte. Ich hatte nur mich selbst mitgebracht, war in seiner Nähe nur ich selbst gewesen, hatte ihm meine Seele genauso wie meinen Körper geschenkt, hatte zugelassen, dass er mich nackt sah, darauf vertraut, dass er mich ganz sah und meine Schwächen zu nehmen wissen würde – weil er es einst getan hatte.*

*Ich hatte befürchtet, dass er es nicht mehr könnte. Oder wollte. Und hatte dann jene wenigen Tage des perfekten Glücks erlebt, in denen ich geglaubt hatte, das, was einst wahr gewesen war, wäre wieder so; dass ich frei war, ihn zu lieben mit allem, was ich hatte und war, und mit einer Aufrichtigkeit geliebt zu werden, die der meinen entsprach.*

*Die Tränen liefen mir heiß und feucht zwischen den Fingern hindurch. Ich trauerte um Jamie und um das, was ich zusammen mit ihm gewesen war.*

*Weißt du,* flüsterte seine Stimme mir zu, was es bedeutet, wieder zu sagen »ich liebe dich« und es auch so zu meinen?

*Ich wusste es. Und während ich mir unter den Kiefern die Hände vor den Kopf hielt, wusste ich, dass ich es nie wieder so meinen würde.*

Ganz in ihre trübsinnigen Gedanken versunken, wird Claire

plötzlich durch Ians unerwartetes Auftauchen aufgeschreckt. Jamie, so sagt er, hat ihn losgeschickt, um Claire zu bitten, dass sie nach Lallybroch zurückkommt. Erzürnt und entrüstet über diesen erneuten Beweis für Jamies Dreistigkeit – sie ist ihm nicht einmal so wichtig, dass er selbst kommen würde –, weigert sich Claire und versucht, die Zügel ihres Pferdes aus Ians sturer Umklammerung zu reißen. Doch er beharrt darauf, dass sie unbedingt kommen muss. Es ist nicht, was sie denkt; Jamie braucht sie wirklich.

»*Lass los!*«

»*Aber Tante Claire, das ist es nicht.*«

»*Was ist es nicht?*« *Da mir sein verzweifelter Tonfall auffiel, blickte ich auf. Sein langes, schmales Gesicht war angespannt in dem ängstlichen Bedürfnis, sich mir verständlich zu machen.*

»*Onkel Jamie ist nicht zu Hause geblieben, um sich um Laoghaire zu kümmern!*«

»*Warum hat er dich dann geschickt?*«

*Er holte tief Luft und fasste meine Zügel nach.*

»*Sie hat auf ihn geschossen. Er hat mich losgeschickt, um dich zu suchen, weil er im Sterben liegt.*«

Claires spontane Reaktion auf diese Neuigkeit ist: »*Wenn er bei meiner Ankunft nicht im Sterben liegt, dann bringe ich ihn persönlich um – und dich dazu, Ian Murray.*« Doch dies verringert ihre Nervosität nicht, während sie nach Lallybroch zurückhasten. Als sie dort eintreffen, kämpft Jamie mit einer Infektion und hohem Fieber und ist vor Schmerzen und Hitze so ermattet, dass er ihr Erscheinen für eine Halluzination hält. Er ist, so sagt er ihr, dem Fiebertod schon zweimal nah gewesen; diesmal wird es ihn erwischen, und er hat nichts dagegen.

Doch Claire hat neben den Fotos von Brianna noch etwas anderes aus der Zukunft mitgebracht; eine kleines Kästchen mit Injektionsnadeln und Penizillintabletten. Sie teilt Jamie mit, dass die Keime des achtzehnten Jahrhunderts gegen ein modernes Antibiotikum keine Chance haben, versorgt energisch seine Wunden, injiziert ihm die Medizin und setzt sich dann hin, um über ihn zu wachen – endlich ist sie widerstrebend bereit, sich anzuhören, was er ihr schon zuvor mitzuteilen versucht hat: den Hintergrund seiner Heirat mit Laoghaire.

Es war eine Ehe, die der Einsamkeit entsprang, ein unpassendes Paar, das durch Hoffnung und Mitgefühl zusammengebracht wurde. Weil sie um die geistige Gesundheit ihres Bruders fürchtete und seine Sehnsucht sie schmerzte, hatte Jenny nach Claires Verschwinden wieder und wieder versucht, ihn dazu zu bewegen, sich eine Frau zu suchen. Er hatte sich wieder und wieder geweigert – nicht nur, weil niemand Claire ersetzen konnte, sondern auch, weil seine Lebensumstände eine Heirat nicht zuließen: in einer Höhle zu leben, sich zu verstecken, ewig auf der Flucht – was für ein Leben sollte das für eine Frau sein?

Doch dann... nach seiner Rückkehr aus dem langen Exil in England war er zwar nicht mehr vom Gesetz bedroht gewesen, aber wurzellos, ein Fremder in der eigenen Heimat. Das Anwesen war auf Ians Sohn übergegangen; die Verantwortung und Verpflichtung, die so lange Jamies Lebensinhalt gewesen war, fehlte. Sein eigener Sohn war meilenweit fort, für immer verleugnet, für immer verloren. Ohne eine Aufgabe oder einen Menschen, an den er sich hätte binden können, war er wie ein Geist durch die Räume des Hauses gewandert, das einst das seine gewesen war.

Und als Jenny ihn ein weiteres Mal mit der Möglichkeit einer Heirat bedrängt hatte, hatte er auf sie hören müssen. Laoghaire war Witwe und hatte zwei Töchter zu versorgen. Außerdem war sie eines der wenigen Bindeglieder mit seiner Jugend. Und so, erzählt er Claire, haben sie geheiratet – ohne jede Liebe, aber in dem Glauben, dass sie wenigstens in der Lage sein würden, einander zu helfen.

Doch es war eine Fehlentscheidung; anstatt einander Trost zu spenden, hatten sie nichts als Missverständnisse und Elend erlebt, und innerhalb eines Jahres war Jamie ausgezogen, um in Edinburgh zu arbeiten, und er schickte Laoghaire und ihren Töchtern Geld für den Unterhalt nach Hause.

Trotz ihrer Wut bringt Claire Verständnis für ihn auf, hat sie doch selbst eine Ehe hinter sich, die von Pflichtgefühl beherrscht wurde. Sie kennt die Schwierigkeiten einer Verbindung ohne Liebe nur zu gut.

»*Weißt du?*«, *sagte er leise irgendwann in den schwarzen Stunden nach Mitternacht,* »*weißt du, wie es ist, wenn man so mit jemandem zusammenlebt? Wenn man alles versucht und doch niemals hinter das Geheimnis des anderen kommt?*«

»*Ja*«, *sagte ich und dachte an Frank.* »*Ja, das weiß ich.*«

»*Ich habe mir gedacht, dass es vielleicht so ist.*« *Er schwieg einen Augenblick, dann berührte seine Hand sacht mein Haar, ein verschwommener Schatten im Feuerschein.*

»Und dann…«, flüsterte er, »es dann wieder zu haben, dieses Wissen. Frei zu sein bei allem, was man tut, und zu wissen, dass es richtig ist.«

»Zu sagen, ›ich liebe dich‹, und es von ganzem Herzen zu meinen«, sagte ich leise in die Dunkelheit hinein.

»Aye«, antwortete er kaum hörbar. »Das zu sagen.«

Seine Hand ruhte auf meinem Haar, und ohne so recht zu wissen, wie es geschah, fand ich mich an ihn geschmiegt, und mein Kopf fügte sich in seine Schulterbeuge.

»So viele Jahre lang«, sagte er, »so lange bin ich so vieles gewesen, so viele verschiedene Männer.« Ich spürte, wie er schluckte, und als er sich leicht bewegte, raschelte das gestärkte Leinen seines Nachthemdes.

»Ich war der ›Onkel‹ für Jennys Kinder, für sie und Ian war ich ›Bruder‹. ›Mylord‹ für Fergus und ›Sir‹ für meine Pächter. ›Mac Dubh‹ für die Männer von Ardsmuir und ›MacKenzie‹ für die anderen Knechte auf Helwater. Dann der ›Drucker Malcolm‹ und ›Jamie Roy‹ auf den Docks.« Seine Hand streichelte langsam mein Haar mit einem flüsternden Geräusch wie der Wind vor dem Haus. »Doch hier«, sagte er so leise, dass ich ihn kaum hören konnte, »hier in der Dunkelheit bei dir… habe ich keinen Namen.«

Ich hob mein Gesicht zu ihm und nahm seinen warmen Atem zwischen meine Lippen.

»Ich liebe dich«, sagte ich und brauchte ihm nicht zu sagen, wie ich es meinte.

Jamies Genesung verläuft ohne Komplikationen, abgesehen davon, dass Hobart MacKenzie auftaucht, Laoghaires Bruder. Hobart, der den Auftrag hat, den Schandfleck von Laoghaires Ehre zu entfernen, hat wider Erwarten weder Schwert noch Pistole mitgebracht, sondern etwas viel Gefährlicheres – einen Anwalt. Claire ist entzückt, dass ihr alter Freund Ned Gowan noch lebt und bei bester Gesundheit ist – wenn sie auch über das Arrangement, das er vorschlägt, nicht ganz so glücklich ist: Damit sämtliche Anklagen und Forderungen ruhen können, erklärt sich Jamie bereit, Laoghaire jährlich einen gewissen Betrag für den Unterhalt ihres Haushaltes zu zahlen und für ihre beiden Töchter Marsali und Joan eine Mitgift zur Verfügung zu stellen.

Zwar ist an dieser Abmachung im Prinzip nichts auszusetzen, doch praktisch hat sie einen kleinen Nachteil: Jamie fehlen die

Mittel, um dieser Verpflichtung nachzukommen. Allerdings gibt es einen Weg.

Jamie erzählt Claire von seiner Zeit im Gefängnis, von Duncan Kerrs Auftauchen und seiner Flucht, um die Wahrheit über Kerrs Gestammel von »der weißen Hexe« herauszufinden. Er hat zwar keine Spur von Claire gefunden, doch er hat tatsächlich einen Schatz entdeckt. Nicht das legendäre Gold der Franzosen, sondern eine Truhe mit Edelsteinen und antiken Münzen, die von Robben bewacht auf einer Felseninsel verborgen liegt.

Als er nach Ardsmuir zurückkehrte, um sich dort weiter um seine Männer zu kümmern, verschwieg er dem Gefängnisverwalter die Wahrheit und schwor ihm, dass der Schatz »in der See liegt«. Seitdem betrachten die Murrays von Lallybroch den Schatz als ihr geheimes Vermögen; in Zeiten großer Not reisen die größeren Jungen abwechselnd mit Ian zur Küste, um zu der Robbeninsel zu schwimmen und ein einzelnes Juwel aus dem Schatz zu holen. Dieses wird dann mit Hilfe von Ians Vetter Jared insgeheim in Frankreich verkauft; das Geld dazu benutzt, Jakobiten im Exil zu helfen oder die Pächter auf Lallybroch zu unterstützen.

Diese geheimen Ausflüge sind Initiationsriten für die beiden älteren Murray-Jungen gewesen, und jetzt ist der kleine Ian an der Reihe. Jenny und Ian zögern zunächst, stimmen der Expedition dann aber zu. Jamie ist es durch seine Armverletzung unmöglich, die anstrengende Strecke zu schwimmen, und Ian findet vor lauter Abenteuerlust auf dem Hof keine Ruhe mehr. Nichts, was der Junge lieber täte, als seinen geliebten Onkel auf einer aufregenden Mission zu begleiten; gleichzeitig wäre sichergestellt, dass Jamie ein Auge auf ihn hat. Und wie Ian sagt, ist es »*besser, ihm seine Freiheit zu schenken, solange er noch glaubt, dass es an uns ist, das tun zu können*«.

Die Expedition zur Robbeninsel fällt noch viel aufregender aus, als selbst der kleine Ian hätte hoffen können. Sein Eintreffen auf dem nebelverhüllten Felsen fällt mit der Landung einer Truppe rau aussehender Seeleute zusammen, die sich mit dem Schatz und Ian davonmachen, während Jamie und Claire hilflos von den Klippen aus zusehen.

Jamie ist wie vom Donner gerührt. Abgesehen davon, dass er seinen Neffen sehr liebt, ist er entsetzt über die Vorstellung, nach Lallybroch zurückkehren und Jenny sagen zu müssen, was ihrem Jüngsten zugestoßen ist. Also schwört er stattdessen, den Jungen um jeden Preis zurückzuholen, und setzt auf der Stelle mit Claire nach Frankreich über. Auch wenn sie die Entführer nicht aufhalten konnten, ist es den Frasers doch gelungen, einen Blick auf das Piratenschiff zu werfen. Vielleicht kann Jared, der viele Kontakte in der Seefahrt hat, mit Hilfe dieser kärglichen Information den Bestimmungsort des Schiffes herausfinden – und ihnen ein Schiff zur Verfolgung besorgen.

Wutschnaubend über jede Sekunde, die er aufgehalten wird, vergisst Jamie ganz, sich Sorgen über seine Seekrankheit zu machen. Als das Schiff bereit steht, kehrt er hastig nach Schottland zurück, um einen kleinen Trupp von Männern zusammenzustellen: seine Schmuggelkumpane, darunter auch Duncan Innes, ein ehemaliger Sträfling aus Ardsmuir, und Mr. Willoughby.

Auch sein Pflegesohn Fergus soll die Rettungsexpedition begleiten, trifft aber erst in letzter Minute vor der Abreise ein – in Begleitung von Laoghaires Tochter Marsali. Sie lieben sich, sagt das Mädchen trotzig zu Jamie, und sie haben die Absicht davonzulaufen – und zwar mit ihm.

Das Schiff hat bereits vom Ufer abgelegt; es gibt kein Zurück. Jamie reißt sich zusammen und informiert Fergus und Marsali, dass sie auf dem Schiff getrennt zu schlafen haben. Falls sie nach ihrer Ankunft auf den Westindischen Inseln immer noch zur Heirat entschlossen sind, wird er einen Priester suchen, der ihre Verbindung segnet. Bis dahin – Finger weg.

Fergus und Marsali versprechen, sich an seine Vorschrift zu halten, was auch besser so ist, da Jamie kaum noch die Kraft hat, ihre Einhaltung zu erzwingen. Von der Seekrankheit niedergestreckt, liegt er hilflos in seiner Koje, selbst Claires Arzneien können nichts ausrichten. Doch Mr. Willoughby hat einen Vorschlag – und als Jamie mit finsterer Miene wieder an Deck der *Artemis* auftaucht, trägt er ein Stachelkleid aus goldenen Akupunkturnadeln.

Der Wind ist günstig, und die Reise verläuft zügig und ereignislos. Nur Mr. Willoughby fängt einen Pelikan namens Ping An (der Friedvolle), den der chinesische Dichter zähmt und das Fischen lehrt. Die Öde der Reise wird durch das zufällige Zusammentreffen mit einem englischen Kriegsschiff unterbrochen, der *Porpoise*, die sich als beträchtliche Gefahr für den Erfolg der Fahrt der *Artemis* entpuppt. Zwar befinden sich England und Frankreich nicht im Krieg, und die *Artemis* segelt unter französischer Flagge, doch ihre Mannschaft besteht zur Hälfte aus Engländern oder Schotten – und das Kriegsschiff darf alle englischen Staatsbürger in seinen Dienst pressen, falls es selbst Mangel an Seeleuten hat. Die Tatsache, dass dies die *Artemis* lahm legen würde, da ihr höchstens genügend Bemannung bleiben würde, um langsam westwärts zu dümpeln, interessiert die Königliche Marine nicht.

Und sie hat erheblichen Mangel. Der blutjunge Kapitän der *Porpoise* stolpert an Deck und fleht um Hilfe. An Bord ist eine Epidemie ausgebrochen; die Hälfte seiner Mannschaft ist tot, liegt im Sterben oder hat sich angesteckt. Thomas Leonard selbst ist nur der Dritte Offizier, dem automatisch die Kapitänsrolle zugefallen ist, da all seine Vorgesetzten umgekommen sind. Er braucht unbedingt Hilfe; verfügt die *Artemis* über einen Schiffsarzt?

Claire geht gegen Jamies Willen an Bord der *Porpoise*, weil sie Mitleid mit dem jungen Offizier hat und sich durch ihren hippokratischen Eid verpflichtet fühlt. Die Lage ist noch viel schlimmer, als Kapitän Leonard sie beschrieben hat: Auf dem Schiff tobt eine ausgewachsene Typhusepidemie, und die Mannschaftsquartiere sind voller Sterbender. Claire gibt Instruktionen, so gut sie kann, weiß aber gleichzeitig, dass die verfügbaren Maßnahmen weitgehend nutzlos sind. Sie vermag die meisten Kranken nicht zu retten, sondern kann nur versuchen, die Ausbreitung der Infektionskrankheit zu verhindern.

Ihre offensichtliche Kompetenz hat eine unvorhergesehene Folge: Weil der junge stellvertretende Kapitän der *Porpoise* jede Hilfe braucht und einen wichtigen politischen Passagier an Bord hat, presst er Claire ohne Umschweife in seinen Dienst und nimmt sie unter dem Versprechen nach Jamaika mit, sie bei ihrer Ankunft wieder an Jamie auf der *Artemis* zu übergeben – vorausgesetzt, es überleben so viele Mannschaftsmitglieder, dass es eine solche Ankunft geben wird.

Die Entführung auf hoher See erfüllt Claire mit Angst und Wut, doch ihr bleibt nichts anderes übrig, als ihr Bestes zur Bekämpfung der Epidemie zu tun. Dabei stehen ihr nur destillierter Alkohol und ihr grundlegendes Wissen über Hygiene zur Verfügung. Ausgelaugt und erschöpft von ihren fruchtlosen Bemühungen, dem Wüten des Todes und ihrer Trennung von Jamie, spendet ihr eine unerwartete Quelle Trost in ihrem Kampf – Lord John Grey, der frisch ernannte Gouverneur von Jamaika. Zwanzig Jahre nach ihrer ersten Begegnung in einem dunklen Wald erkennt keiner der beiden den anderen, doch Claire empfindet die Begegnung mit dem stillen, mitfühlenden Fremden als beruhigend.

Als die Epidemie endlich abgeklungen ist, dümpelt die *Porpoise* auf Jamaika zu. Doch was Claire die Erlösung bringen sollte, birgt stattdessen eine neue Gefahr: Während ihres Aufenthaltes an Bord der *Porpoise* hat sie einen unheilschwangeren Eintrag im Logbuch des Kapitäns gefunden und ist einem gewissen Harry Tompkins begegnet, dem einäugigen Seemann, der am Ende der Feuersbrunst in der Druckerei in Edinburgh doch entkommen ist. Mit Hilfe einer Mischung aus Brandy und Drohungen entlockt Claire Tompkins die Wahrheit: Jamies Identität ist sowohl Sir Percy Turner bekannt, dessen politische Ambitionen von der Festnahme eines bedeutenden Aufwieglers und Schmugglers profitieren würden, als auch Kapitän Leonard, der von Tompkins erfahren hat, wer Jamie ist, und der vorhat, Jamie bei ihrem Zusammentreffen in Jamaika festzunehmen – wenn er es auch bedauert, dass seine Pflicht ihn dazu zwingt.

Claire muss unbedingt fliehen, doch jeder Versuch, das Schiff an den verschiedenen Haltepunkten vor Jamaika zu verlassen, scheitert an der Wachsamkeit des Kapitäns. Auf ihrer verzweifelten Suche nach einer Fluchtmöglichkeit nimmt sie schließlich die Hilfe der Frau des Kanoniers in Anspruch und gleitet eines Nachts in der Straße von Mouchoir über Bord, um sich auf ein paar leeren Brandyfässern ans Ufer der nahe gelegenen Insel Hispaniola treiben zu lassen. Vielleicht kann sie von hier aus Jamaika gleichzeitig erreichen, um die *Artemis* abzufangen und Jamie vor der Gefahr zu warnen, die von der *Porpoise* ausgeht.

Claire geht durchnässt, hungrig, durstig und durchgefroren an Land und wandert langsam landeinwärts, ohne so recht zu wissen, was sie als Nächstes tun soll – sie weiß nur, dass sie nach Wasser, etwas zu essen und nach Jamie suchen muss, und zwar in dieser Reihenfolge. Sie trifft auf einen jüdischen Naturforscher namens Lawrence Stern, der sie mit Wasser versorgt und sie auf der Suche nach etwas Essbarem zum Haus eines Freundes bringt, der in der Nähe lebt: ein seines Amtes enthobener – und nicht ganz zurechnungsfähiger – englischer Priester namens Fogden.

Unterdessen hat Jamie in seiner Angst um Claires Sicherheit darauf gedrängt, dass die *Artemis* der *Porpoise* dicht folgte. Als sie das flügellahme Kriegsschiff in einem ihrer Anlegehäfen einholt, verbirgt sich die *Artemis* außer Sichtweite, während Jamie eine Landspitze überquert und unbemerkt an Bord der *Porpoise* geht, um nach Claire zu suchen – welche das Schiff natürlich bereits ihrerseits unbemerkt verlassen hat.

Während er das Schiff mit wachsender Verzweiflung durchkämmt, ohne seine Frau zu finden, wird Jamie entdeckt und eingesperrt. Man lässt ihn mit der furchtbaren Nachricht, dass Claire über Bord gegangen und umgekommen ist, in einer kleinen Zelle allein. Dort entdeckt ihn jedoch die Frau des Kanoniers, die seine Identität errät und ihn befreit.

*Doch er erinnerte sich an die letzten Worte, mit denen sie ihn auf die schwankende Heckreling zuschob.*

*»Sie ist nicht tot«, hatte die Frau gesagt. »Sie ist dahin gegangen« – dabei deutete sie auf die wogende See. »Ihr geht auch. Findet sie!« Dann hatte sie sich gebückt, war ihm mit einer Hand zwischen die Beine gefahren, hatte ihre kräftige Schulter unter seinen Rumpf geschoben und ihn mühelos über die Reling in das brodelnde Wasser gehievt.*

Jamie, der sich nun seinerseits nach einer hektischen Schwimmpartie auf Hispaniola wiederfindet, macht die Bekanntschaft einer Gruppe von Kreolenkindern, die am Strand spielen und ihn zur *taverna* ihrer Mutter bringen, welche direkt neben der Militärgarnison von Cap-Haïtien liegt.

UNTERDESSEN erfreut sich Claire der Gastfreundschaft von Vater Fogden. Ihre erbaulichen Unterhaltungen über verborgene Höhlen, entlaufene, als Piraten lebende Sklaven, blinde Fische und tote Schafe werden jedoch unterbrochen, als der Priester verkündet, dass während des jüngsten Sturms ganz in der Nähe ein Schiff auf Grund gelaufen ist. Als sie unter seinen zahlreichen Flüchen eine Bemerkung über den »einhändigen« Mann aufschnappt, der das Schiff befehligt, begreift Claire, dass besagtes Schiff nicht die *Porpoise* sein kann – es aber möglicherweise die *Artemis* ist.

Es ist wirklich die *Artemis*, die von Fergus befehligt wird, da ihr eigentlicher Kapitän bei dem Unwetter über Bord gespült worden ist. Claires Entzücken darüber, endlich wieder mit ihren Kameraden vereint zu sein, lässt drastisch nach, als sie bemerkt, dass Jamie nicht bei ihnen ist. Doch ihre ängstliche Frage nach seinem Aufenthaltsort wird bald darauf beantwortet: Die Reparaturarbeiten an der *Artemis* werden durch den Besuch einer Truppe von Soldaten unterbrochen, die aus der Garnison in Cap-Haïtien entsandt worden sind, um das Wrack zu inspizieren – und zu bergen. Ihr Anführer ist ein gewisser Hauptmann Alessandro – ein hünenhafter Soldat mit einem roten Bart, dessen Aussehen ihr außerordentlich bekannt vorkommt.

Die verblüfften Garnisonssoldaten werden überwältigt und in den Frachtraum gesperrt (sobald die *Artemis* sicher schwimmt, wird man sie an Land setzen), und die ein wenig mitgenommenen Gefährten sind wieder vereint – bis auf Ian. Marsali ergreift die Gelegenheit, die die Umstände ihr bieten, und bedrängt Jamie, sein Versprechen zu halten: Sie sind auf den Westindischen Inseln gelandet und haben einen Priester zur Hand – er muss sein Wort halten und ihr und Fergus die Hochzeit erlauben, sagt sie.

Angesichts der Hingabe und Entschlossenheit des jungen Paars stimmt Jamie widerstrebend zu, und eine Hochzeit findet statt.

*»Ich habe Marsali gesagt, sie muss ihrer Mutter schreiben und ihr sagen, dass sie geheiratet hat«, murmelte Jamie mir zu, während wir zusahen, wie die Vorbereitungen am Strand ihren Lauf nahmen. »Aber vielleicht sollte ich ihr nahe legen, dass sie nicht viel mehr schreibt als das.«*

*Ich konnte ihn verstehen. Laoghaire würde nicht begeistert sein, wenn sie hörte, dass ihre älteste Tochter mit einem einhändigen Ex-Taschendieb davongelaufen war, der doppelt so alt war wie sie. Es würde ihre mütterlichen Gefühle wahrscheinlich auch nicht beschwichtigen, wenn sie hörte, dass die Eheschließung mitten in der Nacht an einem westindischen Strand von einem in Ungnade gefallenen – wenn nicht sogar seines Amtes enthobenen – Priester vollzogen worden war, und zwar unter den Augen von fünfundzwanzig Seeleuten, zehn französischen Pferden, einer kleinen Schafherde – aus gegebenem Anlass mit fröhlichen Schleifen verziert – und einem King-Charles-Spaniel, der das Seine zur allgemeinen Feststimmung beitrug, indem er bei jeder Gelegenheit versuchte, mit Murphys Holzbein zu kopulieren. Das Einzige, was das Ganze in Laoghaires Augen jetzt noch schlimmer machen konnte, war die Nachricht, dass ich der Zeremonie beigewohnt hatte.*

Jamie übernimmt das Kommando der *Artemis* und nimmt auf den Westindischen Inseln die unterbrochene Suche nach seinem Neffen wieder auf. Er bezieht das Netz der schottischen Freimaurer auf den Inseln in seine Nachforschungen mit ein und erwirbt dabei eine profitable Schiffsladung Fledermausguano, der von den Pflanzern auf den Inseln als Dünger sehr geschätzt wird.

Den Frachtraum mit dieser wertvollen Substanz gefüllt, prescht die *Artemis* weiter nach Jamaika. Doch auf dem Weg dorthin wird sie eines Nachts von einem fremden Schiff gerammt und von Piraten geentert. Claire und Marsali flüchten sich in den Frachtraum, werden aber von einem raublustigen Piraten überrascht. Claire greift den Piraten mit einer Klinge aus ihrem Chirurgenbesteck an. Sie schneidet ihm einen Zeh ab und ermöglicht Marsali die Flucht. Sie flieht aus dem Frachtraum hinauf in die Takelage des Schiffs, wird aber verfolgt und findet den Weg versperrt. Als sie mit geschlossenen Augen auf den endgültigen Hieb des Entermessers wartet, hört sie ein seltsames Geräusch:

*Es erklang eine Art Schlag, ein scharfes Grunzen, und plötzlich roch es stark nach Fisch.*

*Ich öffnete die Augen. Der Pirat war fort. Ping An saß einen Meter von mir entfernt auf der Dwarssaling. Er war vor Verärgerung aufgeplustert und hatte die Flügel halb ausgebreitet, um das Gleichgewicht zu halten.*

*»Gwa«, sagte er erbost. Er wandte mir sein kleines gelbes Perlenauge zu und klapperte warnend mit dem Schnabel. Ping An hasste Lärm und Aufregung. Portugiesische Piraten mochte er offensichtlich auch nicht.*

Der Kampf an Deck ist vorbei; das Piratenschiff entfernt sich. Immer noch an die Takelage geklammert, kann Claire sehen, wie die Männer an Deck beginnen, sich um die Verwundeten zu kümmern und die Ordnung wiederherzustellen. Benommen von ihrem Höhenflug, beginnt sie langsam hinunterzuklettern.

Als sie das Deck erreicht, ist ihr schlecht und kalt, doch sie begibt sich sofort zu Jamie und ist erleichtert, dass er nur eine kleine Schnittverletzung am Kopf erlitten hat – so vermutet sie zumindest.

*Er hatte dunkle Flecken von getrocknetem Blut an der Vorderseite seines Hemdes, doch auch sein Ärmel war blutig. Er war sogar beinahe klatschnass von frischem, hellem Blut.*

*»Jamie!« Ich umklammerte seine Schultern, und die Ränder meines Sichtfeldes wurden weiß. »Du bist doch nicht unverletzt – sieh doch, du blutest!«*

*Meine Hände und Füße waren taub, und ich spürte kaum, wie seine Hände mich an den Armen fassten, als er plötzlich alarmiert*

*von dem Fass aufstand. Das Letzte, was ich zwischen den Licht-*
*blitzen sah, war sein Gesicht, das unter der Sonnenbräune weiß*
*geworden war.*

*»Mein Gott!«, sagte seine angsterfüllte Stimme irgendwo in der*
*wirbelnden Dunkelheit. »Das ist nicht mein Blut, Sassenach, es*
*ist deins!«*

Nachdem ihr ein Entermesser den Arm aufgeschlitzt hat, wird
Claire um Haaresbreite vor dem Verbluten gerettet und von Jamie und Mr. Willoughby verarztet. Sie benutzt eine weitere Dosis
ihres kostbaren Penizillins, um eine drohende Fieberinfektion zu
unterdrücken. Jamie bleibt die ganze Nacht an ihrer Seite und
schreckt an ihrem Bett auf, weil er von Feuer und Gemetzel geträumt hat – die schlummernden Erinnerungen, die er seit Culloden in seinem Kopf vergraben hat, haben sich geregt.

Als sich Claire am nächsten Tag dösend erholt, wird sie von Jamie geweckt, der nach einer heilenden Lotion für einen Gefangenen sucht, den man aus dem Meer gerettet hat. Als sich die *Bruja*
entfernte, so erklärt er, ist ein Schwarzer – den Narben auf seinem
Rücken zufolge offensichtlich ein entlaufener Sklave – von Bord
des Piratenschiffs ins Meer gesprungen. Da Jamie anscheinend
eine Verbindung zwischen der *Bruja* und dem Robbenschatz entdeckt hat – einer der toten Piraten trug eine seltene Tetradrachme
aus dem vierten Jahrhundert, die dem Schatz entstammt –, ist er
sich jetzt sicher, dass es die *Bruja* ist, die Ian entführt hat, und er
brennt darauf, den Gefangenen zu verhören.

Claire, die ihn zum Orlopdeck begleitet, findet dort einen
schlanken Mann mit Stammesnarben im Gesicht, den Narben der
Sklaverei auf seinem Rücken – und des größeren Mals eines aus-
gelöschten Brandzeichens auf der einen Schulter. Es ist Ishmael,
der bis jetzt als Koch gearbeitet hat und seiner Haltung nach einmal sehr viel mehr als ein Koch gewesen sein muss.

Ishmael ist verständlicherweise vorsichtig, da er befürchtet,
dass die Frasers ihn entweder an seinen vorherigen Besitzer zurückgeben oder ihn selbst als Sklaven behalten werden. Doch
nach allem, was er ihnen erzählt, und den Anhaltspunkten zufolge, die Claire in den Papieren ihres einarmigen Sklaven Temeraire gefunden hat, scheint es, dass Mrs. Abernathy, die Herrin
von Rose Hall in Jamaika, das nächste Stück des Puzzles in den
Händen hält, das sie zu Ian führen wird.

Bei der Ankunft auf Jamaika verlangt Ishmael seine Belohnung, doch statt des Goldes, das ihm angeboten wird, wählt er etwas anderes, und zwar Temeraire. Der einarmige Sklave erklärt sich einverstanden, ihn zu begleiten, und man setzt die beiden Männer an Land ab, wo sie im unbewohnten Dschungel verschwinden.

Die *Artemis* segelt um die Insel herum zum Hafen von Kingston, wo sie einen unwillkommen Anblick vorfindet: Die *Porpoise* liegt hier vor Anker.

»*Das ist reine Schikane!*«, sagte Jamie erbost. »*Das Drecksschiff stellt mir nach. Egal, wo ich hinfahre, schon ist es wieder da!*«

Doch als Claire ihm die Anwesenheit des Kriegsschiffes erklärt – natürlich befindet sich die *Porpoise* in Kingston, da sie den neuen Gouverneur der Insel mitgebracht hat –, ändert Jamie seine Meinung. Als er den Namen des neuen Gouverneurs hört, ist er zunächst überrascht, dann erfreut; Lord John Grey ist ein Freund von ihm, sagt er, und vielleicht kann er ihm helfen, Ian ausfindig zu machen.

Claire ist ein wenig überrascht, dass Jamie lieber zuerst an den Gouverneur herantreten möchte, statt sich direkt nach Rose Hall zu begeben. Sollten sie allerdings bei ihren Nachforschungen auf Widerstand stoßen, so kann es kein Fehler sein, einen Freund an prominenter Stelle zu haben. Die Frasers betrauen Fergus damit, die Fracht der *Artemis* zu verkaufen, und begeben sich unverzüglich zu Jareds Plantage Blue Mountain House, wo der Aufseher und seine Frau – Mr. und Mrs. MacIver – sie willkommen heißen und ihnen bei ihren Vorbereitungen helfen.

Auf der Suche nach neuen Informationen besuchen Jamie und Claire mit Mr. Willoughby den Empfang des Gouverneurs. Claire freut sich, Lord John Grey wieder zu sehen, und führt seinen erschrockenen Blick bei der offiziellen Begrüßung auf Jamie und seine Verkleidung zurück – mit voller Perücke, gepudertem Gesicht und Schuhen mit roten Absätzen gibt er sich als M. Alexandre de Provac, französischer Immigrant aus Martinique, aus. Auch Reverend Campbell ist unerwarteterweise bei dem Empfang zugegen; zwar ist ihm der Anlass äußerst zuwider, doch er ist gekommen, um Hinweise und Hilfe bei der Suche nach seiner Schwester Margaret zu erbitten, die verschwunden ist.

Trotz dieser beunruhigenden Begegnung scheint der Abend einen guten Verlauf nehmen zu wollen; Mr. Willoughby bezaubert die Damen, Claire wird überall vorgestellt und macht die Runde in der Gesellschaft, und Jamie zieht sich schließlich gemeinsam mit Lord John in die Amtsräume des Gouverneurs zurück. Claire folgt ihm, wird aber in der Menge aufgehalten und erreicht das Büro ein paar Minuten später – wo sie sieht, wie Jamie Lord John leidenschaftlich umarmt.

*Damit war zumindest zum Teil geklärt, warum der Gouverneur so erschrocken war, als er hörte, dass ich Jamies Frau war; dieser eine Blick unverhüllter, schmerzvoller Sehnsucht hatte mir genau gezeigt, wie es um ihn stand. Jamie war eine ganz andere Sache.*

*Er war der Gefängnisverwalter in Ardsmuir, hatte er beiläufig gesagt. Und weniger beiläufig, bei einer anderen Gelegenheit:* Weißt du, was Männer im Gefängnis tun?

*Ich wusste es, hätte aber bei Briannas Leben geschworen, dass Jamie es nicht tat; es nicht getan hatte, es nicht tun konnte, unter keinen Umständen. Zumindest hätte ich das bis heute Abend geschworen. Schwer atmend schloss ich die Augen und versuchte, nicht an das zu denken, was ich gesehen hatte.*

Schockiert zieht sich Claire unbemerkt zurück. Während sie sich bemüht, sich einen Reim auf das Gesehene zu machen, bahnt sie sich ihren Rückweg durch die Menge. Da sie Jamie nicht sogleich gegenübertreten möchte, hält sie auf die Damengarderobe zu. Doch findet sie dort keine Zuflucht – sondern ein Mordopfer.

Mina Alcott, eine ortsansässige Witwe mit einem gewissen Ruf, liegt mit durchgeschnittener Kehle am Boden, während das Blut sich unter ihrem Kopf in einer Pfütze sammelt. Und jenseits der Leiche führt eine Reihe von Fußspuren auf das offene Fenster zu – die kleinen, deutlichen Abdrücke eines filzbesohlten Fußes, abgemalt in Blut.

Der Empfang löst sich in allgemeine Hysterie auf; augenblicklich werden Soldaten zur Verfolgung Mr. Willoughbys entsandt, die Miliz wird alarmiert, und alle Gäste werden verhört – besonders M. Alexandre de Provac, der anscheinend mit dem Mörder gut bekannt gewesen war. Nachdem auch Claire sich den Fragen gestellt hat, bleibt sie allein im Büro des Gouverneurs zurück und ist nicht besonders erfreut, als der Gouverneur persönlich zu ihr kommt.

Lord John hat den Fächer entdeckt, den Claire im Flur verloren hat; da ihm klar ist, dass sie die Umarmung zwischen ihm und Jamie mitangesehen hat, macht er keine Anstalten, den Stand der

Dinge zu verleugnen – zumindest, was seine Seite betrifft. Doch im Laufe des folgenden Gesprächs erfährt Claire, was Jamie von dieser Beziehung hat und warum er darauf bestanden hat, zunächst den Gouverneur aufzusuchen.

*Es war ein Porträt, eine ovale Miniatur in einem geschnitzten Rahmen aus einem feinporigen, dunklen Holz. Ich warf einen Blick auf das Gesicht und setzte mich abrupt hin, weil meine Knie mir den Dienst versagten. Ich war mir nur dumpf bewusst, dass Greys Gesicht über dem Schreibtisch schwebte wie eine Wolke am Horizont, als ich die Miniatur in die Hand nahm, um sie mir genauer anzusehen.*

*Mein erster Gedanke war, dass er Briannas Bruder hätte sein können. Der zweite, der mir mit der Macht eines Fausthiebs in die Magengrube fuhr, war: »Gott im Himmel, er ist Briannas Bruder!«*

Im Lauf der folgenden, gereizten Unterhaltung fördert Claire eine ganze Reihe unwillkommener Informationen zutage: die Tatsache, dass Jamie einen unehelichen Sohn hat, von dem er ihr nichts erzählt hat, die Tatsache, dass er eine intime Vergangenheit mit John Grey teilt – und die Tatsache, dass sie widerwillig Verständnis für Grey empfindet. Beide, John und Claire, lieben Jamie, beide haben ihm – sozusagen – ein Kind geschenkt ... und jeder ist ein bisschen eifersüchtig auf den anderen.

Doch Eifersucht und Erschrecken treten in den Hintergrund, als Jamie nach einer langen Nacht der Verhöre zum Vorschein kommt und Claire nach Blue Mountain House heimbringt. Ihre Ermüdung und die schockierenden Ereignisse der Nacht bringen sie einander näher, sie sprechen sich aus, und Jamie gesteht Claire, dass es Willie gibt. Er zeigt ihr eine Miniatur des Jungen, eine originalgetreue Kopie des Bildes, das John Grey ihr gezeigt hat.

*»Ich hatte Angst, es dir zu sagen«, sagte er mit gedämpfter Stimme. »Angst, dass du glauben würdest, ich hätte vielleicht ein Dutzend Bastarde in die Welt gesetzt ... Angst, dass du glauben würdest, mir läge vielleicht gar nicht so viel an Brianna, wenn du wüsstest, dass ich noch ein Kind habe. Aber mir liegt an ihr, Claire – sehr viel mehr, als ich dir sagen kann.« Er hob den Kopf und sah mich direkt an.*

*»Kannst du mir verzeihen? Geneva – Willies Mutter –, sie wollte meinen Körper«, sagte er leise und beobachtete die pulsierenden Flanken des Geckos. »Laoghaire brauchte meinen Namen und*

*meiner Hände Arbeit, um sie und die Kinder zu ernähren.« Jetzt*
*wandte er den Kopf und richtete seine dunklen, blauen Augen fest*
*auf die meinen.* »John – na ja.« *Er zog die Schultern hoch und ließ*
*sie wieder fallen.* »Ich konnte ihm nicht geben, was er gern gehabt*
*hätte – und er ist Freund genug, es nicht zu verlangen. Aber wie*
*soll ich dir all das sagen«, sagte er, und seine Lippen zuckten.*
*»Und dann zu dir sagen – du bist die einzige, die ich je geliebt*
*habe? Wie solltest du mir glauben?«*

*Seine Frage hing zwischen uns in der Luft, wie eine schim-*
*mernde Reflektion aus dem Wasser.*

*»Wenn du es sagst, dann werde ich dir glauben.«*

*Ich presste mein Handgelenk an das seine, Puls an Puls, Herz-*
*schlag an Herzschlag.*

*»Blut von meinem Blut«, flüsterte ich.*

*»Fleisch von meinem Fleisch.« Sein Flüstern klang tief und rau.*
*Ganz plötzlich kniete er sich vor mich und legte seine gefalteten*
*Hände in die meinen; die Geste eines Highlanders, der seinem*
*Häuptling die Treue schwört.*

*»Meine Seele sei dein«, sagte er, den Kopf über unsere Hände*
*gebeugt.*

*»Bis an unser Lebensende«, sagte ich leise. »Doch so weit ist*
*es noch nicht, Jamie, nicht wahr?«*

*Dann erhob er sich und zog mir das Hemd aus, und ich legte*
*mich nackt auf das schmale Bett zurück, zog ihn in dem sanften,*
*gelben Licht zu mir herab und holte ihn heim, und heim, und*
*nochmals heim, und keiner von uns war allein.*

Wieder versöhnt, verfolgen Jamie und Claire ihre Suche nach
Ian weiter, und diese führt sie jetzt nach Rose Hall. Als sie die ab-
gelegene Plantage erreichen, lässt man sie ein, und sie nehmen
Platz, um auf Mrs. Abernathy, die Besitzerin der Plantage, zu warten. Doch deren Erscheinen ist mehr als nur eine Überraschung,
denn »Mrs. Abernathy« ist keine Fremde.

*Ich holte tief Luft und fand die Sprache wieder.*

*»Versteh mich bitte nicht falsch«, sagte ich und ließ mich lang-*
*sam auf das Korbsofa zurücksinken, »aber wieso bist du nicht tot?«*

*Sie lachte, und ihre Silberstimme klang so rein wie die Stimme*
*eines jungen Mädchens.*

*»Das hattest du dir so gedacht, was? Tja, da bist du nicht die*
*Erste – und ich möchte behaupten, dass du auch nicht die Letzte*
*sein wirst.«*

Geillis Duncan – so der frühere Name der Herrin von Rose Hall – schildert, wie sie vor über zwanzig Jahren nach dem Hexenprozess von Cranesmuir dem Flammentod entgangen ist. Bis zur Geburt ihres Kindes von der Exekution freigestellt, erpresste Geillis den Vater des Kindes, Dougal MacKenzie, indem sie drohte, das Kind umzubringen, und zwang ihn so, ihr zur Flucht zu verhelfen. Nachdem man sie angeblich erwürgt hatte, wurde die Leiche einer älteren, eines natürlichen Todes gestorbenen Frau an ihrer Stelle in einer Feuersäule himmelwärts gesandt. Geillis selbst war nach Frankreich entkommen und auf diversen Wegen an ihr derzeitiges Vermögen gelangt. Und wie, fragt sie mit großer Neugier, ist es Claire ergangen?

Die beiden Frauen, einst Freundinnen, begegnen einander mit Argwohn, werden aber von Neugier verzehrt. Nur sie ganz allein, so glauben sie, besitzen die Gabe, durch die Steine zu reisen. Geillis merkte an, dass sie »noch einen anderen« getroffen hat, der so ist wie sie, brennt aber dennoch darauf, so viel wie möglich über Claires Erfahrungen zu hören – umso mehr, als sie die Fotos von Brianna in Jamies Rocktasche findet und die Wahrheit begreift; dass Claire nämlich die Steine nicht nur einmal, sondern *drei*mal passiert hat! Wie hat sie das gemacht?

Als Erwiderung auf Claires vage Antworten gibt Geillis die Ergebnisse ihrer eigenen Nachforschungen preis: Sie ist zu dem Schluss gekommen, dass man die Passage durch die Steine – zumindest bis zu einem gewissen Grad – mit Hilfe von Edelsteinen steuern kann, und hat zu diesem Zweck eine Reihe großer, makelloser Juwelen gesammelt. Ihre beiläufige Anmerkung über den Einsatz von »Blut« lässt Claire nur noch leicht erschauern; sie weiß von den Morden an Geillis' erstem Ehemann Greg Edgars – und dem zweiten, Arthur Duncan.

Claires Herz schlägt schneller, als sie die Kiste sieht, die Geillis zum Vorschein bringt, um mit den Edelsteinen zu prahlen: Es ist die Kiste, die Jamie auf der Robbeninsel gefunden hat – der sichere Beweis einer Verbindung zwischen Geillis Duncan und den Piraten der *Bruja*; der Beweis, so glaubt sie, dass Ian Geillis' gegenteiligen Behauptungen zum Trotz irgendwo auf dem Anwesen versteckt sein muss.

Geillis leugnet nachdrücklich, den Jungen zu kennen, und schickt sie eilig mit der Begründung fort, dass sie einen wichtigen Besucher erwartet. Auf dem Rückweg sehen die Frasers den Besucher: Es ist Reverend Archibald Campbell. Als Rose Hall hinter ihnen liegt, merken sie außerdem, dass Geillis eines der Bilder von Brianna gestohlen hat. Doch wieso? Ein Mensch wie Geillis Duncan kann nichts Gutes im Schilde führen, denkt Jamie, doch gleichzeitig ist er so sehr darauf erpicht, seinen Neffen zu finden, dass er nicht viel Zeit damit verschwendet, sich darüber Sorgen zu machen. Seine Nachfragen haben ihn zu der Überzeugung gebracht, dass Ian in einem Keller unter der Zuckerraffinerie des Anwesens versteckt ist, und er schmiedet einen Rettungsplan.

Ein paar Tage später segeln die Frasers und einige von Jamies schottischen Schmugglern heimlich auf einem kleinen Schiff, das Lord John Grey ihnen geliehen hat, den Yallahs River in Richtung Rose Hall hinauf. Nach ihrer nächtlichen Ankunft planen sie, sich an Land zu stehlen, einen Überraschungsangriff auf die Raffinerie zu unternehmen und Ian zu befreien – gemeinsam mit eventuellen anderen schottischen Gefangenen.

Jamie lässt Claire in der Nähe des Schiffes zurück. Er überlässt ihr eine Pistole und gibt ihr strikte Anweisungen, sich nicht von der Stelle zu rühren und auf die Männer zu warten. Doch wenige Minuten nach deren Aufbruch sieht Claire einen hoch gewachsenen, schlanken Schatten am Fenster des Hauses. Es kann keinesfalls Geillis sein, könnte aber gut Ian sein. Die Männer sind bereits zu weit weg, um sie noch zu erreichen, sie muss selbst gehen und nachsehen. Als sie sich auf die Veranda schleicht, stellt Claire fest, dass die Eingangstür offen steht und jemand im Studierzimmer herumlärmt. In der Hoffnung, auf Ian zu treffen, tritt sie leise ein, stellt dann aber fest, dass es sich bei dem Inhaber des Schattens um Reverend Campbell handelt. Geillis selbst ist nicht zu finden; der Reverend beklagt sich, dass sie verschwunden ist und ihn allein zurückgelassen hat.

In der folgenden Konfrontation kommt eine ganze Anzahl von Dingen ans Licht, darunter die Tatsache, dass der Reverend überzeugt ist, dass Jamie für die traumatischen Ereignisse verantwortlich ist, die seine Schwester um den Verstand gebracht haben: Jamie, so glaubt er, war der »Hochlandmann«, den seine Schwester in den Wirren des Aufstandes suchen wollte, als sie davonlief. Obwohl Claire ihm versichert, dass Margarets Geliebter in Wirklichkeit Jamies Freund Ewan Cameron gewesen ist, lässt sich der Reverend in seinem Hass nicht beirren.

Das findet Claire eigentlich schon beunruhigend genug. Doch

nimmt ihre Unruhe noch zu, als sie erfährt, dass Geillis Duncan den Reverend als Experten in Fragen keltischer Prophezeiung konsultiert hat, insbesondere bezüglich der »Fraserprophezeiung«, einer mysteriösen Voraussage, die der Seher von Brahan hinterlassen hat und nach der eines Tages ein Herrscher »aus der Linie von Lovat« Schottland regieren wird.

Da sie Geillis Duncans Besessenheit in Bezug auf die Herrscher Schottlands kennt, regt sich bei dieser Neuigkeit in Claire die beängstigende Ahnung, dass sie weiß, wohin Geillis verschwunden sein könnte – zumindest in etwa. »Die Linie von Lovat« besteht aus den Nachkommen von Lord Simon Lovat, der als Oberhaupt des Frasers-Clans nach dem Aufstand hingerichtet wurde. Lovat hinterließ zwar eine Reihe von Kindern, doch die direkte Linie starb im neunzehnten Jahrhundert aus – das dachte Geillis zumindest, bis sie die Bilder von Brianna sah und begriff, dass Lovat doch noch einen direkten Nachkommen hatte, nämlich in der Zukunft.

Ob Geillis nun mit finsteren Hintergedanken nach Brianna suchen will oder einfach nur ihr Bild als Orientierungspunkt für ihre Reise durch die Steine benutzen möchte – die Schlussfolgerung, dass die Hexe von Rose Hall sich auf eine Reise in die Zukunft aufgemacht hat, drängt sich auf.

Doch Claire wird von Mr. Willoughbys Erscheinen unterbrochen. Nachdem er sich tagelang im Dschungel versteckt gehalten hat, sieht er ziemlich heruntergekommen aus, doch er ist nicht aufgetaucht, um Claire um Beistand zu ersuchen, sondern um den Reverend zur Rede zu stellen.

*»Hochwürdigster Mann«, sagte er, und in seiner Stimme lag ein Unterton, den ich noch nie bei ihm gehört hatte – ein hässlicher, spottender Klang.*

*Der Reverend fuhr so schnell herum, dass er mit dem Ellbogen gegen eine Vase stieß; Wasser und gelbe Rosen ergossen sich über den Rosenholzschreibtisch und durchnässten die Papiere. Der Reverend schrie wütend auf, riss die Papiere aus der Flut und schüttelte sie hektisch, um das Wasser zu entfernen, bevor die Tinte verlief.*

*»Siehst du, was du angestellt hast, du dreckiger, mordender Heide!«*

*Mr. Willoughby lachte. Nicht sein übliches schrilles Kichern, sondern ein tiefes Glucksen. Es klang überhaupt nicht belustigt.*

»Ich und morden?« Er schüttelte den Kopf langsam hin und her, wobei er den Reverend mit dem Blick fixierte. »Nicht ich, hochwürdiger Mann. Ihr seid der Mörder.«

»Hinweg mit dir«, sagte Campbell kalt. »Du solltest nicht so töricht sein, das Haus einer Dame zu betreten.«

»Ich weiß, wer Ihr seid.« Die Stimme des Chinesen war leise und ruhig, und er ließ das Gesicht des Reverends nicht aus den Augen. »Ich sehe Euch. Sehe Euch in rotem Zimmer mit der Frau, die lacht. Sehe Euch auch mit stinkenden Huren in Schottland.« Ganz langsam hob er die Hand an seine Kehle und zog sie daran vorbei, präzise wie eine Klinge. »Ihr mordet recht oft, hochwürdiger Mann, glaube ich.«

Im Lauf der folgenden Konfrontation zieht der Reverend einen Dolch, und Mr. Willoughby bringt ihn um, indem er ihm den Beutel mit seinen »Gesundheitskugeln« aus Jade vor den Kopf schlägt.

Yi Tien Cho verschwindet in der karibischen Nacht, und da Claire es nicht über sich bringt, mit Campbells Leiche im selben Raum zu bleiben, steigt sie die Treppe zu Geillis' Arbeitszimmer hinauf, wo sie nach Hinweisen über ihren – oder Ians – Aufenthaltsort sucht. Was sie dort findet, ist unheimlich: Das gestohlene Foto von Brianna liegt in der Mitte eines verkohlten Pentagramms. Plant Geillis lediglich, das Bild als Zielpunkt für ihre Zeitreise zu benutzen – oder hat sie ein bedrohlicheres Motiv? Was es auch ist, die Hexe von Rose Hall ist offensichtlich fort, und Claire muss so schnell wie möglich Jamie suchen.

Claire stolpert in der Dunkelheit zum Ufer zurück, wo sie Jamie und seine Männer bei ihrem Schiff vorzufinden hofft. Stattdessen findet sie jedoch etwas ganz anderes vor – ein Krokodil, vor dem sie durch mehrere Sklaven gerettet wird, die das Tier erlegen. Angesichts der jüngsten Aufregungen verblüfft es Claire kaum, als sie feststellt, dass der Anführer der Sklaven Ishmael ist – der Mann, den sie von der *Bruja* gerettet haben und der von den Piraten offensichtlich als Sklave aus Rose Hall entführt worden war.

Die Verbindung zwischen der *Bruja* und Rose Hall liegt mehr oder weniger auf der Hand; der Piratenkapitän hatte Geillis offensichtlich den Robbenschatz sowie eine Ladung junger schottischer Männer geliefert. Ob als Teil des vereinbarten Preises oder aus einer Laune heraus, jedenfalls hatte die *Bruja* Ishmael – Geillis' Koch – beim Ablegen mitgenommen. Doch warum ist er zurückgekehrt?

Die Antwort auf diese Frage kommt schnell ans Licht. Man bringt Claire halb ohnmächtig in eine der Sklavenhütten, damit sie sich von ihrer Begegnung mit dem Krokodil erholen kann. Als sie aufwacht, stellt sie fest, dass gerade eine Voodoozeremonie beginnt, in deren Zentrum ein Orakel steht: die vermisste Margaret Campbell.

Darum ist Ishmael zurückgekommen: um sich sein Orakel zurückzuholen, denn das ist es, was ihm Macht über die anderen Sklaven verleiht. Denn Margaret Campbell ist wahrhaftig ein Orakel: Während Claire sie mit einer Mischung aus Entsetzen und Faszination beobachtet, hört sie die *loas* – die Geister der Toten, die Avataras der Voodoogötter – durch die Lippen der Schottin sprechen. Unter den *loas,* die sie ruft, befindet sich auch der Geist Bouassas, eines berühmten Aufrührers, der eine Sklavenrebellion angezettelt hat – und dafür den Foltertod gestorben ist. Ishmael bittet den *loa* um seinen Segen für ein Vorhaben – und Bouassa gewährt ihn mit einem bitteren Lachen.

*Ihr Mund schloss sich, und ihre Augen starrten erneut leer vor sich hin, doch die Männer nahmen keine Notiz davon. Sie brachen in aufgeregtes Geplapper aus, worauf Ishmael sie zum Schweigen brachte und mir einen bedeutungsvollen Blick zuwarf. Sie verstummten abrupt und entfernten sich, wobei sie sich murmelnd unterhielten und mich verstohlen ansahen. Ishmael schloss die Augen, und als der letzte Mann die Lichtung verließ, sackten seine Schultern herab. Ich fühlte mich ebenfalls ein wenig erschöpft.*

*»Was…«, begann ich und hielt dann inne. Jenseits des Feuers war ein Mann aus dem Schutz des Zuckerrohrs getreten. Es war Jamie, der genauso hoch gewachsen war wie die Zuckerrohrpflanzen, und das ersterbende Feuer färbte ihm Gesicht und Hemd so rot wie sein Haar.*

*Er hob einen Finger an seine Lippen, und ich nickte. Ich zog vorsichtig die Füße an und raffte mit einer Hand meinen fleckigen Rock zusammen. Ich hätte auf den Beinen, am Feuer vorbei und mit ihm im Zuckerrohr verschwunden sein können, bevor Ishmael mich erreichen konnte. Doch Margaret?*

*Ich zögerte, wandte mich zu ihr um und sah, dass ihr Gesicht wieder zum Leben erwacht war. Sie hatte es erhoben und starrte angespannt über das Feuer hinweg, die Lippen geöffnet und die*

*leuchtenden Augen zusammengekniffen, sodass sie leicht schräg*
*zu stehen schienen.*
»*Daddy?*«, *sagte Briannas Stimme an meiner Seite.*

Erschrocken und fasziniert hören Claire und Jamie, wie die Stimme ihrer Tochter durch Margaret Campbells blutverschmierte Lippen spricht: »*Lass Mama nicht allein gehen*«, *sagte sie zu Jamie.* »*Geh mit ihr.*«

Aber wohin gehen? Als der *loa* verschwunden ist, schickt Ishmael Margaret in die Obhut seiner Frauen und legt Jamie und Claire nahe, ebenfalls sofort aufzubrechen. Jamie teilt ihm mit, dass er nicht ohne Ian geht.

*Ishmaels Brauen fuhren in die Höhe, sodass die drei vertikalen Narben zwischen seinen Augen zusammengedrückt wurden.*
»*Ha*«, *sagte er noch einmal.* »*Vergesst den Jungen; er fort.*«
»*Und wo?*«, *fragte Jamie scharf.*
*Ishmaels schmaler Kopf neigte sich zur Seite, als er Jamie genau betrachtete.*
»*Mit der Made, Mann*«, *sagte er.* »*Und wo sie hin ist, könnt Ihr nicht hin. Der Junge ist fort, Mann*«, *sagte er noch einmal im Tonfall absoluter Endgültigkeit.* »*Ihr klug, Ihr geht auch.*«

Als man ihn drängt zu verraten, wo sich Mrs. Abernathy (die Made) und Ian befinden, rückt Ishmael widerstrebend damit heraus, dass sie nach Abandawe aufgebrochen sind – ein Name, den Claire kennt. Es ist eine verborgene Höhle auf der Insel Hispaniola, ausgespült von einem unterirdischen Fluss – ein Ort der Magie, versichert ihnen Ishmael.

»*Ihr könnt nicht zaubern wie die Made. Zauberei bringt sie um, Euch aber auch.*« *Er deutete hinter sich auf die leere Bank.* »*Hört Ihr Bouassa? Er sagt, die Made stirbt, drei Tage. Sie hat den Jungen, er stirbt. Ihr folgt, Mann, Ihr sterbt auch, bestimmt.*«

Trotz dieser unheimlichen Warnung haben sie keine Wahl; sie müssen nach Abandawe, und sie hoffen, dass es noch nicht zu spät ist.

*Jamie wandte sich um, dann blieb er plötzlich stehen, und ich fuhr herum, um nachzusehen, was er gesehen hatte. Auf Rose Hall schienen jetzt Lichter. Hinter den Fenstern beider Stockwerke flackerte Fackelschein auf. Wir sahen zu, wie sich in den Fenstern des geheimen Arbeitsraumes in der ersten Etage ein böses Glühen erhob.*
»*Höchste Zeit zu gehen*«, *sagte Jamie. Er ergriff meine Hand,*

*und wir stahlen uns rasch davon. Wir tauchten in das dunkle, ra-*
*schelnde Zuckerrohr ein und flohen, während die Luft sich plötz-*
*lich mit dem Geruch brennenden Zuckers erfüllte.*

Nachdem sie den Schauplatz des Krokodilfeuers hinter sich gelassen haben, segeln sie mit ihren Helfern flussabwärts, in ihrem
Kielwasser einen blutigen Sklavenaufstand. Rose Hall steht in
Flammen, und auch auf anderen Plantagen blitzen die Lichter entfernter Brände vor dem Hintergrund der dunklen Berge auf.

Augenblicklich treten sie die Reise nach Hispaniola an, fort von
dem Aufruhr auf Jamaika, fort von den Sklavenaufständen, fort
von den Menschenjagden. Gleich nachdem sie mit Lawrence
Stern und den schottischen Schmugglern auf Hispaniola gelandet
sind, begeben sich Jamie und Claire mit Stern als Führer zu der
verborgenen Höhle von Abandawe und lassen die anderen mit der
Order zurück, ein kleines Stück wegzusegeln, um keine Aufmerksamkeit zu erregen.

Draußen vor der Höhle hört Claire den Klang eines Steinkrei-
ses, einer Zeitpassage, und in einer plötzlichen Vision sieht sie
Geillis Duncans grüne Augen in einem sardonischen Willkom-
mensgruß aufglänzen. Die Frasers lassen Stern vor der Höhle als
Wachtposten zurück und steigen in die Dunkelheit hinab, der
Hexe und ihrer Geisel nach.

Sie kommen noch rechtzeitig – aber nur in letzter Sekunde.
Geillis steht kurz vor dem Abschluss ihrer aufwendigen Vorbereitungen. Edelsteine sind zu einem schützenden Pentagramm aus-
gelegt, eine Glitzerspur aus Diamantenstaub verbindet die Punkte
der Figur – und Ian liegt gefesselt und geknebelt im Mittelpunkt,
zum Opfer vorbereitet.

Feilschen ist genauso nutzlos wie der direkte Konfrontations-
kurs. Während sie Claire erzählt, dass sie »das Mädchen wohl
nehmen muss«, dass sie ihr aber den Mann lässt, besprengt Geillis Ian mit Brandy und hält Jamie und Claire mit einer geladenen
Pistole in Schach. Jamie macht einen Satz auf sie zu, und sie feu-
ert; Jamie stürzt zu Boden, sein Gesicht eine blutige Maske.

Ohne auch nur den geringsten Gedanken an ihren Selbstschutz
zu verschwenden, ergreift Claire die geweihte Axt, die Geillis für
ihr Opfer mitgebracht hat – und schwingt sie.

*Das Echo des Aufpralls hallte in meinem Arm wider, und ich*
*ließ mit tauben Fingern los. Ich stand völlig still und regte mich*
*auch nicht, als sie auf mich zustolperte.*

*Im Feuerschein sieht Blut nicht rot aus, sondern schwarz.*
*Sie trat einen blinden Schritt vor und stürzte. All ihre Muskeln*
*waren erschlafft, und sie machte keinen Versuch, sich abzustüt-*
*zen. Das Letzte, was ich von ihrem Gesicht sah, waren die Augen;*
*sie standen weit auseinander, so schön wie Edelsteine, ihr Grün*
*so klar wie Wasser, von der Gewissheit des nahen Todes facettiert.*

Jamie ist nicht tot, wie Claire befürchtet hat. Er ist verletzt,
kann aber laufen. Gemeinsam mit Ian stolpern sie wieder aus dem
Labyrinth der Höhle hinaus, und der anschwellende Wind in
ihrem Nacken gibt ihnen das Gefühl, als atmete die Höhle hinter
ihnen.

Draußen stoßen sie zu Lawrence und kehren durch die Dschun-
gelwälder der Insel zum Strand zurück, wo sie ihre Freunde treffen wollen. Unterwegs erzählt Ian ihnen die wenigen Dinge, die er
in Erfahrung gebracht hat: Wie es schien, war Geillis Duncan auf
der Suche nach einem mythischen Stein gewesen, der »in den Ein-
geweiden eines Jungen wächst«. Der Haken an der Sache: Der
Junge muss noch unberührt sein, unverdorben von der Fleisches-
lust.

Dank seiner Erlebnisse in Edinburgh traf diese Voraussetzung
auf Ian nicht mehr zu – und diese Tatsache hatte ihn bis jetzt am
Leben erhalten. Doch Geillis, ganz die praktische Schottin, sah
keinen Grund zur Verschwendung: Zuerst hatte sie ihn in ihr Bett
geholt und ihn sich dann für das Opfer aufgespart, das ihre Reise
schützen sollte.

AM STRAND treffen die Frasers nicht nur ihre Freunde an, sondern
platzen auch mitten in eine verzweifelte Verfolgungsjagd: Die rebellischen Sklaven vom Yallahs River sind an Bord der *Bruja* gestürmt und haben sie zur Flucht benutzt. Zwar konnten sie das
offene Meer erreichen, doch dann waren sie von der *Porpoise* erspäht und verfolgt worden, die auf der Lauer nach Flüchtlingen
lag.

Da sie der Navigation und der Seefahrt unkundig sind, ist es
den Sklaven zwar gelungen, Hispaniola zu erreichen, doch in
ihrer Panik, von der *Porpoise* verfolgt zu werden, haben sie die
*Bruja* auf Grund laufen lassen. Das Kriegsschiff bombardiert nun
das Wrack und seine flüchtigen Passagiere; fliehende Sklaven verschwinden im Dschungel, andere werden am Strand in blutige
Fetzen zerschmettert.

Das Scharmützel trägt sich in einigem Abstand vom Treffpunkt der Frasers zu, doch es gelingt ihnen nicht, unbemerkt zu entkommen. Ihre einzige Hoffnung liegt in der Flucht; sie hoffen, dass die *Porpoise* so hinreichend beschäftigt ist, dass sie davonkommen können. Doch es ist zu spät: Die *Bruja* ist zerstört, und das Kriegsschiff hält Ausschau nach neuer Beute.

Das kleinere Schiff, das mit dem auffrischenden Wind flieht, ist beweglicher und schafft es eine Zeit lang, der *Porpoise* davonzusegeln. Doch sie können das Kriegsschiff nicht abhängen, erst recht nicht, als der zunehmende Wind die Segel des großen Schiffes füllt. Das Wetter, das ihnen ins Haus steht, ist mehr als nur schlecht: Der grünliche Himmel und der heulende Wind künden von einem karibischen Hurrikan. In dem Mahlstrom wird die *Porpoise* geflutet; sie verliert ihren Topmast, kentert und wird unter Verlust der gesamten Mannschaft unter Wasser gezogen.

Doch auch das kleinere Schiff bleibt nicht ungeschoren; als der Hurrikan überstanden ist, dümpelt es mit beschädigten Aufbauten dahin. Ein durchgebrochener Holm stürzt herab und schleudert Claire bewusstlos über Bord. Als sie hustend und würgend zu sich kommt, hält Jamie sie fest, während er sich an ein treibendes Holzstück klammert. Claire ist verletzt und verliert immer wieder das Bewusstsein. Sie hat keine Ahnung, wo sie sind, und Jamie, der ihre Hände umklammert, ist ihre Rettung.

*Die Welle ebbte ab, und das Holzstück hob sich sachte, sodass sich meine Nase aus dem Wasser hob. Ich holte Luft, und mein Blickfeld klärte sich ein wenig. Keinen halben Meter von mir entfernt befand sich Jamie Frasers Gesicht. Das Haar klebte ihm am Kopf, und seine feuchten Gesichtszüge waren zum Schutz vor der Gischt verkrampft.*

*»Festhalten!«, brüllte er. »Halt dich fest, verdammt noch mal!«*

*Ich lächelte sanft und hörte ihn kaum. Das Gefühl großen Friedens ergriff mich und trug mich fort von Lärm und Chaos. Ich spürte keinen Schmerz mehr. Nichts kümmerte mich mehr. Die nächste Welle überspülte mich, und diesmal vergaß ich, die Luft anzuhalten.*

*Das Erstickungsgefühl weckte mich kurz, lange genug, um das Entsetzen in Jamies Augen aufblitzen zu sehen. Dann wurde mir wieder schwarz vor Augen.*

*»Untersteh dich, Sassenach!«, sagte seine Stimme aus sehr großer Entfernung. Sie war von Leidenschaft erstickt. »Untersteh*

*dich! Ich schwöre dir, wenn du mir stirbst, dann* bringe *ich dich* um!«

Glücklicherweise hält Claires erster Eindruck beim Aufwachen, dass sie nämlich tatsächlich tot ist, nicht lange an: Als sie in einem weißen, lichterfüllten Zimmer das Bewusstsein wieder erlangt, findet sie Jamie an ihrer Seite. Sie sind an Land gespült worden; man hat sie gefunden und gerettet, sie zu einem Haus in der Nähe gebracht und sich um sie gekümmert. Doch wo sind sie?

Das Erscheinen ihrer Gastgeberin, Mrs. Olivier, hilft ihnen auch nicht weiter. Diese ist eine Engländerin, die mit einem Franzosen verheiratet ist, und sie befinden sich auf einer Plantage namens Les Perles. Aber liegt Les Perles auf Martinique? Auf Jamaika oder einer der anderen zu England gehörigen Inseln, wo sie durch die Krone bedroht sind? Auf St. Thomas, auf Eleuthera, das den Holländern gehört?

Mrs. Olivier erkundigt sich freundlich nach ihren Namen, woraufhin Jamie und Claire vorsichtige Blicke austauschen: Davon, *wo* sie sind, wird auch abhängen, *wer* sie sind – das heißt, es kommt darauf an, auf welcher Insel sie sich befinden, welche von Jamies diversen Identitäten die sicherste ist. Doch…

*Mrs. Olivier lächelte nachsichtig. »Ihr seid gar nicht auf einer Insel. Ihr seid auf dem Festland in der Kolonie Georgia.«*

*»Georgia«, sagte Jamie. »Amerika?« Er klang ein wenig verblüfft, was ja auch kein Wunder war. Der Sturm hatte uns fast sechshundert Meilen weit getrieben.*

*»Amerika«, sagte ich leise. »Die Neue Welt.« Der Puls unter meinen Fingern war schneller geworden, ein Echo meines eigenen Herzschlags. Eine neue Welt. Zuflucht. Freiheit.*

*»Ja«, sagte Mrs. Olivier, die ganz offensichtlich keine Ahnung hatte, was diese Nachricht für uns bedeutete, die aber immer noch freundlich lächelnd von ihm zu mir blickte. »Das hier ist Amerika.«*

*Jamie richtete sich auf und erwiderte ihr Lächeln. Die klare, helle Luft bewegte sein Haar wie züngelnde Flammen.*

*»In diesem Fall, Ma'am«, sagte er, »ist mein Name Jamie Fraser.« Dann blickte er zu mir; seine Augen leuchteten so blau wie der Himmel hinter ihm, und sein Herz schlug kraftvoll in meiner Handfläche.*

*»Und dies ist Claire«, sagte er. »Meine Frau.«*

# Der Ruf der Trommel

CH HÖRTE DIE TROMMELN, *lange bevor sie in Sicht-weite kamen. Die Schläge hallten in meiner Magen-grube wider, als wäre ich selber hohl. Der Klang breitete sich in der Menge aus, ein harter, militäri-scher Rhythmus, der dazu gedacht war, jedes Ge-spräch und selbst Schüsse zu übertönen. Ich sah, wie sich die Köpfe umwandten, während die Menschen ver-stummten und jenen Abschnitt der East Bay Street entlang blick-ten, der den Rohbau des neuen Zollhauses mit den White Point Gardens verband.*

Die Trommeln begleiten eine Galgenprozession. Unter den Zu-schauern sind Claire und Jamie Fraser, die sich nicht aus morbi-der Neugier dort aufhalten, sondern zur moralischen Unterstüt-zung eines der Verurteilten – Gavin Hayes, der vor langer Zeit ein Mitgefangener Jamies im Gefängnis von Ardsmuir in Schottland gewesen ist. Jetzt ist Gavin, der als Krimineller deportiert und spä-ter aus der Leibeigenschaft entlassen wurde, der englischen Krone ein letztes Mal in die Quere gekommen.

Ein aufregendes Ereignis lenkt die Aufmerksamkeit der Zu-schauer von der Schlinge und ihrer baumelnden Last ab: Ein an-derer verurteilter Gefangener hat Gavins Tod dazu benutzt, um sein Leben zu rennen, und macht sich in der Menge davon.

Da ganz Charleston auf den Beinen ist, um den Flüchtigen zu jagen, erscheint die Lage den Frasers zu gefährlich, um zu bleiben. Es ist bekannt, dass Jamie mit dem Verurteilten befreundet war, und er möchte keine Neugier von offizieller Seite erregen – schon auf Grund dessen, was die Frasers bei sich tragen. Bei ihrem Schiffbruch vor zwei Monaten in Georgia sind sie nur mit den Überresten ihrer Kleidung in der Neuen Welt gelandet – und einem Vermögen in Form von Edelsteinen, die sie aus der Höhle von Abandawe auf Hispaniola mitgebracht haben.

Zwar sind die Frasers theoretisch wohlhabend, doch »praktisch nutzen uns die Steine nicht mehr als Strandkiesel«, wie Claire bemerkt. In den Kolonien werden die meisten Geschäfte durch Tauschhandel abgewickelt; es gibt im Süden nur wenige Kaufleute oder Bankiers, denen genügend Kapital zur Verfügung steht, um das Vermögen der Frasers zu verflüssigen. Da sie nur ein paar Schillinge in bar zur Verfügung haben, müssen sie sich entscheiden, ob sie in Charleston bleiben wollen, um dort einen Käufer zu suchen, oder ob sie sich unverzüglich nordwärts in eine »Cape Fear« genannte Gegend in North Carolina begeben sollen, wo viele Immigranten aus den Highlands leben – und wo Jamie Verwandte hat.

Die Frasers kommen zu dem Schluss, dass der klügere Weg im Norden liegt. Mit ihren Begleitern – Jamies Neffen Ian, seinem französischen Adoptivsohn Fergus und seinem Freund Duncan Innes – bleiben sie gerade so lange, wie sie brauchen, um Gavin Hayes zu beerdigen. Doch als sie des Nachts vom Kirchhof kommen, jagt ihnen ein blinder Passagier auf ihrem Wagen einen Schrecken ein: Es ist der irische Gefangene, der am Mittag vor dem Galgen geflohen ist.

Dieser stellt sich als Stephen Bonnet vor, bittet sie um Mitleid und fleht sie an, ihm bei der Flucht aus der Stadt zu helfen. Die Straßen ins Landesinnere werden kontrolliert, sagt er; würde Jamie ihm helfen – um Gavin Hayes' willen, der auch sein Freund war?

Jamie ist argwöhnisch; Bonnet ist zwar nicht unsympathisch, doch wie Jamie später unter vier Augen zu Claire sagt: »*Die Krone sucht sich nicht* immer *den Falschen zum Hängen aus; meistens hat der Mann am Ende des Strickes ihn auch verdient.*« Doch Duncan lässt sich von Alkohol und Mitgefühl rühren, und er drängt Jamie, dem Iren um Gavins willen zu helfen. Jamie erklärt sich widerwillig einverstanden, und sie schmuggeln Bonnet aus der Stadt. In einiger Entfernung trennen sie sich am Ufer eines Flusses von ihm. Dort plant er, sich mit seinen nicht näher bezeichneten Freunden zu treffen.

Jamie und Claire suchen sich ein Plätzchen, wo sie für sich sein können, und finden am Ufer des Flusses Rast von den Abenteuern des Tages. Während sie über ihre unsichere Zukunft in diesem fremden, neuen Land spekulieren, finden sie vorerst Trost in den Armen des anderen.

UNTERDESSEN in der Zukunft...

In Boston klingelt nachts ein Telefon und reißt Brianna Randall aus dem Schlaf. Roger Wakefield ruft aus Schottland an; er hat Neuigkeiten und eine Frage: Er wird nächsten Monat anlässlich einer Historikerkonferenz in Boston sein; möchte sie sich mit ihm treffen?

Die Frage kommt zögernd, wird jedoch prompt beantwortet. Brianna hat zwar Rogers Briefe nicht erwidert, doch er ist ihr nicht aus dem Kopf gegangen – ja, sie möchte sich sehr gern mit ihm treffen. Nachdem sie herzklopfend aufgelegt hat, kann Brianna nicht wieder einschlafen. Roger ist ihr stärkstes Bindeglied mit der Vergangenheit; einer Vergangenheit, die sie nicht vergessen kann, über die sie gleichzeitig aber auch nicht nachdenken möchte.

Roger hat ihr an jenem Morgen zur Seite gestanden, als ihre Mutter für immer durch den Steinkreis auf dem Hügel Craigh na Dun verschwunden ist; auch Roger kann die Steine hören. In der Zeit, die auf diesen erschütternden Verlust folgte, hat sie bemerkt, dass sie sich in ihn verliebte – und sich zurückgezogen, weil sie nicht anders konnte und so viele Zweifel hatte. Ihre Mutter hat sie Rogers Fürsorge anvertraut, doch Brianna wollte ihn nicht durch Pflichtgefühl an sich binden. Doch wenn da mehr wäre als das...

*Falls es eine Zukunft für sie gab... und das war es, was sie ihm nicht schreiben konnte, denn wie sollte sie es sagen, ohne sich eingebildet und idiotisch anzuhören?*

»*Geh fort, sodass du zurückkommen und es richtig machen kannst*«, murmelte sie und zog bei den Worten ein Gesicht.

Doch jetzt *kommt* Roger zurück – und mit etwas Glück kommt er, um es richtig zu machen.

Der erste Blick, den sie aufeinander werfen, reicht aus, um ihnen zu beweisen, dass sie nach wie vor voneinander angezogen sind; eine gemeinsame Woche bestärkt sie zwar in dieser Überzeugung, löst aber ihr grundsätzliches Problem immer noch nicht. Roger lehrt in Oxford; Brianna studiert noch. Roger fragt sich, ob sie nach der zeitlich begrenzten Trennung, die durch ihre jeweilige Ausbildung bedingt ist, einen Weg finden können, trotz ihrer unterschiedlichen Zukunftspläne zusammen zu sein.

*Ob es eine gemeinsame Grundlage für sie gab, einen Historiker und eine Ingenieurin? Obwohl sein Blick auf die Geheimnisse der Vergangenheit gerichtet war und ihrer auf die Zukunft mit ihrem blendenden Glanz?*

*Dann löste sich die Spannung im Raum in Beifallsrufe und Geplauder auf, und er dachte, dass es vielleicht keine Rolle spielte, dass sie in entgegengesetzte Richtungen blickten – solange sie einander ansahen.*

Im Jahr 1767 haben Claire und Jamie und ihr kleiner Tross Wilmington in North Carolina erreicht. Vor die Alternative gestellt, zweihundert Meilen ins Landesinnere zu wandern oder die Reise per Boot auf dem Cape Fear River zu machen, entscheidet sich Jamie widerwillig für den schnelleren Wasserweg und überlässt es Duncan, ihnen unter der Führung von John Quincy Myers nachzufolgen. Myers ist ein Waldläufer und ortskundiger Führer, den Claire in Wilmington auf der Straße kennen lernt.

Myers informiert Jamie, dass sein angeheirateter Onkel Hector Cameron im vergangenen Jahr gestorben ist – dass seine Tante Jocasta jedoch nach wie vor auf River Run lebt, einer Plantage im Norden von Cross Creek. Als er bemerkt, dass Claire Erfahrung als Heilerin hat, lenkt Myers ihr Augenmerk auf seine eigenen Probleme.

*»Dickes lila Ding«, erklärte er mir und zupfte an seinem gelockerten Lederband herum. »Fast so groß wie eins von meinen Eiern. Ihr glaubt doch nicht, dass mir irgendwie, als … eins extra gewachsen ist, oder?«*

*»Nein«, sagte ich und biss mir auf die Lippe. »Das bezweifle ich wirklich.« Seine Bewegungen waren sehr langsam, doch er hatte den Knoten fast gelöst; die Leute blieben schon stehen und starrten ihn an.*

*»Bitte macht Euch keine Mühe«, sagte ich. »Ich glaube, ich weiß, was es ist – es ist ein Leistenbruch.«*

Da sie nicht in der Lage ist, sich in Wilmington um Myers' medizinische Probleme zu kümmern, verspricht Claire, später zu schauen, was sie chirurgisch ausrichten kann, und verabschiedet sich, um eine Einladung zum Abendessen mit dem Gouverneur der Kolonie wahrzunehmen. Jamie ist mit Hilfe eines entfernten Verwandten an diese Einladung gekommen, weil er hofft, so einen Käufer für einen ihrer Edelsteine zu finden; er hat keine Ambitionen, in Lumpen vor der Tür seiner Tante aufzutauchen.

Das Abendessen verläuft in mehr als nur einer Hinsicht erfolgreich; Baron Penzler, der ebenfalls zu den Gästen gehört, erklärt sich bereit, einen Rubin zu kaufen, wodurch er den Frasers dringend notwendiges Kapital zur Verfügung stellt – Bargeld, mit dem sie nicht nur ihre eigenen Bedürfnisse erfüllen können, sondern auch eine Anzahlung nach Schottland schicken können, um das Versprechen einzulösen, das Jamie Laoghaire gegeben hat, der Frau, die er (widerstrebend) geheiratet hat, weil er überzeugt war, dass er Claire für immer verloren hat.

Doch das Abendessen resultiert nicht nur im Verkauf des Steines, sondern auch in einer weiteren interessanten – und alarmierenden – Entwicklung. Gouverneur Tryon ist neu in der Kolonie, doch er ist ein fähiger Politiker, und er sucht dringend »Männer von Wert«, die das gefährliche und unerschlossene Hinterland der Kolonie besiedeln, indem sie die Landvergabe durch die Krone in Anspruch nehmen und die Besiedelung des Landes durch Emigranten vorantreiben. Tryon bietet Jamie solches Land an und schiebt den Einwand, dass Jamie katholisch und damit eigentlich nicht qualifiziert ist, als unwesentlich beiseite – nur weiße Protestanten dürfen die Landvergabe in Anspruch nehmen.

»Das Angebot ist von beträchtlichem Interesse für mich«, sagte Jamie förmlich. »Ich muss Euch allerdings darauf hinweisen, dass ich kein Protestant bin und die meisten meiner Verwandten auch nicht.«

Der Gouverneur spitzte abwehrend die Lippen und zog eine Augenbraue hoch.

»Ihr seid weder Jude noch Neger. Ich kann doch hier von Mann zu Mann sprechen, oder? In aller Offenheit, Mr. Fraser, es gibt das Gesetz, und dann gibt es die Realität.« Er hob sein Glas mit einem kleinen Lächeln. »Und ich bin überzeugt, dass Ihr das genauso gut wisst wie ich.«

»Möglicherweise sogar besser«, murmelte Jamie mit einem höflichen Lächeln.

Anfangs noch verwirrt über den Eifer des Gouverneurs, begreift Claire schnell, als Jamie ihm Tryons Beweggründe erklärt: Jamie steht in enger Verbindung mit den Camerons, einer vermögenden und einflussreichen Familie in der Kolonie. Gleichzeitig ist Jamie selbst jedoch ein Neuankömmling, der keine festen Bindungen oder Verpflichtungen hat – außer dem Gouverneur gegenüber, der ihm Land anbietet. Tryon weiß, dass Jamie Soldat ist und daran gewöhnt ist, Menschen zu befehligen; wer könnte besser einen Teil der Kolonie besiedeln, in dem es vor Unrast brodelt und die unzufriedenen Regulatoren die Menschen aufwiegeln – eine Verbindung von Männern aus dem Hinterland, die heftig und oftmals gewalttätig gegen das kapriziöse und manchmal illegale Betragen der Beamten der Krone protestieren.

*»Die Unruhen sind zwar im Moment eingedämmt, aber nicht beigelegt«, sagte Jamie schulterzuckend. »Und feuchtes Schießpulver mag zwar lange nur glimmen, Sassenach, doch wenn es einmal Feuer fängt, geht es mit einem unheimlichen Knall hoch.«*

*Würde Tryon es für eine gute Investition halten, sich die Treue und Verpflichtung eines erfahrenen Soldaten zu kaufen, der sich wiederum der Treue und der Dienste seiner Männer versicherte und sich in einer abgelegenen und unruhigen Gegend der Kolonie niederließ?*

*Mir kam es wie ein Bombengeschäft vor – den Gouverneur kostete es ein paar hundert Pfund und ein paar mickrige Morgen vom Land des Königs. Schließlich besaß Seine Majestät jede Menge davon.*

Für Tryon birgt der Vorschlag kaum ein Risiko; wenn Jamie sich nicht den Wünschen des Gouverneurs entsprechend verhält, braucht Tryon nur Jamies Katholizismus zu »entdecken«, und ein königliches Gericht würde die Landvergabe rückgängig machen.

Das Risiko, das Jamie eingeht, ist dagegen beträchtlich – noch mehr als ihm selber klar ist, so fürchtet jedenfalls Claire. Sie hat seinen Grabstein in Schottland gesehen, was wahrscheinlich bedeutet, dass er dort sterben wird. Heißt das also, dass er sicher ist, solange er in der Neuen Welt bleibt? So interessant das Angebot des Gouverneurs ist, glaubt sie doch nicht, dass es das Risiko wert ist, Jamie zu verlieren. Wenn er nach Schottland reist, um dort Emigranten zu rekrutieren, kommt er womöglich nie mehr zurück.

Andererseits ist die Aussicht unweigerlich verlockend, wieder das zu sein, was er einmal war – ein Gutsherr mit Land und Pächtern, die unter seiner Obhut stehen und ihn ernähren. Claire beschließt, fürs Erste zu schweigen.

Jamie mag sich zwar versucht fühlen, doch er ist auch vorsichtig. Er würde gern das Land sehen, das der Gouverneur ihm überlassen will, und sich einen Überblick verschaffen, bevor er eine Entscheidung trifft. Außerdem brennt er darauf, seine Tante Jocasta zu besuchen – die verwitwete Schwester seiner Mutter, die letzte Überlebende der MacKenzies von Leoch. Vielleicht kann ihm Jocasta mehr über die Lebensbedingungen in der Kolonie erzählen und ihm die Hintergrundinformationen liefern, die er braucht, um eine Entscheidung über sein weiteres Vorgehen zu treffen.

Jocasta Camerons Anwesen River Run liegt etwa zweihundert Meilen nördlich von Wilmington. Zähneknirschend beschließt Jamie, die Reise auf dem Wasserweg zu unternehmen – was viel schneller geht als die Route über Land. Seine Angst vor der Seekrankheit lässt nach, während die *Sally Ann* den Cape Fear River hinauffährt – doch *mal de mer* ist nicht die einzige Gefahr auf dem Fluss.

Im Morgengrauen werden die Frasers und ihre Gefährten von unerwünschten Eindringlingen geweckt: Flusspiraten, angeführt von ihrem alten Bekannten Stephen Bonnet. Bonnet hat es auf die Edelsteine abgesehen, die sie dabei haben – doch einer seiner Kumpane erspäht Claires Eheringe und versucht, sie ihr gewaltsam zu rauben. Es gelingt Claire, ihren Silberring zu verschlucken und ihn so zu behalten, doch der Goldreif, der sie einst mit Frank Randall verbunden hat, ist fort.

Es verletzt Jamies Stolz, mittellos und zerlumpt von der Reise vor seiner einzigen Verwandten zu erscheinen, doch jetzt bleibt ihnen kaum etwas anderes übrig. Doch Jocasta heißt sie mehr als herzlich willkommen – und ihr zerlumptes Aussehen bleibt unbemerkt, denn Jocasta Cameron ist blind.

Die Witwe Cameron begrüßt ihren verschollenen Neffen mit großer Freude und lädt ihn ein, sich in ihrem Haus und auf ihrem Land wie zu Hause zu fühlen. Ihre Großzügigkeit mag zwar zum Teil auf Familiengefühlen beruhen, doch Claire begreift schnell, dass Jocasta wirklich die Letzte der MacKenzies von Leoch ist, einer Familie, *bezaubernd wie die Lerchen im Feld, doch zugleich so schlau wie Füchse,* wie Jamie seine Verwandten einmal beschrieben hat.

Jocastas Hintergedanken kommen langsam ans Licht. Verwitwet und blind, ist sie beim Betrieb ihrer großen, profitablen Plantage zwangsläufig von zwei Männern abhängig: Ulysses, dem schwarzen Butler, der ihr seine Augen leiht und ihren Haushalt führt, und Byrnes, dem weißen Aufseher, der ihr seine Hände leiht und für die Sklaven verantwortlich ist, die die einträgliche Arbeit der Holzgewinnung verrichten und die kostbaren Vorräte an Terpentin, Teer, Pech und Sparren herstellen, die River Run an die königliche Marine verkauft. Ulysses ist ein hingebungsvoller und fähiger Untergebener; Byrnes ist ein gewalttätiger Trunkenbold und gefährdet durch seine Inkompetenz die lukrativen Verträge mit der Marine, von denen River Run abhängt.

Ein schrecklicher Zwischenfall bei der Sägemühle stellt Byrnes' Unfähigkeit deutlich unter Beweis; eine Auseinandersetzung mit einem der Sklaven endet damit, dass dieser versucht, Byrnes mit einem Rindenmesser zu enthaupten. Es gelingt ihm zwar nur, dem Aufseher ein Ohr abzuschneiden, doch gemäß dem in der Kolonie geltenden »Gesetz des Blutvergießens« ist der Sklave damit automatisch zum Tode verurteilt; jeder Sklave, der das Blut eines Weißen vergießt, muss ungeachtet der Umstände sterben.

Farquard Campbell, ein anderer Plantagenbesitzer, ist hastig zu Jocasta gekommen, um zu berichten, was geschehen ist, und um Jamie an den Ort des Geschehens zu rufen. Da er Jocastas nächster männlicher Verwandter ist, ist es weder für Jocasta noch für Campbell – noch für Jamie selbst – eine Frage, dass es seine Verantwortung ist, mit Campbell zu gehen und sich um die Situation zu kümmern. Doch Claire hat große Bedenken bei der ganzen Sache.

*»Exekution? Wollt Ihr damit sagen, Ihr beabsichtigt, einen Mann zu exekutieren, ohne überhaupt zu wissen, was er getan hat?« In meiner Aufregung hatte ich Jocastas Strickkorb umgestoßen. Kleine bunte Wollknäuel rollten in alle Himmelsrichtungen davon und hüpften über den Teppich.*

*»Ich weiß, was er getan hat, Mrs. Fraser!« Campbell hob mit hochrotem Kopf das Kinn und schluckte mit sichtlicher Mühe seine Ungeduld hinunter.*

*»Verzeihung, Ma'am. Ich weiß, dass Ihr gerade erst hier angekommen seid, daher werden Euch manche unserer Sitten unverständlich und vielleicht sogar barbarisch vorkommen, aber ...«*

*»Natürlich finde ich sie barbarisch! Was für ein Gesetz ist es, das einen Mann verurteilt ...«*

*»Einen Sklaven ...«*

*»Einen Mann! Ihn ohne Gerichtsverfahren verurteilt, ja sogar ohne Ermittlungen? Was für ein Gesetz ist das?«*

*»Ein schlechtes, Madame!«, schnappte er. »Aber es ist trotzdem Gesetz, und ich bin damit beauftragt, ihm Geltung zu verschaffen. Mr. Fraser, seid Ihr bereit?« Er setzte sich den Hut auf und wandte sich zum Gehen.*

Bei ihrer Ankunft an der Sägemühle stellen die Frasers fest, dass sie zu spät gekommen sind; der Mann ist bereits gelyncht worden. Jamie macht sich augenblicklich daran, mit Byrnes und seinen Helfershelfern abzurechnen; Claires Aufmerksamkeit gilt dem Sklaven, der eine grauenhafte Verletzung erlitten hat. Hastig verschafft sie sich einen Überblick über die Lage und erkennt, dass der Mann zwar schwer verletzt ist, sie aber möglicherweise in der Lage ist, ihm das Leben zu retten – zumindest vorerst.

*Niemand schenkte dem eigentlichen Gegenstand der Diskussion auch nur die geringste Beachtung. Es waren nur Sekunden vergangen, doch mir blieben auch nur noch Sekunden. Ich legte meine Hand auf Jamies Arm, um ihn von der Debatte abzulenken.*

*»Wenn ich ihn rette, werden sie ihn leben lassen?«*

*Abschätzend betrachtete er die Männer in meinem Rücken.*

*»Nein«, sagte er leise. Sein Blick traf den meinen, dunkel und voller Verständnis. Er straffte die Schultern und legte sich die Pistole über den Oberschenkel. Ich konnte ihm bei seiner Entscheidung nicht helfen und er mir nicht bei der meinen, aber er würde mich in Schutz nehmen, egal, welche Wahl ich traf.*

*»Gib mir die dritte Flasche von links in der oberen Reihe«, sagte ich.*

Die dritte Flasche von links enthält Akonitin, ein schnell wirkendes, tödliches Gift.

*Ein fünfzigstel Gran tötet einen Sperling in wenigen Sekunden. Ein zehntel Gran ein Kaninchen in etwa fünf Minuten. Akonitin, so sagt man, war das Gift in dem Becher, den Medea für Theseus bereitete.*

*Ich versuchte, nichts zu hören, nichts zu fühlen, nichts wahrzunehmen, außer dem ruckartigen Pochen unter meinen Fingern.*

*Ich bemühte mich mit aller Kraft, die Stimmen über mir auszusperren, die Hitze, den Staub, den Blutgestank, zu vergessen, wo ich war und was ich tat.*

Claire kehrt mit Jamie nach River Run zurück. Sie ist nicht nur verstört über ihr Erlebnis bei der Sägemühle, sondern auch über die aufkeimende Erkenntnis, dass Jamies Familienbande ihn in der Tat zu einem Teil dieser Gesellschaft machen – mit all ihrer Bereitschaft zu Ungerechtigkeit, Gewalt und Schrecken, aber auch ihren Verheißungen von Reichtum und Abenteuer. Was Farquard Campbell ihnen gesagt hat, ist wahr: Jocasta braucht einen Mann, der mit den harten Anforderungen des Plantagenbetriebs fertig wird – und Jamie ist die nahe liegende Wahl, weil er ihr Verwandter und ihr verpflichtet ist.

Um die Angelegenheit noch komplizierter zu machen, hat Leutnant Wolff, der die vierteljährigen Verträge mit der Marine aushandelt, Jocasta einen Heiratsantrag gemacht – nicht, wie sie schnippisch anmerkt, weil er sie begehrt, sondern um Herr von River Run zu werden. Bis jetzt ist sie mit Hilfe ihres alten Freundes Farquard Campbell den Annäherungsversuchen des Leutnants aus dem Weg gegangen – doch der verstärkt seinen Druck, indem er das Argument anführt, dass Jocasta die Plantage nicht ohne einen Mann leiten kann, und mit dem Verlust der einträglichen Marineverträge droht.

Jocasta, die damit in einer vertrackten Situation steckt, betrachtet Jamies Eintreffen als Erhörung ihrer Gebete – und fasst schon bald einen Plan. Sie wird einen großen Empfang veranstalten, so verkündet sie, um ihren Neffen und seine Frau in die schottische Gemeinde von Cape Fear einzuführen. Zu diesem Zweck werden sämtliche einflussreichen Persönlichkeiten der Gegend nach River Run eingeladen. Jamie und Claire werden glanzvoll ausstaffiert – und ihr Argwohn wird geweckt.

Jamie hat den eindeutigen Verdacht, dass Jocasta etwas im Schilde führt; er bittet Claire, auf der Hut zu sein und sich für ein Ablenkungsmanöver bereit zu halten, falls er ihr während des Essens ein Zeichen gibt. Doch bevor er ihr erklären kann, worum es geht, betritt Jocasta die Szene, und Claire ist zwar vorgewarnt – aber den Grund kennt sie nicht.

Schließlich kommt es ohne Claires Zutun zu einem Ablenkungsmanöver: Das Abendessen wird durch die dramatische Ankunft von Duncan Innes und John Quincy Myers unterbrochen. Um sich für Claires Operation seines Leistenbruches zu wappnen, hat der Waldläufer soviel getrunken, dass er buchstäblich sturzbesoffen ist. Angesichts der am Boden hingestreckten Gestalt ihres Patienten in spe hegt Claire zwar ihre Zweifel daran, ob es klug ist, eine Operation mit Hilfe einer Whisky-Anästhesie durchzuführen, lässt sich aber dennoch dazu breitschlagen. Wie Jamie anmerkt: »*Vielleicht hat er nie wieder den Mut oder das Geld, sich so zu betrinken.*«

Die Durchführung einer Leistenoperation auf dem Speisetisch

vor der Crème der Gesellschaft von Cape Fear mag nicht die Einführung sein, die Jocasta Cameron für ihre Nichte vorgeschwebt hat, doch sie macht Eindruck – und sie verhindert erfolgreich, wenn auch nur vorübergehend, dass Jocasta ihre eigenen Pläne verkünden kann, wie auch immer sie aussehen mögen.

Diese Pläne kommen schnell ans Licht. Jamie geht mit Claire ins Freie, um mit ihr zu reden – Mr. Myers bleibt bewusstlos zurück, um sich in der Obhut einer Sklavin zu erholen. Ulysses, der Butler, hat Jamie das Vorhaben seiner Tante kurz vor dem Abendessen verraten: Sobald Jamie in der Highlandtracht seines verstorbenen Onkels Hector Camerons Platz an der Kopfseite des Tisches eingenommen hätte, hätte Jocasta sich erhoben und vor der versammelten Gesellschaft verkündet, dass sie Jamie zu ihrem Erben machte – zum Gutsherrn von River Run.

Eine ebenso glänzende wie beängstigende Aussicht. Der Reichtum von River Run basiert auf Sklavenarbeit, und die Vorstellung, Sklaven zu besitzen, widert Claire an – erst recht, als Jamie ihr erzählt, dass sie selbst nach Jocastas Tod keine gesetzliche Möglichkeit hätten, die Sklaven von River Run freizugeben; aus Furcht vor einem bewaffneten Aufstand gestattet das Abgeordnetenhaus von North Carolina nur die Freilassung einzelner Sklaven, und auch dies nur, wenn die Abgeordneten es genehmigt haben.

Claire kann sich nicht vorstellen, als Sklavenhalterin zu leben, schweigt aber vorerst dazu, denn sie möchte Jamie nicht mit ihren moralischen Bedenken belasten, während er selbst mit dem Problem ringt. Doch er ist sich ihrer Bedenken sehr wohl bewusst – und außerdem hegt er selbst eine gewisse Skepsis in Bezug auf Jocastas Angebot.

*»Ihr Mann ist tot. Ob sie ihn nun geliebt hat oder nicht, sie ist jetzt die Herrin hier, und sie ist niemandem Rechenschaft schuldig. Und die Macht schmeckt ihr viel zu gut, als dass sie darauf verzichten würde.«*

*Er hatte völlig Recht mit seiner Einschätzung von Jocasta Cameron, und darin lag der Schlüssel zu ihrem Plan. Sie brauchte einen Mann, jemanden, der die Orte aufsuchte, an die sie nicht gelangen konnte, der mit der Marine verhandeln konnte, der jene auf dem großen Anwesen anfallenden Aufgaben erledigte, die sie auf Grund ihrer Blindheit nicht übernehmen konnte.*

*Gleichzeitig konnte jeder sehen, dass sie* nicht *auf der Suche nach einem Ehemann war; jemandem, der ihre Macht für sich be-*

*anspruchen und ihr Vorschriften machen würde. Wäre er kein Sklave gwesen, hätte Ulysses in ihrem Auftrag handeln können – doch er konnte ihr zwar seine Augen und Ohren leihen, aber nicht ihre Hände ersetzen.*

*Nein, Jamie war die perfekte Wahl; ein starker, kompetenter Mann, der sich den Respekt Gleichgestellter und den Gehorsam seiner Untergebenen zu verschaffen wusste. Ein Mann, der darüber hinaus durch Verwandtschaft und Verpflichtung an sie gebunden war, der tun würde, was sie befahl – und im Grunde machtlos war.*

Am Flussufer angekommen, hilft Jamie Claire in ein kleines Boot und rudert zu dem Bach hinauf, wo die Sägemühle steht – von Sorgen bedrückt, verschafft er sich einen Überblick über das Königreich, das zu regieren man ihn einlädt, und führt sowohl sich selbst als auch Claire die Probleme vor Augen, die diese Regentschaft mit sich brächte.

Die Frasers gehen bei der Sägemühle an Land. Gespenstisch steht sie in der Dunkelheit da und weckt beunruhigende, blutige Erinnerungen. Doch nicht nur Geister treiben ihr Unwesen in der Mühle, und der Blutgeruch ist echt. Im Bett des Aufsehers liegt eine junge Frau im Sterben, die offensichtlich einer misslungenen Abtreibung zum Opfer gefallen ist... oder einem absichtlichen Mord.

Nachforschungen über die Identität des Mädchens und den Grund ihrer Anwesenheit ergeben, dass sie als Wäscherin für die Armee tätig war und weder Familie noch sonstige Verbindungen hat. Es wird allgemein angenommen, dass sie nach der Entdeckung ihrer ungewollten Schwangerschaft versucht hat, sich von ihrer Bürde zu befreien – doch tat sie es allein oder mit Hilfe einer anderen Person?

Claire ist den offiziellen Ermittlungen voraus und bringt in Erfahrung, dass es unter den Sklaven eine Frau gibt, die für ihr Heilwissen bekannt ist – eine Frau namens Pollyanne, die aus ihrer Hütte geflohen ist und sich im Wald versteckt hält, offenbar aus Angst, dass man ihr die Schuld für den Tod des Mädchens zuschieben wird – und dass sie ebenfalls dem Gesetz des Blutvergießens geopfert wird.

Jamies Bemühungen, die Identität der Toten festzustellen, führen ihn nach Cross Creek und zum Hauptquartier der Garnison, wo er einem alten Feind begegnet – Sergeant Murchison, welcher einst gemeinsam mit seinem Zwillingsbruder als Offizier im Gefängnis von Ardsmuir gedient hat. Der Sergeant ist auch nicht glücklicher über das Zusammentreffen als Jamie, und seine Laune bessert sich auch nicht, als er erfährt, was die Frasers in seine Amtsstube führt.

Bei ihrer Rückkehr von dieser unerfreulichen Begegnung hören die Frasers, dass es Duncan und Ian gelungen ist, die Sklavin Pollyanne zu finden und sie in einem abgelegenen Tabakschuppen zu verstecken. Doch es ist dringend nötig, sie aus dem Distrikt zu schmuggeln, und Myers, der von seiner öffentlichen Operation fast vollständig genesen ist, schlägt einen Plan vor: Er hat Freunde unter den Tuscarora und ist sich sicher, dass die Indianer die Frau in einem ihrer Dörfer aufnehmen würden, wo sie in Sicherheit wäre.

Myers' Plan bedeutet nicht nur Sicherheit für Pollyanne, sondern hat auch Vorteile für Jamie – er kann sich den Intrigen seiner Tante lange genug entziehen, um ohne Zwang eine Entscheidung zu treffen. Er kann dem feindseligen Sergeant Murchison aus dem Weg gehen – und auf dem Weg zu Pollyannes Zuflucht kann er sich einen Überblick über das bergige Hinterland verschaffen, das ihm Gouverneur Tryon angeboten hat, und so die Möglichkeiten gegeneinander abwägen.

Also macht sich eine kleine Expedition in die Berge auf: Myers, Pollyanne, Jamie, Claire – und Ian, der es gar nicht abwarten kann, ein Abenteuer zu erleben und Indianern zu begegnen. Duncan bleibt zurück, um Jocasta bei der Leitung ihres Anwesens zu helfen.

Als sie die Berge erreicht haben, trennt sich die Gruppe: Myers und Ian setzen ihren Weg in das Gebiet der Tuscarora fort, um Pollyanne dort abzuliefern, während Jamie und Claire weiter in die Berge steigen.

Im Verlauf ihres Weges schwankt Claire zwischen der Freude über Jamies sichtliches Entzücken – er fühlt sich in der freien Bergluft zu Hause wie nirgendwo sonst – und der Angst davor, was diese Freude bedeuten könnte. Sie hat in Schottland seinen Grabstein gesehen; solange er in Amerika bleibt, so glaubt sie, wird er in Sicherheit sein. Doch wenn er sich entschließt, das Angebot des Gouverneurs anzunehmen, dann wird er Männer brauchen, um das Land zu besiedeln – und wo sollte er diese finden, wenn nicht in Schottland?

Schließlich gelangen sie zu einem hoch gelegenen Berghang, der mit wilden Erdbeeren überwuchert ist. Jamie betrachtet dies als Zeichen, denn die Erdbeerpflanze ist das Emblem des Fraser-Clans – die weiße Blume steht für Mut, die grünen Blätter für Beständigkeit und die herzförmige Frucht für Leidenschaft. Die Stelle ist ideal, ein Ort, der den Highlander anspricht. Was hält sie davon? fragt Jamie. Wäre sie bereit, sich mit ihm hier niederzulassen? Den Boden zu bestellen, Vieh zu züchten, ein Blockhaus zu bauen – hier ihr neues Leben aufzubauen, hoch oben in den Bergen, frei von den Verpflichtungen und den Unwägbarkeiten des Lebens im Tal?

Claire sieht die Hoffnung und das Glück in ihm, kann seine Gefühle aber nicht teilen, denn sie hat Angst. Schließlich gibt sie auf und vertraut ihm ihre Ängste an, dass er in Schottland sterben wird, wenn er dort hinfährt, um Männer für sein Land zusammenzutrommeln.

Als er von ihren Ängsten erfährt, reagiert Jamie ungläubig. Wie, so will er wissen, stellt sie sich denn vor, dass er nach Schottland reist und Männer zusammentrommelt – indem er auf dem Wasser wandelt? Zwar haben sie noch ein wenig Kapital aus dem Erlös des verkauften Edelsteins, doch sie sind alles andere als reich. Außerdem, so fügt er zu ihrer Beruhigung hinzu, hat er nicht vor, nach Schottland zu reisen. *Falls* er wirklich so töricht ist, die Einladung des Gouverneurs anzunehmen, so würde er vielmehr nach den Männern aus Ardsmuir suchen – seinen Männern, die man in die Kolonien deportiert hat.

Und wieso, möchte Claire wissen, sollten diese Männer ihm folgen? Diejenigen, die noch leben, dürften ihre Leibeigenschaft abgearbeitet haben; viele werden ein neues Leben begonnen haben. Warum sollten sie alles stehen und liegen lassen, alles aufs Spiel setzen, um ihm zu folgen?

*»Du hast es auch getan, Sassenach«, sagte er.*

1969 WARTET ROGER WAKEFIELD in Inverness ungeduldig auf Briannas Ankunft. Abgesehen davon, dass er sich auf das Wiedersehen mit ihr freut, hat seine Spannung noch einen besonderen Hintergrund: Er hat vor, sie zu bitten, seine Frau zu werden.

Doch als der Briefträger mit einem nachgesendeten Brief an Brianna anklopft, kommt eine gewisse Komplikation ans Licht: Ohne Roger etwas davon zu sagen, hat Brianna begonnen, in den

Gerichtsarchiven nach Spuren ihrer Eltern zu suchen. Zunächst ist Roger getroffen, weil sie ihm nichts gesagt hat, doch er versteht ihren Zwiespalt; die Angst vor der Gewissheit, die mit der Angst vor der ewigen Ungewissheit ringt. Vielleicht ist er sogar der einzige Mensch auf der Welt, der das wirklich versteht.

Er wird ihr beistehen, sagt er. Über den schlichten Wunsch hinaus, dem Mädchen zu helfen, das er liebt, hegt er selbst Neugier und eine gewisse Besorgnis; er befürchtet, dass sie sich niemals ganz auf ein Leben mit ihm in der Gegenwart einlassen wird, solange ihre Fragen bezüglich der Vergangenheit unbeantwortet bleiben.

Die beiden fahren mit der Aufgabe fort, Reverend Wakefields Nachlass zu sortieren, und während er das Heim seiner Kindheit ausräumt, wächst in Roger die Sehnsucht nach einem eigenen Heim und einer eigenen Familie – und danach, Brianna als seine Frau immer an seiner Seite zu haben. Auch Brianna lässt keinen Zweifel daran, dass sie ihn will, was Roger ermutigt, auf dem Heimweg von der Christmette um ihre Hand anzuhalten.

*»Ich will dich, Brianna«, sagte er leise. »Ich kann es nicht deutlicher ausdrücken. Ich liebe dich. Willst du mich heiraten?«*

*Sie sagte nichts, doch ihr Gesicht veränderte sich – wie Wasser, wenn man einen Stein hineinwirft. Er sah es so klar wie sein Spiegelbild in einem Bergsee.*

*»Du wolltest nicht, dass ich das sage.« Der Nebel hatte sich auf seine Brust gesenkt; er atmete Eis ein, und Kristallnadeln durchbohrten ihm Herz und Lungen. »Du wolltest es nicht hören, oder?«*

*Wortlos schüttelte sie den Kopf.*

*»Aye, gut.« Mühsam ließ er ihre Hand los. »Schon gut«, sagte er, überrascht über den ruhigen Klang seiner Stimme. »Mach dir nur keine Gedanken darüber, aye?«*

Aber Brianna *macht* sich Gedanken darüber; doch es ist nicht der Zweifel an ihren Gefühlen für Roger oder an seinen Gefühlen für sie, was ihr Sorgen macht – es ist die Befürchtung, dass sie nicht von Dauer sein werden. Sie führt an, dass sie nicht sofort heiraten können; sie hat noch ein Semester vor sich; er muss an seine Stellung an der Universität denken. Was, wenn in der Zwischenzeit etwas passiert; was, wenn einer von ihnen jemand anderen kennen lernt?

*Sie lehnte sich an den Laternenpfahl und verschränkte die Hände hinter dem Rücken. »Ich glaube, ich liebe dich auch.«*

*Ihm war nicht klar gewesen, dass er den Atem anhielt, bis er ausatmete.*

*»Ach.« Das Wasser war in seinem Haar kondensiert, und eisige Rinnsale liefen ihm den Hals hinunter. »Mmpf. Aye, und ist ›glaube‹ hier das Wort, auf das es ankommt, oder ist es ›liebe‹?«*

*Sie entspannte sich etwas und schluckte.*

*»Beides.«*

*Sie hielt die Hand hoch, als er zum Sprechen ansetzte.*

*»Ich liebe dich – glaube ich. Aber – aber ich muss immer daran denken, was meiner Mutter passiert ist. Ich will nicht, dass mir das Gleiche passiert.«*

*»Deiner Mutter?« Auf schlichtes Erstaunen folgte ein erneuter Ausbruch der Empörung. »Was? Du denkst an diesen verfluchten Jamie Fraser? Du meinst, du kannst dich nicht mit einem langweiligen Historiker zufrieden geben – du musst eine – eine große Leidenschaft finden, wie sie sie für ihn empfunden hat, und du meinst, dass ich dir da vielleicht nicht genüge?«*

*»Nein! Ich denke nicht an Jamie Fraser! Ich denke an meinen Vater!« Sie schob die Hände tief in ihre Jackentaschen und schluckte heftig. Sie hatte aufgehört zu weinen, doch an ihren Wimpern hingen Tränen und klebten sie zu kleinen Stacheln zusammen.*

*»Es war ihr Ernst, als sie ihn geheiratet hat – ich konnte es sehen auf den Bildern, die du mir gegeben hast. Sie hat gesagt: ›In guten wie in schlechten Zeiten‹ – und sie hat es auch so gemeint. Und dann ... dann hat sie Jamie Fraser getroffen und es nicht mehr so gemeint.«*

*Ihr Mund zuckte, während sie um Worte rang.*

*»Ich – ich mache ihr eigentlich keine Vorwürfe, nicht, nachdem ich darüber nachgedacht habe. Sie konnte nichts dafür, und ich – wenn sie von ihm gesprochen hat, dann konnte ich sehen, wie sehr sie ihn geliebt hat – aber verstehst du nicht, Roger? Sie hat meinen Vater auch geliebt, und es war nicht ihre Schuld – aber es hat sie dazu gebracht, ihr Wort zu brechen. Ich werde das nicht tun, um nichts in der Welt.«*

Wenn sie einen Treueschwur ablegt, sagt Brianna halsstarrig, dann wird sie ihn auch halten – egal, was geschieht. Doch sie wird diesen Schwur nicht ablegen, solange sie nicht absolut sicher ist, dass sie ihn halten kann. Sie liebt ihn, sie begehrt ihn; sie wäre sogar bereit, mit ihm zu schlafen, wenn er es möchte – doch sie wird ihn nicht heiraten; noch nicht. Als er sieht, dass sie sich nicht erweichen lässt, akzeptiert Roger widerwillig ihre Entscheidung – warnt sie allerdings seinerseits. Er will sie ganz, sagt er ... oder gar nicht.

Und so bleiben die Dinge zwischen ihnen in der Schwebe, symbolisiert durch Rogers Weihnachtsgeschenk – einen schlichten Silberarmreif mit einer französischen Gravur: »*Je t'aime*«, steht darauf. »*Un peu ... beaucoup ... passionnément ... pas du tout.*« Ich liebe dich ... ein bisschen ... sehr ... leidenschaftlich ... überhaupt nicht.

JETZT, WO ER einen Ort gefunden hat, an dem er sich zu Hause fühlt, bittet Jamie Claire, zu bleiben und ab sofort auf dem Berg zu leben. Er möchte nicht einmal nach Cross Creek zurückkehren, wo Jocastas verführerische Netze der Verpflichtung warten. Gemessen an der Aussicht auf Freiheit, scheinen Arbeit und Strapazen ein geringer Preis zu sein.

Ian bleibt bei ihnen, um beim Bau ihrer ersten, einfachen Schutzhütte zu helfen, während Myers nach Cross Creek zurückkehrt, um den Brief mit Jamies Zusage an den Gouverneur zu überstellen, Jocasta mit der Entscheidung ihres Neffen vertraut zu machen – und mit den Materialien zurückzukehren, die man zum Bau einer Blockhütte und die erste kleine Aussaat im Frühjahr braucht.

Während ihrer Erkundungsreise sind Claire und Jamie einigen Indianern begegnet, deren Jagdgründe in der Nähe liegen: Es waren der Tuscarorahäuptling Nacognaweto und zwei seiner Söhne, die sich sehr beeindruckt über Jamies Können gezeigt haben, als er einen Bären mit seinem Dolch erlegt hat. Als die Frasers jetzt an ihrer neuen Wohnstätte arbeiten, kehrt Nacognaweto zurück, diesmal in weiblicher Begleitung – seine Frau, seine Stieftochter und seine Großmutter Nayawenne, eine »Sängerin« und Heilerin, bringen Nahrungsmittel als Geschenke mit.

Nayawenne erkennt in Claire eine Seelenverwandte und zeigt ihr viele nützliche Pflanzen, die in der Umgegend wachsen. Die alte Frau scheint sie zu kennen und erzählt ihr schließlich, dass sie einander bereits begegnet sind, und zwar im Traum; einem Traum, in welchem ihr Claire als weißer Rabe erschienen ist – ein recht unheimliches Vorzeichen. Beim Abschied macht die alte Frau eine geheimnisvolle Prophezeiung und sagt Claire, sie solle sich keine Sorgen machen: »*Krankheiten werden von den Göttern gesandt. Es wird nicht Eure Schuld sein.*«

Bei Anbruch des Winters haben sie zaghaft und labil auf dem Berg Fuß gefasst – doch sie *haben* Fuß gefasst. Als der Schnee kommt, kehren sich die Frasers nach innen, sie wenden sich einander zu und erfreuen sich an ihrer gegenseitigen Nähe und der Wärme ihrer kleinen Hütte. Dann und wann unterhalten sie sich über ihre Tochter; Claire erzählt Jamie Geschichten aus Briannas Kindheit; er offenbart ihr seine Träume und seine Neugier auf sein Kind, das er noch nie gesehen hat.

*» Wenn sie bei Geschichte bleibt – meinst du, sie wird uns finden? Irgendwo aufgeschrieben, meine ich?«*

*Dieser Gedanke war mir überhaupt noch nicht gekommen, und einen Moment lang lag ich völlig still. Dann streckte ich mich ein wenig und legte meinen Kopf mit einem kleinen, nicht direkt fröhlichen Lachen auf seine Schulter.*

*»Ich glaube nicht. Nicht, wenn wir nicht etwas Aufsehen erregendes anstellen.« Ich machte eine vage Geste in Richtung der Hüttenwand und der endlosen Wildnis draußen. »Ziemlich unwahrscheinlich hier, schätze ich. Und sie müsste sowieso mit Absicht nach uns suchen.«*

*»Würde sie das?«*

*Ich schwieg einen Moment und atmete seinen herben Geruch ein.*

*»Ich hoffe nicht«, sagte ich schließlich leise. »Sie sollte ihr eigenes Leben leben – und nicht ihre Zeit damit verbringen, rückwärts zu blicken.«*

*Das Feuer knisterte leise und warf rote und gelbe Schlaglichter auf die hölzernen Wände unserer behaglichen Zuflucht, und wir lagen in stillem Frieden da und machten uns nicht die Mühe auszusortieren, welche Gliedmaßen zu wem gehörten. Auf der Schwelle zum Einschlafen spürte ich Jamies Atem warm auf meinem Hals.*

*»Sie wird uns suchen«, sagte er überzeugt.*

Brianna hält tatsächlich nach ihnen Ausschau, indem sie die Geschichte nach Spuren ihrer Eltern durchforstet, stets auf der Suche nach ihrer Identität – und nach Trost. Roger ist sich nicht sicher, ob das klug ist, und hat Angst vor den Dingen, die sie möglicherweise herausfinden könnte. Dennoch hilft er ihr bei der Suche, denn er versteht ihre Bedürfnisse, wie es nur ein Mann kann, der vaterlos aufgewachsen ist.

Doch Rogers Ängste erweisen sich als berechtigt, als er in einer

Zeitung aus dem achtzehnten Jahrhundert eine kleine Notiz findet, die davon berichtet, dass James Fraser und seine Frau Claire 1776 in North Carolina bei einem Brand ums Leben gekommen sind. Von Entsetzen und Schmerz erfüllt, zögert er, Brianna den Ausschnitt zu zeigen – nicht nur, weil er ihr keinen Schmerz zufügen möchte, sondern weil er eine tiefergehende Befürchtung hat: Es ist noch Zeit. Wenn Brianna die Reise durch die Steine wagt, so könnte sie ihre Eltern vielleicht noch vor dem genannten Datum erreichen. Wenn er ihr sagt, was er gefunden hat, dann könnte es gut sein, dass sie darauf besteht zu gehen, vielleicht, um sie zu retten – vielleicht aber auch, um die letzte Gelegenheit zu ergreifen, den Vater zu sehen, den sie nicht kennt.

Roger selbst ist überzeugt, dass sich die Geschichte nicht ändern lässt; Brianna kann weder ihre Eltern retten noch deren Schicksal ändern. Er versteht den Wissensdurst und die Einsamkeit einer Waise allzugut. Doch wenn sie durch die Steine schreitet, dann könnte es sein, dass er sie für immer verliert. Unter großen Gewissensbissen trifft Roger eine Entscheidung: Er wird Brianna den Artikel nicht zeigen. Damit sie ihn nicht selber findet, will er ab sofort versuchen, sie behutsam von ihrer Suche abzubringen, indem er ihr einredet, dass sie ja doch nichts gefunden hat, und er sie Stück für Stück zu überzeugen versucht, dass es fruchtlos und ungesund ist, ständig nur zurückzublicken; dass sie ihre Gedanken lieber auf die Zukunft richten sollte – an seiner Seite.

Doch was man einmal weiß, das vergisst man nicht, und es fällt Roger nicht leicht, die Visionen von Feuer und gespenstischer Einsamkeit aus seinen Gedanken zu verdrängen.

DIE KLEINE Heimstatt namens Fraser's Ridge blüht langsam auf, und Claires Ruf als Heilerin verbreitet sich bis zu den weit verstreuten Farmen der näheren Umgebung. Sie macht ihre ärztlichen Runden zu Pferd und reist normalerweise furchtlos durch die Berge. Doch die Wildnis hat ihre Gefahren; auf dem Rückweg von einer Geburt wird sie durch ein Gewitter vom Pferd geworfen und strandet meilenweit von der nächsten Menschenseele entfernt – verirrt, durchnässt und vollkommen allein.

Als sie unter den aufragenden Wurzeln eines gigantischen, vom Wind umgestürzten Lebensbaumes Zuflucht sucht, sinkt sie durchgefroren, hungrig und erschöpft in einen unruhigen Schlaf.

Beim Aufwachen hat sie das Gefühl, dass jemand in der Nähe ist. Als sie in der Dunkelheit nach ihren Schuhen sucht, macht sie eine bizarre Entdeckung: Sie findet einen vergrabenen Totenschädel und einen glatten Stein, in den eine Petroglyphe geritzt ist. Noch verstörender ist die Feststellung, dass der Schädel deutliche Spuren von Gewalteinwirkung zeigt; der Mann – wer er auch immer gewesen ist – ist enthauptet worden.

In Gesellschaft dieses makabren Begleiters lässt sie die Nachtstunden verstreichen, als sie plötzlich sieht, wie ein Licht den Abhang hinabsteigt und auf ihr Versteck zukommt.

*Auf dem Hügel schien ein Licht. Ein kleiner Funke, der zu einer Flamme anwuchs. Zuerst dachte ich, es sei der vom Blitz getroffene Baum, ein Stück schwelende Glut, die wieder angefacht worden war – doch dann bewegte es sich. Es glitt langsam den Hügel herab auf mich zu und schwebte dabei knapp über den Büschen.*

*Ich sprang auf, und erst da fiel mir wieder ein, dass ich keine Schuhe anhatte. Ich tastete verzweifelt auf dem Boden herum und durchkämmte die kleine Höhle wieder und wieder. Doch es war vergeblich. Meine Schuhe waren fort.*

*Ich hob den Schädel auf und stand barfuß da, das Gesicht dem Licht zugewandt. ...*

*Ich umklammerte den Schädel noch fester. Er war keine besonders wirksame Waffe – aber irgendwie hatte ich das Gefühl, dass sich das, was da auf mich zukam, von Messern oder Pistolen ebenfalls nicht vertreiben lassen würde.*

*Nicht nur, dass es mir auf Grund der Feuchtigkeit extrem unwahrscheinlich erschien, dass jemand mit einer brennenden Fackel durch den Wald spazierte. Das Licht schien nicht wie eine Kiefernfackel oder eine Öllampe. Es flackerte nicht, sondern brannte in einem sanften, beständigen Glühen.*

*Es schwebte etwas mehr als einen Meter über dem Boden, etwa dort, wo jemand eine Fackel halten würde, die er vor sich her trug.*

Der Fackelträger ist ein Indianer; ein Mann in Lendenschurz und Kriegsbemalung, ein Mann, dessen Gesicht schwarz angemalt ist.

*Ich war unsicher, völlig verborgen in der Dunkelheit meiner Zuflucht, während seine Fackel ihn mit weichem Licht umgab, das auf seiner unbehaarten Brust und seinen Schultern glänzte und seine Augen in Schatten tauchte. Doch er wusste, dass ich da war.*

*Ich wagte nicht, mich zu bewegen. Mein Atem klang mir furchtbar laut in den Ohren. Er stand einfach nur da, vielleicht vier Meter von mir entfernt, und blickte in die Dunkelheit, geradewegs in meine Richtung, als wäre es helllichter Tag. Das Licht seiner Fackel brannte beständig und lautlos, bleich wie eine Grabkerze, ohne dass ihr Holz verzehrt wurde. ...*

*»Was willst du?«, fragte ich, und erst da fiel mir auf, dass schon seit einiger Zeit zwischen uns eine Art Kommunikation stattfand. Was auch immer das hier war, es kannte keine Worte. Wir wechselten keine zusammenhängenden Sätze – und doch tauschten wir etwas aus. ...*

*»Was willst du?«, fragte ich noch einmal und fühlte mich hilflos. »Ich kann nichts für dich tun. Ich weiß, dass du da bist; ich kann dich sehen. Aber das ist alles.«*

*Nichts bewegte sich, es fielen keine Worte. Doch der Gedanke formte sich glasklar in meinem Verstand, mit einer Stimme, die nicht die meine war.*

*Das reicht völlig, sagte er.*

Nachdem die mysteriöse Erscheinung verschwunden ist, versinkt Claire langsam wieder in einen unruhigen Schlaf und erwacht dann mit der erfreulichen Feststellung, dass es Tag ist und sie gerettet ist: Jamie, Ian und Ians Hund Rollo haben sie gefunden.

Als ihre Erleichterung über das Wiedersehen abgeklungen ist, fragt Claire, wie sie sie so weit von zu Hause entfernt gefunden haben, obwohl sie außerdem gar nicht wussten, dass sie sich verirrt hatte. Jamie antwortet, dass sie fest schliefen, als Rollo sie plötzlich weckte, weil er sich bellend gegen die Tür der Hütte warf und nicht von seinem Jagdinstinkt abzubringen war. Sie hatten nach ihren Plaids gegriffen, ihre Pferde bestiegen und waren dem Wolfshund gefolgt, bis sie Claires Zuflucht fanden.

Überglücklich über ihre Rettung, aber immer noch verwirrt über ihren Hergang, fragt sich Claire, wie Rollo die Männer zu ihr geführt haben kann.

*»Wir haben die Lichtung vom Pferch bis zur Quelle abgesucht und haben nichts gefunden – außer denen hier.« Er griff in seinen Sporran und zog meine Schuhe heraus. Mit völlig ausdruckslosem Gesicht blickte er zu mir auf.*

*»Die haben nebeneinander auf der Schwelle gestanden.«*

*Jedes einzelne Haar an meinem Körper stellte sich auf. Ich hob die Feldflasche und trank den Brandy aus. Der Brandy ließ meine Ohren summen, und mein Verstand schien in eine warme, süße Decke gewickelt, doch sagte mir meine Vernunft noch gerade eben – wenn Rollo einer Spur zu mir zurück gefolgt war ... musste jemand die ganze Strecke in meinen Schuhe gegangen sein.*

Als sie wieder sicher auf dem Berg angelangt sind, erzählt Claire Jamie von ihrem Erlebnis auf dem Berg und zeigt ihm den Stein, der zusammen mit dem Schädel vergraben war; es ist ein großer Opal, in dessen Umhüllung ein spiralförmiges Muster eingeritzt ist, sodass der feurige Edelstein darunter sichtbar wird.

Waren der Stein und die Erscheinung schon mysteriös, so ist es der Schädel umso mehr. Als sie ihn zum ersten Mal bei Tageslicht untersucht, registriert Claire sowohl den abgetrennten Wirbel, der anzeigt, dass das Opfer enthauptet wurde, als auch die zertrümmerten Zähne, die ebenfalls auf ein gewaltsames Ende hindeuten. Doch der eigentliche Schock erwartete sie beim Anblick der Zähne, die noch ganz sind – die Backenzähne des Schädels haben Silberfüllungen.

*»Mein Gott«, sagte ich, und alle Müdigkeit war vergessen. »Mein Gott«, sagte ich zu seinen leeren Augen und seinem schiefen Grinsen. »Wer bist du gewesen?«*

UNTERDESSEN ringt Roger in der Zukunft mit seinen eigenen Geheimnissen; seine Entmutigungskampagne trägt nicht die erwünschten Früchte. Er bekommt nach wie vor Briefe von Brianna, doch ihr Tonfall ist verändert – freundlich, aber zunehmend distanziert. Hat sein Versuch, sie von der Suche nach ihren Eltern abzuhalten, nur dazu geführt, dass er sie verjagt hat?

DER FRIEDLICHE ALLTAG auf Fraser's Ridge erlebt mehrere Unterbrechungen, zunächst durch die Ankunft einer Gruppe von Tuscarorajägern, von denen einer an den Masern erkrankt ist, und dann durch das Auftauchen einer Klapperschlange im Abort. Doch diese prosaischen Probleme treten in den Hintergrund, als es noch mehr unerwarteten Besuch gibt – Lord John Grey und seinen Sohn William.

Oder vielmehr seinen Stiefsohn. Der Junge ist der Sohn der verstorbenen Schwester seiner Frau und des ebenfalls verblichenen Grafen von Ellesmere. William ist jetzt Vicomte Ashness, der neunte Graf von Ellesmere – so zumindest die offizielle Version.

Claire entschrickt nicht nur über das Aussehen des Jungen – *(Er ähnelt Jamie sehr, doch es waren meine Erinnerungen an Brianna gewesen, die den spontanen Wiedererkennungseffekt bewirkt hatten, als ich ihn sah. Er war nur zehn Jahre jünger als sie, und mit seinen kindlichen Konturen ähnelte sein Gesicht dem ihren viel mehr als Jamies.)* –, sondern auch darüber, dass er überhaupt dort ist. Welcher Teufel hat Grey nur geritten, den Jungen hierher zu bringen? Und außerdem, was hat Grey selbst hier zu suchen?

Greys Erklärung klingt einigermaßen plausibel: Seine Frau Isobel wollte sich ihm auf Jamaika anschließen und ist unterwegs auf dem Schiff gestorben. Demzufolge beschloss Grey, nicht auf Jamaika zu bleiben, sondern Willie – den der Verlust seiner Mutter verständlicherweise sehr mitgenommen hatte – nach Virginia zu bringen, wo seine verstorbene Frau ein Anwesen besaß. Grey musste sich entscheiden, was damit geschehen soll, und er hat gehofft, dass die Erlebnisse der Reise William von seiner Trauer ablenken können.

Claire lässt sich davon nicht überzeugen; selbst wenn der Besuch auf Fraser's Ridge für Grey tatsächlich nicht mehr als einen kleinen Umweg bedeutet, so ist er doch nicht ohne Risiko. Was, wenn sich William an einen Stallknecht namens MacKenzie erinnert – oder schlimmer noch, wenn er die Ähnlichkeit bemerkt, die Claire so ins Auge springt? Zwar ist es möglich, dass Grey nur die Absicht hatte, Jamie einen Blick auf seinen Sohn zu gönnen, doch sie hält es für wahrscheinlicher, dass seine Hintergründe persönlicher Natur sind. *Es ist schließlich immer etwas schwierig, gegenüber einem Mann mit einer erklärten homosexuellen Leidenschaft für den eigenen Ehemann wohlmeinende Wärme zu empfinden,* wie Claire sagt.

Doch der Besuch verläuft ereignislos, bis der Indianer im Maisspeicher an seiner Krankheit stirbt. Auf diesen Vorfall reagieren die Frasers nicht nur mit verständlicher Bestürzung, sondern sie sehen sich mit einem kniffligen Problem konfrontiert: Wie sollen sie sein Volk von seinem Ableben in Kenntnis setzen? Claire beharrt darauf, dass sie die Leiche seinem Stamm nicht zur Beerdigung überlassen können, denn damit würde man riskieren, dass die Indianer sich anstecken. Doch wenn sie ihn selbst bestatten, könnten sie den Verdacht erregen, dass die Frasers bei seinem Tod geholfen haben und dies zu vertuschen versuchen.

Das Problem verschlimmert und löst sich zugleich, als Lord

John ebenfalls die Masern bekommt. William darf nicht mit der Krankheit in Kontakt kommen, sagt Claire; am besten nimmt Jamie den Jungen mit in das Tuscaroradorf. Jamie kann Nacognaweto bitten, ihm zu helfen, wenn er die Familie des Verstorbenen von dessen Tod in Kenntnis setzt, und gleichzeitig Willie von der Gefahr fern halten. Die Tatsache, dass dieser Plan Jamie außerdem Gelegenheit gibt, ein paar Tage zusammen mit seinem Sohn zu verbringen, bleibt unkommentiert – wenn auch nicht unbemerkt.

Willie sträubt sich mit Händen und Füßen dagegen, seinen geliebten Stiefvater zu verlassen, denn er hat schreckliche Angst, dass auch Grey sterben wird – wie seine beiden Mütter und wie der Indianer im Maisspeicher, dessen Tod Willie mit angesehen hat. Doch er muss mit Jamie gehen, und die beiden entwickeln unterwegs eine Art argwöhnischen Respekt und zögerliche Sympathie füreinander – das ist alles, glaubt Jamie, was er je von diesem Jungen haben wird, und es ist ein Geschenk, für das er dankbar ist oder zumindest zu sein versucht.

*Nicht aus Sturheit, nicht einmal aus Loyalität hatte Willie darauf bestanden, in Fraser's Ridge zu bleiben. Er hatte es aus Liebe zu John Grey getan und aus Angst davor, ihn zu verlieren. Und genau diese Liebe war es, die den Jungen in der Nacht zum Weinen brachte, verzweifelt vor Sorge um seinen Vater.*

*Ungewohnte Eifersucht sprang wie Unkraut in Jamies Herzen auf, beißend wie Brennnesseln. Er zertrat sie entschlossen; was für ein Glück, dass er sicher sein konnte, dass sein Sohn eine liebevolle Beziehung zu seinem Stiefvater hatte. So, das Unkraut war zertreten. Doch die Fußtritte schienen eine kleine, wunde Stelle in seinem Herzen hinterlassen zu haben; er konnte sie beim Atmen spüren.*

In Fraser's Ridge pflegt Claire derweil zwei Kranke – auch Ian hat sich mit den Masern angesteckt – und ringt mit ihrer Abneigung gegen John Grey. Doch sie stellt fest, dass diese einer zögerlich wachsenden Zuneigung zu dem Mann weicht, die er genauso zögerlich erwidert.

Gereizt und eifersüchtig aufeinander, gestehen sich Lord John und Claire schließlich widerwillig ihre Gemeinsamkeiten ein: Es ist nicht nur die Liebe zu Jamie, sondern eine tiefe Aufrichtigkeit, die sie beide zwingt, die Stärken des jeweils anderen anzuerkennen und einzusehen, was Jamie an ihnen beiden schätzt. Claire baut auf diese Aufrichtigkeit, als sie ganz offen fragt, warum Lord John gekommen ist.

»*Ihr habt mich gefragt, warum ich hier bin; Ihr habt meine Beweggründe in Frage gestellt; Ihr habt mich der Eifersucht bezichtigt. Vielleicht wollt Ihr es wirklich nicht wissen, denn wenn Ihr es wüsstet, dann könntet Ihr nicht mehr länger so über mich denken, wie es Euch passt.*«

»*Und woher wollt Ihr zum Teufel wissen, was ich von Euch denke?*«

*Sein Mund verzog sich zu einem Ausdruck, der in einem weniger gut aussehenden Gesicht eine Hohngrimasse gewesen wäre.*

»*Tue ich das nicht?*«

*Ich sah ihm eine Minute lang voll ins Gesicht, ohne zu versuchen, etwas zu verbergen.*

»*Ihr habt von Eifersucht gesprochen*«, *sagte er einen Augenblick später leise.*

»*Das habe ich. Ihr aber auch.*«

*Er wandte den Kopf ab, fuhr aber einen Moment später fort.*

»*Als ich erfuhr, dass Isobel gestorben war ... da hat es mir nichts bedeutet. Wir hatten jahrelang zusammengelebt, uns aber seit zwei Jahren nicht gesehen. Wir hatten unser Bett geteilt; wir hatten unser Leben geteilt, dachte ich. Es hätte mir etwas ausmachen müssen. Aber es war nicht so.*«

*Er holte tief Luft; ich sah, wie sich das Bettzeug bewegte, als er es sich bequemer machte.*

»*Ihr habt von Großzügigkeit gesprochen. Das ist es nicht gewesen. Ich bin gekommen, um zu sehen ... ob ich noch etwas empfinden kann*«, *sagte er. Sein Kopf war immer noch von mir abgewandt, und er starrte auf das lederverhangene Fenster, das sich mit der Nacht verdunkelt hatte. Es war noch viel von dem Tee übrig. Ich goss noch eine Tasse voll und hielt sie Lord John hin. Überrascht setzte er sich auf und nahm sie mir ab.*

»*Und jetzt, wo Ihr gekommen seid, ihn gesehen habt – empfindet Ihr immer noch Gefühle?*«

*Er starrte mich an, die Augen reglos im Kerzenlicht.*

»*Ja, das tue ich.*« *Mit vollkommen sicherer Hand hob er die Tasse hoch und trank.* »*Gott steh mir bei*«, *sagte er so beiläufig, dass es beinahe unbeteiligt klang.*

JAMIE UND WILLIE erreichen das Tuscaroradorf Anna Ooka, doch hier stimmt etwas nicht; das Dorf steht in Flammen, die Häuser sind fast niedergebrannt und die Menschen fort. Jamie lässt Willie in einem Versteck zurück und begibt sich vorsichtig auf die Suche nach den Dorfbewohnern, die er nicht weit entfernt in einem Notlager findet. Es ist kein Raubzug, kein Krieg; sie haben ihre Habe für einen geordneten Rückzug gepackt.

Krankheit, erwidert Nacognaweto auf die Frage, was geschehen ist. Die Masern sind über das Dorf gekommen und haben fast die Hälfte seiner Bewohner umgebracht. Die Überlebenden sind im Aufbruch begriffen, um Zuflucht in einem anderen Dorf im Norden zu suchen. Ohne *Shaman*, ohne ihre Sängerin, gab es kein Mittel gegen die Krankheit. Hat Jamie sie gesehen, fragt Nacognaweto. Nayawenne war in den Wald gegangen, um auf eine Vision zu warten, wie sie dem leidgeprüften Dorf helfen könne, und Gabrielle und ihre Tochter Berthe haben sie begleitet. Keine der Frauen ist zurückgekehrt.

Jamie weiß nichts über den Verbleib der Frauen; es gibt nichts, was er tun könnte, um zu helfen, und sein ursprünglicher Auftrag ist in der allgemeinen Katastrophe untergegangen, die die Indianer überrannt hat.

*Er ging, und der Schmerz, den das Lager verströmte, haftete ihm an wie Rauch, der sich durch Kleider und Haare frisst. Und als er das Lager verließ, sprang die Selbstsucht wie ein kleiner, grüner Sprössling in seinem verkohlten Herzen auf. Erleichterung, dass der Schmerz – für dieses Mal – nicht der seine war. Seine Frau lebte noch. Seine Kinder waren in Sicherheit.*

ODER ZUMINDEST glaubte er das. Willie wird mit Lord John nach Virginia weiterziehen und ein neues Leben anfangen, doch Brianna hat in der Zukunft ihre eigenen Pläne geschmiedet.

Per Brief wirft Brianna die gemeinsame Planung für den Sommer über den Haufen und teilt Roger mit, dass sie stattdessen zu einer Tagung nach Sri Lanka fliegen wird. Damit ist er so gut wie überzeugt, dass alles verloren ist. Aufgebracht und deprimiert über diese Neuigkeit, nimmt er seinerseits ein Angebot an, ein Seminar in Oxford zu leiten, anstatt in die Highlands zurückzukehren, wo ihm Brianna nur umso schmerzlicher fehlen würde.

Doch als er am Ende des Seminars in sein Quartier zurückkehrt, schöpft Roger unerwartet Hoffnung – Brianna schickt ihm vier schwere Kisten, die mit Erinnerungen angefüllt sind: Familiensilber, alte Fotografien, uraltes Spielzeug und Schmuck. In der beigefügten Notiz steht: *Du hast mir erzählt, dein Vater hätte gesagt, dass jeder eine Geschichte braucht. Dies ist meine. Kannst du sie zusammen mit deiner aufbewahren?* Die Notiz ist einfach nur mit einem schwarzen »B« in Briannas kräftiger Handschrift unterzeichnet.

Rogers Verwirrung nimmt zu, und seine Freude verfliegt, als er begreift, was diese Lieferung impliziert. Seine Verblüffung verwandelt sich in Erschrecken, als er den Inhalt von Briannas Schmuckschatulle auskippt und feststellt, dass zwei Dinge fehlen: sein Silberarmreif, den sie immer trägt – und die Perlen ihrer Großmutter... die sie niemals trägt.

Er hastet zum Telefon und ruft in Boston an, denn er hofft wider jede Wahrscheinlichkeit, dass seine Vorahnungen unbegründet sind.

*Es dauerte ewig, die internationale Vermittlung in die Leitung zu bekommen, und dann folgte noch länger andauerndes Knacken und Summen, bis er die Verbindung klicken hörte und ein schwaches Klingeln folgte. Einmal klingeln, zweimal, dann ein erneutes Klicken, und sein Herz tat einen Sprung. Sie war zu Hause!*

*»Wir bedauern«, sagte eine freundliche, unpersönliche Frauenstimme, »dieser Anschluss wurde stillgelegt oder wird nicht mehr benutzt.«*

Ein rascher Anruf bei Joseph Abernathy, Claires Freund und Briannas inoffiziellem Vormund, fördert zu Tage, dass Brianna *doch* in die Highlands gekommen ist, und Roger folgt ihr stehenden Fußes nach Inverness. Wie er befürchtet hat, führt ihre Spur direkt zu dem Steinkreis auf dem Hügel Craigh na Dun. Sie ist in die Vergangenheit gegangen, um ihre Eltern zu suchen – ohne es ihm zu sagen.

Die Angst um ihre Sicherheit vermischt sich mit der Wut darüber, dass sie ihn verlassen hat – und mit Schuldgefühlen über seinen Verrat. Ob sie die Zeitungsnotiz gefunden hat, die er ihr zu verheimlichen suchte, oder ob etwas anderes ihre Flucht in die Vergangenheit ausgelöst hat, das Ergebnis bleibt dasselbe: Brianna ist fort, und es gibt nur eine Möglichkeit, ihr zu folgen – falls er kann.

In Inverness findet Roger unerwartet Hilfe. Fiona, die Enkelin von Mrs. Graham, der ehemaligen Haushälterin des Reverends, hat mehr von ihrer Oma geerbt als nur ihre Kochkünste. Sie ist die Anführerin einer Gruppe von Frauen, die in der Dämmerung des Beltanefestes auf dem Hügel Craigh na Dun tanzen; sie ist die Ruferin der Sonne. Was noch wichtiger ist, sie weiß über Gillian Edgars Bescheid, die Frau, die in der Vergangenheit verschwunden ist und sich in die Hexe Geillis Duncan verwandelt hat.

Gillian hat ihr *Grimoire*, ihr magisches Buch, zurückgelassen – oder in diesem Fall ihre Spekulationen über das Funktionieren von Zeitreisen. Fiona hat es gelesen und weiß, was Roger versuchen will. Als treue Freundin bietet sie ihm ihre Hilfe an und begleitet ihn am Mittsommerabend, dem traditionellen Sonnenfest Litha, zu dem Steinkreis. Wenn Geillis mit ihren Spekulationen recht hatte, steht das Zeittor an den Feuer- und Sonnenfesten am weitesten offen – und als Roger sich nähert, summen die Steine.

Sein erster Versuch endet mit einem Fehlschlag. Beim Eintauchen in die Zeitpassage denkt Roger an seinen Vater, der schon lange tot ist, und fragt sich, ob… Das Ergebnis ist eine kurze, gespenstische Begegnung mit seinem Vater und ein beinahe verhängnisvolles Zusammentreffen mit sich selbst; zufälligerweise hat er seine eigene Lebenslinie gekreuzt, und die Unmöglichkeit, zweimal zur selben Zeit zu existieren, hat ihn aus den Steinen fort gesprengt. Er liegt bewusstlos im Gras, und an der Stelle, wo sich das granatbesetzte Medaillon seiner Mutter in seiner Tasche in Staub verwandelt hat, stehen seine Kleider in Flammen.

Immerhin ist er nicht tot – und schon so mancher Zeitreisende ist auf diese Weise geendet. Offensichtlich sind Geillis' Rückschlüsse über die schützende Wirkung von Edelsteinen nicht aus der Luft gegriffen. Fiona gibt ihm einen Diamantring – es ist ihr Verlobungsring, doch sie besteht darauf, dass er ihn annimmt. Nachdem er seine Kraft und seinen Mut für einen weiteren Versuch zusammengenommen hat, nimmt er Abschied von Fiona, schreitet zurück durch die Steine – und denkt nur an Brianna.

BRIANNA hat ihr Ziel tatsächlich erreicht – oder zumindest die erste Etappe hinter sich gebracht. Da sie nicht genau weiß, wo sich ihre Eltern aufhalten, reitet sie nach Lallybroch, um sich dort nach ihnen zu erkundigen, und findet dort viel mehr vor, als sie einkalkuliert hatte: eine unerwartet große, herzliche Familie – und Laoghaire MacKenzie Fraser, die zweite Frau ihres Vaters. Laoghaires bittere Beschuldigungen gegen ihren Vater verunsichern Brianna, doch Ian und Jenny stehen zu ihr und schenken ihr neuen Mut, indem sie ihr bestätigen, dass ihre Eltern beide gesund und in Sicherheit sind, wenn auch weit weg in der Wildnis North Carolinas. Sie besteht darauf, zu ihnen zu reisen, egal wie weit oder wie schwierig die Reise ist. Hilfsbereit, aber voller Sorge um ihre Sicherheit, beharren ihr Onkel und ihr Vetter darauf, dass sie einen Bediensteten als Begleitung anstellt.

Dieser Bedienstete entspricht nicht unbedingt den Vorstellungen Ians und des kleinen Jamie: Briannas Wahl fällt nicht auf den muskulösen Beschützer, der ihnen vorgeschwebt hatte, sondern auf ein zerbrechliches junges Mädchen namens Elizabeth Wemyss, dessen Vater Brianna anfleht, den Zwangsarbeitsvertrag seiner Tochter zu kaufen und sie so aus den Händen eines Mannes zu retten, dessen Absichten, so fürchtet er, alles andere als ehrenhaft sind.

Da sie sich sicher ist, sich um sich selbst *und* um Lizzie kümmern zu können, besteht Brianna darauf, dass die Kleine ihr Dienstmädchen wird, und die beiden schiffen sich in Richtung North Carolina ein. Dabei versichert Brianna ihrer neuen Bediensteten, dass sie Lizzies Vater suchen werden – der ebenfalls als Zwangsarbeiter in die Kolonien verkauft worden ist –, sobald sie Briannas Vater finden.

Rogers zweiter Versuch, die Steine zu passieren, ist erfolgreich. Auf der Suche nach Briannas Spur begibt er sich unverzüglich nach Inverness, um die Schiffsregister zu konsultieren und an seiner eigenen Überfahrt zu arbeiten – falls er herausfinden kann, wohin sie gefahren ist.

Sie ist dort – beziehungsweise ihr Name ist dort, eingetragen als Passagier auf der *Philip Alonzo* mit Kurs auf die südlichen Kolonien. Roger ergreift die erste Gelegenheit, ihr zu folgen, und fährt als Matrose auf der *Gloriana* nach Carolina – unter dem Kommando eines gewissen Stephen Bonnet, der den Ruf eines fairen, aber erbarmungslosen Mannes hat.

Während der langen Seereise tröstet sich Roger ein wenig über seine Einsamkeit hinweg, indem er die schottischen Passagiere beobachtet – für die die Überfahrt nicht minder riskant ist als für ihn, die jedoch bereit sind, Heimat und Vaterland zu verlassen, um die Chance für ein besseres Leben für sich und ihre Kinder zu nutzen.

Diese Hoffnung soll sich für manche von ihnen als trügerisch erweisen. Eines Nachts erwacht Roger durch einen schrecklichen Aufruhr im Zwischendeck: Unter den Passagieren sind die Blattern ausgebrochen, und um eine Ausbreitung der Seuche zu verhindern, sind die Seeleute dabei, die Opfer – darunter viele Kinder – über Bord zu werfen.

Als sich Roger in das Gewühl stürzt, sieht er in der Nähe des Frachtraums zwei dunkle Gestalten im Schatten kauern; eine davon geht auf ihn los – ein hochgewachsener, hellhäutiger Mann, der ihm schon früher aufgefallen ist, wenn auch nicht um seiner Selbst willen, sondern wegen seiner Frau, einem hübschen jungen Ding namens Morag MacKenzie, die einen Säugling stillt.

Die Revolte der Passagiere wird niedergeschlagen, und die Überlebenden werden unter Deck eingesperrt. Doch was ist mit der zweiten Gestalt, die Roger gesehen hat? Am nächsten Tag steigt er unbeobachtet in den Frachtraum, um ihr nachzuspüren. Wie vermutet, findet er Morag MacKenzie, die sich mit ihrem Kind versteckt hält. Der Junge hat einen Ausschlag im Gesicht; in der allgemeinen Panik über die Pocken würde man ihn gewiss mit den anderen über Bord werfen. Doch es sind nicht die Pocken, behauptet Morag beharrlich; es ist nur ein Ausschlag, weil das Kind zahnt. In ein paar Tagen wird er verschwunden sein; bis dahin muss sie sich verstecken, um das Leben des kleinen Jemmy zu retten. Roger wird sie doch bestimmt nicht verraten? Gerührt verspricht er, ihr Geheimnis für sich zu behalten und ihr Essen zu bringen, bis sie unbehelligt herauskommen kann.

Doch ein Schiff ist eine kleine Welt, in der sich kaum etwas ereignet, das der Aufmerksamkeit des Kapitäns entgeht. Als er am nächsten Tag im dichten Nebel aus dem Frachtraum kommt, prallt Roger auf Stephen Bonnet, der wissen will, warum er das Mädchen verbirgt – und der Roger eine furchtbare Wette anbietet: Durch das Werfen einer Münze will er das Schicksal des Kindes besiegeln.

Roger gewinnt und bekommt Bonnets seltsame Jugenderinnerungen zu hören, die Geschichte vom Tod eines Bettlers, der unter dem Fundament eines noblen Hauses in Inverness liegt, an Bonnets Stelle ermordet, weil die Münze es so wollte. Eine Münze, die der Kapitän immer noch in der Hand hält, zusammen mit Rogers Schicksal.

*Er öffnete die Hand, in der er die Münze hielt, hielt sie nach-*

*denklich vor sich und drehte sie hin und her, sodass das Silber im*
*Licht der Laterne schimmerte.*
*»Kopf, und man lebt, Zahl, und man stirbt. Eine gerechte*
*Chance, meint Ihr nicht, MacKenzie?«*
*Wie im Traum spürte Roger, wie sich das Gewicht des Shillings*
*erneut in seine Hände senkte. Er hörte, wie das Wasser an der*
*Bordwand saugte und zischte, hörte die Wale blasen – und hörte*
*die Saug- und Zischgeräusche, wenn Bonnet an seiner Zigarre*
*zog…*
*Der Nebel hatte sich auf das Deck gesenkt. Es war nichts zu se-*
*hen außer Bonnets Zigarre, ein brennender Zyklop im Dunst.*
*Der Mann hätte wirklich ein Teufel sein können, ein Auge vor*
*dem Elend der Menschen verschlossen, ein Auge offen für die*
*Dunkelheit. Und Roger stand ihm ausgeliefert da, und sein*
*Schicksal leuchtete silbern in seiner Hand.*
*»Es ist mein Leben; ich darf es mir aussuchen«, sagte er und*
*war überrascht, wie ruhig und stetig seine Stimme klang. »Zahl –*
*Zahl ist für mich.« Er warf die Münze, fing sie auf, schlug die eine*
*Hand fest auf den Rücken der anderen und umschloss die Münze*
*und ihr unbekanntes Urteil.*
*Er schloss die Augen und dachte ganz kurz an Brianna. Tut mir*
*Leid, sagte er schweigend zu ihr und hob die Hand.*
*Ein warmer Atemhauch lief über seine Haut, und dann spürte*
*er eine kühle Stelle auf seinem Handrücken, als die Münze ent-*
*fernt wurde, doch er bewegte sich nicht, öffnete die Augen nicht.*
*Es dauerte eine ganze Zeit, bis er begriff, dass er allein war.*

Sicher in Wilmington angelangt, sieht Brianna sich einem weiteren Hindernis auf dem Weg zu ihren Eltern gegenüber: Lizzie,
ihr Dienstmädchen, hat sich mit einem rätselhaften Fieber angesteckt, von dem Brianna fürchtet, dass es Malaria ist; es kommt
schubweise und plagt Lizzie mit Hitzeattacken und Schüttelfrost.
Als der nächste Fieberanfall sie fürs Erste in Wilmington festhält,
verstärkt Lizzies Krankheit Briannas dringenden Wunsch, die
Frasers zu finden – sie muss ihre Mutter auftreiben, die sicher
weiß, was man bei Fieber unternimmt, bevor Lizzie stirbt.

Brianna lässt Lizzie in der Obhut ihrer Wirtin zurück und geht
in die Stadt, um vor der Flussfahrt nach Cross Creek ihre Pferde
zu verkaufen; sie hofft, dass Jocasta Cameron wissen wird, wo
Claire und Jamie zu finden sind. Das Fieber lässt nach, und bei
ihrer Rückkehr zum Wirtshaus empfängt Lizzie Brianna ge-

schwächt, aber hellwach mit der Neuigkeit, dass sie erfahren hat, wo sich Jamie Fraser befindet: Er wird sich am kommenden Montag in einer Woche in Cross Creek aufhalten, eine Wochenreise flussaufwärts.

Voller Aufregung arrangiert Brianna die Kanufahrt nach Cross Creek – und kehrt am Abend in das Wirtshaus zurück, wo Roger sie findet. Dieser hat in Edenton das Schiff verlassen, ist nach Wilmington gefahren und hat sich dort in den Wirtshäusern und Kneipen auf die Suche nach ihr gemacht.

Seine Begrüßung fällt nicht ganz so aus, wie er sich das erhofft hat, denn Briannas spontane Freude über seinen Anblick verwandelt sich sofort in schockierte Bestürzung. Was, so will sie wissen, macht er *hier?* Sie suchen, erwidert er aufgebracht, und was denkt sie sich eigentlich dabei, durch die Steine davonzurauschen, ohne ihm ein Wort zu sagen?

Sie hat ihn mit Absicht überlistet, teilt sie ihm mit, da sie überzeugt war, dass er alles getan hätte, um sie aufzuhalten, hätte er herausgefunden, was sie vorhatte. Roger kann kaum leugnen, dass das stimmt – er hat ja in der Tat versucht, sie aufzuhalten, und er kann nur hoffen, dass sie niemals herausfindet, wie.

Doch was sollen sie jetzt anfangen?, fragt sie sichtlich betroffen. Soweit sie weiß, kann man nur durch die Strömungen der Zeit navigieren, wenn man einen Anhaltspunkt hat – einen Menschen in der angestrebten Zeit, der den Reisenden in einen sicheren Hafen ziehen kann.

»Wie kommen wir zurück? Man muss jemanden haben, zu dem man geht – jemanden, an dem einem etwas liegt. Du bist der einzige Mensch auf der anderen Seite, den ich liebe – oder du warst es! Wie soll ich denn zurückkommen, wenn du hier bist? Und wie kommst du zurück, wenn ich hier bin?«

Er erstarrte. Vergessen waren Angst und Wut, und seine Hände krampften sich fest um ihre Handgelenke, damit sie ihn nicht wieder schlagen konnte.

»Deswegen? Deswegen wolltest du es mir nicht sagen? Weil du mich liebst? Lieber Himmel!«

Sie hob die Hand und ergriff sein Handgelenk, zog seine Hand aber nicht fort. Er spürte, wie sie schluckte.

»Na gut«, flüsterte er. »Sag es. Ich will es hören.«

»Ich … liebe … dich«, sagte sie mit zusammengebissenen Zähnen. »Kapiert?«

»Aye, ich hab's kapiert.« *Er nahm ihr Gesicht zwischen seine Hände, ganz sanft, und zog sie herunter. Sie gab nach; ihre Arme zitterten, und sie ließ ihn los.*

»Sicher?«, *sagte er.*

»Ja. Was *machen* wir bloß?«, *sagte sie und fing an zu weinen.*

»Wir.« *Sie hatte* wir *gesagt. Sie hatte gesagt, sie war sich sicher.*

*Roger lag im Staub der Straße, verkratzt, schmutzig und halb verhungert, neben einer Frau, die sich zitternd an seiner Brust ausweinte und ihm ab und zu einen kleinen Fausthieb versetzte. Er war noch nie in seinem Leben so glücklich gewesen.*

Roger versichert ihr, dass alles gut werden wird; es gibt noch einen Weg – Geillis Duncans Weg. Er hat an Bord der *Gloriana* Edelsteine in Stephen Bonnets Besitz gesehen. Er weiß in etwa, wohin die *Gloriana* unterwegs war – er wird das Schiff suchen und sich die Edelsteine aneignen, ganz egal, was er dafür tun muss.

Brianna ist mehr als skeptisch; nicht nur, dass die Suche nach den Edelsteinen schwierig werden wird, der Plan birgt auch ein Risiko. Wie sie sagt: »*Roger, in dieser Zeit werden Diebe gehängt!*«

Doch er lässt sich nicht davon abbringen; er muss jetzt handeln, solange er noch die Möglichkeit hat, die Steine zu finden – denn was für eine Chance bliebe ihnen sonst an einem Ort wie diesem. Doch bevor er aufbricht, hat er einen Wunsch.

*Handfasting* ist in den Highlands eine alte und ehrenvolle Tradition; auf diese Weise kann sich ein Paar für ein Jahr und einen Tag vermählen. Wenn sie gut zurechtkommen, können sie nach Ablauf dieser Frist in der Kirche vor einem Priester offiziell heiraten; wenn nicht, dann können sie sich trennen. Roger und Brianna sind sich ihrer Selbst und ihrer Liebe sicher – doch da kein Priester zur Stelle ist und sie so wenig Zeit haben …

*Wenn ich so etwas schwöre, dann halte ich es auch – koste es, was es wolle. Bedachte sie das gerade?*

*Sie ließ ihrer beider Hände gemeinsam sinken und sprach mit großer Bedachtsamkeit.*

»*Ich, Brianna Ellen, nehme dich, Roger Jeremiah …*«

*Ihre Stimme war kaum lauter als das Klopfen seines eigenen Herzens, doch er hörte jedes Wort. Ein Lufthauch durchwehte den Baum, schüttelte die Blätter und spielte mit ihrem Haar.*

»*… solange wir beide leben.*«

*Diese Formulierung bedeutete jedem von ihnen jetzt eine ganze Menge mehr, als sie es noch vor Monaten vermocht hätte. Die Passage durch die Steine war bestens geeignet, einem die Zerbrechlichkeit des Lebens vor Augen zu führen.*

*Es folgte ein Moment der Stille, der nur vom Rascheln der Blätter über ihnen und einem schwachen Stimmengemurmel aus dem Schankraum der Kneipe unterbrochen wurde. Er hob ihre Hand an seinen Mund und küsste sie auf den Knöchel des vierten Fingers, wo eines Tages – so Gott wollte – ihr Ring sein würde.*

DIE KURZE, LEIDENSCHAFTLICHE Hochzeitsnacht, die sie in einer Scheune hinter dem Wirtshaus verbringen, nimmt ein noch leidenschaftlicheres Ende, als Brianna zufällig herausfindet, wie Roger darauf gekommen ist, sie in North Carolina zu suchen. Als sie begreift, dass er die Todesnachricht schon vor Monaten gefunden und sie ihr vorenthalten hat, ist Brianna außer sich. Wie kann er es wagen, ihr so etwas zu verschweigen?, will sie wissen. Er hätte ihr die einzige Chance rauben können, den Vater zu finden, den sie noch nie gesehen hat!

Da Roger genau dies vorhatte, bleibt ihm als einzige Entschuldigung die Wahrheit übrig – und diese überzeugt Brianna ganz und gar nicht: Er wollte sie vor den Gefahren der Steine beschützen, vor den Risiken der Vergangenheit. Auf den schlichten und eigennützigen Punkt gebracht, hatte er Angst, sie zu verlieren. Außerdem wollte er ihr unnützes Leid ersparen: Man kann die Vergangenheit nicht ändern, davon ist er überzeugt. Sie kann ihre Eltern nicht retten.

Brianna reagiert spontan und voller Wut. Sie *wird* ihre Eltern finden, sie *wird* sie vor dem Feuer retten – und was Roger angeht... von ihr aus kann er losziehen und sich aufhängen lassen, wenn er Lust hat.

Brianna stapft in das Wirtshaus zurück, schleudert den Kerzenständer zu Boden, reißt sich die Kleider vom Leib und knallt die Fensterläden zu, während ihr Dienstmädchen zu Tode erschrocken im Bett kauert und draußen eine Stimme brüllen hört: »Brianna! Ich komme und hole dich!«

Brianna sagt kein Wort über das, was vorgefallen ist und schläft sehr viel später ein. Lizzie bleibt mit weit aufgerissenen Augen im Dunkeln liegen. Der dunkelhaarige, verteufelte Mann namens MacKenzie hat ihre Herrin aus dem Wirtshaus geholt, und jetzt ist sie zurückgekommen, unordentlich und verstört, während MacKenzie draußen steht und schwört, dass er zurückkehren wird. Was in Gottes Namen ist geschehen?

Da sie nicht schlafen kann, kriecht Lizzie in der Dämmerung aus dem Bett und versucht, ihre Gedanken zu ordnen, indem sie das verwüstete Zimmer aufräumt. Als sie Briannas schmutzige Kleider aufhebt, stellt sie angewidert fest, dass ihnen der stechende Geruch eines Mannes anhaftet – und dass sich in der Hose ein frischer Blutfleck befindet. Doch mit dem Tageslicht kehrt Lizzies Fieber zurück, und sie kann ihrer Herrin keine Fragen stellen; zitternd und stöhnend kann sie nur hoffen, dass sie nicht hier in der Fremde sterben muss.

Briannas Gefühlsaufruhr wird durch diese Verzögerung nur noch größer. Sie wünscht sich nichts so sehr, wie diese Stadt zu verlassen, jeden Gedanken an Roger und seine Treulosigkeit beiseite zu schieben, augenblicklich flussaufwärts zu fahren, um Jamie Fraser zu suchen. Doch sie ist hier, und sie muss hier bleiben, bis Lizzies Zustand sich soweit bessert, dass sie reisen kann, und wenn sie noch so sehr mit den Zähnen knirscht und vor Wut kocht.

Doch als sie hinunter in die Küche des Wirtshauses geht, um Tee für Lizzie zu holen, sieht sie etwas, das ihre Ungeduld und Wut sofort vertreibt und Furcht an ihre Stelle treten lässt. Im Schankraum sitzen ein paar Männer beim Glücksspiel, und einer von ihnen hat einen breiten Goldring gesetzt – den Ehering einer Frau, auf dessen Innenseite sich eine Gravur befindet, die Brianna gut kennt: *Von F. für C. in Liebe. Immer.*

So problematisch ihre Ehe mit Frank Randall auch gewesen sein mag, nichts würde Claire dazu bringen, diesen Ring freiwillig aufzugeben. Was ist ihrer Mutter zugestoßen, und wie ist dieser Mann – dieser Bonnet, wie man ihn nennt – an diesen Ring gelangt?

*»Er ist sehr hübsch«, sagte sie. »Woher habt Ihr ihn?«*

*Er sah erschrocken aus, dann argwöhnisch, und sie beeilte sich hinzuzufügen: »Er ist zu klein für Euch – wird sich Eure Frau nicht ärgern, wenn Ihr ihren Ring verliert?«* Woher? *dachte sie wild.* Woher hat er ihn? Und was ist meiner Mutter zugestoßen?

*Seine vollen Lippen verzogen sich zu einem charmanten Lächeln.*

»Wenn ich eine Frau hätte, Süße, dann würde ich sie für dich jederzeit verlassen.« Er betrachtete sie genauer, und seine langen Wimpern senkten sich, um seinen Blick zu verbergen. Er berührte ihre Taille beiläufig mit einer kleinen, einladenden Geste.

»Ich bin gerade beschäftigt, Schätzchen, aber später... was?« Die Tasse brannte jetzt durch das Tuch, doch ihre Finger fühlten sich kalt an. Ihr Herz hatte sich zu einem kleinen Klumpen aus Entsetzen zusammengeballt.

»Morgen«, sagte sie. »Bei Tageslicht.«

Er sah sie überrascht an, dann warf er den Kopf zurück und lachte.

»Also, ich habe ja schon gehört, dass die Männer sagen, dass man mir besser nicht im Dunkeln über den Weg läuft, Püppchen, aber den Frauen scheint es lieber zu sein.« Er fuhr spielerisch mit seinem kräftigen Finger über ihren Unterarm; die rotgoldenen Haare sträubten sich bei seiner Berührung.

»Dann also bei Tageslicht, wenn du willst. Komm zu meinem Schiff – Gloriana, neben dem Marinehafen.«

LIZZIES FIEBER lässt nach, kehrt aber während der Flussfahrt zurück, und Brianna verschwendet weder Zeit noch den geringsten Gedanken an irgendetwas anderes als ihre Bemühungen, Lizzie so lange am Leben zu erhalten, bis sie Cross Creek erreichen.

Obwohl sie von der qualvollen Reise müde und schmutzig ist, kann Brianna nicht ruhen; Jamie Fraser müsste in der Stadt sein, und sie *muss* ihn finden. Sie lässt Lizzie in sicherer Obhut zurück und begibt sich nach Cross Creek – wo sie im Hinterhof eines Wirtshauses findet, was sie sucht.

Sie konnte kaum atmen. Seine Augen waren dunkelblau und voll sanfter Freundlichkeit. Sie heftete den Blick auf seinen offenen Hemdkragen, wo sein lockiges Haar zum Vorschein kam, golden gebleicht auf seiner sonnengebräunten Haut.

»Seid Ihr – du bist Jamie Fraser, nicht wahr?«

Er sah ihr scharf ins Gesicht.

»Das bin ich«, sagte er. Der Argwohn war in sein Gesicht zurückgekehrt; er kniff die Augen gegen die Sonne zusammen. Er sah sich schnell zum Wirtshaus um, doch nichts regte sich in der offenen Tür. Er trat einen Schritt auf sie zu.

»Wer will das wissen?«, sagte er leise. »Hast du eine Nachricht für mich, Kleine?«

*Sie fühlte, wie ein absurdes Bedürfnis zu lachen in ihrer Kehle
aufstieg. Hatte sie eine Nachricht?*
*»Mein Name ist Brianna«, sagte sie. Er runzelte die Stirn, unsi-
cher, und in seinen Augen regte sich etwas. Er wusste es! Er
kannte den Namen, und er hatte eine Bedeutung für ihn. Sie
schluckte fest und spürte, wie ihre Wangen aufflammten, als hätte
eine Kerze sie versengt.*
*»Ich bin deine Tochter«, sagte sie, und ihre eigene Stimme
klang ihr erstickt in den Ohren. »Brianna.«*

Jamie Fraser ist alles, was Brianna sich erhofft hat. Überwältigt
davon, sie bei sich zu haben, bringt er sie und Lizzie nach River
Run, wo Jocasta sie überschwänglich willkommen heißt.

Jamie ist aus Fraser's Ridge ins Tal gekommen, um bei einem
Gerichtsverfahren auszusagen: Man hat Fergus fälschlicherweise
angeklagt, einen Steuereintreiber angegriffen und betrogen zu haben. Sowohl die Anklage als auch das Verfahren sind auf Sergeant
Murchisons Intrigen hin zu Stande gekommen – ein böswilliger
Versuch, Jamie zu schaden, indem man Fergus hinter Gitter setzt
und Jamie zwingt, mitten in der Erntezeit sein Land zu verlassen,
um seinem Ziehsohn zu helfen.

Doch die Anklage wird widerlegt, und Jamie und Brianna können aufbrechen nach Fraser's Ridge – zu Claire.

Es gibt ein Wiedersehen, wie Claire es sich nur in ihren kühns-
ten Träumen gewünscht hat: Ihre geliebte Tochter ist wieder bei
ihr, und Jamie und Brianna haben eine schüchterne, aber offensichtliche Freude aneinander, die auch Claire glücklich macht.
Der einzige Wermutstropfen ist die Tatsache, dass Roger Wakefield sich nicht zeigt. Brianna hat ihren Eltern erzählt, dass Roger
ihr gefolgt ist, dass sie sich gestritten haben, und dass er auf der
Suche nach Edelsteinen ist, die ihre sichere Passage garantieren
sollen. Doch es verstreichen Tage – und Wochen – ohne eine Spur
von Roger.

Ist ihm etwas zugestoßen? Oder hat er beschlossen, nicht zurückzukehren, weil Briannas Worte ihn aufgebracht und verletzt
haben? Niemand kann es sagen – und niemand weiß etwas von
dem Vermissten, obwohl Jamie überall Nachforschungen angestellt hat.

Eines Tages kommt schließlich doch ein Besucher nach Fraser's
Ridge. Ian und Lizzie befinden sich bei der Mühle, als ein Mann

nach dem Weg nach Fraser's Ridge fragt – ein Mann, in dem Lizzie den Mann namens MacKenzie erkennt. Voller Angst, dass er gekommen ist, um Anspruch auf Brianna zu erheben, erzählt Lizzie Ian von ihm, und die beiden jungen Leute sorgen dafür, dass sich Rogers Fortkommen verzögert. Dann hasten sie heim, um Jamie vor der Gefahr zu warnen.

Lizzie erzählt dem schockierten Jamie von ihrer Begegnung mit dem »bösen MacKenzie« in Wilmington, von ihrer Feststellung, dass Brianna – wie sie glaubt – von MacKenzie angegriffen worden ist, und von ihrer jüngsten Entdeckung… dass Brianna schwanger ist.

So kommt es, dass Roger bei seiner Ankunft auf einer Lichtung unterhalb der Siedlung eine Abordnung zu seinem Empfang vorfindet, die aus Ian und Jamie besteht. Verwirrt über ihre offensichtliche Feindseligkeit, gibt Roger zu, dass sein Name in der Tat MacKenzie ist, und er sagt ihnen, dass er gekommen ist, um seine Frau zu sehen. Ian bringt ihn des weiteren zu dem Eingeständnis, dass er Brianna entjungfert hat. Das ist alles, was Jamie hören muss, um Roger prompt besinnungslos zu prügeln und alles Weitere in die Wege zu leiten, damit diese Bedrohung für seine Tochter endgültig beseitigt wird.

Unterdessen ist Claire mit ihrer Tochter Pilze sammeln gegangen, um ihr unter vier Augen ein paar Fragen stellen zu können. Da ihr kleine körperliche Veränderungen an Brianna aufgefallen sind, ist Claire zu einem Schluss gekommen, den Brianna bestätigt. Sie ist wirklich schwanger.

Claires erste Besorgnis um Briannas Wohlbefinden weicht einer weiteren, drängenden Sorge: Es ist mitten im Herbst, und die Saison, in der Schiffe nach Europa segeln, ist fast vorbei. Brianna muss augenblicklich aufbrechen, ruft Claire ohne Rücksicht auf ihre eigene Angst und ihren Schmerz aus. Sie muss sofort nach Schottland zurück; sie kann schwanger durch die Steine zurückkehren – auch Claire hat das getan, als sie mit Brianna schwanger war –, doch kein vernünftiger Mensch würde die Reise durch die Steine mit einem Kleinkind unternehmen. Brianna hat nur drei Möglichkeiten: sofort durch die Steine zurückzugehen, ohne auf Rogers Auftauchen zu warten; ihr Kind unter den gefährlichen Bedingungen des achtzehnten Jahrhunderts zu gebären und es dann hier zurückzulassen – oder für immer in der Vergangenheit gefangen zu bleiben.

Brianna verwirft die beiden ersten Möglichkeiten und beharrt darauf, dass sie bleiben und Roger suchen muss; wenn er in Schwierigkeiten ist, dann kann sie ihn nicht allein in der Vergangenheit zurücklassen. Claire stimmt ihr widerstrebend zu, nur um einen weiteren Schock zu erleben, als Brianna ihr eröffnet, dass es da noch ein kleines Problem gibt – das Baby ist sehr wahrscheinlich nicht von Roger.

Ohne sich ihre Erschütterung anmerken zu lassen, erzählt sie ihrer Mutter, was in Wilmington an Bord von Stephen Bonnets Schiff geschehen ist. Bonnet hat sie skrupellos vergewaltigt, ihr dann aber ohne Umschweife den Ring gegeben, um dessentwillen sie gekommen war – Claires Ehering, den Brianna ihrer zutiefst getroffenen Mutter jetzt zurückgibt. Brianna ist einverstanden, auch Jamie einzuweihen, jedoch erst, wenn sie die Zeit für gekommen hält.

Als Jamie an diesem Abend mit zerkratzten und angeschlagenen Händen heim kommt – er hat einen Schornstein gebaut, sagt er –, kommt er ihrer Beichte zuvor und zeigt, dass er schon über das Kind Bescheid weiß. Sie braucht sich nicht zu sorgen, sagt er Brianna, er wird für sie und ihr Kind sorgen. Als jedoch die Tage ins Land ziehen, ohne dass es ein Lebenszeichen von Roger Wakefield gibt, beginnt Jamie, sich Sorgen um Briannas Zukunftsaussichten zu machen, und er überredet Ian dazu, Brianna einen Heiratsantrag zu machen – mit ihm wird sie zumindest einen liebenswerten Ehemann haben, der außerdem über die Mittel verfügt, für sie und das Kind zu sorgen.

Im Lauf des eskalierenden Streits, der aus diesem Antrag resultiert, verbittet sich Brianna wütend Jamies Versuche, einen Mann für sie zu finden und beharrt darauf, dass sie Roger heiraten wird – oder niemanden. Jamie wendet ein, dass er alles Vorstellbare getan hat, um Wakefield zu finden – doch Briannas offensichtliche Sorge bringt ihn auf eine neue Idee: Er wird ein Flugblatt mit Wakefields Beschreibung drucken lassen.

Claire fasst bei diesem Vorschlag neuen Mut und schlägt vor, dass Brianna eine Zeichnung von Roger Wakefield anfertigen könnte, die man zusammen mit der Beschreibung veröffentlichen könnte; Brianna hat großes Talent als Porträtzeichnerin, sagt sie zu Jamie. Brianna willigt begeistert ein und setzt sich an den Tisch, den Kohlestift in der Hand – und vor Jamies und Ians entsetzten Blicken entsteht das Porträt Roger Wakefield MacKenzies.

*Ian stand über den Tisch gebeugt und sah aus, als würde er sich jeden Moment übergeben.* »*Kusinchen – willst du mir allen Ernstes sagen, dass… das*« *– er wies mit einer schwachen Geste auf die Zeichnung –,* »*Roger Wakefield ist?*«

»*Ja*«, *sagte sie und sah verwundert zu ihm hoch.* »*Ian, ist alles in Ordnung? Hast du etwas Verkehrtes gegessen?*«

*Er antwortete nicht, sondern ließ sich schwer neben ihr auf die Bank fallen, legte den Kopf in seine Hände und stöhnte.*

Im Laufe der daraus resultierenden Szene, in der Brianna Jamie schwere Vorwürfe macht, weil er sich Rogers »entledigt« hat, indem er ihn an die Irokesen verkaufte, und Jamie Brianna tadelt, weil sie ihm nicht erzählt hat, dass ihre Schwangerschaft das Ergebnis einer Vergewaltigung gewesen ist, enthüllt Brianna ihrem Vater, dass sie in der Tat vergewaltigt worden ist, und zwar von Stephen Bonnet – und voller Entsetzen über die Heftigkeit, mit der Brianna und Jamie einander attackieren, wirft Claire ihren goldenen Ehering auf den Tisch, um zu beweisen, dass Brianna die Wahrheit sagt.

Dies setzt dem Streit ein abruptes Ende, verbessert aber die allgemeine Atmosphäre nicht, und in angespannter Stimmung trifft die kleine Familie ihre nächsten Vorbereitungen.

Jamie weist Claire an, Briannas Sachen zu packen, denn sie werden ihre Tochter nach River Run bringen, wo sie bei Jocasta bleibt, während er, Claire und Ian nach Norden reiten, um Roger Wakefield MacKenzie zu retten und ihn zu seiner Frau zurückzubringen – und dem Kind, das möglicherweise das seine ist.

Auch zwischen Claire und Jamie ist die Lage angespannt, denn das Gewicht des Goldrings und ihre Schuldgefühle über Briannas Geheimnisse lasten auf ihnen. Das einzig Erfreuliche an der Reise nach Norden ist eine Begegnung mit Pollyanne, der ehemaligen Sklavin, der Jamie und Claire zur Flucht verholfen haben. Inzwischen ist sie ganz in ihrem neuen Leben bei den Tuscarora aufgegangen und hat geheiratet und ein Kind bekommen. Im Lauf ihrer Unterhaltung erzählt sie den Frasers, was sich in der Nacht zugetragen hat, in der die junge Frau in der Sägemühle gestorben ist: Im Schatten verborgen, hat Pollyanne gesehen, wie ein untersetzter Mann die Mühle betreten und sie ein paar Minuten später wieder verlassen hat, kurz vor dem Eintreffen der Frasers. Als er dicht an ihr vorbeikam, ist Feuerschein auf sein Gesicht gefallen, und sie hat gesehen, dass es pockennarbig war. Sie hat den Mann nicht erkannt, doch Claire kennt ihn – Sergeant Murchison.

Angesichts der Spannung zwischen seinem geliebten Onkel und seiner Tante greift Ian ein, und in der dunklen Intimität eines indianischen Langhauses klärt sich die Situation.

Als sie sich versöhnt und sich gegenseitig neuen Mut zugeredet haben, drängt der kleine Trupp weiter nach Snaketown, einem weit entfernten Mohawkdorf, wo sie Roger zu finden und ihn gegen Whisky einzulösen hoffen. Dank seines Interesses und seines Wissens über die Kultur der Indianer und seines geschickten Umgangs mit der Tuscarorasprache – die eng verwandt ist mit der Sprache der Mohawk, der *Kahnyen'kehaka* – wird Ian zu einem unverzichtbaren Kundschafter. Seine aufblühende Beziehung zu einem Mohawkmädchen verspricht, ihnen bei ihrem Unterfangen behilflich zu sein – falls Roger sich tatsächlich in Snaketown befindet.

ER IST TATSÄCHLICH DORT. Als Sklave der Mohawk ist er zwar nicht übermäßig misshandelt worden, doch das Leben als Sklave der Indianer ist auch kein Zuckerschlecken, und eine chronische Entzündung an seinem Fuß, den er sich bei einem Fluchtversuch verletzt hat, macht ihm die ständige, harte Arbeit auch nicht leichter. Weitaus mehr als seine Verletzung und die Strapazen, denen er ausgesetzt ist, belasten ihn jedoch die Fragen, die er mit sich herumschleppt: Hat Brianna dafür gesorgt, dass er hier ist? Ist sie über seinen Verrat so aufgebracht gewesen, dass sie ihn nun ihrerseits verraten hat?

Als er eines Tages mit Elchfleisch bepackt von der Jagd ins Dorf zurückkehrt, ergreift man ihn zu seiner Überraschung, um ihn in eine kleine Hütte zu schieben, in der sich ein junger Jesuitenpriester befindet. Roger hat keine Ahnung, was das bedeutet, ist jedoch über die Maßen erleichtert, sich mit einem anderen Weißen unterhalten zu können. Der andere Mann, Père Alexandre Ferigault, ist ein Missionar, der seit einigen Jahren unter den Mohawk lebt. Einige von ihnen hat er bekehrt – andere hat er sich zum Feind gemacht. Wie er anmerkt: »Für die Mohawk ist man *Kahnyen'kehaka,* oder man ist – anders.« Obwohl er seit Jahren bei den Indianern lebt, ist Père Ferigault immer noch »anders«.

Sein gegenwärtiger Status als Gefangener ist das Ergebnis einer

Spaltung, die er durch eine Liebesbeziehung mit einer seiner Bekehrten herbeigeführt hat. Es war nicht die Affäre als solche – wie er Roger erklärt, kennen die Mohawk die europäische Institution der Ehe nicht und haben keine Einwände dagegen, wenn beliebige Partner zusammenleben –, sondern die Art, wie er sie beendet hat. Als er erfuhr, dass seine Partnerin schwanger war, widerfuhr Vater Alexandre etwas, das er für eine Botschaft des Himmels hielt, die ihm seinen Fehltritt vor Augen führte, woraufhin er prompt aus dem Langhaus des Mädchens auszog.

Allerdings hatte er es sich zum Prinzip gemacht, kein Kind zu taufen, wenn nicht beide Eltern praktizierende Katholiken im Zustand der Gnade waren, weil er befürchtete, dass sonst die Indianer – wie es anderswo ja auch geschah – die Taufe nur als einen abergläubischen Zauber gegen das Böse betrachten würden, nicht als Sakrament. Durch dieses Prinzip verpflichtet, kann er also sein Kind nicht taufen. Seine Geliebte ist ihrem Glauben zwar treu geblieben, obwohl sie Grund genug hätte, ihn zu widerrufen, doch er kann sich nicht selbst die Absolution erteilen und somit den Zustand der Gnade erlangen – weil er nicht aufhören kann, sie zu lieben.

Diese prekäre Situation ist der Grund für seine gegenwärtigen Schwierigkeiten; die nicht bekehrten Stammesmitglieder sind ihm noch nie wohlgesonnen gewesen und haben ihn nur um eines hochgestellten Mannes willen toleriert, der zu den von ihm Bekehrten gehörte. Dieser Mann, der Großvater des besagten Kindes, ist nun außer sich über die Weigerung des Priesters, sein eigenes Kind zu taufen, und hat ihm seinen Schutz entzogen. Der Priester ist nach Snaketown gebracht worden, um sich dort dem Urteil des Rates zu unterwerfen – und Vater Alexandre hegt keine großen Hoffnungen in Bezug auf seine Aussichten.

Père Ferigaults Geschichte lenkt Roger von seinem eigenen Elend ab, doch seine Angst steigert sich, als die Indianer den Priester aus der Hütte holen, um ihn zu foltern. Warum wird Roger hier festgehalten? Hat man ihm ein ähnliches Schicksal zugedacht?

In Wirklichkeit versteckt man Roger nur, um zu verhindern, dass die Frasers ihn zu Gesicht bekommen, bevor man sich auf ein Lösegeld für ihn geeinigt hat. Jamie ist mit seinem gesamten Whiskyvorrat angerückt und ist bereit, ihn für Rogers Freilassung herzugeben. Da er aber genauso misstrauisch ist wie die Indianer, hat er ihn im Wald vergraben.

Was diese angeht, so sind einige von ihnen bereit, auf den Handel einzugehen, andere stehen der Wirkung des Alkohols auf ihre Stammesbrüder skeptisch gegenüber und lehnen ihn ab. Einige Frauen im Dorf würden Roger am liebsten behalten und ihn in den Stamm aufnehmen – wie es die Mohawk mit manchen Gefangenen zu tun pflegen.

Um den guten Willen der Bittsteller zu zeigen und die Qualität der angebotenen Ware zu demonstrieren, stellt Ian – mit der Hilfe der jungen Frau, mit der er eine Beziehung angeknüpft hat – ein kleines *Ceilidh* auf die Beine, eine Whiskyprobe, bei der man sich Geschichten erzählt und Lieder singt und an der mehrere Würdenträger des Dorfes teilnehmen. Claire wird eingeladen, sich am Feuer Tewaktenyonhs niederzulassen, einer älteren Frau, deren Stimme im Dorf beträchtliches Gewicht hat, denn sie ist die Schwester des Kriegshäuptlings und des *Sachem*.

Claire hat den Opal dabei, den sie ein Jahr zuvor gemeinsam mit dem Schädel auf dem Berg gefunden hat – doch dieser sorgt für einige Beklemmung unter den Indianern. Während die Männer trinken, bittet Tewaktenyonh darum, den Stein sehen zu dürfen, und nachdem sie Claires Geschichte von seiner Entdeckung gehört hat, erzählt sie ihrerseits eine Geschichte – die Geschichte von Otterzahn, einem Fremden, der etwa vierzig Jahre zuvor in das Dorf gekommen ist.

Durch sein Drängen, die weißen Siedler anzugreifen und zu vertreiben, machte sich Otterzahn bei den Mohawk einen Namen als Krieger, sorgte aber für Unruhe bei den Indianern. Die Mohawk fangen nicht grundlos Kriege an, und es lag weder ein Vertragsbruch vor, noch gab es Spannungen, die einen Krieg erforderlich machten – dennoch drängte Otterzahn mit immer größerem Nachdruck darauf. Schließlich störte er das Dorfleben derart, dass man ihm befahl zu gehen – doch er weigerte sich. Er wurde ausgesetzt, kehrte aber immer wieder zurück, hielt den Mohawk Predigten über ihren drohenden Untergang und prophezeite, dass sie vernichtet würden, wenn sie nicht auf seine Worte hörten.

Die Mohawk kamen zu dem Schluss, dass Otterzahn von einem bösen Geist besessen und wahrscheinlich auch ein Zauberer war. Sie versuchten ein weiteres Mal, ihn aus dem Dorf zu verstoßen, und als das nicht gelang, beschlossen sie, ihn umzubringen. Als man ihn gemartert und gefesselt alleinließ, gelang Otterzahn die

Flucht, und die Männer verfolgten ihn nach Süden. Schließlich holten sie ihn ein und brachten ihn um.

Um zu verhindern, dass sein Geist ihnen heimfolgte, schlugen ihm die Männer den Kopf ab und vergruben ihn zusammen mit dem großen Opal, den Otterzahn bei sich trug. Er nannte den Stein seine *Far-ka,* erzählt Tewaktenyonh Claire. Die Indianer haben keine Ahnung, was diese Bezeichnung bedeutet, doch Claire glaubt, dass sie es weiß – der Opal war seine »Rückfahrkarte«, die dem Zeitreisenden die Rückkehr ermöglichen sollte.

Unterdessen haben Jamie und Ian ein erfolgreiches *Ceilidh* gefeiert, und in der Hoffnung, am frühen Morgen aus dem Dorf aufbrechen zu können, gehen die Frasers schlafen.

AUF RIVER RUN geht es Brianna körperlich gut, und die Schwangerschaft lässt sie aufblühen. Doch ihr Gefühlszustand ist weniger prächtig. Die Angst um ihre Eltern und um Roger, ihre Einsamkeit und ihre Gewissensbisse weichen plötzlichem Erstaunen und großer Wut, als sie erfährt, dass Jocasta in ihrem Eifer, River Run zu schützen, beschlossen hat, Brianna nicht nur zu ihrer Erbin zu machen – sondern ihr auch einen passenden Ehemann zu suchen, der durch die Verheißungen ihres wertvollen Erbes angelockt werden soll.

Brianna wendet ein, dass sie auf keinen Fall Sklaven besitzen kann, dass sie sowieso nicht heiraten will... doch wie Jocastas Leibdienerin Phaedre anmerkt: »Na ja, wie gesagt – es geht nicht so sehr darum, was Ihr wollt. Es geht darum, was Miss Jo will. Und jetzt wollen wir mal das Kleid anprobieren.«

Zwar gelingt es ihr, die Avancen der ortsansässigen Freier zurückzuweisen, doch ein Neuankömmling erregt größeren Argwohn bei Brianna – es ist Lord John William Grey von der Mount-Josiah-Plantage in Virginia, der, wie man sie informiert, nicht nur ein reicher Mann und ein Adliger, mit anderen Worten also höchst geeignet ist, sondern auch ein alter Freund ihres Vaters.

Zu ihrer Überraschung ist Lord John freundlich, sympathisch, intelligent und ein Ehrenmann. Außerdem ist er homosexuell, eine Tatsache, die sie eines Nachts zufällig entdeckt. Diese Entdeckung liefert ihr ein Mittel zur Lösung ihres drückenden Problems.

Sie kann nicht guten Gewissens einen Mann heiraten, den sie nicht liebt; gleichzeitig möchte sie aber auch nicht, dass Roger sie aus Pflichtgefühl heiratet – sie fürchtet, dass sein Ehrgefühl ihn zwar dazu bewegen könnte, bei ihr zu bleiben, dass er es aber bereuen wird, für immer in der Vergangenheit festzusitzen. Hinzu kommen die Zweifel, ob er überhaupt der Vater des Kindes ist, das sie erwartet, und so scheint es zu viel verlangt zu sein – eine unfaire Ausgangssituation für eine Ehe. Doch wenn er sie bei seiner Rückkehr unverheiratet vorfindet, könnte er das Gefühl haben, dass ihm keine andere Wahl bleibt.

Also setzt Brianna ihren Plan in die Tat um – und versucht, Lord John zu erpressen, damit er sie heiratet. Sie erklärt ihm ihre Überlegungen: Da er sie sowieso nicht als Ehefrau begehren würde, würde sie ihm ja die körperliche Liebe nicht vorenthalten, die sie ihm nicht geben kann. Damit wäre Roger zwar die Entscheidungsfreiheit genommen, doch er wäre auch der Verpflichtung enthoben. Und falls Lord John seine Einwilligung verweigert... sie holt tief Luft und droht, ihn als Päderasten bloßzustellen.

Lord Johns Antwort auf diese bemerkenswerte Drohung lautet: »Kind, Ihr würdet einen Engel zum Weinen bringen, und ich bin weiß Gott kein Engel!«

Zögernd sieht er sich gezwungen, den Hintergrund seiner Beziehung zu Jamie Fraser preiszugeben, eine Geschichte, die sich Brianna mit einer Mischung aus Entsetzen und Faszination anhört. Lord John überzeugt sie davon, dass sie Roger zumindest die Möglichkeit geben muss, seine eigene Wahl zu treffen, und dass sie weiterhin ihrem Vater die Rolle vergeben muss, die er bei ihren Problemen gespielt hat. Zwar weigert er sich entschlossen, auf ihren Plan einzugehen, doch er schlägt vor, dass sie eine Verlobung vortäuschen. Damit wären sie Jocastas Freierschar und ihre unerwünschten Aufmerksamkeiten zumindest vorerst los.

IN SEINER HÜTTE EINGEKEHRT, ahnt Roger nicht, dass jemand gekommen ist, um ihn einzulösen. Er kann sich nicht vorstellen, was die Indianer mit ihm vorhaben, doch was sie dem Priester antun, trägt nicht dazu bei, ihm seine Angst zu nehmen. Vater Alexandre wird entkleidet, aus der Hütte geholt, und als man ihn Stunden später zurückbringt, fehlt ihm ein Ohr. Der Priester sagt zu Roger, dass er sich sicher ist, dass die Mohawk ihn umbringen wollen, und bittet Roger – der ja der Sohne eines Geistlichen ist –, ihm die Beichte abzunehmen und für ihn zu beten. »In Notlagen kann jeder Mensch das Amt des Priesters erfüllen«, sagt er.

Als die Indianer den Priester in der Abenddämmerung abholen, ist Roger vom Schlimmsten überzeugt. Dennoch bleibt ihm nichts anderes übrig, als dazusitzen und dem Schlagen der Trommeln und den lauten Stimmen vor seiner Hütte zu lauschen.

Doch das Geschrei eskaliert, und es wird deutlich, dass die Vorgänge im Dorf außer Kontrolle geraten sind. Ein Kampf tobt auf dem Dorfplatz, und unter dem Rufen und Schreien hört Roger eine Stimme, die unleugbar einem Schotten gehört, da sie auf Gälisch ruft. Ermutigt durch die Hoffnung auf Rettung, nutzt Roger die Tatsache aus, dass der Wächter vor seiner Tür verschwunden ist, und er stürzt hinaus, bewaffnet mit einem improvisierten Speer, den er von einem Bettrahmen abgebrochen hat.

Draußen herrscht völlige Verwirrung. Kämpfende Männer stolpern in der Dunkelheit hin und her, es riecht nach Whisky – und an der gigantischen Feuerstelle schießen die Flammen zum Himmel und verzehren den Körper des Priesters. Roger wird angegriffen, wehrt sich mit seinem Speer und schaltet seinen Gegner aus, wird dann aber von hinten attackiert und halb bewusstlos geprügelt.

Als er in der Hütte eingesperrt aufwacht, findet er neben sich auf dem Boden einen weiteren bewusstlosen Mann – Jamie Fraser, den Mann, nach dem ihm schon seit Monaten die Finger jucken. Jetzt, wo er sich Fraser endlich gegenüber sieht, reagiert er jedoch weder wütend noch erschrocken, sondern grenzenlos erleichtert – Fraser kann nur hier sein, weil Brianna ihn geschickt hat.

In dem sicheren Bewusstsein zu sterben, dass Brianna ihn liebt, ist besser, als ohne diese Gewissheit zu sterben – doch eigentlich wäre er lieber überhaupt nicht gestorben. Glücklicherweise ist auch Fraser nicht tot und nur leicht verletzt. Als er wieder bei Besinnung ist, zeigt sich Jamie alles andere als erfreut über Rogers Anblick, denn er fragt sich besorgt, wo Claire geblieben ist. Er erzählt Roger, was er über die Ereignisse auf dem Dorfplatz weiß: Die Indianer hatten den Priester gemartert und ihn über das Feuer gehängt, als ganz plötzlich eine junge Frau, die in der Menge stand, Claire ein Wiegebord mit einem Baby gegeben hatte und ohne Zögern ebenfalls in das Feuer geschritten war.

Es gab sofort einen Aufruhr, der anscheinend durch die allgemeine Betrunkenheit noch verstärkt wurde – denn einige Indianer hatten das Whiskyversteck entdeckt. Jamie hatte sich im Zentrum der Wirren wiedergefunden und gemeinsam mit Ian darum gekämpft, Claire und das Baby zu schützen, war aber überwältigt worden.

Der Rest der Geschichte wird nachgeliefert, als Claire bei Tagesanbruch in die Hütte kommt. Sie hat die Nacht unter Tewaktenyonhs Schutz in einem Langhaus verbracht und ist in der Lage, den Männern zu erzählen, was geschehen ist – oder das meiste davon.

Einige der jüngeren Krieger hatten den Whisky an sich gebracht, da sie davon ausgingen, dass der Tauschhandel beschlossene Sache war. Doch ein Mann war in dem Handgemenge umgekommen – der Mann, den Roger mit dem Speer durchbohrt hat. Da der Whisky die Bezahlung für Rogers Leben gewesen ist, haben die Indianer nicht vor, ihn aus Rache umzubringen – sondern sie planen vielmehr, ein Mitglied der Gruppe an Stelle des Toten zwangsweise in den Stamm aufzunehmen. Das einzige, was Claire zu diesem Zeitpunkt nicht weiß, ist, wen sie aussuchen werden – und wo Ian ist.

Jamie beharrt darauf, selbst bei den Indianern zu bleiben; Roger muss um Briannas willen mit Claire zurückkehren. Außerdem weist er in aller Logik darauf hin, dass weder er noch Claire in nächster Zeit umkommen können, wenn sie im Jahr 1776 bei einem Brand sterben sollen. Er wird in Snaketown in Sicherheit sein, und sobald sich eine Gelegenheit ergibt, wird er fliehen und sich nach Süden aufmachen.

Claire stimmt ihm nur sehr widerstrebend zu, doch ihr bleibt keine andere Wahl. Dasselbe trifft allerdings auf Jamie zu: Später an diesem Tag öffnet sich die Tür, um Ian einzulassen. Seine Kopfhaut ist bis auf eine Kriegerlocke kahl gerupft, und er hat frische, blutverkrustete Tätowierungen auf den Wangen. Er hat seine Wahl getroffen, sagt er ruhig – er wird bei der jungen Frau bleiben, die er Emily nennt. Die anderen können gehen.

Jeder Protest ist zwecklos; Ian ist jetzt ein *Kahnyen'kehake*, es ist ihm nicht gestattet, eine andere Sprache als Mohawk zu sprechen, man hat ihn vom Makel der weißen Haut reingewaschen und ihn im Rahmen einer Zeremonie, die ihn für immer zum Indianer macht, Wolfsbruder getauft. Todtraurig verabschieden sich Claire und Jamie von Ian und Rollo und wenden sich mit Roger nach Süden.

Sie sind noch nicht weit gekommmen, als sich Jamies Schmerz

über Ians Verlust in Wut auf Roger verwandelt. Er eröffnet ihm die Wahrheit über Briannas Schwangerschaft – dass sie wahrscheinlich das Ergebnis einer Vergewaltigung durch Bonnet ist – und will wissen, ob Roger vorhat, zu seiner Tochter zu stehen. Wenn nicht, so sagt er, dann kann Roger genauso gut gleich durch die Steine zurückgehen.

Roger ist völlig überrumpelt und tief getroffen. Nach einem kurzen, brutalen Streit lässt Jamie ihn stehen und beharrt darauf, dass Claire ihn begleitet. Er wirft Roger den Opal vor die Füße und überlässt es ihm, sich zu überlegen, ob er das Kind als das seine annimmt und Brianna ein guter Ehemann sein will – oder ob er durch den Steinkreis heimkehren will, den er auf seiner Reise nach Norden mit den Indianern entdeckt hat.

LORD JOHN ist mit Neuigkeiten nach River Run gekommen – man hat Stephen Bonnet festgenommen und ihn zum Tod durch den Strang verurteilt. Nach ihrem anfänglichen Schock gelangt Brianna zu einer Entscheidung: Sie muss Bonnet sehen und mit ihm sprechen. Als Lord John gegen dieses Vorhaben protestiert, zeigt sie ihm den Brief, den ihr Vater ihr vor seiner Abreise gegeben hat – und in dem er sie drängt, um ihres eigenen Seelenfriedens willen einen Weg zu finden, Bonnet zu vergeben. Obwohl sie zunächst zu wütend auf Jamie gewesen ist, um auf ihn zu hören, hat sie genug Zeit allein verbracht, um zu erkennen, wie klug sein Rat war. Bis jetzt hat sie noch keinen Weg der Vergebung gefunden; vielleicht kann sie ja Frieden mit sich selbst und mit dem Mann schließen, wenn sie ihn sieht.

Lord John willigt widerstrebend ein und bringt sie zu einem Lagerhaus am Fluss – in welchem die Krone neben Terpentin, Pech und anderen Vorräten, die für den Marinehafen in Charleston bestimmt sind, auch importierten Alkohol lagert. Dort hält man Bonnet in einer unterirdischen Zelle gefangen.

*Sein Blick verweilte mit einem Anflug von Neugier auf ihr.*

*»Haben wir denn noch etwas auszuhandeln, Süße?«*

*Sie holte tief Luft – diesmal durch den Mund.*

*»Man hat mir gesagt, dass Ihr hängen werdet.«*

*»Das hat man mir auch gesagt.« Er rutschte wieder auf der harten Holzbank hin und her. Er reckte den Kopf zur Seite, um seine Halsmuskeln zu entspannen, und warf einen Blick zu ihr hinauf. »Ihr seid aber nicht aus Mitleid hier, schätze ich.«*

»Nein«, sagte sie nachdenklich. »Um ehrlich zu sein, werde ich sehr viel besser schlafen, wenn Ihr erst tot seid.«

Er starrte sie einen Moment lang an und brach dann in Gelächter aus. Er lachte so heftig, dass es ihm die Tränen in die Augen trieb; er wischte sie achtlos weg, indem er den Kopf verdrehte, um sein Gesicht an seiner hochgezogenen Schulter abzustreifen, dann richtete er sich auf, die Spuren des Lachens immer noch im Gesicht.

»Was wollt Ihr dann von mir?«

Sie öffnete den Mund, um zu antworten, und ganz plötzlich löste sich die Verbindung zwischen ihnen auf. Sie hatte sich nicht bewegt, fühlte sich aber, als hätte sie mit einem Schritt einen unüberwindlichen Abgrund überquert. Jetzt stand sie sicher auf der anderen Seite, allein. Herrlich allein. Er konnte sie nicht mehr berühren.

»Nichts«, sagte sie, ihre Stimme klar in ihren Ohren. »Ich will nicht das Geringste von Euch. Ich bin gekommen, um Euch etwas zu geben.«

Sie öffnete ihren Umhang und fuhr mit den Händen über die Rundung ihres Bauches. Der kleine Bewohner räkelte und wälzte sich, seine Berührung eine blinde Liebkosung von Hand und Bauch, intim und fern zugleich.

»Von Euch«, sagte sie.

Er blickte auf ihren Kugelbauch und dann zu ihr.

»Es haben schon ganz andere Huren versucht, mir ihre Brut anzuhängen«, sagte er. Doch er sprach ohne Heftigkeit, und sie meinte, eine neue Ruhe hinter dem Argwohn in seinen Augen zu sehen.

»Haltet Ihr mich für eine Hure?« Es war ihr egal, ob er es tat oder nicht, obwohl sie es bezweifelte. »Ich habe keinen Grund zu lügen. Ich habe Euch schon gesagt, dass ich nichts von Euch will.«

Sie zog den Umhang wieder zusammen und bedeckte sich. Dann richtete sie sich auf und spürte, wie bei der Bewegung der Schmerz in ihrem Rücken nachließ. Es war geschehen. Sie konnte gehen.

»Ihr werdet sterben«, sagte sie zu ihm, und obwohl sie nicht aus Mitleid gekommen war, stellte sie fest, dass sie es empfand. »Wenn es Euch das Sterben erleichtert zu wissen, dass etwas von Euch auf der Erde zurückbleibt – dann sollt Ihr dieses Wissen gerne haben. Aber ich bin jetzt mit Euch fertig.«

Doch sie kommt nicht dazu zu gehen, weil plötzlich Sergeant Murchison auftaucht. Als er sich in das Verlies schlich, um sich mit Bonnet zu treffen, ist er auf Lord John gestoßen, den er – wie es aussieht – umgebracht hat, denn Grey liegt reglos mit dem Gesicht nach unten auf den feuchten Ziegeln des Korridors. Er beabsichtigt eindeutig, auch Brianna umzubringen, doch die Enge der Zelle verhindert, dass er seine Muskete heben und sie erschießen kann. Stattdessen hebt er das Gewehr, um sie mit dem Lauf niederzuknüppeln, doch er hat seine Rechnung ohne die wütenden Beschützerinstinkte einer werdenden Mutter gemacht – und ohne die Kraft einer hochgewachsenen, muskulösen Frau. Sie entringt ihm das Gewehr, schlägt es ihm vor den Schädel und sieht zu, wie er in Ohnmacht fällt.

Während ihr Adrenalinrausch nachlässt, tritt sie so weit zurück, dass sie Bonnet vor die Mündung bekommt, und zwingt ihn, ihr zu sagen, was hier vorgeht. Vor seiner Festnahme hatte er billigen Brandy flussaufwärts geschmuggelt und ihn gegen teuren Brandy und Wein aus dem Lagerhaus eingetauscht, den Murchison beiseite geschafft hatte. Der billige Fusel wurde in mit dem Siegel der Krone versehenen Fässern eingelagert, der wertvolle Schnaps unter der Hand verkauft. Doch nach Bonnets Festnahme hatte einer von Murchisons Soldaten, ein gewisser Gefreiter Hodgepile, Wind von den Vorgängen bekommen und Fragen gestellt.

Also hatte man den Plan gefasst, dass Murchison Bonnet befreien sollte, nachdem er Zündschnüre im Lagerhaus gelegt und mehrere Fässer mit leicht brennbarem Terpentin dort ausgegossen hatte. Das Lagerhaus würde in Flammen aufgehen und die Indizien vernichten, die auf den Schmuggel hinwiesen – und Bonnet würde fliehen, während man glaubte, dass er bei dem Brand umgekommen sei.

Bonnet hüpft ungeduldig von einem Fuß auf den anderen und drängt sie, ihn gehen zu lassen. Die Zündschnüre sind gelegt und angezündet, sagt er zu ihr; das Lagerhaus wird jeden Moment über ihren Köpfen explodieren! Sie tritt ein wenig benommen zurück, deutet aber auf den bewusstlosen Murchison und pocht darauf, dass Bonnet doch nicht die Absicht haben kann, ihn zurückzulassen – der Mann lebt schließlich noch.

Pragmatisch wie immer, zieht Bonnet Murchison das Messer aus dem Gürtel und schneidet ihm die Kehle durch. Mit der Bemerkung, dass er jetzt nicht mehr lebt und daher auch kein moralisches Dilemma mehr darstellt, schreitet er zur Tür und drängt Brianna, ebenfalls zu gehen – und zwar sofort.

Ihr erster Impuls ist es auch, das zu tun – doch sie kann nicht gehen, ohne vorher herauszufinden, ob Lord John wirklich tot ist. Ihre hektische Suche nach einem Puls zeigt, dass er zwar schwer verletzt, aber noch nicht tot ist. Obwohl er nicht sehr groß ist, ist er doch zu schwer, als dass sie ihn allein tragen könnte, doch sie kann und will ihn nicht im Stich lassen.

Just in diesem Moment kehrt Bonnet zurück und ermahnt sie, den Keller zu verlassen, und zwar schnell! Erschrocken, aber immer noch geistesgegenwärtig, hebt Brianna ihre Muskete und besteht darauf, dass er Lord John in Sicherheit bringt. Bonnet ist zwar nicht begeistert, handelt aber wie immer pragmatisch und tut, was sie sagt. Der Ausgang führt sie unter der Laderampe des Lagerhauses an das Flussufer, und sie klettern in Sicherheit, während aus dem brennenden Lagerhaus die Flammen in den Nachthimmel schlagen.

Bonnet lässt Lord John zu Boden gleiten und wendet sich zur Flucht, hält dann aber inne und bietet Brianna an, ihn zu begleiten. Sie lehnt ab, und als Bonnet Abschied nimmt, steckt er einen Finger in seinen Mund und zieht einen Gegenstand heraus, den er dort versteckt hatte – den schwarzen Diamanten, den er zuvor den Frasers auf dem Floß gestohlen hat.

*»Dann ist das für seinen Unterhalt«, sagte er und grinste sie an. »Pass gut auf ihn auf, Schätzchen!«*

*Und dann war er fort, schritt langbeinig das Ufer hinauf, vom flackernden Licht wie ein Dämon umrissen. Das ins Wasser strömende Terpentin hatte Feuer gefangen, und aufgewühlte Schwaden aus scharlachrotem Licht schossen himmelwärts, schwimmende Feuersäulen, die das Ufer taghell erleuchteten.*

Lord John überlebt, was Brianna sehr erleichtert. Claire und Jamie kehren unversehrt zurück, was sie noch mehr erleichtert, und sie versöhnt sich mit Jamie, auch wenn Roger noch nicht zurückgekehrt ist.

Briannas Kind wird geboren – ein kräftiger Junge, der keinem seiner mutmaßlichen Väter ähnlich sieht. Doch wie Jamie sagt: *»Ich kenne zwar seinen Vater nicht, aber wenigstens bin ich mir sicher, wer sein Großvater ist!«* Und dann kehrt die Familie – einschließlich des Neuzuwachses – in das Haus in Fraser's Ridge zurück.

Kurz darauf humpelt an einem hellen Sommertag eine zerlumpte Gestalt langsam auf den Hof – Roger hat seine Wahl getroffen.

*»Ich kann mir nicht vorstellen, dass es für Euch angenehmer ist als für mich«, sagte er mit seiner rostigen Stimme, »aber Ihr seid mein nächster Verwandter. Schneidet mich. Ich bin gekommen, um einen Eid auf unser gemeinsames Blut zu schwören.«*

*Ich konnte nicht sagen, ob Jamie zögerte oder nicht; die Zeit schien stehen geblieben, die Luft im Zimmer um uns kristallisiert zu sein. Dann sah ich zu, wie Jamies Dolch die Luft durchschnitt, wie sich seine geschliffene Schneide rasch über das dünne, sonnengebräunte Handgelenk zog und eine plötzliche, rote Blutspur aufquellen ließ.*

*Zu meiner Überraschung blickte Roger nicht auf Brianna und griff auch nicht nach ihrer Hand. Stattdessen wischte er mit dem Daumen über sein blutendes Handgelenk und trat neben sie, den Blick auf das Baby gerichtet. Roger kniete vor ihr nieder, streckte die Hand aus und schob das Schultertuch zur Seite. Er schmierte ein breites, rotes Kreuz auf die runde, flaumige Stirn des Babys.*

*»Du bist Blut von meinem Blut«, sagte er leise, »und Fleisch von meinem Fleische. Ich beanspruche dich als meinen Sohn vor aller Welt, von heute an für alle Zeit.«*

Es ist fast ein Jahr vergangen seit jener Nacht, in der Roger und Brianna einander in guten wie in schlechten Zeiten angenommen haben, und wer kann sagen, wer von ihnen beiden sich in der Zwischenzeit am meisten verändert hat? Brianna zögert, denn sie ist unsicher, ob Roger nur aus Pflichtgefühl zurückgekehrt ist – oder weil er sie wirklich liebt.

Jamie verkündet, dass Roger bleibt; sie sind verheiratet, wenn auch nur per *Handfasting*. Doch seit jeher ist der Zeitraum für das *Handfasting* ein Jahr und ein Tag. Bis dahin hat Roger die Chance, seine Frau von seinen Beweggründen zu überzeugen; bis dahin kann sich Brianna entscheiden. In der Zwischenzeit werden sie als Mann und Frau zusammenleben – obwohl Jamie Roger versichert, dass er ihm das Herz herausschneiden und es an die Schweine verfüttern wird, falls er versucht, gegen ihren Willen mit Brianna zu schlafen.

Roger ist mehr als gewillt zu versuchen, Brianna von seiner Hingabe zu überzeugen – das Problem ist nur, eine Gelegenheit zu bekommen, mehr als ein paar Sekunden am Stück mit ihr zu reden, da sie ständig durch das Baby unterbrochen werden und Claire Rogers Fußverletzung so behandelt hat, dass er vorübergehend ans Bett gefesselt ist. Doch eines Nachts begibt er sich zu Briannas Blockhütte und zwingt sie, ihm zuzuhören.

Sei vorsichtig, *meinte ihre Mutter, und* meine Tochter braucht keinen Feigling, *war die Ansicht ihres Vaters. Er hätte auch eine verflixte Münze werfen können, doch fürs erste folgte er Jamie Frasers Ratschlag, und nach ihm die Sintflut.*

*»Du hast gesagt, du hast eine Ehe aus Pflichtgefühl und eine aus Liebe kennen gelernt. Und du glaubst, das eine schließt das andere aus? Hör mal – ich habe drei Tage in diesem gottverdammten Kreis gesessen und nachgedacht. Und bei Gott, was habe ich nachgedacht! Ich habe ans Hierbleiben gedacht, und ich habe ans Gehen gedacht. Und ich bin geblieben. Wir haben Zeit«, sagte er leise und wusste plötzlich, warum es so wichtig gewesen war, jetzt mit ihr zu sprechen, hier im Dunkeln. Er griff nach ihrer Hand und drückte sie flach an seine Brust.*

*»Spürst du es? Spürst du, wie mein Herz schlägt?«*

*»Ja«, flüsterte sie, führte langsam ihre verflochtenen Hände an ihre eigene Brust und presste seine Handfläche gegen die dünne, weiße Gaze.*

*»Das hier ist unsere Zeit«, sagte er. »Bis sie endet – für einen von uns, für uns beide – solange ist es unsere Zeit. Jetzt. Willst du sie vergeuden, Brianna, weil du Angst hast?«*

*»Nein«, sagte sie, und ihre Stimme klang belegt, aber deutlich. »Das will ich nicht.«*

*Im Haus erklang ein plötzliches, dünnes Heulen, und ein Schwall feuchter Hitze traf überraschend seine Handfläche.*

*»Ich muss gehen«, sagte sie und wich zurück. Sie ging zwei Schritte, dann drehte sie sich um. »Komm rein«, sagte sie und rannte auf dem Pfad vor ihm her, flüchtig und weiß wie der Geist einer Ricke.*

ENDE OKTOBER 1770 besuchen die Frasers das große *Gathering* am Mount Helicon – das größte Treffen von Schotten in der Neuen Welt. Hier werden Ehen geschlossen, Kinder getauft, Neuigkeiten ausgetauscht und Geschäfte abgewickelt.

Das neue Baby wird hier getauft werden – falls Roger und Brianna es schaffen, sich auf einen Namen zu einigen. Roger schlägt Jeremiah vor; es ist ein alter Name in seiner Familie, und es ist Ro-

gers zweiter Name – seine Mutter hat ihn früher kurz »Jemmy«
genannt. Es ist die Erinnerung an diesen Kosenamen, die bei Roger andere Rückblicke weckt, an die Schreckenstage auf der
*Gloriana* und die lebhaften Bilder, die er noch von der Frau im
Kopf hat, von Morag MacKenzie, der er zur Rettung verholfen
hat, und ihrem Kind – namens Jemmy.

Da eine verstörende Idee in ihm aufkeimt, fragt Roger Claire,
ob sie sich vielleicht im Detail an seinen Stammbaum erinnert –
sie hatte ihn ja genau studiert. Ja, erwidert sie; wieso? Erinnert sie
sich auch, fragt er sie vorsichtig, an den Namen der Frau, die William Buccleigh MacKenzie geheiratet hat – das »Wechselbalg«,
das uneheliche Kind von Dougal MacKenzie und der Hexe Geillis Duncan? Das tut sie, antwortet Claire – der Name der Frau war
Morag, Morag Gunn.

Danke, murmelt Roger und entfernt sich mit der Erkenntnis,
dass er – vollkommen unbewusst – seinen eigenen Ahnherrn vor
dem Ertrinken bewahrt und sein eigenes Überleben gesichert hat;
zumindest vorerst.

Das *Gathering* lockt auch John Quincy Myers mit einer wichtigen Nachricht aus dem Norden herbei – einem kurzen Brief, den
Ian auf dem ausgerissenen Deckblatt eines Buches verfasst hat. Es
geht ihm gut, schreibt Ian. Er hat nach Mohawksitte geheiratet,
und seine Frau erwartet im Frühjahr ein Kind. Er ist glücklich –
doch er wird sie nie vergessen.

Auch eine andere Nachricht trifft mittels eines Briefes ein,
wenn er auch nur indirekt zugestellt wird. Eines Abends begibt
sich Roger am Familienfeuer an Jamies Seite, um ihm den Inhalt
eines Briefes aufzusagen, den er in Inverness gefunden hat, während er darauf wartete, Brianna durch die Steine folgen zu können.

Darin steht sinngemäß, dass Frank Randall Reverend Wakefield gebeten hatte, auf dem verlassenen Friedhof von St. Kilda
einen Grabstein zu errichten. Da er Claires Behauptungen über
die Vergangenheit nicht einfach so abtun – sie aber genauso wenig akzeptieren konnte –, hatte Frank das Einzige getan, was in
seiner Macht lag: Er hatte in historischen Unterlagen nach James
Fraser gesucht. Da er einen Mann fand, dessen Verbindungen mit
jenen übereinstimmten, von denen ihm Claire erzählt hatte, war
er gezwungen, Jamies Existenz zu akzeptieren – doch indem er das
tat, sah er sich mit einer tiefer gehenden Entscheidung konfron-

tiert: Sollte er Claire erzählen, dass James Fraser die Schlacht von Culloden überlebt hatte, oder nicht?

Da er einerseits Angst hatte, Claire zu verlieren, andererseits aber fürchtete, dass sie um Briannas willen bei ihm bleiben und sich dennoch weiter nach Fraser sehnen würde, entschied er sich dafür, sein Schweigen zu bewahren – und Claire zu behalten. Doch er kann nicht verhindern, dass er bei Briannas Anblick Gewissensbisse bekommt, denn sie hat das Gesicht ihres Vaters.

Er selbst empfindet *sich* als ihren Vater, und doch hat sie noch einen. Eigentlich hat er Claire Jamie gestohlen oder sie zumindest durch Betrug an seiner Seite gehalten. Er glaubt, es Brianna schuldig zu sein, dass sie von ihrem anderen Vater erfährt – und zugleich weiß er, dass er selbst zu schwach ist, es ihr je zu erzählen. Sein Kompromiss mit seinem schlechten Gewissen ist der falsche Grabstein, der Jamies vollen Namen trägt – JAMES ALEXANDER MALCOLM MACKENZIE FRASER – und den Namen seiner Frau. Das, so sagt er zu Reverend Wakefield, muss genügen. Falls sich Brianna für ihre Vergangenheit – für *seine* Geschichte – interessiert, so wird sie zum Friedhof von St. Kilda gehen und Black Jack Randalls Grab finden. Wenn sie daneben Jamies Stein sieht, so wird sie Claire zwangsläufig Fragen stellen – und die Wahrheit wird herauskommen, doch Frank Randall wird vor ihr sicher sein, tot und begraben. Und was Fraser selbst angeht…

*Der Gedanke war mir noch gar nicht gekommen – meinst du, ich werde ihm im Jenseits begegnen, falls es existiert? Merkwürdiger Gedanke. Ob wir uns wohl als Freunde begegnen, frage ich mich, jenseits der Sünden des Leibes? Oder für immer in eine keltische Hölle gesperrt enden, unsere Hände um die Kehle des anderen geschlungen?*

Wenn Frank Randall beschlossen hätte, die Ergebnisse seiner Nachforschungen für sich zu behalten, wenn er jenen Stein niemals in St. Kilda aufgestellt hätte – hätte Claire die Wahrheit trotzdem herausgefunden? Vielleicht; vielleicht auch nicht. Doch es war der Anblick jenes verlegten Grabes gewesen, der sie dazu bewegt hatte, ihrer Tochter die Geschichte von Jamie Fraser zu erzählen und Roger auf die Entdeckungsreise zu schicken, die sie alle an diesem Ort und in diese Zeit geführt hat.

*Schließlich regte sich Jamie Fraser, obwohl sein Blick auf das Feuer gerichtet blieb.*

*»Engländer«, sagte er ganz leise, und es war eine Beschwörung.*

*Rogers Nackenhaare sträubten sich sacht; er hätte glauben mögen, dass er sah, wie sich etwas in den Flammen bewegte.*

*Jamies große Hände breiteten sich aus und wiegten seinen Enkel. Sein Gesichtsausdruck war abwesend, die Flammen schlugen Funken in seinen Haaren und Augenbrauen.*

*»Engländer«, sagte er an das gerichtet, was er jenseits der Flammen sah. »Ich wünsche mir fast, dass wir uns eines Tages begegnen. Und ich hoffe fast, wir werden es nicht.«*

Zu Dingen, die noch zu entscheiden sind, gehört auch Claires Ring. Jamie hat den goldenen Ehereif immer noch, den Claire ihm vor Monaten während der Konfrontation mit Brianna vor die Füße geworfen hat. Jetzt, wo er über Frank Bescheid weiß, über seine Motive, seine Gedanken und seine Taten, begibt sich Jamie zu Claire ans Feuer und fragt sie – möchte sie ihn wiederhaben?

*»Und willst du dich auch entscheiden?«, fragte er leise. Er öffnete die Hand, und ich sah es golden aufblitzen. »Willst du ihn zurück?«*

*Ich hielt inne und sah in sein Gesicht hinauf, suchte darin nach Zweifeln. Ich sah keine, dafür aber etwas anderes; Abwarten, eine tiefe Neugier darauf, was ich tun oder sagen würde.*

*»Es ist lange her«, sagte ich.*

*»Und es war eine lange Zeit«, sagte er. »Ich bin ein eifersüchtiger Mann, aber kein rachsüchtiger. Ich würde dich ihm wegnehmen, Sassenach – aber ich würde ihn dir niemals wegnehmen.«*

*Er hielt einen Augenblick inne, und das Feuer spiegelte sich sanft glitzernd in dem Ring in seiner Hand. »Es war dein Leben, nicht wahr?«*

*Und er fragte noch einmal: »Willst du ihn zurück?«*

*Ich hielt zur Antwort die Hand hoch, und er steckte mir den Goldring an den Finger, das Metall von seinem Körper gewärmt.*

Von F. für C. in Liebe. Immer.

*»Was hast du gesagt?«, fragte ich. Er hatte über mir etwas auf Gälisch gemurmelt, zu leise, als dass ich es hätte verstehen können.*

*»Ich habe gesagt, ›Geh in Frieden‹«, antwortete er. »Aber ich habe nicht mit dir geredet, Sassenach.«*

Und dann ist auch die letzte Erledigung getan, die letzte Neuigkeit ausgetauscht:

*Auf der anderen Seite des Feuers blinkte etwas rot auf. Ich blickte hinüber und sah gerade noch, wie Roger Briannas Hand* an seine Lippen hob; Jamies Rubin leuchtete dunkel an ihrem Finger und fing das Licht von Mond und Feuer auf.

»Wie ich sehe, hat sie sich also entschieden«, sagte Jamie leise.

Brianna lächelte, den Blick auf Rogers Gesicht gerichtet, und beugte sich vor, um ihn zu küssen. Dann stand sie auf, strich sich den Sand aus den Röcken und bückte sich, um eine Fackel aus dem Lagerfeuer zu ziehen. Sie drehte sich um, hielt sie ihm hin und sprach so laut, dass wir es auf der anderen Seite des Feuers hören konnten.

»Geh nach unten«, sagte sie, »und sag ihnen, die MacKenzies sind hier.«

ZWEITER TEIL

# Charaktere

»Es war ... eine Schriftstellerin, die mir gegenüber einmal bemerkt hat, dass das Verfassen von Romanen eine Kannibalenkunst ist, bei der man oft kleine Portionen seiner Freunde und Feinde miteinander vermischt, sie mit Phantasie würzt und das Ganze zu einem herzhaften Eintopf verkochen lässt.«

J. Fraser, Voyager

# Woher Charaktere kommen:
# Pilze, Zwiebeln und harte Nüsse

I mmer, wenn man sich über Romane unterhält – zumindest über das Verfassen von Romanen –, kommt das Gespräch unweigerlich auf die Charaktere, und das aus gutem Grund. Alle guten Geschichten bauen auf guten Charakteren auf oder werden von ihnen aufgebaut. Charaktere definieren sich in einer Geschichte durch ihre Ziele. Natürlich hängen ihre Ziele in großem Maß davon ab, wer sie sind, und dasselbe gilt für die Mittel und Wege, mit denen sie ihre Ziele verfolgen.

Die Leser scheinen sich genauso für Charakterfragen zu interessieren wie die Autoren, obwohl sie etwas andere Fragen stellen. »Wie kommen Sie auf Ihre Charaktere?«, lautet eine solche Leserfrage. »Planen Sie sie im Voraus, oder tauchen sie einfach so auf?«

Autoren fragen mich: »Wenn Sie einen Charakter planen und er (oder sie) dann einfach so daliegt wie eine Leiche auf dem Seziertisch, wie erwecken Sie ihn zum Leben?« Und schließlich: »Was tun Sie, wenn Ihr Charakter sich nicht an Ihre Pläne hält und darauf besteht, loszuziehen und die Dinge selbst in die Hand zu nehmen?«

## FIKTIVE CHARAKTERE

### Pilze
Natürlich sind die Antworten auf diese Fragen so zahlreich und so unterschiedlich, wie es die Fragesteller sind. Bei mir ist es so, dass viele Charaktere in der Tat wie Pilze aus dem Boden schießen. Geillis Duncan, Master Raymond, Fergus und der Schiffskoch Murphy, um ein paar Beispiele aus meinen Büchern zu nennen.

Es kommt vor, dass ich so vor mich hintippe, während ich versuche, den Einstieg in mein tägliches Pensum zu finden, und ganz plötzlich taucht diese... *Person* aus dem Nichts auf und reißt die ganze Szene an sich. Hier brauche ich keine Fragen zu stellen, brauche nicht zu analysieren oder bewusst »schöpferisch« zu werden; ich sehe einfach nur fasziniert zu und warte ab, was sie als Nächstes tut.

Ich habe keine Ahnung, wo diese Charaktere herkommen, doch ich bin froh und dankbar, wenn einer von ihnen die Szene betritt.

## Zwiebeln

Andere Charaktere hatte ich mir schon ausgedacht, bevor ich über sie geschrieben habe, und sie dienten ganz bewusst dazu, einen bestimmten Zweck in der Handlung zu erfüllen. Doch als ich erst einmal über sie zu schreiben begann, erwachten sie pflichtschuldigst zum Leben und begannen, eigenmächtig zu handeln. Mutter Hildegarde in *Die geliehene Zeit* war eine solche »konstruierte« Figur – ich brauchte jemanden, der einen musikalischen Code entziffern konnte, und ich brauchte ein Hospital, in dem Claire arbeiten konnte. Schön, dachte ich, nehmen wir also die Äbtissin eines Konventshospitals und geben ihr eine Berufung zur Musik mit, dann sparen wir uns gleich die Mühe, noch eine Figur erfinden zu müssen. Doch in dem Moment, als ich anfing, über Mutter Hildegarde zu schreiben, konnte ich sie sehen (»ein Gesicht von solch übernatürlicher Hässlichkeit, dass es auf groteske Weise schön war«), und nach ein oder zwei Absätzen konnte ich sie reden hören.

Mr. Willoughby aus *Ferne Ufer* war auch eine solche »künstliche« Figur. Einfach ausgedrückt, brauchte ich eine Methode, mit der ich Jamie Fraser über den Atlantik befördern konnte, ohne ihn umzubringen. Ergo brauchte ich ein verlässliches Heilmittel gegen Seekrankheit, dessen Existenz im achtzehnten Jahrhundert plausibel war. Aha, Akupunktur! Absolut plausibel, aber nur, wenn es einen Chinesen gab, der sie anwenden oder Claire in ihrer Anwendung unterweisen konnte. Auftritt: Yi Tien Cho oder auch Mr. Willoughby. (»Mr. Willoughby« war übrigens einzig und allein Jamies Idee; ich habe keine Ahnung, wieso er das für einen geeigneten Namen hielt, aber er hat darauf bestanden, ihn so zu nennen.)

Nun sind Mutter Hildegarde und Mr. Willoughby das, was ich

als »Zwiebeln« bezeichne; Charaktere, die sich langsam entwickeln, während ihrer Persönlichkeit Lage um Lage hinzugefügt wird, anstatt plötzlich fix und fertig dazustehen, wie es die »Pilze« tun. Mutter Hildegarde war eine Zwiebel, doch ihr Hund Bouton war ein hundertprozentiger Pilz.

»*Ist das ein* Hund?«*, fragte ich voller Erstaunen einen der Pfleger, als ich Bouton, der seiner Herrin auf dem Fuße durch das Hôpital folgte, zum ersten Mal erblickte.*

*Er hielt inne und ließ seinen Schrubber ruhen, um der lockigen Wuschelrute hinterherzublicken, die gerade in der nächsten Station verschwand.*

»*Na ja«, sagte er skeptisch.* »*Mutter Hildegarde sagt jedenfalls, dass er ein Hund ist. Ich möchte nicht derjenige sein, der etwas anderes behauptet.*«

Es kann sein, dass man nicht sofort alles über eine Zwiebel weiß, sondern sie (oder ihn) nach und nach kennen lernt, indem man sie in verschiedene Szenen schreibt oder über sie nachdenkt und Details ihrer Vergangenheit ausknobelt. Claire und Jamie haben sich auf diese Weise entwickelt; obwohl ich von Anfang an eine recht gute Vorstellung von ihren grundsätzlichen Charaktereigenschaften hatte, habe ich allmählich mehr über sie herausgefunden, während ich ihre Vergangenheit enträtselte und sie besser kennen lernte.

(Ich bin mit Schriftstellern befreundet, die das mit System machen – sie geben jeder Figur den Charakter einer Vergangenheit, bevor sie sie überhaupt in einer Szene auftauchen lassen. Michael Lee West – eine der besten »Charakter-«Autorinnen in diesem Land – entwirft oft umfangreiche Stammbäume für ihre Figuren und schließt dabei auch Generationen von Leuten ein, die in der Handlung niemals auftauchen. Außerdem sagt sie, dass sie weiß, welche Sorte Erdnussbutter ihre Charaktere bevorzugen – cremig oder »crunchy«. Mich würde das wahnsinnig machen, aber wenn es Michael Lee hilft…)

Was man anfängt, wenn die Charaktere sich nicht an den Plan halten, sondern losziehen und die Dinge selbst in die Hand nehmen? Ha! Schön wär's, wenn das immer so wäre!

## Harte Nüsse

Neben den Pilzen und den Zwiebeln gibt es die harten Nüsse (Zwiebeln, Pilze und Nüsse: Das fängt ja an, sich nach einem exotischen Rezept für eine Truthahnfüllung anzuhören. Aber na ja; schließlich haben die Schriftstellerei und die Kochkunst eine ganze Menge gemeinsam.) Das sind die Charaktere, die für mich am schwierigsten mit Leben zu füllen sind; Figuren, die in der Handlung eine strukturelle Funktion erfüllen – es kommt nicht auf ihren Charakter an oder auf das, was sie tun, sondern auf die Rolle, die sie spielen.

Ein solches Beispiel für eine harte Nuss ist Brianna, Jamies und Claires Tochter. Zunächst gab es sie nur, weil ich ein Kind brauchte. Ihre Empfängnis liefert die Beweggründe für eine der wichtigsten dramatischen Szenen in *Die geliehene Zeit*, doch zu diesem Zeitpunkt spielte es nicht die geringste Rolle, *wer* dieses Kind war oder was für ein Mensch es werden würde; die Tatsache, dass Claire schwanger war, war der einzig wichtige Faktor.

Doch nachdem ich dieses Kind gezeugt hatte – wenn auch nur *in utero* –, war es nun einmal da. Ich konnte Brianna nicht einfach links liegen lassen. Ihre Existenz – nicht ihre Persönlichkeit – bestimmte weitgehend die Struktur des dritten Buches, und damit auch des zweiten. Ich beschloss, sie als Erwachsene zu verwenden und ließ mir eine »Rahmenhandlung« für die eigentliche Geschichte des zweiten Buches einfallen. Doch auch hier war es ihre Existenz als strukturelles Element, auf die es ankam, nicht so sehr das Mädchen selbst. Das heißt, ich brauchte eine erwachsene Tochter, der Claire das Geheimnis ihrer Vergangenheit eingestehen würde – ein Geständnis, das dann zu den künftigen Ereignissen des dritten Buches führen konnte.

Doch wer zum Kuckuck *war* diese Figur? Und wie sollte ich es anstellen, ihr eine Persönlichkeit zu verleihen, wo ich sie doch ausschließlich als »Handlungselement« erfunden hatte? Sie hat sehr lange nicht mit mir gesprochen, und es war schwierig, das Rätsel ihres Charakters zu knacken. Es war eindeutig, dass sie kein Klon eines ihrer beiden Elternteile war, sondern eine eigenständige Persönlichkeit. Nur wer?

Nun, es gibt verschiedene Möglichkeiten, einen Charakter real werden zu lassen. Keine davon funktioniert zwangsläufig immer, aber alle sind es wert, dass man sie irgendwann ausprobiert.

# Beschreibung des Aussehens

Das fällt mir normalerweise leicht: Ich kann meine Figuren sehr leicht »sehen«. Andere Schriftsteller haben mir erzählt, dass sie sich absichtlich populäre Schauspieler oder Bekannte vor Augen führen, um dann ihre Charaktere auf ihnen basieren zu lassen. Mit Ausnahme der real existierenden Persönlichkeiten (siehe das Ende dieses Kapitels) tue ich das nie. Ich fand diese Vorstellung sogar geradezu abstoßend, als ich zum ersten Mal davon hörte; es erinnerte mich fatal an Leichenfledderei. Dennoch, wenn es hilft…

Manche Schriftsteller beschreiben das Aussehen einer Figur unabhängig von der eigentlichen Handlung – so wie beim polizeilichen Steckbrief eines Verdächtigen. Es kann sein, dass diese Beschreibung schließlich mehr umfasst als das rein Äußerliche und auch Dinge wie Angewohnheiten oder zufällige Charakteristika beinhaltet (zum Beispiel: die Person kaut an den Fingernägeln, bekommt leicht Sonnenbrand, raucht wie ein Schlot – aber nur King-Size-Zigaretten mit Menthol – und ist so übergewichtig, dass ihre Oberschenkel chronische Scheuerstellen haben). So etwas tue ich auch nicht – abgesehen vom eigentlichen Text des Buches schreibe ich mir selten etwas auf –, aber viele gute Schriftsteller tun es.

Ich konnte sogar Brianna ganz problemlos »sehen«; das Äußerliche ihrer Person war von Anfang an da. Ich habe zufällig einen hochgewachsenen, rothaarigen Ehemann und zwei rothaarige Töchter, also konnte ich hier auf Erfahrung zurückgreifen, was das Äußere und gewisse Ähnlichkeiten anging. Doch das Äußere ist nur der Anfang.

# Idiosynkrasien

Man kann eine Figur auch entwickeln, indem man sie mit irgendeiner auffälligen Marotte ausstattet. Mr. Willoughby nahm für mich eine Persönlichkeit an, als ich auf dem Wühltisch ein lustiges kleines Bändchen mit dem Titel *Das Sexualleben von Fuß und Schuh* erstand. Dieses behandelte jede nur vorstellbare Variante von Fußfetischismus (sowie einige Arten, auf die ich nie gekommen wäre, da ich ein behütetes Leben geführt habe, bevor ich mit der Schriftstellerei begann) und enthielt auch ein Kapitel über das Abbinden der Füße und die traditionelle Einstellung der Chinesen zum perfekten »Lotusfuß«.

Da ich schon einmal einen Chinesen in meiner Geschichte hatte – und es im achtzehnten Jahrhundert (und früher) zur chinesischen Kultur gehörte, den Frauen die Füße zu schnüren –, konnte ich der Idee nicht widerstehen, Mr. Willoughby einen »Fußtick« mitzugeben, und richtete es außerdem so ein, dass er sich von Frauen im Allgemeinen stark angezogen fühlte, was mich schließlich auf die Geschichte seiner Flucht aus China und auf seine wahre Berufung als Poet brachte.

Brianna dagegen schien keinerlei auffällige Angewohnheiten zu haben. In ihrem Fall lag das natürlich zum Teil daran, dass sie ziemlich jung und sehr behütet aufgewachsen war. Nach und nach kamen einzelne Aspekte ihrer Persönlichkeit zum Vorschein – sie hatte ein Gespür für Gegenstände, die Fähigkeit, sich einen Raum anzueignen, besaß handwerkliches Geschick und konnte gut Dinge bauen –, doch nichts davon war so auffallend, dass es mir ihre Persönlichkeit erhellt hätte.

## Kultureller Hintergrund

Man kann eine Gestalt auch entwickeln, indem man sie mit einem exotischen Hintergrund ausstattet. Wenn eine Figur aus einer anderen Kultur oder Gesellschaft kommt als der Autor oder die Hauptfiguren der Geschichte, dann kann man sie manchmal besser verstehen oder sie abrunden, indem man Material über die Sitten, Märchen (durch die Geschichten, die sich die Menschen erzählen, kann man genau so viel über sie lernen wie anhand ihrer »offiziellen« Historie) oder andere kulturelle Eigenarten dieser Gesellschaft liest.

Mr. Willoughby, der *houngan* Ishmael, Louis XV. – all diese Charaktere fußen auf Elementen eines exotischen kulturellen Hintergrundes. Doch Brianna? Englische Abstammung, amerikanische Erziehung, durch und durch zeitgenössische Ansichten. Alles nicht besonders hilfreich, fürchte ich.

## Vergangenheit

Man kann auch von der »Vergangenheit« einer Figur erzählen. Was hat dazu geführt, dass sich dieser Charakter in der Situation befindet, in welche der Autor sie platziert hat? Selbst wenn diese Geschichte vielleicht nicht in der Handlung auftaucht, kann es einem zu wichtigen Einsichten über die Figur verhelfen, wenn man sie kennt. (Manche von uns schreiben wiederum diese Vergangenheit nieder und schaffen es dann nicht, sie aus der Handlung *herauszuhalten*, was zu den Gründen gehört, die zu Büchern von tausend Seiten Länge führen.)

Die Geschichte von Briannas Vergangenheit war allerdings nichts anderes als die Geschichte ihrer *Eltern* (aller drei Eltern). Wenn sie sich in einer Situation befand, so geschah das als Ergebnis von Handlungen, die zwar sicherlich eine Wirkung auf sie hatten – doch an denen sie nicht aktiv teilhatte.

## Die rationale Herangehensweise

Ich habe einmal einen Vortrag über die Entwicklung von Figuren gehört, in welchem der Autor die Durchführung eines herkömmlichen Psychotests empfahl (er benutzte das *Minnesota Multiphasic Personal Inventory),* um herauszufinden, was für ein Mensch ein Charakter ist, und um ihn vor dem Schreiben in den Griff zu bekommen. Ich arbeite alles andere als rational, daher hilft mir diese Idee nicht im Mindesten (obwohl ich meine Arbeitsweise auch nicht unbedingt als irrational bezeichnen möchte.)

## Die intuitive Herangehensweise

Und schließlich... kann man einfach eine Zeit lang mit einer Figur leben, sie im Kopf in verschiedene Situationen versetzen (die nicht unbedingt etwas mit der Handlung zu tun haben müssen; einfach Dinge wie:»Charakter A schneidet sich die Fußnägel. Bietet Charakter B ihm Hilfe an, sieht er genau zu, oder wendet er sich angewidert ab?«), und so allmählich ein Gespür für sie bekommen.

Ähnlich kann man auch durch die Art, wie die anderen Charaktere eine Figur betrachten, etwas über sie erfahren. Brianna wurde endlich für mich lebendig, als Roger sie in der Kirche beobachtete und sich dachte: *Obwohl ihr Gesicht den zärtlichsten Ausdruck annehmen konnte, war es kein sanftes Gesicht.* Aha! dachte ich. Endlich weiß ich etwas über sie; sie hat kein sanftes Gesicht. Und daraus begann ich intuitiv auf das Warum zu schließen und auf die Konflikte, die einer Persönlichkeit zu Grunde liegen mochten, die zwar unsanft, gleichzeitig aber zu großer Zärtlichkeit fähig war.

Kehren wir zu der zentralen Frage einer Geschichte zurück: Was für Ziele hat diese Person? Hier, so glaube ich, liegt Brianna Randall Frasers Komplexität. Die oberflächliche Antwort müsste lauten: »Sie will ihren Vater.« Aber das trifft es nicht ganz.

Wäre sie ein Teenager oder ein jüngeres Mädchen, dann ja. Aber sie ist eine junge Erwachsene mit guter Ausbildung und hinreichendem Selbstbewusstsein, und sie lebt allein. Natürlich hegt sie die tiefe Sehnsucht aller Mädchen nach ihrem Vater – doch gleichzeitig *hat* sie die Liebe eines Vaters genossen ... und sie erwidert.

Also möchte sie Jamie Fraser vielleicht aus Neugier, Einsamkeit, Pflichtgefühl etc. kennen lernen – doch das ist nicht dasselbe, was eine Frau empfindet, die ganz ohne Vater aufgewachsen ist. Sie ruht vollständig in sich selbst; und doch fühlt sie diesen Drang, die Wahrheit über sich selbst zu erfahren – und über die Beziehung ihrer Eltern.

Doch ihr Wissensdurst wird durch ihr Zugehörigkeitsgefühl zu Frank verkompliziert. Adoptivkinder verzichten oft darauf, nach ihren biologischen Eltern zu suchen, weil sie das Gefühl haben, dass sie damit ihre geliebten »wirklichen« Eltern irgendwie verraten würden. Fügt man noch das Gefühl der Verlassenheit hinzu, das Claires Verschwinden in die Vergangenheit hervorgerufen hat, so hat man eine junge Frau mit höchst widersprüchlichen Gefühlen: Ihr Wissensdurst ringt mit dem Drang, dem gesamten Thema aus dem Weg zu gehen, der Liebe zu ihrer Mutter steht unbewusste Wut über deren Verlust gegenüber, und schließlich – ringt ihre Neugier auf Jamie Fraser mit ihrer Tochterliebe zu Frank.

So kommt es dazu, dass sie sich im Allgemeinen stark zurückzieht und ihre widersprüchlichen Bedürfnisse für sich behält.

Allein Roger – der selbst ein Adoptivkind ist, aber fest auf dem Boden seiner eigenen Vergangenheit steht – versteht sie.

Und so habe ich allmählich zu Brianna »gefunden«, vor allem, indem ich Roger dabei beobachtete, wie er sich durch die verschiedenen Schichten kämpfte, mit denen sich Brianna zu ihrem Selbstschutz umgeben hatte.

## Sind Sie Claire?

Offensichtlich leben viele Leser unter dem Eindruck, dass jeder Roman im Grunde autobiografisch ist; es sind wahrscheinlich dieselben Leute, die meine Bücher gern verfilmt sähen, weil sie gern *sehen* möchten, »wie Claire und Jamie aussehen«.

Um aber die Frage zu beantworten…

Sehe ich aus wie Claire? Na ja, wenn man Kleinigkeiten wie Körpergröße, Haar- und Augenfarbe, Haarbeschaffenheit, Hautfarbe und Körperbau außer Acht lässt – klar, wir sind beide eindeutig Frauen.

Was Charakter und Lebenseinstellung angeht… nun, da ich in einer konservativen, katholischen Familie und Schule erzogen wurde, bin ich vollkommen unfähig zu fluchen. Es kann vorkommen, dass ich in extremen Stresssituationen »verdammt« sage, wenn ich mir zum Beispiel eine eiserne Bratpfanne auf den Fuß fallen lasse, aber das ist alles. Also flucht Claire für mich. Da sie ein sehr couragierter und direkter Mensch ist – Eigenschaften, für die ich große Bewunderung hege, ob ich sie nun teile oder nicht –, ist sie zudem fähig, Dinge zu tun, vor denen ich zurückschrecken würde.

Dennoch muss die Antwort auf die Frage bis zu einem gewissen Grad Ja lauten. *Jede* Figur, die ein Schriftsteller erfindet, muss irgendwie eine Manifestation seiner Psyche und seiner Erfahrung sein; wo soll man sie schließlich sonst herbekommen?

Hier in der Stadt gibt es einen Zirkel von Leserinnen, die mich einmal im Jahr offiziell zum Tee einladen, um mich über meine Bücher auszuquetschen. Bei einer dieser Gelegenheiten kamen die anwesenden Damen auf das Thema Jack Randall und begannen, ihn hitzig und leidenschaftlich niederzumachen. »Er ist so *widerwärtig*!«, erklang es im Chor. »Er ist solcher *Abschaum*, so ein fürchterlicher Mensch. Ich verabscheue ihn!« Und so weiter und so fort.

Währenddessen saß ich still da, nippte an meinem Earl Grey und dachte: Ihr habt keine Ahnung, dass ihr gerade mit Jack Randall *redet*, oder?

Woher kommen Romanfiguren? Manchmal glaube ich, es ist besser, es nicht zu wissen.

## NAMEN

Meine Figuren zu taufen, scheint mir noch nie Probleme bereitet zu haben; die meisten von ihnen *haben* einfach vom Augenblick ihrer Erschaffung an einen Namen. Dennoch kann ich manchmal erkennen, aus welchem Boden mein Unterbewusstes gewisse Kostbarkeiten geschürft hat.

Das ist schon ganz zu Anfang so gewesen. Als ich mich für eine weibliche Hauptfigur entschloss, habe ich sie einfach so eingeführt, obwohl ich nichts weiter über sie wusste, als dass sie Engländerin war. Sie spazierte in eine Kate voller Schotten hinein, die sie alle einigermaßen konsterniert anstarrten. Ihr Anführer erhob sich und stellte sich höflich als Dougal MacKenzie vor.

»Dougal«, weil ich zu diesem Zeitpunkt nur wenige passende schottische Namen kannte, aber wusste, dass der Name meines Mannes – Douglas – schottischen Ursprungs ist und »der am dunklen Wasser lebt« bedeutet. Auf »MacKenzie« brachte mich eine Kühlbox mit Karomuster, die ich im Supermarkt gesehen hatte (na ja, schließlich hatte ich erst vor zwei oder drei Tagen mit der Schriftstellerei angefangen und noch nicht viel Zeit für Recherchen gehabt).

Da stand also nun Dougal MacKenzie auf, stellte sich vor und fragte mit gerunzelter Stirn, wer seine Besucherin war.

Worauf sie ganz klar und deutlich antwortete: »Claire Elizabeth Beauchamp – und wer zum Teufel sind Sie?«

Rückblickend denke ich, dass ich auf »Claire« kam, weil ich gerade *Das Geisterhaus* von Isabel Allende gelesen hatte, in welchem es eine wichtige Figur mit Namen Clara gab. Allende benutzte diesen Namen als wiederkehrendes Motiv und wiederholte die Begriffe »Claire, Clara, clairvoyant« (= hellseherisch; die Figur besaß einen gewissen Hang zum Übernatürlichen) in gewissen Abständen in ihrem Buch. Damit erzeugte sie einen wunderbaren Rhythmus, der immer noch in meinem inneren Ohr widerhallte –

als Claire nun also die Stimme erhob und sich zu erkennen gab, war der Name in meinem Bewusstsein präsent.

»Beauchamp«, weil die wenigen Recherchen, die ich bis dato unternommen hatte, mich auf die Verbindung zwischen Frankreich und Schottland und ihre Bedeutung beim Aufstand der Jakobiten gebracht hatten. Es erschien mir wünschenswert, ihr einen französischen Namen zu geben, um mich später auf ihre französischen Verbindungen berufen zu können, falls es mir sinnvoll erschien (zu diesem Zeitpunkt hielt ich sie immer noch für eine Frau aus dem achtzehnten Jahrhundert). Jedenfalls war Beauchamp der Name eines Mathematiklehrers an meiner High School und ich hatte mich – in der Schule – darüber gewundert, dass man es englisch »Bietchem« aussprach, obwohl es sich doch ganz offensichtlich französisch schrieb. Wenn ich also eine Frau wollte, die eindeutig Engländerin war, aber einen französischen Namen hatte, dann schien mir Beauchamp eine gute Wahl zu sein.

»Elizabeth«? Na ja, es passte eben, das ist alles. Woraufhin Claire Elizabeth Beauchamp prompt die Geschichte in die Hand nahm und anfing, sie selbst zu erzählen. Da ich nicht den Mumm hatte, mich mit ihr zu streiten, wählte ich den Weg des geringsten Widerstandes und folgte ihr, um zu sehen, was als Nächstes passieren würde.

Jamie erhielt seinen Namen ursprünglich als Verbeugung vor der Figur aus *Dr. Who*, die mich zu der Gegend und der Zeit inspirierte, in der die Bücher spielen. Diese Figur, ein junger Schotte, der den Doktor begleitete, hieß Jamie MacCrimmon – und auch wenn er mit meiner Gestalt nichts weiter teilte als die Nationalität und eine gewisse sturköpfige Vorstellung von männlicher Ritterlichkeit, gefiel mir doch der Name Jamie.

Also wurde er zu Jamie, doch sein Nachname war eine Leerstelle. Da ich anfangs nichts über Schottland wusste, widerstrebte es mir, ihm einen Nachnamen zu geben, bevor ich nicht mehr über die Geschichte der Highlands und der Clans wusste. Er blieb sogar mehrere Monate lang »Jamie []« – bis ich zufällig im Rahmen meiner Recherchen das Buch *The Prince in the Heather* von Eric Linklater las.

Dieses Buch handelte davon, was nach der Katastrophe von Culloden aus dem Prinzen und seinen Gefolgsleuten wurde. In seiner Beschreibung dieser erschütternden Tage befand sich auch das prägnante Zitat, das ich später in *Die geliehene Zeit* verwendet habe: »*Nach der entscheidenden Schlacht von Culloden suchten achtzehn jakobitische Offiziere, alle verwundet, Zuflucht in dem alten Haus und lagen zwei Tage unter Schmerzen dort, ihre Verletzungen unversorgt; dann holte man sie ins Freie, um sie zu erschießen. Einer von ihnen, ein Fraser aus dem Regiment des jungen Lovat, entkam den Gemetzel; die anderen sind am Rand der Parkanlage begraben.*«

Zu diesem Zeitpunkt hatte ich so viel von meiner Handlung »gesehen«, dass ich glaubte, sie würde mit der Schlacht von Culloden enden – doch ich hatte das Gefühl, dass die Geschichte noch mehr hergab. In Anbetracht der unwahrscheinlichen Möglichkeit, dass dieses Buch vielleicht eines Tages eine Fortsetzung bekommen könnte (hüstel), hielt ich es für ratsam, dass Jamie [] diese Schlacht überlebte – und in diesem Fall... na ja, dann war sein Nachname wohl offensichtlich Fraser.

Was die anderen Figuren in den Büchern angeht, so taufen manche von ihnen sich selbst, ohne ersichtlichen Bezug auf irgendetwas zu nehmen; manche Namen ziehe ich aus dem Nebel der Erinnerung oder der Klamottenkiste meiner Launen, und andere suche ich ganz bewusst aus – obwohl letztere meistens Nebenfiguren gehören.

Colum MacKenzie (Callum in der britischen Ausgabe) war eine andere Figur, die früh die Bühne betrat. Auf der Suche nach einem schottischen Namen pickte ich mir »Colum« aus einem Roman von James Clavell heraus (*Noble House*, glaube ich), in welchem eine schottische Familie einen Sohn dieses Namens hatte. Sehr viel später, als wir die Bücher an einen Verlag in England verkauften, bat ich darum, die Bücher von einem Schotten gegenlesen zu lassen. Reay Tannahill (die das Manuskript las und viele hilfreiche Anmerkungen machte) teilte mir mit, dass dies zwar ein gälischer Name sei, man in Schottland aber normalerweise »Callum« sagte; Colum ist offenbar irisch.

Nun ja. Wir änderten es für die britische Ausgabe, doch da von der amerikanischen Ausgabe (die auch den deutschen Übersetzungen zu Grunde liegt) bereits die Satzfahnen vorlagen, änderten wir es dort nicht, da wir annahmen, dass die Schreibweise die amerikanischen Leser nicht interessieren würde. Angesichts der extremen Bandbreite gälischer Schreibweisen, die mir bis dahin untergekommen war, kam mir Colum/Callum relativ unbedeutend vor.

ICH HABE mir DOCTOR WHO *angesehen, als es bei uns auf PBS wiederholt wurde. Da britische Sendungen für das amerikanische Programmschema oft zu lang sind, schnitt man bei importierten Sendungen oft den Nachspann ab, um stattdessen Eigenwerbung laufen zu lassen. Demzufolge hatte ich* Feuer und Stein *schon fertig, als ich den Namen des Schauspielers herausfand, der Jamie MacCrimmon spielte – es war ein gewisser Frazer Hines.*

*Irgendwann stieß ich im Verlauf der Bücher bei meinen Recherchen auf die Legende vom* Dunbonnet – *jenem Mann, der Culloden überlebte, auf sein Gut zurückkehrte und sieben Jahre unter dem Schutz seiner treuen Pächter in einer Höhle verborgen lebte. Dies schien mir eine höchst romantische und passende Geschichte zu sein, also habe ich zugegriffen – ganz die kleptomanische Schriftstellerin – und sie für meine eigenen Zwecke adaptiert.*

*Viele Monate später stieß ich in einer anderen Quelle ebenfalls auf die Geschichte des* Dunbonnet. *Diese vollständigere Version erwähnte auch den Namen des Mannes, der als der* Dunbonnet *bekannt war – er hieß James Fraser.*

Colums Sohn (oder auch nicht, je nachdem) habe ich nach dem Helden einer hinreißenden, komischen Romanserie von M. C. Beaton benannt, dem Highland-Polizisten Hamish MacBeth.

Wie ich auf Namen wie Letitia und Maura gekommen bin? Das weiß der Himmel; ich weiß es nicht.

Geillis Duncan habe ich dagegen bewusst gewählt. Im Lauf meiner Recherchen war ich auf eine schottische Hexe gestoßen, die gegen Ende des sechzehnten Jahrhunderts hingerichtet worden war und Geillis Duncan hieß. Der Name gefiel mir – außerdem hatte ich in einem von Dorothy Dunnetts Romanen (die ich sehr bewundere) gelesen, dass »Geillis« ein Hexenname ist. Damals war mir noch nicht klar, dass die Frau, die ihn in *Feuer und Stein* trug, ihn ebenfalls absichtlich ausgewählt hatte, und zwar aus genau diesem Grund! Sie hat mir das einige Zeit später mitgeteilt, als sie beschloss, mir ihren wirklichen Namen zu enthüllen – beziehungsweise das, was ich gegenwärtig für ihren wirklichen Namen halten muss, nämlich Gillian Edgars.

Mutter Hildegarde war auch eine Figur, die sich ihren Namen selbst ausgesucht hat. Nachdem ich ihren Beruf und ihre Berufung festgelegt hatte, machte ich mich daran, sie zu Papier zu bringen und stellte fest, dass man mir ständig den Namen »Hildegarde« unter die Nase schob. Unsinn, sagte ich; ich glaube nicht einmal, dass Hildegarde überhaupt ein französischer Name ist. Sie muss doch bestimmt Berthe oder Mathilde oder so ähnlich heißen. Aber nein, es war »Hildegarde« und nichts anderes.

Schön, sagte ich, da ich mich inzwischen an streitlustige Charaktere gewöhnt hatte. Wie du willst, Hildegarde. Wir können es später immer noch ändern, wenn die Lektorin mir sagt, dass es nicht französisch ist.

Ein oder zwei Jahre später fand ich mich in London in einem Geschäft namens *Past Times* wieder, das sich auf die Reproduktion von Kunst- und Gebrauchsgegenständen aus vergangenen Zeiten spezialisiert hat. Dort gab es ein Regal mit Musikproduktionen, Kompositionen, deren Entstehungsdaten vom zehnten bis zum zwanzigsten Jahrhundert reichten und die auf zeitgenössischen Instrumenten eingespielt worden waren, wobei die Produktionsbedingungen der Entstehungszeit der Komposition entsprachen. Da ich das interessant fand, stöberte ich in dem Regal herum und fand eine Kassette mit Liedern einer gewissen... Mutter Hildegard.

Hildegard von Bingen, um genau zu sein (wenn ich mich recht entsinne, habe ich damals ausgerufen: »Ha! Also ist es wirklich kein französischer Name!«) Eine Mystikerin, Komponistin – und Äbtissin – aus dem zwölften Jahrhundert. Nichtsdestoweniger Mutter Hildegard.

Bei Nebenfiguren, die nicht selbst den Mund auftun, greife ich oft auf ein Buch mit dem Titel *Scottish Christian Names* (Schottische Vornamen) von Leslie Alan Dunkling zurück. Den des Englischen mächtigen Leser mag dieser Titel ein wenig in die Irre führen, da viele weit verbreitete schottische Vornamen gar nicht christlich *(Christian)* sind, sondern auf sehr viele ältere, keltische Wurzeln zurückgehen. Doch eigentlich meint die Autorin einfach nur Vornamen, und sie schließt auch die allgemeine Herleitung, die Bedeutung und alternative Schreibweisen mit ein.

## HISTORISCHE FIGUREN

Wenn man es mit Figuren zu tun hat, die echte historische Persönlichkeiten sind, hat man natürlich kein Problem mit der Namensgebung. In diesen Fällen liegt das Hauptproblem darin, den Handlungen und dem Charakter der Verstorbenen gerecht zu werden (oder sie zumindest mit dem Respekt zu behandeln, der ihnen zu gebühren scheint), während man sie gleichzeitig ohne Rücksicht auf Verluste den Zwecken der Handlung unterwirft.

Dies ist genauso sehr ein ethisches wie ein technisches Problem, obwohl man glücklicherweise den Vorteil hat, dass man sich keine Sorgen darüber machen muss, wegen Diffamierung vor den Kadi gezerrt zu werden. Jeder Autor, der es mit historischen Persönlichkeiten zu tun hat, muss sich entscheiden, wie er mit ihnen umgeht – und natürlich sind sie um einiges leichter zu handhaben, wenn über diese Figuren nicht viel geschrieben steht, da dies dem Schriftsteller größtmögliche Flexibilität erlaubt.

Die wichtigste historische Figur, mit der ich es zu tun hatte, war natürlich Charles Stuart, über den sehr viel geschrieben steht – vieles davon beschönigend, ungenau und extrem irreführend.

Einer der Hauptunterschiede zwischen wissenschaftlichen historischen Recherchen und jenen Nachforschungen, die man für einen historischen Roman unternimmt, ist, dass man bei Letzteren in Bezug auf die Verlässlichkeit seiner Quellen nicht so wählerisch zu sein braucht. Dennoch gebieten uns Pflichtgefühl und Respekt vor den historischen Figuren – die schließlich einmal wirklich gelebt haben –, darum bemüht zu sein, uns zumindest einigermaßen akkurate Informationen darüber zu beschaffen, wer sie tatsächlich gewesen sind, und sie nicht mehr in Verruf zu bringen, als es ihrem überliefertem Ruf entspricht.

Ich hatte das Glück, auf einem Tisch mit Remittenden (eine der wichtigsten Quellen für den Schriftsteller) ein Buch mit dem Titel *Bonnie Prince Charlie* von Susan MacLean Kybett zu finden. Es schien mir bei weitem die beste Beschreibung Charles Stuarts zu sein, die zu haben war; das Buch ist wissenschaftlich erarbeitet (Kybett ist eine geachtete britische Historikerin), gründlich und – glücklicherweise – ausgesprochen gut lesbar, und es zeichnet ein exzellentes Bild von der Person Stuarts und der politischen Situation, in deren Rahmen sich der Aufstand abspielte.

Meiner Erfahrung nach konsultiert man zwar bei historischen Recherchen möglicherweise Hunderte von Büchern, doch nur sehr wenige erweisen sich wirklich als nützlich. *Bonnie Prince Charlie* war ein solches Buch, und ich habe Kybetts Porträts von Charles Stuart und den anderen prominenten Jakobiten als Grundlage für meine eigenen, fiktiven Porträts benutzt.»

Zwar kam ich selbstverständlich nicht umhin, Situationen und Gespräche zu erfinden, in denen Stuart und andere historische Persönlichkeiten auftauchten, doch ich habe versucht, dafür Sorge zu tragen, dass solche Beschreibungen mit dem übereinstimmen, was über die wirkliche Person und die Handlungen zu jeder Figur bekannt war. Daher zum Beispiel Charles Stuarts Sprachstil: Er konnte zwar Englisch, aber nur sehr schlecht, und er hatte einen deutlichen italienischen Akzent. Zwar habe ich den Zwischenfall mit dem Ausflug über die Dächer und dem Affenbiss (in *Die geliehene Zeit*) erfunden, die Affäre mit Louise de Rohan dagegen nicht. Die Sache mit der Schiffsladung Portwein ist erfunden, die Verhandlungen mit dem Bankier Manzetti und der Kauf der holländischen Schwerter nicht.

Mit Simon Fraser, Lord Lovat (dem »alten Fuchs«), bin ich etwas großzügiger umgegangen. Zwar habe ich ihm einen vollständig erfundenen illegitimen Enkelsohn angehängt[1], doch dass ich ihn als verschlagen, sinnlich und politisch gewieft beschrieben habe, beruht auf zahlreichen Überlieferungen über sein Leben und sein Benehmen – auch wenn die Detailtreue und Verlässlichkeit dieser Überlieferungen sehr unterschiedlich sind.

Die Prostatitis, die ihm als vorgeschobene Entschuldigung dafür diente, dass er sich Charles Stuart nicht anschloss, war wiederum pure Erfindung meinerseits. Ich hatte gerade im Fitnessstudio einen Artikel über die Symptome bei Prostatavergrößerung und Prostatitis gelesen, in dem unter anderem stand, wie häufig dieses Problem bei Männern über fünfundsechzig ist. Ich rief augenblicklich »Heureka!«, fuhr nach Hause und schrieb die Szene in Schloss Beaufort (das Schloss musste ich ebenfalls erfinden, da das Original nach dem Aufstand dem Erdboden gleichgemacht wurde und für Nachforschungen nicht zur Verfügung stand), in welcher Claire an der Dinnertafel ihre Diagnose verkündet.

Auch sein Sohn Simon (der »junge Fuchs«) ist eine historische Persönlichkeit, über die man relativ viel weiß. Doch viele der Handlungen, die ihn bekannt machten, fanden in seinen späteren Lebensjahren statt – eine Zeitspanne, die bis jetzt jenseits der Grenzen meiner Bücher liegt. Allerdings glaube ich, dass wir Simon noch nicht zum letzten Mal gesehen haben.

Louis XV. hat es – offensichtlich – wirklich gegeben. Die Beschreibungen seiner Morgenempfänge und der Sitten bei Hofe, seines Sexualverhaltens (er tauschte politische Gefälligkeiten dagegen ein, dass ihm die Ehefrauen der Bittsteller zu Willen waren) und seines großen Interesses am Okkulten habe ich diversen historischen Quellen entnommen.

Auch Dr. Fleche und sein Diener Plato haben wirklich gelebt; man sagt dem Doktor sogar nach, dass er für das vorzeitige Ableben zahlreicher Mitglieder des französischen Königshauses verantwortlich war.

Der Comte St. Germain war ein realer Zeitgenosse, dem der Ruf anhaftete, sich mit dem Okkulten zu befassen – doch darüber hinaus schien nur wenig Konkretes über ihn bekannt zu sein. Also bediente ich mich nur seines Namens und seiner unappetitlichen Hobbys und habe dann meiner Phantasie freien Lauf gelassen. (Da gerade von St. Germain die Rede ist, möchte ich darauf hinweisen, dass sich offensichtlich noch eine Kollegin – Chelsea Quinn Yarbro – seiner angenommen und ihn als Romanfigur benutzt hat, und zwar als Vampir, dem es durch seine Unsterblichkeit möglich wird, verschiedene interessante Zeitperioden zu durchleben.)

Monsieur Forez hat ungefähr zu der Zeit, in der *Die geliehene Zeit* spielt, als professioneller Henker in Paris gearbeitet. Neben der Erwähnung seines Namens fand ich auch eine Beschreibung der Nebeneinkünfte des Henkerhandwerks, und da ich der Versuchung nicht widerstehen konnte, »Schmalz von Gehängten« in meinem Buch zu benutzen, habe ich Monsieur Forez gleich mit übernommen.

William Tryon, der Gouverneur von North Carolina, ist selbstverständlich echt. Seine Unterredung mit Jamie ist zwar erfunden, doch verfolgte er tatsächlich eine aggressive Politik der Landvergabe, um das Hinterland der Kolonie zu besiedeln und zu zivilisieren. Der Wortlaut des Landvergabekontraktes – und des Eides, der den besiegten Jakobiten abverlangt wurde – stammt eins zu eins aus zeitgenössischen Dokumenten.

Auch Farquard Campbell, der in *Der Ruf der Trommel* mit Jocasta befreundet ist, hat wirklich gelebt. Er hat eine wichtige Rolle in den Geschehnissen der Gegend um das Cape Fear gespielt und hatte großen Einfluss unter den Highlandschotten, die sich dort ansiedelten. Sein Privatleben – Frauen, Kinder etc. – ist allerdings erfunden.

Weitere Nebenfiguren, die den Seiten der Geschichtsbücher entstammen, sind im folgenden »Verzeichnis der Darsteller« entsprechend gekennzeichnet und dem jeweiligen Roman zugeordnet.

## REAL EXISTIERENDE PERSONEN

Es gibt noch eine weitere Sorte von real existierenden Personen, die in meinen Büchern als Charaktere fungieren; es sind liebe Freunde von mir, deren Gutmütigkeit es mir ermöglichte, meinen Sinn für Humor auf ihre Kosten auszutoben und sie in meine Geschichten hineinzuschreiben.

### John Simpson sen. und John Simpson jr.

John E. Simpson jr. war einer meiner ersten elektronischen Freunde, der sich durch seinen sanften Witz und seinen wunderbaren Schreibstil ebenso hervortat wie durch den sehr ungewöhnlichen Stil seines Namens. Da er eine sehr enge Beziehung zu seinem Vater gehabt hatte, benutzte John fast immer die Ergänzung »jr.«, und zwar sowohl im Berufsleben (John ist ein Krimiautor, der außerdem wunderbare literarische Kurzgeschichten schreibt) als auch privat.

Daher war ich erstaunt und hocherfreut, als ich im Lauf meiner Recherchen über schottische Waffen auf eine Erwähnung der historischen Simpsons stieß – Vater und Sohn, die gemeinsam Schwerter schmiedeten, Mitte des achtzehnten Jahrhunderts in Schottland arbeiteten und für die Qualität ihrer Klingen berühmt waren. Zufälligerweise hießen sie beide John. Daher schrieb ich eine kleine Szene für *Die geliehene Zeit*, in der diese Schwertschmiede vorkamen, verlieh ihnen aber – mit Johns Erlaubnis – in etwa das Äußere der heutigen Simpsons.

### Labhriunn MacIan

Labhriunn MacIan war ein früher elektronischer Bekannter, der mir freundlicherweise meine erste Lektion in gälischer Aussprache erteilte, nämlich bezüglich seines Namens: Ley-vrie-ÄHN. Zwar kannte ich Labhriunn nicht gut, bin ihm nie begegnet und habe ihn schon lange vollständig aus den Augen verloren, doch wir haben einmal ein langes Telefonat geführt, in dessen Verlauf er mir viel über die keltische Kultur, die Shetlandinseln (wo er lebt) und andere Dinge erzählt hat, die sich indirekt als Inspiration beim Schreiben der Bücher erwiesen haben. Er hat mir auch von seinem Großvater erzählt, einem blinden Dudelsackspieler, der an der Meeresküste zu üben pflegte und den Klang seines Instrumentes von den Klippen widerhallen ließ. Also habe ich Labhriunn in *Die geliehene Zeit* eine kleine Statistenrolle als Dudelsackspieler gegeben und dabei auch die Geschichte seines Großvaters mit verarbeitet.

## Margaret Campbell

Wie man sehen kann, hat dieser Prozess der Charakterkannibalisierung seinen Ausgang bei elektronischen Unterhaltungen genommen. Im Verlauf eines solchen Gesprächs gestand mir Margaret Campbell (eine langjährige Freundin mit einer Vorliebe für Gaffertape [2]), dass sie als Kind davon geträumt hatte, einer jener Jahrmarktsgecken zu werden, deren »Nummer« darin bestand, lebenden Hühnern die Köpfe abzubeißen.

Darauf antwortete ein anderer Forumsteilnehmer im Scherz, dass sie angesichts der heutigen Tierschutzbestimmungen und der Vorlieben des modernen Publikums nur eine Chance hätte, dieses Ziel zu erreichen: »Wenn Diana dich in einem ihrer Bücher dazu macht.«

An dieser Stelle würde ich gern zu Protokoll geben, dass selbst ich in der Lage bin, hinterlistigen Vorschlägen am Rande zu widerstehen. Allerdings nicht immer.

Nun ja, ich hatte sowieso vor, einen Teil des Buches auf den Westindischen Inseln spielen zu lassen. Also wäre nichts Ungewöhnliches dabei, eine kleine Voodoozeremonie zu veranstalten, und es wäre absolut angemessen, bei diesem Anlass einen schwarzen Hahn zu opfern und so ... Auftritt: Miss Margaret Campbell, schottisches Voodoo-Orakel, Geliebte des Hauptmanns Ewan Cameron und Schwester des Monsters von Edinburgh.

## Barry Fogden

Ähnlich beging auch Barry Fogden, ein anderer elektronischer Freund, den Fehler, im zwanglosen Gespräch zu erwähnen, dass sein Großvater Schäfer gewesen war und dass er, Barry, ihm in seiner ausgelassenen Jugend oft dabei geholfen hatte, Lämmer zur Welt zu bringen, und auch andere Aufgaben übernommen hatte. Da die Menschen nun einmal so sind, wie sie sind, führte diese Enthüllung – wie zu erwarten – bei den Bewohnern des *Li-*

*terary Forums* bei CompuServe zu einer Epidemie von Schafswitzen.

Und da das Hirn eines Schriftstellers ebenfalls so ist, wie es ist, brachte mich die Erwähnung von Schafen direkt auf den Gedanken an eine »Herde«, was mich wiederum auf einen Priester brachte. Und ich musste einen Weg finden, Fergus und Marsali zu verheiraten. Und so wurde aus dem ehemaligen Schafhirten und bekannten britischen Poeten B. Fogden der verrufene Ausgestoßene Vater Fogden, auf den Seiten von *Ferne Ufer* begleitet von seinem Hund Ludo und seiner... äh... Herde (Ludo gibt es wirklich; die Schafe sind erfunden).

## John (Quincy) Myers

Einer meiner ältesten elektronischen Freunde ist der Schriftsteller John L. Myers, der – neben seinen anderen bemerkenswerten Eigenschaften – ein auffälliges Äußeres besitzt, denn er ist einen Meter achtundneunzig groß. Außerdem wohnt John in North Carolina und hat mich reichlich mit Anekdoten, Spukgeschichten und anderen obskuren Informationen über seine Heimat eingedeckt (John verdanke ich die Geschichte mit den Berglichtern am Brown Mountain, die als entfernte Inspiration für die Geisterepisode in *Der Ruf der Trommel* diente).

Ich erwiderte seine Freundlichkeit, indem ich den Waldläufer Johnnie Lee Myers erfand. Wie immer habe ich meine fiktive Schöpfung ihrem Namensgeber vorgelegt, um mir vor der Drucklegung dessen Segen zu holen, und habe ihn gefragt, ob ich noch irgendetwas ändern sollte, bevor JLM veröffentlicht wurde.

John antwortete, das Äußere meiner Kunstfigur – Bart, Ringellocken und so weiter – habe erstaunliche Ähnlichkeit mit seinem Großvater Quincy Myers, der ein Zollbeamter in den Bergen North Carolinas gewesen war. Er bat mich, den Namen des Charakters geringfügig zu ändern und als kleine Verbeugung vor seinem Großvater den Namen »Quincy« anzufügen – und so erblickte die Figur als John Quincy Myers in *Der Ruf der Trommel* das Licht der Öffentlichkeit.

## Anmerkungen

1 Allerdings passt die Existenz unehelicher Söhne wunderbar zu allem, was man über Lovats Charakter weiß.
2 Also bitte, ich kann nichts dafür; ich habe sie gefragt, wie sie hier beschrieben werden möchte, und das war ihre Antwort.

# Verzeichnis der Darsteller
## (in alphabetischer Reihenfolge)

**D**ann und wann bekomme ich Briefe oder elektronische Post von Lesern, die sich nicht mehr erinnern können, wer die eine oder andere Figur gewesen ist[1] – oder sich zwar an den Namen erinnern, aber nicht daran, in welchem Buch die Figur vorkam – oder sich an Namen und Buch erinnern, aber nicht daran, welche Rolle die Figur in der Handlung spielt. Nach langem Nachdenken, wie sich eine Liste der Figuren am besten so organisieren lässt, dass man leicht darin nachschlagen kann, und wie ich Lesern mit Erinnerungslücken am besten auf die Sprünge helfe, habe ich mich schließlich für eine einfache alphabetische Auflistung entschieden, einschließlich einer Kurzbeschreibung der Figuren und ihrer Bezugspunkte sowie einer Angabe des Buches (oder der Bücher), in dem sie auftauchen.

Angesichts der Fülle der Charaktere und ihrer unterschiedlichen Namen hat eine alphabetische Auflistung andererseits eigentlich nichts Einfaches an sich. Trotzdem schien mir dies die einzig vernünftige Herangehensweise zu sein, also bin ich, um Einheitlichkeit zu erzielen, nach den folgenden Richtlinien vorgegangen:

Alle Charaktere sind alphabetisch aufgelistet, und zwar 1. mit ihrem Nachnamen (falls vorhanden), 2. ihrem Vornamen (wenn nur der eine Name vorkommt) oder 3. nach dem wichtigsten Wort, mit dem sie beschrieben werden (wenn sie namenlos sind) – zum Beispiel »Geist«.

Charaktere, die an verschiedenen Stellen unter verschiedenen Namen auftauchen (aus Claire Beauchamp Randall wird beispielsweise Claire Fraser; James Alexander Malcolm MacKenzie Fraser taucht als Alexander Malcolm, Hauptmann Alessandro und unter verschiedenen anderen Decknamen auf; Roger Wakefield nimmt seinen ursprünglichen Familiennamen MacKenzie wieder an) sind unter sämtlichen Namen aufgelistet, wobei aber nur der Haupteintrag (der Name, unter dem eine Figur am bekanntesten ist) auch eine Beschreibung der Figur enthält; Zweitnamen verweisen den Leser nur auf den ursprünglichen Namen. Charaktere, die früher einmal wirklich gelebt haben, sind mit einem Kreuz markiert (†). Charaktere, die noch leben – und meine Freunde sind (oder es zumindest waren, bevor ich damit angefangen habe, sie in meinen Büchern zu verwerten) – sind mit zwei Kreuzen (††) markiert.

Viele Charaktere erscheinen nicht direkt in einem der Bücher, doch ihre Erwähnung ist von Bedeutung – zum Beispiel der Geist in *Feuer und Stein*. Wir bekommen den Geist nie direkt zu *sehen*, und doch reicht Franks Beschreibung der Begegnung mit ihm aus, um dem Geist Bedeutung zu verleihen. Ebenso erscheinen Brian und Ellen Fraser, Jamies Eltern, niemals selbst in der Geschichte, doch sie sind trotzdem wichtige Figuren. Figuren, die in der Handlung erwähnt werden (und irgendwie für ihren Verlauf wichtig sind), aber nicht selbst in Erscheinung treten, sind also in der Auflistung mit einem (e) gekennzeichnet.

Unbedeutende Nebenfiguren, deren Namen zwar erwähnt werden, die aber nur als Mitglied einer Gruppe auftauchen und nicht besonders wichtig für die Handlung sind, sind am Ende der alphabetischen Liste kollektiv erwähnt (z.B. Dougals Männer, die Mönche in der Abtei Ste. Anne de Beaupré etc.). Dort sind auch diverse Nebenfiguren aufgelistet, die keinen Namen haben, sondern nur anhand ihres Berufes identifiziert werden (z.B. »der Hafenmeister von Le Havre«).

# A

**Barnabas Abernathy** (e) – Geillis Duncans letzter Ehemann, der unter mysteriösen Umständen verstarb und ihr Rose Hall hinterlassen hat. *[Ferne Ufer]*

**Mrs. Abernathy von Rose Hall** – der letzte bekannte Deckname von Gillian Edgars/Geillis Duncan. [*Ferne Ufer*]

**Dr. Joseph Abernathy** – Claires bester Freund, den sie während ihrer Ausbildung zur Ärztin kennen gelernt hat und in dessen Obhut sie später ihre Tochter zurücklässt. [*Geliehene Zeit, Ferne Ufer, Ruf der Trommel*]

**Leonard Abernathy** – Joseph Abernathys Sohn und Briannas Freund. [*Ferne Ufer, Trommel*]

**Abigail** – eine von Jamies kleinen Großnichten, ein rothaariges Mädchen, das kein Blatt vor den Mund nimmt. (»*Wir* nennen ihn Rotzlümmel«, informierte sie mich.) *[Ferne Ufer]*

**Ermenegilda Ruiz Alcantara y Meroz** (e) – die junge Frau, die daran schuld ist, dass Vater Fogden seinen Priesterschwüren untreu geworden ist. *[Ferne Ufer]*

**Mina Alcott** – die lustige Witwe von Kingston, die beim Empfang des Gouverneurs von Reverend Campbell ermordet wird. *[Ferne Ufer, Trommel]*

**Richter Alderdyce** – ein prominenter Friedensrichter, der mit Jocasta Cameron befreundet ist und (so findet Jocasta) ein guter Ehemann für Brianna wäre. *[Trommel]*

**Mrs. Alderdyce** – die verwitwete Mutter von Richter Alderdyce, die ihren Sohn gern mit Brianna verheiratet sähe, weil sie hofft, so zu einem Enkelkind zu kommen. *[Trommel]*

**Der »alte Alec«** – siehe »Alexander MacMahon MacKenzie«.

**Hauptmann Alessandro** – Jamies Deckname, als er sich kurzfristig der spanischen Garnison auf Hispaniola anschließt. *[Ferne Ufer]*

**Der »kleine Alec«** – Botenjunge auf Schloss Leoch. *[Feuer und Stein]*

**Etienne Marcel de Provac Alexandre** – einer von Jamies Decknamen, den er auf Jamaika benutzt, wo er in der Verkleidung eines französischen Pflanzers aus Martinique den Empfang des Gouverneurs besucht. *[Ferne Ufer]*

**Aline** – Simon Frasers Schwägerin. *[Geliehene Zeit]*

**Dame Aliset** (e) – eine Legendengestalt; die »Weiße Frau« der Highlands. *[Geliehene Zeit]*

**Rufus Allison** – Wirt des *Lime Tree*, wohin sich Lord John Grey und Jamie begeben, um Duncan Kerr auszufragen. *[Ferne Ufer]*

† **Richard Anderson** – aus Whitburgh; der Mann, der der Rebellenarmee einen geheimen Weg über das Feld von Prestonpans zeigte und es ihr so ermöglichte, die Engländer zu überrumpeln. *[Ferne Ufer]*

**»L'Andouille«** – »Das Würstchen«. Ein französischer Höfling, der für seine Sexgier berüchtigt war. *[Geliehene Zeit]*

**Mrs. Andrews** – Dr. McEwans Sekretärin am Institut für Highlandkunde, wo Gillian Edgars mit ihren Nachforschungen über die Steinkreise begann. *[Geliehene Zeit]*

**Schwester Angelique** – eine Nonne im Hôpital des Anges. *[Geliehene Zeit]*

**Onkel Angus** – ein Aberdeenterrier aus Stoff, der Rogers Kindheitsbegleiter war. *[Trommel]*

**Angus Mhor** (der große Angus) – Colums Leibdiener, Leibwächter und allgemeines Faktotum der Justiz. Anmerkung: »Mhor« ist kein Nachname, sondern das gälische Adjektiv für »groß«. *[Feuer und Stein, Geliehene Zeit]*

**Anne** – Geillis Duncans Dienstmädchen. *[Feuer und Stein]*

**Vater Anselm** – ein Priester, der in Ste. Anne de Beaupré zu Besuch ist und mit Claire über den moralischen Stellenwert von Zeitreisen philosophiert. *[Feuer und Stein]*

**M. und Mme. (Marie) Arbanville** – Bekannte der Frasers in der Pariser Gesellschaft. *[Geliehene Zeit]*

**Arnold (und Harry)** – englische Deserteure, die Jamie und Claire überfallen und angreifen. *[Feuer und Stein]*

† **M. Arouet** (alias Voltaire) (e) – Philosoph und Kritiker des achtzehnten Jahrhunderts. *[Ferne Ufer]*

**Atlas und Hercules** – Zwillingssklaven auf Rose Hall, im Besitz von Geillis Abernathy. *[Ferne Ufer]*

# B

**Bärentöter** – der Name, den die Tuscarora Jamie Fraser geben, nachdem er einfach so einen Schwarzbären mit einem Messer erlegt hat. *[Trommel]*

**Vater Bain** – der Dorfpriester von Cranesmuir, der Claire als Hexe und als Sassenach verdammt. *[Feuer und Stein]*

**Mrs. Baird** – Wirtin der Pension in Inverness, in der Claire und Frank einkehren. *[Feuer und Stein]*

† **Balhaldy** (William MacGregor oder Drummond of Balhaldies) – ein zwielichtiger jakobitischer Trittbrettfahrer, der in Paris die Gesellschaft von Prinz Charles suchte. *[Geliehene Zeit]*

**Vater Balmain** – der junge Priester, der das Hôpital des Anges betreut. *[Geliehene Zeit]*

† **Lord Balmerino** – ein prominenter jakobitischer Herzog; später wegen seiner Teilnahme an der Rebellion auf dem Tower Hill exekutiert. *[Geliehene Zeit]*

**Der Baronet** – Mary Hawkins Vater; Silas Hawkins Bruder. *[Geliehene Zeit]*

**Davie Beaton** (e) – der verstorbene Arzt von Schloss Leoch; Claire erbt seine Arbeitsmittel und Vorräte sowie sein Notizbuch. *[Feuer und Stein]*

**Henry Montmorency Beauchamp** (e) – Claires Vater. *[Geliehene Zeit]*

**Quentin Lambert Beauchamp** (oder auch »Onkel Lamb«) (e) – Claires Onkel väterlicherseits, der sie von Kindesbeinen an aufgezogen hat, nachdem ihre Eltern bei einem Autounfall ums Leben gekommen waren. *[Feuer und Stein]*

**Vater Beggs** – der Pastor von St. Finbar, der Bostoner Pfarrkirche, die Frank besucht und wo Claire mitten in der Nacht Frieden und Trost sucht. *[Ferne Ufer]*

† **Papst Benedikt** – Befürworter der katholischen Stuarts; Nachfolger von Papst Klemens. *[Geliehene Zeit]*

**Vater Benin** – ein Priester im Gefolge der jakobitischen Truppen bei Prestonpans. *[Geliehene Zeit]*

**Hugh Berowne** – ein Steuereintreiber, der Fergus auf Betreiben von Sergeant Murchison fälschlicherweise beschuldigt, seine Steuern nicht bezahlt zu haben, und dessen Pferd nebst Sattel und Zaumzeug konfisziert. *[Trommel]*

**Berta** – eine von Louise de Rohans Bediensteten auf Fontainebleau; eine heimliche Hugenottin, die zu Pastor Laurents Gemeindemitgliedern zählt. *[Geliehene Zeit]*

**Betty** – eine von Jocasta Camerons Haussklavinnen. *[Trommel]*

**»Black Jack« Randall** (alias Jonathan Woolverton Randall) – siehe unter »R«.

**Colonel Bogle** – Harry Quarrys Vorgänger als Gefängnisverwalter in Ardsmuir; hat Jamie Fraser in Eisen gelegt. *[Geliehene Zeit]*

**Madame Bonheur** (e) – eine Hebamme im Hôpital des Anges. *[Geliehene Zeit]*

**Stephen Bonnet** – Nachdem er als Kind beide Eltern verlor, hat sich der Ire Stephen Bonnet aller erdenklichen Mittel bedient, um seinen Lebensunterhalt zu bestreiten und dabei stets nur auf seine eigenen Bedürfnisse Rücksicht genommen. Wegen Piraterie zum Tod durch den Strang verurteilt, entkam er in Charlestown dem Galgen und schloss sich den Frasers an, indem er sich auf dem Wagen mit Gavin Hayes' Leiche versteckte. Obwohl ihm nur durch ihre Menschenfreundlichkeit die Flucht gelang, hat er ihnen ihre Großzügigkeit später gedankt, indem er sie auf dem Fluss überfiel und sowohl ihre Edelsteine als auch Claires goldenen Ehering stahl. Bonnet benutzt einen der Steine, um sich die *Gloriana* zu kaufen, ein kleines Frachtschiff, auf dem Roger MacKenzie später nach Amerika segelt. In einem Wirtshaus in Wilmington begegnet er Brianna Fraser, und ihr Blick fällt auf den Ring ihrer Mutter. Als Brianna sich auf die *Gloriana* begibt, weil sie versuchen will, den Ring zurückzukaufen – und zu erfahren, was ihrer Mutter zugestoßen ist –, gibt ihr Bonnet den Ring, doch er bestimmt den Preis: Vergewaltigung. Als Bonnet später festgenommen wird, erzählt ihm Brianna – die glaubt, dass er kurz vor seiner Hinrichtung steht –, dass das Kind, das sie erwartet, von ihm ist. Bonnet entkommt und gibt Brianna einen schwarzen Diamanten für den Unterhalt des Kindes, das er für das seine hält. *[Trommel]*

**Gayle Bosworthy** – Briannas beste Freundin am College. Hegt große Bewunderung für Männer in Kilts. *[Trommel]*

† **Bouassa** – ein berüchtigter Ex-Sklave und Pirat, der wegen Aufwiegelei hingerichtet wurde. Ishmael beschwört seinen *loa* herbei, und dieser gibt den Sklaven, die die Flucht aus Jamaika planen, seinen Segen. *[Ferne Ufer]*

**Bouton** – Mutter Hildegardes Hund und engster Begleiter, der nicht nur die üblichen Hundekünste der Verteidigung und der Hingabe beherrscht, sondern mit seinem Geruchssinn auch medizinische Diagnosen stellt. *[Geliehene Zeit, Ferne Ufer]*

**Comtesse von Brabant** – ein Mitglied des Hofes zu Versailles. *[Geliehene Zeit]*

**Edwina Briggs** – Direktorin des Colleges in Oxford, wo Roger Wakefield angestellt ist. *[Trommel]*

**Bruno** (alias Theobald) – Türsteher und Rausschmeißer in Madame Jeannes Bordell zu Edinburgh. *[Ferne Ufer]*

**Korporal Brame** [2] – einer von Lord John Greys Soldaten in Ardsmuir. *[Ferne Ufer]*

**Brutus** – das Pferd, das Brianna nach ihrer Reise durch die Steine erwirbt, um nach Lallybroch zu reiten. *[Trommel]*

**Ernie Buchan** – Fionas Verlobter, der ihre Freundschaft mit Roger Wakefield mit großem Argwohn betrachtet. *[Trommel]*

**Maisri Buchanan** – eine Mutter, der Claire beim *Gathering*, der Zusammenkunft der Clans, Ernährungsratschläge erteilt. *[Trommel]*

**Mr. Buchanan** – ein schottischer Plantagenbesitzer in North Carolina, ein Bekannter von Jocasta Cameron. *[Trommel]*

**Mrs. Buchanan** – leitet das Postamt in Inverness und gehört zu den tanzenden Damen von Craigh na Dun. *[Feuer und Stein]*

**Vicomte de Busca** (e) – ein junger Mann, dem man nachsagt, zu den Disciples de Mal zu gehören. *[Geliehene Zeit]*

**Davie Byrnes** – der inkompetente, trunksüchtige Aufseher der Holzproduktion und des Sägemühlenbetriebes von River Run. Er ist verantwortlich für den grausamen Lynchmord an einem Sklaven bei der Sägemühle und stirbt selbst auf Grund der Verletzungen, die er sich bei dem vorausgehenden Zwischenfall zugezogen hat, an Tetanus. *[Trommel]*

# C

† **Archie Cameron** (e) – Lochiels Bruder, ein Arzt, der die Rebellenarmee betreute und später wegen seiner Beteiligung am Jakobitenaufstand hingerichtet wurde. *[Geliehene Zeit]*

**Ewan Cameron** – ein jakobitischer Soldat, der zur Zeit des Aufstandes mit Jamie befreundet war; Margaret Campbells Geliebter. *[Geliehene Zeit, Ferne Ufer]*

**Hector Cameron** (e) – Jamie Frasers angeheirateter Onkel; Ehemann von Jamies Tante Jocasta MacKenzie Cameron. *[Trommel]*

**Hugh Cameron** (e) – Oberhaupt des Cameron-Clans, ein Jakobit. *[Geliehene Zeit]*

† **Jenny Cameron** – Schwester des Häuptlings der Camerons; als sie von Prinz Charlies Landung in Glenfinnan hörte, trommelte sie dreihundert Camerons zusammen und führte sie zum Lager von Stuarts Rebellenarmee. *[Geliehene Zeit]*

**John Cameron** (e) – Jocasta MacKenzies erster Mann. *[Feuer und Stein]*

**Reverend Archibald Campbell** – ehemaliger Soldat (der englischen Krone), der Geistlicher geworden ist – und Mörder (siehe »Teufel von Edinburgh«). Hingebungsvoller Bruder von Miss Margaret Campbell, die den Verstand verloren hat und die er auf die Westindischen Inseln bringt, weil er sich dort eine Besserung ihres Zustandes erhofft. *[Ferne Ufer]*

† **Farquard Campbell** – ein prominentes Mitglied der schottischen Siedlergemeinschaft von Cape Fear und ein enger Freund Jocasta Camerons. Als gesetzestreuer Mann mit einem skrupulö-

sen Gewissen ist er nicht nur Pflanzer, sondern auch Magistrat des Distriktes. *[Trommel]*

†† **Margaret Campbell** – Archibald Campbells Schwester. Als treue Anhängerin der jakobitischen Sache verlässt sie ihr Zuhause, um dem Rebellen zu folgen, den sie liebt (Ewan Cameron), fällt jedoch Regierungstruppen in die Hände, die sie misshandeln und als tot liegen lassen. Zwar überlebt sie den Überfall, verliert aber den Verstand – doch die leere Hülle ihres Denkvermögens liefert das notwendige Medium für die *loas* – die Voodoogeister, die Ishmael, der *houngan*, herbeibeschwört. *[Ferne Ufer]*

**Ronnie Campbell** – einer von Farquards zahlreichen Nachkommen, der nach River Run kommt, um Jamie von Byrnes' Tod in Kenntnis zu setzen. *[Trommel]*

**Angus Walter Edwin Murray Carmichael** – einer von Ians und Jennys Enkelsöhnen, Sohn ihrer Tochter Maggie. *[Ferne Ufer]*

† **du Carrefours** (e) – eine finstere französische Gestalt, die im Ruf steht, dem Okkultismus anzuhängen; einige Jahre vor der Handlung in Paris als Hexer verbrannt. *[Geliehene Zeit]*

**Duc di Castellotti** – ein leichtlebiger italienischer Adeliger, der Charles Stuart auf seinen Trunkzügen durch Paris begleitet. *[Geliehene Zeit]*

**Schwester Cecile** – eine Nonne im Hôpital des Anges. *[Geliehene Zeit]*

**Schwester Celeste** – eine Nonne im Hôpital des Anges. *[Geliehene Zeit]*

**»Bonnie Prince Charlie«** – siehe »Charles Stuart«.

**Mr. Cheesewright** (e) – Roger Wakefields Tutor in Exford. *[Ferne Ufer]*

**Korporal Chisholm** (e) – einer von Claires Patienten im Zweiten Weltkrieg. *[Feuer und Stein]*

**Geordie Chisholm** (e) – ein ehemaliger Sträfling aus Ardsmuir, der sich gern in Fraser's Ridge niederlassen würde. Jamie und Duncan Innes diskutieren darüber, ob sie ihn oder Ronnie Sinclair nehmen sollen. *[Trommel]*

**Bart Clancy** (e) – der kleine, aufmüpfige Sohn von Mrs. Clancy, der Sekretärin des Fachbereichs Geschichte. *[Ferne Ufer]*

**Mrs. Clancy** (e) – Sekretärin des Fachbereichs Geschichte in Boston, wo Frank arbeitet. *[Ferne Ufer]*

**Clarence** – Jamies Maultier; ein Geschöpf, das die Gesellschaft

liebt und das jeden Ankömmling lauthals zu begrüßen pflegt.
*[Trommel]*

**Claudel** – siehe »Fergus«.

**Herzogin von Claymore** (e) – eine englische Adelige zu Besuch am französischen Hof. *[Geliehene Zeit]*

† **Clanranald** (e) – ein prominenter Jakobitenführer. *[Geliehene Zeit]*

† **Papst Klemens** (e) – Befürworter der katholischen Stuarts. *[Geliehene Zeit]*

**Clotilda** – Geillis Abernathys Türsklavin auf Rose Hall. *[Ferne Ufer]*

**M. Clouseau** (e) – Louise de Rohans Arzt, von dieser herbeigerufen, um sich um Claire zu kümmern, die ihm jedoch entwischt. *[Geliehene Zeit]*

**Mrs. Coker** (e) – findet als Köchin auf Lallybroch Erwähnung, wobei sie auch als Mrs. Cook bezeichnet wird. *[Geliehene Zeit, Ferne Ufer]*

† **General Jonathan Cope** (e) – Befehlshaber der englischen Armee in Prestonpans, die von einer zahlenmäßig weit unterlegenen Rebellenarmee besiegt wurde (der »Johnnie Cope« der von Roger vorgetragenen Ballade in *Der Ruf der Trommel*). *[Geliehene Zeit]*

**Brodie Cooper** – ein Mitglied der Mannschaft auf der *Artemis*. *[Ferne Ufer]*

**Friedensrichter Conant** – Magistrat am Gerichtshof, vor dem ein Steuereintreiber Fergus fälschlich der Steuerhinterziehung beschuldigt. *[Trommel]*

**Nellie Cowden** – eine von Reverend Campbell eingestellte Frau, die auf der Überfahrt zu den Westindischen Inseln Margarets Dienstmädchen ist. *[Ferne Ufer]*

**Mr. Crook** – ein älterer Bekannter, der Claire zum Botanisieren in die Highlands mitnimmt und ihr dabei den Steinkreis auf dem Hügel Craigh na Dun zeigt. *[Feuer und Stein]*

**Mrs. Crook** (alias Mrs. Coker – siehe »Irrtümer«) – Köchin auf Lallybroch, die in der schweren Zeit nach Culloden stirbt. *[Ferne Ufer]*

† **William Augustus, Herzog von Cumberland** (e) – Befehlshaber von König Georges Truppen, der fest entschlossen ist, den Jakobitenaufstand zu ersticken und die Überreste in Grund und Boden zu stampfen. *[Geliehene Zeit, Ferne Ufer]*

# D

**Myra Dalrymple** (e) – größtes Klatschmaul von Kingston. *[Ferne Ufer]*

**Albert Danton** – der Leibdiener des Herzogs von Sandringham; Anführer der Bande, die in der Rue du Faubourg St. Honoré über Claire und Mary Hawkins herfällt. *[Geliehene Zeit]*

**Danu** (e) – die keltische Göttin des Glücks. *[Trommel]*

**Daphne** (e) – eine Prostituierte in Edinburgh, von der sich Claire etwas zum Anziehen leiht, nachdem ihr eigenes Kleid bei einer Schlägerei in einer Kneipe beschädigt wurde. *[Ferne Ufer]*

**Reverend Davis** (e) – ein Priester aus Kingston. *[Ferne Ufer]*

**Korporal Dawes** (e) – ein Soldat aus Ardsmuir, der damit beauftragt wird, Jamie Fraser auszupeitschen, weil dieser verbotenerweise ein Stück Tartanstoff besitzt. *[Ferne Ufer]*

**Mr. Dixon** – Zahlmeister auf der *Gloriana*. *[Trommel]*

**Friedensrichter Dodgson** (e) – ein korrupter Friedensrichter, der das Opfer einer gewalttätigen Auseinandersetzung mit den Regulatoren wird. *[Trommel]*

**Donas** – ein mächtiger, eigensinniger Fuchshengst, ursprünglich in Colums Besitz, bis ihn Jamie entwendet, als er Claire in Cranesmuir vor dem Hexenprozess rettet, um ihn später auch während der Feldzüge des Fünfundvierziger-Aufstandes zu reiten. Da man ihn am Ende für Charles Stuart bereithält, bringt Jamie ihn wieder an sich und schickt Fergus kurz vor dem Debakel von Culloden mit ihm nach Lallybroch zurück, um den Schenkungsvertrag zu überbringen, der als Beweis dient, dass das Anwesen an den kleinen Jamie übergegangen ist. *[Feuer und Stein, Geliehene Zeit]*

**Drusus** – einer von Jocastas Sklaven. *[Trommel]*

**Duff** – ein Matrose auf der *Gloriana*. *[Trommel]*

**Der Dumme Joey** (e) – ein schwachsinniger Bettler, der in den Keller eines großen Hauses gelockt wird, das sich in Inverness im Bau befindet, wo er als Menschenopfer für das Fundament mit dem Eckstein erschlagen wird. *[Feuer und Stein, Trommel]*

**Arthur Duncan** – der Staatsanwalt von Cranesmuir; verheiratet mit Geillis Duncan; wird zum Mordopfer, als man ihn bei einem Abendessen, zu dem Colum eingeladen hat, mit Zyanid vergiftet. *[Feuer und Stein]*

**Geillis Duncan** (alias Gillian Edgars) – die Ehefrau des Staatsanwaltes von Cranesmuir; Claires Freundin; man verdächtigt sie der Hexerei. Sie wurde zum Tode auf dem Scheiterhaufen verurteilt, doch schob man ihre Hinrichtung auf, weil sie schwanger war. Sie gebar Dougal MacKenzie ein Kind, entkam später mit seiner Hilfe nach Paris und geriet auf verschlungenen Pfaden auf die Westindischen Inseln, wo ihr Versuch, in ihre eigene Zeit zurückzureisen, in der Höhle von Abandawe zu einer letzten Konfrontation mit Claire führte. *[Alle]*

† **Dundas** (e) – Sir Henry Dundas, eine wichtige Persönlichkeit in der schottischen Politik der zweiten Hälfte des achtzehnten Jahrhunderts. *[Ferne Ufer]*

**Geneva Dunsany** – älteste Tochter der Familie Dunsany von Helwater; schwärmt für Jamie, zwingt ihn durch Erpressung, mit ihr zu schlafen und bringt ihm einen Sohn (William) zur Welt, stirbt aber kurz nach der Geburt. *[Ferne Ufer]*

**Gordon Dunsany** (e) – Lord Dunsanys Sohn und Erbe von Helwater, während des Aufstands ums Leben gekommen. Ein Freund von Lord John Grey. *[Ferne Ufer]*

**Isobel Dunsany** – jüngere Tochter des Dunsanys von Helwater, Geneva Dunsanys jüngere Schwester. Nachdem ihre Schwester am Kindbettfieber gestorben ist, wird sie die Pflegemutter von William, dem Sohn ihrer Schwester, und heiratet später Lord John Grey, der damit der Stiefvater und Vormund des Jungen wird. *[Ferne Ufer, Trommel]*

**Lady Dunsany** – Genevas und Isobels Mutter, Willies Großmutter, die einen Verdacht in Bezug auf die Herkunft des Jungen hegt. Sie bietet Jamie an, sich für seine Begnadigung einzusetzen, sodass er Helwater verlassen kann. *[Ferne Ufer]*

**Lord Dunsany** – ein unbedeutender und relativ verarmter Aristokrat, der Jamie Fraser (unter dem Decknamen Alexander MacKenzie) als Stallknecht auf seinem Gut aufnimmt, um Lord John Grey einen Gefallen zu tun. Er hat die Heirat seiner Tochter Geneva mit dem betagten Grafen von Ellesmere arrangiert, weil er hoffte, dass sie auf diese Weise schnell eine reiche, junge Witwe werden würde – und eine Gräfin. *[Ferne Ufer]*

**Korporal Dunstable** – einer von John Greys Soldaten in Ardsmuir, zu dessen Aufgaben es gehört, die Quartiere der Gefangenen nach verbotenen Objekten zu durchsuchen. *[Ferne Ufer]*

**Mrs. Dunvegan** (e) – die Frau des Pastors der Alten Kirche in Inverness; eine Bekannte von Roger Wakefield. *[Trommel]*

† **M. Duverney der ältere** – Finanzminister unter Louis XV. *[Geliehene Zeit]*

† **M. Duverney der jüngere** – Sohn des älteren Duverney; ein erfolgreicher Bankier. *[Geliehene Zeit]*

# E

**Gillian Edgars** (alias Geillis Duncan) – eine rätselhafte junge Frau mit einer fixen Idee und der Fähigkeit, durch die Steine zu reisen. *[Alle]*

**Greg Edgars** – Gillian Edgars Ehemann, dessen Argwohn gegenüber den nationalistischen Aktivitäten seiner Frau sich als berechtigt erweist, als sie ihn zu dem Steinkreis auf Craigh na Dun lockt und ihn dort umbringt, da sie glaubt, eines Menschenopfers zu bedürfen, um sicher durch die Steine zu gelangen. *[Geliehene Zeit]*

† **Lord Elcho** (e) – einer der jakobitischen Herzöge. *[Geliehene Zeit]*

**Madame Elise** – Betreiberin des Bordells, in welchem Fergus zur Welt gekommen ist. *[Geliehene Zeit]*

**Lord Ellesmere** – Geneva Dunsanys Ehemann und angeblicher Vater von William, Vicomte Ashness. Wird von Jamie Fraser umgebracht, weil er das Neugeborene bedroht, von dem er weiß, dass es nur durch Ehebruch zu Stande gekommen sein kann. *[Ferne Ufer]*

**Eutroclus** – ein freigelassener Schwarzer, der als Matrose auf dem Flussschiff *Sally Ann* arbeitet. *[Trommel]*

**George Everett** (e) – John Greys ehemaliger Geliebter; der Grund für den Skandal, der Grey ins Exil nach Ardsmuir befördert hat. *[Ferne Ufer]*

**Lord und Lady Everett** (e) – die Eltern von John Greys Ex-Geliebtem. *[Ferne Ufer]*

# F

**Dr. Charles Fentiman** (e) – ein Chirurg aus Cross Creek. *[Trommel]*

**Vater Alexandre Ferigault** – ein junger Jesuitenpriester, der sich den Mohawk als Prediger angeschlossen hatte und dem es gelang, einen Teil des Dorfes zu bekehren, der sich dann aber in eines seiner Gemeindemitglieder verliebte und sie schwängerte. Sein darauf folgendes Verhalten lässt einen tiefen Riss durch das Dorf gehen und führt schließlich dazu, dass man ihn foltert und umbringt, was auch den Tod seiner Geliebten nach sich zieht. Er hinterlässt eine Tochter im Säuglingsalter, die Roger Alexandra tauft. *[Trommel]*

**Fergus** (alias Claudel) – ein jugendlicher Taschendieb, den Jamie anheuert, damit er vertrauliche politische Dokumente stiehlt, und der später Jamies Ziehsohn wird. Fergus verliert bei einem Zusammenstoß mit englischen Soldaten auf den Ländereien Lallybrochs eine Hand und heiratet an einem westindischen Strand Jamies ehemalige Stieftochter Marsali. Vater von Germain. Siehe auch Claudel, Fergus Fraser. *[Geliehene Zeit, Ferne Ufer, Trommel]*

**Mrs. Fitzgibbons** (Glenna) – Verwalterin auf Schloss Leoch; Murtaghs angeheiratete Tante. *[Feuer und Stein]*

† **M. Fleche** – der königliche Arzt, der Louis XV. und seinen Hofstaat betreut. *[Geliehene Zeit]*

†† **Vater Fogden** – ein in Ungnade gefallener Priester, der auf Hispaniola lebt. Er bietet Claire seine Gastfreundschaft an, als sie dort strandet, und verheiratet später Fergus und Marsali. *[Ferne Ufer]*

**Gerald Forbes** – ein Rechtsanwalt und prominenter Bürger von Cross Creek; er bringt vier Edelsteine als Argumentationshilfe mit, als er um Brianna wirbt. *[Trommel]*

**Miss Forbes** – die Schwester des Anwalts Gerald Forbes, die Brianna gegenüber von den Vorzügen ihres Bruders schwärmt. *[Trommel]*

† **M. Forez** – der offizielle Henker des Fünften Arondissements [3], der außerdem als Freiwilliger im Hôpital des Anges arbeitet, wo er gebrochene Knochen richtet und sich mit Claire anfreundet. *[Geliehene Zeit]*

**Mrs. Forrest** (e) – Margaret Campbells Vermieterin in Kingston. *[Ferne Ufer]*

**Abt Alexander Fraser** – Brian Frasers Bruder; Jamie Frasers Onkel; Abt von Ste. Anne de Beaupré. Der Abt, ein leidenschaftlicher Jakobit, arrangiert, dass Jamie und Claire in Paris leben und Charles Stuart bei seinem Versuch helfen können, den schottischen Thron zurückzuerlangen. *[Feuer und Stein, Geliehene Zeit]*

**Annie Fraser** (e) – eine junge Bewohnerin des Dorfes Broch Mordha. Ian Murray schreibt in einem seiner Briefe an Jamie, dass sie an der Roten Ruhr gestorben ist. *[Trommel]*

**Brian Fraser** (»Brian Dubh«) (e) – Ellen Frasers Ehemann; Vater von Jamie Fraser und Jenny Fraser Murray. *[Feuer und Stein, Geliehene Zeit, Ferne Ufer]*

**Claire Elizabeth Beauchamp Randall Fraser** – eine englische Ex-Armeekrankenschwester, die nach dem Zweiten Weltkrieg mit ihrem Ehemann Frank Randall in die zweiten Flitterwochen nach Schottland fährt – um dort durch einen Steinkreis zu schreiten, was überraschende Folgen hat. *[Alle]*

**Ellen MacKenzie Fraser** (e) – Brian Frasers Frau; Schwester von Colum, Dougal und Jocasta MacKenzie; Mutter von Jamie Fraser und Jenny Fraser Murray. *[Feuer und Stein, Ferne Ufer, Trommel]*

**Faith Fraser** (e) – Claires und Jamies erstes Kind, das bei einer indirekt durch Jamies Duell mit Jack Randall hervorgerufenen Fehlgeburt im Hôpital des Anges tot zur Welt kommt. *[Geliehene Zeit]*

**Fergus Fraser** – siehe »Fergus«.

**Lady Frances Fraser** – eine von Simon Frasers Töchtern. *[Geliehene Zeit]*

**Geordie Paul Fraser** – einer von Jamies Gefolgsmännern. *[Geliehene Zeit]*

**James Alexander Malcolm MacKenzie Fraser** – Herr von Broch Tuarach. Sohn von Ellen MacKenzie und Brian Fraser; Enkelsohn von Simon Fraser (dem »alten Fuchs«, von dem er illegitim abstammt, wobei er selbst aber einer legitimen Verbindung entstammt); Claires zweiter Ehemann, Vater von Faith Fraser (tot geboren), Brianna Ellen Randall (Fraser) und (mit Geneva Dunsany) William, Vicomte Ashness, dem neunten Grafen von Ellesmere. *[Alle]*

**Jared Munro Fraser** – Exilschotte und erfolgreicher Weinhändler mit Schiffen und Lagerhäusern in Le Havre und einer Villa in Paris. Jamies Vetter und ein eingefleischter Jakobit. Später leiht er Jamie und Claire sein Schiff, die *Artemis*, um Ian auf den Westindischen Inseln nachzuspüren. *[Geliehene Zeit, Ferne Ufer]*

**Marsali Joyce MacKimmie Fraser** – siehe »Marsali«.

**Murtagh FitzGibbons Fraser** – Jamie Frasers Pate und Wegbegleiter. *[Feuer und Stein, Geliehene Zeit]*

† **Simon Fraser, Lord Lovat** (der »alte Fuchs«) – Oberhaupt des Fraser-Clans; Jamie Frasers Großvater väterlicherseits. *[Geliehene Zeit]*

† **Simon Fraser, Lord Lovat** – (der »junge Fuchs«) – Sohn des hingerichteten Lord Lovat (der ebenfalls Simon hieß und als der »alte Fuchs« bekannt war); ein jüngerer Halbbruder von Jamie Frasers Vater und damit Jamies Halbonkel. Er führte das Fraser-Regiment von Culloden an, entkam aber der Hinrichtung, verlor allerdings den Großteil seines Familienbesitzes – den er später auf legalem Weg als Belohnung zurückerhielt, da er ein Regiment aufstellte, das während der Franzosen- und der Indianerkriege in den Kolonien kämpfte. *[Geliehene Zeit, Trommel]*

**Wallace Fraser** – ein Pächter auf Lallybroch. *[Geliehene Zeit]*

**William Fraser** (e) – Jamies älterer Bruder, der mit elf Jahren an den Pocken gestorben ist. *[Feuer und Stein]*

**Frank** – Claires erster Ehemann, siehe auch »Franklin Woolverton Randall«.

**Kapitän Freeman** – Kapitän der *Sally Ann*, des Flussschiffes, das die Frasers auf dem Cape Fear River von Wilmington nach Cross Creek gebracht hat. *[Trommel]*

**Der Fremdenführer von Loch Ness** – ein Highlandschotte, der mit Claire und Frank eine Bootsfahrt auf Loch Ness unternimmt und ihnen viele Legenden aus der Gegend erzählt. *[Feuer und Stein]*

# G

**Gabrielle** – Nacognawetos zweite Frau, ein Halbblut, das zuvor mit einem französischen Trapper verheiratet war. Da sie fließend Französisch spicht, dient sie Claire und ihrer Schwieger-Großmutter Nayawenne als Dolmetscherin. *[Trommel]*

**Tom Gage** – ein politischer Agitator und Aufwiegler aus Edinburgh; er beauftragt den Drucker A. Malcolm, politische Pamphlete zu drucken. *[Ferne Ufer]*

**Lissa Garver** – die junge Schwangere, die Jamie und Claire verblutend in der Sägemühle finden, scheinbar das Opfer einer misslungenen Abtreibung – in Wirklichkeit jedoch von ihrem ehemaligen Geliebten, Sergeant Murchison, ermordet. *[Trommel]*

**Charles Gauloise** (e) – Jamies Nebenbuhler um Annalise Marillacs Zuwendung. *[Geliehene Zeit]*

**Gayle** – siehe »Gayle Bosworthy«.

**M. Genet** – ein französischer Bankier. *[Geliehene Zeit]*

**Geordie** – Druckereiangestellter. *[Ferne Ufer]*

† **George II.**, König von England. *[Geliehene Zeit]*

† **George III.**, König von England. *[Ferne Ufer]*

**Germain** – Fergus' und Marsalis Erstgeborener. *[Trommel]*

† **Comte St. Germain**[4] – Mitglied des französischen Hofes; ein Adelsherr, dem der Ruf anhaftete, mit dem Okkulten zu kokettieren. Charles Stuarts Geschäftspartner. *[Geliehene Zeit]*

**Comtesse St. Germain** – Ehefrau des Comte St. Germain. *[Geliehene Zeit]*

**Johannes Gerstmann** – der österreichische Chefdirigent des französischen Königs. *[Geliehene Zeit]*

**Ein indianischer Geist** – Claire begegnet auf einem verlassenen Berg in North Carolina einem Mann mit schwarz bemaltem Gesicht, dessen Fackel zwar leuchtet, aber nicht herunterbrennt. *[Trommel]*

**Ein schottischer Geist** (e) – die Spektralgestalt eines hünenhaften Highlanders mit einem Kilt und einer Brosche in Form eines rennenden Hirsches, dem Frank Randall in Inverness vor der Pension begegnet, in der er mit Claire wohnt. *[Feuer und Stein]*

**Duncan Gibbons** (e) – ein Pächter auf Lallybroch; Jenny hat ihn als Ehemann für Penny Murray auserkoren – falls Jamie sie nicht selbst heiraten möchte. *[Ferne Ufer]*

**Lachlan Gibbons** (e) – ein Mann, der durch Maisris hellseherische Fähigkeiten vor dem Ertrinken bewahrt wird. *[Geliehene Zeit]*

**Ewan Gibson** – Hugh Munros ältester Stiefsohn. *[Geliehene Zeit]*

**Gideon** (e) – Simon Frasers Sekretär. *[Geliehene Zeit]*

**Gilbert** (Gibbie) – ein kleiner Junge an Bord der *Gloriana*, eines der Opfer der Pockenepidemie. *[Trommel]*

**Jonathan Gilette** (e) – Inhaber der *Wilmington Gazette*, in der die Nachricht vom Tod Jamies und Claires erscheint. *[Trommel]*

† **Glengarry** – prominenter Jakobitenführer. *[Geliehene Zeit]*

† **Gerard Gobelin** – ein bedeutender französischer Bankier, der die finanziellen Angelegenheiten vieler Politiker verwaltete. *[Geliehene Zeit]*

**Sir Fletcher Gordon** – Verwalter im Gefängnis von Wentworth. *[Feuer und Stein]*

† **Lord Lewis Gordon** (e) – ein jakobitischer Sympathisant, der Männer für Charles Stuart rekrutierte. *[Geliehene Zeit]*

**Pastor Gottfried** – Pastor einer kleinen Gemeinde von Deutsch-lutheranern, die sich in North Carolina angesiedelt haben. Er kommt nach Fraser's Ridge, um Claire vom Tod Petronella Muellers und ihrer Tochter zu berichten und um sie zu warnen, weil Gerhard Mueller sich an den Indianern der Umgebung dafür rächen will, die er für die Todesfälle verantwortlich macht. *[Trommel]*

**Ned Gowan** – ein Anwalt aus Edinburgh; Rechtsberater des Mac-Kenzie-Clans; versucht, Claire vor dem Hexenprozess in Cranesmuir zu retten; später führt er die Verhandlungen, die aus Jamie Frasers ungültiger Ehe mit Laoghaire MacKenzie resultieren. *[Feuer und Stein, Ferne Ufer]*

**Fiona Graham** – Mrs. Grahams Enkeltochter. Eine praktisch veranlagte junge Frau mit Hausfrauentalent. Hat ein Auge auf Roger geworfen, lässt aber von diesem Vorhaben ab, als sie erkennt, dass Roger in Brianna verliebt ist. Fiona ist die Nachfolgerin ihrer Großmutter, und zwar nicht nur als Haushälterin im Pfarr-haus, sondern auch als »Ruferin« – das ist die Anführerin der Frauen, die auf dem Hügel Craigh na Dun tanzen und am Beltanefest die Sonne herbeirufen. Weil sie mit Roger eng befreundet ist, hilft sie ihm, Brianna zu folgen. Sie gibt ihm das *Grimoire*, das Geillis Duncan zurückgelasssen hat, und später sogar ihren Verlobungsring, damit er die Steine sicher passieren kann. Sie ist mit Ernie Buchan verlobt. *[Geliehene Zeit, Ferne Ufer, Trommel]*

**Master Georgie Graham** – Mrs. Grahams kleiner Sohn, dem beim Kutschefahren schlecht wird. *[Ferne Ufer]*

**Mrs. Graham** – Reverend Wakefields Haushälterin, Rogers Pflegemutter und Fionas Großmutter – dieser vererbt sie ihre Position als Anführerin der Tänzerinnen von Craigh na Dun, die am Beltanefest die Sonne herbeirufen. *[Feuer und Stein]*

**Mrs. (Jemima) Graham** – eine Mitreisende in der Kutsche, mit der Claire nach Edinburgh fährt, um Jamie zu suchen. *[Ferne Ufer]*

**Malcolm Grant** (e) – Oberhaupt des Grant-Clans; einer der Freier, die Ellen MacKenzie abgewiesen hat. *[Feuer und Stein]*

† **Margaret Grant** (e) – Simon Frasers zweite Frau. *[Feuer und Stein]*

**Miss Grant** – Besitzerin einer Konditorei in Inverness; eine der Tänzerinnen. *[Feuer und Stein]*

**Mungo Grant** (e) – Hilfskoch auf Schloss Leoch. *[Feuer und Stein]*

**Sir Greville** (e) – königlicher Bevollmächtigter auf Antigua. *[Ferne Ufer]*

**Lord John William Grey** (in *Die Geliehene Zeit* auch »William Grey«) – vierter Sohn der Gräfin Melton; als Sechzehnjähriger greift er Jamie kurz vor Prestonpans im Wald an. Er wird überwältigt, festgenommen und schließlich zu seinen Gefährten zurückgeschickt, wobei er Jamie Rache schwört. Später macht man ihn zum Verwalter des Gefängnisses von Ardsmuir, wo er erneut Jamies Bekanntschaft macht. Er heiratet Isobel Dunsany und wird der Stiefvater ihres Neffen William. Als Gouverneur von Jamaika begegnet er Claire und Jamie wieder und schließt später in North Carolina Freundschaft mit ihrer Tochter Brianna. *[Geliehene Zeit, Ferne Ufer, Trommel]*

**Mr. Grey** (e) – ein jamaikanischer Pflanzer, der den Fledermausguano kauft, den die *Artemis* geladen hat. *[Ferne Ufer]*

**Mr. Grieves** (e) – Gutsverwalter auf Helwater. *[Ferne Ufer]*

**Sergeant Grissom** – einer von Lord Johns Offizieren in Ardsmuir. *[Ferne Ufer]*

**Griswald** – ein vierzehnjähriger Gefreiter, der die Frasers unterwegs von Charleston nach Wilmington anhält, als sie gerade Stephen Bonnet zur Flucht verhelfen. *[Trommel]*

**Lady Grozier** – eine Freundin von Lady Dunsany, die eine Bemerkung über die ungewöhnliche Ähnlichkeit zwischen dem kleinen William und seinem Stallknecht MacKenzie macht und damit Jamies Abschied von Helwater beschleunigt. *[Ferne Ufer]*

**Gwyllyn** – ein Barde aus Wales, der seine Zelte auf Schloss Leoch aufgeschlagen hat. *[Feuer und Stein]*

# H

† **Jenny Ha** – Inhaberin einer bekannten Kneipe auf der Royal Mile in Edinburgh. *[Geliehene Zeit]*

**Mr. Harding** (e) – Vertreter der »Hand in Hand«-Versicherungsgesellschaft, bei der A. Malcolms Geschäftsräume in Edinburgh versichert waren. *[Ferne Ufer]*

**Mr. Haugh** – Inhaber eines Apothekerladens auf der Royal Mile in Edinburgh. *[Geliehene Zeit]*

**Mr. Haugh der Jüngere** – Inhaber eines Apothekerladens auf der Royal Mile in Edinburgh, den er von seinem Vater geerbt hat. *[Ferne Ufer]*

**Louisa Haugh** – Ehefrau des jüngeren Haugh. *[Ferne Ufer]*

**Vater Hayes** (e) – ein Priester, der Jamie und dem kleinen Ian nach dem Feuer in der Druckerei und seinem Nachspiel im Bordell die Beichte abnimmt. *[Ferne Ufer]*

**Archie Hayes** (Leutnant) – Gavin Hayes' Sohn; nachdem er auf dem Feld von Culloden verletzt und festgenommen worden ist, schließt sich Archie Hayes der englischen Armee an, um nicht deportiert zu werden, und bringt es bis zum Rang eines Leutnants. Mit seinem Regiment schottischer Highlander kommt er zum *Gathering* am Mount Helicon, denn er sucht Jamie, der – so hat er gehört – seinen Vater kannte. *[Trommel]*

**Gavin Hayes** – einer von Jamie Frasers jakobitischen Mitgefangenen im Gefängnis von Ardsmuir. Nach der Schließung des Gefängnisses in die Kolonien deportiert, wo man ihn später in Charleston, South Carolina, des Diebstahls für schuldig befand und hängte. Nach der Hinrichtung erzählen Jamie und Duncan Claire in einer Kneipe von Gavins Vergangenheit – von seiner Begegnung mit einem *tannasg* in den Highlands und von seiner Suche nach seinem Sohn Archie, der mit seinem Vater auf dem Feld von Culloden gestanden hat, aber nach der Schlacht verschwand. Jamie erhebt Anspruch auf Gavins Leiche und beerdigt ihn bei Nacht im Kirchhof von St. Michael, bevor er nach North Carolina weiterreist. *[Trommel]*

**Mrs. Hayes** – eine von Rogers Nachbarinnen in Inverness. *[Trommel]*

**Korporal Hawkins** – Hauptmann Jonathan Randalls Adjutant. *[Feuer und Stein]*

**Mary Hawkins** – Tochter eines unbedeutenden englischen Baronets, Nichte von Silas Hawkins. Verlobt mit einem steinalten französischen Adeligen, doch verliebt in Alexander Randall. *[Geliehene Zeit]*

**Silas Hawkins** – Onkel von Mary Hawkins, Bruder des Baronets; ein Weinhändler, der Jared Frasers Kunde ist. *[Geliehene Zeit]*

† **General Hawley** (e) – ein englischer Befehlshaber, der einen Teil der Truppen anführte, die der Rebellenarmee bei Falkirk entgegentraten. *[Geliehene Zeit]*

**Harry (und Arnold)** – englische Deserteure. *[Feuer und Stein]*

**Hector** – MacRannochs Gefolgsmann, der Claire nach ihrem Entkommen aus Wentworth findet und ihr beisteht. *[Feuer und Stein]*

**Hector (Dalrymple)** (e) – John Greys erster Geliebter; in Culloden ums Leben gekommen. *[Ferne Ufer]*

**Lady Hensley** (e) – eine Freundin der verwitweten Gräfin Melton. *[Ferne Ufer]*

**Herbert** (e) – einer von Reverend Wakefields Hunden, in seinem Tagebuch erwähnt. *[Geliehene Zeit]*

**Mutter Hildegarde** – Oberschwester des Hôpital des Anges; Claires Freundin, eine gute Amateurmusikerin und -komponistin, die den muskalischen Code entziffert, den der Herzog von Sandringham verwendet. *[Geliehene Zeit]*

**Dr. und Mrs. Hinchcliffe** – der Leiter des Fachbereichs Geschichte und seine Frau. *[Ferne Ufer]*

**Arvin Hodgepile** [5] – ein englischer Soldat, der in Cross Creek im Lagerhaus der Krone stationiert ist. Da er den Verdacht hat, dass jemand legal importierte Spirituosen durch billigen Schwarzgebrannten ersetzt, führt er inkognito Nachforschungen durch, die ihn bis zu Jamies Destillerie in den Bergen führen, wo er einen Knopf verliert. Bei dem Brand, der auf Stephen Bonnets Flucht aus den Gefängniszellen im Keller des Lagerhauses folgt, fliegt er in die Luft, und man hält ihn für tot. *[Trommel]*

**Hoechstein** (e) – ein Praktikant in dem Krankenhaus, in dem Claires medizinische Ausbildung stattfand. *[Ferne Ufer]*

**Hugo** – Louise de Rohans Bediensteter. *[Geliehene Zeit]*

**Hughes** – erster Stallknecht auf Helwater. *[Ferne Ufer]*

**Hughie** – Jennie Murrays Merinohammel. *[Ferne Ufer, Geliehene Zeit]*

**Mr. Hunter** (e) – an Typhus verstorbener Schiffsarzt der *Porpoise*. Claire erbt seine Instrumente und Arzneien. *[Ferne Ufer]*

† **Mr. Evan Hunter** (e) – bekannte medizinische Autorität und Forscher des achtzehnten Jahrhunderts, der viele Schriften über medizinische Themen verfasst hat. *[Trommel]*

† **James Hunter** – einer der Anführer der Regulatorenbewegung in North Carolina. *[Trommel]*

† **Hermon Husband** – einer der Anführer der Regulatorenbewegung in North Carolina; ein Quäker, der daher gegen Gewaltanwendung ist, andererseits aber ein Mann mit Prinzipien, der das Fehlverhalten der korrupten Gesetzesvertreter nicht dulden kann. *[Trommel]*

**Hutchinson** – erster Maat auf der *Gloriana*. *[Trommel]*

# I

**Der Indianer im Maisspeicher** – einer von Ians Jagdgefährten aus dem Stamm der Tuscarora, der an den Masern erkrankt. Claires Bemühungen zum Trotz stirbt er im Maisspeicher und stellt damit die Frasers vor das schwierige Problem, wie am besten mit seiner sterblichen Hülle umzugehen ist, ohne dass man seine Stammesgenossen ansteckt oder ihnen aber das unvorteilhafte Gefühl gibt, dass die Frasers seinen Tod irgendwie herbeigeführt haben. *[Trommel]*

**Duncan Innes** – ein ehemaliger Fischer, Teilzeitschmuggler und Gefangener in Ardsmuir. Jamies Freund und Helfer, obwohl ihm ein Arm fehlt. Wird später Jocasta Camerons Ehemann. *[Ferne Ufer, Trommel]*

**Mrs. Innes** – die Hebamme, die den kleinen Ian entbindet. *[Ferne Ufer]*

**Mr. Isaacson** (e) – ein reicher Jude, der daran interessiert ist, Mary Hawkins zu heiraten. *[Geliehene Zeit]*

**Ishmael** – der ehemalige Koch von Rose Hall; ein *houngan,* der von Piraten entführt, ihnen aber entwischt und von der *Artemis* gerettet wird. *[Ferne Ufer]*

**Isobeail** – ein kleines Mädchen, mit dem sich Roger auf der *Gloriana* anfreundet. *[Trommel]*


# J

**»Black Jack« Randall** (alias Jonathan Wolverton Randall) – siehe unter »R«.

**Hauptmann Jacobs** – Hauptmann der Miliz von Kingston, deren Aufgabe es ist, nach dem Mord an Mrs. Alcott Mr. Willoughby zu jagen. *[Ferne Ufer]*

**Jamie Roy** – *nom de guerre,* den Jamie sich für seine Schmugglerlaufbahn zulegt. Abgeleitet von seinem Spitznamen während des Aufstandes – der »Rote Jamie« (*Seaumais ruaid* auf Gälisch, wird, in etwa, »Jame Roy« ausgesprochen). Siehe »James Alexander Malcolm MacKenzie Fraser«. *[Ferne Ufer]*

**Madame Jeanne** – französische Inhaberin eines Bordells in Edinburgh, »Jamie Roys« Partnerin und Kundin beim Handel mit geschmuggeltem Brandy. *[Ferne Ufer]*

**Jeffries** – irischer Kutscher, bei Lord Dunsany angestellt; Augenzeuge, als Jamie den Grafen von Ellesmere erschoss. *[Ferne Ufer]*

**Jenkins** – englischer Soldat, der Lallybroch unmittelbar nach Ians Geburt durchsucht, weil Pistolenschüsse die Aufmerksamkeit der Engländer erregen. *[Ferne Ufer]*

**Jenny (Janet) Fraser Murray** – siehe unter »M«.

**Joan MacKimmie** – Laoghaires jüngere Tochter aus der Ehe mit Simon MacKimmie. *[Ferne Ufer]*

**Jocky** – Ians Hund auf Lallybroch. *[Ferne Ufer]*

**Annekje Johansen** – Ziegenhüterin an Bord der *Porpoise*, die zuerst Claire und dann Jamie zur Flucht verhilft. *[Ferne Ufer]*

**Erik Johansen** – Kanonier auf der *Porpoise*, Annekjes Ehemann *[Ferne Ufer]*

**John** – einer von Colums Leibdienern auf Schloss Leoch. *[Feuer und Stein]*

**Johnson** – Sir Percival Turners Adjutant. *[Ferne Ufer]*

**Josephine** – Jared Frasers Hausmädchen. *[Ferne Ufer]*

**Josh** – Jocasta Camerons Stallknecht; ein Sklave, der in North Carolina zur Welt gekommen ist, aber sowohl Gällisch spricht als auch einen schottischen Akzent hat, weil er auf einer Plantage geboren wurde, deren Besitzer aus Aberdeen kommt. *[Trommel]*

**Judas** – das Pferd, das Claire während eines Gewitters von einem Felsenkliff wirft und sie den Elementen und den Indianergeistern überlässt. *[Trommel]*

# K

**Kennyanisi-t'ago** (e) – ein Kriegshäuptling der Mohawk, der von Vater Ferigault bekehrt worden ist. *[Trommel]*

**Duncan Kerr** – ein Mitglied des MacKenzie-Clans, der in der Nähe von Ardsmuir aufgegriffen wird, wo er von Seewasser durchnässt und von allen guten Geistern verlassen herumwandert und von weißen Hexen und verstecktem Gold faselt. *[Ferne Ufer]*

**Amyas Kettrick** (e) – ein Nachbar, der Jenny erzählt, dass Hobart MacKenzie zu ihr unterwegs ist, um sich um die Ehre seiner Schwester zu kümmern. Jahre später sieht er Brianna in einiger Entfernung nach Lallybroch reiten, und da er sie für ihren Vater hält, erzählt er Laoghaire MacKenzie (Fraser), dass Jamie Fraser zurückgekehrt ist. *[Ferne Ufer, Trommel]*

† **Lord Kilmarnock** – einer der jakobitischen Herzöge; später wegen Hochverrats hingerichtet. *[Geliehene Zeit]*

† **John, der junge Kilmarnock** – Lord Kilmarnocks jüngerer Sohn und Erbe, der Fergus hänselte; später auf dem Schlachtfeld von Culloden umgekommen. *[Geliehene Zeit]*

**Alexander Kincaid** – einer von Jamie Frasers Pächtern auf Lallybroch, der an den Verletzungen stirbt, die er in der Schlacht von Prestonpans erlitten hat. *[Geliehene Zeit]*

**Alasdair Kirby** (e) – ein junger Bewohner des Dorfes Broch Mordha. Ian Murray schreibt in einem seiner Briefe an Jamie, dass er an der Roten Ruhr gestorben ist. *[Trommel]*

**Joseph Fraser Kirby** (e) – Pächter auf Lallybroch. *[Geliehene Zeit]*

**Mrs. Kirby** – Witwe eines Pächters von Jamie, der ermordet wurde, woraufhin sie Zuflucht auf Lallybroch gesucht hat. *[Ferne Ufer]*


# L

**Laoghaire** – siehe »Laoghaire MacKenzie«.

**Madame Laserre** – Friseurin für die Dame von Welt. *[Geliehene Zeit]*

† **Pastor Walter Laurent** – ein Schweizer Wanderprediger, den Claire auf Louise de Rohans Anwesen in Fontainebleau entdeckt, wo er sich in einem Schuppen versteckt. *[Geliehene Zeit]*

**Tilly Lawson** (e) – die Frau, die sich anfangs um Margaret Campbell gekümmert hat, es jedoch abgelehnt hat, den Reverend und seine Schwester auf die Westindischen Inseln zu begleiten. *[Ferne Ufer]*

† **Leiven** (e) – ein dänischer Erfinder aus St. Croix, der Geillis Abernathys Geheimtruhe hergestellt hat. *[Ferne Ufer]*

**LeJeune** (e) – ein renommierter französischer Fechtmeister. *[Geliehene Zeit]*

**Fergus mac Leodhas** (e) – schottischer Berufssoldat; Befehlshaber des Regiments, in dem Jamie Fraser und Ian Murray (Senior) gedient haben. Namensgeber des jungen Taschendiebs, den Jamie in Paris adoptiert. *[Feuer und Stein, Trommel]*

**Kapitän Thomas Leonard** – ein junger Offizier der königlichen Marine, der das Kapitänsamt auf der *Porpoise* übernimmt und Claire als Schiffsärztin zwangsrekrutiert, damit sie sich um die Thyphusepidemie an Bord kümmert. Später mitsamt seinem

Schiff in der Karibik einem Hurrikan zum Opfer gefallen. *[Ferne Ufer]*

**Leroi** – Stephen Bonnets engster Vertrauter. *[Trommel]*

† **Mr. Lillington** (e) – ein prominenter Bürger von Wilmington, in dessen Haus Claire und Jamie Gouverneur Tryon begegnen. *[Trommel]*

**Kenny Lindsey** – einer von Jamies Kameraden aus dem Gefängnis von Ardsmuir, der sich später in Fraser's Ridge angesiedelt hat. *[Trommel]*

**Rosamund Lindsey** – Kenny Lindseys Frau. *[Trommel]*

†† **Dr. Eric Linklater**[6] – Autor des Buches *The Prince in the Heather*. *[Geliehene Zeit]*

†† **Bill Livingstone**[7] – Tambourmajor der *78th Fraser Highlanders Pipes and Drums*. *[Trommel]*

† **Lochiel** – Donald Cameron of Lochiel, einer der Clanhäuptlinge, die auf dem Feld von Culloden gekämpft haben. *[Geliehene Zeit]*

† **Louis XV.** König von Frankreich *[Geliehene Zeit]*

† **Louise** – siehe »Prinzessin Louise de la Tour de Rohan« unter »R«.

† **Lady Lovat** (e) – Simon Frasers erste Frau, die er ihrer Ländereien und ihres Titels wegen zur Heirat gezwungen haben soll. *[Geliehene Zeit]*

**Anthony Brian Montgomery Lyle** (e) – Sohn von Kitty Murray und Paul Lyle, Enkel von Ian und Jenny Murray. *[Trommel]*

# M

**MacAlpine** (e) – Besitzer einer Kneipe in Edinburgh, der wissentlich geschmuggelten Brandy kauft und unwissentlich die Leiche eines mysteriösen Zöllners entgegennimmt, die in einem Fass Pfefferminzlikör versiegelt ist. *[Ferne Ufer]*

**General MacAuliffe** (e) – General aus dem Zweiten Weltkrieg, an den sich Claire erinnert. Berühmt für seine Bemerkung, als man ihn auffordert, sich zu ergeben – »Verrückt!« *[Feuer und Stein]*

**Hamish MacBeth** – einer von Jamies Pächtern; ein Soldat, der mit den Jakobitertruppen kämpft; bei Prestonpans verletzt, wo Claire die Verletzung an seinem Hodensack behandelt. *[Geliehene Zeit]*

**Briefträger MacBeth** – der Postbeamte in Inverness, der einen

Brief für Brianna zustellt, wodurch Roger von ihrem Interesse am Leben ihrer Eltern in der Vergangenheit erfährt. *[Trommel]*

† **Aeneas MacDonald** (e) – ein kleiner Bankier, der bei der Finanzierung des Aufstandes half; einer von Charles Stuarts Begleitern bei seiner Landung in Glenfinnan. *[Geliehene Zeit]*

† **Angus und Alex MacDonald of Scotus** (e) – bedeutendes jakobistisches Brüderpaar. *[Geliehene Zeit]*

† **Duncan William McLeod MacDonald of Glen Richie**[8] – einer der jakobitischen Offiziere, die auf Befehl Lord Meltons in Culloden exekutiert wurden. *[Ferne Ufer]*

**Robert MacDonald** – Mitglied der Miliz von Glen Elrive; von Claire und ihrer Schwägerin Jenny zwangsbefragt, als sie Jamie suchen und retten wollen. *[Feuer und Stein]*

**Tammas MacDonald** (e) ein Nachbar der Frasers in North Carolina; Jamie betrachtet ihn als potenziellen Ehemann für Brianna. *[Trommel]*

**Mavis MacDowell** (e) – Tochter eines Tabakhändlers in Inverness; eine von Roger Wakefields frühen Liebeleien. *[Trommel]*

†† **Labhriunn MacIan** – ein Dudelsackspieler in der Rebellenarmee von Falkirk. *[Geliehene Zeit]*

**Martin Mack** (e) – wohnt in der Nähe von Lallybroch und hat ein Pferd zu verkaufen. *[Feuer und Stein]*

**Alexander MacMahon MacKenzie,** der »alte Alec« – Stallmeister auf Schloss Leoch. *[Feuer und Stein]*

**Ambrose MacKenzie** (e) – einer von Rogers entfernten Vorfahren, den der Reverend einmal erwähnt. *[Trommel]*

**Colum (Callum) MacKenzie MacCampbell** – Anführer der MacKenzies von Leoch; Bruder von Ellen, Dougal, Jocasta und Janet; Jamie Frasers Onkel. (Angeblicher) Vater Hamishs, der seine Nachfolge als Clansoberhaupt antreten wird. Weil er der Zukunft skeptisch gegenübersteht, zweifelt Colum daran, ob es klug ist, mit seinem Clan die Stuarts zu befürworten, und er ist bereit, alles zu tun, um die Interessen des Clans zu schützen. *[Feuer und Stein, Geliehene Zeit]*

**Dougal MacKenzie** – Kriegshäuptling des MacKenzie-Clans, Colums und Ellens Bruder; Jamie Frasers Onkel. Vater von vier Töchtern: Margaret, Eleanor, Molly und Tabitha (Tibby). Nicht anerkannter Vater von Hamish MacKenzie (den man als Sohn von Dougals Bruder Colum ausgibt) und geheimer Vater von Geillis Duncans unehelichem Kind ( das später den Namen

William Buccleigh MacKenzie trägt). *[Feuer und Stein, Geliehene Zeit]*

**Ellen MacKenzie** – siehe »Ellen MacKenzie Fraser«.

**Geordie MacKenzie** – ein Mitglied des MacKenzie-Clans, das beim *tynchal* auf Leoch bei einer Wildschweinjagd umkommt. *[Feuer und Stein]*

**Hobart MacKenzie** – Laoghaires Bruder, der sich zu ihrer Ehrenrettung nach Lallybroch begibt, als er entdeckt, dass Jamies Ehe mit ihr Bigamie ist. *[Ferne Ufer]*

**Hugh MacKenzie of Muldauer** – einer von Colum MacKenzies Pächtern; Laoghaires (erster) Mann. *[Geliehene Zeit]*

**Janet MacKenzie** (e) – jüngere Schwester von Ellen, Colum und Dougal. Mit vierundzwanzig an einem fiebrigen Infekt gestorben. *[Feuer und Stein]*

**Jeremiah MacKenzie** (e) – Ehemann von Mary Oliphant, Roger Wakefields Ur-Urgroßvater. Jeremiah ist »ein alter Familienname«, den auch Rogers Vater und andere Verwandte und Vorfahren tragen. *[Trommel]*

**Jeremiah Buccleigh MacKenzie** (Jemmy) – Sohn von William Buccleigh MacKenzie und Morag Gunn MacKenzie, Rogers Urahn. Als er als Säugling mit seinen Eltern an Bord der *Gloriana* nach Amerika emigriert, entkommt er als mutmaßlicher Pockenkranker knapp dem Tod durch Ertränken. *[Trommel]*

**Jerry (Jeremiah Walter) MacKenzie** (e) – Roger (Wakefield) MacKenzies Vater, ein Kriegsheld aus dem Zweiten Weltkrieg, der 1941 in seiner Spitfire über dem Kanal abgeschossen wurde. Verheiratet mit Marjorie Wakefield MacKenzie, Rogers Mutter. *[Trommel]*

**Großmutter Joan MacKenzie** (e) – eine alte Frau, deren Körper an Stelle der Leiche Geillis Duncans verbrannt wurde *[Feuer und Stein]*

**Jocasta MacKenzie** – die jüngste Schwester von Ellen, Colum und Dougal, Jamies Tante. Dreimal verheiratet: mit John Cameron, mit dem Schwarzen Hugh Cameron von Aberfeldy und schließlich mit dem verstorbenen Hector Cameron, mit dem sie nach dem Scheitern des Stuartaufstandes nach Amerika geflohen ist. Die Camerons siedelten sich in der Nähe von Cross Creek in der Kolonie North Carolina an und brachten es als Besitzer der Plantage River Run zu Wohlstand. *[Feuer und Stein, Trommel]*

**Letitia (Chisholm) MacKenzie** – Colum MacKenzies Frau, Hamishs Mutter (mit Dougal MacKenzie). *[Feuer und Stein]*

**Laoghaire MacKenzie** (je nach regionalem Gebrauch »Liery«, »L'hier« oder »L'hiery« ausgesprochen) – ein junges Mädchen auf Schloss Leoch, das ein Auge auf Jamie geworfen hat. Nach Claires Rückkehr in die Zukunft und Jamies Entlassung aus der Gefangenschaft heiratet sie Jamie. Mutter von Marsali und Joan. *[Alle]*

**Maura (Grant) MacKenzie** (e) – Dougal MacKenzies Frau. *[Feuer und Stein]*

**Morag Gunn MacKenzie** – Ehefrau von William Buccleigh MacKenzie, Mutter eines Sohnes namens Jeremiah (»Jemmy«) und Roger MacKenzies Urahnin. Um ihren Sohn vor dem Ertrinken zu retten, als die Pocken die Mannschaft der Gloriana in Panik versetzen, versteckt sie sich im Frachtraum, wo Roger sie entdeckt. Obwohl er ihre Identität nicht kennt, rührt ihn ihr Schicksal, und er rettet sie und ihr Kind vor Kapitän Bonnets Zorn. *[Trommel]*

**Rupert MacKenzie** – Lehnsmann aus dem MacKenzie-Clan, ein entfernter Vetter von Dougal und Colum. Er hilft Claire, Jamie aus dem Gefängnis von Wentworth zu retten, und bittet später in einer verlassenen Kirche darum, durch Dougal von den Qualen der Verletzungen erlöst zu werden, die er in der Schlacht von Falkirk erlitten hat. *[Feuer und Stein, Geliehene Zeit]*

**Sarah MacKenzie** (e) – ein Mitglied des MacKenzie-Clans, in Folge einer Behandlung durch Davie Beaton gestorben. *[Feuer und Stein]*

**William Buccleigh MacKenzie** – unehelicher Sohn von Geillis Duncan und Dougal MacKenzie; als Pflegesohn von einer Familie aufgezogen, die ein Kind in seinem Alter verloren hatte, dessen Namen man ihm gab. Nach seiner Hochzeit mit Morag Gunn emigriert er später mit seiner Frau und seinem neugeborenen Sohn Jeremiah nach Amerika. *[Geliehene Zeit, Trommel]*

**Willie Coulter MacKenzie** – einer von Dougals Männern, der Jamie und Claire am Ende des Handgemenges in Culloden House überrascht, das Dougal mit seinem Leben bezahlt hat. Zu Tode erschrocken, lässt er Jamie mit Claire gehen. *[Geliehene Zeit]*

**Simon MacKimmie** (e) – Laoghaires zweiter Ehemann; Vater von

Marsali und Joan. Nach dem Aufstand im Gefängnis gestorben. *[Ferne Ufer]*

†† **Ian (Taylor) MacKinnon** – jakobitischer Soldat, der Jamie hilft, das Schlachtfeld von Culloden zu verlassen. *[Ferne Ufer]*

**Barton MacLachlan** (e) – ein Bewohner von Cross Creek. *[Trommel]*

**John MacLeod** (e) – ein Hummerfischer, den man tot in einem der Steinkreise aufgefunden hat. Gillian Edgars erwähnt ihn in ihrem Notizbuch. *[Trommel]*

**MacLeod** (vom Naylor's Creek) (e) – ehemaliger Sträfling aus dem Gefängnis von Ardsmuir, der nach Fraser's Ridge gezogen ist. *[Trommel]*

**Vater McMurtry** (e) – nach dem Aufstand Gemeindepriester in Broch Mordha. *[Ferne Ufer]*

**Großmutter MacNab** – ältere Anwohnerin auf dem Gut Lallybroch; Ronnies Mutter, Rabbies Großmutter. Sie bittet Jamie, Rabbie als Stalljungen ins Gutshaus zu holen, um ihn vor den Misshandlungen seines Vaters zu schützen. *[Feuer und Stein]*

**Mary MacNab** – Ronald MacNabs Witwe, Rabbies Mutter. Bevor sich Jamie in die Hände der Engländer begibt, besucht sie ihn in seiner Höhle, um ihm Trost anzubieten. *[Ferne Ufer]*

**Rabbie MacNab** – Ronald MacNabs misshandelter Sohn; er wird Stalljunge auf Lallybroch, später Fergus' bester Freund. *[Feuer und Stein, Geliehene Zeit]*

**Ronald MacNab** – ein Pächter auf Lallybroch; ein trunksüchtiger, gewalttätiger Nichtsnutz. Er misshandelt seinen Sohn Rabbie, der von Jamie gerettet wird. Später verdächtigt man Ronald, Jamie an die Patrouille verraten zu haben, und er kommt ums Leben, als man sein Haus in Brand steckt, wahrscheinlich aus Rache für den Verrat. Er hinterlässt eine Witwe, Mary, die Hausmädchen auf Lallybroch wird. *[Feuer und Stein]*

**Andrew MacNeill** – ein Plantagenbesitzer in der Gegend von Cape Fear und ein prominentes Mitglied der exilschottischen Kreise. Er führt Jamie und Claire zu der Sägemühle, wo der Lynchmord stattfindet, und trifft später in Wilmington auf Lizzie, der er erzählt, wo sich Jamie Fraser aufhält. *[Trommel]*

**Donald MacNeill** – Andrew MacNeills Sohn. Er setzt Farquard Campbell von dem Zwischenfall bei der Sägemühle in Kenntnis und ruft ihn herbei, damit er die Hinrichtung des Sklaven Rufus beaufsichtigt. *[Trommel]*

**Netty und Abby MacNeill** – zwei alte Jungfern, Andrew Mac-
Neills Schwestern. *[Trommel]*

**John MacRae** – der Schlosser von Cranesmuir, zu dessen Pflich-
ten es gehört, Claire und Geillis in das Diebesloch zu sperren
und beim Hexenprozess zu assistieren. *[Feuer und Stein]*

**Lady Annabelle MacRannoch** – Ehefrau von Sir Marcus Mac-
Rannoch von Eldridge Manor in der Nähe von Wentworth, der
den Frasers nach Jamies Rettung aus dem Gefängnis von Wentworth zur Flucht aus Schottland verhalf. *[Feuer und Stein]*

**Sir Marcus MacRannoch** – Besitzer von Eldridge Manor, in der
Nähe von Wentworth gelegen; hatte in seiner Jugend um Ellen
MacKenzies Gunst geworben. Er schenkte Ellen die Perlenhals-
kette und sendet Claire später den Wolfspelz und das Perlen-
armband. *[Feuer und Stein]*

† **Cluny MacPherson** (e) – ein Jakobit, der auf der Flucht versteckt
in den Highlands gelebt hat. Robert Louis Stevenson erwähnt
ihn in *Die Abenteuer des David Balfour*. *[Ferne Ufer]*

**Mrs. MacPherson** – eine von Claires Assistentinnen in Prestonpans, Ehefrau eines jakobitischen Soldaten. *[Geliehene Zeit]*

**Madeleine** – ein Zimmermädchen in Madame Jeannes Bordell;
Schwester eines der Opfer des »Teufels von Edinburgh«. *[Ferne
Ufer]*

**Magdalen** – eine Frau auf Schloss Leoch, eine entfernte Bekannte
von Claire. *[Feuer und Stein]*

**Magdalen** – die trächtige Kuh der Frasers, deren Niederkunft
Brianna mit Furcht vor ihrer Zukunft erfüllt. *[Trommel]*

**Maggie** – die Gelegenheitsprostituierte, die im World's End ein
Streitgespräch mit Jamie und Mr. Willoughby beginnt und damit einen kleinen Aufruhr auslöst. *[Ferne Ufer]*

**Magnus** – Jareds Butler im Haus auf der Rue Tremoulins. *[Gelie-
hene Zeit]*

**Maisri** – eine Seherin in den Highlands, die über das Zweite Gesicht verfügt. *[Geliehene Zeit]*

**Maitland** – Kajütenjunge an Bord der *Artemis*. *[Ferne Ufer]*

**Alexander Malcolm** – Drucker aus Edinburgh; Jamie Frasers
Deckname. *[Ferne Ufer]*

**Mamacita** – Ermenegildas Mutter, die nach dem Tod ihrer Tochter bei Vater Fogden bleibt, um für ihn zu sorgen. *[Ferne Ufer]*

**Hauptmann Manson** (e) – Bekannter von Claire Randall aus dem
Zweiten Weltkrieg. *[Feuer und Stein]*

† **Jean-Paul Marat** (e) – wichtige Figur der Französischen Revolution. *[Ferne Ufer]*

**Annalise de Marillac** – eine alte Flamme Jamie Frasers, um derentwillen er im Alter von achtzehn Jahren sein erstes Duell ausfocht. *[Geliehene Zeit]*

† **Signor Manzetti** (e) – ein italienischer Bankier, an den sich James Stuart wegen eines Kredits wendet. *[Geliehene Zeit]*

† **(John Erskine), Herzog von Mar** (e) – ein prominenter, älterer jakobitischer Adeliger, der an den Aufständen von 1715 und 1745 teilgenommen hat. *[Geliehene Zeit]*

**Marley** – Jonathan Randalls geistesgestörter, aber ausgesprochen kräftiger Bediensteter im Gefängnis von Wentworth. *[Feuer und Stein]*

**Marguerite** – Jareds Zimmermädchen auf der Rue Tremoulins. *[Geliehene Zeit]*

**Marie,** Königin von Frankreich *[Geliehene Zeit]*

**Vicomte Marigny** (aus dem Hause Gascogne) (e) – Mary Hawkins' Ex-Verlobter. *[Geliehene Zeit]*

† **(George Keith), Herzog von Marischal** – ein prominenter jakobitischer Adeliger. *[Geliehene Zeit]*

**Marsali** – Laoghaires älteste Tochter aus der Ehe mit Simon MacKimmie; Jamies Stieftochter, die an einem Strand auf den Westindischen Inseln Fergus' Frau wird. Siehe »Marsali Joyce MacKimmie Fraser«. *[Ferne Ufer]*

**Charlie Marshall** (e) – Sergeant aus dem Neunten Korps, den Claire im Zweiten Weltkrieg kennen lernt und der ihr Ratschläge über das beste Verhalten im Fall einer Hundeattacke erteilt. *[Feuer und Stein]*

**Martin, der Pförtner** – Pförtner des Colleges in Oxford, wo Roger als Geschichtslehrer angestellt ist. *[Trommel]*

**Mrs. Martins** – Hebamme, die Jenny Murrays zweites Kind Maggie (Margaret Ellen) entbindet. *[Feuer und Stein]*

**Mary Ann** – Zimmermädchen auf Ellesmere. *[Ferne Ufer]*

**Mathilde** – Jared Frasers Köchin im Haus auf der Rue Tremoulins. *[Ferne Ufer]*

**Sorley und George MacClure** – Brüderpaar, Pächter auf Lallybroch. *[Geliehene Zeit]*

**Dr. McEwan** – Direktor des Instituts für Highlandkunde, wo Gillian Edgars mit ihren Nachforschungen über die Steinkreise begann. *[Geliehene Zeit.]*

**Giles McMartin** – einer der jungen Jakobiten, die nach der Schlacht von Culloden durch Lord Meltons Truppen exekutiert wurden. *[Ferne Ufer]*

**Mrs. McMurdo** – eine von Claires Assistentinnen in Prestonpans; Ehefrau eines jakobitischen Soldaten. *[Geliehene Zeit]*

**Mrs. McMurdo** – eine von Rogers Nachbarinnen in Inverness. *[Trommel]*

**Comte Medard** (e) – Nachbar Louise de Rohans in Fontainebleau, dessen Land, auf dem er drei Hugenotten gehängt hat, an das ihre angrenzt. *[Geliehene Zeit]*

**Gräfin Melton** – Lord John Greys Mutter. *[Ferne Ufer]*

**Lord Harold Melton** – Lord John Greys ältester Bruder, der in einer Bauernkate am Rand des Schlachtfeldes von Culloden eine Gruppe jakobitischer Offiziere findet und sie alle exekutieren lässt – mit Ausnahme von Jamie Fraser, den er verschont, um eine Ehrenschuld seines jüngeren Bruders zurückzuzahlen. *[Ferne Ufer]*

**Graham Menzies** – der Patient, dem Claire in Boston zum Tod verhilft. *[Ferne Ufer]*

**Mickey** – einer von Jocastas Sklaven. *[Trommel]*

**Millefleurs** (alias »Milly«) – eines der Pferde auf Helwater. *[Ferne Ufer]*

**Schwester Minèrve** – eine Nonne im Hôpital des Anges. *[Geliehene Zeit]*

† **Madame Montresor** – eine der zahlreichen Mätressen des Königs von Frankreich. *[Geliehene Zeit]*

**Freddy Mueller** – Petronellas junger Ehemann. *[Trommel]*

**Gerhard Mueller** – Patriarch einer deutsch-lutherischen Familie, deren Hof ein paar Meilen von Fraser's Ridge entfernt liegt. Der alte Herr ist ein Ehrenmann, dem seine Familie über alles geht – aber er ist intolerant und halsstarrig und neigt dazu, falsche Schlüsse zu ziehen und darauf zu beharren. Nachdem er beschlossen hat, dass die Indianer sein Haus verhext und so den Tod seiner Schwiegertochter und Enkelkindes verursacht haben, beginnt er einen Rachezug und ermordet als Tribut drei Frauen, denen er im Wald begegnet – Gabrielle, Berthe und Nayawenne, die *Schamanin* der Tuscarora. *[Trommel]*

**Petronella Mueller** – Schwiegertochter des alten Gerhard Mueller. Claire entbindet Petronellas erstes Kind, doch kurz darauf sterben Mutter und Kind an einer Masernepidemie. *[Trommel]*

**Tommy Mueller** – einer von Gerhard Muellers Söhnen. *[Trommel]*

**Munro** – ein Schreiber im Hafenbüro von Inverness, der Roger Wakefield erklärt, wie man sich als Seemann verdingt. *[Trommel]*

**Hugh Munro** – ein alter Freund von Jamie Fraser; ein ehemaliger Lehrer, der zum Bettler geworden ist, nachdem er in den Händen der Türken seine Zunge verloren hat. Er hat Claire eine in Bernstein eingeschlossene Libelle zur Hochzeit geschenkt. Später wird er von den Wildhütern des Herzogs von Sandringham gehängt. *[Feuer und Stein, Geliehene Zeit]*

**Mrs. Munro** (Mrs. Gibson) – Hugh Munros Ehefrau. *[Geliehene Zeit]*

**Sergeant Robert Murchison** – Zwillingsbruder von William Murchison. »Klein Bobby« und »Klein Billy« waren in Ardsmuir stationiert, wo sie für ihren Sadismus berüchtigt waren. Robert verschwand eines Tages; vermutlich im Steinbruch in der Nähe von Ardsmuir ertrunken. *[Trommel]*

**Sergeant William Murchison** – ein alter, feindseliger Bekannter aus Jamies Tagen im Gefängnis von Ardsmuir. Sergeant Murchison war die eine Hälfte des sadistischen Zwillingspaars; sein Bruder kam in Ardsmuir unter mysteriösen Umständen ums Leben, wofür Robert Jamie zumindest teilweise verantwortlich macht. Nachdem er schon in den Tod Lissa Gravers, der Frau in der Sägemühle, verwickelt war, ist der Sergeant später an einer Schmuggeloperation mit Stephen Bonnet beteiligt, bei der Alkohol aus dem Lagerhaus der Krone in Cross Creek gestohlen wird. *[Trommel]*

**Aloysius O'Shaugnessy Murphy** – Koch auf der *Artemis*. *[Ferne Ufer]*

**Benjamin Murray** – viertes Kind des kleinen Jamie. *[Trommel]*

**Caitlin Maisri Murray** (e) – Ian und Jenny Murrays sechstes Kind; kurz nach der Geburt gestorben. *[Ferne Ufer]*

**Edwin Murray** – Ian Murrays Vetter, Sekretär von Mrs. Tryon, der Frau des Gouverneurs von North Carolina. Edwin Murray besorgte die Einladung zum Dinner, die es Jamie sowohl ermöglichte, Gouverneur Tryon kennen zu lernen (was das Angebot der Landvergabe zur Folge hatte), als auch Baron Penzler einen Rubin zu verkaufen. *[Trommel]*

**Frederick Murray** – einer der jungen Jakobiten, die nach der

Schlacht von Culloden durch Lord Meltons Truppen exekutiert wurden. *[Ferne Ufer]*

† **Lord George Murray** – Generalbefehlshaber von Charles Stuarts Armee. *[Geliehene Zeit]*

**Henry Murray** (e) – ältester Sohn von James Murray (des kleinen Jamie) und seiner Frau Joan; Ian und Jenny Murrays Enkelsohn. *[Trommel]*

**Ian Murray** – Jamie Frasers Schwager und bester Freund; Jenny Murrays Ehemann; Vater des kleinen Ian und seiner Geschwister. Gutsverwalter auf Lallybroch. *[Alle]*

**Ian Murray** (der kleine Ian) – Jamie Frasers jüngster Neffe, dessen Schicksal mit dem seines geliebten Onkels verwoben zu sein scheint. Schon seit sie bei Ians Geburt gemeinsam eine gefährliche Situation durchgestanden haben und um Haaresbreite der Ermordung durch die englische Armee entkommen sind, ist Ian für Jamie fast der Sohn gewesen, den er selbst niemals hatte. Als er einmal von zu Hause wegläuft, um Jamie in Edinburgh zu besuchen, entdeckt Ian einen mysteriösen Seemann, der Nachforschungen über Jamie anstellt, und steckt schließlich Jamies Druckerei in Brand, wobei er selbst nur knapp dem Tod entgeht. Nach der Rückkehr nach Lallybroch begleitet er Jamie später zur Seehundinsel in der Nähe von Coigach und wird von Piraten entführt, als er gerade den auf der Insel versteckten Juwelenschatz an sich bringen will. Als Gefangener auf die Westindischen Inseln verfrachtet, fällt er in die Hände von Geillis Duncan (alias Mrs. Abernathy, der Hexe von Rose Hall) und wird beinahe als Menschenopfer ermordet, doch Jamie und Claire retten ihn aus der Höhle von Abandawe. In North Carolina angekommen, begleitet er Jamie und Claire nach River Run und hilft beim Aufbau der Heimstatt von Fraser's Ridge. Als sie Roger MacKenzie (Wakefield) aus den Händen der Irokesen retten, nimmt er freiwillig Rogers Platz ein, lässt sich von den Indianern adoptieren und heiratet eine junge Mohawkindianerin. *[Ferne Ufer, Trommel]*

**James Alexander Gordon Fraser Murray** – »der kleine Jamie«; Ian und Jenny Murrays ältester Sohn; Jamie Frasers Neffe. Vater von Henry, Matthew, Caroline und Benjamin. Durch einen Schenkungsvertrag, den sein Onkel und Namensvetter ausstellt, erbt er Lallybroch. *[Alle]*

**Janet Ellen Murray** – Tochter von Jenny und Ian Murray, Michaels Zwillingsschwester, ältere Schwester des kleinen Ian. *[Ferne Ufer, Trommel]*

**Joan Murray** – Ehefrau des kleinen Jamie, Mutter von Henry und Matthew. *[Ferne Ufer, Trommel]*

**Der alte John Murray** (e) – Ian Murrays Vater. *[Feuer und Stein]*

**Kitty Murray** – Katherine Mary, drittes Kind von Ian und Jenny Murray. *[Geliehene Zeit, Ferne Ufer, Trommel]*

**Margaret Ellen Murray** – zweites Kind von Ian und Jenny Murray, Maggie genannt. *[Geliehene Zeit, Trommel]*

**Matthew Murray** – zweitältester Sohn von James Murray (dem kleinen Jamie) und seiner Frau Joan; Ian und Jenny Murrays Enkelsohn. *[Trommel]*

**Michael Murray** (e) – zweitältester Sohn von Ian und Jenny Murray; Zwillingsbruder von Janet Ellen Murray, älterer Bruder des kleinen Ian. Wurde nach Frankreich geschickt, um bei Jared Fraser in die Lehre zu gehen, und hat es zum erfolgreichen Weinhändler gebracht. *[Ferne Ufer, Trommel]*

**Peggy Murray** – Witwe eines der ermordeten Pächter Jamies, die nach dem Aufstand in Lallybroch Zuflucht sucht. *[Ferne Ufer]*

**Mutt (und Jeff)** – Claires Spitzname für die kirchlichen Richter, die den Hexenprozess in Cranesmuir leiten. *[Feuer und Stein]*

†† **John Quincy Myers** – ein Jäger und Bergführer, der den Frasers in Wilmington begegnet. Myers, der an einem Leistenbruch leidet, wird zum Gegenstand öffentlicher Unterhaltung, als Claire den Bruch bei einem Abendempfang auf River Run auf der Dinnertafel beheben muss. Als er wieder auf den Beinen ist, bietet Myers den Frasers an, ihnen bei der Rettung einer entlaufenen Sklavin zu helfen, indem er sie in die Berge führt. *[Trommel]*

# N

**Nacognaweto** – Häuptling eines Tuscaroradorfes. Jamie und Claire begegnen ihm und zwei seiner Söhne zufällig, als Jamie einen Bären erlegt, auf dessen Fährte sich die Indianer befanden. Durch diese Begegnung werden sie Freunde, und Nacognaweto besucht sie später mit seinen Frauen, die essbare Geschenke mitbringen. *[Trommel]*

**Nayawenne** – ihr Name bedeutet: »es mag sein; es wird geschehen«. Die Tuscarorafrau ist Nacognawetos Großmutter und die *Schamanin*, die »Sängerin« ihres Dorfes. Sie erzählt Claire von einem prophetischen Traum, erklärt ihr, wo sie die Kräuter der Gegend findet und wie sie sie benutzt, und als sie durch ein Missverständnis ermordet wird, hinterlässt sie Claire ihr Amulett – einen Lederbeutel, der unter anderem einen rohen Saphir enthält. *[Trommel]*

**Duc de Neve** – ein französischer Adeliger. *[Geliehene Zeit]*

# O

† **O'Brien** (e) – ein jakobitischer Spion. *[Geliehene Zeit]*

† **Lord Ogilvie** (e) – ein prominenter Jakobit. *[Geliehene Zeit]*

**Mary Oliphant** (e) – Roger MacKenzies Ur-Ur-Großmutter. Sechsmal verheiratet, hat aber nur von Jeremiah MacKenzie, ihrem »Prachtkerl«, Kinder bekommen. *[Trommel]*

**Patsy Olivier** – die zufällige Gastgeberin der Frasers, nachdem sie bei einem Hurrikan Schiffbruch erleiden; Herrin der Plantage Les Perles. *[Ferne Ufer]*

**Onakara** – einer von Ians Jagdkumpanen aus dem Dorf Anna Ooka. Jamie und Ian betrauen ihn damit, Roger Wakefield loszuwerden, den er an die Mohawk verkauft. Später führt er Claire, Jamie und Ian nach Snaketown, wo Roger festgehalten wird. *[Trommel]*

† **Duc d'Orleans** (e) – Bruder Louis' XV. *[Geliehene Zeit]*

**Joe Orr** (e) – wohnt in der Nähe von Lallybroch, Bekannter von Ian und Jenny Murray. *[Feuer und Stein]*

**Osbert** – Briannas Spitznamen für ihr ungeborenes Kind, das später (offiziell) den Namen Jemmy bekommt. *[Trommel]*

**O'Sullivan** (e) – einer von Charles Stuarts Weggefährten, den man später mit der Verpflegung der Armee betraut, was schlimme Konsequenzen hat. *[Geliehene Zeit]*

**Otterzahn** – siehe »Ta'wineonawira«.

**Mr. Overholt** – der Schatzmeister der *Porpoise*. *[Ferne Ufer]*

# P

**M. Pamplemousse**[9] – ein unbedeutender, französischer Beamter. *[Geliehene Zeit]*

**Die Pastetenverkäuferin** – eine alte Frau, die Brianna auf dem Arbeitermarkt in Inverness heißes, herzhaftes Gebäck verkauft. *[Trommel]*

**Mrs. Patterson** – die Wirtin der Kneipe World's End auf der Royal Mile in Edinburgh. *[Ferne Ufer]*

**Paul** – Page der Comtesse St. Germain. *[Geliehene Zeit]*

**Madame de Pérignon** – ein Mitglied des französischen Hofstaates. *[Geliehene Zeit]*

† **Herzog von Perth** (e) – ein weiterer Befehlshaber in Charles Stuarts Armee. *[Geliehene Zeit]*

**Peter** – ein Viehtreiber; er sieht das Monster von Loch Ness in Claires Nähe und sagt später beim Hexenprozess gegen sie aus. *[Feuer und Stein]*

**Phaedre** – Jocasta Camerons Leibdienerin. Die scharfsichtige, intelligente Sklavin wird Claires geheime Verbündete, weil sie ihr hilft, die Identität und den Aufenthaltsort der entlaufenen Sklavin Pollyanne zu finden. *[Trommel]*

† **Philip, König von Spanien** – der dritte Bourbonenmonarch, der (auch wenn er dies nur widerstrebend anerkennt) Verbindungen zur katholischen Stuart-Dynastie hat. *[Geliehene Zeit]*

† **Mrs. Pinckney** (e) – eine Plantagenbesitzerin in South Carolina, bekannt dafür, dass sie die heimische Seidenproduktion ins Leben rief. *[Trommel]*

**Ping An** (»Der Friedvolle«) – ein zahmer Pelikan, den Mr. Willoughby für sich fischen lässt und der keine lauten Geräusche mag. *[Ferne Ufer]*

† **Lord Pitsligo** (e) – ein Sympathisant der Jakobiten, der Männer für Charles Stuart rekrutierte. *[Geliehene Zeit]*

† **Plato** – M. Fleches medizinischer Assistent *[Geliehene Zeit]*

**Pollyanne** – eine kürzlich aus Afrika erworbene Sklavin, die Heilwissen besitzt und sich mit Kräutern auskennt. Da sie in den Sklavenquartieren in der Nähe der Sägemühle wohnt, benutzt man sie sowohl als Ausrede wie auch als Sündenbock für den Mord an Lissa Garver in der Mühle. Um sie vor der Hinrichtung zu bewahren, die ihr nach dem Gesetz des Blutvergießens droht, schmuggeln die Frasers sie in die Berge, wo John Quincy Myers ihr hilft, einen Zufluchtsort bei den Tuscarora zu finden. *[Trommel]*

**Pompey** – einer der Sklaven, die auf River Run in der Terpentinproduktion arbeiten; bei einer Pechexplosion verstümmelt. *[Trommel]*

**Kapitän Portis** – Kapitän auf einem von Jareds Schiffen. *[Geliehene Zeit]*

**Elias Pound** – der junge Seemann, der Claire während der Typhusepidemie an Bord der *Porpoise* hilft, bevor er selbst der Krankheit erliegt. *[Ferne Ufer]*

**M. und Mme. Prudhomme** – Mitglieder des französischen Hofstaates, die gemeinsam mit Jamie und Claire das königliche Gestüt in Argentan besichtigen. *[Geliehene Zeit]*

# Q

**Oberst Harry Quarry**[10] – John Greys Vorgänger als Gefängnisverwalter von Ardsmuir. *[Ferne Ufer]*

**Don Francisco de la Quintana** – spanischer Abgesandter, von Philip von Spanien entsandt, um sich ein Bild vom Jakobiteraufstand zu machen. *[Geliehene Zeit]*

# R

**Kapitän Raines** – Kapitän der *Artemis,* der in einem Sturm vor der Küste von Hispaniola ertrinkt. *[Ferne Ufer]*

**Madame de Ramage** – eine Freundin von Louise de Rohan. *[Geliehene Zeit]*

**Vicomte Georges de Rambeau** – ein Dandy und Frauenheld bei Hofe; Ehemann der eifersüchtigen Vicomtesse. *[Geliehene Zeit]*

**La Vicomtesse de Rambeau** – eine Adelsdame von heftigem, eifersüchtigem Temperament, die gern auf Zaubersprüche und Gift zurückgreift. *[Geliehene Zeit]*

**Alexander Randall** – Jonathan Randalls jüngerer Bruder; als geistliche Schreibkraft im Dienst des Herzogs von Sandringham. Mary Hawkins' Liebhaber und Vater ihres Kindes. *[Geliehene Zeit]*

**Brianna Ellen Randall** – Tochter von Claire und Frank Randall – und von Claire und Jamie Fraser. Heiratet später Roger MacKenzie; Mutter von John Jeremiah Alexander Fraser MacKenzie. *[Geliehene Zeit, Ferne Ufer, Trommel]*

**Claire Beauchamp Randall** – Frank Randalls Ehefrau. Hat sie im Zweiten Weltkrieg noch als Krankenschwester gearbeitet, so wird sie später Chefchirurgin eines großen Krankenhauses in Boston. Später verwitwet, ist sie auch als Ärztin und Mutter erfolgreich; sie nimmt ihre Tochter in die schottischen Highlands mit, wohin sie nach zwanzigjähriger Abwesenheit zurückkehrt, um die Geheimnisse der Vergangenheit zu enthüllen. *[Alle]*

**Franklin Wolverton Randall** – Claires Ehemann; ein Berufshistoriker, der sich besonders für das achtzehnte Jahrhundert interessiert. *[Alle]*

**Jonathan Wolverton Randall** (Black Jack) – Frank Randalls Vorfahr, ein Hauptmann in der englischen Armee; ein brutaler Mann mit perversen Gelüsten. *[Feuer und Stein, Geliehene Zeit, Ferne Ufer]*

**William Randall** (e) – der älteste der drei Randall-Brüder; ein unbedeutender Baronet aus Sussex. *[Feuer und Stein, Ferne Ufer]*

**Mr. Ramson** – ein Makler in Inverness, der den Verkauf von Leibeigenen regelt. *[Trommel]*

**Dr. Daniel Rawlings** – der ursprüngliche Besitzer der Medizintruhe, die Jamie Claire zum Hochzeitstag schenkt. Dr. Rawlings verschwand unter mysteriösen Umständen und ließ seine Instrumente und sein Notizbuch zurück. *[Trommel]*

**Master Raymond** – ein kleiner, mysteriöser Apotheker, der eine Menge Geheimnisse zu kennen scheint, und zwar sowohl politischer als auch okkulter Natur. *[Geliehene Zeit]*

**Reilly aus Leinster** (e) – einer von Jamie Frasers Mitgefangenen in Wentworth, der weiß, wie man Schlösser knackt. *[Feuer und Stein]*

**Roberts** – einer von Stephen Bonnets Gefährten, der gemeinsam mit seinen Begleitern die Frasers auf der Reise nach Cross Creek ausraubt. *[Trommel]*

**Mme. Melisande Robicheaux** – Geillis Duncans Deckname in Paris, wo sie zunächst nach ihrer Flucht aus Cranesmuir lebt. Siehe auch »Gillian Edgars«, »Geillis Duncan« und »Mrs. Abernathy«. *[Ferne Ufer]*

**Janet Robinson** – Zeugin beim Hexenprozess. *[Feuer und Stein]*

**Roderick (und Willie)** – Stallburschen. *[Feuer und Stein]*

**Rodney** (e) – ein Teenager aus dem zwanzigsten Jahrhundert, der mit Brianna befreundet ist. Die Tatsache, dass er auf einem Foto zu sehen ist, weckt Jamies väterlichen Argwohn. *[Ferne Ufer]*

† **Jules de Rohan** (e) – hintergangener Ehemann der Prinzessin Louise de Rohan. *[Geliehene Zeit]*

† **Prinzessin Louise de La Tour de Rohan** (alias Marie Louise Hen-

riette Jeanne de La Tour d'Auvergne) – Claires beste Freundin in Paris; Charles Stuarts Geliebte und Mutter seines (angeblichen) Sohnes Henri. *[Geliehene Zeit]*

**Rollo** – der Hund des kleinen Ian. Rollo ist ein gigantischer Wolfsmischling, den Ian in Charleston beim Glücksspiel gewinnt. Er ist groß, mutig und seinem Herrn treu ergeben, kommt in der Wildnis wunderbar zurecht und begleitet seinen Herrn, als dieser bei den Irokesen ein neues Leben anfängt. *[Trommel]*

**Schwester Marie Romaine**[11] – Briannas Lehrerin im fünften Schuljahr. *[Trommel]*

**Ross, der Schmied** – ein Hufschmied aus Broch Mordha. *[Geliehene Zeit]*

† **Mayer Rothschild**[12, 13] – ein reisender Numismatiker und Münzhändler aus Frankfurt, der Jamie und Claire in Jareds Haus auf der Rue Tremoulins aufsucht, wo er ihnen den Hinweis liefert (die goldene Tetradrachme), der den Herzog von Sandringham mit einer jakobitischen Verschwörung in Verbindung bringt. *[Ferne Ufer]*

**Duchesse de Rouen** – eine französische Adelige. *[Geliehene Zeit]*

**Rufus** – ein aufsässiger Sklave, der sich häufig Ärger einhandelt und dessen problematischer Lebenslauf nach einem Handgemenge mit dem Aufseher Byrnes endet. Das Gesetz des Blutvergießens verurteilt den Sklaven zum Tod, doch er wird von Byrnes und seinen Kumpanen gelyncht, bevor sich das Gesetz mit ihm befassen kann. Da sie zu spät kommt, um den Zwischenfall zu verhindern, und sie den Mann nicht retten kann, verabreicht Claire ihm Akonitin, ein tödliches Gift, um seinen Tod zu beschleunigen und sein Leid zu verkürzen. *[Trommel]*

# S

**Clarence Marylebone (Herzog von Sandringham)** – ein Bekannter von Colum MacKenzie; ein englischer Edelmann, dessen politische Sympathien und sexuelle Vorlieben höchst verdächtig sind; er versucht sich als Münzsammler, Mörder und Politiker und zahlt schließlich den Preis für seine Intrigen, als er Murtagh FitzGibbons Fraser in die Hände fällt. *[Feuer und Stein, Geliehene Zeit]*

**Eine Schneiderin** – fertigt für Claire ein Kleid aus cremefarbener

Seide an, das sie zum Dinner mit Baron Penzler tragen soll; *könnte* danach einem von Stephen Bonnets Gefährten von den Juwelen erzählt haben, die die Frasers bei sich tragen. *[Trommel]*

**Comte Sevigny** – französischer Adeliger. *[Geliehene Zeit]*

† **Thomas Sheridan** (e) – Charles Stuarts Tutor. *[Geliehene Zeit]*

**Geordie Silvers** (e) – Ehemann von Katherine Murray; Schwiegersohn von Ian und Jenny Murray; Vater von Josephine. *[Trommel]*

**Josephine Silvers** – älteste Tochter von Katherine Murray Silvers; Enkeltochter von Ian und Jenny Murray. *[Trommel]*

† (††) **John Simpson jr.** – ein berühmter schottischer Schwertmacher, Sohn von Simpson sen. *[Geliehene Zeit]*

† (††) **John Simpson sen.**[14] – ein berühmter schottischer Schwertmacher. *[Geliehene Zeit]*

**Ronnie Sinclair** – einer der Ex-Sträflinge aus Ardsmuir, der sich in Fraser's Ridge niederlässt; ein Küfer, der sich sein Land und seine Werkstatt durch sein Geschick im Herstellen von Whiskyfässern verdient. Die Küferwerkstatt ist eine Sammelstelle für Gerüchte und Neuigkeiten aus dem Umland. *[Trommel]*

**Junior Smoots** – Sohn der Wirtin des Blauen Bullen; hat ein Auge auf Lizzie geworfen. *[Trommel]*

**Mrs. Smoots** – Wirtin des Wirtshauses zum Blauen Bullen in Wilmington, wo Brianna und Lizzie absteigen. *[Trommel]*

**Lloyd Stanhope** – ein Landbesitzer aus Edenton, der bei einem Dinner in Wilmington sehr von Claire angetan ist. *[Trommel]*

**Georgina und Mr. Stephens** (e) – Bekannte von Marcelline Williams auf Jamaika. *[Ferne Ufer]*

**Lawrence Stern** – ein jüdischer Naturforscher aus Deutschland, der Claire in den Mangrovensümpfen Hispaniolas findet. *[Ferne Ufer]*

† **Stewart von Appin** – ein Jakobitenführer. *[Geliehene Zeit]*

† **Charles Edward Casimir Maria Sylvester Stuart, der junge Thronanwärter** – Sohn des »Alten Prätendenten« James III. von Schottland, VIII. von England. Erbe der katholischen königlichen Dynastie, lebt im Exil und ist ein junger Mann, der auf Ruhm aus ist – koste es, was es wolle. *[Geliehene Zeit]*

† **James Stuart, der »Alte Prätendent«** (e) – James III. von Schottland, VIII. von England, katholischer Monarch im Exil. *[Geliehene Zeit]*

Tom Sturgis – Kanonier an Bord der *Artemis*. *[Ferne Ufer]*
Sukie – Hausmädchen auf Lallybroch. *[Ferne Ufer]*
Sykes – einer von Lord John Greys Soldaten in Ardsmuir. *[Ferne Ufer]*

# T

Ta'wineonawira – Otterzahn; ein Irokese unbekannter Sippen- und Stammeszugehörigkeit, der versucht, einen flächendeckenden Krieg zwischen den Nationen der Irokesen und den weißen Siedlern anzuzetteln, allerdings von den Mohawk als Unruhestifter umgebracht wird. Wahrscheinlich der Inhaber des Schädels (mit den silbernen Zahnfüllungen), den Claire unter den Wurzeln eines Lebensbaumes begraben findet. *[Trommel]*

Temeraire – »der Kühne«; ein einarmiger Sklave, den Claire zufällig auf dem Sklavenmarkt in Kingston erwirbt. *[Ferne Ufer]*

Der Teufel von Edinburgh – ein Frauenmörder. Später stellt sich heraus, dass es Reverend Archibald Campbell ist. *[Ferne Ufer]*

Tewaktenyonh – Schwester des Kriegshäuptlings und des *sachem* in dem Dorf, wo Roger gefangen gehalten wird. Eine ältere Frau, die sich mit Claire anfreundet und ihr die Geschichte von Otterzahn erzählt. *[Trommel]*

Mrs. Thomas (e) – Besitzerin der Pension in Inverness, in der Claire und Brianna bei ihrem ersten Besuch in den Highlands absteigen. *[Geliehene Zeit]*

Horace Thompson – ein Anthropologe, der Joe Abernathy ein enthauptetes Skelett zur Identifikation vorlegt. *[Ferne Ufer]*

Tompkins – ein Seemann an Bord der *Porpoise*, der sich als der einäugige Fremde entpuppt, den der kleine Ian ertappte, als er in der Druckerei in Edinburgh herumschnüffelte; ein Spion Sir Percival Turners. *[Ferne Ufer]*

† Madame Nesle de La Tourelle – zeitweilige Lieblingsmätresse des Königs von Frankreich. *[Geliehene Zeit]*

† Francis Townsend – ein jakobitischer Befehlshaber, der Stirling für Charles Stuart einnahm und besetzt hielt. *[Geliehene Zeit]*

† William Tryon – Gouverneur der Kolonie North Carolina. *[Trommel]*

† Tullibardine – ein älterer Jakobit; einer von Charles Stuarts dauerhaften Beratern. *[Geliehene Zeit]*

**Sir Percival Turner** – ein korrupter Regierungsbeamter, der sein politisches Ansehen durch die Festnahme eines bedeutenden Schmugglers und Ex-Jakobiten (»Jamie Roy«) zu bessern sucht und gleichzeitig Bestechungsgelder aus der Hand des unbedeutenden Schmugglers Alexander Malcolm entgegennimmt, ohne zu ahnen, dass es sich um ein und dieselbe Person handelt. *[Ferne Ufer]*

# U

**Ulysses** – Jocasta Camerons Butler, frei geboren und als Kind versklavt; erhielt seinen Namen von dem Lehrer, der ihn erwarb. Spricht fließend Französisch und Englisch, kann Latein und Griechisch lesen und ist ein Mann mit vielen Talenten, der für seine Herrin sieht, als diese das Augenlicht verliert. *[Trommel]*

† **Mr. Urmstone** – ein Wanderprediger, der berühmt ist für die Predigten, die er auf den Klippen in der Nähe von Cross Creek unter freiem Himmel hält. *[Trommel]*

# V

**Mr. Villiers** (e) – ein Pflanzer auf Barbados. *[Ferne Ufer]*

**Jacques Vincennes** (e) – ein Freund von Marie d'Arbanville, der Augenzeuge wird, als Jamie Jack Randall in einem Bordell begegnet. *[Geliehene Zeit]*

**Madame Vionnet** – Jareds Köchin in seinem Haus auf der Rue Tremoulins. *[Geliehene Zeit]*

**Hanneke Viorst** – Hans Viorsts Schwester; sie gewährt Brianna und Lizzie in Cross Creek Quartier und Verpflegung. *[Trommel]*

**Hans Viorst** – lebt in Cross Creek und verdient seinen Lebensunterhalt, indem er mit seinem Kanu Passagiere und Fracht auf dem Cape Fear River zwischen Cross Creek und Wilmington hin- und herbefördert. Er wird von Brianna und Lizzie angeheuert, um sie stromaufwärts nach Cross Creek zu bringen, und nimmt sie mit zu sich nach Hause, als Lizzie unterwegs krank wird. *[Trommel]*

**M. Voleru** – ein Amateurmediziner, der als Freiwilliger im Hôpital des Anges arbeitet. *[Geliehene Zeit]*

# W

**Wakatihsnore** (»Handelt schnell«) – *sachem* des Mohawkdorfes, in dem Roger gefangen gehalten wird. *[Trommel]*

**Reverend Reginald Wakefield** – ein presbyterianischer Geistlicher, der mit Frank Randall befreundet ist. Ein Amateurhistoriker mit einer Vorliebe für das achtzehnte Jahrhundert und einem ausgeprägten Hamsterinstinkt; der Großonkel und Adoptivvater von Roger MacKenzie Wakefield. *[Feuer und Stein]*

**Roger Jeremiah MacKenzie Wakefield** (alias Roger MacKenzie) – Reverend Wakefields Großneffe, nach dem Tod beider Eltern im Zweiten Weltkrieg vom Reverend adoptiert. Nachdem er sich einverstanden erklärt hat, Claire bei ihren Nachforschungen über das Schicksal der Highlander von Broch Tuarach zu helfen, verliebt er sich in Brianna Randall und wird immer tiefer in die Angelegenheiten der Randalls verwickelt. *[Alle]*

**Wakyo'teyehsnonhsa** (alias Emily) – »Die-mit-den-Händen-arbeitet«; die junge Mohawkfrau, in die sich Ian verliebt und die er schließlich heiratet. *[Trommel]*

**Wallace** – Lord Meltons Adjutant. *[Ferne Ufer]*

**Mr. Ambrose Wallace** – ein Rechtsanwalt aus Edinburgh; ein Passagier in der Kutsche, die Claire nach Edinburgh bringt, wo sie nach Jamie suchen will. *[Ferne Ufer]*

**Wally** (e) – Jamies Angestellter/Komplize, der als Ablenkungsmanöver bei der Operation Brandyschmuggel einen Wagen mit leeren Fässern fährt. *[Ferne Ufer]*

**Walmisley** – Butler auf Bellhurst, dem Anwesen des Herzogs von Sandringham. *[Geliehene Zeit]*

† **Antoine Walsh** (e) – ein Sklavenhändler; einer von Charles Stuarts Kameraden bei der Landung in Glenfinnan, der dem Prinzen ein Schiff zur Verfügung stellte. *[Geliehene Zeit]*

**Wan-Mei** – zweite Frau des chinesischen Kaisers, die Yi Tien Cho gern in ihren Haushalt aufgenommen hätte – und ihn damit zwang, zwischen Exil und Entmannung zu wählen. *[Ferne Ufer]*

**Mr. Warren** – Segelmeister auf der *Artemis*. *[Ferne Ufer]*

**der Weiße Rabe** – der Name, den die Tuscarora-Medizinfrau Nayawenne Claire in Folge eines Traumes gibt. *[Trommel]*

**Elizabeth Wemyss** – Lizzie genannt. Tochter von Joseph Wemyss; als Zwangsarbeiterin an Brianna Fraser verkauft. Als sie mit ihrer Herrin in die Neue Welt reist, erkrankt sie bei der Ankunft an Malaria, wodurch die beiden in Wilmington aufgehalten werden. Sie zieht ihre eigenen Schlußfolgerungen aus einer Begegnung zwischen Brianna und Roger und erzählt später Jamie Fraser, dass Roger ein Vergewaltiger und der Vater des Kindes ist, das Brianna erwartet. *[Trommel]*

**Joseph Wemyss** – Nachdem er seinen Laden in Inverness schließen musste, ist er gezwungen, sich und seine Tochter Elizabeth als Zwangsarbeiter zu verkaufen. Da er fürchtet, dass Elizabeths Vertrag von einem Mann gekauft wird, der vorhat, sie zu missbrauchen, fleht er Brianna an, sie stattdessen zu kaufen. *[Trommel]*

† **Wilhelm von Oranien** (e) – englischer Monarch, den man einlud, den Thron einzunehmen, als die Stuarts im Exil waren. *[Geliehene Zeit]*

**William, Vicomte Dunsany, Vicomte Ashness, neunter Graf von Ellesmere** – Erbe der Grafen Ellesmere und Dunsany; unehelicher Sohn von James Fraser und Geneva Dunsany. Fast jeder hält ihn für den legitimen Erben von Genevas betagtem Ehemann, dem achten Grafen. *[Ferne Ufer, Trommel]*

**Judah Williams** (e) – Besitzer der Twelvetrees-Plantage auf Jamaika, die später während einer Sklavenrevolte abbrennt. *[Ferne Ufer]*

**Marcelline Williams** – eine Frau, deren Bekanntschaft Claire beim Empfang des Gouverneurs in Kingston macht; Schwester von Judah Williams von der Twelvetrees-Plantage. *[Ferne Ufer]*

**Die Damen Williams** – jakobitische Sympathisantinnen aus Edinburgh, die auf einem von Charles Stuarts Bällen mit Jamie tanzen. *[Geliehene Zeit]*

**Mary Walker Willis**[15] (e) – eine Frau, die tot in der Nähe eines Steinkreises gefunden wird; Gillian Edgars erwähnt sie in ihrem Notizbuch. *[Trommel]*

**Mr. Willoughby** – Jamies chinesischer Partner, den dieser an den Docks von Edinburgh aufgelesen hat. Ein Dichter und Akupunkteur mit einer ausgeprägten Schwäche für Frauenfüße. Er verrät Jamie unfreiwillig an den Zoll, leistet aber Wiedergutmachung, indem er Claire vor Reverend Archibald Campbell (dem Teufel von Edinburgh) rettet. Siehe »Yi Tien Cho«. *[Ferne Ufer]*

**Leutnant Wolff** – ein Vertreter der britischen Marine, dem es obliegt, mit den Holzproduzenten am Cape Fear lukrative Verträge über die Vorräte der Marine auszuhandeln. Eine unglückliche Wahl für diese Position, da er Schotten verabscheut. *[Trommel]*

**Felicia Woolam** (e) – eine der Töchter des Müllers John Woolam. Felicia wird in eine Auseinandersetzung mit Gerhard Mueller verwickelt, die Jamie Fraser regelt. *[Trommel]*

**John Woolam** (e) – ein Quäker, Besitzer der Mühle in der Nähe von Fraser's Ridge. *[Trommel]*

**Sarah Woolam** (e) – eine Quäkerin, Tochter des Müllers John Woolam. *[Trommel]*

**Wu-Xien** (e) – der Mandarin, der als erster Yi Tien Chos Talent als Dichter erkannte. *[Ferne Ufer]*

**Judith Wylie** – Philip Wylies Schwester. Zu Gast beim Dinner des Gouverneurs, macht sie kein Hehl aus ihrer Verachtung für Claires Modeempfinden. *[Trommel]*

**Philip Wylie** – ein vermögender, junger, amerikanischer Plantagenbesitzer, der Claire bei einem Abendempfang in Wilmington begegnet und versucht, mit ihr zu flirten. *[Trommel]*

# Y

**Yi Tien Cho** (»Der sich gen Himmel lehnt«) – siehe »Mr. Willoughby«.

**Yvonne** – Louise de Rohans Dienstmädchen in Fontainebleau. *[Geliehene Zeit]*

# Z

**Zwei Speere** – Kriegshäuptling des Dorfes, in dem man Roger gefangen hält. *[Trommel]*

**Dougals Männer**
*[Feuer und Stein, Geliehene Zeit]*
John Whitlow, Willie MacMurty, Rufus und Geordie Coulter

**Mönche in der Abtei Ste. Anne de Beaupré**
*[Feuer und Stein]*
Bruder Bartholome, Bruder Polydore, Bruder Ambrose, Bruder
Roger, Bruder William, Bruder Josef, Bruder Eulogius

**In Reverend Wakefields Tagebüchern erwähnte Gemeindemit-
glieder**
*[Geliehene Zeit]*
Derick Gowan, Maggie Brown, William Dundee

**Diverse Nebenfiguren**
*[Ferne Ufer]*
Der Weinverkäufer im Wirtshaus, die Wirtin des Wirtshauses in
Le Havre, der Hafeninspektor von Le Havre, der Hafenmeister
von Le Havre; der Kapitän der *Patagonia,* des zum Untergang
verdammten Schiffes, das im Hafen von Le Havre verbrannt
wird; ein portugiesischer Pirat.

**Pächter auf Gut Lallybroch**
Tom, Willie, Mrs. Willie, Hugh Kirby, Geoff Murray, der kleine
Joe Fraser

**Dougal MacKenzies Männer, die zusammen mit Claire in der
Kapelle von Falkirk in der Falle sitzen**
Willie Coulter MacKenzie, Gordon McLeod, Geordie, Rupert
MacKenzie, Ewan Cameron aus Kinnock

**Die englischen Soldaten, die Claire nach der Schlacht von Fal-
kirk nach Bellhurst bringen**
*[Geliehene Zeit]*
Korporal Rowbotham, Hauptmann Mainwaring, Oberst Gordon
MacLeish Campbell, Gefreiter Dobbs, Garvie, Jessie

*Vier Offiziere aus dem Regiment des jungen Lovat*
*[Ferne Ufer]*
William Chisholm Fraser, George D'Amerd Fraser Shaw, Duncan Joseph Fraser, Bayard Murray Fraser

*Jamie Frasers Mitgefangene in Ardsmuir*
*[Ferne Ufer]*
Murdo Lindsey, Kenny Lindsey, Johnson, MacTavish, Baird, Gavin Hayes, Ogilvie, Angus MacKenzie, Billy Malcolm, Milligan, Morrison (der Heiler), Joel McCulloch, Bobby Sinclair, Edwin Murray, Ronnie Sutherland, MacKay.

*Prostituierte in Madame Jeannes Bordell*
*[Ferne Ufer]*
Dorcas, Peggy, Mollie, Penelope, Sophie, Josie, die zweite Mary.

*Ian und Jenny Murrays Nachkommen*
Der kleine Jamie, Maggie, Kitty, Michael, Janet, Caitlin (verstorben), der kleine Ian

*Schmuggler in Arbroath*
*[Ferne Ufer]*
Joey, Willie MacLeod, Alec Hays, Raeburn, Innes, Meldrum, Hays, die Gordons, Kennedy

*Die Mannschaft der Artemis*
*[Ferne Ufer]*
Picard, Grosman, Manzetti, Russo, Stone, Rogers

*Matrosen auf der* Porpoise
*[Ferne Ufer]*
Ramsdell Hodges, Holford, Ruthven, Stevens

*Gäste auf dem Empfang des Gouverneurs in Kingston*
*[Trommel]*
Mrs. Hall, Mrs. Yoakum

# Anmerkungen

1 Was mich angesichts ihrer schier überwältigenden Anzahl nicht überrascht. Mir war gar nicht klar gewesen, wie zahlreich meine Figuren sind, bis ich anfing, diese Liste zusammenzustellen. Man möchte glauben, dass es sich um russische Romane handelt, nicht um schottische.

2 Benannt nach meiner Freundin, der Dichterin Gloria Brame.

3 M. Forez ist eine historische Persönlichkeit; seine Verbindung mit dem Fünften Arondissement ist allerdings erfunden, da ich mir nicht hundertprozentig sicher bin, ob Paris zur fraglichen Zeit bereits in diese Art von Verwaltungsbezirken eingeteilt war.

4 Den Comte St. Germain hat es wirklich gegeben. Er lebte ungefähr zu der Zeit, in der Die geliehene Zeit spielt, in Paris. Der Comte hatte einen finsteren Ruf, und man sagte ihm nach, dass er intensiv mit dem Okkulten zu tun hatte, doch es gibt nur sehr wenige handfeste Informationen über ihn.

5 Diesen Namen hat mir Barry Fogden zu Verfügung gestellt. Nachdem er mir schon großzügigerweise gestattet hatte, ihn persönlich zu verewigen, durfte ich auch noch sein Pseudonym stehlen.

6 Ich bin zwar leider nicht persönlich mit Mr. Linklater bekannt (ich bin ihm noch nie begegnet), aber es gibt ihn wirklich. Er ist der Autor des Buches The Prince in the Heather, aus dem das Zitat über die Jakobitenoffiziere in der Bauernkate am Rande des Feldes von Culloden stammt. (»Nach der entscheidenden Schlacht in Culloden suchten achtzehn jakobitische Offiziere, alle verwundet, Zuflucht in dem alten Haus und lagen zwei Tagen unter Schmerzen dort, ihre Verletzungen unversorgt; dann holte man sie ins Freie, um sie zu erschießen. Einer von ihnen, ein Fraser aus dem Regiment des jungen Lovat, entkam dem Gemetzel; die anderen sind am Rand der Parkanlage begraben«.)

7 Leider ebenfalls kein persönlicher Bekannter von mir – aber definitiv ein Zeitgenosse.

8 Zwar ein rein fiktiver Charakter, doch wie ich einige Zeit nach der Fertigstellung von Ferne Ufer herausfand, ist tatsächlich ein Duncan MacDonald (aus dem Regiment von Lovat) in Culloden gestorben.

9 Dann und wann erkundigt sich ein französischsprachiger Leser, ob mir bewusst gewesen ist, dass dies übersetzt »M. Grapefruit« bedeutet. Ja, das ist es.

10 Ein Wiedersehen mit Harry Quarry und Lord John Grey gibt es

*in der ersten eigenständigen Kurzgeschichte (na ja, relativ kurz; sie umfasst im Original etwa elftausend Wörter), die je bei mir in Auftrag gegeben wurde. Die Geschichte trägt den Titel* Hellfire (dt.: Die Flammen der Hölle)*, und ich habe sie für eine Anthologie namens* Past Poisons: The Ellis Peters Memorial Anthology of Historical Crime *geschrieben, die im Dezember 1999 in Großbritannien bei Headline erschienen ist. Sie ist zwar genau genommen kein Teil der Jamie-und-Claire-Romane (auch wenn Jamie indirekt erwähnt wird), doch sie gehört zum Umfeld der Bücher. Leser, die englische Texte lesen können, können sie auch bei einem kleinen elektronischen Verlagshaus unter der Web-Adresse* www.dreams-unlimited.com *erwerben. Die deutsche Übersetzung von Barbara Schnell ist über die Web-Adresse* www.bol.de *erhältlich.*

11  *Zufälligerweise hieß auch meine Lehrerin im fünften Schuljahr Schwester Marie Romaine.* Requiescat in pace.

12  *Der Begründer des großen Vermögens der Rothschilds war tatsächlich ein fahrender Numismatiker in der zweiten Hälfte des achtzehnten Jahrhunderts, doch meine Darstellung seines Alters und Aussehens während dieser Periode ist erfunden und basiert auf dem allgemeinen Erscheinungsbild europäischer Bekleidung in dieser Zeit. Doch die Geschichte des Namens Rothschild ist verbürgt – oder zumindest wird sie in historischen Quellen so dargestellt.*

13  *Manchmal entferne ich tatsächlich Dinge aus einem Buch. Allerdings werfe ich sie niemals weg, weil man nie weiß, wann sie einem gelegen kommen werden. Die Szene, in der Jamie und Claire Mayer Rothschild begegnen, hatte ich ursprünglich als Teil von* Die geliehene Zeit *geschrieben, doch dann habe ich sie entfernt, weil ich das Gefühl hatte, dass es zwar eine gute Szene war, dass sie aber für das Buch nicht unbedingt notwendig war. Und tatsächlich passte die Szene – um die goldenen Tetradrachmen unwesentlich erweitert – viel besser in* Ferne Ufer*, wo sie schließlich erschienen ist.*

14  *Die Simpsons waren damals tatsächlich berühmte Schwertmacher. Zufälligerweise ist auch mein Freund John Simpson, der mir freundlicherweise Modell gestanden hat, ein Simpson jr.*

15  *Zufälligerweise ist dies auch der etwas umgestellte Name einer populären Krimiautorin, deren Bücher mir ins Auge fielen, als ich gerade an der Szene mit den Opfern der Steinkreise schrieb. Das Unterbewusstsein ist etwas Seltsames und Wunderbares.*

# Ich bekomme Post...

**S**eit Erscheinen des ersten Jamie-und-Claire-Buches bekomme ich jede Menge Post und andere Ausdrucksformen des Interesses der Leser, die von den Charakteren, insbesondere von Claire und Jamie Fraser, fasziniert sind. Mit »andere Ausdrucksformen« meine ich, dass die Leute manchmal so freundlich sind, mir Dokumente, Bilder und andere selbst gemachte Gegenstände zu schicken, um ihre persönliche Vision von Jamie und Claire mit mir zu teilen oder mir auszudrücken, wie sehr sie sich den Büchern verbunden fühlen.

Unter den von mir besonders geschätzten Objekten dieser Art befinden sich a) diverse Zeichnungen von Claire, Jamie oder beiden, b) zahlreiche handgefertigte Schmuckstücke, Annäherungen an Claires Perlenkette oder keltisch inspirierte Ornamente, c) ein Bild eines Rennpferdes namens »Dragonfly in Amber« (so lautet der Originaltitel von *Die geliehene Zeit*), d) *Unmengen* wunderschöner, kleiner Kreuzsticharbeiten (der britische Titel von *Feuer und Stein* lautet *Cross-Stitch* – Kreuzstich), e) Bilder von diversen tartanbekleideten Teddybären namens »Jamie«, f) Bilder diverser Säuglinge, die auf die Namen Jamie, Claire oder Brianna hören (bis jetzt hat noch niemand ein Kind Roger oder Ian getauft – zumindest nicht meinetwegen[1]), g) handgemachtes Papier mit echten Erikablüten, h) Arrangements aus gepressten Trockenblumen und Fotografien mit Motiven aus den Highlands, i) Tonbänder mit Original-Liedern, die von den Büchern inspiriert wurden, j) ebenso inspirierte Gedichtbände, k) kleine, keltisch angehauchte Holz- und Keramikobjekte und l) das eine oder andere wirklich einzigartige Stück.

Zu letzteren zählen eine kleine Figur aus gebranntem Lehm, die ein kleines, braunhaariges Mädchen darstellt, das in eine Pfütze schaut, die glasierte Keramikfigur einer schwarzhaarigen Frau, die mit einem Buch in einem Armsessel sitzt (»Lesende Frau« betitelt), ein Fotoalbum, das die lebensgroßen, aus Terrakotta geformten Köpfe von Jamie, Claire und meiner Wenigkeit (*das* war ein Schock) zeigt, einen handgeschnitzten »Kapertlin«-Holzlöffel, den ein Insasse des Gefängnisses von Vancouver für mich gemacht hat, wo ich jedes Jahr ein Schreibseminar halte, ein Schneidebrett in der Form des Staates Idaho mit einer Flasche Kartoffel-Handlotion, Röntgenaufnahmen der Umschläge all meiner Bücher (und dazu den Röntgen-Referenzbogen eines gewissen James Fraser, auf dem mehrere Knochenbrüche diagnostiziert sind) und last but not least – persönliche Horoskope für Claire und Jamie.

Nun ist es so, dass Jamies Geburtsdatum in keinem der Bücher spezifisch genannt wird und Claires Geburtstag zwar erwähnt wird, sie aber die Uhrzeit nicht weiß[2]. Kathy Pigou, die Leserin, die die Horoskope erstellt hat, ist vor einiger Zeit per E-Mail an mich herangetreten und meinte, sie sei einfach nur neugierig, und wenn ich ihr die notwendigen Informationen über die Geburtsdaten, -zeiten und -orte zur Verfügung stellen würde, dann würde sie sehr gern ein Horoskop für Jamie Fraser anfertigen, einfach nur aus persönlichem Interesse – obwohl sie mir auch gern eine Kopie schicken würde.

Da ich das spannend fand, schickte ich ihr die Information – und fand das Ergebnis absolut faszinierend. Auf meine Bitte hin war Kathy so freundlich, auch für Claire ein solches Diagramm anzufertigen und es zu deuten.

Zwar kann ich Ihnen unglücklicherweise nicht *all* die großzügigen Geschenke zeigen, die ich von meinen Lesern bekomme, doch ich fand, dass die Horoskope sich nicht nur zum Abdruck in einem Buch eignen, sondern dass andere Leser sie ebenfalls sehr interessant finden könnten. Mit freundlicher Genehmigung von Kathy Pigou, die die Diagramme erstellt und gedeutet hat, gebe ich sie also hier wieder.

D.G.

---

KATHY PIGOU LEBT *mit ihrem Mann (einem forensischen Chemiker) und zwei Söhnen in Adelaide, Südaustralien. Sie hat einen Abschluss in Biologie und Biochemie. Zwar betrachtet sie die Astrologie als Hobby, erstellt aber auch manchmal Horoskope gegen Bezahlung. Zu ihren weiteren Hobbys zählen Lesen und... Kreuzsticharbeiten.*

---

# Eine kurze Einführung in die Astrologie
### von *Kathy Pigou*

Ein Horoskop ist eine geozentrische Karte des Himmels zu einer bestimmten Zeit und an einem bestimmten Ort. Alle Planeten im unteren Teil der Karte befinden sich unter dem Horizont; die im oberen Teil befinden sich über dem Horizont. Jemand, der in der Nacht geboren ist, hat also die Sonne im unteren Teil. Die Tierkreiszeichen bilden den Hintergrund der Planeten, somit steht jeder Planet »in« einem bestimmten Zeichen. Außerdem scheinen die Zeichen dank der Erdrotation ebenfalls zu rotieren, so dass jedes von ihnen im Lauf von vierundzwanzig Stunden einmal über den Horizont steigt.

Das Zeichen, das zum Zeitpunkt der Geburt im Aufsteigen begriffen ist, heißt Aszendent und spielt bei der Deutung des Kartendiagrammes eine wichtige Rolle.

Die Erstellung eines Diagrammes ist vor allem eine Rechenaufgabe (es sei denn, man benutzt ein Computerprogramm; ich habe eins, aber oft rechne ich trotzdem gern selbst, um ein »Gefühl« für die Karte zu bekommen). Diese Erklärung wird vielleicht verständlicher, wenn ich beschreibe, wie das Diagramm mit den Berechnungen zustandegekommen ist.

Zunächst einmal wird die Ortszeit der Geburt in GMT[3] angegeben (bei Jamies Diagramm war das nicht nötig). Unter Berücksichtigung des Längengrades, auf dem der Geburtsort liegt, wird diese dann so angeglichen, dass sich eine endgültige siderische oder auch Sternzeit ergibt, die in vierundzwanzig Stunden ausgedrückt wird.

Um die korrekte Verteilung der Tierkreiszeichen auf der Karte zu ermitteln, schlägt man diese siderische Zeit in einem Buch mit Tierkreiszeichentabellen nach. Hier erfährt man den korrekten Winkel für jedes Tierkreiszeichen, und diese Angaben werden jetzt an den Scheitelpunkten der zwölf Segmente eingetragen, die die Himmelskarte umgeben und »Häuser« genannt werden. Bei gleicher Sternzeit ändert sich der Winkel (und manchmal auch das Zeichen am Scheitelpunkt) mit dem Breitengrad. Die Tabellen geben nur volle Breitengrade an, so dass man sich die Differenz für den exakten Breitengrad, mit dem man arbeitet, selbst ausrechnen muss. Auf Jamies Diagramm können Sie sehen, dass das dritte

Haus das Zeichen des Steinbocks vollständig enthält, und dass sich der gesamte Krebs im neunten Haus befindet. Dieses Phänomen nennt man Interzeption, und es kommt in Breitengraden über fünfzig vor, im Norden wie im Süden.

Schließlich müssen die Standorte der Planeten ausgerechnet und die Planeten in die Karte eingetragen werden. Sie finden die Positionen der Planeten um Mitternacht (und manchmal am Mittag) in einem Buch, das man Ephemeriden nennt. Um die korrekte Stelle für jeden Planeten zu errechnen, drückt man die Geburtszeit (GMT) als Bruchstück von vierundzwanzig Stunden aus. Man rechnet sich aus, wie weit der Planet innerhalb des vierundzwanzigstündigen Zeitraumes wandert, der die Geburtszeit einschließt, und multipliziert diese Antwort mit dem zuvor errechneten Bruch.

Bei jemandem, der beispielsweise um sechs Uhr morgens geboren ist, beträgt dieser ein Viertel des Tages. Wenn der Planet innerhalb von vierundzwanzig Stunden um ein Grad wandert, beträgt die Bewegung um sechs Uhr vormittags fünfzehn Minuten. Wenn jemand weit weg von Greenwich geboren ist, so kann es sein, dass das benutzte Datum der Tag vor oder nach dem eigentlichen Geburtstag ist. Hier in Südaustralien sind wir Greenwich neuneinhalb Stunden voraus, so dass jemand, der beispielsweise am neunten Oktober um zwei Uhr nachts geboren ist, den achten Oktober, vier Uhr dreißig GMT angeben würde.

Die Erstellung der Karte mag eine mathematische Übung sein, doch ihre Lesart hängt von der Interpretation des einzelnen Astrologen ab. Jedem Planeten sind eine Anzahl von Objekten und Prinzipien zugeordnet, und jedes Zeichen verleiht den Planeten in diesem Zeichen bestimmte Eigenschaften. Das Haus ist der Raum im Leben der Person, in dem der Planet operiert. So steht Merkur beispielsweise (unter anderem) für Kommunikation, Sinne, Intellekt, Reisen, Schreiben und Sprechen. Zu den Eigenschaften des Stiers gehören Sturheit, Geduld, Gründlichkeit, praktische Veranlagung und Beständigkeit. Jemand, bei dem Merkur im Stier steht, kennt also gern alle Fakten und macht sich viele Gedanken, bevor er eine Entscheidung trifft (gründlich und geduldig, nachdenklich, beständig – keine raschen Entscheidungen). Diese Person lernt besser durch Ausprobieren als durch Zuhören oder Lesen (praktischer Intellekt) und gibt selten ein Vorhaben auf (stur). Sie hat ein gutes Gedächtnis, hat normalerweise einen guten Geschäftssinn und kann die Dinge gut verwalten (praktisch und gründlich bei der Kommunikation).

Natürlich muss man die gesamte Karte in Erwägung ziehen, und wenn diverse andere Faktoren dafür sprechen, dass diese Person impulsiv ist, so werden die oben genannten Eigenschaften davon beeinflusst werden.

Wenn schließlich Merkur im siebten Haus steht, welches das Haus der Beziehungen ist, so wird die Kommunikation in der Ehe dieser Person gut sein, und der Partner der Person wird ihr intellektuell ebenbürtig sowie geistreich und talentiert sein. Diese Position deutet auf gute Kommunikation mit der Öffentlichkeit in Fachgebieten wie Beratertätigkeiten oder juristischen Berufen hin.

Ein weiterer wichtiger Punkt, den man beachten muss, ist der Winkel, in dem die Planeten zueinander stehen und der Aspekt genannt wird. Die wichtigsten Aspekte sind:

0 Grad – Konjunktion
60 Grad – Sextil
90 Grad – Quadrat
120 Grad – Trigon
180 Grad – Opposition

Der Winkel braucht nicht exakt zu sein. Bei allen Aspekten, mit Ausnahme des sextilen, beträgt das übliche Einflussgebiet bzw. die erlaubte Abweichung vom exakten Wert acht Grad; beim sextilen sind es sechs Grad. Dies sind keine absoluten Werte. Manche Astrologen nehmen zehn Grad, wenn es um die Sonne oder den Mond geht, andere nehmen bei allen Aspekten sechs Grad, doch diejenigen, die ich nehme, sind allgemein gebräuchlich.

Die Aspekte werden auf meinen Karten wie folgt dargestellt: Schwarze Linien bedeuten entweder Opposition oder Quadrat, graue Linien stehen für trigonale, gestrichelte graue Linien stehen für sextile Winkel. Die Konjunktionen werden durch eine Klammer dargestellt. Bevor ich die Linien ziehe, markiere ich die Aspekte auf dem Diagramm an der rechten unteren Ecke der Karte mit den dazugehörigen Berechnungen.

Die Aspekte sind so gedacht, dass sie fließendes und harmonisches Grau oder herausforderndes, stimulierendes Schwarz sein sollen. Der Grad ihrer Harmonie oder Disharmonie hängt sehr von den entsprechenden Planeten ab, da manche einander ergänzen und andere weniger gut zueinander passen.

Die Aspekte scheinen nicht immer im korrekten Winkel dargestellt zu sein, wenn man sie in die Karte einträgt, doch das liegt daran, dass die Häuser alle gleich groß gezeichnet sind; in Wirklichkeit unterscheiden sie sich in der Größe.

Also muss man beim Lesen einer Karte für jeden Planeten seine Position in Zeichen und Haus, seinen Bezug zu allen anderen Planeten inklusive des Aszendenten einzeln bedenken.

Ich mache normalerweise keine Voraussagen, aber es gibt zwei Haupttypen von Horoskopen. Der eine ist eine Jahreskarte, entweder für den Zeitpunkt, an dem die Sonne an den exakten Winkel zurückkehrt, an dem sie zur Geburtszeit der Person stand, oder eine Progression, und ich muss gestehen, dass ich mich damit noch nie befasst habe.

Die zweite Methode ist fortschreitend, und man betrachtet dabei die derzeitigen Aspekte der Planeten zu den Planeten in der Geburtskarte. So steht Jamies Sonne bei elf Grad und zwölf Minuten Stier, wenn also die aktuelle Position der Sonne elf Grad, zwölf Minuten Jungfrau beträgt, so steht sie trigonal zur Geburtssonne. Diese Übergänge kann man wie die Aspekte in der Geburtskarte interpretieren, so dass man eine Vorstellung von den wahrscheinlichen Tendenzen im Leben einer Person zu einer bestimmten Zeit bekommt. Soweit dieser kurze Überblick, wie die Astrologie funktioniert und wie man eine Karte liest. Der Rest ist eine Interpretation von Claires und Jamies Karten.

Es sollte vielleicht noch erwähnt werden, dass das Horoskop die grundlegende Natur sowie die Neigungen einer Person zeigt, dies aber nicht bedeutet, dass diese Person keinen freien Willen hat. Wenn einem Menschen ein gewisser Teilaspekt seines Verhaltens nicht gefällt, so steht nirgendwo in der Astrologie geschrieben, dass er ihn nicht ändern kann. Doch wenn sie unter Druck stehen, fallen die Menschen normalerweise auf ihre Instinkte zurück.

### HOROSKOPDEUTUNG FÜR
### JAMES ALEXANDER MALCOLM
### MACKENZIE FRASER

**Geburtsdatum: 1. Mai 1721**
**Geburtszeit: zirka 18:30 Uhr**
**Geburtsort: (nahe) Inverness, Schottland**

**Sonne im Sternbild des Stiers** (Die Sonne repräsentiert den Drang nach Macht, Persönlichkeit und Ego, das innere Selbst.)

Diese Person ist hartnäckig, umsichtig und entschlossen. Stiere sind nicht leicht zu ärgern, doch wenn es geschieht, dann werden sie sehr wütend. Als Freund ist er loyal und treu, als Feind dagegen unversöhnlich. Er ist sehr praktisch veranlagt und nimmt seine Verantwortung ernst. Der Tastsinn ist ihm wichtig, und er kann geschickt mit den Händen umgehen.

**Sonne im Siebten Haus**

Diese Person funktioniert am besten mit einem Partner zusammen. Die Ehe ist wichtig für ihn, und es kann sein, dass er nach der Hochzeit mehr Erfolg hat. Seine Frau ist stark und loyal, genau wie seine Freunde. Er hat ein selbstbewusstes Auftreten, kann gut öffentlich mit Menschen umgehen, ist beliebt und umgänglich.

**Mond im Sternbild des Krebses** (Der Mond repräsentiert das häusliche Leben, die Wurzeln eines Menschen, seine Mutter und seine Gefühle.)

Diese Position bringt eine große Liebe zu Heim und Familie mit sich sowie Nähe zur Mutter. Die Ehe ist wichtig für sein emotionales Wohlbefinden. Oft sind seine wahren Gefühle verborgen. Er ist ein guter Vater, muss aber darauf achten, dass er seine Kinder nicht mit seiner Liebe erstickt, und muss es vermeiden, ihr Leben dominieren zu wollen.

**Mond im Neunten Haus**

Er ist ein geborener Lehrer und Philosoph, der viel Phantasie hat und gerne reist, und es kann sein, dass er weit von seinem Geburtsort enfernt lebt. Seine religiösen Überzeugungen sind orthodox, und er hängt gefühlsmäßig an den Werten fest, die ihm in der Kindheit vermittelt wurden.

**Merkur im Sternbild des Widders** (Der Planet Merkur repräsentiert den Intellekt sowie die Ausdrucks- und Argumentationsfähigkeit.)

Dieser Mensch hat viel Phantasie und kann gut vorausdenken. Er drückt sich mit Leichtigkeit aus und kann wunderbar improvisieren. Konkurrenzdenken ist ihm nicht fremd, und er kann stur sein. Diese Position lässt Jamie schneller denken als die meisten Stiere, die gern erst gut abwägen, bevor sie eine Entscheidung treffen.

**Merkur im Sechsten Haus**

# James Alexander Malcolm MacKenzie Fraser

Geburtsdatum: 1. 5. 1721    Zeit: 18:30
Geburtsort: *57°20' nördl. Breite 4°30' westl. Länge

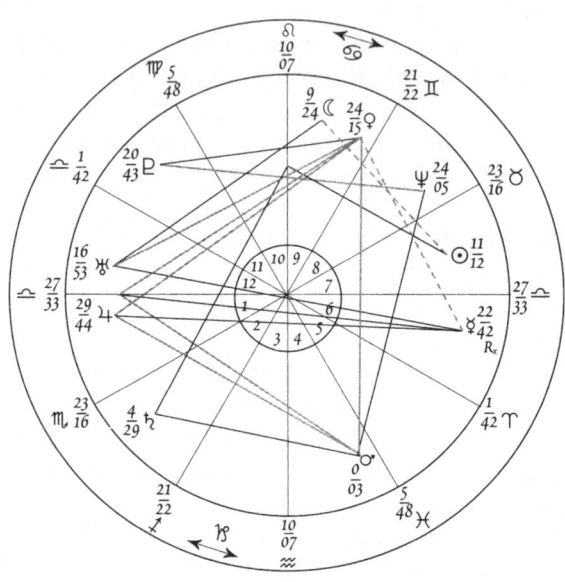

| Vorherrschend: | Abwesend: | Sonne ☉ |
|---|---|---|
| ♎, ♋ | ♐, ♓ | Mond ☾ |
| | | Merkur ☿ |
| | | Venus ♀ |
| Widder ♈ | Waage ♎ | Mars ♂ |
| Stier ♉ | Skorpion ♏ | Jupiter ♃ |
| Zwillinge ♊ | Schütze ♐ | Saturn ♄ |
| Krebs ♋ | Steinbock ♑ | Uranus ♅ |
| Löwe ♌ | Wassermann ♒ | Neptun ♆ |
| Jungfrau ♍ | Fische ♓ | Pluto ♇ |

Hier kreisen die Gedanken besonders um praktische Angelegenheiten. Er kann exzellent planen, hat eine gute Beobachtungsgabe, ist effizient und arbeitet hart. Er kann sich für seine Arbeit Spezialwissen und besondere Fähigkeiten aneignen.

**Venus im Sternbild der Zwillinge** (Die Venus repräsentiert soziale Bedürfnisse, Werte, Zuneigung und die »schönen Dinge des Lebens«.)

Dies weist auf einen großzügigen, freundlichen Menschen hin, der bei der Konversation geistreich und geschickt ist. Er ist belesen und bereist gern die Welt, um zu sehen, was das Leben zu bieten hat. Sein Partner ist intellektuell und teilt seinen ausgeprägten Sinn für Humor. Er ist ein Familienmensch und versteht sich gut mit seinen Geschwistern. Möglicherweise heiratet er mehrmals.

**Venus im Neunten Haus**

Ein Philosoph, der eine gute Ausbildung genossen hat und die Religion liebt. Wahrscheinlich heiratet er jemanden aus einer anderen Kultur und reist viel.

**Mars im Sternbild der Fische** (Der Planet Mars repräsentiert Aktion und Aggression, Initiative und Energie.)

Dies ist vielleicht der einzige Teil der Karte, die nicht zu der Persönlichkeit passt, als die Jamie beschrieben wird. Er deutet auf übertriebene Emotionalität und eine Neigung zum Grübeln über lange vergangene Ärgernisse hin. Diese Menschen sind sehr empfindlich, und es mangelt ihnen an Selbstbewusstsein. Das sieht J. Fraser überhaupt nicht ähnlich.

**Mars im Vierten Haus**

Er ist patriotisch und kann einen militärischen Hintergrund haben. Er ist Handwerker und verbringt viel Zeit in seinem Haus. Er hat eine starke Konstitution und viel Energie, die ihm bis ins hohe Alter erhalten bleiben wird.

**Jupiter im Sternbild der Waage** (Der Planet Jupiter repräsentiert Forscherdrang, Bildung, Wohlwollen und Beschützerinstinkt.)

Dieser Mensch ist ausgesprochen beliebt, kommt gut mit der Öffentlichkeit zurecht und kann andere vom Wert ihrer Ideen überzeugen. Er kann gut Konversation betreiben. Er braucht einen Partner, und seine Ehe wird von Dauer sein. Er ist aufrichtig und hat einen ausgeprägten Gerechtigkeitssinn.

**Jupiter im Ersten Haus**

Was für ein wunderbarer Mann! Er ist optimistisch und umgänglich und sieht immer die guten Seiten des Lebens. Er ist ehrlich, vertrauenswürdig, freundlich und würdevoll. Als Anführer anderer Menschen hat er starke moralische und religiöse Überzeugungen. Er ist tolerant und hat viel Humor. Schließlich hat er enorme Lebensenergie und ist sportlich. (Kaum zu glauben, aber Sie finden es in jedem Astrologiebuch.)

**Saturn im Sternbild des Schützen** (Der Planet Saturn repräsentiert das Bedürfnis nach Sicherheit, Vorsicht und die Fähigkeit, aus Erfahrungen zu lernen.)

Diese Position verleiht ein gutes Konzentrationsvermögen und geistige Disziplin. Er versucht, sich an seine ehrenhafte, strenge Moral zu halten. Was er erreicht, erlangt er durch harte Arbeit und Fleiß. Sein Ruf ist ihm wichtig, und es verletzt ihn, wenn man ihn ungerechterweise anklagt.

### Saturn im Zweiten Haus

Er hat das Bedürfnis, hart für seinen Lebensunterhalt zu arbeiten. Er ist ein cleverer Geschäftsmann und hält seine Barschaft zusammen. Es kann sein, dass er es besonders in späteren Jahren zu Besitz bringt. Materieller Gewinn durch die Hilfe von Menschen in Machtpositionen ist angedeutet.

Die äußeren Planeten waren zu Jamies Zeit noch nicht bekannt. Weil diese Planeten sich langsam bewegen, bleiben sie lange Zeit in den einzelnen Zeichen, so dass Menschen, deren Geburtsdaten sich über mehrere Jahre verteilen, dasselbe Sternzeichen für denselben Planeten haben. Dadurch wird die Position des Hauses wichtiger als sonst.

### Uranus im Zwölften Haus

Ein intellektueller Mensch, der ungewöhnliche Arbeitsmethoden hat und oftmals hinter den Kulissen tätig ist. Vielleicht hat er geheime Liebschaften oder gehört einem Geheimbund an. Entzieht sich am liebsten jeder Konvention und Einschränkung.

### Neptun im Achten Haus

Eine aufmerksame, intuitive Person mit einem rätselhaften Charisma, das ihr die Unterstützung anderer Menschen sichert.

### Pluto im Elften Haus

Ein ausgesprochen loyaler Mensch, der sich für Reformbewegungen und gesellschaftliche Verbesserungen interessiert. Seine Freunde sind ihm wichtig, vielleicht ist er der Anführer einer Gruppe.

*Aspekte*

Die Sonne steht trigonal zum Mond, was auf ein ausgewogenes Verhältnis zwischen Ego und Emotionen hindeutet und auf eine Person, die mit Männern und Frauen gleich gut zurechtkommt. Kommunikation fällt ihm leicht; er kann aus der Vergangenheit lernen und fühlt sich eigentlich wohl in seiner Haut. Das zeigt sich auch in seiner Fähigkeit zur Stärke (Sonne) und zur Zärtlichkeit (Mond). Außerdem steht die Sonne im Quadrat zur Himmelsmitte (dem Punkt ganz an der Spitze der Karte), was auf Konflikte mit den Autoritäten und Probleme mit seinem Ruf in der Öffentlichkeit hindeutet.

Der Mond steht im Quadrat zum Uranus, was zu ungewöhnlichen emotionalen Bindungen führen kann. Ein rastloser Mensch, der möglicherweise oft seinen Wohnsitz wechselt und große intellektuelle Fähigkeiten besitzt, die aber mit Sturheit einhergehen. Neigt zu altmodischen Auffassungen über die Ehe, nach denen der Mann die alleinige Autorität darstellt.

Merkur steht sextil zur Venus, eine Position, die elegante gesellschaftliche Umgangsformen und Charme sowie eine wohlerzogene, umgängliche Persönlichkeit verleiht. Er urteilt gerecht, ist aber kompromissbereit. Hat eine beruhigende Stimme.

Merkur befindet sich in Opposition zu Jupiter und Uranus. Hier muss man die ganze Karte im Blick haben, da diese Aspekte einen Mangel an Rücksicht sowie Arroganz und Unentschlossenheit andeuten. Wie Sie sehen können, gibt es in Jamies Karte viele andere Faktoren, die dem widersprechen, so dass ich normalerweise davon ausgehen würde, dass er eher dazu neigt, offen zu sagen, was er denkt (nicht wie ein Stier), und dass er vielleicht durch seine Direktheit in Schwierigkeiten gerät.

Merkur steht auch in Opposition zum Aszendenten, was dazu führt, dass er sich nach einem intelligenten Ehepartner umsieht, mit dem er sich gut unterhalten kann. Er zeigt Geschick bei der Kommunikation mit der Öffentlichkeit und ist ein geistreicher Konversationspartner.

Venus steht trigonal zum Mars, was auf eine gefühlsbetonte, warmherzige Person hindeutet. Er ist ein treuer Ehepartner, und der körperliche Aspekt ist ihm wichtig. Er genießt das Familienleben, braucht aber auch Unabhängigkeit. Dieser Aspekt bedeutet Glück in Liebe und Ehe. Außerdem hat er eine Menge Sexappeal. (Eigentlich wollte ich sagen, dass Frauen ihn attraktiv finden, aber es sieht ja so aus, als wäre das bei Männern auch der Fall!)

Venus steht ebenfalls trigonal zum Jupiter. Dies bedeutet, dass er fröhlich und optimistisch ist, nötigenfalls aber auch sehr ernst sein kann. Er ist elegant, großzügig, beliebt und kann gut mit Menschen umgehen. Er lässt sich seine Probleme nicht anmerken, und möglicherweise ist seinen Mitmenschen gar nicht klar, dass er welche hat. Aufrichtigkeit zwischen ihm und seiner Geliebten ist für ihn sehr wichtig, und er strebt Harmonie in ehelichen und häuslichen Angelegenheiten an. Auch dieser Aspekt deutet auf eine angenehme, beruhigende Stimme hin.

Venus steht trigonal zum Uranus, was ihm ebenfalls eine optimistische Lebenseinstellung verleiht, die jedoch vor der Verantwortung nicht zurückscheut. Er hat eine magnetische Persönlichkeit, und Frauen finden ihn attraktiv. Er wird eine gute Partie machen, möglicherweise aber mit jemandem, der irgendwie ungewöhnlich ist, und er wird gegenseitiges Vertrauen und Verständnis finden. Dies ist ein Glücksaspekt.

Da Venus im Quadrat zum Jupiter steht, sind seine Beziehungen emotional und sexuell sehr intensiv. Seine Liebesbeziehungen können vom Schicksal überschattet sein, und es kann sein, dass er sich in eine Frau verliebt, die bereits vergeben ist. Es kann sein, dass die gesellschaftlichen Verhältnisse seinem Glück im Weg stehen.

Schließlich steht die Venus noch trigonal zum Aszendenten, was noch einmal für eine umgängliche, charmante Person steht, die ein guter Gastgeber ist und die schönen Dinge des Lebens genießt. Diese Position betont Schönheit und Charme. Seine Freunde, Geschwister und Kinder sind ihm wichtig. Er hat ein sanftes Auftreten, das andere Menschen ansprechend finden, und er scheint das Glück anzuziehen.

Mars steht trigonal zum Jupiter, was auf einen stolzen, ehrbaren und selbstbewussten Menschen hindeutet, der ein guter Anführer ist und über große Körperkraft und Energie verfügt. Er interessiert sich für Sport, Reisen und Abenteuer, und er ist optimistisch und begeisterungsfähig. Er hat ausgeprägte körperliche Bedürfnisse, erwartet aber mehr als das von einer Beziehung – er wünscht sich geistige, körperliche und seelische Übereinstimmung.

Mars im Quadrat zum Saturn kann zu Apathie und Rückschlägen führen, doch der bereits erwähnte Optimismus und die Energie dürften dem entgegenwirken. Dieser Aspekt kann eine Prädisposition zur Gewalttätigkeit, zu Unfällen und zu Knochenbrüchen bedeuten. Wahrscheinlich treten gefährliche Arbeitsbedingungen auf, möglicherweise eine Karriere beim Militär. Vielleicht früher Verlust eines Elternteils.

Mars steht trigonal zum Aszendenten und verleiht ihm eine gute Konstitution und einen starken Willen. Er stürzt sich mit Leib und Seele in seine Unternehmungen und führt ein aktives Leben. Andere Menschen vertrauen ihm, und er kann sie von seinen Standpunkten überzeugen.

Jupiter steht in Konjunktion zum Aszendenten, was uns einen Mann beschert, der sehr gut körperlich arbeiten kann. Er ist offen und freundlich, erwartet aber, dass andere seine moralischen und ethischen Maßstäbe respektieren. Er reist gern und hält sich gern unter freiem Himmel auf. Befindet sich Jupiter im ersten Haus, so bedeutet diese Position außergewöhnliche Körpergröße und gutes Aussehen.

Saturn steht trigonal zur Himmelsmitte, was ihm Geduld und Sorgfalt verleiht und ihn Probleme systematisch angehen lässt.

Der letzte Aspekt ist Pluto trigonal zum Neptun, doch dies trifft auf alle Menschen zu, die in einer Reihe von Jahren geboren sind, also auf eine ganze Generation.

Ich weiß, dass es so aussehen muss, als hätte ich mir die meisten dieser Aufgaben so zurechtgelegt, dass sie zutreffen, aber ich war selbst ein wenig überrascht und habe sicherheitshalber alles in mehreren Büchern überprüft.

HOROSKOPDEUTUNG FÜR
CLAIRE BEAUCHAMP RANDALL FRASER

**Geburtsdatum: 20. Oktober 1918**
**Geburtszeit: 14:09 Uhr**
**Geburtsort: London**

### Sonne im Sternbild der Waage

Diese Person funktioniert am besten als Teil einer Partnerschaft, wobei sie sich aber ihre Individualität bewahrt. Es ist sehr wahrscheinlich, dass sie heiratet, manchmal auch mehrmals. Diese Person ist normalerweise diplomatisch, gesellig und fröhlich, aber Friede und Harmonie sind ihr wichtig, und sie ist stets bemüht, Turbulenzen zu vermeiden. Waagemenschen interessieren sich für Psychologie und zwischenmenschliche Beziehungen, analysieren gern die Gesellschaft und das Verhalten anderer und geben oft gute Berater ab. Sie nähern sich dem Leben auf intellektuellem Wege an, können aber immer beide Seiten einer Frage sehen, weshalb es ihnen oft schwerfällt, sich zu entscheiden.

### Sonne im Neunten Haus
Dies weist auf eine Person hin, die sich für andere Kulturen und Traditionen interessiert. Sie ist abenteuerlustig, reist wahrscheinlich viel und weit, und es kann sein, dass sie einen Mann aus einer anderen Kultur heiratet. Sie hat feste moralische Überzeugungen und ist eine gute Lehrerin, die auch an ihrer eigenen Weiterbildung interessiert ist. Sie hat möglicherweise lebhafte Zukunftsvisionen und steht neuen Erfahrungen offen gegenüber.

### Mond im Sternbild des Stiers
Dies zeigt eine Person mit beständigen Gefühlen. Ihre Entschlossenheit kann bis hin zur Sturheit reichen. Sie fällt selten rasche Entscheidungen (wenn sie sich mit ihrer Waage-Sonne überhaupt entscheiden kann!) und denkt sorgfältig nach, bevor sie handelt. Sie ist eine treue, dauerhafte Freundin und Ehepartnerin mit viel gesundem Menschenverstand und einer recht konservativen Lebenseinstellung. Sie hat eine angenehme Sprech- und Singstimme, und sie liebt Tanz, Musik und Kunst. Sie ist gefühlsbetont und sentimental und hat einen besonders ausgeprägten Tastsinn. Diese Position deutete meistens auf einen »grünen Daumen« hin.

### Mond im Dritten Haus
Dies ist eine faszinierende Person mit einem neugierigen Intellekt. Sie lernt gut durch Zuhören und kann sich gut ausdrücken. Sie ist ziemlich rastlos und reist gern, selbst wenn es nur kurze Reisen sind. Sie hat ein gutes Gedächtnis, und es fällt ihr leicht, sich auf andere Menschen einzulassen (darauf deutet auch die Waage-Sonne hin).

### Merkur im Sternbild der Waage
Diese Position unterstreicht viele der Eigenschaften der Waage-Sonne. Diese Person ist freundlich und tolerant, logisch und rational, und sie ist immer fair. Sie lässt sich Zeit mit Entscheidungen, deren Ergebnis dann immer gut durchdacht ist. Sie diskutiert gern, geht Auseinandersetzungen aber möglichst aus dem Weg.

Sie braucht einen Partner, mit dem sie nicht nur eine körperliche, sondern auch eine geistige Verbindung hat, und bevorzugt die Gesellschaft von Menschen mit guten Manieren. Der Waage-Einfluss verleiht ihr reges Interesse an anderen Menschen und ihren Motiven.

### Merkur im Neunten Haus

Dies verleiht ihr ein intellektuelles Interesse an anderen Kulturen und Ländern. Sie reist gern und ist ein Sprachgenie. Sie ist bildungsinteressiert und ist eine ehrliche, moralische sowie intuitive Person.

### Venus im Sternbild der Waage

Dies zeigt eine Person, die die Gesellschaft liebt und anderen gern Freude macht. Sie sieht oft sehr gut aus, ist charmant, und das andere Geschlecht findet sie attraktiv. Sie bleibt im Herzen jung. Die Ehe ist ihr wichtig und muss eine Beziehung zwischen ebenbürtigen Intellekten sein. Zu viel Disharmonie in ihrem Leben kann zu Krankheiten führen. Sie ist leicht verletzt, aber nicht nachtragend.

### Venus im Achten Haus

Diese Person profitiert von ihrem Partner. Sie kann mit einem langen Leben und einem friedvollen Tod rechnen. Sie ist sinnlich und genießt gute sexuelle Beziehungen, die ihr wichtig sind. Diese Person lebt intensiver als viele anderen Waagemenschen.

### Mars im Sternbild des Schützen

Dies deutet auf eine fröhliche, ehrliche Person hin, die sich gern unter freiem Himmel aufhält. Sie hat eine positive Lebensphilosophie und hat Freude an neuen Erfahrungen. Rhythmus- und Harmoniegefühl sind ihr angeboren. Diese Position verleiht ihr viel Energie, die sie dazu einsetzt, für das zu kämpfen, woran sie glaubt.

### Mars im Zehnten Haus

Sie ist eine aktive, hartnäckige Person, die hoch motiviert auf ihre Ziele zuarbeitet. Wenn sie ein öffentliches Amt bekleidet, ist sie möglicherweise umstritten, und sie hat die Fähigkeit, es auf praktischem Weg zu etwas zu bringen.

### Jupiter im Sternbild des Krebses

Dies ist eine gute Position für einen Menschen, der viel Kontakt mit der Öffentlichkeit hat und über Eleganz und Mitgefühl verfügt. Sie deutet normalerweise auf eine Kindheit mit einem guten Wertesystem hin, das sie wiederum an ihre Kinder weitergibt. Sie

# Claire Beauchamp
# Randall Fraser

*Geburtsdatum: 20. 10. 1918     Zeit: 14:09*
*Geburtsort: \*15°30' nördl. Breite 0°5' westl. Länge*

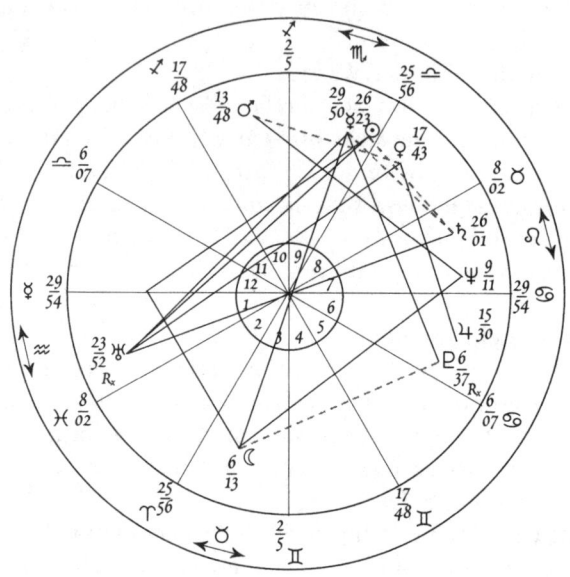

| Vorherrschend: | Abwesend: | |
|---|---|---|
| ♎ | ♓ | |

| Widder ♈ | Waage ♎ | Sonne ☉ |
| Stier ♉ | Skorpion ♏ | Mond ☾ |
| Zwillinge ♊ | Schütze ♐ | Merkur ☿ |
| Krebs ♋ | Steinbock ♑ | Venus ♀ |
| Löwe ♌ | Wassermann ♒ | Mars ♂ |
| Jungfrau ♍ | Fische ♓ | Jupiter ♃ |
| | | Saturn ♄ |
| | | Uranus ♅ |
| | | Neptun ♆ |
| | | Pluto ♇ |

verleiht eine starke Bindung an das eigene Heim, das von vielen Menschen bewohnt wird und wo die Person auch am liebsten arbeitet. Sie hat einen ausgeprägten Mutterinstinkt, doch der starke Waage-Einfluss auf dieser Karte bedeutet, dass ihr Partner immer vorgeht, wenn ihre Kinder erst einmal unabhängig sind.

### Jupiter im Sechsten Haus
Sie ist ein Philanthrop und hilft gern auf praktische Weise. Sie besitzt die Fähigkeit zu heilen und erfreut sich selbst guter Gesundheit. Sie ist fröhlich und hat Organisationstalent. Ihre Arbeit wird sehr respektiert.

### Saturn im Sternbild des Löwen
Dies verleiht ihr Führungsqualitäten, doch sie ist ein Mensch, der die Aufmerksamkeit und den Respekt anderer Menschen braucht. Sie verfügt über große geistige Energie, ist jedoch sich selbst und anderen – besonders Kindern – gegenüber streng.

### Saturn im Siebten Haus
Hier haben wir eine Person, die gesellig und fröhlich ist, die aber Zeit für sich selbst braucht, um wieder Kräfte zu tanken. Zwar kommt es vor, dass ihre Beziehungen große Verantwortung mit sich bringen, doch kommt sie damit gut zurecht. Möglicherweise besteht ein größerer Altersunterschied zwischen ihr und ihrem Partner.

### Uranus im Ersten Haus
Diese Person denkt unabhängig und originell, und es kann sein, dass sie anderen Menschen ein wenig exzentrisch vorkommt. Sie ist direkt und nimmt kein Blatt vor den Mund (jedoch auf taktvolle Waage-Art) und folgt ihrer Intuition. Es kann sein, dass sie anderen ihrer Zeit voraus zu sein scheint.

### Neptun im Siebten Haus
Diese Position zeigt eine starke gedankliche und schicksalshafte Verbindung mit ihrem Partner. Sie lässt sich leicht von der Stimmung anderer beeinflussen. Sie muss darauf achten, dass sie mit ihrem Partner klar kommuniziert und nicht davon ausgeht, dass andere automatisch wissen, was sie denkt.

### Pluto im Sechsten Haus
Dies zeigt ein Bedürfnis, anderen zu helfen, und Fähigkeiten auf dem Gebiet der Heilkunst.

### Aszendent im Sternbild des Steinbocks
Dieser Aszendent weist auf einen hart arbeitenden Menschen hin, der materielle Errungenschaften schätzt und seine Fähigkei-

ten gern unter Beweis stellt. Dies weist im allgemeinen auf eine Person hin, die sich vor allem für materielle Dinge interessiert, doch andere Teile der Karte zeigen Interesse an anderen Menschen und eine gut entwickelte Intuition, so dass Claire weniger weltlich veranlagt ist, als es hier scheint. Sie ist als Kind niemals richtig jung gewesen, wird jedoch mit Würde altern und niemals alt aussehen. Sie ist würdevoll und hartnäckig und hat wenig Geduld mit Dummköpfen.

## Aspekte

Die Sonne in Konjunktion zum Merkur verleiht ihr die Fähigkeit, sich leicht verständlich zu machen, doch sie hat auch gern das letzte Wort. Diese Person kann andere gut mitreißen, wenn es ihnen an Begeisterung fehlt, und sie verfügt über große geistige Energie.

Die Sonne im Sextil zum Saturn zeigt Klarheit der Gedanken, gutes Konzentrationsvermögen und Organisationstalent. Sie verfügt über Geduld und Selbstdisziplin und lernt aus ihren Erfahrungen. Diese Person ist eine loyale Freundin, und sie dürfte sich eines langen Lebens bei guter Gesundheit erfreuen.

Die Sonne steht trigonal zum Uranus und zeigt Führungsqualitäten und eine magnetische Persönlichkeit. Sie ist beliebt, und andere Menschen sind ihr wichtiger als sie selbst. Sie kann ihre Intuition und Kreativität zu humanitären Hilfszwecken einsetzen.

Die Sonne steht im Quadrat zum Aszendenten, und so steht die Selbsteinschätzung dieser Person im Kontrast zu ihrem öffentlichen Auftreten. Sie hat einen starken Charakter und große Antriebskraft, doch dank des starken Waage-Einflusses auf ihrer Karte weiß sie, wie man Kompromisse schließt und mit anderen zurechtkommt.

Der Mond steht in Opposition zum Merkur, was manchmal zu Konflikten zwischen Gefühl und Intellekt führen kann. Sie ist clever, doch es kommt vor, dass sie keine Geduld mit Menschen hat, die ihren intellektuellen Ansprüchen nicht entsprechen. Sie ist eine loyale Freundin, sensibel und leicht verletzt.

Der Mond im Quadrat zum Neptun kann zu Verwirrung in ihrem Leben führen. Es ist ihr sehr wichtig, die Fakten zu ermitteln, um Missverständnisse zu vermeiden. Es kann sein, dass sie zu seherischen Fähigkeiten neigt, und sie ist von vielen Menschen umgeben, die ihr helfen, wenn sie in Schwierigkeiten ist.

Der Mond steht im Quadrat zum Aszendenten, was eine sensible Person zeigt, die leicht zu beeindrucken ist und ihre Vergangenheit hinter sich lassen muss. Möglicherweise fällt es ihr schwer, mit ihrer Wut umzugehen, ohne zu emotional zu werden.

Merkur steht sextil zum Saturn, was einmal mehr auf ein gutes Gedächtnis, gutes Konzentrationsvermögen und gedankliche Disziplin hinweist. Als sie jung war, hat sie sich in Gesellschaft älterer Menschen wohl gefühlt, und sie ist verantwortungsbewusst und gut organisiert. Menschen mit diesem Aspekt streben nach der Wahrheit.

Merkur steht trigonal zum Uranus und deutet auf eine Person hin, die nicht durch Traditionen gebunden ist und möglicherweise ihrer Zeit voraus ist. Sie hat ein exzellentes Gedächtnis und ist eine gute Lehrerin, intuitiv und unabhängig.

Merkur steht trigonal zum Pluto, was ihr die Fähigkeit verleiht, sich zu konzentrieren und den Dingen auf den Grund zu gehen. Diese Position begünstigt eine medizinische und/oder chirurgische Laufbahn. Sie hat hohe Erwartungen an andere, hat aber auch viel zu geben. Mit ihrer geistreichen und diplomatischen Art kann sie andere beeinflussen und überreden.

Schließlich steht Merkur im Quadrat zum Aszendenten. Dies verleiht ihr geschickte Hände, doch es kann sein, dass sie Schwierigkeiten hat, weil andere sie missverstehen. Es kann auf eine verspätete Ausbildung hinweisen.

Venus steht sextil zum Mars, was eine Person zeigt, die schöne Dinge liebt und warm und gefühlsbetont ist. Sie ist eine treue Ehefrau und fühlt sich durch die Ehe bereichert. Sie hat eine optimistische und lebensfrohe Persönlichkeit. Sie liebt das Familienleben, legt aber Wert auf ihre Unabhängigkeit.

Venus steht trigonal zum Urans, was eine lebenslustige Person zeigt, die immer die gute Seite der Dinge sieht. Ihre Ehe zeichnet sich durch Vertrauen und Verständnis aus, und sie weiß, wie sie ihre Liebe am besten ausdrücken kann. Sie ist attraktiv, und es kann sein, dass sie anderen unkonventionell erscheint.

Mars steht trigonal zum Neptun, ein Aspekt, der ebenfalls eine medizinische Laufbahn begünstigt. Dank ihrer Fähigkeit, bei spirituellen und körperlichen Problemen zu helfen, kann sie andere Menschen heilen. Sie hat ein aufregendes Liebesleben mit ehrlichen und aufrichtigen Liebhabern. Sie versucht immer, das Beste in anderen zu sehen.

Saturn steht im Quadrat zur Himmelsmitte, was darauf hinweist, dass diese Person anderen Menschen gegenüber Verantwortlichkeiten hat, die im Konflikt mit ihrem Privatleben stehen.

Andere Aspekte betreffen langsam wandernde Planeten und beeinflussen daher eher ganze Generationen als Individuen.

## Anmerkungen

1 *Sollte jemand nach der Lektüre dieser Bücher sein Kind Murtagh oder Laoghaire nennen, so wüsste ich es gern.*
2 *Glücklicherweise weiß ich sie aber.*
3 *Greenwich Mean Time.*

# Magie, Medizin
# und Weiße Frauen

T ja, es ist wieder einmal Claire Beauchamps Schuld, wie so oft in diesen Büchern. Als sie mich (durch ihre Art zu sprechen und ihre außergewöhnliche Perspektive) erst einmal davon in Kenntnis gesetzt hatte, dass sie eine Zeitreisende war, musste ich genauer festlegen, wer sie war – woher sie kam und welchen Beruf sie (wenn überhaupt) in ihrer eigentlichen Zeit ausgeübt hatte.

Die Leute sagen oft in bewunderndem Tonfall zu mir: »Aber die Frauen in Ihren Büchern sind so stark!« Das freut mich zwar, doch ich kann schwache Frauen nun einmal nicht ausstehen. Mit anderen Worten, Claire ist nicht zu einer kompetenten Figur geworden, weil ich es für meine soziale Pflicht hielt, eine politisch korrekte Identifikationsfigur für junge Frauen zu liefern – ich kann nur einfach keine Hohlköpfe leiden und würde es als schrecklich empfinden, über einen solchen Menschen schreiben zu müssen.

Claire war offensichtlich intelligent und kompetent; das konnte ich mit einem Auge sehen. Was hatte sie also getrieben, bevor das Schicksal sie ins achtzehnte Jahrhundert und in die Highlands verfrachtete? Sie hätte alle möglichen Beschäftigungen haben *können*, von Mondflügen bis hin zu Triathlonwettkämpfen (obwohl sie mir bis dato keinen besonders sportlichen Eindruck gemacht hatte), doch unglücklicherweise ist es so, dass es in Schottland im achtzehnten Jahrhundert kaum Möglichkeiten zur Ausübung dieser Tätigkeiten gegeben hätte[1].

Da die damaligen Lebensumstände in den schottischen Highlands barbarisch, brutal und unhygienisch waren, kam mir der Gedanke, dass doch Heilwissen ein ganz nützliches Talent sein könnte. Von allen Fähigkeiten, die im achtzehnten Jahrhundert dem Überleben dienlich sein konnten, schien mir ein Grundwissen der Heilkunst die wünschenswerteste zu sein – und die plausibelste.

Abgesehen von der Tatsache, dass es nicht schaden konnte zu wissen, wie man eine Wunde verbindet und einfache Probleme wie Skorbut behandelt, war mir im Lauf meiner Recherchen aufgefallen, dass es eigentlich so gut wie keine »offiziellen« Ärzte in den Highlands gab. Natürlich existierte damals noch keinerlei formelles Ausbildungs- und Zertifikationsprogramm für Ärzte, weder in Großbritannien noch in Frankreich. Klar gab es Medizinhochschulen in Städten wie Paris, London und Edinburgh, doch die meisten Mediziner machten eine Lehre, waren Autodidakten oder erklärten sich in vielen Fällen einfach zu Ärzten und hängten ein Schild vor ihre Tür, ohne irgendeine Art von Ausbildung genossen zu haben.

Nun ist aber die Heilkunst eine Kunst, die in allen Perioden der Geschichte traditionell von Frauen ausgeübt wurde, selbst in Zeiten, in denen der gesellschaftliche Trend dahin ging, sich verstärkt auf »richtige« Ärzte (normalerweise männlichen Geschlechts) zu verlassen. Der Grund dafür liegt für jeden auf der Hand, der eine Familie hat. Kinder werden krank. Dasselbe gilt für Haustiere, Hausgenossen und Vieh.

Fast überall auf der Welt war fast zu jeder Zeit keine medizinische Hilfe außer dem Wissen und der Erfahrung von Familienmitgliedern und Nachbarn verfügbar – und die Familienmitglieder und Nachbarn, die am wahrscheinlichsten über Wissen und Können in medizinischen Dingen verfügen, sind die Frauen, weil sie es sind, die (dank der unleugbaren Tatsache, dass Frauen Kinder gebären und ernähren) zu Hause festsitzen, Pflanzen gedeihen lassen, aller Welt die Mägen füllen und überhaupt die Räder in Bewegung halten, während die Herren der Schöpfung auf Mammutjagd sind oder sich gegenseitig umbringen.[2]

Kurz gesagt (na gut, nicht *sehr* kurz – aber ich hätte es auch länger machen können), erschien es mir gar nicht unvernünftig, wenn Claire grundlegendes Heilwissen mitbrachte und in der Lage war, es zu ihrem Vorteil einzusetzen, was bei den wenigsten anderen modernen Fähigkeiten vorstellbar gewesen wäre. Also …

Schön, dachte ich, machen wir also eine Heilerin aus ihr. Eine Ärztin, Krankenschwester, Rettungssanitäterin? Am ehesten wohl Krankenschwester, dachte ich. Der Hauptgrund für diese Entscheidung war der, dass ich selbst keine Ärztin bin[3], kein detailliertes Wissen über komplexe Diagnosen und Behandlungsverfahren besitze und damals weder die Möglichkeit noch das Bedürfnis hatte, die nötigen Recherchen durchzuführen, um Claire komplizierte Gedankengänge über Krankheitsbilder zu ermöglichen.

Ein weiterer Hintergedanke war, dass eine gründliche Ausbildung in moderner Medizin angesichts der im achtzehnten Jahrhundert verfügbaren Materialien reine Verschwendung gewesen wäre. Selbst wenn Claire beispielsweise Diabetes mellitus erkannte, wie es in *Die Geliehene Zeit* geschieht – selbst wenn sie die Diagnose erstellen konnte und das Heilmittel kannte, so stand das Mittel ja doch nicht zur Verfügung. In einer solchen Zeit hätte es nicht sonderlich viel genutzt, in der Lage zu sein, chronische Erschöpfungszustände oder zystische Fibrose zu diagnostizieren.

Also kam ich zu dem Schluss, dass wir mit Claire als Krankenschwester besser bedient waren. Falls wir auf einen interessanten medizinischen Fall stießen – wie etwa Colums Degenerationskrankheit –, konnte Claire ganz einfach irgendwo davon gehört haben. Doch im Großen und Ganzen beschränkte sich ihre Erfahrung besser auf simple Wundverbände und die Anwendung von Heilkräutern bei unspezifischen Symptomen – interessant, aber relativ einfach und daher besser geeignet für eine Geschichte, in der die medizinischen Details zwar zu Claires Charakter und zum allgemeinen Hintergrund gehörten, aber nicht im Mittelpunkt der Handlung standen (wie es vielleicht in einem medizinischen Thriller der Fall gewesen wäre).

## DIE RÜCKKEHR DES BLUTEGELS

Die jüngsten Nachrichten über medizinische Experimente mit der Anwendung von Blutegeln und Maden bei der Wundbehandlung interessieren (um nicht zu sagen amüsieren) mich sehr. Es sieht so aus, als wären unsere wirbellosen Freunde tatsächlich wirkungsvolle Helfer beim *Debridement* toten Gewebes und bei der Anregung der Blutzirkulation – und genau dazu wurden sie im achtzehnten Jahrhundert (und früher) von den ach so unwissenden Ärzten eingesetzt, bevor die moderne Medizin mit ihrem technologischen neuen Besen angefegt kam, um mit dem ganzen verstaubten Aberglauben aufzuräumen.

Natürlich wäre Mitte des zwanzigsten Jahrhunderts niemand

auf die Idee gekommen, mit Blutegeln zu arbeiten. Da hätte man ja auch gleich Kräuter unter der Nase des Patienten verbrennen oder ihm Nadeln in die Haut stechen können! Fest im Griff der »Wissenschaft« war man sich allgemein bewusst, dass die Bedeutung dieses ganzen magischen Unfugs Vergangenheit war – und das war auch gut so!

Doch das Rad der Zeit dreht sich langsam …

Die Spaltung zwischen Magie und Wissenschaft taucht zum ersten Mal explizit im achtzehnten Jahrhundert auf, und sie gehört zu den Entwicklungen im Zeitalter der Aufklärung. Sowohl Magie als auch Wissenschaft dienen dem Menschen zur Kontrolle seiner persönlichen Umgebung – seines Körpers –, wobei die Magie diese von außen zu erlangen versucht, während die Wissenschaft (zumindest in der Medizin) es innerlich tut.

Das Zeitalter der Aufklärung, das in der zweiten Hälfte des achtzehnten Jahrhunderts angesiedelt ist, war die erste geschichtliche Periode, in der man die Rationalität als eine Geistestugend schätzte und ihr dieselbe Bedeutung beimaß wie den spirituellen Tugenden. Diese neue Betonung des analytischen Denkens ebnete den Weg für die wissenschaftlichen Entwicklungen des neunzehnten Jahrhunderts, hatte aber zunächst keine unmittelbaren Veränderungen zur Folge.

Zwar verlässt sich die Wissenschaft letztlich auf die Rationalität (das wissenschaftliche Arbeiten), doch um zu Beweisen zu gelangen, stützten sich die Wissenschaftler bei der Entwicklung ihrer Theorien und Hypothesen ursprünglich auf den überlieferten Aberglauben. Obwohl die Aufklärung als Ferment des Geistes wirkte, vollzog sich die Entwicklung der Medizin lange Zeit weiter als eine Art Quasi-Wissenschaft mit starkem metaphysischem Einschlag.

Wie es oft bei wissenschaftlichen Auffassungen der Fall ist, ging diese Entwicklung irgendwann zu weit, und man betrachtete jede medizinische Vorgehensweise, die nicht hundertprozentig rational zu begründen war, als abergläubisch, unhygienisch und als Gefährdung der öffentlichen Gesundheit.

Intelligente Menschen blicken allerdings dann und wann zurück, und so entdeckt nun die Innovation die Tradition wieder. Es gibt mehr Dinge zwischen Himmel und Erde, als sich so mancher Horatio erträumt, und die metaphysische Seite der Medizin ist wieder im Vormarsch, wobei man eine durch und durch moderne

Betonung auf »ganzheitliche« Methoden legt. Eigentlich ist es reiner Zufall, dass Claires Methoden das derzeitige Interesse an ganzheitlichen, natürlichen Heilmethoden widerspiegeln, doch es war nun einmal... na ja... Timing.

»Metaphysisch« ist eines dieser amüsanten Wörter mit endlosen Definitionen und Bedeutungsnuancen, doch in unserem Zusammenhang bedeutet es generell »das, was als übernatürlich, übersinnlich oder transzendent betrachtet wird« oder »weder analytisch noch empirisch verifizierbar« ist.

Heutzutage erkennt die moderne Medizin im Allgemeinen an, dass es in der Tat eine starke Wechselbeziehung zwischen Körper und Geist gibt, auch wenn ihre genaue Wirkungsweise unbekannt – also metaphysisch – ist. Und da sie unbekannt ist, existiert im Heilwesen eine Grauzone, die in manchen Kulturen »Magie« oder »Schamanismus« genannt wird – die aber dennoch ein wichtiger Bestandteil der Heilkunst ist, egal, in welcher Form sie auftritt.

So kann es beispielsweise vorkommen, dass ein moderner Arzt eine Behandlung verordnet, deren therapeutischer Wert bekanntermaßen relativ gering ist, die aber – dank des Placeboeffektes – dennoch bewirkt, dass der Patient sich besser fühlt oder dass er schneller gesund wird. Das heißt, von der heilenden Handlung an sich geht unabhängig von der tatsächlichen körperlichen Wirkung der Behandlung ein wohltuender Effekt aus. (Ich benutze das Wort »Behandlung« hier im weitesten Sinne, von der schlichten Aufmerksamkeit bis hin zur Verabreichung medizinischer Substanzen oder der Durchführung invasiver Eingriffe.) Genauso kommt es vor, dass ein Mitglied einer schamanistischen Kultur seinen Zustand durch eine Heilzeremonie gebessert findet, ganz egal, ob die Zeremonie eine unmittelbar ersichtliche körperliche Wirkung hat oder nicht.

Mit anderen Worten gibt es in der medizinischen Praxis seit jeher einen magischen Aspekt, auch wenn dieser Aspekt in der allgemeinen Aufregung wissenschaftlicher Entdeckungen eine Zeit lang verleugnet und ignoriert wurde – nicht völlig zu Unrecht, denn die Entdeckung der Krankheitskeime war schließlich kein Pappenstiel.

Angesichts der Umstände – Claires Verschwinden in dem Steinkreis – war klar, dass ihrer Geschichte eine Aura des Rätselhaften und der Magie anhaften würde. Was für ein Beruf konnte also passender sein als der einer Heilerin – ein Beruf, dem die gleiche Aura des Rätsels und ein Hauch von Magie anhing? Was gab es für eine bessere Berufswahl für eine Zeitreisende, deren ganzes Leben sich wieder und wieder auf sich selbst zurückdreht, wobei mit jedem Wechsel der Perspektive neue Wahrheiten ans Licht kommen?

Die Funktionen des menschlichen Körpers sind eine ausgesprochen persönliche und zugleich kryptische Angelegenheit, wodurch wir das Gefühl von Signifikanz und Rätselhaftigkeit bekommen, das wir »Magie« nennen. Die gleiche Mischung aus Signifikanz und Rätselhaftigkeit liegt auch religiösen Gefühlen zu Grunde, und es ist kein Zufall, dass die meisten Heiler in primitiven Kulturen gleichzeitig auch Priester sind. Religion und Wissenschaft befinden sich an entgegengesetzten Enden des Spektrums der Vernunft, und die Medizin balanciert irgendwo in der Mitte. Wichtig ist nur die Einsicht, dass es ein Spektrum *ist;* ergo sind all seine Elemente miteinander verbunden, selbst wenn sich die Extreme so sehr zu unterscheiden scheinen, dass sie in keinem offensichtlichen Verhältnis zueinander stehen.

Tatsächlich ist Heilen eine Kunst, und es ist auch immer als solche verstanden worden – zumindest bis in die jüngste Vergangenheit, als das Aufkommen ausgeklügelter Technologien uns zu der irrigen Annahme verleitete, dass sämtliche Wunder des Körpers erklärbar und kontrollierbar sind. Viele sind es – aber nicht alle. Jedenfalls noch nicht!

Demzufolge hallen in allen Jamie-und-Claire-Büchern Echos wider – wenn Aberglaube und Magie bei der Anwendung rationaler Medizin mitschwingen –, die beispielhaft die einzigartigen Positionen in der zweiten Hälfte des achtzehnten Jahrhunderts verdeutlichen. Das Zeitalter der Aufklärung war eine Zeit des kulturellen, gesellschaftlichen und gedanklichen Wandels – wenn man so will, war es Magie, die durch die Macht der Vernunft zu Stande kam.

Dank ihrer besonderen Perspektive verkörpert Claire die medizinische Praxis, indem sie das Rationale mit dem Metaphysischen, das Traditionelle mit dem Modernen vermischt, während sie die überlieferten Ziele der Heilkunst verfolgt, nämlich die Erhaltung und Wiederherstellung der Gesundheit. Modern wie sie ist, ist sie doch selbst ein Echo des Zeitalters der Aufklärung mit seiner merkwürdigen Vermischung von Alchemie und Chemie, seinem

Verhaften in der Tradition, seiner Suche nach Innovation. Genau genommen ist sie die personifizierte Rückkehr des Blutegels.


## Weisse Frauen

Wenn man nach unterhaltsamen historischen Zufällen sucht, dann ist es bemerkenswert, dass die Krankenschwester der Neuzeit meistens eine »Frau in Weiß« ist. Ob man sie nun wegen ihrer offensichtlichen »Reinheit« gewählt hat (und sie daher Keimfreiheit suggeriert), oder weil man Blutflecke darauf besonders gut sehen kann, jedenfalls beschwört die weiße Uniform, die viele moderne Krankenschwestern tragen, das Bild der »weißen Frauen« der Vergangenheit herauf[4].

Die weiße Frau ist eine keltische Sagengestalt, die (in unterschiedlicher Ausführung) in allen keltischen Ländern vorkommt, also nicht nur in Irland und Schottland, sondern auch in der Bretagne (weshalb auch die Vergewaltiger, denen Claire auf der Rue du Faubourg St.-Honoré in die Hände fällt, von »La Dame Blanche« gehört haben). Ganz allgemein betrachtet, ist die Weiße Frau die Dryade des Todes; man setzt sie oft mit Macha, der Königin des Totenreiches, und manchmal auch mit der greisen Form der Göttin gleich (man sagt, dass die Göttin drei Erscheinungsformen hat – Maid, Mutter, Greisin –, die die Hauptphasen des Frauenlebens signifizieren).

Doch wenn man genauer hinsieht, so werden die »weißen Frauen« in den Legenden nicht immer als Gestalten des Todes und der Zerstörung dargestellt – auch wenn dies eine häufige Darstellung ist –, sondern manchmal auch als Heilerinnen und Zauberinnen. Macha, eine der Sagengestalten, für die die Weiße Frau steht, ist auch die Mutter des Lebens und des Todes – sie (und damit anzunehmenderweise alle ihr unterstellten weißen Frauen) bestimmt über Leben und Tod – und das, so fiel mir auf, hat doch große Ähnlichkeit mit dem, was ein Arzt tut.

Angesichts von Claires angeborener, bleicher Hautfarbe, ihrer Heilkunst (und der damit untrennbar verbundenen Unbarmherzigkeit) und ihrer übernatürlichen Fähigkeiten (teils echt, teils angedichtet) schien es mir nur logisch, ihr – via Jamies fruchtbarer Phantasie und seiner Vertrautheit mit dem keltischen Sagengut – den Titel »La Dame Blanche« zu verleihen[5].

# Warum der Zweite Weltkrieg?

Mit der Entscheidung, aus Claire eine Heilerin zu machen, stand auch die Zeit fest, aus der sie kam. Es gab zwei Gründe, mich für die Zeit unmittelbar nach dem Zweiten Weltkrieg zu entscheiden: erstens – Antibiotika und zweitens – Technologie.

Der Zweite Weltkrieg war der Zeitpunkt, zu dem die wirklich »moderne« Medizin das Tageslicht erblickte, denn er bescherte uns die Antibiotika – auf den Schlachtfeldern und Lazaretten des Zweiten Weltkrieges wurden erstmals flächendeckend Sulfonamide eingesetzt, und obwohl das Penizillin schon 1929 entdeckt worden ist, setzte man es erst 1941 ein, als seine Entwicklung durch die Häufung der Kriegsverletzungen wirtschaftlich sinnvoll und menschlich zwingend wurde.

Zuvor – sogar bis weit in die Anfangszeit dieses Krieges hinein – war die Medizin noch sehr altmodisch. Zwar hatte man Abstand von Techniken wie dem Aderlass oder der Verabreichung von Abführmitteln genommen, doch viele der gängigen Techniken – beim Verbinden und in der chirurgischen Praxis – waren sehr alt. Also war anzunehmen, dass eine Frau, die in einem Feldlazarett des Zweiten Weltkrieges als Krankenschwester gearbeitet hatte, die Umstände in den Highlands des achtzehnten Jahrhunderts nicht annähernd so seltsam oder ungewöhnlich finden würde wie eine modernere Medizinerin. Sie wäre an »Handarbeit« gewöhnt und nicht besonders abhängig von modernen Annehmlichkeiten wie fließendem Wasser.

Der zweite Grund, aus dem ich den Zweiten Weltkrieg wählte, ist eine Folge des ersten und durch die Zeitreise bedingt: Technologie.

Hätte ich eine Berufsmedizinerin der Gegenwart (also der achtziger oder neunziger Jahre) genommen, so wäre sie an hochkompliziertes Equipment und ebensolche Behandlungsmethoden gewöhnt gewesen, und sie wäre nur dann psychologisch plausibel erschienen, wenn ihr diese extrem gefehlt hätten, zumindest in den frühen Stadien ihres Aufenthalts in der Vergangenheit.

Zwar ist Claire entsetzt über den Mangel an Hygiene, das Unwissen in Ernährungsfragen, die Primitivität chirurgischer Behandlungen und so weiter – doch all dies sind Dinge, die zum medizinischen Allgemeinwissen des modernen Lesers gehören. Also sollte ein Leser, der von Claires Beobachtungen und Abenteuern hört – wenn sie etwa Knochen einrichtet, Wunden vernäht oder fiebrige Infekte behandelt –, sie problemlos verstehen können. Diese mitfühlende Identifikation würde aber abgeschwächt, wenn sie ständig darüber nachdächte, wie gern sie ein epileptisches Kind in den Kernspintomographen schöbe oder wie schade es doch ist, dass sie nicht in der Lage ist, eine Dialyse durchzuführen oder angeborene Stoffwechselstörungen genetisch zu beheben.

Ein drittes Argument für die Wahl von Claires Ursprungszeit war der »Vorwärtsfaktor«. Jeder Schriftsteller, der sich mit Zeitreisen befasst, muss sich entscheiden, wie er die damit verbundenen Vorgänge definiert: Altern Zeitreisende? Wenn sie in ihre eigene Zeit zurückkehren, kommen sie exakt am Zeitpunkt ihrer Abreise (also am selben Tag und zur selben Uhrzeit, an der sie abgereist sind?) wieder an oder ist die Zeit, die sie in der Vergangenheit verbracht haben, auch in der Gegenwart verstrichen?

Nun hat sich die Gabaldonsche Zeitreisetheorie ganz allmählich entwickelt, und eigentlich ist sie immer noch nicht bis ins Letzte erklärt[6]. Doch als ich *Feuer und Stein* schrieb, dachte ich mir, dass die Zeit für jedes Individuum linear fortschreitet; jeder Mensch lebt sein Leben auf normale Weise und altert normal, egal, welcher historischen Periode er gerade innewohnt.

*Falls* ich also jemals vorhatte, Claire aus der Vergangenheit zurückkehren zu lassen (und ich wusste noch nicht, ob ich das vorhatte, doch es erschien mir gar nicht so unwahrscheinlich), würde sie nicht in den Zeitpunkt ihrer Abreise zurückkehren, sondern an einen späteren Zeitpunkt. Wenn ich sie also zu einer Zeitgenossin meiner Selbst gemacht hätte – die Handlung also in den Achtzigern oder Neunzigern hätte spielen lassen –, so hätte ihre Rückkehr in die Zukunft sie leicht in *meine* Zukunft verfrachten können – sie hätte 1990 beginnen, zwanzig Jahre in der Vergangenheit verbringen und im Jahr 2010 zurückkehren können, und das alles in einem 1995 erschienenen Buch! (Wäre mir damals schon klar gewesen, wie langsam ich schreibe, hätte ich mir nicht so viele Gedanken darüber gemacht.)

Ich wollte nicht, dass die Bücher im Jahr 2010 veraltet oder offenkundig »falsch« sind – was leicht hätte geschehen können, wenn ich versucht hätte, Claires medizinische Karriere und ihren Alltag in meine eigene Zukunft zu projizieren. Als ich dann zurückblickte, stieß ich auf den Zweiten Weltkrieg, und dies schien mir die geeignete Zeit zu sein. Erstens war dieser Krieg der Zeitpunkt des ersten Großeinsatzes der Antibiotika – der dritte der großen Fortschritte, welche das Fundament der modernen Medizin bilden (der erste war die Entdeckung der Asepsis; der zweite die Anästhesie)[7]. Dies war ein sehr wichtiger Fortschritt der modernen Medizin, einer, mit dem die meisten modernen Leser etwas anfangen konnten, ohne einer technischen Erklärung zu bedürfen. Und wenn Claire Krankenschwester in einem Feldlazarett gewesen war, dann war klar, dass Strapazen für sie nichts Neues waren – und dass sie daher das achtzehnte Jahrhundert nicht annähernd so schockierend finden würde wie eine Durchschnittsdebütantin –, und dass sie außerdem unabhängig, selbstständig und erfindungsreich sein musste. Da ich diese Eigenschaften sowieso bereits an ihr ausgemacht hatte, brauchte ich nur noch eine plausible Erklärung dafür zu liefern, wie sie dazu kam. Darüber hinaus waren die Lebensumstände in Großbritannien und Frankreich während des Krieges schwierig, hart und oft gefährlich. Eine Frau, die fast ein Jahrzehnt unter solchen Bedingungen gelebt hatte, würde sich durch das Fehlen moderner Annehmlichkeiten nicht erschüttern lassen – und sich wahrscheinlich auch kaum durch die Aussicht beirren lassen, für immer darauf zu verzichten.

Und schließlich war das achtzehnte Jahrhundert eine ziemlich brutale Zeit. Um emotional und praktisch mit dem Alltag dort zurechtzukommen – ob sie seine gesellschaftliche Basis akzeptierte oder nicht –, musste Claire sinnvollerweise selbst aus einer brutalen Zeit stammen. Wie ihre Tochter sehr viel später anmerkt, ist sie im Dienst ihrer Ideale zu absoluter Unbarmherzigkeit und großer Stärke fähig. Dies sind keine Charaktereigenschaften, die man sich beim Leben auf einem sanften Ruhekissen zulegt.

Damals war mir das nicht bewusst, doch es gab noch einen anderen Grund dafür, den Zweiten Weltkrieg als Claires Ursprungszeit zu wählen: das »Echo« zwischen dem Jakobitenaufstand und dem Zweiten Weltkrieg, was die gesellschaftlichen Auswirkungen dieser beiden Konflikte betraf.

Der Fünfundvierziger-Aufstand setzte dem Feudalsystem der Highlandclans ein Ende, und er spülte – als Nebenwirkung – eine große Zahl schottischer Immigranten an das Ufer der Neuen Welt, wo sie immens zur Entwicklung dessen beitrugen, was einmal Amerika werden würde. Ähnlich resultierten auch die Zerstörungen und Entwurzelungen des Zweiten Weltkrieges in einer noch größeren Immigrantenwelle, die Amerika wiederum veränderte und vieles zu seiner modernen Erscheinung beisteuerte.

Zu den Nebenwirkungen von Kriegen gehören gesellschaftliche Spaltungen, die zwar für das Individuum meistens unangenehm sind, häufig aber unerwartet positive Folgen haben. Zu den Resultaten des Untergangs der Jakobiten gehörte die Tatsache, dass zahllose schottische Highlander in die Neue Welt emigrierten – wo sie sehr zum wirtschaftlichen Gedeihen ihres neugegründeten Landes beitrugen. Zu den Folgen des Zweiten Weltkrieges gehörte die Entwicklung des militärisch-industriellen Komplexes, der zum Beispiel die Erforschung des Weltraums, die Entwicklung von Computern und die damit einhergehende technologische Explosion nach sich zog, die das moderne Leben verändert hat.

Große Kriege führen zwangsweise zu schnellen Entwicklungen in der Medizin – aus Gründen, die auf der Hand liegen. Nachdem mir einmal die Idee gekommen war, Claires Beruf mit einem Kriegshintergrund zu verbinden, wurde dies unabdingbar – und aus dieser Verbindung entwickelten sich wiederum ihre Persönlichkeit und ihre Vergangenheit.

## MEDIZINISCHES HINTERGRUNDWISSEN

Wie kam ich an Claires medizinisches Hintergrundwissen? Tja, das war noch so ein Zufall.

Als Studentin hatte ich das Glück, ein Stipendium zu erhalten, und daher gab man mir keine Stelle als technische Assistentin (auf diese Weise verhelfen die Fachbereiche der Universitäten vielen Studenten zu ihrem Lebensunterhalt), denn an der Uni war man logischerweise der Auffassung, dass diese Stellen Studenten vorbehalten bleiben sollten, die sie als Einkommensquelle nötig hatten. Doch lag meinen Professoren daran, dass ich zumindest geringfügige Lehrerfahrung bekam, da es sehr wahrscheinlich war, dass ich in Zukunft irgendwann unterrichten *würde*.

Demzufolge verschaffte mir die Universität eine Achtelstelle als Lehrassistentin; ich unterrichtete pro Woche einen Laborkurs, wofür ich die königliche Summe von zwanzig Dollar erhielt – der finanzielle Tiefpunkt meines Berufslebens. Der einzige Kurs, der für mich in Frage kam, war der praktische Teil eines Seminars in menschlicher Anatomie und Physiologie – also unterrichtete ich menschliche Anatomie und Physiologie, obwohl dieser Kurs nicht das Geringste mit meinem persönlichen wissenschaftlichen Hintergrund und meinen Forschungszielen zu tun hatte.

Nun, das Leben ging weiter, und ich zog nach Philadelphia, wo mein Mann seinen Abschluss an der Wharton School of Business machte und ich versuchte, einen Job zu finden, damit wir nicht verhungerten. Ich fand sogar zwei Jobs: Der erste war eine postdoktorale Anstellung bei der Universität von Philadelphia, wo ich meinen Lebensunterhalt damit verdiente, Ringtauben aufzuziehen und Seevögel zu zerlegen (dies war der inhaltliche Tiefpunkt meines Berufslebens. Ich konnte fast ein Jahr lang kein gebratenes Huhn mehr essen). Der zweite war eine Teilzeitstelle am Community College von Philadelphia, wo meine »Erfahrung« im Unterrichten menschlicher Anatomie und Physiologie dazu führte, dass ich einen Job bekam, in dessen Rahmen ich… menschliche Anatomie und Physiologie unterrichtete.

Im Anschluss an diese Anstellung unterrichtete ich denselben Kurs an der Temple University, und schließlich bat man mich, für ein Mitglied der Fakultät der Arizona State University einzuspringen, das sich im Studienurlaub befand, und so unterrichtete ich dort – die gute alte menschliche Anatomie und Physiologie. Mit anderen Worten habe ich wiederholt menschliche Anatomie und Physiologie unterrichtet, obwohl das Fach weder etwas mit einem meiner Abschlüsse zu tun hatte noch meinem Forschungsinteresse entsprach.

Da der Kurs sich an Schwesternschülerinnen und an Studenten mit einem naturwissenschaftlichen Wahlfach richtete, befasste er sich ausgiebig mit klinischer Medizin – und am Ende verfügte ich ungewollt fast über das gesamte Wissen, das Claire Randall benötigte, um mit den medizinischen Bedingungen des achtzehnten Jahrhunderts fertig zu werden[8].

Über diese zufällige Vorbereitung hinaus unternahm ich eine ausführliche Bibliotheksrecherche und begann, ein paar Ärzte auszufragen, die ich *online* kennen gelernt hatte.

Besonders viel verdanke ich unter anderem Dr. Gary Hoff und Dr. Ellen Mandell – nicht nur für ihre Hilfe und ihren Rat bei der Beschreibung und Behandlung diverser Erkrankungen und Verletzungen, sondern vor allem auch für die Ehrlichkeit und Offenheit, mit der sie mir gestatteten, einen Blick auf das zu werfen, was es bedeutet, Arzt zu sein – und auf das Mitgefühl, die Hingabe und die gelegentliche Trauer, die diese Berufung mit sich bringt.

## (BEHANDLUNGS-)PROBLEME UND KOMPLIKATIONEN (DER HANDLUNG)

Eine der Komplikationen der Handlung des ersten Buches dreht sich natürlich um Colums höchst interessantes medizinisches Problem. Als Schriftsteller wird man ständig gefragt: »Wie kommen Sie auf Ihre Ideen?« Ich kenne einen Autor, der darauf stets höflich antwortet, dass er sie im Dutzend im Versandhaus bestellt, doch meine eigene, weniger phantasievolle Antwort lautet: »Überall!« In Colum MacKenzies Fall lieferte mir die Wand meines Büros in der Uni die Idee.

Damals arbeitete ich in einem desolaten Gebäude der Arizona State University in einem kleinen Raum, von dessen Wänden der Putz bröckelte und dessen betagte Klimaanlage sich bei jedem Einschalten wie eine Müllpresse schüttelte und Tausende zu Tode erschrockener Heimchen aufscheuchte (die offensichtlich die Ritzen des Gerätes für ideale Nistgründe hielten). Um diesen Raum ein bisschen interessanter zu gestalten, brachte ich einen Packen billiger Reproduktionen großer Gemälde mit und verteilte sie großzügig an den Wänden und Türen meines Heiligtums. Auf der Rückseite eines jeden Bildes war ein kurzer Text mit einer biographischen Notiz über den Maler abgedruckt.

Und... na ja, immer, wenn ich an meinem Schreibtisch saß und telefonierte, dann hing mir ein Gemälde von Toulouse-Lautrec direkt gegenüber. Das ist alles. Der Kommentar auf der Rückseite beschrieb auch die Symptome seiner Krankheit, inklusive der Neigung zur Impotenz und Sterilität.

Man nimmt sich seine Ideen eben, wo man sie bekommen kann.

Auf Jamies ausgekugelte Schulter und die Methode, sie wieder einzurenken, kam ich, weil ich mich an einen von Dick Francis' frühen Rennbahnromanen erinnerte (ich weiß nicht mehr, welchen), in dem ein Jockey höchst anschaulich beschrieb, wie sehr eine solche Verletzung schmerzte und wie unmittelbar die Erleichterung erfolgte.

Die Beschreibungen diverser allgemeiner Erkrankungen und

ihrer zeitgenössischen Behandlungsmethoden habe ich durch medizinische Recherchen herausgefunden – der Inhalt von Davie Beatons Behandlungszimmer entstammte einer Liste zeitgenössischer Medikamente, die ich in *The Social Life of Scotland in the Eighteenth Century* von H. G. Graham fand. Die Beschreibungen der Vorgehensweisen im Hôpital des Anges in *Die Geliehene Zeit* basieren auf der bunten Vielfalt der Behandlungsweise (Urinoskopisten, Bruchband-Anpasser, Knocheneinrichter, *maîtresses sage-femme*), die ich in dem Buch *Professional and Popular Medicine in France 1770–1830* (Ramsey) beschrieben fand.

Bouton? Nun, ich habe zu Boden geblickt, und da war er. Ich habe selbst mehrere Hunde; Tippy, der kleinste und älteste, begleitet mich immer zum Schreiben in mein Arbeitszimmer und dient mir als treuer Wächter, bis ich gegen drei Uhr nachts ins Bett gehe. Er liegt schnurgerade neben meinen Füßen auf dem Boden, die rosa Nase auf die Pfoten gestützt, die lange, buschige Rute hinter sich ausgestreckt.

Als sich nun also Mutter Hildegarde an ihr Cembalo setzte, blickte ich zu Boden, da lag Bouton treu zu ihren Füßen hingestreckt. Angesichts des Berufes, den Mutter Hildegarde ausübte, kam es mir nur natürlich vor, wenn ihr Hund sie auf ihren Rundgängen durch das Hôpital begleitete – die Idee, auf die Betten der Patienten zu springen und seine eigene Art der Diagnose zu praktizieren, stammte allerdings von ihm selbst[9].

Mr. Willoughbys Akupunkturkenntnisse – eigentlich sogar Mr. Willoughbys gesamte Existenz – entsprangen der puren Notwendigkeit; ich musste eine Möglichkeit finden, Jamie Fraser über den Ozean zu befördern, ohne dass er an der Seekrankheit starb.

An andere medizinische Anekdoten, interessante Krankheiten, Seuchen und Heilmethoden kam ich durch Bekannte (so brachte mich eine Leserin, der aufgefallen war, dass ein Teil meiner Handlung auf den Westindischen Inseln spielte, per E-Mail auf den pittoresken *Loa-Loa*-Wurm, dem Claire in *Ferne Ufer* begegnet), wenn ich sie nicht aus dem Sammelsurium meiner Erinnerungen bezog. Die lebhafte Beschreibung des Todes durch einen abgeschnürten Leistenbruch habe ich (nicht wörtlich, nur inhaltlich) aus einem kurzen Auszug der Schriften Albert Schweitzers, die mir (vor vielen, vielen Jahren) in der Schule in einem Deutschkurs untergekommen sind. Ich musste den Abschnitt übersetzen, in dem Dr. Schweitzer den erbärmlichen Tod eines solchen Patienten beschrieb, und er ist mir im Gedächtnis haften geblieben. Ich fürchte, das passiert mir öfter.

## Anmerkungen

1  *Obwohl ich tatsächlich einmal ein Buch gelesen habe, dessen zeitreisende Heldin sich in ihrer eigenen Zeit Selbstmotivations-Tonbänder für Karrieremenschen anhörte und sich am Ende im elften Jahrhundert erfolgreich selbstständig machte, indem sie Seidendessous für Wikinger entwarf. Soviel Phantasie haben weder Claire noch ich, fürchte ich.*

2  *Diese herrlich gerechte Arbeitsteilung hat seit der Erfindung verlässlicher Verhütungsmittel drastische Veränderungen erlebt, doch da man sich im achtzehnten Jahrhundert nicht besonders auf Verhütung verlassen konnte, brauchen wir uns hier keine großen Gedanken um eine Diskussion der Geschlechterrollen zu machen. Im achtzehnten Jahrhundert kümmerten sich Frauen noch um die Kinder, und die Männer befassten sich mit dem Töten. Ende.*

3  *Ich habe zwar einen Abschluss in Ökologie, und meine Schüler haben mich meistens »Frau Doktor« genannt – doch das hatte nur zum Teil etwas mit Respekt zu tun und lag vor allem daran, dass sie meinen Nachnamen nicht aussprechen konnten und zu schüchtern waren, mich mit meinem Vornamen anzureden. Mein Schwiegervater hat mich in der ersten Zeit nach meiner Abschlussprüfung »Dr. Puh« genannt, aber irgendwann hat er es gelassen.*

4  *Ich weiß, dass die Krankenschwestern heute nicht mehr unbedingt Weiß tragen und dass es auch männliche Pfleger gibt. Wenn ich hier ganz allgemein von den Krankenschwestern im zwanzigsten Jahrhundert spreche, so ist das nur beispielhaft gemeint.*

5  *Es ist höchstwahrscheinlich kein Zufall, dass Ishmael (Ferne Ufer) Claire fragt, »ob sie noch blutet«, und ihr erklärt, dass nur alte Frauen wirklichen Zauber vollbringen können – ebenso wenig, wie es Zufall ist, wenn die Tuscarora-Seherin Nayawenne zu Claire sagt, dass sich ihre Macht voll entfalten wird, »wenn Euer Haar weiß ist« (Trommel).*
*Andererseits war es völliger Zufall, dass Geillis Duncans Haar so blond ausfiel, »dass es fast weiß war, die Farbe cremiger Sahne«. Oder zumindest glaube ich das.*

6  *Im weiteren Verlauf der Romane werden wir noch weitere Verfeinerungen und Erklärungen der Gabaldonschen Theorie entdecken. Bleiben Sie auf Empfang, um die jüngsten Entwicklungen nicht zu verpassen!*

7 Alexander Fleming – der zufälligerweise Schotte war – entdeckte 1929 das Penizillin. Doch kennt die Volksmedizin schon seit fünftausend Jahren Heilmittel auf Schimmelpilzbasis (meistens auf Brot gezogen). (Es gibt Hunderte von Sorten von Penicillium, die auf Substanzen von Brot über Käse bis hin zu fauligen Melonen wachsen.)

8 Zufällig kam ich durch diesen Kurs auch mit zahlreichen Schwesternschülern und -schülerinnen in Kontakt und bekam so einen Eindruck von der Mischung aus Sachlichkeit und Hingabe, die bei ihnen so häufig ist. Ich erinnere mich immer noch an einen angehenden Pfleger namens Wally, den ich am Community College in Philadelphia unterrichtet habe.

Die Kursteilnehmer waren dort um einiges älter als die an der Uni; die meisten hatten sich für den Pflegeberuf entschieden, nachdem sie ihren Lebensunterhalt schon jahrelang in anderen Berufen verdient hatten. Wally war Lastwagenfahrer gewesen, hatte wegen seiner Aktivitäten als Gangmitglied und Dealer mehrfach im Gefängnis gesessen, und mit fünfunddreißig war er jetzt entschlossen, seinen Lebenswandel zu ändern und Krankenpfleger zu werden. Er war einer meiner besten und aufmerksamsten Schüler, machte sich umfangreiche Notizen und rief die flegelhafteren Teilnehmer zur Ordnung: »Haltet die Klappe und hört auf Frau Doktah!«

Zum Pflichtprogramm für die Schüler gehörte neben meinem Kurs in menschlicher Anatomie und Physiologie auch ein Kurs in praktischer Krankenpflege, der unter anderem auch gängige Pflegeprozeduren bei bettlägerigen Patienten umfasste. Eines Morgens kam Wally in mein Klassenzimmer marschiert. Die Haare standen ihm zu Berge, und hinter seinen Brillengläsern glitzerte es wutentbrannt. Was ist los?, fragte ich, denn ich fürchtete, er sei mit dem Gesetz oder seinen Ex-Kumpanen in Konflikt geraten.

»Was LOS ist?«, entgegnete er rhetorisch. »Sie wollen wissen, was LOS ist? Wir kommen gerade von der klinischen Pflegeprüfung, das ist los.«

Die klinische Pflegeprüfung war eine praktische Prüfung, bei der die Schüler an einer lebensgroßen Puppe ihre Erfahrung mit Pflegeprozeduren wie Baden, Ankleiden etc. demonstrierten. Sie war eine sehr wichtige Prüfung, denn nur wer sie bestand, konnte im Pflegeprogramm bleiben.

»Ich war perfekt!«, verkündete Wally schwer atmend und Zähne knirschend. »Ich habe ihr Gesicht und Hände gewaschen, ihr die Haare gekämmt, ihren Puls gefühlt, sie auf wunde Stellen untersucht – und ich hab die ganze Zeit mit der Puppe geredet, sie mit ›Mrs. Johnson‹ angesprochen und gesagt: ›Also, Mrs. Johnson, *jetzt wollen wir mal hier nachsehen‹, genauso, wie wir es machen sollen. Ich habe alles genau richtig gemacht, bis ich Mrs. Johnson die Bettpfanne gegeben habe!«*

*Er drehte sich mit dem Gesicht zur Klasse und schüttelte dem Universum protestierend die Fäuste entgegen.*

*»Schaut mich an!«, brüllte er. »Ich bin fünfunddreißig Jahre alt! Ich bin drei Mal geschieden, ich habe eine Frau und zwei Kinder! Ich hab im Knast gesessen, bin in Gangs gewesen, habe Sachen hinter mir, die die meisten Leute nicht überlebt hätten! Und jetzt werd ich meinen Kurs nicht schaffen und mein Leben ruinieren, weil ICH VERGESSEN HAB, 'NER GOTTVERDAMMTEN ATTRAPPE DEN ARSCH ABZUWISCHEN!«*

9  *Daher war ich erfreut – wenn auch nicht überrascht –, als ich vor ein paar Jahren von Studien las, bei denen man Hunden beibrachte, Patienten zu beschnüffeln, um so bei der Entdeckung und Diagnose bestimmter Erkrankungen zu helfen.*

## DRITTER TEIL

# Stammbäume

Anmerkung der Autorin: *Ich möchte dem Herausgeber des elektronischen Newsletters* The Baronage Press[1] *meinen Dank ausdrücken. Er war mir eine große Hilfe bei der Suche und Aufbereitung des Materials zur Familiengeschichte der Randalls, Beauchamps und Frasers, und ich verdanke ihm insbesondere auch die stilvollen Abbildungen ihrer Familienwappen.*

# Beauchamp²

I m Domesday Book³, das etwa zwanzig Jahre nach der Eroberung Englands durch Herzog William verfasst wurde, ist zu lesen, dass Hugh de Beauchamp für seine Loyalität reich entlohnt wurde. Walter, von dem man annimmt, dass er sein drittältester Sohn ist, obwohl das nicht schlüssig bewiesen ist, nannte Schloss Helmsley in Gloucestershire sein Eigen und erhielt von Henry I. weitere Ländereien und Ämter, die er an seinen Sohn William vererben konnte. Im Konflikt zwischen König Stephen und Kaiserin Maud ergriff William Mauds Partei und verlor Schloss Worcester und vieles mehr, doch erhielt er seine Titel und seinen Landbesitz durch Henry II. zurück, sodass er in der Lage war, später seinem Sohn, ebenfalls William genannt, die Sheriffsämter von Worcestershire, Warwickshire, Gloucestershire und Herefordshire zu vermachen.

Der zweite William starb jung und ließ seinen Sohn Walter minderjährig zurück. Walter wurde kurz von seinem ältesten Sohn Walcheline gefolgt, der im selben Jahr wie sein Vater starb, und dann Walchelines einzigem Sohn William, der mit Isabel, der Schwester und Erbin William Mauduits, des Grafen von Warwick, verheiratet war. Der älteste Sohn aus dieser Verbindung, der erste Graf von Warwick, der ein Beauchamp war, begründete eine der mächtigsten englischen Familien des Hochmittelalters. Sein ältester Sohn Walter, ein Kreuzfahrer, heiratete Alice de Tony, und sein drittältester Sohn und späterer Erbe Giles bekam einen Sohn namens John, dessen ältester Sohn William Sheriff von Worcestershire und Gloucestershire war. Williams Sohn John wurde 1447 als Lord Beauchamp of Powick zum Peer ernannt.

Der Bruder Williams, des Sheriffs von Worcestershire und Gloucestershire, war Walter, dessen ältester Sohn William Elizabeth de Braybrooke heiratete, die Erbin des Baronstitels St.

Amand, und er wurde später an ihrer Stelle als Baron de St. Amand ins Parlament berufen. Ihr Sohn Richard fiel im ersten Jahr der Herrschaft Richards III. in Ungnade, wurde aber sofort rehabilitiert, als Henry VII. König wurde. Er hatte keine anderen Kinder als seinen unehelichen Sohn Anthony St. Amand, und da es keine anderen bekannten Erben gab, betrachtet man den Baronstitel St. Amand seitdem als ausgestorben, doch sein Testament beweist, dass er einen Becher an seine »Nichte Leverseye« vermachte, eine junge Frau, von der man annimmt, dass sie die Nichte seiner Frau war, die aber der allgemeinen Auffassung nach auch das Kind einer unbekannten Schwester hätte sein können.

Erst als der renommierte Historiker und Archäologe Dr. Quentin L. Beauchamp kürzlich einige alte Dokumente untersuchte, die man auf Schloss Warwick gefunden hatte, kam die Existenz von Richards leiblicher Schwester Isabel ans Licht, und es wurde anerkannt, dass der alte Baronstitel durch die Ehe des einzigen Kindes ihrer Tochter Leverseye mit dem Sohn Anthonys (Richards unehelichem Sohn) weiterlebte. Dr. Beauchamp hat die vollständigen Tatsachen über den Skandal noch nicht veröffentlich, der die Familie dazu trieb, die Existenz von Isabel und Leverseye geheim zu halten, doch die Vorbereitungen seiner Anspruchserhebung auf den Titel Lord St. Amand liegt derzeit in den Händen einer bekannten, auf Adelsfragen spezialisierten Anwaltskanzlei, und die Details des Skandals, der angeblich damit zu tun haben soll, dass Isabels Ehemann, ein enger Vertrauter Henrys VII., in den Tod der Prinzen im Tower »nach« dem Tod Richards III. verwickelt gewesen sein soll, werden zweifellos der Öffentlichkeit bald zugänglich gemacht werden.

Dr. Beauchamps einzige Erbin ist seine Nichte Claire Randall, die im House of Lords durch das *Committee for Privileges* als vermutliche Erbin des Titels anerkannt werden wird.


## RANDALL (IN SUSSEX)[4]

Die Ursprünge der Familie Randall sind weder so gut bekannt noch so bemerkenswert wie die der Beauchamps. In den letzten Jahren ist von einigen phantasievollen Historikern behauptet worden, Randall sei einfach nur gleich Randolph, und die Ursprünge lägen in Schottland bei den Randolphs, die vor langer

Zeit Grafen von Moray waren, während andere von Rannulf, einem Schreiber in Wilkingeston (Wigston) Ende des zwölften Jahrhunderts berichten, dessen Ur-Urenkel Adam den Namen im Jahr 1309 als Nachnamen annahm. Die Familie verblieb auf den ursprünglichen Ländereien und im selben Haus, bis Richard Randolff (auch Randull) 1436 nach Leicester umsiedelte und aus den Unterlagen verschwand.

# Die Wappen der Familien Beauchamp und Randall

**Randall**
*erstmals verwendet durch
Sir Denys Randall, Baronet
zirka 1700*

**Sir Richard Beauchamp**
*der letzte Lord St. Amand,
verstarb 1508 ohne
bekannte legitime Erben*

In der Folge verbreitete sich der Name stark, und viele seiner Träger behaupteten, dem niederen Adel anzugehören, und legten sich ein Wappen zu. Viele dieser Wappen zeigten drei, vier oder fünf Seebarben und erinnnerten so an das Wappen des großen Kriegshelden Freskin, der das Gebiet von Moray von der Bedrohung durch die Wikinger befreite und dessen Provinz an die Randolphs überging. Man darf annehmen, dass deren Seebarben in der Absicht übernommen wurden, ebendiese Abstammung zu suggerieren. Andere Familienzweige der Randalls wählten Kissen an Stelle der Seebarben, weil das Wappen der Randolphs of Moray drei Kissen zeigte. Wieder andere wählten interessanterweise

# Stammbaum der Familie Beauchamp

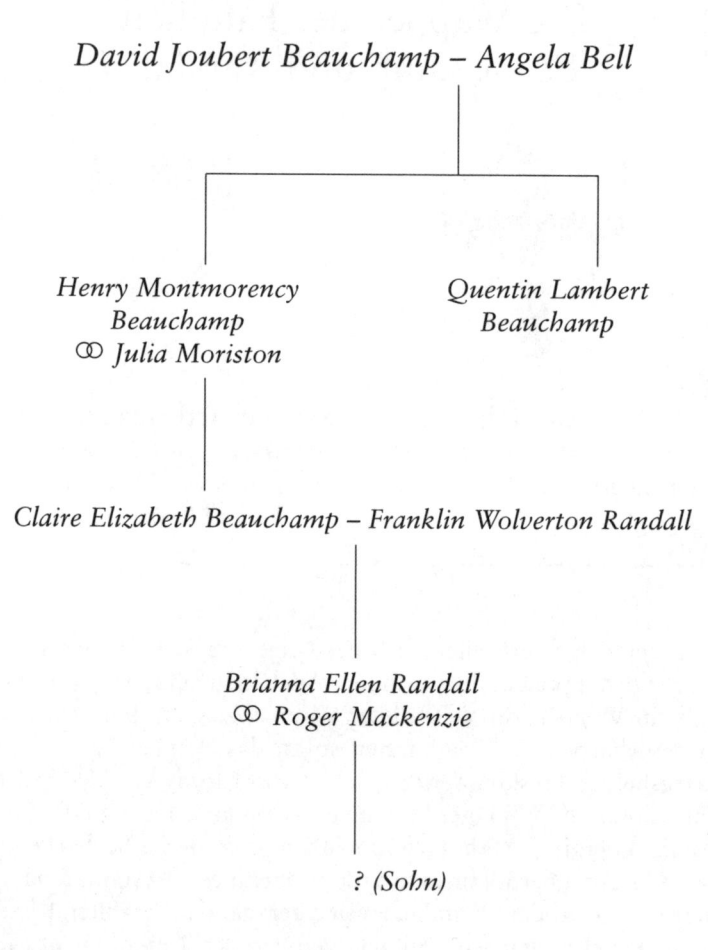

David Joubert Beauchamp – Angela Bell

Henry Montmorency
Beauchamp
∞ Julia Moriston

Quentin Lambert
Beauchamp

Claire Elizabeth Beauchamp – Franklin Wolverton Randall

Brianna Ellen Randall
∞ Roger Mackenzie

? (Sohn)

Wappenvögel (ein kleiner Vogel ohne Schnabel und Füße; ein zentrales Merkmal im Wappen der St. Amands), und einer davon wurde ihnen im Jahr 1573 offiziell durch die englischen Wappenheralde zugestanden (damals waren Abstammungsfälschungen und Verfälschungen der persönlichen Wappengeschichte so weit verbreitet, dass Königin Elizabeth verlauten ließ, wenn ein frisch ernannter Wappenbeauftragter genauso unaufrichtig sei wie sein Vorgänger, dann sei es wohl besser, ihn zu hängen).

Die Randalls aus Sussex tauchten im späten siebzehnten Jahrhundert aus einer relativ nebligen Vergangenheit auf, als Sir Denys Randall zum Ritter geschlagen wurde, ein stattliches Anwesen in den South Downs kaufte, um dort noch mehr von den Schafen zu züchten, mit denen er sein Geld gemacht hatte, und dann von George I., der für seinen Geldmangel bekannt war, zum Baronet ernannt wurde. (Der Titel eines Baronets ist nicht erblich, doch die Nachkommen seiner Träger benehmen sich oft so, als sei das der Fall. Der Titel wurde als Ehrentitel eingeführt, dann aber von den vielen Königen degradiert, die ihn als Einkommensquelle betrachteten und die sogar drohten, etwaige Kandidaten, die diese Ehre zurückwiesen, mit einer Geldstrafe zu belegen.) Die weitere Erbfolge der Randalls aus Sussex wurde von Dr. Q. L. Beauchamp ordentlich zu Pergament gebracht, als seine Nichte Claire Franklin Wolverton Randall heiratete, den mutmaßlichen Erben des Baronet-Titels, den derzeit sein Vetter fünften Grades, Sir Alexander Randall, trägt. (Der *Tatler* merkte zum Zeitpunkt

**Dr. Q. L. Beauchamp**
*das links verlaufende Zierband*
*signalisiert die Abstammung von Anthony,*
*dem unehelichen Sohn des letzten St. Amand*

der Eheschließung an, was für ein hübscher Zufall es doch sei, dass die Familienwappen von Braut und Bräutigam Wappenvögel zeigten.)

## FRASER OF LOVAT

Wie es bei den alten Familien oft der Fall ist, sind die Schreiberlinge im Lauf der Jahrhunderte allzu eifrig damit gewesen, erfundenen oder spekulativen Ursprüngen für die Frasers den Stellenwert von Tatsachen zu geben. Manche behaupten kategorisch, die schottischen Frasers hätten ihren Namen von La Fresilière im französischen Anjou abgeleitet, während man anderswo darauf bestand, der Name sei an einem heißen Sommertag durch den König von Frankreich eingesetzt worden, der, durstig von der Jagd, von einem seiner Begleiter einen Teller mit saftigen Erdbeeren überreicht bekam. Besagter Begleiter erhielt zur Belohnung augenblicklich ein Wappen, das drei Erdbeeren zeigte, und den Befehl, den Namen Fraser als Nachnamen anzunehmen.

Was den heraldischen Faktor angeht, so ist es sinnvoll anzumerken, dass in der Frühzeit der Heraldik die Fünf- und Sechsblattrosette und die Rose fast nicht zu unterscheiden sind, und dass man nur in Schottland das Fünfblatt seit jeher als Erdbeere betrachtet hat. Und was den französischen Ursprung betrifft, so sollte angemerkt werden, dass sich in der Frühzeit der Heraldik Fünf- und Sechsblattrosette sowie Rose im Allgemeinen bei den Familien von St. Omer fanden, als St. Omer sich im flämischen Einflussbereich befand. (Mehrere der ersten verzeichneten Vornamen der Frasers – Simon, Bernard, Gilbert, Oliver – sind flämisch/germanisch).

Die ersten schottischen Frasers tauchten im zwölften Jahrhundert an den Ufern des Tweed auf. Ihre Ursprünge vor diesem Zeitpunkt dürfen bezweifelt werden, nicht aber ihre Macht in Schottland, denn sie verfügten über beträchtlichen Landbesitz in Peeblesshire, ihre Namen tauchten regelmäßig auf den Mitgliederlisten des königlichen Rates auf und sie wurden zu regelmäßigen Wohltätern der religiösen Stifte in Kelso, Newbattle und Coldingham. Das Register der Abtei von Kelso zeigt, dass sie lange Zeit auch über Ländereien außerhalb von Tweeddale verfügten, doch ihr erster bedeutender Familiensitz war Schloss Oliver am Tweed,

# Stammbaum der Familie Randall

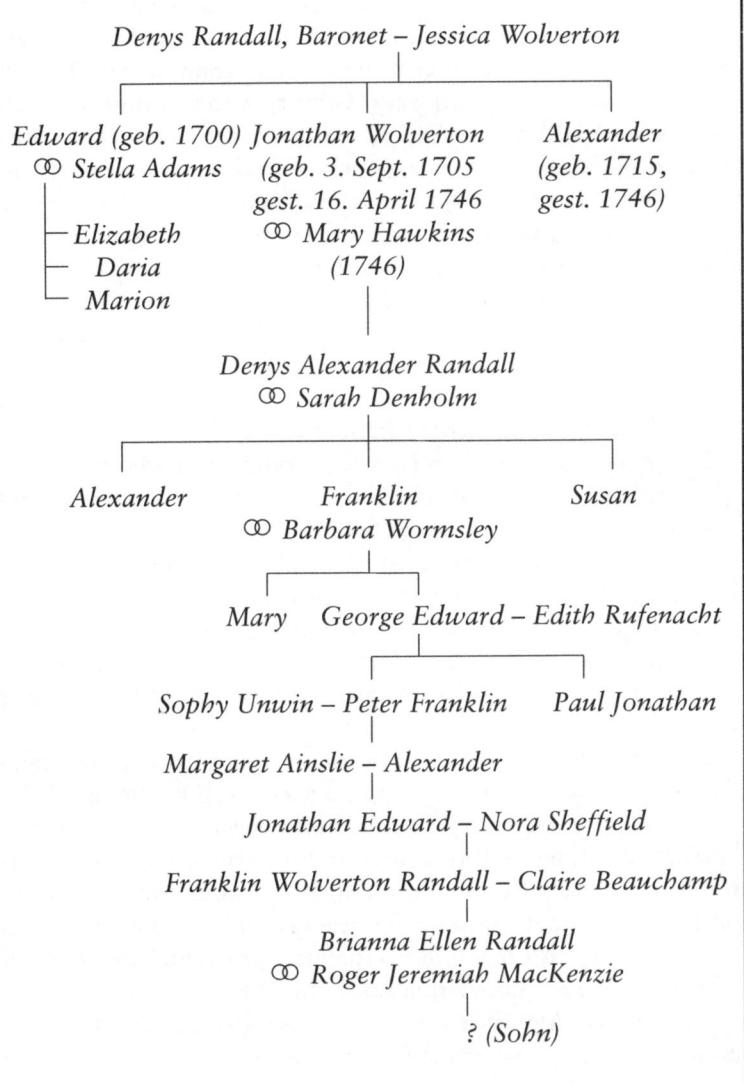

Denys Randall, Baronet – Jessica Wolverton

Edward (geb. 1700)  Jonathan Wolverton  Alexander
⚭ Stella Adams      (geb. 3. Sept. 1705  (geb. 1715,
                     gest. 16. April 1746  gest. 1746)
─ Elizabeth         ⚭ Mary Hawkins
─ Daria             (1746)
─ Marion

Denys Alexander Randall
⚭ Sarah Denholm

Alexander        Franklin          Susan
              ⚭ Barbara Wormsley

Mary    George Edward – Edith Rufenacht

Sophy Unwin – Peter Franklin    Paul Jonathan

Margaret Ainslie – Alexander

Jonathan Edward – Nora Sheffield

Franklin Wolverton Randall – Claire Beauchamp

Brianna Ellen Randall
⚭ Roger Jeremiah MacKenzie

? (Sohn)

vielleicht nach Oliver Fraser benannt, dessen Landschenkung an die Abtei von Newbattle in deren Register verzeichnet ist, gemeinsam mit einer Schenkung Adam Frasers, des Sohnes seiner Schwester, die mit Udard Fraser verheiratet war.

Über die Nachkommenschaft von Oliver und Adam herrscht Ungewissheit, doch der von Schloss Oliver ausgehende Einfluss der Frasers setzte sich unter Sir Bernard Fraser und Sir Gilbert Fraser fort, die jeweils das erbliche Amt eines Sheriffs von Tweeddale innehatten. Bernard und Gilbert waren wahrscheinlich Adams Brüder, Udards Söhne. Bernard war 1234 Sheriff von Stirling, und Laurence, das einzige bekannte Kind seines angenommenen Bruders Adam, war sein Erbe, doch da keine Kinder von Laurence verzeichnet sind, versiegt diese Linie. Der dritte Bruder, Gilbert, hatte vier Söhne, und obwohl die Abstammungslinie von diesem Punkt an klarer wird, bleibt die Periode bis zur Ernennung Hugh Frasers of Lovat zu Lord Fraser of Lovat im Jahr 1464 teilweise Spekulation.

## Die Abstammung Jamie Frasers

Udard Fraser, dessen Lebenszeit die Urkunden in der Abtei von Newbattle auf die zweite Hälfte des zwölften Jahrhunderts datieren, heiratete eine Schwester Oliver Frasers of Olivercastle, des Sohnes von Kylvert Fraser, und seine Nachkommen waren Sir Bernard Fraser, Sheriff von Stirling, Adam Fraser und Sir Gilbert Fraser of Olivercastle, der direkte Vorfahre der Frasers of Muchalls und der Frasers of Philorth sowie wahrscheinlich der direkte Vorfahre der Frasers of Lovat, of Strichen, of Inverallochy und anderer.

Sir Gilbert war Sheriff von Tweeddale (und wird auch verschiedentlich als Sheriff von Traquair und Sheriff von Peebles beschrieben) und starb ungefähr 1263. Er hinterließ John, dessen Söhne Sir Richard Fraser of Touchfraser und Alexander Fraser of Cornton (Cornton gehörte zum Bezirk Stirling) waren. Man nimmt an, dass Alexander der Vorfahre von Andrew of Muchalls ist, der am 29. Juni 1633 zu Lord Fraser ernannt wurde, ein Titel, der seit dem Tod Charles', des vierten Lord Fraser, am 12. Oktober 1716 ruht. Obwohl Alexander normalerweise als zweitältester Sohn aufgeführt wird, deutet die königliche Verfügung, dass der im siebzehnten Jahrhundert ernannte Lord Fraser keine territoriale Bezeichnung benutzen sollte – wie zum Beispiel Fraser of Lovat –, gemeinsam mit der autorisierten Verwendung des Original-Wappens, welches die Führung des Fraser-Clans proklamierte, darauf hin, dass sein höheres Alter schlüssig hatte bewiesen werden können und königliche Zustimmung gefunden hatte. Wenn dieser Beweis stimmt, so sollte Alexanders Name hier vor Richards erscheinen.

Sir Gilberts zweitältester Sohn war Sir Simon Fraser of Olivercastle, Ritter und Bannerherr, Hüter des königlichen Waldes von Ettrick, Sheriff von Traquair und von Peebles, der ungefähr 1280 starb und Sir Simon Fraser of Olivercastle hinterließ, den Sheriff von Traquair und von Peebles, Hüter der Wälder von Traquair und Selkirk, der 1291 starb und unter anderem den Ritter und Bannerherrn Sir Simon Fraser of Oliver and Neidpath hinterließ, einen berühmten Krieger, der für Edward I. in Flandern kämpfte, unter ihm bei der Belagerung von Schloss Carlaverock diente, sich 1301 dem Krieg gegen ihn anschloss, im Jahr 1303 in der Nähe von Roslin bei drei aufeinander folgenden Angriffen am selben Tag drei englische Divisionen besiegte, bei der Schlacht von Hopprew Sir William Wallace das Leben rettete und bei der Schlacht von Methven das Leben von König Robert Bruce. Er wurde 1306 gefangen genommen und in London wegen Hochverrats hingerichtet und hinterließ zwei gemeinsam erbende Töchter, Margaret, die Sir Gilbert Hay of Locherwort heiratete und die Urahnin der Marquise von Tweeddale war, und Joan, die Sir Patrick Fleming of Biggar heiratete und die Urahnin der Grafen von Wigton war.

Sir Gilberts vierter Sohn war William, Bischof of St. Andrews und Kanzler von Schottland, der gemeinsam mit dem Grafen von Fife und dem Grafen von Buchan als Regent für den Norden Schottlands fungierte und 1297 in der Fremde starb.

Sir Gilberts Erbe, sein ältester Sohn Richard Fraser of Touchfraser, hatte anscheinend nur ein einziges Kind: Sir Andrew Fraser, der Jüngere Touchfraser, Sheriff von Stirling, der Beatrix heiratete, eine reiche Erbin aus Caithness, wahrscheinlich aus der Familie Le Chen of Duffus, und vor 1306 starb. Er hinterließ mehrere Söhne: Sir Alexander Fraser of Touchfraser, einen Vorfahren der Frasers of Philorth (heute Saltoun), Schatzmeister von Schottland, welcher Mary, die Schwester von König Bruce, heiratete und 1332 bei der Schlacht von Dupplin ums Leben kam; Andrew Fraser, der 1333 bei der Schlacht von Halidon Hill ums Leben kam, und Sir Simon Fraser of Brotherton, Sheriff von Kincardine, einen Vorfahren der Frasers of Lovat.

An diesem Punkt, an dem sich nämlich die Linien der Frasers of Philorth und derer of Lovat trennen, muss angemerkt werden, dass die Ableitungen bis jetzt ein wenig ungewiss gewesen sind, da in den Unabhängigkeitskriegen so viele Urkunden vernichtet wurden. Und noch eine Warnung muss angefügt werden. Leser, die diesen Text auf seine Übereinstimmung mit anderen Urkunden überprüfen, sollten sich bewusst sein, dass früher viele Schreiber den Unterschied zwischen dem feudalen Titel »Lord of Lovat« und dem Peerage-Titel »Lord Fraser of Lovat« (oder »Lord Lovat«, wie es seit der Neueinsetzung des Titels Baron Lovat of Lovat heißt) und daher mit ihrer Bezifferung in der Erbfolge derer von Lovat durcheinander gekommen sind. Weitere Unsicherheiten entstanden dadurch, dass Titel verfielen und in der Folge wieder eingesetzt wurden und dass im neunzehnten Jahrhundert zusätzlich der Peerage-Titel des Barons Lovat of Lovat geschaffen wurde. (In sämtlichen Ausgaben von *Burke's Peerage* herrscht bis hin zu und einschließlich der 1970er Auflage bezüglich des Lovat-Eintrages heillose Verwirrung.)

Der gälische Name für das Oberhaupt der Frasers of Lovat, MacShimi (manchmal auch Mac Simi oder MacShimidh geschrieben) bedeutet Simons Sohn, und man glaubt, dass es sich bei diesem Simon um jenen Sir Simon Fraser of Brotherton handelt, der die spätere Erbin der Ländereien von Lovat heiratete, die sich zuvor im Besitz von Sir David Grahame of Lovat befanden und davor im Besitz des Byssets. Die Byssetschen Ländereien von Beaufort wurden wieder mit den Ländereien von Lovat zusammengeführt, als deren Erbin, Janet de Fenton, im Jahr 1425 in die Familie Fraser einheiratete.

Sir Simon Fraser of Brotherton, Sheriff von Kincardine, war, wie oben bereits erwähnt, der drittälteste Sohn von Andrew Fraser, dem Sheriff von Stirling. Er heiratete Margaret, die Tochter des Grafen John von Orkney und Caithness, dessen Frau wahrscheinlich die Tochter und mit Sicherheit die spätere Erbin von Sir David Grahame, Lord Lovat, war, und durch Margaret wurde er der erste Lord Lovat aus dem Fraser-Clan und erwarb zahlreiche Ländereien rund um Loch Ness. (Um Verwirrung bei der Durchnummerierung zu vermeiden, ist es wichtig, anzumerken, dass dies ein feudaler Titel ist, kein Peerage-Titel.) Er kam gemeinsam mit seinen Brüdern Andrew und James bei der Schlacht von Halidon Hill ums Leben und hinterließ unter anderem Sir Simon Fraser, Lord of Lovat, von welchem Froissart berichtet, er habe zu den Männern gehört, die im Jahre 1341 Edinburgh Castle mit List eroberten, und der außerdem in der Schlacht von Durham kämpfte und im Jahr 1346 unverheiratet an seinen Verletzungen starb, und Sir Alexander, Lord of Lovat, der eine Tochter Sir Andrew Morays of Bothwell heiratete.

Das einzige bekannte Kind aus dieser Ehe war Hugh Fraser, Lord of Lovat, Baron von Kynnell und von Linton, der im Jahr 1377 gemeinsam mit seinem feudalen Baronstitel auch die letzten seiner Ländereien in Tweeddale aufgab und die lange Verbindung zwischen seinen Highland-Frasers und den Lowland-Frasers am Tweed abbrach. Er heiratete Isobel, Sir John Wemyss of Leuchars' Tochter aus zweiter Ehe mit Isabel, der Tochter von Sir Alan Erskine of Inchmartin, und er starb ca. 1409 und hinterließ unter anderem seinen Erben, Hugh Fraser, Lord of Lovat.

Hugh Fraser, Lord of Lovat, High Sheriff von Inverness-Shire, wurde ca. 1376 geboren und heiratete 1425 seine erste Frau Janet (die vor Dezember 1429 starb), die Schwester von William de Fenton of Beaufort. (Dies ist die bereits erwähnte Ehe, die den Frasers zu den restlichen Ländereien der Byssets verhalf, die sie nicht durch die Lords of Lovat aus der Grahame-Linie erhalten hatten.) In zweiter Ehe heiratete Hugh Isobel, die Tochter von Sir John Wemyss of Wemyss, und starb vor Juli 1440. Er hinterließ aus erster Ehe: Thomas Fraser of Lovat und Hugh Sanctus, seinen späteren Erben.

Hugh Sanctus Fraser, Lord of Lovat, wurde 1417 geboren und heiratete Janet, die Tochter von Thomas Dunbar, dem zweiten Grafen von Moray aus der Dunbar-Familie. Er starb etwa 1450 und hinterließ Hugh Fraser, Lord of Lovat, der vor 1464 in den schottischen Peerage-Titel Lord Fraser of Lovat erhoben wurde und 1464 Violet heiratete, die Tochter von John Lyon, dem dritten Lord Glamis, und Elizabeth, der Tochter von Sir John Scrimgeour of Dudhope. Hugh Sanctus Fraser, der erste Lord Fraser of Lovat, starb ca. 1500, und hinterließ:

A1 Thomas, seinen Erben (siehe unten)
A2 Hugh Fraser, 1513 bei der Schlacht von Flodden umgekommen

A3 John Fraser, Pfarrer von Dingwall, Mitglied des königlichen Rates

a1. Margaret Fraser of Lovat, die Hector de Kilmalew heiratete

a2. Agnes Fraser of Lovat, die Sir Kenneth MacKenzie of Kintail heiratete

a3. Egidia (manchmal auch Marjory genannt) Fraser of Lovat, die Ferquherd Mackintosh of Mackintosh heiratete
Thomas Fraser, der zweite Lord Fraser of Lovat, Richter für den Norden, wurde um 1461 geboren und heiratete 1493 in erster Ehe Janet, die Tochter von Sir Alexander Gordon of Abergeldie und Beatrice, der Tochter von Sir William Hay, dem ersten Grafen von Erroll, und hinterließ:

A1 Hugh, seinen Erben (siehe unten)

A2 William Fraser of Teachers

A3 James Fraser of Foyness, der bei der Schlacht von Loch Lochy ums Leben kam und ein Vorfahre der Frasers von Culbokie war.

a1. Margaret Fraser of Lovat

a2. Isobel Fraser of Lovat

a3. Janet Fraser of Lovat, die ca. 1527 John Crichton of Ruthven heiratete, den Sohn von James Crichton of Ruthven und seiner Frau Janet Ogston Thomas Fraser. Der zweite Lord Fraser of Lovat heiratete 1506 in zweiter Ehe Janet (die später ein drittes Mal heiratete und die erste Frau des David Lindsay of Edzell, später neunter Graf von Crawford, wurde), die Witwe von Alexander Blair of Balthayock und die Tochter Andrews, des zweiten Lord Gray, und als er am 21. Oktober 1524 starb, hinterließ er mit ihr die folgenden weiteren Nachkommen:

A4 Robert Fraser, der Janet Gelly heiratete und der Vorfahre der Frasers von Kinnell war.

A5 Andrew Fraser, der angeblich eine Tochter des Gutsherrn von Grant geheiratet haben soll, von dem sonst aber nichts bekannt ist.

A6 Thomas Fraser, der angeblich Anna geheiratet haben soll, eine Tochter des MacLeod of Harris.

Hugh Fraser, der dritte Lord Fraser of Lovat, Königin Marys Richter für den Norden, wurde 1494 geboren. Er heiratete zunächst Anne, die Witwe von John Haliburton of Pitcur, Tochter von John Grant of Grant and Freuchie und Margaret, der Tochter von Sir James Ogilvy of Deskford, und hinterließ:

A1 Hugh, Master of Lovat, 1544 gemeinsam mit seinem Vater in der Schlacht von Loch Lochy umgekommen, ohne Nachkommen zu hinterlassen, nachdem seine Stiefmutter Janet Ross of Balnagowan ihn dazu verlockt hatte, den Befehl seines Vaters zu missachten und sich der Schlacht anzuschließen (wodurch im Falle seines Todes ihr eigener Sohn zum Erben wurde)

Hugh Fraser, der dritte Lord Fraser of Lovat, nahm Janet, die Tochter von Walter Ross of Balnagowan, zur Frau und kam gemeinsam mit seinem ältesten Sohn am 15. Juli 1544 bei Loch Lochy im Kampf gegen die MacDonalds um Leben. Er hinterließ mit ihr:

A2 Alexander, seinen Erben, den Nutznießer des Verrats (siehe unten)

A3 William Fraser of Struy, geboren 1537, verheiratet mit Janet, einer Tochter des Gutsherren von Grant

A4 Hugh Fraser, geboren ca. 1539

a1. Agnes Fraser of Lovat, die vor dem 3. März 1541 William MacLeod of MacLeod, neuntes Clanoberhaupt des MacLeods heiratete und in zweiter Ehe mit Alexander Bayne of Tulloch verheiratet war

a2. Margaret Fraser of Lovat

Alexander Fraser, der vierte Lord Fraser of Lovat, heiratete Janet (die in zweiter Ehe mit Donald McDonald of Sleat verheiratet war), die Tochter von Sir John Campbell of Cawdor, des dritten Sohnes von Archibald Campbell, dem zweiten Grafen von Argyll. Er starb 1557 auf Iona und hinterließ:

A1 Hugh (siehe unten)

A2 Thomas Fraser of Knockie and Strichen, dessen Nachkommen später den Lovat-Titel übernahmen

A3 James Fraser of Ardachy, verheiratet und Vater von:

a1. Anne Fraser of Lovat, verheiratet mit John Fraser of Dalcross

Hugh Uisdean Ruadh Fraser, der fünfte Lord Fraser of Lovat, heiratete am 24. Dezember 1567 Elizabeth (die 1578 in zweiter Ehe Robert Stuart, den früheren Bischof von Caithness und Grafen von Lennoc heiratete sowie später den Grafen von March, von

# Einige Fraser-Wappen

Fraser
(diverse)

Fraser of
Olivercastle

Fraser of
Touchfraser

## Farbcode

Fraser
of Philorth

 gold

 silber

 rot

 blau

 schwarz

Fraser
of Lovat

Fraser
of Strichen

James Fraser
(jr.) von Broch Tuarach
(zu Lebzeiten seines Vaters)

James Fraser
von Broch Tuarach

dem sie sich jedoch wegen Impotenz scheiden ließ, und schließlich 1581 James Stewart, den Grafen von Arran), die Tochter von John Stewart, des vierten Grafen von Atholl, und seiner Frau Elizabeth, der Tochter von George Gorden, des vierten Grafen von Huntly. Er stab am 1. Januar 1577 und hinterließ:

A1 Alexander Fraser, Master of Lovat, der als Säugling starb
A2 Simon, seinen Erben (siehe unten)
A3 Thomas Fraser, Prior von Beauly, im Alter von acht Jahren verstorben
a1. Elizabeth Fraser of Lovat, verheiratet mit Alexander Dunbar of Westfield, Sheriff von Moray
a2. Margaret Fraser of Lovat
a3. Mary Fraser of Lovat, verheiratet mit James Cumming of Altyre
a4. Anna Fraser of Lovat, verheiratet mit Hector Munro of Foulis

Simon Fraser, der sechste Lord Fraser of Lovat, Sheriff von Inverness, geboren ca. 1569, heiratete 1589 in erster Ehe Katherine, die Tochter von Sir Colin MacKenzie of Kintail und Barbara, der Tochter von John Grant of Grant and Freuchie, und hinterließ:

A1 Simon Fraser Jr. of Lovat, der jung starb
A2 Hugh, seinen Erben (siehe unten)
a1. Elizabeth Fraser of Lovat, geboren 1591, verheiratet mit John Dunbar, Sheriff von Morayshire

Simon Fraser, der sechste Lord Fraser of Lovat, heiratete 1596 in zweiter Ehe Jean, die Tochter von James Stewart, dem ersten Lord Doune, und Margaret, der Tochter von Archibald Campbell, dem vierten Grafen von Argyll, und hinterließ mit ihr folgende weitere Nachkommen:

A3 Simon Fraser of Inverallochy
A4 Thomas Fraser, der 1613 ohne Nachkommen starb
A5 Sir James Fraser of Brea, geboren 1610, verheiratet mit Beatrice Wemyss, starb am 6. Dezember 1649 und hinterließ:
A6 Thomas Fraser, geboren 1606, verstorben am 20. Mai 1613
A7 James Fraser, getauft am 4. Juni 1612

a2. Anne Fraser of Lovat, im Alter von acht Jahren verstorben
a3. Margaret Fraser of Lovat, zunächst in zweiter Ehe verheiratet mit Sir Robert Arbuthnot of Arbuthnot, zum zweiten Mal verheiratet mit Sir James Haldane of Gleneagles
a4. Jean Fraser of Lovat, jung verstorben

Simon Fraser, der sechste Lord Fraser of Lovat, heiratete im März 1628 in dritter Ehe Catherine, die Witwe des James Grant of Logie und Tochter von William Rose, dem elften Grafen von Kilravock, und Lilias, der Tochter von Alexander Hay, dem achten Grafen von Delgaty, und er starb am 19. September 1658.

Hugh Fraser, der siebte Lord Fraser of Lovat, geboren 1592, heiratete 1614 Isabel, die Tochter des Sir John Wemyss of Wemyss aus dessen zweiter Ehe mit Mary, der Tochter von James Stewart, dem ersten Lord Doune. Er starb am 16. Februar 1646 und hinterließ:

A1 Simon Fraser, Master of Lovat, geboren 1621, 1640 unverheiratet gestorben
A2 Hugh, Vater von Hugh, der den siebten Lord beerbte (siehe unten)
A3 Alexander Fraser, übernahm und behielt nach Hughs Tod den Titel Master of Lovat, geboren 1626, heiratete Sybilla MacKenzie, Witwe von Ian Mor MacLeod, dem sechzehnten Oberhaupt des MacLeod-Clans, und Tochter von Kenneth, dem ersten Lord MacKenzie of Kintail. Er starb am 27. Juni 1671 und hinterließ eine Tochter
A4 Thomas Fraser of Beaufort, de jure der zehnte Lord Fraser of Lovat (siehe unten)
A5 James Fraser, geboren 1633, 1657 im Dienst des Königs von Polen ums Leben gekommen
A6 William Fraser, geboren 1635, im Alter von vier Jahren gestorben
a1. Mary Fraser of Lovat, geboren 1617, heiratete 1635 David Ross of Balnagowan und starb 1659
a2. Anne Fraser of Lovat, geboren 1619, heiratete 1639 John Gordon, den vierzehnten Grafen von Sutherland und starb am 23. Juli 1658 auf Schloss Dunrobin.
a3. Katherine Fraser of Lovat, geboren 1622, heiratete in erster Ehe Sir John Sinclair of Dunbeath, in zweiter Ehe Sir Robert

Arbuthnott, den ersten Vicmonte Arbuthnott, und in dritter Ehe Andrew Fraser, den dritten Lord Fraser (der am 22. Mai 1674 starb), und starb am 18. Oktober 1663.

a4. Isobel Fraser of Lovat, die jung starb

Hugh Fraser, Master of Lovat, heiratete Anne, die Tochter von Alexander Leslie, dem ersten Grafen von Leven, starb 1643 zu Lebzeiten seines Vaters und hinterließ:

A1 Hugh, der seinen Großvater beerbte (siehe unten)
a1. Anne Fraser of Lovat

Hugh Fraser, der achte Lord of Lovat, wurde am 2. Mai 1643 geboren und heiratete im Juli 1659 Anne, die Tochter des Baronets Sir John MacKenzie of Tarbat, und wurde 1646 der Nachfolger seines Großvaters. Er starb am 27. April 1672 und hinterließ:

A1 Hugh, seinen Erben (siehe unten)
a1. Anne Fraser of Lovat, geboren am 12. März 1661, heiratete Patrick, den zweiten Lord Kinnaird, und starb 1684
a2. Isabel Fraser of Lovat, geboren 1662, heiratete Alexander MacKenzie of Glengarry
a3. Margaret Fraser of Lovat, geboren 1666, heiratete Oberst Andrew Monro

Hugh Fraser, der neunte Lord Fraser of Lovat, geboren am 28. September 1666, heiratete Amelia, die Tochter von John Murray, dem ersten Marquis of Atholl, und Amelia Sophia, der Tochter von James Stanley, dem siebten Grafen von Derby, und starb am 14. September 1696, nachdem er am 20. März 1696 sein Anwesen auf seinen Vetter und männlichen Erben Thomas Fraser of Beaufort (den viertältesten Sohn Hughs, des siebten Lords) überschrieben hatte. Er hinterließ:

A1 Hugh Fraser, Master of Lovat, geboren 1690, verstorben am 16. März 1693
A2 John Fraser, Master of Lovat, geboren 1695, gestorben am 10. August 1696
a1. Amelia Fraser of Lovat, die beim Tod ihres Vaters Anspruch auf den Titel Lady Lovat erhob und dabei durch ein Zivilgerichts-

# Fraser of Lovat

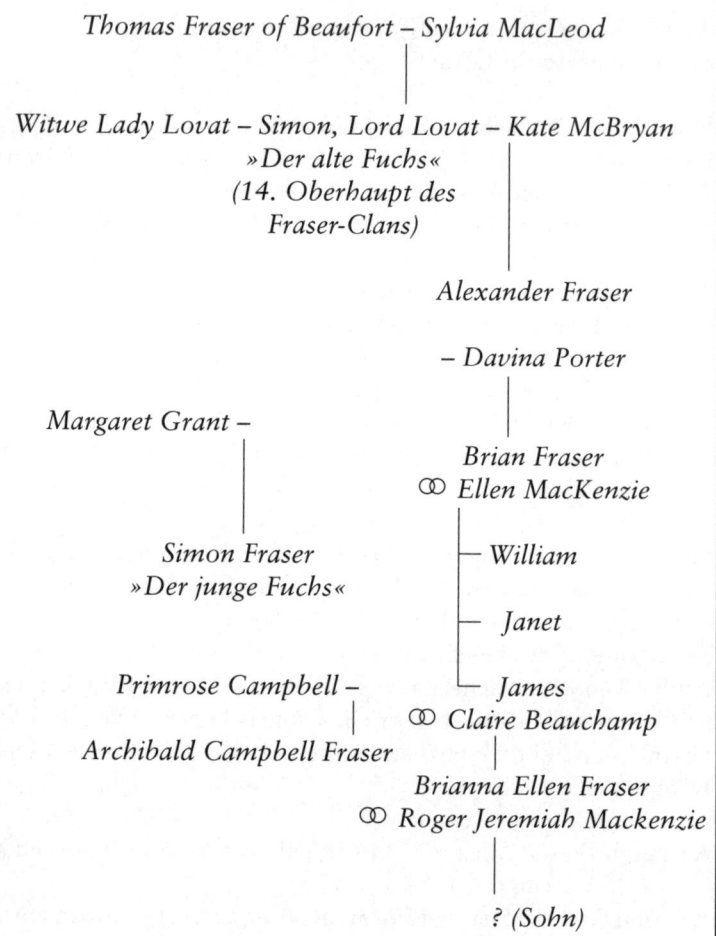

Thomas Fraser of Beaufort – Sylvia MacLeod

Witwe Lady Lovat – Simon, Lord Lovat – Kate McBryan
»Der alte Fuchs«
(14. Oberhaupt des
Fraser-Clans)

Alexander Fraser

– Davina Porter

Margaret Grant –

Brian Fraser
∞ Ellen MacKenzie

Simon Fraser
»Der junge Fuchs«

— William

— Janet

Primrose Campbell –

— James
∞ Claire Beauchamp

Archibald Campbell Fraser

Brianna Ellen Fraser
∞ Roger Jeremiah Mackenzie

? (Sohn)

urteil vom 2. Dezember 1702 gegen ihren Vetter Simon Fraser, den männlichen Erben, bekräftigt wurde. Sie heiratete 1702 Alexander MacKenzie of Prestonhall (Gerichtsvorsteher als Lord Prestonhall), der den Namen und die Bezeichnung Fraser of Fraserdale annahm und am 3. Juni 1755 im Alter von zweiundsiebzig Jahren starb. Die Ländereien blieben bis zur Rebellion von 1715 in ihrem Besitz, doch dann wurde ihr Mann zum Tode verurteilt, und sein lebenslanger Anspruch auf Pachtzins aus den Ländereien verfiel. 1730 nahm man ihr auf Grund eines Reduktionsdekretes, das der männliche Erbe vor dem Zivilgericht erstritt, den Peerage-Titel Lady Fraser of Lovat. Ihr Anspruch auf Rückerstattung der Ländereien wurde niemals vor Gericht gebracht, sie gab sich mit einer Geldzahlung zufrieden. Sie starb am 22. August 1763 und hinterließ:

B1 Hugh Fraser Jr. of Lovat, verstorben am 9. November 1770
b1. Amelia Fraser of Lovat, verstorben am 22. August 1763
a2. Anne Fraser of Lovat, geboren 1689, heiratete im September 1703 in erster Ehe Norman MacLeod of MacLeod, das zwanzigste Clanoberhaupt, in zweiter Ehe Peter Fothringham of Powrie, in dritter Ehe John MacKenzie, den zweiten Grafen von Cromarty, und sie starb am 10. August 1734
a3. Katherine Fraser of Lovat, heiratete am 25. Juli 1706 den Baronet Sir William Murray of Ochtertyre und starb am 4. März 1771
a4. Margaret Fraser, unverheiratet verstorben

Thomas Fraser of Beaufort, de jure zehnter Lord Fraser of Lovat, viertältester Sohn von Hugh Fraser, dem siebten Lord Fraser of Lovat, Vetter und männlicher Erbe von Hugh Fraser, dem neunten Lord Fraser of Lovat, heiratete Sibylla, die viertälteste Tochter von Ian Mor MacLeod of MacLeod, dem sechzehnten Oberhaupt des gleichnamigen Clans. Er und sein Sohn entführten 1698 Amelia, Lady Fraser of Lovat, und wurden des Hochverrats für schuldig befunden. Thomas starb im Mai 1699 und hinterließ:

A1 Alexander Fraser, Master of Lovat, geboren ca. 1666 und zu Lebzeiten seines Vaters am 20. November 1689 unverheiratet verstorben
A2 Simon, seinen Erben

A3 Hugh Fraser

A4 John Fraser, geboren 1674, trat als »Le Chevalier Fraser« in
den Dienst der Holländer. Er starb 1716 unverheiratet.

Simon Fraser, der elfte Lord Fraser of Lovat, war für seinen abenteuerlichen Lebenslauf berühmt. Bald nach dem Tode Hughs,
des neunten Lords, überredete er Hughs älteste Tochter Amelia,
mit ihm durchzubrennen. Als sie zu ihrer Mutter zurückkehrte,
brachte er ihre Besitztümer an sich und wurde wegen dieses und
anderer Gewaltakte 1698 in Abwesenheit seiner Ehrenrechte enthoben. Dann brachte er Amelia, die Witwe des neunten Lords und
Tochter des Marquis von Atholl, in seine Gewalt und zwang sie,
ihn zu heiraten. Aus diesem Grund wurde er 1701 vor Gericht gestellt und für gesetzlos erklärt. 1715 unterstützte er die Regie-
rungsseite, wurde mit einer Begnadigung unter dem Großsiegel
und mit Fraser of Fraserdales der Krone verfallenen Pachteinnah-
men aus dem Anwesen von Lovat belohnt. Er unternahm 1721,
1722 und 1727 bei den Wahlen des Repräsentantenhauses der
Peers jeweils Vorstöße, sein Recht auf die Ehrenwürde des Lord
Fraser of Lovat geltend zu machen, doch wurde Einspruch eingelegt. 1729 brachte er eine Reduktion des Dekretes von 1702 vor
das Zivilgericht, das der weiblichen Erbin den Titel zugestand,
und wurde durch ein Dekret zu seinen Gunsten 1730 Lord Fraser
of Lovat. 1745 unterstützte er die Aufständischen, wurde durch
das House of Lords unter Anklage gestellt und am 9. April 1747
auf dem Tower Hill hingerichtet. Er heiratete in erster Ehe (die
Zwangsehe mit Lady Lovat nicht mitgezählt) Margaret, die Tochter von Ludovic Grant of Grant, und hinterließ neben anderen
Nachkommen, die unverheiratet starben:

A1 Simon Fraser, Master of Lovat, (wäre sein Vater nicht verurteilt worden, wäre er der zwölfte Lord Fraser of Lovat geworden), der beim Aufstand von 1745 auf Seiten seines Vaters
stand, 1750 begnadigt wurde und in Portugal und im amerikanischen Krieg kämpfte. Von 1761 bis zu seinem Tod war er
Mitglied des Parlamentes von Inverness. 1774 erhielt er die an
die Krone gefallenen Ländereien seines Vaters, und er starb
ohne Nachkommen am 8. Februar 1782.

A2 Alexander (Alistair) Fraser, getauft am 1. Juli 1729, am 7. August 1762 unverheiratet gestorben

a1. Janet Fraser of Lovat, verheiratet mit Ewan MacPherson of Cluny, starb am 14. April 1765
a2. Sibylla Fraser of Lovat, verstarb am 9. Februar 1755 unverheiratet

Simon Fraser, der elfte Lord Fraser of Lovat, heiratete 1733 in zweiter Ehe Primrose, die Tochter von John Campbell of Mamore, Enkelin von Archibald Campbell, dem neunten Grafen von Argyll, und bekam mit ihr einen dritten Sohn:

A3 Archibald Campbell Fraser (wäre sein Vater nicht verurteilt worden, wäre er der dreizehnte Lord Fraser of Lovat geworden), Generalkonsul von Algier, wurde 1782 Mitglied des Parlaments von Inverness, heiratete 1763 Jane, die Tochter von William Fraser of Ledeclune, und bekam fünf Söhne, die alle zu Lebzeiten ihres Vaters starben.
Mit dem Tod Archibald Frasers am 8. Dezember 1815 ging die Repräsentation der Familie in der männlichen Linie auf Thomas Fraser, den zehnten Lord of Strichen über (wäre Simon Fraser nicht enterbt worden, wäre er der vierzehnte Lord Fraser of Lovat geworden), einen Nachkommen von Thomas (s.o.), dem zweitältesten Sohn von Alexander Fraser, dem vierten Lord Fraser of Lovat.

Der Titel des Oberhauptes der Frasers of Lovat wäre nach der Entehrung und Hinrichtung des elften Lords anders weitervererbt worden, wenn Brian, sein unehelicher Sohn mit Davina Porter, legitimiert worden wäre. Er machte eine gute Partie mit Ellen, der ältesten Tochter von Jacob MacKenzie of Leoch, und wenn sein Vater bessere Beziehungen mit Edinburgh gepflegt hätte, hätte der Legitimation unter dem Großsiegel stattgegeben werden können. Unter diesen Umständen hätte das Leben Jamies und seines Bruders William ganz anders aussehen können. Brian Fraser ließ das Wappen seines Vaters als unehelicher Sohn auf sich eintragen und trug es zur Unterscheidung mit einer Bordüre aus Gold und Rot. James hatte vor, sein Wappen als Brians Erbe eintragen zu lassen, doch die politischen Wirren jener Zeit machten es ihm unmöglich, die Petition jemals einzureichen. Das Wappen, das er zu Lebzeiten seines Vaters trug, sowie das Wappen, welches er später getragen hätte, sind auf Seite 308 abgebildet.

# MacKenzie of Leoch

Jacob MacKenzie – Anne Grant

Ellen (geb. 1691, gest. 1729)
∞ Brian Fraser (geb. 1691, gest. 1740)

Colum (geb. 1693, gest. 1745) —— Hamish
∞ Letitia Chisolm

Dougal (geb. 1694, gest. 1746) — Molly
∞ Maura Grant
— Tabitha »Tibby«

Janet (geb. 1697, gest. 1721) — Margaret
∞ Ambrose Mackenzie
— Eleanor

Flora (geb. 1700, gest. 1700)

Jocasta (geb. 1702)
∞ John Cameron —— Seonag*

∞ Hugh Cameron —— Clementina*
»Der schwarze Hugh«

∞ Hector Cameron —— Morna*

William
(geb. 1716, gest. 1727)

Janet (geb. 1719)
∞ Ian Murray

James (geb. 1721)
∞ Claire Beauchamp

James »der kleine Jamie«

Margaret Ellen

Katherine Mary »Kitty«

Caitlin Maisri (verstorben)

Janet / Michael

Ian »der kleine Ian«

Brianna Ellen Fraser
∞ Roger Mackenzie

? (Sohn)*

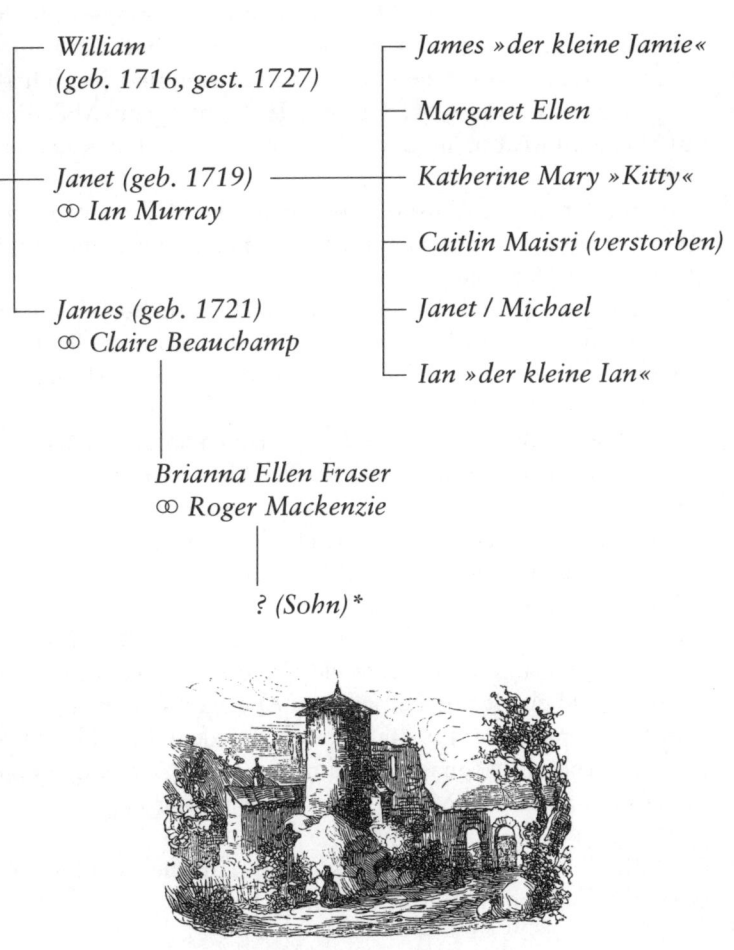

*Sie werden es herausfinden.

# MacKenzie of Leoch

Die Ursprünge dieser Sippe sind ein wenig obskur. Jacob Mac-
Kenzie, von dem man annimmt, dass er mit den MacKenzies aus
Torridon verwandt ist, brachte Schloss Leoch 1690 in Abwesenheit des Vorbesitzers Donald MacKenzie of Leoch mit Gewalt an
sich. Donald starb unter mysteriösen Umständen, bevor er heimkehren konnte, um sein Eigentum zu verteidigen, und Jacob heiratete Donalds Witwe Anne Grant, die Tochter von Malcolm
Grant of Glenmoriston, mit der er folgende Nachkommen zeugte:

A1 Colum, der Letitia Chisholm heiratete, die Tochter von Andrew Chisholm of Comar, mit der er seinen einzigen Sohn und
   Erben Hamish zeugte.
A2 Dougal, der Maura Grant heiratete, die Tochter William
   Grants, des jüngeren Bruders von Malcolm Grant of Glenmoriston, und mit ihr vier Töchter bekam: Eleanor, Margaret,
   Molly und Tabitha.
a1. Ellen, die mit Brian Fraser, dem unehelichen Sohn Simons, des
   elften Lord Lovat, durchbrannte. Sie gebar ihm drei Kinder:
   William, Janet und James.
a2. Janet, die Alexander Hay of Crimond heiratete und im Alter
   von vierundzwanzig ohne Nachkommen starb.
a3. Flora, die als Säugling starb
a4. Jocasta, die zunächst John Cameron of Torcastle heiratete,
   dann Hugh Cameron of Aberfeldy (den »schwarzen Hugh«)
   und schließlich Hector Cameron of Arkaig, mit dem sie nach
   Amerika emigrierte. Jocasta bekam von jedem ihrer Ehemänner eine Tochter: Seonag von John Cameron, Clementina von
   Hugh Cameron und Morna von Hector Cameron.

Colum MacKenzie heiratete Letitia Chisholm, die Tochter von
Andrew Chisholm of Erchless, und hinterließ:

A1 Hamish, der nach dem Aufstand von 1745, in dessen Folge
   Schloss Leoch dem Erdboden gleichgemacht wurde, nach
   Nova Scotia emigrierte[5].
Colum MacKenzies Petition bezüglich eines Wappeneintrags
wurde von den Erben Donald MacKenzie of Leoch angefochten

und war Gegenstand eines langen Rechtsprozesses. Der Petition wurde vor dem Aufstand von 1745 nicht mehr stattgegeben, und nach dem Aufstand (bei welchem der Erbe Donald MacKenzie sowie sein Sohn und sein Enkel ums Leben kamen) blieb die Titelfrage durch die Emigration des einzigen Erben und den Verlust seiner Ländereien ungeklärt; das Anwesen ging an einen entfernten Verwandten Donald MacKenzies über: Jeremiah MacKenzie.

## Anmerkungen

1 Web-Adresse: *www.baronage.co.uk (englisch)*
2 *Reichsgrundbuch Englands, 1085–86*
3 *Aus den Archiven der Baronage Press um 1936*
4 *Aus den Archiven der Baronage Press um 1940*
5 *Man vermutet, dass noch verschiedene Familiendokumente aus dem Besitz Hamish MacKenzies und seiner Erben existieren, die weiteren Aufschluss über das Vorleben Jacob MacKenzies geben könnten. Da diese Dokumente aber gegenwärtig nicht zur Verfügung stehen, sind zurzeit keine weiteren Schlüsse möglich.*

# Eine ahnenkundliche Anmerkung

lso, ich weiß nicht, ob ich es nicht hinreichend erklärt habe, oder ob manche Leser vielleicht zu sehr von der Geschichte gefesselt waren, um die Details mitzubekommen, aber ich bekomme immer wieder Briefe und Anfragen von Leuten, die verwirrt sind, weil sie nicht wissen, wer Roger (MacKenzie) Wakefields Eltern sind.

Die Fragen sind meistens wie folgt formuliert:

*Wenn Roger der Sohn von Geillis Duncan und Dougal MacKenzie ist, wie ist er in die Zukunft gekommen? Mit verwirrten Grüßen...*

*P.S. Was hat die Sache mit Jeremiah zu bedeuten?*

Das lässt sich ziemlich leicht beantworten – er *ist* nicht der Sohn von Geillis Duncan und Dougal MacKenzie, und ich habe keinen blassen Schimmer, wie jemand auf diese Idee gekommen sein könnte, obwohl das offensichtlich bei vielen Leuten der Fall ist. Ich kann nur annehmen, dass einige Leser in ihrer Eile herauszufinden, wie es weitergeht, die Erklärungen zu Rogers Stammbaum übersehen haben, die *in jedem einzelnen der Bücher* enthalten sind (das Geräusch, das Sie hören, ist die Autorin, die sich die Haare rauft) oder irgendwie den Unterschied zwischen »Nachkomme« und »Sohn« nicht verstanden haben. (Okay, ein Sohn ist ein Nachkomme, aber ein Nachkomme ist nicht unbedingt ein Sohn. Verstanden?)

Roger ist nämlich der Ur-Ur-Ur-Ur-Ur-Ur-Enkel von Geillis und Dougal – eine Tatsache, die er Brianna ziemlich detailliert in ihrer Hochzeitsnacht erklärt. (Ich weiß, ich weiß, Sie waren damit beschäftigt, über den »Bratarsch« zu lachen, oder Sie waren von den... äh... weniger intellektuellen Aspekten dieser Zwischenspiele gefesselt, aber passen Sie jetzt auf, ich erkläre es Ihnen. Noch einmal.)

Als wir Roger in *Feuer und Stein* zum ersten Mal begegnen, erklärt Reverend Wakefield Claire und Frank, dass Roger sein Großneffe ist; der Sohn seiner (Wakefields) Nichte, die bei einem Luftangriff ums Leben gekommen ist. Außerdem erklärt ihnen der Reverend, dass er Roger zwar seinen eigenen Namen (Wakefield) gegeben hat, aber Rogers Stammbaum aufgezeichnet und an seine Korkwand gehängt hat, damit Roger seinen wahren Namen (der zufällig MacKenzie lautet) und seine Herkunft nicht vergisst.

In *Die Geliehene Zeit* benutzt Claire eben diesen Stammbaum (der immer noch im Büro des Reverends hängt), um Roger zu erklären, was aus dem Kind geworden ist, das Geillis Duncan Dougal MacKenzie geboren hat – und wieso es Roger daher ganz persönlich betrifft, ob sie Geillis rechtzeitig aufspüren, um ihr Verschwinden in die Vergangenheit zu verhindern.

Okay, nun zu diesem Sohn. Geillis Duncan wird (unabsichtlich) von Dougal MacKenzie schwanger (*Feuer und Stein*). Man verurteilt sie zum Flammentod als Hexe, doch sie darf weiterleben, bis das Kind geboren ist. Dougal nimmt das Neugeborene und übergibt es einem Mitglied seines Clans, der es wie sein eigenes Kind aufzieht (diese Art der Pflegeelternschaft war damals in den Highlands an der Tagesordnung).

Wie Claire Roger in *Die Geliehene Zeit* erklärt, gab Dougal den Jungen in eine Familie, die vor kurzem ein Neugeborenes durch die Pocken verloren hatte. Das war nahe liegend, da die Mutter des toten Kindes ihr Adoptivkind stillen konnte (im achtzehnten Jahrhundert gab es noch keine Fertignahrung). Und wie es damals üblich war, gab die Familie dem Kind denselben Namen wie dem Kind, das sie verloren hatte – William Buccleigh MacKenzie. Claire war zwar nicht selbst dabei, da sie Leoch verließ, bevor man Geillis (angeblich) verbrannte. Allerdings erfuhr sie später (bei Dougals Besuch in Paris) die Namen der Eltern, denen Dougal das Kind gegeben hatte – und während sie Rogers Stammbaum überprüfte (*Die Geliehene Zeit*), konnte sie mit Hilfe der

Taufregister den Kindestausch verifizieren, da diese im Abstand von wenigen Monaten zwei Taufen durch dieselben Eltern anzeigen mussten.

Oooookay. Jetzt sehen Sie sich den entsprechenden Teil des Stammbaums an, den der Reverend für Roger anfertigte. Sehen Sie William Buccleigh? Er ist das Wechselbalg. Das heißt, er ist *nicht* der Sohn von William John MacKenzie und Sarah Innes; er ist der uneheliche Sohn von Geillis Duncan und Dougal MacKenzie, der William und Sarah in Pflege gegeben wurde. Da Reverend Wakefield das natürlich nicht wissen konnte (*vielleicht* wusste er – auf Grund der Taufregister –, dass das Kind adoptiert war, doch er konnte nicht wissen, wer die wahren Eltern waren), erscheint William in Rogers Stammbaum einfach als Williams und Sarahs Sohn.

Beachten Sie auch den Namen der Frau, die William heiratet – Morag Gunn. Zwar haben Sie als Leser den Namen noch nie gesehen, doch Claire kennt ihn mit Sicherheit – und sie erinnert sich an ihn. In *Die Geliehene Zeit* lässt sie zur Vorbereitung auf ihr Vorhaben unter anderem Nachforschungen über Roger Wakefields Stammbaum anstellen. Den Umständen entsprechend schenkte sie natürlich dem Wechselbalg und allen auffindbaren Informationen über sein Schicksal besondere Aufmerksamkeit, daher überrascht es nicht, dass sie sich an Morags Namen erinnert, als Roger sie sehr viel später (*Trommel*) danach fragt.

Der Punkt ist hierbei, dass William Buccleigh Rogers *direkter Vorfahre* ist. Ebenso ist Geillis Duncan Rogers *direkte Vorfahrin* (und Dougal MacKenzie sein Vorfahre). Sollte nun einer von ihnen (oder sonst jemand in diesem Stammbaum) kinderlos sterben, würden damit natürlich sämtliche Nachkommen auf diesen Dokumenten ausradiert – Roger eingeschlossen. Daher Claires Sorge (in *Die Geliehene Zeit*): Wenn Geillis nicht zurückreist und auf dem Scheiterhaufen endet, dann bringt sie auch William Buccleigh nicht zur Welt – hört Roger in diesem Fall also auf zu existieren?

OKAY: In *Ferne Ufer* befassen wir uns zwar nicht direkt mit den Fragen, die Geillis betreffen, doch ihre Verbindung mit Roger wird erwähnt, damit sich auch ja jeder daran erinnern kann, wenn sie gegen Ende überraschend auftaucht. Da. Sehen Sie? Da ist der Stammbaum wieder, und er hängt immer noch an der Korkwand im Arbeitszimmer des Reverends.

Dann kommen wir zu *Der Ruf der Trommel*. Hier klopfen wir an mehreren Stellen mit dem Holzhammer auf Rogers Vorgeschichte herum. Wir erwähnen Geillis und ihren Sohn (William Buccleigh, erinnern Sie sich?), und Roger nimmt unter großem Tamtam den Stammbaum von der Wand und beendet damit seine Aufräumarbeiten im Arbeitszimmer seines (Adoptiv-)Vaters. Als er später mit Brianna zu dem keltischen Festival fährt, schwelgt er in Erinnerungen an den Reverend und an seinen Stammbaum und erzählt Brianna von seiner Ur-Urgroßmutter Oliphant und ihrem »Prachtkerl« Jeremiah – wobei wohl deutlich werden dürfte (möchte man jedenfalls meinen), dass a) Jeremiah ein alter Familienname ist, der in seinem Stammbaum mehrfach auftaucht, dass b) Rogers Vater Jeremiah hieß (kurz Jerry genannt), dass c) Roger selbst mit zweitem Namen Jeremiah heißt und dass d) seine Mutter ihn als Kind kurz »Jemmy« nannte.

Dies alles, damit die Leser die Ohren spitzen, wenn sie im weiteren Verlauf der Handlung die Namen Jeremiah oder Jemmy sehen, und das haben wohl auch die meisten getan – sie haben nur nicht alle den erwarteten Gedankensprung getan: »Jeremiah/Jemmy... hm, ich *frage mich*, ob diese Person wohl etwas mit *Rogers* Familie zu tun hat?«

So weit, so gut. Jetzt kommen wir zu dem Kapitel in *Der Ruf der Trommel*, in dem Roger sich unterwegs in die Kolonien an Bord der *Gloriana* wiederfindet. Auf dem Dock sieht er eine unbekannte junge Frau, die er anziehend findet – er beneidet sie um die Nähe zwischen ihr und ihrem Mann und beobachtet, dass sie ein Kind haben (lassen Sie dieses Baby nicht aus den Augen). Später erfährt er beiläufig im Gespräch, dass ihr Name Morag MacKenzie ist. (Haben Sie die Frau bemerkt, die meint, dass sie vielleicht verwandt sind? »Wahrscheinlich ist er auch noch mit deinem Mann verwandt.« Das ist ein Hinweis, okay?).

Nun gut. Einige der Passagiere – darunter auch mehrere Kinder – stecken sich mit den Pocken an. Um zu verhindern, dass sich die Ansteckung ausbreitet, wirft die Mannschaft die Erkrankten über Bord (diese Szene wurde unmittelbar durch den Augenzeugenbericht eines solchen Vorfalls inspiriert). Da sie befürchten muss, dass man den Windelausschlag ihres Kindes für die Pocken hält, versteckt sich Morag MacKenzie im Frachtraum, und ihr Mann sorgt dafür, dass sie unbemerkt verschwinden kann, indem er sich während der Auseinandersetzung an Deck auf Roger stürzt.

Haben Sie das Baby noch im Auge? Okay. Dann fällt Ihnen sicher auch auf, dass seine Mutter es »Jemmy« nennt, hmm? Jemmy MacKenzie. Kommt uns jetzt allmählich ein Verdacht? Na ja, ist doch in Ordnung; Roger hat es ja auch nicht gemerkt. Allerdings rettet er Mutter und Kind aus Mitleid und setzt dabei sein eigenes Leben aufs Spiel.

Als er ein gutes Stück später Namen für seinen Sohn in Erwägung zieht, fällt erneut der Name »Jeremiah«. Roger stellt (endlich) den Zusammenhang her, der die ganze Zeit in seinem Unterbewusstsein vor sich hin gegoren hat (er hat schließlich seinen Stammbaum oft genug gesehen). Um die Bestätigung für seine Feststellung zu bekommen, fragt er Claire, ob sie sich an den Namen von William Buccleighs Frau erinnert, und das tut sie – er lautet Morag MacKenzie.

Ein hellhaariger, grünäugiger Mann namens MacKenzie mit einer Frau namens Morag und einem Sohn namens Jeremiah. Psst – Sie (und Roger) haben gerade die Bekanntschaft von William Buccleigh gemacht, des Sohnes von Geillis und Dougal, der im Begriff ist, nach Amerika zu emigrieren – und Roger hat gerade seinen Ur-Ur-Ur-Urgroßvater vor einem feuchten Grab bewahrt (wobei er sich möglicherweise ganz zufällig selbst vor der Vernichtung bewahrt und den geneigten Lesern Anlass zum Nachdenken darüber gegeben hat, warum manche Menschen Zeitreisen unternehmen können, warum sich die Dinge im Kreis bewegen und ob man die Geschichte verändern kann).

*Darum* also das ganze Theater um Jeremiah (wenn Sie anmerken möchten, dass Jeremiah/Jeremias auch der Name eines bekannten biblischen Propheten mit dem Faible für unpopuläre Vorhersagen war und Sie Spekulationen über Roger und die kommende Revolution anstellen möchten, habe ich ebenfalls nichts dagegen, doch es gehört nicht zum Stoff für die Klassenarbeit).

# Roger Wakefield MacKenzies Stammbaum*

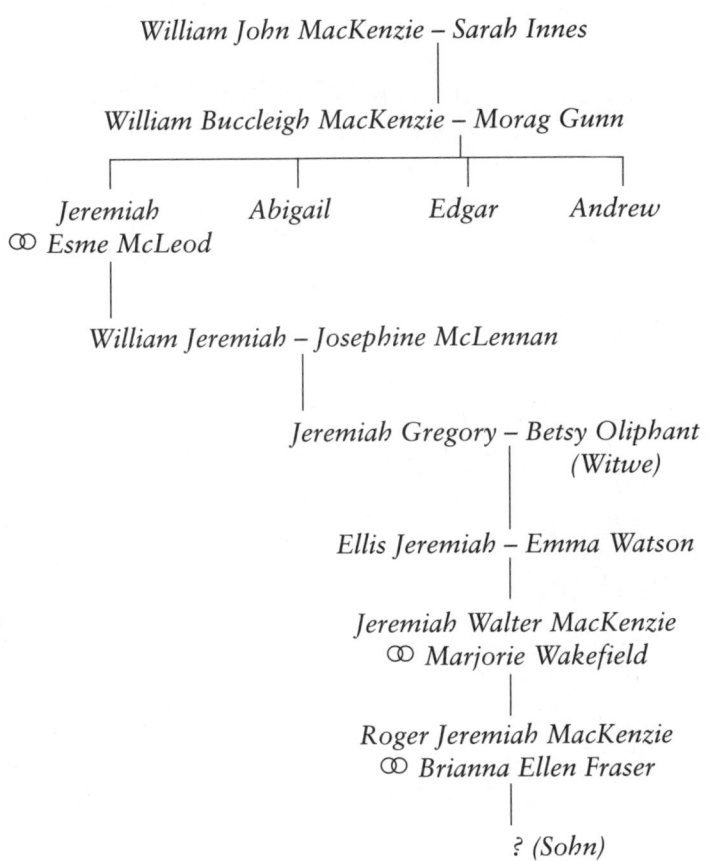

William John MacKenzie – Sarah Innes

William Buccleigh MacKenzie – Morag Gunn

Jeremiah     Abigail     Edgar     Andrew
∞ Esme McLeod

William Jeremiah – Josephine McLennan

Jeremiah Gregory – Betsy Oliphant
(Witwe)

Ellis Jeremiah – Emma Watson

Jeremiah Walter MacKenzie
∞ Marjorie Wakefield

Roger Jeremiah MacKenzie
∞ Brianna Ellen Fraser

? (Sohn)

*Dies ist natürlich nur ein Teil des vollständigen Stammbaums,
der bei Reverend Wakefield an der Wand hing.

VIERTER TEIL

# Ausführliches Glossar
# und einige Anmerkungen
# zur gälischen Sprache

 LS MEIN AGENT Perry Knowlton zum ersten Mal das unkorrigierte Manuskript von *Ferne Ufer* las, schrieb er mir, dass er es für einen wundervollen Abenteuerroman hielt – merkte aber an, dass einer der französischen Ausdrücke einen kleinen Fehler enthielt, und schickte gleich die korrekte Version mit. Ich bedankte mich und fügte hinzu: »Irgendwann schreibe ich einfach keine Bücher mehr, in denen Länder vorkommen, in denen ich noch nie gewesen bin, und Sprachen, die ich nicht beherrsche – und was bitte fangen wir dann an?«

Warum benutzt man überhaupt fremdsprachige Ausdrücke? Nun, aus einer ganzen Reihe von Gründen: um einem Charakter oder einer Kulisse »Flair« zu verleihen, um dem Leser einen Eindruck von der Vielsprachigkeit der europäischen Gesellschaft im achtzehnten Jahrhundert zu vermitteln, um die Verunsicherung zu betonen, die einen Menschen überkommen musste, der sich plötzlich unter solch fremden Umständen wiederfand – und dann und wann zum Zweck des Humors oder der Spannung.

Ab und zu werde ich in Leserbriefen gefragt, wie man diesen oder jenen gälischen Ausdruck ausspricht oder ob ich einen guten Gälischkurs empfehlen kann. Ein oder zwei besonders Mutige sind sogar so weit gegangen, *mich* darum zu bitten, dass ich ihnen Gälisch beibringe – am besten wahrscheinlich per Post[1].

Leider spreche ich kein Gälisch. Und kein Französisch. Und kein Deutsch. Und kein Schwedisch. Und kein Chinesisch. Und kein Yoruba. Und kein Kahnyen'kehaka (Mohawk).

Ich spreche wohl Englisch (und zwar ziemlich gut, wenn ich das sagen darf). Auf Spanisch kann ich mich verständlich machen, wenn auch nicht besonders elegant (meine spanischsprachige Haushälterin und ich haben ein Kommunikationssystem, bei dem wir mit den Armen wedeln und Grimassen schneiden, was uns ganz gut über meine grammatikalischen Patzer hinwegzuhelfen scheint). Ich bin in den fünfziger und sechziger Jahren in einer katholischen Pfarrei großgeworden, bevor die katholische Liturgie zur Umgangssprache überging, und ich habe jahrelang in der Grundschule morgens um halb acht in der Messe gesungen. Demzufolge kenne ich eine Menge lateinischer Vokabeln, habe aber nicht die geringste Ahnung von Grammatik. Ich fürchte also, dass ich trotz der gesammelten Bruchstücke, die in den Büchern auftauchen, nicht über einen eklektischen sprachlichen Hintergrund verfüge. Allerdings besitze ich eine ansehnliche Sammlung von Wörterbüchern und viele hilfsbereite mehrsprachige Freunde.

Zwar hat der gebildete Durchschnittsleser keine besonderen Schwierigkeiten mit »*merci beaucoup*« und ähnlichen Ausdrücken auf Französisch, Deutsch, Spanisch usw., die ich zum »Würzen« benutze, doch gibt es in den meisten Gegenden der Welt kaum Menschen, die Gälisch sprechen – vor allem in Arizona nicht. Daher hatte ich ursprünglich vor, ein Glossar mit Aussprachehilfe für *Feuer und Stein* zu schreiben, um den Lesern ein wenig Hintergrundwissen zu den schottischen Dialektausdrücken und den gälischen Begriffen zu liefern, doch mein amerikanischer Verleger redete mir das aus. Dann kam *Die Geliehene Zeit*, und ich schlug erneut ein Glossar vor, das die Dialektausdrücke aus beiden Büchern enthalten sollte – als Begründung führte ich an, dass ich häufig Post von Leuten bekam, die fragten, wie man diese Ausdrücke ausspricht. Die Reaktion beim Verlag? »Dieses Buch ist so dick, wir bekommen unmöglich noch ein einziges *Wort* darin unter.«

Als dann also *Ferne Ufer* an die Reihe kam – gut fünfunddreißigtausend Wörter länger als *Die Geliehene Zeit* (es wurde auf extra dünnem Papier gedruckt, um es kürzer aussehen zu lassen und die zahlende Kundschaft nicht zu erschrecken) – versuchte ich es erst gar nicht. Ich begann einfach nur, Pläne zu schmieden, deren Endergebnis dieses Buch ist.

Mit herzlichem Dank an Iain und Hamish Taylor (Gälisch), Barbara Schnell (Deutsch), Karl Hagen und Susan Martin (Latein und Griechisch), William Cross, Paul Block und Chrystine Wu (Mandarin), eine ganze Reihe hilfsbereiter Menschen, die Französisch sprechen (und die grundsätzlich unterschiedlicher Meinung über die korrekte Ausdrucksweise waren) sowie die Verfasser meiner diversen Wörterbücher... folgt also hier mein Glossar, an-

geführt von einer kurzen Einführung in die gälische Grammatik
und Aussprache.

## Ein Kurzführer
## zur gälischen Grammatik

*von Iain MacKinnon Taylor*[2]

### Einige einfache Grundregeln zum
### Schreiben und Lesen der gälischen Sprache

Dieser **Gaidhlic**-Führer[3] stellt eine kurze Kostprobe der Nuancen
dieser Sprache dar; er ist alles andere als vollständig. Er soll nicht
dazu dienen, jemandem die Anfänge des Lesens und Schreibens
auf Gälisch beizubringen, sondern dem Leser nur ein wenig Verständnis für die Herausforderung vermitteln, der man sich gegenüber sieht, wenn man versucht, die Sprache zu lernen. Einigen
Schülern gelingt es tatsächlich, Gälisch lesen und schreiben zu lernen, und der Eine oder Andere bringt es sogar so weit, dass er
ganz überzeugend **Gaidhlic** spricht.

Die richtige Aussprache ist alles andere als einfach. Das Gälische enthält Laute, die schwer in einer anderen Sprache zu beschreiben sind. Im Folgenden finden Sie unter anderem meine
Versuche, es dennoch zu tun.

Iain M. Taylor

### Das gälische Alphabet

A,B,C,D,E,F,G,H,I,L,M,N,O,P,R,S,T,U (18 Buchstaben) **Nicht
benutzt werden** (aus dem gängigen Alphabet) J,K,Q,V,W,X,Y,Z.
Stehen in einem Wort die Vokale **A, O** oder **U** vor einem Konso-
nanten, so muss der nächste Vokal nach dem Konsonanten auch
**A, O** oder **U** sein.
Stehen in einem Wort die Vokale **E** oder **I** vor einem Konsonan-
ten, so muss der nächste Vokal nach dem Konsonanten auch **E**
oder **I** sein.
*Die einzige Ausnahme* von dieser Regel ist das Wort »Esan« (ihn).
**Aspirierte Konsonanten.** In vielen Fällen folgt auf den ersten
Buchstaben eines Wortes der Buchstabe »H«. In diesem Fall be-
zeichnet man den Buchstaben als »aspiriert« (angehaucht).

Das aspirierte B, **Bh**, wird »W« ausgesprochen.

Das aspirierte C, **Ch** wird »Ch«(irgendwo zwischen dem »ch« in »Loch« und einem »k«) ausgesprochen.

Für das aspirierte D, **Dh**,

und das aspirierte G, **Gh**, gibt es im Deutschen keinen entsprechenden Laut. Versuchen Sie, ein gurgelndes Baby nachzuahmen[4]. (Folgt allerdings auf Gh ein I, so wird es »J« gesprochen.)

Das aspirierte M, **Mh** wird »W« ausgesprochen.

Das aspirierte P, **Ph**, wird »F« ausgesprochen.

Bei aspiriertem S, **Sh**, bleibt das »S« stumm; ausgesprochen wird nur das »H«.

Bei aspiriertem T, **Th**, bleibt das »T« stumm; ausgesprochen wird nur das »H«.

## Grammatik

**Genus.** Das Geschlecht eines gälischen Wortes stimmt nicht notwendigerweise mit dem natürlichen Geschlecht der Person überein, auf die sich das Wort bezieht. So ist beispielsweise das Wort **duine** (Mann) Maskulinum. **Boireanach** (Frau) ist ebenfalls Maskulinum. **Bean** (Ehefrau) ist dagegen Femininum. Die einfachste Art, beim Lesen das Genus eines Wortes herauszufinden, ist, nachzusehen, ob das dazugehörige Adjektiv aspiriert ist. Adjektive, die feminine Nomen beschreiben, sind aspiriert; Adjektive, die maskuline Nomen beschreiben, sind es nicht. Beispiel: Boireanach **Math** (gute Frau). Bean **Mhath** (gute Ehefrau).

**Das Adjektiv folgt immer dem Nomen.**
**Duine math** Mann gut (*guter Mann*)
**Latha math** Tag gut (*guten Tag*)
**Madain mhath** Morgen gut (*guten Morgen*)
**Oidhche mhath** Nacht gut (*gute Nacht*)

**Das Adjektiv folgt dem Adverb.**
**Tha e gle mhath.** Es ist ziemlich gut.

**Das Nomen oder Pronomen folgt dem Verb.**
**Ruinn mi.** Machte ich.
**Ruinn thu.** Machtest du.
**Ruinn e.** Machte er.

Das Adverb folgt dem Nomen oder Pronomen.
**Ruith e luath.** Rannte er schnell.
**Ruith Iain luath.** Rannte John schnell.

**Possessivpronomen** haben manchmal aspirierte Bezugswörter:
**Mo mhàthair** (meine Mutter)
**Do mhàthair** (deine Mutter)
**A mhàthair** (seine Mutter)
Und manchmal nicht:
**A màthair** (ihre Mutter) (3. Pers. Sg.)
**Ar màthair** (unsere Mutter)
**Bhur màthair** (eure Mutter)

Beginnt das Bezugswort des Possessivpronomens mit einem Vokal, wie in **athair** (*Vater*), so:
Spricht und schreibt man *mein Vater* als **M'athair.**
Spricht und schreibt man *dein Vater* als **D'athair.**
Spricht und schreibt man *euer Vater* als **Bhur'n athair.**
Spricht und schreibt man *sein Vater* als **'athair.**
Spricht und schreibt man *ihr Vater* als **A h'athair.**
Spricht und schreibt man *unser Vater* als **Ar n'athair.**
Ausnahme: Man spricht und schreibt *ihr Vater* (3. Pers. Plural) als
**An athair**; die Verschleifung entfällt.

**Die Anredeform** wird in den Plural gesetzt, wenn man eine ältere
Person oder eine Respektsperson anspricht. Beispiele: **Ciamar a
tha thu?** (*Wie geht es dir?*) wird zu **Ciamar a tha sibh?** (Etwa: *Wie
geht es Ihnen?* Gesprochen: Kjamar a hah schiff?)
**Bheir ghomh do chòta** wird zu **Bheir ghomh bhur chòta.** (*Geben
Sie mir Ihren Mantel.*)

**Vokativ.**
**A bhalaich.** O Junge (*Dies ist eine Form der Anrede, kein Ausruf.*)
**A dhuine.** O Mann
**A bhoireanaich.** O Frau
**A nighean.** O Mädchen
**A choin.** O Hund
**A charaid.** O Freund
**Bei Vornamen, die mit einem Vokal beginnen,** entfällt das vorangestellte **A.**

**A Thearlaich.** O Charles
**A Sheaumais.** O James
**Iain.** O Ian
**Anna.** O Ann
**Ealasaid.** O Elizabeth

**Akzente.**
Im Allgemeinen spricht man Vokale folgendermaßen aus:
**A** wie in *Arm*
**E** wie in *Ende*
**I** wie in *Inge*
**O** wie in *offen*
**U** wie in *Uhu*
Trägt ein Vokal einen *Accent grave* (à, è, ì, ò, ù), so wird er lang ausgesprochen. Ein *Accent aigu* über einem ó zeigt an, dass dieses wie in *Motor* gedehnt wird.

### GLOSSAR DER FREMDSPRACHIGEN AUSDRÜCKE

**Sassenach** (*Gälisch*) – Ausländer oder Fremder; insbesondere: Engländer (Angel*sachse*); wird im Allgemeinen abwertend benutzt. Es gibt verschiedene Schreibweisen für dieses Wort: Sassunach, Sassenaich usw.; ich habe mir eine herausgesucht und bin dabei geblieben.
**baragh mhor** (*Pseudogälisch*)[5]
**Uillean Pipes** (*Gälisch/Englisch*) – ein kleiner Dudelsack, wörtlich »Ellbogenpfeifen«, da die Luft nicht von einem Mundstück, sondern aus einem Blasebalg kommt, den man mit dem Ellbogen betreibt. Dieses Instrument wird im Allgemeinen zur musikalischen Unterhaltung benutzt (*im Gegensatz zu den* Great Northern Pipes – *dem traditionellen Dudelsack, den man meistens im Kino sieht* –, *der fast ausschließlich unter freiem Himmel gespielt wurde und (von den Engländern) als Kriegswaffe angesehen wurde*).
**fungas** (*Gälisch*) – Pilze im Allgemeinen
**drammach** (*Gälisch*) – eine ungekochte Mischung aus Hafer und Wasser. Sehr erfrischend (*sagt Iain*) beim Torfstechen etc. an heißen Tagen.

**tynchal** – eine Jagd. IMT merkt an, dass es im Gälischen kein »Y« gibt, daher glaubt er nicht, dass dies ein gälisches Wort ist; er selbst würde »sealg« sagen. (*Es kommt bei Sir Walter Scott vor, aber er war Lowlander, was wusste er also schon?*) Es scheint ein schottisches Wort zu sein, kein gälisches, und bedeutet (*in verschiedenen Schreibweisen*) »ein Kreis von Jägern, um Rotwild oder anderes Wild zu umzingeln«.

**sealg** (*Gälisch*) – eine Jagd.

**ballag buachair** (*Gälisch*) – Pilzart; wörtlich: »Dungblase«. (»*Balgan-buachrach*«, *die Schreibweise, die ich in* Feuer und Stein *benutzt habe, ist laut IMT* »*technisch nicht unkorrekt*«.)

**luceo non uro** (*Latein*) – »Ich leuchte, verbrenne nicht.« Motto des MacKenzie-Clans, das auf der Clansbrosche zusammen mit dem Bild eines »brennenden Berges« abgebildet ist.

**je suis prest** (*Französisch*) – »Ich bin bereit.« Motto des Fraser-Clans. NB: Dies ist eine ältere französische Wendung; in der modernen Version wird das Wort »prêt« geschrieben. Für das Fraser-Motto wird aber nach wie vor die alte Schreibweise benutzt.

**Tulach Ard** (*Gälisch*) – »Der hohe Hügel.« Schlachtruf des MacKenzie-Clans. Ich habe keine Ahnung, *welcher* hohe Hügel, aber das bedeutet es nun einmal.

**tannasg** (*Gälisch*) – Geist oder Gespenst

**tannasgach** (*Gälisch*) – Geister oder Gespenster (*NB: IMT sagt:* »*Das ist die Adjektivform. In diesem Zusammenhang sollte es wohl* ›*tannasgan*‹ *sein, das Nomen im Plural.*«)

**sgian dhu** (*Gälisch*) – das »schwarze Messer«; ein kleines Messer, das im Strumpfsaum oder in der Achselhöhle getragen wird[6].

**Stad, mo dhu** (*Gälisch*) – »Steh, mein Schwarzer.« (*IMT merkt an, dass ein Muttersprachler dies wahrscheinlich anders ausdrücken würde.*)

**sguir** (*Gälisch*) – hör auf.

**Buidheachas, mo charaid** (*Gälisch*) – in etwa: »Danke, Freund«; »buidheachas« drückt Dankbarkeit oder Zufriedenheit aus. IMT merkt an, dass »Taing« ein sehr viel gebräuchlicheres Wort für danke ist[7]. Außerdem schreibt es sich auch viel leichter.

**donas** (*Gälisch*) – Teufel oder Dämon

**duine** (*Gälisch*) – ein Mann, ein Individuum

**cobhar** (*Gälisch*) – in einem meiner Wörterbücher ist dies das Wort für Meerschaum, was auch das Wort war, das mir vorschwebte. In einem anderen Wörterbuch bedeutet es »Erleichterung oder Hilfe«. IMT sagt, es bedeutet Hilfe oder Zuflucht.

**ciamar a tha thu** (*Gälisch*) – Begrüßungsformel; »Wie geht es dir?«[8]

**silkie** (*Schottisch*) – Seehund

**mo airgeadach** (*Gälisch*) – meine Silberfrau. IMT merkt an, dass ein Muttersprachler wahrscheinlich eher »Mo nighean bhan« sagen würde, was »mein blondes Mädchen« bedeutet. Da Jamie aber wohl mehr Claires Haut als ihr Haar meint, bevorzuge ich die erste Version, auch wenn sie nicht gebräuchlich ist.

**calman geal** (*Gälisch*) – weiße Taube; »Geal« bedeutet auch »hell«.

**cullen skink** (*Schottisch*) – Mit den Worten eines meiner schottischen Kochbücher: »Dies ist kein lästiges kleines Tier[9], sondern ein traditionelles Eintopfrezept aus der Gegend um den Moray Firth.« Es enthält Schellfisch und zerstampfte Kartoffeln, die man mit Zwiebeln, Butter, Muskat, Petersilie, Salz und Pfeffer in Milch und Sahne ziehen lässt.

**croich gorn** (*Pseudogälisch*) – wenn Sie das wissen, dann wissen Sie mehr als ich…

**mo buidheag** (*Gälisch*) – mein Freund. Korrekt wäre die aspirierte Form »mo bhuidheag«.

**broch tuarach** (*Gälisch*) – nach Norden gewandter Turm

**broch** (*Gälisch*) – Turm. Genauer gesagt sind dies antike Rundtürme, die normalerweise aus der Zeit vor oder um Christi Geburt stammen.

**Sheas** (*im Allgemeinen* »*seas*« *geschrieben*); (*Gälisch*) – Halt, oder steh.

**mo maise** (*Gälisch*) – in etwa »meine Schönheit«. »Maise« bedeutet Verzierung, große Schönheit, Eleganz. IMT merkt an, dass es gebräuchlicher wäre, »mo nighean mhaiseach« zu sagen, was »mein schönes Mädchen« bedeutet. Die korrekte Possessivform ist außerdem aspiriert: »mo mhaise«.

**mo chride** (*Gälisch*) – mein Herz; Kosewort.

**ruaidh** (*Gälisch*) – rot; *a ruaidh*, der Rote. IMT merkt an, dass das Wort zwar rot (haarig) bedeutet, normalerweise aber die Farbe braun bezeichnet.

**gille** (*Gälisch*) – junger Mann, Knecht (Bursche)

**sortes Vigilianae** (*Latein*) – altes Wahrsagespiel, bei dem man eine beliebige Textstelle aus einem Buch interpretierte.

**gaberlunzie** *(Schottisch)* eine kleine Bleimarke, die einem Bettler als Lizenz diente, innerhalb der Grenzen einer bestimmten Pfarre zu betteln.

**Tearlach mac Seamus** (*oder mac Sheumais*) – Charles, Sohn des James; Charles Stuart

**mo duinne** (*Gälisch*) – falsche Ausdrucksweise für »meine Braune«; korrekt müsste es heißen: »mo nighean donn«.

**Bas mallaichte!** (*Gälisch*) – wörtl.: schwarzer Tod; Wutausdruck wie etwa »Teufel noch mal!«

**Deo volente** (*Latein*) – »so Gott will«.

**mo luaidh** (*Gälisch*) – mein Schatz

**mo bràthair** (*Gälisch*) – mein Bruder; korrekt lautet die Possessivform »mo bhràthair«.

**mo muirninn** (*a muirninn*) (*Gälisch*) – mein Schatz (*NB: IMT sagt, man schreibt es* »mhurninn«, *weil es possessiv ist*).

**Gu leoir!** (*Gälisch*) – »Reichlich genug!«

**burras** (*Gälisch*) – Raupen

**mo charaid** (*Gälisch*) – mein Freund

**cuir stad** (*Gälisch*) – bereite ein Ende

**arisaid** (*Schottisch*) – langes Frauenschultertuch

**Da nobis hodie...** (*Latein*) – »Gib uns heute...«, aus dem Vater unser.

**pibroch** (*Gälisch*) – IMT sagt, dies ist ein englischer Slangausdruck für das gälische »Piobairachd« – wörtl.: klassische Dudelsackmusik, auf Gälisch auch »Ceol mor« – »große Musik«.

**mo ghràdh** (*Gälisch*) – mein Schatz

**gralloch** (*Gälisch*) – Schlachten; genauer gesagt der Messerschnitt, mit dem man ein getötetes Tier ausweidet.

**a mhic an diabhoil** (*Gälisch*) – »Du Sohn des Teufels«. Ein heftiger gälischer Fluch.

**A charaid, bi sàmhach** (*Gälisch*) – »Mein Freund, sei still.«

**ban-druidh** (*Gälisch*) – Magierin

**mo nighean** (*Gälisch*) – mein Mädchen

**ecchymosis** (*med. Latein*) – innere Blutung

**Samhain** (*Gälisch*) – traditionelles schottisches Fest

**asafoetida** (*Latein*) – Asafötida; Teufelsdreck; (sehr) aromatisches Kräutergemisch, das man in einem Beutel um den Hals trug, um Infektionen abzuwehren.

**Post coitum omne animalium triste est** (*Latein*) – »Nach dem Beischlaf ist jedes Tier bedrückt.«

337

a bhailaich (*Gälisch*) – Junge (Vokativ)

»Eirich 'illean! Suas am bearrach is teich!« (*Gälisch*) – »Auf Jungs! Über die Klippe und dann ab!«

mo nighean dubh (*Gälisch*) – mein schwarzhaariges Mädchen; meine Dunkle.

bruja (*Spanisch*) – Hexe oder Magierin

bai-jai-ai (*Mandarin*) – Senfsamen

shen-yen (*Mandarin*) – Nieren

shan-yu (*Mandarin*) – Aale

an-mo (*Mandarin*) – Druck mit den Fingern

gwao-fe (*Mandarin*) – Fremder (abwertend); fremder Teufel

huang-shu-lang (*Mandarin*) – Wiesel

Ifrinn! (*Gälisch*) – Hölle!

da-zi (*Mandarin*) – chinesischer Buchstabe

Komma, komma, dyr get (*Schwedisch*) – »Komm, komm, liebe Ziege.«

Hola! (*Spanisch*) – Begrüßung: Hallo

Qien es? (*Spanisch*) – Wer ist das?

Mi casa es su casa (*Spanisch*) – »Mein Haus ist dein Haus«; traditionelle spanische Einladung, Angebot der Gastfreundschaft.

Si, claro (*Spanisch*) – Ja, natürlich.

cabron (*Spanisch*) – wörtlich: Ziegenbock. Im Sprachgebrauch eine schwere Beleidigung, die Inzest mit der Mutter andeutet (*wie engl. Motherfucker*).

sala (*Spanisch*) – der Hauptraum eines Hauses.

pistola (*Spanisch; verfälschter Dialekt*) – Pistole

Basta, cabron! (*spanisch*) – »Das reicht, du Hurensohn!«

ceo gheasacach (*Gälisch*) – Zaubernebel

amiki (*Taki-taki*) – Freund

bene-bene (*Taki-taki*) – ist ja gut.

Habla Espanol? (*Spanisch*) – »Sprichst du Spanisch?«

An gealtaire salach Atailteach! (*Gälisch*) – »Dreckiger italienischer Feigling!«

bhasmas (*Hindi*) – Asche eines Edelsteines

nagina (*Hindi*) – Stein von hoher Qualität

houngan (*Afrikanisch/Kreolisch*) – Medizin-Priester; Voodoopriester, Hexendoktor

oniseegun (*Yoruba*) – Priester/Zauberer

Huwe! (*Yoruba*) – »Hoch damit!«

egungun (*Yoruba*) – Krokodil.

**Aya, gado** (*Yoruba*) – »Ja, Kind.«

**Mana, mana** (*Yoruba*) – Danke, danke.

**loa** (*afrikan. Dialekt*) – Geist; entweder der Geist eines Verstorbenen oder einer Voodoo-Gottheit, der durch ein Orakel spricht.

**buckra** (*afrikan./karibischer Dialekt*) – herablassende Bezeichnung für einen Weißen

**A Mhicheal bheannaichte, dionn sinn bho dheamhainnean** (*Gälisch*) – »Heiliger Michael, bewahre uns vor Dämonen.«

**Sionnach** (*Gälisch*) – Fuchs.

**a snionnach** (*Gälisch*) – o Fuchs (*Vokativ*).

**Mar shionnach** (*Gälisch*) – wie ein Fuchs

**Pog mo thon!** (*Gälisch*) – »Leck mich am Arsch!«

**Gabhainn! A charaid!** (*Gälisch*) – »Gavin! Mein Freund!« (*NB: IMT sagt: »Korrekter wäre ›A Ghabhainn! A charaid!‹«*)

**Balach biodheach** (*Gälisch*) – hübscher Junge

**Mac Dubh** (*Gälisch*) – »Sohn des schwarzen Mannes« Aussprache etwa: Mack Düh. Abkürzung des längeren Ausdrucks, der Jamies formellen gälischen Rufnamen darstellt: »Seaumais, an fhearr mac dubh.«

**Slàinte** (*Gälisch*) – Gesundheit; auch Trinkspruch: Wohl bekomm's – »slàinte mhath«. Aussprache etwa: Slansch.

**Tha sinn cruinn a chaoidh ar caraid, Gabhainn Hayes** (*Gälisch*) – »Wir haben uns zusammengefunden, um zu weinen und dem Himmel den Verlust unseres Freundes Gavin Hayes zu klagen!«

**Eisd ris!** (*Gälisch*) – »Hört ihm zu!«

**Rugadh e do Sheumas Immanuel Hayes agus Louisa N'ic a Liallain an am baile Chill-Mhartainn, ann an sgire Dhun Domhnuill, anns a bhliadhnasaeachd ceud deug agus a haon!** (*ganz offensichtlich Gälisch*) – »Es wurde geboren als Sohn von James Emmanuel Hayes und Louisa MacLellan, im Dorf Kilmartin in der Gemeinde Dodanil, im Jahr unseres Herrn siebzehnhundertundeins!«

**A Shasunnaich na galladh, 's olc a thig e dhibh fanaid air bàs gasgaich. Gun toireadh an diabhul fhein leis anns a bhàs sibh, direach di Ifrinn!** (*Gälisch*) – »Hinterlistige Sassenach-Schweine, die totes Fleisch essen! Es soll euch übel ergehen, weil ihr euch über den Tod eines anständigen Mannes freut! Möge der Teufel selbst in eurer Todesstunde über euch kommen und euch zur Hölle befördern!«[10]

**Lumen Christi** (*Latein*) – Licht Christi. Während des Einzugs zur

Osternachtliturgie werden diese Worte wiederholt gesungen, während das Licht des Osterfeuers von Hand zu Hand weitergereicht wird.

**»Ifrinn an Diabhuil! A Dhia, thois cobhair!«** (*Gälisch*) – »Teufelshölle! Gott steh' uns bei!«

**a luaidh** (*Gälisch*) – mein Schatz.

**Requiem aeternam dona ei, et lux perpetua luceat ei** (*Latein*) – »Schenke ihm ewige Ruhe, und das ewige Licht leuchte ihm.«

**Asgina ageli** (*Cherokee*) – ein Mensch, der dem Jenseits nahe steht.

**Miserere nobis** (*Latein*) – »Erbarme dich unser.«

**ceilidh** (*Gälisch*) – Fest oder geselliges Beisammensein, bei dem oft musiziert, gesungen und getanzt wird.

**bodhran** (*Gälisch*) – eine flache, runde Trommel, die aus einem mit Tierhaut bespannten Holzrahmen besteht und mit einem kurzen, zweiendigen Schlegel geschlagen wird.

**Is fhearr an giomach na 'bhi gun fear tighe** (*Gälisch*) – Sprichwort: »Lieber 'nen Hummer als gar keinen Mann.«

**Casteal Dhuni** (*Gälisch*) – Kriegsruf des Fraser-Clans. Iain erzählt: »Meine Tante Margaret (Margaret Beedie) ist in Aberdeen in die Stadtbücherei gegangen und hat dort einen jungen Mann bedrängt, ihr bei ihren Nachforschungen über den Fraser-Kriegsruf zu helfen. Sie konnten nichts finden, deshalb haben sie nach dem Namen des Schlosses gesucht und ›Castle Dounie‹ gefunden. Das entspricht dem Ergebnis deiner Nachforschungen und dem, was ich mit Hilfe des schottischen Heraldikbeauftragten herausgefunden habe.

Ich fragte sie, was es mit dem Namen Downie auf sich hat, der in diesem Zusammenhang ebenfalls auftaucht. ›Nichts‹, sagte sie ziemlich aufgebracht, ›warum auch? Es ist immer im Besitz der Frasers gewesen‹. Wenn dieses Schloss auf oder in der Nähe einer früheren Befestigungsanlage gebaut wurde, was sehr wahrscheinlich ist, dann lautet sein Name ganz offensichtlich Caisteal an Dùin. Wie immer bei den Engländern ist er dann so lange verschlimmbessert worden, bis man ihn nicht mehr mit dem ursprünglichen Namen in Verbindung brachte.« Bingo!

*Caisteal an Dùin* – Schloss am Fort. Probieren Sie das ruhig einmal bei Ihren Nachbarn aus. Man kann sich gut vorstellen, wie ein paar hundert dicht behaarte Frasers losstürmen und in ihrer üblichen chaotischen Art »Caisteal an Dùin« brüllen, ohne sich auf eine Zeit oder Tonart zu einigen. Denkt man dann auch noch an die übertrieben gedehnten »UUs«, dann muss es den armen, kleinen, hilflosen englischen Soldaten buchstäblich wie Höllenlärm vorgekommen sein.

**Foeda est in coitu et brevis voluptas/Et taedat Veneris statim peractae** (*Latein*) – »Der Akt ist ein schmutziges und kurzes Vergnügen, und kaum ist er vorbei, bereuen wir ihn.«[11]

**Virtus praemium est optimum. Virtus omnibus rebus anteit...** (*Latein*) – »Tugend ist der höchste Preis. Die Tugend ist allen anderen Dingen vorzuziehen...«

**duine uasal** (*Gälisch*) – Mann von Wert; ein solider Bürger, vermögend und integer.

**ban-lighiche** (*Gälisch*) – Ärztin oder Heilerin

**Cha ghabh mi 'n còrr, tapa leibh** (*Gälisch*) – »Ich möchte nichts mehr, danke sehr.«

**a mhic no pheathar** (*Gälisch*) – Neffe (Vokativ); wörtl.: Sohn meiner Schwester (*es gibt kein einzelnes Wort für Neffe; man sagt* »*Sohn meiner Schwester*« *oder* »*Sohn meines Bruders*« – *a mhic no bhràthar*).

**taki-taki** (*Pidgin-Englisch*) – Bezeichnung für das vielsprachige Kauderwelsch, mit dem der Handel auf den Westindischen Inseln abgewickelt wurde und das Wörter aus dem Englischen, dem Französischen, dem Spanischen und diversen afrikanischen und polynesischen Dialekten enthielt.

**Saorsa** (*Gälisch*) – Freiheit

**droch aite** (*Gälisch*) – schlechter Ort

**djudju** (*afrikanischer Dialekt*) – böse Geister

**a nighean donn** (*Gälisch*) – mein braun(haarig)es Mädchen

**Tempora mutantur et nos mutamur in illis** (*Latein*) – »Die Zeiten ändern sich, und wir ändern uns mit ihnen.«

**each uisge** (*Gälisch*) – Wasserpferd, Kelpie.

**a dhiobhail** (*Gälisch*) – du Teufel (Vokativ)

**Oidhche mhath** (*Gälisch*) – »Gute Nacht«

**Rache** (*Deutsch*)[12]

**Benedicte** (*Latein*) – »Seid gesegnet.«

**Balach math** (*Gälisch*) – »Guter Junge.«

**Slan leat, a charaid choir** (*Gälisch*) – »Auf Wiedersehen, lieber Freund.«

**a leannan** (*Gälisch*) – Schätzchen (Vokativ); wird gegenüber Jüngeren oder der eigenen Tochter benutzt.

mo ghille (*Gälisch*) – mein Junge, mein Bursche

Teuchter (*Lallans*) – (ziemlich abwertende) Bezeichnung der Lowlandschotten für die Highlander.

Cirein Croin[13] (*Gälisch*) – Seeungeheuer oder Seeschlange

arisaid (*Gälisch*) – Schultertuch für Frauen

deamhan (*Gälisch*) – Dämon oder Teufel

a bann-sielbheadair (korrekte Schreibweise laut IMT: »a bhan shealbhadair«) (*Gälisch*) – Herrin; wörtlicher die Eigentümerin eines Leibeigenschaftsvertrages.

uisge (*Gälisch*) – Wasser.

bree (*Schottisch*) – entweder großer Ärger oder eine Suppe (*z.B. partan bree, eine Krebssuppe*).

Deo gratias (*Latein*) – »Gott sei Dank.« (In der Osternachtliturgie der Antwortruf auf »Lumen Christi«.)

Ciamar a tha tu, mo chridhe? (*Gälisch*) – »Wie geht es dir, mein Herz?«

Tha mi gle mhath, atheir (*Gälisch*) – »Mir geht es gut, Vater.«

An e 'n fhirinn a th'aquad m'annsachd? (*Gälisch*) – »Sagst du mir die Wahrheit, Liebes?«

m'annsachd (*Gälisch*) – meine Allerliebste.

Mo gràdh ort, athair (*Gälisch*) – »Ich liebe dich, Vater.« (Wörtl.: Meine Liebe für dich, Vater.)

a bheanachd (*Gälisch*) – mein Segen (Vokativ)

nighean na galladh (*Gälisch*) – wörtl.: Tochter einer Hündin; eine ziemlich gemeine Beleidigung.

Yona'kensyonk (*Kahnyen'kehaka*) – getrockneter Fisch

Kahnyen'kehaka (*Kahnyen'kehaka*) – die Mohawk, Hüter des östlichen Tores.

Kakonhoaerhas[14] (*Kahnyen'kehaka*) – Hundegesicht.

Kahontsi'yatawi (*Kahnyen'kehaka*) – Schwarzrock; ein katholischer Priester, insbesondere ein Jesuit.

O'Seronni (*Kahnyen'kehaka*) – ein Weißer, die Weißen

Hodeenosaunee (*Kahnyen'kehaka*) – so nennen die Mohawk die Irokesen.

Do mi! Do mi! (*Gälisch*) – »Zu mir! Zu mir!« (*oder auch »kommt her und helft mir mal!«*) (*IMT sagt: »Das soll wahrscheinlich ›Zu mir! Zu mir!‹ heißen. In welchem Fall es ›Thugam! Thugam!‹ lauten müsste.«*)

Parlez-vous français? (*Französisch*) – »Sprechen Sie Französisch?«[15]

**cuimhnich** (*Gälisch*) – Erinnere dich!

**an fhearr mac Dubh** (*Gälisch*) – wörtlich in etwa: »der Beste vom Nachwuchs des Schwarzen«; bedeutet im Allgemeinen: »(ältester) Sohn des Schwarzen«.

## Anmerkungen:

1 *Weitere Informationen über Materialien oder Kurse in Gälisch finden Sie im Anhang II.*

2 *Gälisch ist Iain MacKinnon Taylors Muttersprache. Ian (im Folgenden oft IMT abgekürzt) wurde auf der Hebrideninsel Harris geboren und war so freundlich, mir als Informationsquelle für die gälischen Ausdrücke in* Ferne Ufer *und* Der Ruf der Trommel *zu dienen und mir gemeinsam mit seinem Bruder Hamish und seiner Tante Margaret Beedie bei der Zusammenstellung des Glossars behilflich zu sein.*

3 *Im Englischen schreibt man es normalerweise Gaelic, doch viele neue Anhänger der Sprache bevorzugen die Schreibweise Gaihlig, und Iain sagt, es müsste Gaidhlic heißen. Nun, er spricht die verflixte Sprache und ich nicht.*

4 *Ein anderer Muttersprachler beschreibt mir diesen Laut wie »das Geräusch, das jemand von sich gibt, der gerade barfuß auf eine fette Nacktschnecke getreten ist.«*

5 *Bevor Mr. Taylor – zum Glück – in mein Leben trat, war ich gezwungen, mir bei meinen gälischen Wortschöpfungen selbst zu helfen, indem ich auf Wörterbücher, historische Dokumente (mit oftmals höchst phantasievoller Rechtschreibung) und meine Phantasie zurückgriff. Vergessen Sie nicht, dass ich niemals vorhatte;* Feuer und Stein *jemandem zu zeigen – schon gar nicht jemandem, der Gälisch spricht.*

6 *So ist es historisch überliefert; allerdings waren weder mein Gälisch-Experte noch meine schottische Redakteurin in Großbritannien in der Lage, für mich herauszufinden, wie man ein kleines Messer ohne Scheide in der Achselhöhle trägt – obwohl mein hilfreicher Lektor Andy McKillop meint, vielleicht hätten sich die Leute Knoten in die Achselhaare gemacht, um das Messer zu befestigen. Das würde natürlich dazu führen, dass man sich beim Ziehen des Messers die Haare ausreißt, aber die alten Schotten waren ja zäh wie Schuhleder, vielleicht stimmt es also. Vielleicht aber auch nicht.*

7 *Eine meiner ersten schottischen Leserinnen, die auch ein bisschen*

*Gälisch versteht, drückte mir ihre Zweifel an der Bedeutung die-*
*ser Phrase aus, von der sie glaubte, dass sie vielleicht »Gelbe*
*Pferde, mein Freund« bedeuten könnte. Ihr Zweifel war berech-*
*tigt, aber es heißt auch nicht gelbe Pferde. Iain Taylor merkt an,*
*dass ihm* Buidheachas *auf dem Etikett einer Flasche Drambuie*
*begegnet ist: Der Name »Drambuie« sei aus dem Ausdruck »Au*
*dram baidheach« entstanden – »Der Trank, der zufrieden stellt«.*

8 *Tha gu math (gesprochen etwa: hah ge mah) – gut.*

9 *Anm. d. Ü.: Im Englischen bezeichnet »skink« eine Eidechsenart;*
*das schottische Wort ist mit dem deutschen »ausschenken« ver-*
*wandt.*

10 *Ich sollte vielleicht anmerken, dass mir Mr. Taylor zwar mit dem*
*gälischen Wortlaut ausgeholfen hat, doch die Meinung, der Dun-*
*can bei seinem* caithris *Ausdruck verleiht, habe ich ihm selbst in*
*den Mund gelegt. In solchen Situationen schreibe ich den Satz*
*normalerweise auf und faxe ihn Mr. Taylor mit der Bitte um*
*Übersetzung. Manchmal bitte ich ihn aber auch nur um eine pas-*
*sende Beleidigung oder einen hübschen Fluch.*

11 *Den vollständigen Wortlaut finden Sie im Anhang »Zitate«.*

12 *Der Ruf der Trommel: Claires Bemerkung – »Ich weiß; ich habe*
*Sherlock Holmes gelesen.« – bezieht sich natürlich auf Arthur*
*Conan Doyles Krimi »Eine Studie in Scharlachrot«, in dem man*
*in einem verlassenen Haus eine Männerleiche findet, über der das*
*Wort »Rache« (deutsch auch im Originaltext) mit Blut an die*
*Wand geschrieben ist.*

13 *Dieses Zitat hat uns einiges Kopfzerbrechen bereitet. Am Ende*
*sind wir zu dem Schluss gekommen, dass »Cirein Croin« ur-*
*sprünglich einen Strudel oder Ähnliches bezeichnete und dass*
*man den Namen auf andere Gefahren zu Wasser übertragen*
*hatte. Während meiner Nachforschungen erhielt ich auch die fol-*
*gende Nachricht von Iain:*
*»Betrachten wir die Wörter einzeln: ›Cirean‹ ist eigentlich das*
*Wort für Hahnenkamm. Ich habe auch schon gehört, dass die*
*Leute die Brandung ›Cirein‹ (Plural) nennen. ›Croin‹ ist ein Ad-*
*jektiv und bedeutet ›bedrohlich‹. Also ist es möglicherweise ein*
*Seeungeheuer mit Finnen oder einer Mähne, die an einen Hah-*
*nenkamm oder einen Strudel erinnert – ›bedrohliche Wellen‹. Ich*
*schlage vor, dass du dir eine Möglichkeit aussuchst oder sie beide*
*erklärst. Ich glaube nicht, dass jemand gegen eine davon Ein-*
*wände haben wird.*
*Bevor Hamish seinen Funkerschein machte, fuhr er als junger*
*Mann (›jung‹ wie in dem Film* Mein Vetter Vinny) *auf einem*
*Hummerfischer mit, der in Tobermory stationiert war. Einmal*

*war der Skipper des Kutters aus irgendeinem Grund nicht da, und Hamish sollte ihn vertreten. Der junge stellvertretende Käpt'n beschloss, sich einen Namen zu machen. Die Gegend in der Nähe eines Strudels mit dem Namen ›Coire Bhreachdain‹ sah ihm nach einem guten Fischgrund für Hummer aus, und dort wurde nie gefischt. Also fuhr unser Held dort hinaus – natürlich bei Springflut – und legte sämtliche Hummerfallen des Kutters, zu jeweils zwanzig zusammengebunden, rund um den Strudel aus.*

*Am nächsten Tag fuhr er hinaus, um sie wieder einzusammeln, und fand ziemlich bald heraus, warum nie jemand in der Nähe des ›Coire Bhreachdain‹ fischte. Er brauchte mehrere Tage, um seine Fallen einzuholen, weil er sich nur bei Ebbe dort aufhalten konnte, und ein paar Wochen, um sie wieder zu flicken. Nicht ganz so lange brauchte er, um herauszufinden, wieso es dort keine Hummer gibt. Aber er hat sich einen Namen gemacht. Über vierzig Jahre später kennt man ihn immer noch als den einzigen Mann, der jemals so dumm war, Hummerfallen im ›Coire Bhreachdain‹ auszusetzen.«*

14 Leider kannte ich niemanden, der Kahnyen'kehaka als Muttersprache spricht. Ich habe ein rudimentäres Wörterbuch mit Mohawk-Vokabeln und -Ausdrücken benutzt, daher sind einige zusammengesetzte Wörter nur geraten und keine »offiziellen« Ausdrücke.

15 Ha!

## FÜNFTER TEIL

# Webseiten zu den Büchern und andere elektronische Fundsachen

*Da meine schriftstellerische Laufbahn untrennbar mit dem Internet (im weitesten Sinne) verbunden ist, ist es wohl nur recht und billig, wenn ich hier auf einige der Webseiten hinweise, die zur Zeit zu den Jamie-&-Claire-Romanen existieren.*

*Der Charakter des Internets ist unendlich flexibel; das heißt, dass nicht nur die Seiten an sich mit der Zeit ihren Inhalt und ihr Gesicht ändern, sondern dass auch immer neue Seiten entstehen, während andere verschwinden. Daher habe ich diesen Teil kurz gehalten und nur jene Seiten einbezogen, die schon längere Zeit existieren und die so aussehen, als würden sie uns noch ein Weilchen erhalten bleiben. Ich kann allerdings nicht dafür garantieren, dass Sie diese Seiten auch tatsächlich vorfinden – geschweige denn, was Sie dort finden werden.*

*Andererseits wird es AOL und CompuServe sicher noch etwas länger geben, und ich bin mir relativ si-*

*cher, dass eine Web-Suche mit dem Suchbegriff »Ga-baldon« eine Menge interessanter (wenn auch zum Großteil englischsprachiger Seiten) zu Tage fördern wird – von denen sich einige sogar tatsächlich mit mir und meinen Büchern befassen.*

D.G.

# Die Webseiten

www.cco.caltech.edu/~gatti/gabaldon/gabaldon.html

 or ein paar Jahren schrieb mir Rosana Madrid Gatti per E-Mail, sie hätte all meine Bücher gelesen, und diese hätten ihr sehr gefallen. Des Weiteren, so schrieb sie, hätte sie einige Erfahrung mit dem Erstellen von Webseiten, und wenn ich nichts dagegen hätte, würde sie gern eine solche Seite für mich und meine Bücher konstruieren.

Das war eindeutig ein Angebot, das ich nicht zurückweisen konnte, und das Ergebnis erweist sich – genau wie Rosana – seitdem als großer Segen.

Rosana macht ihre Sache wunderbar, sowohl was die Gestaltung als auch die Verwaltung der Seite angeht; ich glaube, sie hat inzwischen sogar einen Preis dafür gewonnen, und sie hat ihn auch verdient! Wenn immer es meine Zeit erlaubt und ich entsprechendes Material habe, schicke ich ihr ein (elektronisches) Päckchen mit gesammelten Unterlagen (Auszüge aus den Büchern, an denen ich arbeite, Tourneepläne, Informationen für Leser, die Bücher oder signierte Ex-Libris-Aufkleber bei mir bestellen möchten, und vieles mehr). Sie veröffentlicht diese Materialien dann in ordentlich gestalteten Häppchen auf der Webseite.

Darüber hinaus ist sie so pflichtbewusst, mir bei der Beantwortung von Fragen zu helfen, die manche Besucher an die Webseite addressieren – und Mitteilungen an mich weiterzuleiten.[1]

Wie alle Webseiten wird auch diese gelegentlich umgestaltet und neu organisiert. Ständig finden Sie dort allerdings die Auszüge – dies ist die einzige Quelle im Netz, wo Sie Auszüge aus den

Büchern finden, an denen ich arbeite[2] – sowie Termine meiner öffentlichen Auftritte und Links[3] zu diversen anderen elektronischen Seiten (Webseiten, Foren, Listserver, Newsgroups[4] etc.), die sich in irgendeiner Form mit meinen Büchern befassen. Außerdem ist es Rosana gelungen, unterhaltsames Zusatzmaterial aufzuspüren, zum Beispiel die Landkarte der schottischen Clans, die der Besucher unter der Überschrift *Clan Map* anklicken kann.

Diese Webseite gibt mir nicht nur die Gelegenheit, meine Arbeit sowie die letzten Neuigkeiten mit meinen Lesern zu teilen, sondern sie ist auch eine Kommunikationsmöglichkeit von unschätzbarem Wert – hier kann ich den Leuten mitteilen, wenn sich ein Erscheinungsdatum ändert oder sich ein Auftrittstermin verschiebt, und ganz nebenbei kann ich hier einigen der hartnäckigen Gerüchte[5] und Fehlinformationen über meine Bücher den Garaus machen, die unentwegt kursieren[6]. Ich bin mehr als nur dankbar, dass Rosana mir diese Seite angeboten hat – und erst recht, dass sie sie unterhält!

## THE LADIES (AND LADS) OF LALLYBROCH
### *Die Ladies (und Jungs) von Lallybroch*

www.lallybroch.com

Die *Ladies* (und ihre Kumpane) sind eine große Gruppe von Fans aus aller Welt, die ein englischsprachiges Web-Forum unterhalten, also eine Seite, auf der die Mitglieder Nachrichten austauschen können wie auf einem Bulletin Board[7]. Die Seite ist sehr gut besucht, und es finden zahlreiche Diskussionen der Bücher statt, inklusive einer regelmäßigen Einrichtung namens »Quote of the Day« (Zitat des Tages), wo ein kurzer Abschnitt aus einem der Bücher ausgesucht und besprochen wird.

Einige der Damen habe ich schon persönlich kennen gelernt, und sie sind alle ziemlich nett. Dann und wann taucht eine von ihnen überraschend bei einer Signierstunde auf, um mir den Orden der Goldenen Distel, eine von den *Lads* und *Ladies* zusammengestellte Sammlung mit Sprüchen und Gedichten, oder ein anderes Zeichen ihrer Wertschätzung zu überreichen.

Da wir zwar als Gruppe, aber nicht einzeln miteinander bekannt waren, schrieb mir eine der *Ladies*, die ich wirklich persönlich kannte, im Herbst 1998 einen Brief. Sie hätte gehört, dass ich zu einer Konferenz in Vancouver fahren würde, und dort wohnten eine ganze Reihe von LOL-Mitgliedern – ob ich mir vorstellen könnte, mich während meines Aufenthaltes mit ihnen zu treffen?

Ich antwortete, es sei mir ein Vergnügen, und verabredete mich nach der Signierstunde am Abend meiner Ankunft in Vancouver in ihrer Hotelsuite mit ihnen (sie wohnten im selben Hotel wie ich).

Doch dann verbrachte ich erst einmal ungefähr zehn Stunden im Flughafen, um überhaupt nach Vancouver zu *kommen*. Mein Mann setzte mich ab, und ich spazierte zum Flugsteig für den Flug um 10.45 Uhr, nur um festzustellen, dass er auf 12.25 Uhr verschoben worden war. Man gab uns Essensgutscheine und wies uns an, Mittagessen zu gehen. Als ich zurückkam, war das Flugzeug aus Houston eingetroffen und wurde gerade gereinigt und wieder aufgetankt – dann kam die Durchsage, die Mechaniker hätten etwas im Cockpit gefunden, was sie »sich gerade ansahen«; ihr Befund sei für 13.40 Uhr angekündigt. Ich ging eine Cola trinken, und als ich zurückkam, stellte ich fest, dass man den Flug gestrichen hatte. Es wurden Boardingpässe für den 18-Uhr-Flug nach Vancouver verteilt.

Da ich eigentlich um 19 Uhr eine Signierstunde in einer Buchhandlung in Surrey – eine Autostunde von Vancouver entfernt – hätte abhalten sollen... rief ich in der Buchhandlung an. Um sicher zu gehen, dass es auch die richtige war, fragte ich: »Findet bei Ihnen heute Abend die Signierstunde mit Diana Gabaldon statt?«

»Ja«, antwortete die Dame, »einen Augenblick; mich hat gerade noch jemand danach gefragt.« Sie legte den Hörer zur Seite, und ich konnte hören, wie sie jemandem nähere Informationen über die Veranstaltung gab. Dann kam sie zurück und sagte fröhlich: »Ja! Wir haben heute Abend um sieben eine Signierstunde mit Diana Gabaldon!«

»Ich fürchte, das stimmt leider nicht«, sagte ich mit einem Blick auf den kaputten Flieger auf der Rollbahn.

Nun hatten die *Ladies of Lallybroch* vorgehabt, zu dieser Signierstunde zu kommen und dann zum geselligen Beisammensein ins Hotel zurückzukehren. Da ich die meisten von ihnen nur beim Vornamen kannte, versuchte ich erst gar nicht, im Hotel anzurufen; sie würden ja in der Buchhandlung erfahren, dass ich aufgehalten worden war.

Und das wurde ich auch. Noch weiter, meine ich. Das Flugzeug startete um halb sieben, nicht um sechs – aber es kam nur bis zur Mitte der Rollbahn, wo es bis halb acht stehen blieb, bevor es abhob.

Okay. Schließlich kam ich in Vancouver an. Ich traf mich mit der liebenswerten Person, die mich dort immer abholen kommt – einer guten Freundin namens Elva Stoelers. Wir trafen ungefähr um halb elf im Hotel ein, und sie fragte mich, ob ich nach dieser Strapaze gern etwas zu trinken hätte. Ich sagte ja, meinte aber, wir sollten vielleicht zur Penthouse-Suite der *Ladies* hochfahren und nachsehen, ob dort noch jemand wach war, um ihnen wenigstens zu sagen, dass ich endlich angekommen war.

Das taten wir, und sie waren noch wach, und jedermann amüsierte sich königlich, als es plötzlich an der Tür klopfte. Tja, eigentlich glaubte ich nicht, dass wir uns *so* gut amüsierten, dass wir den Sicherheitsdienst des Hotels alarmiert hatten, aber es war doch ziemlich spät. Die Tür öffnete sich, und hereinstolziert kam ein langhaariger, junger Mann ... mit einem Kilt.

Äh ...

Schon mal einen Highland-Stripper gesehen?

Elva hatte offensichtlich noch keinen gesehen. (Ich genau genommen auch nicht. Ich meine, ich habe den Film *Ganz oder gar nicht* gesehen, aber live ist es doch sehr viel unmittelbarer.) Die Gastgeberin verteilte hastig Dollarnoten an die anwesenden Damen, und der Gentleman machte sich daran, sie sich ... äh ... zu verdienen.

Als er nach dem Ende seiner Darbietung die wesentlichsten Kleidungsstücke wieder angelegt hatte, fragte ich ihn: »Und womit verdienen Sie *eigentlich* Ihren Lebensunterhalt?« Er sagte, er sei Bodbybuilding-Trainer und arbeite nebenher ab und zu als Model.

»Darauf möchte ich wetten«, sagte ich, während ich mir Mühe gab, ihm nicht auf die Brustwarzen zu starren, die sich exakt auf meiner Augenhöhe befanden. Es passte ins Bild; Models sind die einzigen Männer, die ich kenne, die sich die Brusthaare entfernen[8]. Jedenfalls war er ganz nett (obwohl Elva mir ständig ins Ohr murmelte: »Weiß seine *Mutter*, dass er das macht?«) und blieb noch ein bisschen, um mit uns zu plaudern. Als er gegangen war, bekam ich von den *Ladies* allerhand Geschenke; ich signierte ihre Bücher und schwankte schließlich gegen zwei Uhr nachts ins Bett.

(Ich musste um sechs Uhr aufstehen, um für die »Jungs« im städtischen Gefängnis einen Schreibkurs abzuhalten.)

Oh, die Dollarscheine. Nein, habe ich nicht. (Die *Ladies* aber! Es muss ziemlich unangenehm gewesen sein, sich beim Herumkreisen zerknittertes Papier in die verschwitzten Körperspalten stecken zu lassen.) Ich wartete, bis er fertig war, dann trat ich auf ihn zu und *reichte* ihm mein eigenes kleines Scheinbündel mit den Worten: »Von Exhibitionist zu Exhibitionist...«

Na ja. Ich kann Ihnen zwar nicht versprechen, dass Sie auf der LOL-Webseite Unterhaltung dieses Kalibers vorfinden, aber Sie werden dort einer Reihe sehr netter Leute begegnen, die sich für alles interessieren, was... äh... mit Schottland zu tun hat.

## THROUGH THE STONES
### *Durch die Steine*

DCS-Web-Designs.webjump.com/stones/Through_the_Stones.html

Dies ist wirklich eine interessante Seite, die es schon lange gibt. Als ich sie kürzlich besuchte, konnten ihre Besucher sich (unter anderem) per Meinungsumfrage für eine Reihe von Schauspielern und Schauspielerinnen zur Besetzung des hypothetischen Films entscheiden. Dies war viel interessanter als andere derartige Diskussionen, weil es auf der Seite Bilder der jeweiligen Kandidaten gab, unter denen die Anzahl der bisher vergebenen Stimmen angezeigt war. Auch beschränkte man sich nicht nur auf die übliche Frage, wer Jamie und Claire spielen soll, sondern es gab auch Kandidaten für Black Jack Randall, Frank, Jenny und Ian Murray, den kleinen Ian, Colum, Dougal und sogar Murtagh (Danny DeVito? Äh... nein, ich glaube nicht.)

*Through the Stones* ist nicht nur eine eigenständige Seite, sondern auch die Ausgangsseite für einen umfangreichen Web-Ring: Zahlreiche Links ermöglichen den Zugriff auf themenverwandte Seiten.

Einige der Seiten dieses Rings befassen sich zumindest am Rande auch mit meinen Büchern, obwohl viele vor allem der keltischen Kultur gewidmet sind. Diese Seite wurde von der kanadischen Web-Designerin Diane Schlichting als Ausdruck ihrer Verbindung mit den Büchern und ihren Figuren entwickelt.

# The Outlandish Timeline[9]
### Die Chronologie der Jamie&Claire-Romane

members.aol.com/sassenak/timeline.html

Diese Webseite wurde im Verlauf der beiden letzten Jahre von einer Leserin erstellt, die sich *online* Sassenak@aol.com nennt. Sie enthält eine Chronologietabelle zu den Romanen, in der verzeichnet ist, was sich wann ereignet – Dinge, an die ich mich selbst oft nicht erinnere (oder derer ich mir selbst nicht bewusst war). Es ist eine enorme Aufgabe, die immer noch nicht abgeschlossen ist, obwohl ich weiß, dass die Tabelle bis zum Ende von *Die geliehene Zeit* fertig gestellt ist und inzwischen vielleicht auch schon die späteren Bücher umfasst.

Neben diesem chronologischen Abriss, diversen interessanten Grafiken und ähnlichem nennt sich eine der interessantesten Funktionen auf dieser Seite *The Body Count* (Der Leichenzähler). Dies ist eine Tabelle, die von einer anderen Leserin (namens Bo-Diva@aol.com) erstellt wurde und *sämtliche* Figuren enthält, die in den Romanen umgekommen sind, inklusive ihres Mörders oder ihrer Todesursache, des Todesortes sowie der Gründe für ihren Tod.

## Clan Outlandish on AOL
### Clan Outlandish bei AOL

Dies ist zwar streng genommen keine Webseite, aber ich finde, diese Gruppe von Lesern, die bei AOL vom Café Booka aus operiert, muss hier unbedingt erwähnt werden. »Clan Outlandish« hat ungefähr sechshundert Mitglieder, die elektronische Diskussionsrunden zu den Büchern veranstalten und sich durch ihre Begeisterung für die Bücher verbunden fühlen, sich alle vierzehn Tage donnerstagsabends unter dem Motto *Girls Night Outlandish* zu Live-Chats[10] treffen und im Café Booka unter der Überschrift *Current Reading Groups -> Outlander Reading Group* ein öffentliches Bulletin Board unterhalten.

Weitere Treffpunkte und Webseiten der »Clan«-Mitglieder sind:

www.insidetheweb.com/messageboard/mbs.cgi/mb61976
http://members.aol.com/Outlandish1/index.html
http://members.aol.com/tabakk/index.html
http://www.geocities.com/Athens/Aegean/5471/

## The Free Gallery of Authors' Voices
*Fay Zacharys Galerie der Autorenstimmen*

http://fregalry.interspeed.net

Und noch etwas ganz anderes: Fay Zachary betreibt eine Webseite namens *The Free Gallery of Authors' Voices,* eine Seite, die unter anderem von den Romanautoren und Lyrikern selbst gelesene Auszüge aus ihren Werken zum Herunterladen (im RealPlayer Audio-Format) bereithält. Die Seite ist in verschiedene »Säle« *(Halls)* unterteilt: den Krimisaal *(Mystery Hall),* den Belletristiksaal *(Fiction Hall),* den Lyriksaal *(Poetry Hall),* den Science-Fiction-Saal *(Science Fiction Hall),* den Vampirsaal *(Vampire Hall)* und so weiter. Fay hat mich gebeten, Auszüge aus *Der Ruf der Trommel* und der Kurzgeschichte *Hellfire* für ihre Fiction Hall zu lesen.

Der Inhalt der Seite wechselt von Zeit zu Zeit, und es kommen immer neue Autoren hinzu, doch da Fay bei mir um die Ecke wohnt, ist es für mich kein Problem, schnell zu ihr zu fahren und etwas Neues aufzunehmen, und sie hat mir versprochen, dass stets eine meiner Aufnahmen auf der Seite bleibt. (Offen gestanden, höre ich mich an wie Donald Duck auf Speed, aber wenn Sie wirklich neugierig sind...)

Außerdem hat die *Free Gallery* noch andere faszinierende Dinge im Angebot, z. B. kostenlose Digitalpostkarten, Buchbestellungen, Links zu elektronischen Verlegern, und (so sagt man mir) bald wird es dort auch virtuelle Signierstunden geben.

## Compuserve: Readers and Writers Ink Group
*Readers and Writers Ink Group:*
*Die »Leserattenforen« bei CompuServe*

Hier kann man mich schließlich normalerweise »selbst« antreffen. CompuServe ist ein weiterer gigantischer Online-Service (kürzlich von AOL gekauft, aber vorerst als separater Service weiterbetrieben), der eine große Anzahl »Foren« oder Interessengruppen beherbergt. Diese Foren werden als Bulletin Boards betrieben, unterhalten aber auch Bibliotheken für Dateien und Konferenzprotokolle, und manche von ihnen bieten regelmäßige Live-Chats und Konferenzen mit prominenten Gästen an.

*Readers and Writers Ink* ist eine Gruppe verschwisterter Foren: dem *Writers Forum*, dem *Literary Forum*, dem *Mystery Forum* und dem *Romance Forum*[11]. Sie alle haben – Überraschung! – etwas mit der Freude am Lesen, der Schriftstellerei oder mit beidem zu tun, und es gibt oftmals Themenüberschneidungen zwischen den Foren, obwohl jedes seine ganz eigene »Geschmacksrichtung« hat.

Zwar muss man CompuServe abonnieren, doch es gibt auch die Möglichkeit, vom Internet aus kostenlos auf die Foren zuzugreifen (http://go.compuserve.com/writers). Ich kann nicht mit Sicherheit sagen, welche Dienste einem Benutzer zur Verfügung stehen, der vom Netz aus hereinkommt, da sich die Bedingungen ständig ändern. Doch es ist den Versuch wert.

Mich finden Sie vor allem im *Writers Forum*, wo ich Co-Leiterin der Sektion »Research and the Craft of Writing«[12] bin, sowie im *Literary Forum* und im *Mystery Forum*.


## Anmerkungen

1 *Ich selbst reagiere nicht annähernd so prompt, aber der Großteil meiner E-Mail wird beantwortet – im Lauf der Zeit. Beachten Sie aber bitte, dass ich mit der Beantwortung dringender E-Mail-Mitteilungen zurzeit etwa ein Jahr im Rückstand bin.*
2 *Ab und zu postiere ich etwas, woran ich gerade arbeite oder was gerade fertig geworden ist, im Writers Forum bei CompuServe, doch bleibt es dort nicht dauerhaft stehen, denn jede Mitteilung ist nur ein paar Tage im Forum verfügbar. Webseiten sind zumindest semi-permanent. Die Verleger meiner Bücher und Geschichten bringen manchmal kurze Auszüge auf ihren Webseiten, aber das sind wirklich nur kleine Appetithäppchen, die für neue Bücher werben sollen.*
3 *Online-Chinesisch für »automatische Verbindungen«; Anm. d. Ü.*

4 Noch mehr Online-Chinesisch für »elektronische Treffpunkte«;
   Anm. d. Ü.

5 Ende 1998 schickte mir jemand eine E-Mail, in der stand, es kur-
   siere das Gerücht, das vorliegende Buch würde im Januar 1999
   erscheinen (das tatsächliche Erscheinungsdatum war im Juni);
   ihre Buchhandlung sähe sich mit »Horden aufgebrachter Gabal-
   don-Fans« auf der Suche nach dem Buch konfrontiert. »Vielleicht unternehmen Sie besser etwas«, schlug meine wohlmeinende Korrespondentin vor. Na ja, Rosana und ich tun, was wir
   können.

6 Nein, der Band vor Feuer und Stein handelt nicht von »Claire
   Frasers Leben vor ihrer Passage durch die Steine«, wie ich in
   einer elektronischen Diskussionsrunde lesen durfte, und auch
   nicht von »Jamie Fraser als jungem Mann«. Beides wären vielleicht ganz interessante Themen für zukünftige Projekte, doch in
   Wirklichkeit handelt das Buch, für das ich einen Vertrag habe,
   von Jamies Eltern Brian und Ellen Fraser und dem Aufstand von
   1715. Falls Jamie überhaupt darin auftaucht, dann wird er ein
   sehr junger Mann sein – von ungefähr drei Monaten.

7 Online-Chinesisch für ein elektronisches »Schwarzes Brett« zum
   Austausch von Nachrichten.

8 Als er hörte, dass ich Romane schreibe, fragte er, ob ich mir vorstellen könnte, ihn einmal als Model für den Titel zu benutzen –
   worauf ich hastig erwiderte: »Oh, solche Bücher schreibe ich
   nicht!«

9 Anm.d.Ü: Das Adjektiv outlandish, das in diesem Zusammenhang mehrfach auftaucht, bezieht sich auf den amerikanischen
   Originaltitel von Feuer und Stein: »Outlander«.

10 Eine Art Live-Konferenz, deren Teilnehmer nicht per Telefon,
   sondern per Computer miteinander kommunizieren.

11 Äh... leider keine Zeit.

12 Recherche und andere Handwerksfragen.

SECHSTER TEIL

# Recherche

# Wie man für einen historischen Roman recherchiert: Hot Dogs und Bohnen

s gibt so viele individuelle Methoden, für einen historischen Roman zu recherchieren, wie es individuelle Methoden gibt, einen zu schreiben. Das heißt, es gibt allgemeine Prinzipien, die ganz hilfreich sind, und grundlegende Fähigkeiten, die man benutzen kann, aber wie man nun *genau* vorgeht, hängt vom Stil und den Vorlieben des jeweiligen Schriftstellers ab.

Es ist gar keine Frage, dass man für einen historischen Roman viel recherchieren muss. Wenn ich Vorträge über historische Romane oder die Verwendung von Details in solchen Romanen halte, dann nehme ich normalerweise einen Satz Bücher als Requisiten mit: 1. einen Krimi von Agatha Christie, 2. einen zeitgenössischen Thriller von Martin Cruz Smith, der in der Sowjetunion spielt, 3. einen zeitgenössischen Krimi von Elizabeth George, der in England spielt, und 4. einen historischen Roman von Gary Jennings, James Clavell, Colleen McCullough oder eines meiner eigenen Bücher.

Dann stelle ich diese Bücher nebeneinander auf und frage das Publikum, ob ihm etwas auffällt. Da jedes der Bücher einen guten Zentimeter dicker ist als das vorhergehende, ist das im Allgemeinen der Fall – und die Antwort ist Gelächter.

Okay. Der erste Buchtyp – von Agatha Christie – besteht im Grunde nur aus Handlung. Der Spielort ist vertraut, die Charaktere sind Stereotypen, und beide existieren nur im Anriss. In Agatha Christies Krimis gibt es nur sehr wenige beschreibende Elemente, weil man ein englisches Dorf, einen Vikar oder einen Zug nicht zu beschreiben braucht – jeder hat diese Dinge schon so oft gesehen (zumindest im Kino), dass man sich auf das absolute Minimum beschränken und sich auf die Handlung konzentrieren kann.

Der Thriller, der in der UdSSR spielt, ist dicker, und das nicht nur, weil seine Handlung komplizierter ist und seine Figuren detaillierter gezeichnet sind, sondern auch, weil der Ort der Handlung ungewöhnlich ist – der Durchschnittsleser hat keine Ahnung, wie es in Moskau auf der Straße riecht, wie es auf einem Umschlagplatz für Schwarzmarkt-Ware aussieht oder was ein Zil ist. Da der Ort der Handlung und der (ebenfalls unvertraute) gesellschaftliche Hintergrund notwendige Erzählelemente sind, muss der Autor mehr ins Detail gehen, um seine Handlung lebendig zu gestalten und um vom Leser intuitiv verstanden zu werden.

Elizabeth Georges Bücher sind ungefähr genauso lang wie die russischen Thriller, allerdings nicht, weil sie an einem fremden Ort spielen – englische Dörfer und Städte sind eigentlich nichts Besonderes –, sondern weil diese Bücher im Grunde nicht nur von einem Fall, sondern auch von Beziehungen handeln. In einem solchen Fall muss man die Figuren und ihren Umgang miteinander sehr detailliert beschreiben, weil die Beziehungen der Charaktere und ihre persönliche Entwicklung genauso viel Bedeutung haben wie der eigentliche Kriminalfall.

Und dann kommen die historischen Romane; Subgenre DF (Dick und Fett). Diese Bücher neigen nicht nur deshalb zur Korpulenz, weil sie normalerweise eine beträchtliche und ereignisreiche Zeitspanne umfassen (will heißen, sie haben eine komplexe Handlung und viele Charaktere), sondern auch, weil buchstäblich alles in ihnen für den Durchschnittsleser Neuland ist und »aufgezeichnet« werden muss – Handlungsorte, Beschreibungen der Städte, Landschaften, Häuser, Einzelheiten des täglichen Lebens, Sitten und Bräuche und – vor allem – die Charaktere. Historische Figuren sind nicht das Gleiche wie zeitgenössische Figuren; sie werden ungewöhnliche (und, wenn der Autor sein Handwerk nicht beherrscht, manchmal auch unverständliche) Einstellungen und Beziehungen haben, und auch hier muss man sorgfältig in die Einzelheiten gehen, damit der Leser versteht, was vor sich geht.

Abgesehen davon, dass es für das Gelingen des Romans notwendig ist, ein überzeugendes historisches Milieu zu erschaffen, sind viele Leser historischer Romane auch von historischen Details fasziniert und lesen solche Bücher unter anderem auch wegen der darin enthaltenen Informationen und weil es ihnen so möglich ist, Einsicht in eine andere Zeit zu erlangen.

Daher ist es legitim – und erstrebenswert –, ins Detail zu gehen, um ein fremdes Milieu zu entwerfen und auch um den Leser zu unterhalten. Wie man Unmengen von Details verwendet, ohne den Leser mit Textmassen zu lähmen, die klingen, als hätte man sie aus der *Encyclopedia Britannica* abgepinnt, ist eine gute technische Frage, doch das erste Problem ist schlicht, diese Dinge zu *finden*.

Anfangs habe ich bereits erwähnt, dass es grundlegende Fähigkeiten und allgemeine Prinzipien gibt, die beim Recherchieren hilfreich sind. Zu den grundlegenden Fähigkeiten gehört: erstens, dass man sich in einer Bibliothek zurechtfindet, und zweitens, dass man weiß, wie man ein Buch überfliegt, um die gewünschten Informationen zu finden. Zu den allgemeinen Prinzipien gehört: erstens, dass man sich einen Überblick verschaffen kann, zweitens, dass man spezifische Einzelheiten lokalisieren kann, und drittens, dass man sein Material organisieren kann.

## GRUNDLEGENDE FÄHIGKEITEN

### Wie man eine Bibliothek benutzt

Wenn Sie noch keine genaue Vorstellung davon haben, wie man sich in einer Bibliothek zurechtfindet, dann würde ich Ihnen eigentlich mit Nachdruck empfehlen, keine historischen Romane zu schreiben. Doch gibt es ein paar Dinge, die zu wissen vielleicht nützlich ist, auch wenn Sie sich schon mit der Titelkartei auskennen.

Für wirklich detaillierte historische Recherchen brauchen Sie eine große Universitätsbibliothek. Stadtbüchereien haben einfach die Referenzmaterialien nicht vorrätig, die man für ein gründliches Studium der meisten Perioden benötigt – aus dem exzellenten Grund, dass die meisten derartigen Referenzmaterialien a) ziemlich alt und b) nicht das sind, was die meisten Leute am Feierabend lesen wollen. Stadtbüchereien haben Lesestoff im Angebot; Universitätsbüchereien haben Bücher im Angebot, in denen man abwegige Informationen nachschlagen kann.

Als ich mit den Recherchen für meinen ersten Roman begann, arbeitete ich als Professorin an einer Universität, und damit stand mir glücklicherweise eine große Bibliothek zur Verfügung; so ein Glück hat nicht jeder. Wenn Sie aber in vertretbarer Nähe einer Universität wohnen, gehen Sie in die Bibliothek und fragen Sie, ob es einen Ausweis für Nichtimmatrikulierte gibt. Bei den meisten

Bibliotheken ist das der Fall; gegen einen geringen Jahresbeitrag können Sie zumindest begrenzt Bücher ausleihen (und als Schriftsteller können Sie den Beitrag auch noch von der Steuer absetzen.)

Wenn Sie *keine* gute Bibliothek in der Nähe haben, gestalten sich effekte Recherchen sehr viel schwieriger, doch glücklicherweise ist heutzutage niemand mehr vollständig von der Außenwelt abgeschnitten. Viele große Bestände sind *online* zugänglich, zumindest was ihren Katalog angeht. Ein Buch tatsächlich in die Finger zu bekommen, ist eine andere Sache, doch selbst aus der Entfernung kann man Bücher bestellen oder Absprachen zum Ausleihen treffen.

Fast alle Bibliotheken verfügen über ein System, das sich Fernleihe nennt. Das bedeutet Folgendes: Wenn Sie zum Beispiel ein Buch über die Kleidung in Irland im sechzehnten Jahrhundert benötigen und herausgefunden haben, dass Ihre Bibliothek vor Ort zu diesem Thema nichts anbietet, die Uni Berlin aber schon, dann können Sie bei Ihrer Bibliothek eine Bestellung einreichen, und man wird das Buch dann für Sie in Berlin ausleihen.

Das ist eine große Hilfe beim Recherchieren; der einzige Haken bei der Fernleihe ist, dass sie oft nur sehr langsam funktioniert und dass es Wochen oder sogar Monate dauern kann, eines bestimmten Buches habhaft zu werden und es Ihrer Bibliothek zuzustellen.

*Die Titelkartei*
Heutzutage sind die meisten Bibliotheksbestände elektronisch katalogisiert. Das ist schnell, effektiv und eigentlich eine feine Sache. Allerdings ist der Informationstransfer von Karteikarten auf ein elektronisches Medium nicht immer vollständig; aus Effizienzgründen sind vielleicht ältere Bücher, die nicht oft ausgeliehen werden, im neuen Katalog nicht verzeichnet, oder vielleicht hat man sie zurückgestellt, um sie später einzutragen.

Außerdem enthält die Papierversion des Verzeichnisses oft Informationen, die in der neuen, elektronischen Version nicht verzeichnet sind – handschriftliche Vermerke eines Bibliothekars über den Lagerungsort eines Buches, über inhaltsverwandte Werke und so weiter. Der Verlust dieser Information ist nicht zu ändern, doch wenn Ihre Bibliothek den alten Karteikartenkatalog noch hat, dann lohnt es sich, diesen zusätzlich zur elektronischen Version zu konsultieren. Fragen Sie den Bibliothekar auch, ob der Bestand

Ihrer Bücherei wirklich vollständig elektronisch erfasst ist, denn es könnte ja sein, dass einige ältere Teile des Bestandes noch nicht erfasst sind.

Das Besondere an der bereits erwähnten Methode beginnt mit den ersten Schritten eines Suchvorganges – mit den Suchbegriffen, die man in einen elektronischen Index (oder eine Internet-Suchmaschine) eingibt. Sogar hierbei gibt es generelle Prinzipien: Erstens, werfen Sie Ihr Netz weit aus, und zweitens, achten Sie darauf, ob Sie ein Muster bei den Indexnummern der Bücher erkennen können.

Das heißt, wenn man sich also für eine bestimmte historische Periode und eine bestimmte Gegend interessiert, dann gibt man natürlich etwa die folgenden Suchbegriffe ein: SCHOTTLAND HIGHLANDS ACHTZEHNTES JAHRHUNDERT. Als Ergebnis erhält man die Titel, die dem, wonach man schätzungsweise sucht, am nächsten kommen.

Doch lohnt es sich genauso, einen zweiten Suchvorgang nach SCHOTTLAND durchzuführen, da es gut sein kann, dass Sie so eine ganze Reihe nützlicher Bücher finden – über die Geographie, Geschichte, Sitten und Gebräuche, Sprache etc. –, die nicht unter den Suchbegriffen HIGHLANDS oder ACHTZEHNTES JAHRHUNDERT registriert sind.

Wenn man sein Netz weit auswirft, erhält man natürlich eine lange Liste von Titeln (deshalb beginnt man auch mit dem genauer begrenzten Suchvorgang; so kann man mit den wichtigsten Büchern beginnen, während man gleichzeitig die Suche fortsetzt). Sehen Sie die Titel durch, markieren Sie diejenigen, die so aussehen, als könnten sie hilfreich oder interessant sein. Dann sehen Sie sich diese Bücher an, um herauszufinden, ob sie gemeinsame Indexnummern haben, das heißt, haben die meisten Bücher, die Sie sich ausgesucht haben, eine Indexnummer, die mit »QC 357« oder »DA 785« beginnt?

Dann hören Sie damit auf, sich die kompletten Titel aufzuschreiben (was eine Heidenarbeit ist) und schreiben Sie sich einfach den gemeinsamen Beginn ihrer Indexnummern auf. Gehen Sie zu dem Regal, wo diese Nummern einsortiert sind, und stöbern Sie persönlich darin herum. Sie werden mit Sicherheit eine ganze Reihe von Büchern finden, die thematisch mit denen verwandt sind, nach denen Sie gesucht haben, die aber nicht im Index auftauchen, weil sie nicht unter den Suchbegriffen gespeichert waren, mit denen Sie gearbeitet haben. (Ein kleines Beispiel: *Drums of Autumn,* die amerikanische Version von *Der Ruf der Trommel,* taucht in den USA nicht auf, wenn man den Suchbegriff NORTH CAROLINA eingibt, obwohl das Buch dort spielt, da die Person, die das Buch für die *Library of Congress* katalogisiert hat, offensichtlich nicht über das erste Kapitel hinausgekommen ist. Da das erste Kapitel in Charleston spielt, ist das Buch unter SOUTH CAROLINA katalogisiert, obwohl das Buch selbst nichts mit diesem Staat zu tun hat.)

Ein weiterer Vorteil beim Stöbern in den Regalen ist, dass man einen Blick auf das Buch selbst werfen kann, anstatt allein nach seinem Titel zu entscheiden, ob man es braucht oder nicht. Wenn Sie sich nicht sicher sind, sehen Sie im Inhaltsverzeichnis und im Stichwortverzeichnis nach; so sollten Sie innerhalb von Sekunden herausfinden, ob dieses Buch irgendetwas enthält, das für Sie von Nutzen sein könnte.

### Wie man ein Buch auf seine Informationen überprüft

Gelegentlich kommt bei einer Konferenz ein Kollege auf mich zu und sagt etwas wie: »Oh, ich würde so gern einen historischen Roman schreiben. Was mich daran stört, ist der Gedanke an die ganzen Recherchen.« (Das Wort »Recherchen« wird in diesem Zusammenhang grundsätzlich hoffnungslos und weinerlich intoniert.)

Ich habe diese Menschen im Verdacht, unter der Wahnvorstellung zu leiden, dass man im Rahmen besagter Recherchen Hunderte von schrecklich langweiligen Büchern Wort für Wort lesen muss, während man sich umfangreiche Notizen über Themen von »Ausglühprozessen in der frühen Bronzezeit« bis zur »Zoofauna im Verdauungstrakt des westlichen Wiedehopfes« macht und gleichzeitig mit einer Hand Milliarden von Karteikarten jongliert.

Jetzt hören Sie einmal zu. Wenn Sie sehen können, dass ein bestimmtes Buch langweilig ist, warum zum Kuckuck sollten Sie Stunden damit verschwenden, es zu lesen? Es ist etwas ganz anderes, ob man ein Buch *liest* oder ob man ihm notwendige Informationen entnimmt. Es ist außerdem auch etwas ganz anderes, ob man für einen historischen Roman recherchiert oder für eine Doktorarbeit (fragen Sie nur die Frau, die beides schon gemacht hat).

Sagen wir einmal, Sie überfliegen den Katalog der Bibliothek

# Online recherchieren

*Irgendwie scheine ich mir den seltsamen Ruf erworben zu haben, dass ich eine Autorin bin, deren Laufbahn untrennbar mit dem Internet verbunden ist. Demzufolge vermuten viele Leute, dass ich natürlich auch meine gesamten Recherchen durchführe, indem ich websurfen gehe.*

*Offen gesagt, ist das Internet zwar ein wertvolles Werkzeug, um Informanten und Informationsquellen ausfindig zu machen, doch ich kann mir nicht vorstellen, ernsthafte historische Recherchen durchzuführen, indem man das Internet als Hauptquelle benutzt. Die Informationen auf den meisten Webseiten sind einfach nicht umfangreich und detailliert genug für diesen Zweck, und der Suchvorgang ist viel mühsamer und zeitaufwändiger als das Stöbern in einer guten Bibliothek – und die Erfolgschancen sind geringer.*

*Das soll nicht heißen, dass man im Netz nicht sehr interessante Fundsachen aufspüren kann – und die weltweit operierenden, elektronischen Buchläden sind unverzichtbar, wenn es darum geht, ganz bequem nach Büchern zu suchen und sie sich dann liefern zu lassen. Ebenso kann eine Suche im Netz Sie durch die Bestände großer Universitätsbibliotheken führen und Sie in die richtige Richtung weisen – doch das Surfen im Netz kann eine ordentliche Bibliotheksrecherche nur ergänzen, nicht ersetzen.*

*Die Online-Recherche hat aber andere Aspekte, die man nicht übersehen darf; von den Webseiten ganz abgesehen, kann man durch die großen Online-Dienste (wie AOL und CompuServe) und diverse Newsgroups auf bemerkenswert hilfsbereite Menschen mit Fachwissen in diversen Gebieten stoßen.*

und stoßen auf ein Buch, das sich so anhört, als könnte es für Sie interessant sein. Wenn Sie das Buch in den Händen halten, sehen Sie es sich an. Ein Blick auf die erste Seite reicht normalerweise aus, um Ihnen zu sagen, ob Sie ein Buch haben, das zur Erbauung der Allgemeinheit geschrieben wurde, oder eine Dissertation.

Dann tun Sie Folgendes: Erstens, überprüfen Sie das Inhaltsverzeichnis (falls vorhanden); zweitens, überprüfen Sie das Stichwortverzeichnis (falls vorhanden) und drittens, blättern Sie darin herum und überfliegen Sie ein paar Seiten. So erfahren Sie, wie weit dieses Buch ins Detail geht und wie umfangreich es sein Thema behandelt. Wenn es einen schrecklich langweiligen Eindruck macht, klappen Sie es zu und nehmen Sie sich ein anderes. Wenn Sie das Gefühl haben, ein bestimmtes Buch aus der Bücherei könnte nützliche Informationen enthalten, dann nehmen Sie es mit. Die bloße Tatsache, dass Sie es aus der Bücherei mitgenommen haben, verpflichtet Sie noch lange nicht dazu, es von Anfang bis Ende zu lesen.

Zunächst einmal finden Sie also einfach nur heraus, welche *Art* von Informationen ein Buch enthält. Viele Bücher haben vielleicht oberflächlich mit Ihrem Thema zu tun, sind aber eigentlich nicht hilfreich – bringen Sie sie in die Bibliothek zurück. Manche sind perfekt für Ihre Zwecke – stellen Sie sie beiseite, um sie sorgfältig zu lesen. Manche enthalten nützliche Informationen, sehen aber nicht so aus, als gäben sie interessanten Lesestoff ab. Stellen Sie sie zum Nachschlagen beiseite.

Wenn Sie wissen, dass Sie es mit einer bestimmten Schlacht oder einer bestimmten politischen Situation zu tun haben, ist es sinnvoll, detaillierte Schilderungen dieses Ereignisses oder dieser Situation zu lesen. Aber wenn Sie wissen müssen, was für Unterwäsche die Frauen damals trugen? Nein. Sie besorgen sich ein gutes Buch über Kleidung, aber Sie *lesen* es nicht unbedingt von Anfang bis Ende durch. Sie schlagen »Unterwäsche« im Stichwortverzeichnis nach, finden heraus, was Sie wissen müssen – und stellen das Buch wieder ins Regal, bis Sie wissen müssen, was für Stiefel ein Mann zum Reiten trug.

Das Seltsame bei jeder Art von Bibliotheksrecherche – ob zu wissenschaftlichen oder literarischen Zwecken – ist, dass die Informationen auf *Sie* zukommen, so bald Sie einmal mit der Suche begonnen haben. Eines führt zum anderen; eine bibliographische Angabe in einem wenig relevanten Referat verweist Sie plötzlich genau auf die Quelle, die Sie brauchen; Sie stöbern in einem allgemeinen Bereich der Bibliothek herum, und plötzlich springen Sie die Bücher von den Regalen an.

(Bei einer solchen Stöberexpedition nahm ich einmal zufällig ein sehr schweres Buch aus dem Regal. Ich setzte mich auf den Boden, um darin herumzublättern, und als ich vom Inhaltsverzeichnis – das nicht besonders unterhaltsam war – aufblickte, was sah ich da direkt vor meiner Nase? Ein Buch mit dem Titel *Stammrolle der Armee Charles Edward Stuarts*. Genau das war es auch; eine Liste aller Männer, von denen bekannt ist, dass sie beim Aufstand von 1745 in der Rebellenarmee gekämpft haben. Als ich das Buch fand, hatte ich *Ferne Ufer* längst geschrieben, doch aus Neugier zog ich es heraus und schlug unter dem Regiment des jungen Lovat nach, welches – wie alle anderen auch – zuerst die Offiziere auflistete. Mir sträubten sich die Nackenhaare, als ich den Namen LEUTNANT HAUPTMANN: JAMES FRASER dort aufgelistet fand – obwohl sie sich noch mehr sträubten, als ich umblätterte und Duncan MacDonald und Giles MacMartin auf der nächsten Seite fand (schauen Sie sich den Anfang von *Ferne Ufer* und die Namen der Männer an, die nach der Schlacht von Culloden von den Engländern exekutiert wurden).

## ALLGEMEINE PRINZIPIEN DES RECHERCHIERENS

Wenn Sie erst einmal in der Bibliothek Fuß gefasst und einige viel versprechende Bereiche für weiteres Nachbohren gefunden haben, wie verfahren Sie dann weiter? Eigentlich auf jede Weise, die Ihnen sinnvoll erscheint – doch ganz allgemein drängen sich folgende Überlegungen auf:

### Überblick

Was müssen Sie zunächst einmal wissen, um mit dem Schreiben zu beginnen? (Das alles brauchen Sie sich nicht im Voraus zurechtzulegen – manchmal *können* Sie gar nicht wissen, was Sie wissen müssen, bis Sie eine Zeit lang gearbeitet haben.) Manche Schriftsteller suchen sich eine bestimmte historische Periode aus, weil sie sich davon angezogen fühlen und schon ziemlich viel darüber wissen. Sie werden dann logischerweise andere Prioritäten setzen als jemand, der nicht das Geringste über die fragliche Zeit oder Gegend weiß – so wie ich. Als ich begann, hatte ich keine

Ahnung von Schottland und dem achtzehnten Jahrhundert. Ich wusste nur, dass die Männer damals Kilts trugen – was mir damals als Grund ausreichte, um diese Zeit zu wählen.

Wer meint, er müsste alles wissen, bevor er beginnt, vergisst, dass es unmöglich ist, *alles* zu wissen – und das Gefühl, dass man alles wissen muss, bevor man losschreibt, ist eine geschickte Methode, dem Schreiben ganz aus dem Weg zu gehen.

Wie ich schon erwähnt habe, ist es ein großes Handicap, wenn man historische Romane schreibt und nicht bereit ist, die oftmals anstrengende und grundsätzlich zeitaufwändige Recherchearbeit zu tun. Wenn Sie nicht zumindest einen Hauch von Freude am Recherchieren haben, dann wird Ihnen diese Arbeit sehr schwer fallen.

Doch viele Verfasser historischer Romane haben genau das gegenteilige Problem. Sie haben so viel Spaß am Recherchieren, dass sie sich nicht dazu aufraffen können, das eigentliche Buch zu schreiben. Eine Frage, die ich bei Schriftstellerkonferenzen oft hörte, lautet: »Woher weiß man, wann man *genug* recherchiert hat und bereit ist, mit dem Schreiben zu beginnen?«

Na ja … man weiß es eben nicht. *Ich* zumindest nicht. Schließlich gibt es immer noch mehr herauszufinden.

Hier kommen persönliche Vorlieben und Eigenarten ins Spiel; manche Schriftsteller haben das Gefühl, dass sie beinahe alles über eine historische Periode wissen müssen, bevor sie mit dem Schreiben beginnen. Ich persönlich habe parallel angefangen zu schreiben und zu recherchieren, und da ich damit gut zurechtkam, bin ich dabei geblieben.

Eine gute, schnelle Methode, sich einen Überblick über eine historische Periode oder eine geographische Gegebenheit zu verschaffen, ist ein Besuch in der Kinderbuchabteilung der Bibliothek. Kinderbücher sind a) normalerweise kurz, b) immer lesbar, c) präsentieren die wichtigsten Fakten auf engstem Raum und d) enthalten meistens auch die »coolen« (will heißen: interessanten) Details zu einem Thema – und das sind logischerweise genau die Details, die den Schriftsteller am meisten ansprechen.

Darüber hinaus sollten Sie nach populärwissenschaftlichen Büchern Ausschau halten[1]. Diese Allgemeinwerke sollten Sie vielleicht komplett lesen (obwohl es auch in Ordnung ist, wenn Sie sie nur querlesen; so lange Sie wissen, welche Art von Fakten das Buch enthält, können Sie es immer noch später wieder aufgreifen und genauer nachlesen.) Daher lohnt es sich, Texte auszuwählen, die einigermaßen unterhaltsam sind.

Notieren Sie sich speziellere oder exotischere Bücher, heben Sie sie aber im Allgemeinen lieber für später auf, wenn Sie eine bessere Vorstellung davon haben, was Sie wirklich brauchen.

## Aneignung von Spezialwissen

Manchmal ist Ihnen klar, dass Sie umfangreiche Fachinformationen über ein oder mehrere spezielle Interessensgebiete brauchen werden. Als ich Claire Randall beispielsweise erst einmal zur Heilerin erklärt hatte, wusste ich, dass ich viele Informationen über Kräuter und Pflanzenheilkunde brauchen würde – da dies die einzige wirksame medizinische Therapieform war, die im achtzehnten Jahrhundert zur Verfügung stand.

Also begann ich, Kräuterbücher zu sammeln – Sachbücher über Kräuter und ihre Verwendung. Inzwischen besitze ich über dreißig Kräuterbücher, die von chinesischer Pflanzenmedizin bis hin zur Kräuterkunde der Indianer und darüber hinaus reichen (siehe auch »Zur Nachahmung nicht empfohlen«). Habe ich all diese Bücher *gelesen*? Das glauben Sie doch selbst nicht. Ich habe sie mir allerdings so genau angesehen, dass ich weiß, wann ich *The Peterson Field Guide to Medicinal Plants* (erschienen in den Achtzigern) konsultieren muss und wann ich in *Culpepers Complete Herbal* (erschienen im achtzehnten Jahrhundert) nachsehen muss.

Das ist der Grund, weshalb solche Bücher »Nachschlagewerke« heißen; man soll sie gar nicht Wort für Wort lesen; sie sind dazu da, den Leser leicht und schnell mit bestimmten Informationen zu versorgen. Zum Glück gibt es Nachschlagewerke zu einer Vielzahl von Themen. Suchen Sie in den Bibliographien Ihrer »Überblicks«bücher nach spezielleren Referenzen. Stöbern Sie in den entsprechenden Bereichen der Buchhandlungen und Büchereien; durchforsten Sie auch die Bücherstapel auf den Wühltischen mit Remittenden.

Eine weitere gute Quelle für regionale oder historische Referenzwerke – die oftmals sehr spezialisiert sind und anderswo nur schwer erhältlich sind – sind die Museumsbuchhandlungen und die Buchläden der Nationalparks. Vor allem in den Vereinigten Staaten verkaufen Letztere oft immens hilfreiche Bücher über die Pflanzen- und Tierwelt der Region sowie historische Berichte, die von ortsansässigen Forschern herausgegeben werden (und möglicherweise nicht regulär im Buchhandel erhältlich sind).

Wenn es Ihnen nicht möglich ist, solche Orte persönlich aufzusuchen, versuchen Sie es per Telefon; das Personal ist oft sehr hilfsbereit, und manche Läden geben sogar eine Liste oder einen Katalog des verfügbaren Materials heraus, den sie Ihnen zusenden können.

## Wie man sein Material organisiert

Wenn Sie erst einmal mitten in Ihren Recherchen stecken, stellt sich die Frage, wie man das Ganze organisiert und den Überblick behält. Ich fürchte nur, dass Sie in diesem Punkt an die Falsche geraten sind. Ich werde oft gefragt, wie ich die umfangreichen Recherchen für meine monströsen Bücher organisiere – und die Antwort ist: »Na ja, sehen Sie die drei Bücherregale da drüben? Das meiste Material, das ich benutze, ist da drin.«[2]

Die schreckliche Wahrheit ist, dass ich nichts organisiere – abgesehen davon, dass ich all meine Kräuterbücher auf ein Regalbrett stelle und all meine Bücher über Magie auf ein anderes. Ich schreibe mir normalerweise nichts auf außer dem eigentlichen Text des Romans, an dem ich gerade arbeite.

Ich habe schon erwähnt, dass es Unterschiede zwischen wissenschaftlicher und schriftstellerischer Recherche gibt, und die Organisation des Materials gehört dazu – zumindest in meinem Fall. Als ich noch wissenschaftlich recherchiert habe, notierte ich mir meine Referenzen auf Karteikarten und (später) in Datenbanken, denn wenn man Forschungsarbeiten schreibt, dann muss man darauf vorbereitet sein, jede einzelne Tatsachenbehauptung zu belegen, indem man a) die Arbeit eines Kollegen zitiert oder sich b) auf sein eigenes Datenmaterial beruft.

Wenn man historische Romane schreibt, ist das anders. Man kann sogar ... dann und wann etwas *erfinden*. Was eine der Hauptverlockungen der Romanschriftstellerei ist, wenn Sie mich fragen.

Dennoch. Wenn Sie eine wissenschaftliche Arbeit verfassen, dann haben Sie es normalerweise mit einem *sehr* begrenzten und speziellen Forschungsgebiet zu tun: Sie interessieren sich beispielsweise für den Salzgehalt, den der chinesische Schlammhüpfer *Periophtalmus chinensis* bevorzugt (Gordon, Gabaldon und Yip, 1987). Dann beginnen Sie mit einer Doppelsuche: nach allgemeinen Informationen über chinesische Schlammhüpfer und nach Quellen über Experimente bezüglich von Salzgehaltspräferenzen. Dabei sind Sie bemüht, *wirklich alle Referenzen* zu finden, die

Sie in beiden Kategorien ausmachen können, plus alle relevanten Referenzen, auf die diese Sie verweisen – und diese dann samt und sonders sorgfältig zu lesen. Dies ist notwendig, auch wenn es mühsam ist; wissenschaftliche Forschungsarbeit ist auf genaue Beobachtung und Reproduzierbarkeit der Ergebnisse angewiesen – und jeder neue Erkenntnisschritt basiert auf einem stabilen Fundament bereits bekannten Wissens (im Augenblick ignorieren wir einmal die Tatsache, dass solche Fundamente dann und wann erschüttert werden).

Das es möglich und wahrscheinlich ist, dass später einmal jemand Ihre Arbeit ausbauen möchte, müssen Sie deutlich markierte Spuren und ordentliches Handwerk hinterlassen; es gehört zu Ihren beruflichen Verpflichtungen. Demzufolge müssen Sie alle Werke, die Sie als Grundlagen für Ihre Hypothese und den Aufbau Ihrer Experimente benutzt haben, ordentlich zitieren, und zwar so vollständig und so integriert, wie Sie können.

Das braucht man bei einem Roman nicht. Ein Roman ist ein Einzelwerk; niemand (außer Ihnen selbst vielleicht, falls Sie am Ende mit einer Romanserie dastehen) baut Ihr Werk weiter aus und ist somit darauf angewiesen, es zur Stützung späterer Hypothesen zu benutzen.

---

EINE DER ZEHN *Lieblingsfragen aller Interviewer ist: » Wie haben Sie den Übergang von der Wissenschaftlerin zur Schriftstellerin geschafft?«*

*»Hab ein Buch geschrieben«, antworte ich dann kurz angebunden.* *

*Wenn es sich allerdings um ein offizielles Interview handelt, dann fühle ich mich normalerweise zu der Erklärung verpflichtet, dass man einem Irrtum unterliegt, wenn man glaubt, dass Wissenschaft und Kunst einander diametral entgegen gesetzt sind. Viele Menschen sind der Auffassung, dass die Wissenschaft logisch, streng und kalt ist, während die Kunst intuitiv, flexibel und*

---

* Mehr ist wirklich nicht dabei. Wissen Sie, man braucht keine Umschulungs-Prüfung abzulegen oder eine Schriftstellerlizenz zu beantragen. Man schreibt ein Buch, und Puff! ist man ein Schriftsteller, einfach so. Viel einfacher, als wenn man Arzt oder Feuerwehrmann werden möchte.

*gefühlsbetont ist. In Wirklichkeit sind beide Prozesse einfach nur zwei Seiten derselben Münze. Logik braucht Intuition und umgekehrt. Wissenschaft ohne Phantasie ist nutzlos; Kunst ohne Struktur ist sinnlos. Im Grunde beruhen Wissenschaft und Kunst auf demselben Fundament: der Fähigkeit, dem Chaos Muster abzuringen. Allerdings beobachtet der Wissenschaftler das Chaos; der Künstler darf es selbst definieren.*

*Entsprechend verfolgt ein Roman andere Ziele als die wissenschaftliche Forschung, obwohl es gemeinsame Ziele gibt. In beiden Fällen konstruiert man ein verkleinertes Bild der Wirklichkeit; man versucht, die Welt zu erklären. Allerdings benutzt man beim wissenschaftlichen Arbeiten Fakten für diese Erklärung, und im Fall eines Romans benutzt man Lügen – das heißt, man erzählt eine Geschichte.*

---

## RECHERCHEASSISTENTEN – ODER AUCH NICHT

Angesichts der Notwendigkeit, Unmengen von Hintergrundmaterial und faktisch belegten Kuriositäten zusammenzutragen, arbeiten viele Autoren historischer Romane mit Rechercheassistenten – und es kommt sogar oft vor, dass man mich fragt, *wie viele* solcher Assistenten ich habe! Dabei habe ich überhaupt keine Assistenten. Nicht, dass ich mir nicht vorstellen kann, dass sie nützlich sind; es ist einfach so, dass ich ihnen gar nicht sagen könnte, wonach sie suchen sollen.

Es ist so ähnlich wie beim Einkaufen für das Abendessen. Man *kann* jemanden mit einem Einkaufszettel – zum Beispiel Hot Dogs und Bohnen – in den Lebensmittelladen schicken, und er kommt garantiert mit Hot Dogs und Bohnen zurück, und Sie können prima zu Abend essen. Oder zumindest können Sie essen.

Andererseits… wenn ich selbst in das Lebensmittelgeschäft gehe, dann habe ich zwar vielleicht auch Hot Dogs und Bohnen im Hinterkopf, aber wenn ich dann an der Fleischtheke vorbeikomme, dann sehe ich, dass die Lammkoteletts heute gut aussehen. Hm, denke ich; Lammcurry ist wundervoll, und ich habe schon Basmatireis und Mangochutney zu Hause. Also lege ich Lammkoteletts in meinen Einkaufskorb und besorge mir noch eine weiße Zwiebel, Knoblauch und Multivitaminsaft für das Curry. Auf dem Weg zur Gemüseabteilung komme ich bei den Delikatessen vorbei, wo es frische Krabben im Angebot gibt. Ooh, einen Krabbensalat als Vorspeise! Also brauche ich einen schönen grünen Blattsalat, ein paar Frühlingszwiebeln und eine Gurke. Oh, und Dressing. Und dann natürlich Mountain Dew[3], weil zu einem scharfen Curry nichts besser schmeckt als ein kaltes Glas Mountain Dew…

Also brauche ich sehr viel mehr Zeit (und Geld), wenn ich selbst in den Laden gehe – aber das Ergebnis ist eine viel wohlschmeckendere und originellere Mahlzeit. Romanautoren, die einen Assistenten schicken, stehen am Ende meistens mit Hot Dogs und Bohnen da.

Auf die Schriftstellerei übertragen, heißt das – natürlich gibt es gewisse Dinge, die ich für notwendige Zutaten meiner Geschichte halte und deshalb wissen möchte oder muss. Dennoch ist es meistens so, dass ich auf der Suche nach diesen konkreten Informationen auf etwas viel Interessanteres stoße; eine Tatsache, deren Existenz ich mir nicht einmal erträumt hätte – weshalb ich auch niemanden auf die Suche danach hätte schicken können.

Nehmen Sie zum Beispiel Monsieur Forez. Ich las gerade ein Buch über die medizinische Praxis in Frankreich in der zweiten Hälfte des achtzehnten Jahrhunderts, um dabei Tipps zu ergattern, die ich Claire bei der Arbeit im Hôpital des Anges zu Gute kommen lassen konnte. Ich fand auch tatsächlich eine Menge nützlicher Kleinigkeiten wie die Kunst der Urinoskopie, aber auch Allgemeines über die Heilkundler dieser Zeit.

Lizenzierte Ärzte waren selten und teuer, und sie genossen nicht immer das Vertrauen der Bevölkerung (mit gutem Grund; eine Lizenz war nicht unbedingt gleichbedeutend mit einer Ausbildung oder gar Kompetenz.) »Weise Frauen« *(les maîtreses sage-femme)* waren nicht nur als Hebammen weit verbreitet, sondern sie waren respektierte Allgemeinmedizinerinnen. Auch versuchten sich viele Menschen ohne medizinische Ausbildung in der Heilkunst, während sie sich ihren Lebensunterhalt in einem anderen Gewerbe verdienten (z. B. Monsieur Parnelle, der nebenher Bruchbänder vertrieb).

Zu den »Heilern«, die keine medizinische Lizenz besaßen, zählten auch die staatlichen Henker. Auf Grund der Erfordernisse ihres Berufes führten die Henker nicht nur Exekutionen durch, sondern auch Folterungen, und sie mussten oft bei offiziellen Ermittlungen assistieren, um widerwilligen Zeugen eine Aussage zu entlocken. Sie waren oft erfahrene Knocheneinrichter; man kann einen menschlichen Körper nur dann gut zerlegen, wenn man auch weiß, wie er überhaupt zusammengesetzt ist.

Da es außerdem oft notwendig ist, ein Opfer längere Zeit am Leben zu erhalten, verfügten die Henker über beträchtliche Kenntnisse der grundlegenden Anatomie und der physiologischen Prozesse. Ein gewisser Monsieur Forez wurde als einer der bekanntesten dieser medizinisch kompetenten Scharfrichter zitiert, und es wurde beiläufig angemerkt, dass er lukrative Einkünfte aus Nebengeschäften wie dem Verkauf der Leichen seiner Opfer (deren Teile entweder als Seziermaterial oder als Zutaten in Zaubermitteln dienten) und aus der Herstellung von »Gehenktenschmalz« bezog: des gereinigten Fettes, das aus den gekochten Leichen exekutierter Krimineller gewonnen wurde.

Nun machte ich mich wahrlich nicht bewusst auf die Suche nach einem Henker, doch als ich Monsieur Forez erst einmal begegnet war, war ich durch und durch bezaubert. Außerdem war ich fest entschlossen, das Gehenktenschmalz *irgendwie* in der Geschichte zu verwenden. Also bekam ich, was ich gesucht hatte, nämlich einen allgemeinen Eindruck von der medizinischen Praxis in Frankreich sowie interessante medizinische Details – und obendrein noch etwas vollkommen Unerwartetes.

Da ich nun diesen unterhaltsamen Henker hatte, war ich verpflichtet, einen Platz in der Handlung für ihn zu konstruieren. Ich hätte ihn einfach unter das nebensächlichere Personal im Hôpital mischen können, und anfangs machte ich es sogar so. Ich wollte das Gehenktenschmalz aber nicht am Rande verpulvern; ich brauchte einen Anlass für seinen Einsatz – jemand musste sich verletzen oder an Rheumatismus leiden. Ich hatte sowieso vorgehabt, irgendwie die Stallungen von Argentan einfließen zu lassen (ein weiteres zufälliges Detail; mein Schwiegervater Max Watkins, ein Cowboy, dessen ganze Leidenschaft Pferde sind, hatte Argentan besucht und mir alles über die Percherons und ihre Geschichte erzählt), also kam ich auf die Idee eines Unfalls, der mit Pferden zu tun hatte – und daraus enstand die Szene mit Fergus und den Stallburschen, in der Jamie Fergus rettet und sich dabei eine Zerrung einhandelt.

Nachdem ich die Szene geschrieben hatte, in der Claire Jamie damit einreibt und in der er einen nervösen Witz darüber macht, wie nahe er daran ist, selbst zu einer der Zutaten zu werden, fing ich an zu überlegen (na ja, eigentlich überlege ich dauernd, wenn ich schreibe, doch es ist ganz hilfreich, ein bestimmtes Ziel zu haben).

Henker, gehängt werden, der Tod eines Verräters – und genau diesen riskierte Jamie durch sein Verhalten. Erneuter Auftritt Monsieur Forez', um Jamie, Claire und den Leser darauf hinzuweisen, dass Politik zwar vielleicht als Spiel gespielt wurde, jedoch ein Spiel mit möglicherweise tödlichem Ausgang war. (Was Monsieur Forez' wissenschaftliche Abhandlung über die Details das Ausweidens angeht – nun, einer meiner Jobs nach meinem Abschluss bestand im Zerlegen von Seevögeln. Ich werde dauernd gefragt, ob meine vorherige Ausbildung und meine Erfahrungen als Wissenschaftlerin mir beim Schreiben dieser Bücher hilfreich sind. Nicht oft, aber manchmal ist es doch ganz praktisch.)

Was das Buch im Ganzen angeht, so fand ich, dass Monsieur Forez wunderbar die Balance zwischen den absurden Aspekten des Aufstandes (die sehr zahlreich waren) und seinem todernsten Ausgang verkörperte. Er ist nur ein Unterton in diesem Buch, aber ein wichtiger. Und doch hätte ich mich nicht auf die Suche nach ihm machen können – ich hatte doch keine Ahnung von seiner Existenz.

Der Grund, warum ich mir beim Recherchieren keine Notizen mache, liegt darin, dass ich das Recherchematerial stückchenweise in die Handlung einarbeite, während diese in meinem Kopf Gestalt annimmt. Manchmal inspiriert mich etwas, das ich in einer Quelle lese, zu einer bestimmten Szene oder sogar zu einer Nebenhandlung; manchmal brauche ich eine bestimmte Information für eine Szene, und ich begebe mich gezielt auf die Suche danach. In beiden Fällen wird jedoch die recherchierte Information zu einem Teil der Geschichte, und von diesem Moment an habe ich sie im Kopf; ich kann sie nicht mehr vergessen. Andererseits vergesse ich augenblicklich alles, was ich mir aufschreibe: telefonische Nachrichten, Einkaufslisten, Erledigungen...

Was die Dinge angeht, die ich unbedingt wissen muss... nun, manchmal muss ich diese einfach nachschlagen, bevor ich eine bestimmte Szene schreiben kann. Doch die meisten situationsbezogenen Informationen sind für die Gestalt einer Szene oder der Ereignisse in der Szene nicht notwendig. Wenn ich in einem solchen Fall an eine Stelle gelange, an der ich – zum Beispiel – die Kräuter auflisten muss, die Claire zu einem bestimmten Zweck verwendet, oder mir der Name einer Straße in Edinburgh oder die Höhe eines Berges fehlt, dann füge ich an der Stelle im Text, wo diese Information hingehört, einfach ein Paar leere eckige Klammern – [] – ein. Auf diese Weise kann ich weiterschreiben, ohne aus dem Takt zu kommen, und die benötigten Informationen später nachschlagen.

*»Ich holte meinen Mörser herunter und rieb eine Hand voll [] hinein. Ich fügte [] und [] hinzu und klopfte und mahlte, während ich darüber nachdachte, was als Nächstes zu tun war.«*

Das Vorletzte, was ich tue, bevor ich ein Buch ausdrucke, um es meiner Lektorin zu schicken, ist, es durchzugehen und die entsprechenden Informationen nachzuschlagen, um die verbliebenen [] -Klammern zu ersetzen. (Das Letzte, was ich tue, ist, den Text in Kapitel zu unterteilen und diese zu betiteln.)

## »Ich habe meine Hausaufgaben gemacht, und jetzt werdet ihr dafür bezahlen«

Übrigens: Passen Sie auf, dass Sie nicht vergessen, dass Sie eigentlich eine Geschichte erzählen wollten. Historische Nachforschungen sind faszinierend, und viele Schriftsteller verfallen ihrem Zauber; je mehr man weiß, desto mehr möchte man erfahren; je mehr man recherchiert, desto einfacher wird es – und ehe Sie sich's versehen, befinden Sie sich in der Lage einer Autorin, mit der ich einmal bei der *World Fantasy Convention* auf dem Podium gesessen habe.

Das Podium befasste sich mit »Recherche«, und diese Autorin erzählte von den Schwierigkeiten, auf die sie bei ihrem letzten Roman gestoßen war. Der Roman handelte in einem alternativen Universum, jedoch kam eine Karawane ähnlich denen darin vor, die früher auf der Großen Seidenstraße China durchquerten. An einer Stelle wollte sie die Glocken am Zaumzeug eines Kamels beschreiben, und sie hatte auch schon *genau* die richtige Quelle dafür gefunden: einen umfassenden Bericht über das Aussehen der Kamelglocken, die man in genau den richtigen Karawanen zu genau der richtigen Zeit benutzte. Allerdings... war der Artikel unglücklicherweise chinesisch.

Das Publikum lauschte der Autorin gebannt, während sie bis ins letzte Detail ihre Bemühungen beschrieb, diesen Artikel über-

# Dianas Curry

*(mit Lamm, Rind, Hühnchen oder Tofu)*
*eine weiße Zwiebel*
*Knoblauch*
*Rosinen (falls gewünscht)*
*Olivenöl*
*Fleisch oder Tofu (etwa 200 g – oder eine mittlere Hühner-*
*brust – pro Person)*
*Currypulver*
*Cayennepfeffer*
*Multivitaminsaft*

*Hacken Sie die Zwiebel und vier oder fünf Knoblauchzehen*
*klein. Wenn Sie gern Rosinen mögen, fügen Sie ein oder zwei*
*Hände voll hinzu. Sautieren Sie die gehackten Zwiebeln und*
*den Knoblauch mit den (ganzen) Rosinen in Olivenöl, bis die*
*Zwiebeln glasig sind (die Rosinen blasen sich auf). Fügen Sie*
*das gewürfelte Fleisch bzw. Tofu hinzu und lassen Sie es un-*
*ter häufigem Umrühren anbräunen (bzw. durchkochen,*
*wenn Sie Tofu oder Shrimps nehmen). Nach Geschmack*
*Currypulver und Cayennepfeffer hinzufügen und umrühren;*
*ich bevorzuge so viel Currypulver, dass das Fleisch großzügig*
*bedeckt ist und vier oder fünf Prisen Cayenne aus dem*
*Streuer, aber die Menge ist Geschmackssache und hängt von*
*der Currysorte ab, die Sie benutzen; manche Marken sind*
*sehr viel schärfer als andere.*
*Fügen Sie pro Person etwa 200 ml Multivitaminsaft hinzu.*
*Bei kleiner Hitze simmern lassen. Nach fünfzehn Minuten*
*kann das Curry gegessen werden, aber es schmeckt besser,*
*wenn man es ein oder zwei Stunden simmern lässt. Noch bes-*
*ser lässt man es ein paar Stunden simmern, lässt es dann ab-*
*kühlen und über Nacht stehen, um es am nächsten Tag auf-*
*zuwärmen.*
*Mit Reis servieren (Basmati- oder Jasminreis oder weißer*
*Kurzkornreis). Mit gehackten Cashews, Mandeln oder Kokos-*
*raspeln garnieren; mit Mangochutney und/oder frischer Ana-*
*nas servieren.*

setzen zu lassen, um die Kamelglocken akkurat beschreiben zu können. Unterdessen hatte ich mir eines der Bücher genommen, die zu Demonstrationszwecken vor ihr standen, und einen Blick auf den Buchrücken geworfen. FANTASY stand dort.

Also *ich* hätte einfach selbst beschlossen, wie die verflixten Kamelglocken aussehen sollten, und mich wieder meiner Geschichte zugewandt, aber... es gibt unterschiedliche Vorgehensweisen.

Dennoch führt diese Art von Einstellung gegenüber historischen Recherchen oft zu einem Phänomen, das meine Freundin Margaret Ball (die ebenfalls exzellente Fantasyromane verfasst) folgendermaßen beschreibt: »Ich habe meine Hausaufgaben gemacht, und jetzt werdet ihr dafür bezahlen.« So entstehen Romane, die geradezu betäubende Massen von Details enthalten, weil der Autor es nicht ertragen kann, etwas von seinem Rechercheaufwand zu verschenken.

Vergessen Sie nicht, dass die Recherche dazu dient, die Handlung weiter zu bringen, und nicht umgekehrt.


## Anmerkungen

1 *Wenn Sie wirklich wissen wollen, welche ökonomischen Verwicklungen dem 1752 geschlossenen Vertrag zwischen Frankreich und Österreich zu Grunde lagen – schön. Aber es ist viel unterhaltsamer zu entdecken, dass die Damen am französischen Hof sich im Allgemeinen nicht in die nächste Toilette zurückzogen, wenn sie Harndrang hatten; stattdessen spreizten sie einfach leicht die Beine und pinkelten in der Deckung ihrer reich geschmückten Kleider auf den Boden – da sich die Erfindung der Unterwäsche erst noch durchsetzen musste. Ich meine, es gibt Hintergrundwissen, und es gibt Hintergrundwissen.*
2 *Und wenn es da nicht ist, dann ist es auf einem der Stapel auf dem Boden. Das heißt, es sei denn, es ist unten in der Küche. Oder im Auto unter dem Beifahrersitz. Oder vielleicht...*
3 *eine amerikanische Limonade*

# Pflanzenheilkunde:
# Zur Nachahmung nicht empfohlen

ie Buchverträge, die mir vorgelegt werden, enthalten gelegentlich Standardklauseln wie zum Beispiel (Seite 2, Absatz 3): »Der Autor garantiert..., dass die Rezepte, Formeln oder Anleitungen [in diesem Buch] dem Benutzer keinen Schaden zufügen.«

Worauf ich mich (durch meinen Agenten) zu antworten gezwungen sehe: »Da diese Bücher im achtzehnten Jahrhundert spielen und ebenso häufig wie explizit Bezug auf die medizinische Praxis dieser Zeit nehmen, ist es für mich unzumutbar, dieser Vorkehrung zuzustimmen. Falls beispielsweise jemand versucht, bei sich selbst eine Abtreibung mit Hilfe von Frauenwurzel vorzunehmen, dann wird sie mit ziemlicher Sicherheit Schaden nehmen. Ich halte das zwar für unwahrscheinlich – und für noch unwahrscheinlicher, dass jemand Kopfschmerzen behandelt, indem er pulverisierte Amethysten trinkt, dass er eine Wunde mit kochendem Wasser kauterisiert oder eine Gehirnerschütterung durch eine Schädeltrepanation behandelt –, doch bin ich der Meinung, dass wir diesen Absatz entfernen sollten.«

Der britische Verleger, der *Cross Stitch (Feuer und Stein)* herausbrachte, fügte sogar eine Anmerkung der Autorin bei, die den Leser anhielt, *keine* der in diesem Buch erwähnten Verabreichungen einzunehmen, und vor den Gefahren warnte, die die Pflanzenheilkunde für den Laien mit sich bringt. Dies geschah auf meinen Vorschlag hin, doch weder die Briten noch die Amerikaner haben es bei den nachfolgenden Büchern weiter für notwendig gehalten. Jedenfalls ist mir noch nicht zu Ohren gekommen, dass ein Leser den Wirkungen einer Rezeptur aus meinen Büchern erlegen wäre (wahrscheinlich ist es ja auch harmlos, wenn man sich den Penis mit einem Diamanten abreibt, aber dennoch...).

Die Anmerkung der Autorin in der britischen Version von *Feuer und Stein* lautet:

*Außerdem möchte ich anmerken, dass die Pflanzenpräparate in meiner Geschichte zwar historisch für die angezeigten medizinischen Zwecke benutzt wurden, dass man diese Tatsache aber nicht als Anzeichen dafür deuten sollte, dass diese Präparate notwendigerweise wirksam oder harmlos sind. Viele Pflanzenpräparate sind toxisch, wenn man sie falsch oder zu hoch dosiert benutzt, und sie sollten nur von einem erfahrenen Mediziner angewandt werden.*

Ich schlug dem amerikanischen Verleger vor, rein vorsichtshalber eine ähnliche Anmerkung abzudrucken. Die allgemeine Reaktion darauf war a): »Wir versuchen, dieses Buch als kommerziellen Roman zu verkaufen, also Schluss jetzt mit dem Fußnotengerede«, und b): »Es wäre sowieso niemand so dumm, medizinische Behandlungsweisen aus dem achtzehnten Jahrhundert anzuwenden.«

Na ja ... ich *hoffe* wirklich, dass niemand antiquierte medizinische Methoden anwendet, die in einem Zeitreiseroman beschrieben sind (immerhin steht schließlich »Roman« auf dem Buchumschlag), aber da das Interesse an pflanzlichen Therapien und alternativer Medizin im Allgemeinen zunimmt, werde ich oft gefragt, welche Quellen ich benutze, oder um Empfehlungen gebeten. Die Leute möchten wissen, woher ich das alles weiß – bin ich selbst eine Pflanzenheilkundlerin?

Mit Sicherheit nicht.

Ich baue allerdings Kräuter in meinem Garten an. Ich benutze sie zum Kochen (ich habe ein sehr schönes Rezept für Huhn mit Pilzen in Orangensaft mit frischem Majoran, und für den Fall, dass es Sie interessiert, steht es am Ende dieses Kapitels), und ich sammle exotische Minzearten (wussten Sie, dass es Minzesorten gibt, die nach Ananas, Bergamotte, Orange, Apfel, Grapefruit und Schokolade duften?).

Andere Kräuter pflanze ich wegen ihres Aromas: Gartenraute (angeblich kann man sie als Sandwichbelag essen, so wie Brunnenkresse, aber da ich eigentlich auch keine Brunnenkresse mag, habe ich das noch nicht ausprobiert), Lavendel und Zitronenmelisse – oder wegen ihrer insektenabweisenden Wirkung: Schafgarbe, Poleiminze und Ringelblumen (Poleiminze ist so stark, dass sie mehr oder weniger alles in die Flucht schlägt, glauben Sie mir).

Ringelblumen werden auch zur Abwehr von Taschenratten empfohlen, da diese sie angeblich nicht fressen. Ich kann allerdings kategorisch behaupten, dass Taschenratten *doch* Ringelblumen fressen. Natürlich ist es so, dass ich anscheinend besonders unentwegte Ratten hatte; sie haben sogar die Okrapflanzen gefressen (nein, ich esse keine Okraschoten; mein Schwiegervater isst sie). Zugegeben, sie haben die Okras *zuletzt* gefressen, aber gefressen haben sie sie.

Über die kulinarischen und aromatischen Gründe hinaus pflanze ich manche Kräuter auch zur Abwechslung oder aus Neugier. (Ich habe einmal versucht, Fingerhut zu pflanzen, aber das Wüstenklima bekommt ihm überhaupt nicht. Da geht es meinen Flaschenkürbissen schon sehr viel besser.) Und da ich einmal einen Kurs mit dem Titel »Die Naturgeschichte Arizonas« unterrichtet habe, weiß ich einigermaßen Bescheid darüber, welche Wüstenpflanzen man auf keinen Fall auspressen sollte, um Wasser zu gewinnen, wenn man in einem Dürregebiet strandet. (Verzehren Sie absolut niemals eine Wüstenpflanze, die keine Dornen hat. Wüstenpflanzen sind beständige Wasserquellen in einem trockenen Lebensraum und daher ständig durch Insekten, Tiere etc. bedroht. Sie schützen sich alle auf die eine oder andere Weise – Dornen, Stacheln, dicke Lederhaut. Wenn Sie eine Pflanze sehen, die keine dieser offensichtlichen Verteidigungsformen einzusetzen scheint, dann kann man darauf wetten, dass sie etwas anderes einsetzt – giftige Alkaloide.)

Dennoch, nein, ich bin absolut keine professionelle Botanikerin oder Kräuterkundlerin. In Wahrheit besteht auch die Summe meiner akademischen Referenzen in den sechs Stunden Botanik, die man belegen muss, um an der Northern Arizona University einen *Bachelor of Science* in Zoologie zu machen. Ich kann eine einkeimblättrige Pflanze von einer zweikeimblättrigen unterscheiden; ich kann ein Querschnittsdiagramm eines Korbblütlers zeichnen und Basidiomyketen von Ascomyketen unterscheiden (das sind verschiedene Pilzarten, falls Sie sich gefragt haben), aber irgendwie ist es mir nie gelungen, diese Informationsbruchstücke auf elegante Weise in einer Romanszene unterzubringen.

## Von Taschenratten und Gärten

*Die einzige Möglichkeit, die ich zur friedlichen Koexistenz mit den Taschenratten finden konnte, war, sie zu schmieren. Solange ich jeden Abend ein Butterbrot mit Erdnussbutter und Melasse machte (auf Vollkornbrot; Gott verhüte, dass die Ratten Ballaststoffmangel erleiden) und es mitten in den Garten warf, blieben meine Pflanzen mehr oder weniger unangetastet. Vergaß ich das allabendliche Brot... schwupp! Wieder eine Pelargonie dahin.*

*Glücklicherweise hat mir mein Mann (der Gute) vor ein paar Jahren zum Geburtstag einen rattensicher eingezäunten Garten gebaut, sodass den Taschenratten nichts anderes mehr übrig bleibt, als sich ihre Ballaststoffe von den Befestigungen des Bewässerungssystems abzuknabbern. Jetzt sind meine einzige Sorge die Hunde, die dann und wann Lust auf reife Tomaten bekommen, Ameisen mit einer Leidenschaft für meine roten Trauben und Schlangen auf der Suche nach einem schattigen Platz für ein Nickerchen.*

Ich selbst würde aber bei der Anwendung von Heilkräutern höchstens so weit gehen, dass ich meiner Tochter gegen Kopfschmerzen die Schläfen mit zerdrücktem Lavendel einreibe oder meine Pfefferminztabletten an Mitreisende verteile, die an der Reisekrankheit leiden (Pfefferminzöl entspannt die glatte Magen- und Darmmuskulatur und verschafft Erleichterung bei Verdauungsproblemen und Blähungen. Als ich das einmal jemandem erzählte, meinte er: »Ich könnte auch ohne diese Information leben.«) Vielleicht hilft es ja nicht, aber es schadet auch niemandem.

Die botanischen Details in meinen Büchern beschaffe ich mir auf dieselbe Weise wie die historischen – indem ich recherchiere. Als ich über Claire Beauchamp Randall zu schreiben begann, habe ich mir diverse Gedanken darüber gemacht, welche Fähigkeiten eine Zeitreisende idealerweise haben sollte, und bin zu dem Schluss gekommen, dass grundlegende medizinische Kenntnisse zu den Dingen gehörten, in denen sie am besten versiert sein sollte. Das war auch aus erzähltechnischen Gründen eine gute

Wahl, da Claire so eine exzellente Ausrede hatte, sich überall dort aufzuhalten, wo die ganzen interessanten Sachen (wie Faustkämpfe, Jagden, Kriege und Epidemien) passierten.

Ich brauchte nicht großartig nachzudenken oder zu recherchieren, um festzustellen, dass im achtzehnten Jahrhundert, also vor der Erfindung der Antibiotika und der Anästhesie, aller Wahrscheinlichkeit nach die *einzigen* wirksamen medizinischen Behandlungsmethoden auf Kräutern basierten.

Nun, wie schon gesagt, habe ich persönlich kein großartiges botanisches Hintergrundwissen. Also fing ich an, nach Informationen über den Einsatz von Kräutern zu suchen, egal, ob für den Hausgebrauch beim Kochen oder zur Insektenabwehr oder für den eher esoterischen Einsatz als Heilmittel. Glücklicherweise war es nicht schwierig, an solche Informationen zu gelangen – und in den zehn Jahren, die vergangen sind, seit ich mit *Feuer und Stein* begonnen habe, sind Kräuterführer und -lexika sogar noch viel populärer geworden; jeder gut sortierte Buchladen sollte mehrere vorrätig haben.

Ich sollte darauf hinweisen, dass viele der Kräutermittel, die ich in meinen Büchern beschreibe, historisch sind; das heißt, manche Kräuteranwendungen sind schon seit Hunderten (und in einigen Fällen wahrscheinlich Tausenden) von Jahren gebräuchlich. Bei den Mitteln, die schon so alt sind, kann man *wahrscheinlich* davon ausgehen, dass sie funktioniert haben, aber man kann es nicht mit Sicherheit sagen. Wenn ich in meinen Büchern eine Kräuterbehandlung beschreibe, dann benutze ich immer Kräuter und Zubereitungstechniken, von denen bekannt ist, dass sie tatsächlich zu jener Zeit, an jenem Ort und für den beschriebenen Zweck zur Verfügung standen. Das bedeutet nicht notwendigerweise, dass sie auch gewirkt haben – aber es könnte sein.

Weiterhin muss der Verfasser historischer Romane bedenken, dass Pflanzen, die heutzutage in einer bestimmten geographischen Region vorkommen, dort vielleicht nicht immer gewachsen sind. Natürlich schafft man es stets irgendwie, an alles zu gelangen, was für die Handlung *wirklich* notwendig ist, indem man einen Kaufmann, einen Orientreisenden oder einen wandernden Naturforscher herbeizaubert – aber man sollte sich gut überlegen, ob das wirklich nötig ist.

Das achtzehnte Jahrhundert war eine Zeit umfangreicher globaler Erkundungen und großen internationalen Handelswachstums; demzufolge wurde während dieser Zeit eine ganze Reihe europäischer Pflanzen nach Amerika importiert – und umgekehrt. Dennoch dürften sich solche exotischen Importe auf die großstädtischen Apotheken beschränkt haben oder auf die Ziergärten, die viele reiche (und weniger reiche) Leute mit einem Interesse an der Botanik anpflanzten. Mit anderen Worten ist es undenkbar, dass eine Romanfigur in der Mitte des achtzehnten Jahrhunderts in die Urwälder North Carolinas spaziert und dort Rosskastanien sammelt, während es in einer Küstenstadt durchaus vorstellbar ist, wo vielleicht ein heimwehkranker Emigrant diesen englischen Baum gepflanzt hat.

## SCHWARZWURZ

**Früher kultivierte die Landbevölkerung Schwarzwurzeln wegen ihrer wundheilenden Wirkung, und die vielen regionalen Namen dieser Pflanze belegen ihren uralten Ruf als heilendes Kraut – im Mittelalter war dies ein berühmtes Heilmittel bei Knochenbrüchen.**

Grieve *(A Modern Herbal)*

Ein Nachteil der Pflanzenführer ist, dass zwar manche von ihnen anmerken, dass diese und jene Pflanze ein Import aus Asien oder Europa ist, viele aber auch nicht – und kaum einer vermerkt, *wann* eine Pflanze importiert wurde. Es gibt drei Dinge, die bei dem Problem der geographischen Plausibilität hilfreich sind: a) lesen Sie viel – nach einer Weile werden Ihnen der Ort und Zeitpunkt, an dem die gebräuchlicheren Pflanzen auftauchen, geläufig sein; b) vergleichen Sie Kräuterführer, die sich auf bestimmte Gegenden beziehen (in meinem Fall *The Hamlyn Guide to Edible and Medicinal Plants of Britain and Northern Europe* mit *A Handbook of Native American Herbs* und dem *Peterson Field Guide to Medicinal Plants*) und c) fragen Sie im Zweifelsfall einen Experten.

Ich selbst hatte das große Glück, mit Robert Lee Riffle befreundet zu sein, einem erfahrenen Botaniker mit einer guten Referenzbibliothek. Bob, der nicht nur Botaniker, sondern auch ein exzellenter Literaturkritiker ist (und auch selber Buchautor ist: *The Tropical Look: An Encyclopedia of Dramatic Landscape Plants*), hat mir sehr dabei geholfen herauszufinden, wann und wo etwas wächst und wie es dabei aussieht. Es ist eine große Erleichterung für einen Schriftsteller, jemanden zu haben, zu dem man sagen kann: »Ich brauche einen großen grünen Strauch, der in der Karibik wächst und dort auch im achtzehnten Jahrhundert vorkam. Er muss so hoch sein, dass man sich dahinter verstecken kann, und es wäre nett, wenn du wüsstest, wie er im Regen riecht.« Natürlich hat nicht jeder das Glück, seinen persönlichen Botaniker auf Abruf bereitstehen zu haben. Allerdings gibt es elektronische Quellen für derartige Informationen: das (englischsprachige) *Garden Forum* bei CompuServe und ähnlich gelagerte Interessenbereiche bei AOL. Da sie von gut informiertem, hilfsbereitem Personal betreut werden, ist die *Online*-Recherche eine der besten und leichtesten Möglichkeiten, Informationen über bestimmte Pflanzen oder die Botanik einer bestimmten Region ausfindig zu machen.

## *Mikrobotanisches: Penicillin und andere Antibiotika*

Eine bestimmte pflanzenheilkundliche Anwendung sollte ich noch erwähnen – Penicillin. Die Entdeckung der Antibiotika war die dritte große Revolution in der modernen Medizin – Anästhesie war die erste; eine generelle Akzeptanz der Keimtheorie (die dazu führte, dass man auf Keimfreiheit achtete) die zweite. Die Entdeckung des Penicillins (und anderer Antibiotika) war eigentlich ein Auswuchs der Forschung über krankheitserregende Organismen – bakterielle Pathogene.

Ich denke, dass die Grundzüge der Geschichte bekannt sind: Sir Alexander Fleming entdeckte das Penicillin durch Zufall als Resultat häuslicher Unordnung (soviel zu den Vorteilen eines kreativen Durcheinanders). Das heißt, ihm fiel auf, dass eine Bakterienkultur, die er angesetzt hatte, kontaminiert worden war und dass die Kontaminationssubstanz – was auch immer es war – ein Sekret ausgeschieden hatte, das die umgebende Bakterienkultur vernichtet hatte.

Was weniger bekannt ist, ist die Tatsache, dass Sir Alexander nicht unverzüglich zur Injektionsspritze griff und wie wild Leben zu retten begann. Zwar fand seine Entdeckung 1929 statt, doch Penicillin wurde erst 1941 für den allgemeinen medizinischen Gebrauch verfügbar. Das lag nicht daran, dass man die ursprüng-

# Huhn mit Pilzen

*in Orangensauce mit frischem Majoran\**

1 Hühnerbrust pro Person (gewürfelt)
4–5 kleine Pilze pro Person\*\*
ein paar Spargelstangen (wenn Sie möchten)
Orangensaft
Hühnerbrühe oder Bouillon
Zwiebel
Knoblauch
Majoran
Mehl
Salz
Pfeffer

*Am besten benutzen Sie eine tiefe, gusseiserne Pfanne. Zwiebel und Knoblauch klein hacken (ich mag es reichlich und benutze eine halbe Zwiebel und eine ganze Knoblauchknolle für vier bis fünf Personen) und mit Majoran in ein wenig Butter oder Olivenöl sautieren. Wenn Sie Spargel verwenden, schneiden Sie ihn in etwa drei Zentimeter lange Stücke und sautieren Sie ihn zusammen mit den Zwiebeln und dem Knoblauch. Die klein geschnittenen Pilze hinzufügen und dünsten lassen, bis sie weich sind.*
*Die Hühnerfleischwürfel hinzufügen und häufig umrühren, bis das Huhn durchgegart aussieht. (Etwa zwei Teelöffel) Mehl über das Huhn streuen und einrühren. Fügen Sie so viel Orangensaft hinzu, dass er das Fleisch bedeckt. Fügen Sie etwa eine halbe Tasse Brühe (bei vier Personen) hinzu. Köcheln lassen, bis die Sauce die gewünschte Sämigkeit angenommen hat; korrigieren Sie, indem Sie noch mehr Orangensaft oder Brühe hinzufügen. Salz und Pfeffer nach Geschmack (wenn Sie Bouillon verwenden, brauchen Sie nicht viel Salz).*
*Dazu können Sie fast alles servieren (Reis, Bulgur, Linsen etc.), aber ich mag es am liebsten mit Eiernudeln und streue dann reichlich geriebenen italienischen Käse darüber.*

liche Entdeckung auf die leichte Schulter nahm oder ignorierte; es lag daran, dass die Medizinforschung so lange brauchte, um Methoden zu finden, das Produkt zu reinigen und zu stabilisieren. Vor diesem Zeitpunkt war Penicillin im medizinischen Sinne einfach noch nicht besonders nützlich, weil es unmöglich war, die Stärke der Arznei zu bestimmen, die richtige Dosierung zu kennen oder sich auf ihre Wirkung über einen bestimmten Zeitraum zu verlassen.

Dann und wann werde ich in Leserbriefen gefragt, warum Claire den Leuten kein verschimmeltes Brot auf ihre Wunden klatscht, da sie doch gewiss über Penicillin im Bilde ist? Tja, das ist sie in der Tat – und genau deshalb klatscht sie den Leuten auch *kein* verschimmeltes Brot auf ihre Verletzungen.

Sie weiß nämlich, dass a) das Genus *Penicillium* zwar eine ganze Reihe verschiedener Schimmelpilze umfasst, es aber bei weitem nicht die einzige Schimmelart ist, die auf Brot wächst; dass b) man nicht sagen kann, ob ein bestimmtes Stück verschimmeltes Brot auch aktives Penicillin enthält (das ja nicht der Schimmel selbst ist, sondern vielmehr ein Sekret, das der Schimmel *absondert*) und dass c) ein Stück verschimmeltes Brot sehr wahrscheinlich alle möglichen anderen bakteriologischen und chemischen Verunreinigungen enthält, die man wohl besser nicht in eine offene Wunde stopft. Außerdem… ziemlich schwierig, schätze ich, es so zu arrangieren, dass man immer verschimmeltes Brot zur Hand hat, für den Fall, dass sich jemand schneidet. (So weit denkt der Leser nicht; ein Schriftsteller muss es aber.)

Da Claire aber zweifellos die Rolle der Antibiotika in der modernen Medizin zu schätzen weiß, bin ich mir ziemlich sicher, dass

---

\* *Getrockneter Majoran reicht vollkommen aus; ich habe nur zufällig fast zu jeder Jahreszeit frischen Majoran im Garten. Mengen? Ich weiß nicht; wie gern mögen Sie Majoran? Ich nehme normalerweise eine halbe Hand voll frischen Majoran für vier Personen – das entspricht etwa einem Teelöffel des getrockneten Krautes.*

\*\* *Wenn Sie einfache Champignons benutzen. Ich mag alle Arten von essbaren Pilzen und nehme normalerweise auch noch andere Pilze, zum Beispiel Shiitake-Pilze. Wenn Sie gar keine Pilze mögen, lassen Sie sie weg.*

sie sich ernstlich bemühen wird, an eine brauchbare Form von Penicillin zu gelangen – jetzt, wo sie ein festes Zuhause hat und (zumindest im Augenblick) nicht auf der Flucht vor englischen Soldaten und aufgebrachten Clansmännern durch die Landschaft hetzt.

Ich glaube, dass sich manche Leser von historischen Romanen irreführen lassen, in denen Kräutermedizin so dargestellt wird, als sei sie im Prinzip schlicht das altmodische Äquivalent moderner Drogen. Das stimmt gewissermaßen auch; die wirksamen Kräuter (jene, die aktive chemische Bestandteile enthalten, die die Physiologie des Menschen oder der Bakterien beeinflussen können) sind tatsächlich Drogen, und die moderne Pharmakologie hat sich aus ihnen entwickelt: Digitalin wird aus dem Fingerhut gewonnen; Diosgenine aus wilden Yamswurzeln sind die Basis für die Steroidhormone in modernen Arzneimitteln von der Pille bis hin zum Asthmamittel, und in zahllosen Formeln findet man Pflanzenderivate vom Pfefferminzöl bis hin zur Brechwurzel.

## POLEIMINZE

»Gekocht und getrunken, fördert sie die Menses der Frau und stößt das tote Kind und die Nachgeburt aus; in einer Mischung aus Wasser und Essig eingenommen, lindert sie die Neigung zum Erbrechen.«

Culpeper *(Culpeper's Complete Herbal)*

Das Wort, auf das es hier ankommt, lautet allerdings »Derivate«. Die Tatsache, dass man – mit Hilfe eines ziemlich großen Forschungslabors und jahrelanger Arbeit – irgendwann ein orales Verhütungsmittel herstellen kann, indem man Chemikalien herstellt, die man in der Yamswurzel entdeckt hat, bedeutet *nicht* zwingend, dass eine Romanfigur durch den Verzehr wilder Yamswurzeln eine Schwangerschaft verhindern könnte. *Au contraire.*

Also funktionierten (und funktionieren) einige Pflanzenheilmittel zwar, doch war ihre Wirkung sehr viel schwächer und schlechter vorhersehbar als die moderner Drogen. Wie Claire selbst anmerkt, mag man zwar vielleicht zerstampften Knoblauch benutzen, wenn man nichts Besseres hat, doch vor die Wahl gestellt, würde man sich immer für Jod entscheiden.

Man muss allerdings Zugeständnisse an die verschrobenen Zwecke eines Schriftstellers machen. Wenn es erzähltechnisch wünschenswert ist, dass ein Kranker sich erholt – und das ist eigentlich meistens der Fall; es wirkt sich ziemlich lähmend auf die Handlung aus, wenn man sämtliche Figuren umbringt –, dann funktionieren die gewählten Pflanzenarzneien im Allgemeinen, auch wenn die Wirkung einer solchen Behandlung im richtigen Leben nicht annähernd so spektakulär wäre.

# Penicillin Online:
## Schriftsteller unter sich

ch weiß, dass ich meine *Online*-Aktivitäten während der Entstehung von *Feuer und Stein* schon oft erwähnt habe. Einige Leser werden mit dieser Art von Konversation, bei der man sein Gegenüber nicht sieht, vertraut sein, aber andere werden kaum eine Vorstellung davon haben, wie dieser faszinierende Prozess funktioniert. Daher hielt ich es für interessant, Ihnen einen kurzen Einblick in eine solche Unterhaltung zu gewähren, und zwar sowohl zur Illustration des eigentlichen Vorgangs als auch zur Verdeutlichung, wie diese Form der »Recherche« zur Entstehung eines Buches beiträgt.

Natürlich gibt es heutzutage alle möglichen *Online*-Unternehmungen, angefangen mit Newsgroups und unabhängigen Webseiten bis hin zu Kolossen wie AOL. Zwar suche ich dann und wann unterschiedliche Adressen auf (allein bei AOL gibt es fünf oder sechs Gruppen, die sich der Diskussion meiner Romane widmen), doch den Großteil meiner *Online*-Zeit verbringe ich bei CompuServe in den Foren der *Readers and Writers Ink*-Gruppe.

Diese Gruppe umfasst mehrere Foren: das *Writers Forum*, das *Literary Forum*, das *Mystery Forum* und das *Romance Forum* (und bei Drucklegung dieses Buches sind es vielleicht schon wieder mehr). Am Anfang war das Litforum, doch als seine Mitglieder immer zahlreicher wurden und die Verkehrsdichte zunahm, entwickelten sich daraus mehrere neue Foren, die Lesern und Autoren ein breiteres Angebot und mehr Platz für ihre speziellen Interessen boten.

Meine persönliche elektronische Lieblingsecke ist das *Writers Forum*, wo ich »*section leader*«[1] einer Sektion namens »*Research and the Craft of Writing*« bin. Diese Sektion befasst sich mit Fragen der Recherche (»Gab es 1784 in New York Pfefferminzbonbons?« »Wie macht man jemanden schnell bewusstlos, ohne Spuren zu hinterlassen?«) und der Technik (»Wie viele Erzählperspektiven kann man in einem Roman benutzen?« »Sollte ein Schriftsteller zuerst Kurzgeschichten schreiben, bevor er sich an einen Roman wagt?«). Die Unterhaltungen behandeln ein weites Themenfeld, sie sind immer interessant, und dann und wann mache ich mir das Wissen der Forumsmitglieder persönlich zu Nutze und bitte sie in einer Recherchefrage um ihren Kenner-Rat.

Manchmal stelle ich eine eindeutige Frage (»Wie riecht Schwarzpulver?«); gelegentlich stelle ich aber auch eine kurze Szene, an der ich gerade arbeite, in das Forum, um zu sehen, ob ein technisches Detail im Handlungszusammenhang auch dann angemessen »herüberkommt«, wenn es beispielsweise jemand liest, der über medizinisches Fachwissen verfügt.

Das folgende Kapitel enthält einen Teil einer »*thread*« (= Faden) genannten Konversation, die sich aus einer solchen Szene entsponnen hat. Man kann eine Frage oder Mitteilung in einem CompuServe-Forum an eine bestimmte Person oder an »Alle« richten, aber jeder, der sie liest, ist herzlich zu einer Antwort eingeladen[2]. Wenn ich gelegentlich einen Auszug wie den folgenden ins Forum stelle, kann ich nicht sagen, wer ihn lesen wird und was dazu gesagt werden wird. Die ursprüngliche(n) Mitteilung(en) und die Antworten darauf werden als Ganzes »*thread*« genannt.

Die meisten Foren haben regelmäßige Mitglieder wie auch solche, die nur »lauern«, also den Forumsinhalt lesen, sich aber nur selten selbst zu Wort melden, und schließlich solche, die nur von Zeit zu Zeit vorbeikommen. Da die Sektion *Research and the Craft of Writing* »mir gehört«, kenne ich die meisten Teilnehmer dort ganz gut und weiß daher auch ein wenig über ihre Interessen und ihren Hintergrund, auch wenn ich andere nur dem Namen nach kenne. Damit Sie dem folgenden »*thread*« noch besser folgen können, lesen Sie hier zunächst eine Kurzbeschreibung der Teilnehmer[3.]

**Elise Skidmore** arbeitet als Industrietechnikerin und ist »*section leader*« der Workshop-ähnlichen Sektion »*Writing Exercises*« im *Writers Forum*.
**Rosina Lippi-Green** ist Professorin für Sozio-Linguistik und lehrt kreatives Schreiben. Unter dem Namen Sara Donati veröffentlicht sie historische Romane.

**Mira Kolar-Brown** ist Projektleiterin beim Arbeitsamt in Manchester, England. Sie schreibt zur Zeit einen Kriminalroman.

**Coleen Harman** ist Veterinärin.

**Ellen Mandell** ist Ärztin mit den Spezialgebieten Gynäkologie und Geburtshilfe sowie Epidemiologie. Sie folgte gerade einer Spur aus Brotkrumen, als sie in ein Kaninchenloch fiel, und seitdem hat sie niemand mehr zu Gesicht bekommen.

**Alan Smithee** ist Spezialist in medizinischer Radiologie.

**Beth Shope** zieht ihre Kinder in der Schweiz groß und arbeitet an einem Fantasyroman.

**Barbara Schnell** ist eine deutsche Fotografin, Journalistin und Schriftstellerin, die auch die (exzellente) Übersetzung von *Drums of Autumn – Der Ruf der Trommel* angefertigt hat.

**Marte Brengle** ist Softwareexpertin und Sachbuchautorin. Sie arbeitet an einem Roman.

**Betty Babas** ist *section leader* im *Romance Forum*.

**Jo C. Harmon** ist Krankenschwester.

**Susan Martin** ist mit mir zusammen *section leader* im *Writers Forum*.

**Arlene McCrea** ist pensionierte Lehrerin und arbeitet an einem historischen Krimi, der in Frankreich spielt.

UM DEN TONFALL *dieses elektronischen Austausches so original-getreu wie möglich zu erhalten, habe ich ihn nur minimal redigiert, und die Umgangsformen der elektronischen Kommunikation sind so wiedergegeben, wie sie in den ursprünglichen Mitteilungen standen. Dazu gehören die Unterstriche (_), die zur Darstellung kursiv gesetzter oder anderweitig betonter Textpassagen dienen, häufige Abkürzungen sowie die verschiedenen »Emoticons«.*

*Da es dem User nicht möglich ist, seinen Tonfall, seinen Gesichtsausdruck und andere nonverbale Signale zu übermitteln, die er normalerweise in einem persönlichen Gespräch benutzen würde, greifen viele Leute auf Symbole zurück, die als »Emoticons« bekannt sind, um diese Signale anzudeuten und die Bedeutung ihrer Mitteilungen klarzustellen. Zu den Symbolen in diesem Thread gehören:*

‹g› = *»grin«; ein elektronisches Grinsen, das anzeigt, dass der Verfasser lächelt oder seine Mitteilung zumindest humorvoll und gut gemeint verstanden wissen möchte.*

‹s› = *»smile«; ein elektronisches Lächeln, Sympathiebekundung*

:) = *ebenfalls ein Lächeln; sehen Sie sich das Symbol von der Seite an.*

;) = *man kneift Ihnen (bzw. dem Adressaten) ein Auge.*

‹d&r› = *»ducking and running«; der Verfasser geht in Deckung und flüchtet, weil er davon ausgeht, dass eine seiner Äußerungen heftige Reaktionen hervorrufen wird; soll humorvolle Absichten signalisieren.*

« » = *der Text in den Klammern ist ein Zitat aus einer vorangegangenen Mitteilung; so wird klargestellt, dass sich der Text der Antwort auf einen bestimmten Teil der Ursprungsmitteilung bezieht.*

SPOILER = *eine Warnung am Kopfende einer Mitteilung, die einen Auszug aus einem noch unveröffentlichten Buch oder Werk enthält oder sich auf ein neues Buch (oder einen neuen Film) bezieht und möglicherweise wichtige Teile der Handlung verrät. Eine freundschaftliche Warnung an alle Teilnehmer, die nichts über ein Buch, einen Film etc. wissen möchten, bevor sie es nicht selbst gelesen (gesehen) haben* [4].

IANAD = »*I am not a doctor*« *(auch:* IANAL = »*I am not a lawyer*«). »*Ich bin kein Arzt*« *bzw.* »*ich bin kein Rechtsanwalt*«; *mit diesen Abkürzungen weist der Teilnehmer darauf hin, dass er zwar seine persönliche Meinung äußert, aber kein Fachmann ist.*

LOL = »*Laughing out lout*«; *lautes Lachen.*

OTOH = »*On the other hand*«; *andererseits.*

FWIW = »*For what it's worth*«; *meiner unmaßgeblichen Meinung nach.*

IOW = »*In other words*«; *mit anderen Worten.*

#: 470986 S8/Research & craft [WRITERS]
23-Aug-97 03:48:21
Sb: SPOILER – Penicillin
Fm: Diana Gabaldon 76530,523
To: All

**Spoiler**

Uff. Hatte gestern den ganzen Tag Migräne und habe _nichts_ auf die Reihe bekommen, habe aber heute Nacht endlich diese Penizillinszene fertiggeschrieben. Diese Szene ist etwas länger als das, was ich normalerweise ins Forum stellen würde, aber sie ist ziemlich aus einem Guss, deshalb kam es mir nicht sinnvoll vor, nur den ersten Teil hier zu posten.

Dabei fällt mir ein, dass Alan das vielleicht besser nicht liest, wenn er gerade erst mit *Feuer und Stein* anfängt. Aber Ellen, falls du da bist (oder sonst jemand, der Ahnung von Medizin hat), wäre ich dankbar für jede Art von Anmerkungen bezüglich der Plausibilität und der Vorgehensweise – einfach nur, damit ich nicht später mit Briefen von Leuten überhäuft werde, die es besser wissen. ‹g›

Danke – Diana

Auszug THE FIERY CROSS
Copyright © 1997 Diana Gabaldon

Wurde vom Buttern weggerufen, um nach Rosamund Lindsey zu sehen, die am späten Nachmittag mit einer tiefen Schnittwunde in der linken Hand ankam, die sie sich beim Entrinden eines Baumes zugezogen hatte. Die Wunde war groß, und der linke Daumen war fast abgetrennt; der Schnitt erstreckte sich von der Zeigefingerwurzel bis fünf Zentimeter oberhalb des Griffelfortsatzes der Speiche, der leicht beschädigt wurde. Die Patientin hatte sich die Verletzung etwa drei Tage zuvor zugezogen und sie grob verbunden und mit Schweineschmalz behandelt. Schwere Sepsis sichtbar,

Eiterbildung, heftige Schwellung von Hand und Unterarm; charakteristischer, durchdringender Geruch. Rote Streifen im Gewebe deuten auf Blutvergiftung hin und erstrecken sich von der Verletzung fast bis zum Antecubitus.

Patientin mit hohem Fieber vorgestellt (40 Grad C, manuell geschätzt), Austrocknungssymptome, leichte Desorientierung. Offensichtliche Tachykardie.

Da die Lage der Patientin ausgesprochen ernst war, empfahl ich die sofortige Amputation des Gliedes am Ellbogen. Patientin weigerte sich, dies in Betracht zu ziehen und bestand stattdessen auf Anwendung eines Taubenumschlages, bestehend aus dem hälftig zerteilten Körper einer frisch geschlachteten Taube, der auf die Wunde aufgelegt werden sollte (der Ehemann der Patientin hatte eine Taube mitgebracht, der er gerade den Hals umgedreht hatte). Entfernte den Daumen an der Wurzel des Mittelhandknochens, band die Überreste der Speichenarterie (die bei dem Unfall zerdrückt worden war) und der _superficialis volae_ ab. Führte Debridement und Drainage der Wunde durch, trug etwa eine Viertelunze rohes Penizillinpulver (Herkunft: verrottete Wintermelonenrinde, Partie Nr. 23, zubereit. 15/4/71) oberflächlich auf, gefolgt von zerstampftem, rohem Knoblauch (drei Zehen), Berberitzensalbe – und dem Taubenumschlag, auf Beharren des Ehemannes. Flößte der Patientin Flüssigkeit ein; fiebersenkende Mischung aus rotem Tausendgüldenkraut, Blutwurz und Hopfen; Wasser nach Belieben. Injizierte flüssige Penizillinlösung (Partie Nr. 23, in sterilem Wasser gelöst) IV, Dosierung: eine Viertelunze in sterilem Wasser gelöst.

Zustand der Patientin verschlimmerte sich rapide mit zunehmenden Symptomen der Desorientierung und des Deliriums, hohes Fieber. Auf Armen und Oberkörper zeigte sich heftiger Nesselausschlag. Versuchte, das Fieber mit wiederholten Kaltwasseranwendungen zu senken, ohne Erfolg. Da die Patientin inkohärent war, den Ehemann um Erlaubnis zur Amputation gebeten; diese wurde verweigert, da der Tod unmittelbar bevorzustehen schien und die Patientin »in einem Stück beerdigt zu werden wünschte«.

Wiederholte die Penizillininjektion. Die Patientin verlor kurz darauf das Bewusstsein und verstarb kurz vor dem Morgengrauen am [Datum]._

Ich tauchte meinen Gänsekiel noch einmal ein, zögerte dann

aber und ließ die Tinte von der geschärften Spitze in den kleinen Kürbis abtropfen, der mir als Tintenfass diente. Wie viel mehr sollte ich sagen?

Meine tief sitzende Veranlagung zu wissenschaftlicher Gründlichkeit kämpfte mit meiner Vorsicht. Es war wichtig zu beschreiben, was geschehen war, und zwar so vollständig wie möglich. Gleichzeitig zögerte ich jedoch, schriftlich niederzulegen, was möglicherweise dem Eingeständnis eines Totschlagsdeliktes gleichkam – es war kein Mord, so sagte ich mir selbst, obwohl meine Schuldgefühle da keinen Unterschied machten.

[wird fortgesetzt]

#: 470987 S8/Research & craft [WRITERS]
23-Aug-97 03:52:01
Sb: #470986-SPOILER – Penicillin
Fm: Diana Gabaldon 76530,523
To: All

[Fortsetzung]
»Gefühle sind nicht die Wahrheit«, murmelte ich. Auf der anderen Seite des Zimmers blickte Brianna von dem Brot auf, das sie gerade in Scheiben schnitt, doch ich beugte meinen Kopf über die Seite, und sie nahm ihre geflüsterte Unterhaltung mit Marsali am Feuer wieder auf. Es war noch früh am Nachmittag, doch draußen war es dunkel und regnerisch. Ich hatte mir zum Schreiben eine Kerze angezündet, doch die Hände der Mädchen huschten im Zwielicht über den Tisch wie Motten, die hier und dort zwischen den Tellern und Platten landeten.

Die Wahrheit war, dass ich nicht glaubte, dass Rosamund Lindsey an einer Blutvergiftung gestorben war. Ich war mir ziemlich sicher, dass sie an einer akuten Reaktion auf eine ungereinigte Penicillinmixtur gestorben war – kurz gesagt, an der Medizin, die ich ihr verabreicht hatte. Natürlich entsprach es genauso der Wahrheit, dass die Blutvergiftung sie umgebracht hätte, wenn sie unbehandelt geblieben wäre.

Außerdem war es die Wahrheit, dass es mir nicht möglich war, im Voraus zu wissen, welche Wirkung das Penicillin haben würde – aber genau darum ging es doch, oder? Sicherzustellen, dass es jemand anders _vielleicht_ wusste?

Ich spielte mit dem Federkiel und drehte ihn zwischen Daumen und Zeigefinger hin und her. Ich hatte über meine Penicillinexperimente akribisch Protokoll geführt – über die Kulturen, die ich auf Medien gezüchtet hatte, die von Brot bis hin zu vorgekautem Paw-Paw und verrotteter Melonenrinde reichten, hatte haargenau beschrieben, wie man die _Penicillium_ Schimmelarten unter dem Mikroskop und mit bloßem Auge erkannte und welche Wirkung ihre – bis jetzt – ausgesprochen vorsichtige Anwendung zeigte.

Ja, ich musste unbedingt eine Beschreibung der Wirkung anfertigen. Doch die eigentliche Frage war – für wen erstellte ich dieses sorgfältige Protokoll? Ich biss mir nachdenklich auf die Lippe. Wenn dies nur ein Nachschlagewerk für meinen eigenen Gebrauch war, dann wäre es einfach; ich konnte einfach die Symptome, den zeitlichen Ablauf und die Wirkung festhalten, ohne die Todesursache explizit zu notieren; es war schließlich sowieso unwahrscheinlich, dass ich die Umstände vergessen würde. Doch wenn diese Aufzeichnungen einmal jemand anderem nutzen sollten… jemandem, der keine Ahnung von den Vorzügen und den Gefahren eines Antibiotikums hatte…

Die Tinte an meinem Federkiel war im Begriff einzutrocknen. Ich senkte die Spitze auf die Seite. _Alter – 44_, schrieb ich langsam. In dieser Zeit endeten Arztberichte wie der meine oft mit einer frommen Beschreibung der letzten Augenblicke des Verstorbenen, die – so nahm man an – bei den Heiligen von christlicher Resignation, bei den Sündern von Reue geprägt waren. Rosamund Lindseys Dahinscheiden war von keiner dieser beiden Haltungen geprägt gewesen.

Ich blickte zu dem Sarg hinüber, der unter dem verregneten Fenster auf seinen Böcken stand. Die Blockhütte der Lindseys war nicht mehr als halb fertig; für ein Begräbnis bei strömendem Regen war sie nicht geeignet. Der Sarg war offen und harrte der abendlichen Totenwache, doch man hatte ihr das Leichentuch aus Musselin über das Gesicht gezogen.

Rosamund hatte in Boston als Hure gearbeitet; als sie zu stämmig und zu alt wurde, um ihrem Gewerbe mit Gewinn nachzugehen, hatte sie sich auf den Weg nach Süden gemacht und nach einem Ehemann Ausschau gehalten. »Ich hätte keinen von diesen Wintern mehr ertragen«, hatte sie mir kurz nach ihrer Ankunft in Fraser's Ridge anvertraut. »Geschweige denn noch einen von diesen stinkenden Fischern.«

Sie hatte die notwendige Zuflucht bei Kenny Lindsey gefunden, der auf der Suche nach einer Frau war, die ihm beim Aufbau einer Heimstatt half. Es war keine Ehe, die aus körperlicher Anziehung – die Lindseys hatten zusammen vielleicht sechs gesunde Zähne gehabt – oder aus einem Einklang der Gefühle geboren worden war, doch ihre Beziehung hatte einen freundschaftlichen Eindruck gemacht.

Kenny war eher schockiert als gramgebeugt gewesen, als Jamie ihn beiseite nahm, um ihn mit Whisky zu verarzten – eine wirkungsvollere Behandlung als die meine. Zumindest glaubte ich nicht, dass sie tödlich sein würde.

_Unmittelbare Todesursache_, schrieb ich und hielt erneut inne. Ich bezweifelte, dass Rosamund unter normalen Umständen mit Gebeten oder Philosophie auf das Herannahen des Todes reagiert hätte, doch sie hatte zu nichts dergleichen Gelegenheit gehabt. Sie war mit einem blauen Gesicht gestorben, aus dem die Augen vor Luftnot hervorquollen, und sie war nicht in der Lage gewesen, ein Wort oder einen Atemzug am geschwollenen Gewebe ihrer Kehle vorbeizupressen.

Bei der Erinnerung schnürte es mir selbst die Kehle zu, als würde ich erwürgt. Ich griff nach der Tasse mit Katzenminztee, die langsam abkühlte, und als ich einen Schluck trank, spürte ich, wie die aromatische Flüssigkeit lindernd hinunterglitt. Die Tatsache, dass die Sepsis sie schleichender umgebracht hätte, war nur ein geringer Trost. Der Erstickungstod war schneller, aber nicht sehr viel angenehmer.

Ich tippte mit der Gänsefeder auf den Tintenlöscher und erzeugte dabei kleine Tintenpunkte, die sich in dem grobfaserigen Papier ausbreiteten und eine Galaxie aus winzigen Sternen bildeten. Was das anging – es gab noch eine andere Möglichkeit. Der Tod konnte auch durch einen Lungenembolus verursacht worden sein – einen Blutklumpen in der Lunge. Das wäre eine denkbare Komplikation der Sepsis, die auch die Symptome erklären würde.

Es war ein hoffnungsvoller Gedanke, dem ich allerdings keine große Zuversicht schenkte. Es war die Stimme der Erfahrung, die mich im Einklang mit der Stimme meines Gewissens den Kiel eintauchen und _Anaphylaxie_ schreiben ließ, bevor ich es mir noch einmal überlegen konnte.

Kannte man den Fachbegriff Anaphylaxie überhaupt schon? In Rawlings' Notizen war er mir nicht untergekommen – aber ich hatte sie ja auch noch nicht ganz gelesen. Dennoch – zwar starben zu jeder Zeit Menschen an allergischen Schockreaktionen, doch es geschah nicht oft, und vielleicht war es ein Phänomen, das keinen Namen hatte. Besser, es für den Leser detailliert zu beschreiben, wer immer er sein mochte.

Und das war natürlich der Punkt. Wer würde es lesen? Ich hielt es zwar für unwahrscheinlich, doch was, wenn ein Fremder es las und mein Protokoll für ein Mordgeständnis hielt? Das war zwar weit hergeholt – doch es konnte passieren. Ich war schon einmal gefährlich nahe daran gewesen, als Hexe verbrannt zu werden, und zwar unter anderem wegen meiner Tätigkeit als Heilerin. Fast gebranntes Kind scheut das Feuer, dachte ich sarkastisch.

[wird fortgesetzt]

#: 470988 S8/Research & craft [WRITERS]
23–Aug–97 03:52:08
Sb: #470986–SPOILER – Penicillin
Fm: Diana Gabaldon 76530, 523
To: All

[Fortsetzung]
_Beträchtliche Schwellung der betroffenen Gliedmaßen_, schrieb ich, und als das letzte Wort verblich, weil keine Tinte mehr da war, hob ich die Feder. Ich tauchte den Kiel erneut in die Tinte und kritzelte dienstbeflissen weiter. _Schwellung dehnte sich auf Oberkörper, Hals und Gesicht aus. Haut bleich mit rötlichen Flecken. Atmung zunehmend schnell und flach, Herzschlag sehr schnell und so schwach, dass er oft kaum zu hören war. Deutliches Herzklopfen. Zyanose der Lippen und Ohren. Deutliche Exophtalmie._

Ich schluckte erneut, als ich daran dachte, wie Rosamunds Augen unter den Lidern hervorquollen und in verständnislosem Schrecken umherrollten. Wir hatten versucht, sie zu schließen, als wir die Leiche wuschen und sie zum Begräbnis aufbahrten. Es war üblich, das Gesicht eines Toten für die Totenwache abzudecken; in diesem Fall hielt ich das für unklug.

Ich hätte den Sarg am liebsten gar nicht mehr angesehen, tat es aber dennoch, mit einem kleinen Nicken des Grußes und der Entschuldigung. Brianna drehte mir den Kopf zu, dann wandte sie sich abrupt ab. Der Duft des Essens, das für die Totenwache aufgetischt wurde, begann, das Zimmer zu füllen, und vermischte sich mit dem Geruch des Eichenholzfeuers und der Tinte aus Eichengalle – und des frisch gehobelten Eichenholzes der Sargbretter. Ich trank hastig noch einen Schluck Tee, um zu verhindern, dass es mir hochkam. Ich wusste sehr gut, wieso der hippokratische Eid darauf bestand, »Schädigung und Unrecht aber auszuschließen«. Es war viel zu verdammt einfach, Unrecht anzurichten. Welche Hybris doch dazu gehörte, Hand an einen Menschen zu legen, sich einzumischen. Wie empfindlich und komplex war doch der menschliche Körper, wie grob die Eingriffe des Arztes.

Ich hätte die Abgeschiedenheit meines Sprechzimmers oder des Schreibzimmers aufsuchen können, um diese Aufzeichnungen zu verfassen. Ich wusste, warum ich es nicht getan hatte. Das grobe Leichentuch aus Musselin leuchtete weiß im regnerischen Licht des Fensters. Ich klemmte mir den Federkiel fest zwischen Daumen und Zeigefinger und versuchte zu vergessen, wie der Ringknorpel zur Seite gesprungen war, als ich Rosamund ein Taschenmesser in den Hals gerammt hatte, ein letzter, vergeblicher Versuch, Luft in ihre kämpfenden Lungen strömen zu lassen.

Und doch… es gab keinen einzigen praktizierenden Arzt, so dachte ich, der sich nie einer solchen Situation gegenüber gesehen hatte. Es war mir schon paar Mal passiert, sogar in einem modernen Krankenhaus, das mit allen lebensrettenden Mitteln ausgestattet war, die der Menschheit zur Verfügung standen – damals.

Auch hier würde irgendwann ein unbekannter Arzt der Zukunft vor dem gleichen Dilemma stehen, eine möglicherweise gefährliche Behandlung durchzuführen oder einen Patienten sterben zu lassen, der _vielleicht_ hätte gerettet werden können. Und das war mein persönliches Dilemma – die kaum wahrscheinliche Möglichkeit einer Verfolgung wegen Totschlags gegen den unbekannten Wert aufzuwiegen, den meine Aufzeichnungen für jemanden haben konnten, der in ihnen nach Wissen suchte.

Wer das wohl sein würde? Ich wischte den Kiel sauber und dachte nach. Es gab zurzeit noch nicht viele medizinische Fakultäten, und die meisten davon befanden sich in Europa. Die meisten Ärzte erlangten ihr Wissen durch Erfahrung oder, indem sie eine Lehre machten. Ich fuhr mit einem Finger in das Notizbuch und tastete blind zwischen den ersten Seiten herum, die der ursprüngliche Besitzer des Buches, Daniel Rawlings, ausgefüllt hatte.

Rawlings hatte nie Medizin studiert. Und selbst wenn er es hätte, wären viele seiner Techniken mir schockierend erschienen.

Mein Mund verzog sich bei dem Gedanken an einige der Behandlungsmethoden, die ich auf diesen dicht gefüllten Seiten beschrieben gesehen hatte – Gaben von flüssigem Quecksilber, um Syphilis zu heilen, Schröpfen und das Hervorrufen von Blasen bei epileptischen Anfällen, Aderlass bei allen Arten von Beschwerden von Verstopfung bis Impotenz.

Und doch war Daniel Rawlings Arzt gewesen. Wenn ich seine Fallbeschreibungen las, was ich manchmal tat, konnte ich seine Sorge um seine Patienten spüren, seine Neugier in Bezug auf die Geheimnisse des Körpers.

Impulsiv wandte ich mich zu den Seiten mit Rawlings' Notizen zurück. Vielleicht suchte ich nur Aufschub, um mein Unterbewusstsein eine Entscheidung treffen zu lassen – vielleicht hatte ich auch das Bedürfnis, mit jemandem zu kommunizieren, egal wie weit entfernt, mit einem anderen Arzt, jemandem wie mir.

Jemand wie ich. Ich starrte auf die Seite mit der kleinen, ordentlichen Handschrift, den ordentlichen Illustrationen, ohne jedoch die Details zu sehen. Wen gab es, der so war wie ich? Niemanden. Ich hatte mir schon früher darüber Gedanken gemacht, aber nur ganz vage, da ja keine Dringlichkeit bestand. In der Kolonie North Carolina gab es meines Wissens nur einen offiziell »designierten« Arzt – Fentiman. Ich schnaubte und trank noch einen Schluck Tee. Dann doch lieber Murdock MacLeod und seine Wunderheilmittel – die waren wenigstens zum Großteil harmlos.

Ich nippte an meinem Tee und dachte über Rosamund nach. Die schlichte Wahrheit war, dass es auch mich nicht ewig geben würde. Mit etwas Glück blieb mir noch viel Zeit – aber dennoch würde es nicht ewig sein. Ich musste jemanden finden, dem ich zumindest die Grundzüge meines Wissens weitergeben konnte.

Ein unterdrücktes Kichern vom Tisch, die Mädchen, die über den Sülzetöpfchen, den Schüsseln mit Sauerkraut und gekochten Kartoffeln die Köpfe zusammensteckten. Nein, dachte ich mit einigem Bedauern. Nicht Brianna.

Sie wäre die logische Wahl gewesen; zumindest wusste sie, was moderne Medizin war. Bei ihr bräuchte ich weder Unwissen noch Aberglauben zu überwinden, sie bräuchte ich nicht von den Vorteilen der Keimfreiheit zu überzeugen, von den Gefahren der Keime. Doch ihr fehlte die angeborene Neigung, der Heilerinstinkt. Sie war nicht zimperlich und hatte auch keine Angst vor Blut – sie hatte mir schon bei zahlreichen Geburten und kleineren

Operationen assistiert –, und doch fehlte es ihr an jener speziellen Mischung aus Mitgefühl und Rücksichtslosigkeit, die ein Arzt haben muss.

Sie war vielleicht mehr Jamies Kind als das meine, reflektierte ich, während ich zusah, wie der Feuerschein in ihrem Haar Wellen warf, wenn sie sich bewegte. Sie besaß seinen Mut, seine große Zärtlichkeit – doch es war der Mut eines Kriegers, die Zärtlichkeit der Stärke, die zerstören konnte, wenn sie es beschloss. Es war mir nicht gelungen, ihr meine Gabe mitzugeben; das Wissen um Blut und Knochen, um die geheimen Wirkungsweisen der Kammern des Herzens. Brianna hob abrupt den Kopf und wandte ihn zur Tür. Etwas langsamer wandte sich auch Marsali um und lauschte.

Durch das Getrommel des Regens war sie kaum zu hören, doch da ich wusste, dass sie da war, konnte ich sie ausmachen – eine Männerstimme, die sich singend erhoben hatte. Eine Pause, und dann als Antwort ein schwaches Brummen, das entfernter Donner hätte sein können, es aber nicht wahr. Die Männer kamen von der Schutzhütte auf dem Berg herunter.

[wird fortgesetzt]

#: 470989 S8/Research & craft [WRITERS]
23–Aug–97 03:52:17
Sb: #470986-SPOILER – Penicillin
Fm: Diana Gabaldon 76530, 523
To: All

[Fortsetzung]
Kenny Lindsey hatte Roger gebeten, das _Caithris_ für Rosamund zu singen; die formelle gälische Totenklage. »Sie war zwar keine Schottin«, hatte Kenny gesagt und sich über die Augen gewischt, die von Tränen und einer langen, durchwachten Nacht gerötet waren. »Nicht einmal gottesgläubig. Aber sie hat so gern gesungen und Eure Sangeskünste sehr bewundert, MacKenzie.«

Roger hatte noch nie ein _Caithris_ gesungen, und ich wusste, dass er noch nie eins gehört hatte. »Keine Sorge«, hatte Jamie ihm zugemurmelt und ihm die Hand auf den Arm gelegt, »es reicht, wenn's schön laut ist.« Roger hatte den Kopf gesenkt und war mit Jamie und Kenneth zum Mälzboden gegangen, um dort Whisky zu trinken und so viel wie möglich über Rosamunds Leben zu erfahren, damit er ihren Tod besser beklagen konnte. Der Gesang verstummte; der Wind hatte sich gedreht. Dass wir sie so früh gehört hatten, war eine durch den Sturm verursachte Täuschung – sie würden jetzt bergab unterwegs sein, um die Trauernden aus den verstreuten Blockhütten abzuholen und sie dann in einer Prozession zum Haus hinaufzuführen, wo sie die ganze Nacht feiern und singen und sich Geschichten erzählen würden.

Als ich daran dachte, gähnte ich unwillkürlich, und mein Kiefer knackte. Das würde ich niemals durchhalten, dachte ich betrübt. Ich hatte am Morgen ein paar Stunden geschlafen, aber nicht so lange, dass es für eine ausgewachsene gälische Totenwache und Begräbnisfeier reichen würde. Im Morgengrauen würde der Fußboden mit Schläfern übersät sein, die nach Whisky und feuchten Kleidern rochen. Blinzelnd gähnte ich erneut, und als ich den Kopf schüttelte, um ihn wieder klarzubekommen, verschwamm es mir vor den Augen. Jeder Knochen meines Körpers schmerzte vor Erschöpfung, und es gab nichts, war ich mir sehnlicher wünschte, als für ein paar Tage ins Bett zu gehen.

In meine Gedanken vertieft, hatte ich nicht bemerkt, dass Brianna zu mir gekommen war und sich hinter mich gestellt hatte. Ihre Hände senkten sich auf meine Schultern, und sie trat noch näher an mich heran, sodass ich die Wärme ihrer Berührung spürte. Marsali war gegangen; wir waren allein. Sie begann, mir die Schultern zu massieren, und ihre langen Daumen bewegten sich langsam an meinen Halsmuskeln aufwärts. »Müde?«, fragte sie.

»Mm. Geht so«, sagte ich. Ich schloss das Buch, lehnte mich zurück und gab für den Augenblick der schieren Erleichterung nach, die ihre Berührung brachte. Ich hatte gar nicht gemerkt, dass ich so angespannt gewesen war.

Das große Zimmer war still und ordentlich, bereit für die Totenwache. Die Mädchen hatten ein Kerzenpaar angezündet, an jedem Ende des voll geladenen Tisches eine, und als sich die Kerzenflammen in einem plötzlichen Luftzug beugten, huschten Schatten über die weißgekalkten Wände und den stillen Sarg.

»Ich glaube, ich habe sie umgebracht«, sagte ich plötzlich, obwohl ich das überhaupt nicht vorgehabt hatte. »Es war das Penicillin, woran sie gestorben ist.«

Die langen Finger unterbrachen ihre lindernde Bewegung nicht.

»Ach ja?«, murmelte sie. »Aber du hättest es nicht anders machen können, oder?«

»Nein.«

Ein leiser Schauer der Erleichterung durchlief mich, nicht nur in Folge des direkten Geständnisses, sondern auch, weil sich die schmerzhaften Verspannungen in meinem Hals und meinen Schultern allmählich lockerten.

»Ist schon gut«, sagte sie leise, während sie mich massierte und streichelte. »Sie wäre doch sowieso gestorben, oder? Es ist traurig, aber du hast nichts Falsches getan. Das weißt du auch.«

»Das weiß ich.« Zu meiner Überraschung lief mir eine einzelne Träne über die Wange und tropfte auf den Tintenlöscher, dessen dickes Papier sie aufquellen ließ. Ich kniff fest die Augen zu und rang um meine Selbstbeherrschung. Ich wollte Brianna nicht nervös machen.

Sie war nicht nervös. Ihre Hände ließen von meinen Schultern ab, und ich hörte die Beine eines Hockers über den Boden schaben. Dann legte sie die Arme um mich, und ich ließ mich von ihr nach hinten ziehen, bis mein Kopf direkt unter ihrem Kinn ruhte. Sie hielt mich einfach nur fest und überließ mich dem beruhigenden Heben und Senken ihrer Atmung.

»Ich bin einmal mit Onkel Joe Abendessen gegangen, als er gerade einen Patienten verloren hatte«, sagte sie schließlich. »Er hat mir erzählt, wie das ist.«

»Was?« Ich war ein wenig überrascht; ich hatte nicht gedacht, dass Joe sich mit ihr über solche Dinge unterhalten hatte.

»Es war nicht seine Absicht. Aber ich konnte sehen, dass ihm etwas Kummer machte, also habe ich ihn gefragt. Und – er musste darüber reden, und ich war da. Hinterher hat er gesagt, es wäre fast, als wärst du da. Ich wusste gar nicht, dass er dich Lady Jane genannt hat.«

»Ja«, sagte ich. »Wegen der Art, wie ich rede, hat er gesagt.« Ich spürte einen lachenden Atemhauch an meinem Ohr und lächelte sacht als Antwort. Ich schloss die Augen und konnte meinen Freund sehen, der in leidenschaftlicher Unterhaltung gestikulierte und dessen Gesicht vor Schabernack leuchtete.

»Er hat gesagt, wenn so etwas geschieht, dann gibt es manchmal im Krankenhaus eine Art formeller Anhörung. Nicht wie ein Prozess, so nicht – sondern eine Zusammenkunft der anderen Ärzte, um zu hören, was genau geschehen ist, was schief gegangen ist. Er hat gesagt, es war so ähnlich wie die Beichte, es anderen Ärzten zu erzählen, die es verstehen konnten – und dass es geholfen hat.«

»Mm-hm.« Sie schwankte jetzt sacht und wiegte mich, während sie sich bewegte, so wie sie Jemmy tröstend wiegte.

»Ist es das, was dir Kummer macht?«, fragte sie leise. »Nicht nur Rosamund – sondern auch, dass du allein bist? Dass du niemanden hast, der dich wirklich verstehen kann?«

Ihre Arme umfassten meine Schultern, die verschränkten Hände ruhten leicht auf meiner Brust. Junge, kräftige, geschickte Hände mit frischer, heller Haut, die nach frisch gebackenem Brot und Erdbeermarmelade rochen. Ich ergriff die eine und legte ihre warme Handfläche an meine Wange.

»Sieht ganz danach aus«, sagte ich.

Die Hand beugte sich, strich mir über die Wange und verschwand. Die kräftige, junge Hand bewegte sich langsam und glättete mir in sanfter Zuneigung das Haar hinter dem Ohr. »Es wird schon wieder«, sagte sie. »Es wird alles gut.«

»Ja«, sagte ich und lächelte, obwohl mir die Tränen hochkamen. Ich konnte sie nicht lehren, eine Ärztin zu werden. Doch offensichtlich hatte ich ihr, ohne es zu beabsichtigen, irgendwie beigebracht, eine Mutter zu sein.

»Du solltest dich hinlegen«, sagte sie und zog zögernd ihre Hände fort. »Es dauert noch mindestens eine Stunde, bis sie hier sind.«

Ich atmete mit einem Seufzer aus und spürte den Frieden des Hauses um mich. Fraser's Ridge mochte Rosamund Lindsey nur kurze Zeit Zuflucht gewährt haben, doch es war ein echtes Zuhause gewesen. Wir würden für ihre Sicherheit sorgen und ihr die letzte Ehre erweisen.

»Eine Minute noch«, sagte ich und wischte mir die Nase ab. »Ich muss erst noch etwas fertig machen.«

Ich setzte mich gerade hin und schlug mein Buch auf. Ich tauchte den Kiel in die Tinte und begann mit dem Verfassen der Zeilen, die nötig waren, um des unbekannten Arztes willen, der mir folgen würde.

[Ende des Abschnitts]

#: 471087 S8/Research & craft [WRITERS]
23–Aug–97 12:02:31
Sb: #470986-SPOILER – Penicillin
Fm: Elise Skidmore S/L 6 71576, 375
To: Diana Gabaldon 76530, 523

Liebe Diana,

wie üblich ist dein Text wunderbar. Ich habe zwar keine Ahnung von Medizin (wie funktioniert »Schröpfen und das Hervorrufen von Blasen bei epileptischen Anfällen«?), doch die emotionalen Aspekte scheinen mir sehr real. Ich bekomme immer Respekt, wenn ich dies lese. Es sieht bei dir so einfach aus. ‹s› Elise

#: 471147 S8/Research & craft [WRITERS]
23–Aug–97 15:49:11
Sb: #471087-SPOILER – Penicillin
Fm: Diana Gabaldon 76530, 523
To: Elise Skidmore S/L 71576, 375

Liebe Elise,

Schröpfen mit Brandblasen war ein Vorgang, bei dem kleine Feuer auf der Haut angezündet wurden, um böse Temperamente an die Oberfläche zu ziehen.

Von wegen »Es sieht bei dir so einfach aus.« Nur um den Dingen eine Perspektive zu geben, was du hier siehst, ist die Arbeit von ungefähr zwei Wochen. ‹g› – Diana

#: 471158 S8/Research & craft [WRITERS]
23–Aug–97 16:44:19
Sb: #471087-SPOILER – Penicillin
Fm: Elise Skidmore S/L 6 71576, 375
To: Diana Gabaldon 76530, 523

»Von wegen »Es sieht bei dir so einfach aus.« Nur um den Dingen eine Perspektive zu geben, was du hier siehst, ist die Arbeit von ungefähr zwei Wochen. ‹g›«

Tja, das zeichnet halt den Meister aus, etwas so Schwieriges wie ein Kinderspiel aussehen zu lassen. Mein Kompliment. Ich fand den Abschnitt sehr gut geschrieben. Du hast die zwei Wochen sinnvoll verbracht. :-) Elise

#: 471256 S8/Research & craft [WRITERS]
23-Aug-97 22:50:22
Sb: #471087-SPOILER – Penicillin
Fm: Marte Brengle 76703, 4242
To: Elise Skidmore S/L 6 71576, 375

Beim Schröpfen werden kleine dickrandige Becher auf die Haut gesetzt. Die Person, die es durchführt, zündet zunächst ein Stückchen eines aromatischen Krautes (normalerweise) an und wirft das brennende Material in den Becher, den sie dann rasch auf dem Rücken des Patienten auf den Kopf stellt. Während das brennende Material den Sauerstoff aufbraucht, bildet sich ein Vakuum, und die Haut innerhalb des Bechers hebt sich an.

In einer ihrer Sammlungen mit autobiografischen Kurzgeschichten (ursprünglich im _New Yorker_ erschienen) beschreibt meine Großmutter (Evelyn Eaton) sehr lebhaft, wie man das bei ihr gemacht hat. Ich glaube es ist »Every Month was May«, aber es könnte auch »The North Star Is Nearer« sein. Meine Ausgabe des Buches ist bei meiner Mutter, daher kann ich es nicht nachschlagen, aber die Geschichte ist bemerkenswert. – M_

#: 471379 S8/Research & craft [WRITERS]
24–Aug–97 10:36:30
Sb: #471256-SPOILER – Penicillin
Fm: Elise Skidmore S/L 6 71576, 375
To: Marte Brengle 76703, 4242

Sag an, hat das wirklich gegen irgendetwas gewirkt? Hört sich nicht besonders angenehm an. :-) Elise

Fm: Marte Brengle 76703, 4242
To: Elise Skidmore S/L 6 71576, 375

Meine Großmutter hatte »Katarrh«, was ein Allzweckbegriff für eine schwere Erkältung war, und ja, anscheinend hat das Schröpfen geholfen. Es war so ungefähr das Einzige, was es in den dreißiger Jahren in Frankreich auf dem Land gab. – M –

Fm: Rosina Lippi-Green 102014, 1644
To: Diana Gabaldon 76530, 523

Diana,
   ich habe es zweimal gelesen. Es überrascht mich nicht, dass du eine Zeit lang gebraucht hast, um es zu schreiben, es ist sehr gut, sehr gut konstruiert.
   Ich kann natürlich keinen Kommentar zu den medizinischen

Aspekten abgeben, aber ich finde, die Form und der Rhythmus der Szene – die ausführliche Beschreibung am Anfang, dann der Übergang zu Claires Gedankengängen und schließlich die Unterhaltung – funktionieren wunderbar.
Rosina

Fm: Diana Gabaldon 76530, 523
To: Rosina Lippi-Green 102014, 1664

Liebe Rosina –
Danke! – Diana

Fm: Coleen 103361, 1003
To: Diana Gabaldon 76530, 523

Mensch, Diana, es fühlt sich gut an, emotional wie medizinisch. Die medizinischen Aufzeichnungen sind objektiv, wie man es erwarten würde, und die Ärztin macht beim Schreiben die gemischten Gefühle durch, die (glaube ich) die meisten Heiler irgendwann erleben. Am meisten habe ich mich mit ihren Gefühlen und vor allem dem beicht-ähnlichen Aspekt der Situation identifiziert. Selbst wenn man alles Menschenmögliche getan hat, hat man das Gefühl, dass es noch etwas gegeben haben muss, was man hätte tun können. Sehr gut geschrieben. Natürlich hat mich der Text dazu gebracht, über mögliche Lösungen für Claires anaphylaktisches Problem nachzudenken… Wenn es eine Epinephrin-ähnliche Pflanze gäbe – Ephedra vielleicht? Ich denke nur laut nach… ‹g›
Coleen

Fm: Diana Gabaldon 76530, 523
To: Coleen, 103361, 1003

Liebe Coleen,
oh, schön, freut mich, dass du meinst, es funktioniert. Was die Ephedra betrifft – sie wächst hier bei uns im Südwesten, aber laut dem _Peterson Field Guide to Medicinal Plants_ offensichtlich nicht in der östlichen bzw. der Zentralregion. Es sind »jede Menge« Pflanzen unter »allergen« aufgelistet, aber ich habe den Eindruck, dass damit Pflanzen gemeint sind, auf die die Leute allergisch reagieren, nicht dass sie allergische Symptome lindern. ‹g›

Die einzigen antiallergenen Pflanzen der östlichen Region sind (wie es aussieht) wilde Süßholz– und Yamswurzeln sowie Kamille. Die Yamswurzeln können sogar eine Möglichkeit darstellen, weil das Diosgenin, das sie enthalten, die Basis für die Steroidhormone sind, die in einer ganzen Reihe von modernen Mitteln – wie oralen Verhütungsmitteln und Asthmamedikamenten – verwendet werden. ABER (so sagt das Buch) diese Mittel sind Derivate, »die durch komplizierte chemische Prozesse aus den wilden Yamswurzeln« gewonnen werden. Claires Möglichkeiten beschränken sich darauf, die Pflanzen zu pressen, zu destillieren oder Auszüge durch Aufkochen zu gewinnen, was für diesen Zweck wohl nicht ausreichen dürfte.

Es ist immer noch eine gute Idee, aber ich glaube, auch bei der Verabreichung eines Gegenmittels bei einem anaphylaktischen Schock würde man Probleme bekommen – selbst wenn man eines wüsste –, da man die Pflanze meistens in kochendem Wasser ziehen lassen oder sonst irgendetwas Zeitaufwändiges mit ihr anstellen müsste, um den aktiven Inhaltsstoff zu extrahieren. Wenn ich nach den Geschichten gehe, die Kit und andere mir erzählt haben, dann glaube ich nicht, dass man die Zeit dazu hätte, wenn man jemanden vor sich hat, der einen ausgewachsenen anaphylaktischen Schock erleidet – und unter den gegebenen Umständen käme Anaphylaxie nicht so häufig vor, dass ein Arzt das Mittel stets vorrätig hätte (schließlich muss man die meisten Pflanzenheilmittel in kurzen Abständen frisch herstellen, da sie nicht lange haltbar sind).

Danke! – Diana

Fm: Coleen 103361, 1003
To: Diana Gabaldon 76530, 523

Hm… interessantes Dilemma. Ich habe mich auch schon gefragt, ob das Koffein im Kaffee oder das Theophyllin im Tee helfen würden – aber ich erinnere mich an Claires Aversionen gegen den traditionellen englischen Tee (oder sogar dem Theobromin in der Schokolade… mjam). Ich weiß, dass das für diese Patientin nicht in Frage kommt, da ihr Schicksal eine so wichtige Erfahrung für Claire ist… ich spiele hier nur Problemlösungen durch, wie man es mir eingetrichtert hat. ‹g›

Nein, bei akuten, schweren anaphylaktischen Reaktionen würde das wohl nicht helfen, nur bei Atembeschwerden oder Asthma-Attacken... Gereinigte Kuhnebenniere? LOL – der Patient, an dem sie das ausprobiert, wäre am Ende noch allergisch gegen Kuheiweiß! ‹g›

Bin ganz schön hartnäckig, was?
Coleen

Fm: Diana Gabaldon 76530, 523
To: Coleen 103361, 1003

Liebe Coleen,
oh, Claire mag Tee. ‹g› Allerdings befinden wir uns zurzeit in einer ziemlich abgelegenen kleinen Siedlung in den Bergen von North Carolina, es ist 1770, und die Townsend Acts haben schon seit zwei Jahren Gültigkeit – dabei handelt es sich um Einfuhrsteuern auf britische Produkte wie zum Beispiel... äh... Tee? (Klingelt's bei dem Begriff Boston Tea Party? ‹g›)

Warum erzählst du mir nicht einfach, wie man gereinigte Kuhnebenniere herstellt, nur für den Fall, dass ich das irgendwann wissen muss? ‹g›
Diana

Fm: Coleen 103361, 1003
To: Diana Gabaldon 76530, 523

Noch mal hi, Diana,
‹kicher› – ich erinnere mich an eine Bemerkung über schwarzen Tee, die sie John Grey gegenüber in einem Textauszug aus _The King Farewell_ gemacht hat – hoppla! Ich schätze, ich bin der Handlung ein wenig voraus.

Hm... ich weiß noch, dass ich einmal eine TV-Sendung gesehen habe, die in einer Spielhandlung schilderte, wie das kanadische Forscherteam Insulin entdeckt hat... Ich glaube aber nicht, dass genau darauf eingegangen wurde, wie man gereinigte Bauchspeicheldrüse herstellt ‹g›. Ich frage mich, ob es wohl bei Nebennieren genauso wäre... Nicht ganz dasselbe Thema, das gerade auch unter der Rubrik »Lebensmittel« abgehandelt wird :) Ich fürchte, diese coolen Rezepte haben wir in der Schule nie gelernt. Brich einfach die Ampulle auf und saug sie leer – man dachte wohl, mit mehr kämen wir nicht klar. ‹g›.

Coleen (die tatsächlich dabei ist nachzusehen, ob sie etwas über die Entdeckung des Adrenalins hat, auch wenn du nur einen Scherz gemacht hast. ‹ggg›)

Fm: Susan Martin/SL8 74101, 113
To: Diana Gabaldon 76530, 523

Diana,
zum medizinischen Teil kann ich nichts sagen – mir ist nichts unangenehm aufgefallen, aber IANAD. Was das Emotionale angeht, sehr schön. Gut gemacht!
– Susan

Fm: Diana Gabaldon 76530, 523
To: Susan Martin/SL8 74101, 113

Liebe Susan –
Dankeschön!
– Diana

Fm: Mira Brown 100425, 170
To: Diana Gabaldon 76530, 523

Hi Diana,
hoffe, die Migräne hat nachgelassen. Mountain Dew mit Avocado und süßem Hefegebäck? ‹g›
Was die Szene angeht: Ich schließe mich Vielem von dem an, was Rosina gesagt hat. Mich beeindruckt Claires Einsamkeit, ihr verzweifeltes Bedürfnis nach Kontakt mit einem anderen Arzt, das Bedürfnis nach Bestätigung, die schließlich von Brianna kommt.
Außerdem das »ordentliche Zimmer«, angefüllt mit dem Geruch von Holz und Essen, komplett mit der Leiche und den Kerzen. Ich habe das zu Hause auf dem Dorf erlebt – es lässt mich immer noch ein wenig erschauern, hat aber gleichzeitig diese wunderbare »Das Leben geht weiter«-Mentalität.
Streng aus Leserperspektive betrachtet ‹g›, finde ich es allerdings schwer zu akzeptieren, dass C. sich den Tod der Frau überhaupt so sehr als von ihr verursachten Mord zu Herzen nehmen würde. Ich spreche hier als Laie, denn in Wahrheit gehört ein Arzt

dazu, eine kundige Meinung abzugeben, und zwar einer, der so etwas schon einmal durchgemacht hat.

Vor Jahren war ich in einen Autounfall verwickelt (ich bin nicht selbst gefahren), und als Folge der massiven Inkompetenz meines Begleiters, gepaart mit tiefem Schnee etc. war ich sozusagen verblutet, als ich im Krankenhaus landete. Anscheinend gehört zu einer Bluttransfusion mehr als nur die Feststellung, dass ich A positiv bin. Doch das Team in der Notaufnahme hatte keine Zeit für Nettigkeiten – sie schnappten sich die erste A-positiv-Konserve, die ihnen unterkam. Ich hatte großes Glück, und es passte zufällig perfekt, aber als ich aufwachte, waren die Jungs immer noch höllisch aufgeregt, weil ich ihnen anscheinend unter den Händen hätte wegsterben können. Die Sache ist die, dass es ein modernes Krankenhaus war und ihnen trotzdem keine Wahl blieb. Genauso ist es mit Claire. Ich könnte ihre Selbstvorwürfe verstehen, wenn sie eine Reihe von Möglichkeiten gehabt hätte und sich für die falsche entschieden hätte. Selbst dann wäre es kaum Mord gewesen. Du hast ihr die Hände gebunden – durch den Zustand der Frau bei ihrer Ankunft, dadurch, dass die Frau und ihr Mann die Amputation verweigern und auf dem Taubenwickel (Taubenwickel? Gab es das wirklich?) bestehen, dadurch, dass keine anderen Medikamente zur Verfügung stehen etc.... Würde eine erwachsene Frau und erfahrene Ärztin sich wirklich Vorwürfe machen, weil sie die _einzige_ Möglichkeit ergriffen hat, die ihr offen stand? Ich glaube, ich würde lieber Wut sehen, weil man ihr nicht erlaubt hat, ihre Arbeit so zu machen, wie sie es für richtig hielt, Wut über den sinnlosen Tod der Frau.

Trotzdem gefällt mir ihr Zögern, die Details in ihr Logbuch einzutragen. Das ist sehr gut gemacht.

Mira

Fm: Diana Gabaldon 76530, 523
To: Mira Brown 100425, 170

Liebe Mira,
nun, wie du selbst sagst, war das Krankenhauspersonal schrecklich nervös, weil du hättest sterben _können_, und sie haben sich verantwortlich gefühlt, obwohl sie keine Wahl hatten. Ich habe mich zu Recherchezwecken (und aus Neugier) mit einer Reihe von Ärzten unterhalten, und ihnen allen scheint ein Charakterzug

gemeinsam zu sein, nämlich ein grundlegendes Gefühl tiefer Verantwortung – das dann und wann die Grenzen der Vernunft überschreitet.

Ein Arzt hat mir von den hausinternen Anhörungen bei Todesfällen unter den Patienten erzählt – eine vage Variante davon habe ich in dieser Szene benutzt –, und dabei erwähnt, dass es zu den Hauptgründen und den Hauptwirkungen dieser Anhörungen gehört, dem Arzt, der den Tod verursacht bzw. überwacht hat, Erleichterung zu verschaffen, weil tatsächlich immer wieder tiefe Schuldgefühle im Spiel sind, ganz gleich, ob der Arzt den Tod verhindert haben _könnte_ oder nicht.

Mit anderen Worten basieren Claires Gefühle der Verantwortung und der Schuld ziemlich exakt auf den Berichten von echten Ärzten, mit denen ich gesprochen habe (oder über die ich gelesen habe). Es mag sein, dass der Einsatz des Penicillins sie hier ein wenig komplizierter macht; das heißt, sie weiß, wie riskant das Mittel ist, obwohl das Risiko öfter in einem Mangel an Wirksamkeit oder einer zufälligen Verunreinigung liegt als in einer direkten Hypersensitivität. Doch sie weiß, wie unschätzbar wertvoll ein Antibiotikum sein kann und bemüht sich im Verlauf des gesamten Buches stetig darum, einen Weg zu finden, es so zuverlässig hinzubekommen, dass es brauchbar ist.

Also ist dieses Penicillin sozusagen vollständig ihre Sache; natürlich muss sie sich für alles veranwortlich fühlen, was als Folge seines Einsatzes geschieht, unabhängig von den restlichen Umständen.

Zum Thema Wut – nun, sie ist inzwischen schon eine ganze Zeit im achtzehnten Jahrhundert und ist Zeugin einer Unmenge (mit modernen Maßstäben gemessen) unnötiger Tode gewesen. Ich glaube nicht, dass sie ihre Zeit großartig damit vertun würde, sich über die Ahnungslosigkeit der Leute aufzuregen – das hat sie noch nie getan, wenn du auf die anderen Bücher zurückblickst. Sie nimmt kein Blatt vor den Mund, wenn es darum geht, den Leuten zu sagen, was sie tun _sollten_, doch sie hat schon vor ihrem Verschwinden in der Vergangenheit in primitiven Umständen gelebt; sie ist kein Mensch, der auf andere herabsieht oder über sie herzieht, weil sie weniger wissen als sie selbst.

Und überhaupt. ‹g› Ich wollte das Thema Sterblichkeit und Unsterblichkeit anschneiden. Zum ersten Mal gibt Claire zu – wenn auch ganz am Rande –, dass sie eines Tages sterben wird. Das, was sie weiß, ist in dieser Epoche sehr, sehr wertvoll; sie _muss_ einen Weg finden, es weiterzugeben, wenn es irgendwie möglich ist. Notizen in ihrem Fallbuch sind schön und gut, aber in _Wirklichkeit _ muss sie einen Lehrling finden. Hm?

Ebenso wird ihr – vielleicht ebenfalls zum ersten Mal – klar, dass sie einen Teil ihres Selbst an ihre Tochter weitergegeben _hat _, und dieser wird weiterbestehen, selbst wenn Claire nicht mehr ist.

Also verbinden sich die Schuld- und Verantwortungsgefühle ganz natürlich mit dem Thema (wenn ich ein solches Wort in den Mund nehmen darf) Sterblichkeit/Unsterblichkeit; alles passt zusammen – das Bedürfnis, sich jemandem anzuvertrauen, jemandem nah zu sein, verstanden zu werden; die Erkenntnis der eigenen Sterblichkeit und das Bedürfnis nach Fortbestand und schließlich die unerwartete Absolution. Sich darüber aufzuregen, was geschehen ist, würde nicht dazu passen; es würde den Leser nur ablenken.

Diese Szene handelt nämlich nicht von Rosamund; sie handelt von Claire.

Freut mich, dass dir »Das Leben geht weiter« gefallen hat; mir nämlich auch. ‹g›

– Diana


Fm: Mira Brown 100425,170
To: Diana Gabaldon 76530,523

Hi, Diana,
(Ich denke, dass sich die Ärzte in meinem Fall über die beiden Ärzte aufgeregt haben, denen es nicht gelungen ist, die Blutung zu stoppen, und sie hatten auch allen Grund dazu. Das hatte nichts mit »Herabsehen« zu tun, sondern einfach nur mit einfachen, berechtigten Erwartungen an ihre eigene Profession.)

»Sie ist kein Mensch, der auf andere herabsieht oder über sie herzieht, weil sie weniger wissen als sie selbst.«
Ja, das ist mir schon früher aufgefallen, und ich fand das sehr gut gelöst. Nachdem ich meine Mitteilung abgeschickt hatte, ist mir klar geworden, dass man »Aufregen« leicht so interpretieren könnte, und das ist nicht das, was ich meine. Ich rede von einem

allgemeineren Gefühl/Bewusstsein der Hilflosigkeit und der Eingeschränktheit – einer Wut, die aus Frustration entsteht. Ich kann mir vorstellen, dass einem Arzt das wieder und wieder passiert und ihn daran hindert, desensibilisiert zu werden, sodass sein Gefühl persönlicher Verantwortung aufrechterhalten wird (welches etwas ganz Anderes, viel Rationaleres ist als Schuldgefühle).

Weißt du, ich habe das Gefühl, dass wir einmal mehr auf die amerikanisch/europäische Kluft stoßen. Ich glaube zwar nicht, dass es _greifbare_ Unterschiede gibt und die psychologischen Vorgänge auf beiden Seiten des Atlantiks wahrscheinlich dieselben sind, doch es könnte ja sein, dass ihre Interpretation/Präsentation anders ist. Europäern macht es nichts aus, als »realistisch« angesehen zu werden; Amerikaner wickeln oft alles in emotionale Tempotaschentücher. Muss ich mich jetzt ducken und wegrennen? ‹g› Ich fände es wirklich toll, wenn sich ein britischer oder europäischer Arzt hier zu Wort melden würde.

»Und überhaupt. ‹g› Ich wollte das Thema Sterblichkeit und Unsterblichkeit anschneiden. Zum ersten Mal gibt Claire zu – wenn auch ganz am Rande –, dass sie eines Tages sterben wird. Das, was sie weiß, ist in dieser Epoche sehr, sehr wertvoll; sie _muss_ einen Weg finden, es weiterzugeben, wenn es irgendwie möglich ist. Notizen in ihrem Fallbuch sind schön und gut, aber in _Wirklichkeit_ muss sie einen Lehrling finden. Hm?«

Hm, allerdings. Weißt du, bis jetzt habe ich die Zeitreisen in deinen Büchern nie ernst genommen. Für mich ist das nur ein Vehikel gewesen, kaum anders als ein Flugzeug oder ein Kamel. Jetzt stellst du sie in ein ganz anderes Licht, und zumindest im Moment komme ich damit nicht klar. Die Fragen kommen mir schneller in den Sinn, als ich sie tippen kann: Wo wird Claire sterben? Weiß sie, dass sie die Geschichte nicht verändern/beeinflussen kann? Wie sehr ist jede einzelne ihrer Handlungen davon beeinflusst, dass sie – zumindest theoretisch – mal kurz in ihre eigene Zeit verschwinden und dort die historischen Dokumente dieser Zeit/Gegend nachschlagen kann? Du siehst, ich kann damit nicht phantasievoll umgehen ‹g›. Wie siehst du diese Dinge?

»Sich darüber aufzuregen, was geschehen ist, würde nicht dazu passen; es würde den Leser nur ablenken. Diese Szene handelt nämlich nicht von Rosamund; sie handelt von Claire.« Einverstanden. Und gut gemacht.

Mira.

Fm: Diana Gabaldon 76530,523
To: Mira Brown 100424,170
Liebe Mira –

ah, ich verstehe. Ja, ich hatte das, was du anfangs über deinen Unfall geschrieben hattest, missverstanden – ich dachte, die Ärzte, die sich später um dich gekümmert haben, hätten sich aufgeregt, weil die ursprüngliche Rettungsmannschaft Fehler gemacht hatte. Kapiert. ‹g›
Ja, gutes Argument, das mit der amerikanischen/europäischen Art, die Dinge auszudrücken. Das ist einer der Gründe, warum ich Claire so einen »bunten« Hintergrund mitgegeben habe; ich habe es für unvermeidlich gehalten, dass ich gelegentlich etwas typisch Amerikanisches tun würde, aber wenn sie viel Zeit im Kontakt mit Amerikanern verbracht hätte (während des Krieges) oder in Amerika gearbeitet hätte (während ihrer Jahre mit Frank), dann wären solche interkulturellen Lapsi dennoch glaubwürdig.
– Diana.

Fm: Diana Gabaldon 76530,523
To: Mira Brown 100425,170

P.S. Oh, die Sache mit den Zeitreisen. Ah… hast du das zweite Buch in der Serie gelesen? Es setzt sich in Ansätzen mit diesen Fragen auseinander – allerdings nicht annähernd auf der Ebene, wie es in FIERY CROSS der Fall sein wird.
Kann man den Lauf der Geschichte ändern? Tja, ja und nein (das heißt, nach Gabaldons Zeitreisetheorie).
Normalerweise kann man den Ausgang »großer« Ereignisse nicht ändern, weil Wissen hier einfach nicht der Knackpunkt ist.
Wenn du mit Sicherheit wüsstest, dass morgen jemand ein Attentat auf Präsident Clinton verüben wird – was würdest du tun, um es zu verhindern? Rufst du das FBI an? Klar, und wenn sie dich fragen, woher du das weißt, und was du weißt, und was bitte ist deine Telefonnummer… Gehst du dahin, wo Clinton sich morgen aufhält (und wie findest du das heraus? Und hast du genug Geld für das Flugticket, um dort hinzukommen?) und versuchst du, den Attentäter zu erspähen und/oder den Präsidenten persönlich zu warnen? Denk mal darüber nach. Und bedenke auch, dass ein

Attentat ein ziemlich simples historisches Ereignis ist, im Vergleich zu Schlachten, Kriegen, bedeutenden ökonomischen Bewegungen (was würde man anstellen, um beispielsweise die große Depression der dreißiger Jahre zu verhindern?) und so weiter.

Es ist nun einmal so, dass die meisten »großen« historischen Ereignisse als Ergebnis der gesammelten Handlungen (pro, kontra und quer) Dutzender, Hunderter, _Tausender_ von Menschen zu Stande kommen. _Eine_ Person, ganz gleich, wie viel er oder sie _weiß_, wird kaum in der Lage sein, die nötige Macht auszuüben, um den Lauf der Dinge zu ändern.

Andererseits... ist es absolut möglich, dass ein Individuum mit Hilfe seines Wissens »kleine« Ereignisse ändern _kann_. Das heißt, Ereignisse, die nur einen oder wenige Menschen betreffen – denn dies sind nun einmal die Ereignisse, die das Individuum normalerweise beeinflusst, mit oder ohne Spezialwissen. Man _könnte_ wahrscheinlich jemanden – einen ganz normalen Menschen, dem sich ein anderer normaler Mensch problemlos nähern kann – daran hindern, ein Flugzeug zu besteigen, von dem man weiß, dass es abstürzen wird; wenn nötig, könnte man ihn unter Einsatz des eigenen Körpers aufhalten oder ihm eins über den Schädel ziehen. ‹g›

Wahrscheinlich gelingt es nicht immer, kleine Ereignisse zu verändern – aber ich glaube, dass man es könnte; wogegen ein normales Individuum sich normalerweise nicht in einer Position befindet, wo es die Macht hätte, größere Ereignisse zu ändern.

Hilft das?

Fm: Beth Shope 110137,367
To: Diana Gabaldon 76530,523

Diana,
was die Einflussnahme auf die Geschichte angeht, so habe ich mich schon oft gefragt, ob Jamies und Claires Bemühungen, Culloden zu verhindern, indem sie Bonnie Prince Charlie finanziell ruinierten, nicht eigentlich dafür gesorgt haben, dass es dazu kam – weil der Prinz idiotischerweise ohne die notwendigen Mittel nach Schottland gesegelt ist (um die sie ihn hilfsbereiterweise gebracht hatten). Beth.

Fm: Diana Gabaldon 76530,523
To: Beth Shope 110137,367

Liebe Beth,

oh, das wäre in der Tat möglich gewesen – ein Gedanke, der ihnen später kommt, als sie in FIERY CROSS hitzige Gespräche darüber führen, ob man den Lauf der Zeit verändern kann. Zufälligerweise ‹g› haben sie es nicht getan, aber wir haben ja auch noch nicht herausgefunden, was (und wer) wirklich mit den 30 000 Pfund in französischem Gold geschehen ist. Und eines Tages finden wir vielleicht sogar noch heraus, auf wessen Seite der Herzog von Sandringham tatsächlich gestanden hat. (Siehe oben unter »gesammelte Handlungen einer _Menge_ Menschen!« ‹g›)

Einer unserer roten Fäden ist hier der Kontrast zwischen »großen« und »kleinen« historischen Ereignissen. Sie *konnten* Culloden gar nicht verhindern, denn es war ein großes Ereignis (und der Mittelpunkt – was diesen Handlungsfaden angeht – von DIE GELIEHENE ZEIT [dem mittleren Buch der ersten Trilogie]). Die Frage, die sich in diesem Zusammenhang durch FIERY CROSS (das mittlere Buch der zweiten Trilogie) zieht, ist eine persönliche Frage: Können Jamie und Claire dem Schicksal entkommen, das ihnen persönlich vorausgesagt ist?

Sie haben nicht vor zu versuchen, den Ausgang der Amerikanischen Revolution zu ändern – abgesehen davon, dass das sowieso ein Ding der Unmöglichkeit wäre (es gab keine entscheidende Schlacht, obwohl ich mir für Yorktown etwas ausgedacht habe ‹g›), haben sie keine Einwände dagegen, dass die Geschichte ihren bekannten Lauf nimmt. Doch auf der persönlichen Ebene?

Nun, wie Jamie schon sagt: »Wenn ich doch weiß, dass das Haus abbrennt, welcher Idiot würde sich dann hineinstellen?«

Das Interessante an Themen wie Zeitreisen und Einflussnahme auf die Geschichte etc. ist natürlich die Moebiusschleife. ‹g›

– Diana

Fm: Beth Shope 110137,367
To: Diana Gabaldon 76530,523

Diana,

»Und eines Tages finden wir vielleicht sogar noch heraus, auf wessen Seite der Herzog von Sandringham tatsächlich gestanden hat.«

Eine der brennenden Fragen der heutigen Lesergeneration … ‹g›

»Können Jamie und Claire dem Schicksal entkommen, das ihnen persönlich vorausgesagt ist?«

Und, können sie? Nein, beantworte das nicht...

Beth


Fm: Barbara Schnell/SL7&15 70007,6001
To: Diana Gabaldon 76530,523

Liebe Diana,
ich habe gerade angefangen, »Die neununddreißig Stufen« zu lesen, und wenn Buchan sein Buch im Vorwort als »Abenteuerroman, in dem die Ereignisse das Wahrscheinliche Lügen strafen und ganz einfach das Reich des Möglichen betreten« definiert, dann gibt er damit sehr schön wider, was ich dachte, als ich gestern Abend dein Exzerpt gelesen habe.

Ich weiß nicht, wie wahrscheinlich Claires Penicillinexperimente sind (aber ich hoffe sehr, dass die Mediziner dir grünes Licht für die Szene geben), aber du verbindest sie einmal mehr ganz wunderbar mit Vorfällen und Fragen, die tief im Berufsleben eines Arztes verwurzelt sind – und, um sie noch wahrhaftiger erscheinen zu lassen, im Leben einer Mutter.

Das ist es, warum ich den hinteren Teil von FERNE UFER gelesen habe (und immer wieder lese) – obwohl die Handlung manchmal auf mich den Eindruck gemacht hat, als sei Robert Louis Stevenson schließlich mit dir durchgegangen ‹g›, enthält sie doch immer wieder diese zutiefst menschlichen Elemente, die dies zu mehr machen als »bloßer« Unterhaltung. Genauso hier, wenn auch in kleinerem Rahmen: eine gewagte Idee, gleichzeitig aber auch etwas, womit ich mich identifizieren kann. Und worauf ich reagieren kann, Taschentücher inklusive ‹g›.

Wie du wohl merkst, habe ich meiner Neugier nachgegeben und die Szene gelesen, und ich glaube nicht, dass du damit etwas für mich ruiniert hast. Wenn du also immer noch willst, dann bin ich mehr als froh, wenn du mir deine Szenen zeigst, wann immer du willst.

Danke, dass du das ins Forum gestellt hast. Baerbel


Fm: Mira Brown 100425,170
To: Diana Gabaldon 76530,523

Hi, Diana,

»Kann man den Lauf der Geschichte ändern? Tja, ja und nein (das heißt, gemäß Gabaldons Zeitreisetheorie). Normalerweise kann man den Ausgang ›großer‹ Ereignisse nicht ändern, weil Wissen hier einfach nicht der Knackpunkt ist.«

Ah, ja, man kann den Jakobitenaufstand nicht verhindern, aber man kann seinen Freunden raten, Kartoffeln anzupflanzen? Ich glaube, ich habe Gabaldons Zeitreisetheorie jetzt so weit verstanden, dass ich _nicht_ davon ausgehe, dass du Mr. Fleming arbeitslos machen wirst. ‹g›

OK, ich versuche zu erklären, was ich meine, aber ich mache es wahrscheinlich nicht sehr gut: Selbst mit der gängigen Perspektive auf Vergangenheit und Zukunft hat man normalerweise bestenfalls begrenzte Erwartungen, was die Wirkung der eigenen Handlungen angeht. Nun _weiß_ Claire ja, dass Penicillin erst im Zweiten Weltkrieg Verbreitung findet (abgesehen vom weltweiten Einsatz der Schimmelpilze in der traditionellen Heilkunst, nehme ich an). Wie beeinflusst das, oder tut es das nicht, oder sollte es gar nicht... ihre zukunftsorientierte Sichtweise der Dinge? Ich kann ihren Wunsch und sogar ihre Fähigkeit verstehen, die Dinge zu verbessern, so gut sie kann, und sei ihr Beitrag noch so gering, aber irgendwie muss sie doch mehr Zweifel als Hoffnung empfinden, viel mehr als die Menschen, die in ihrer angestammten Zeit leben. Hier verliere ich vor lauter »rückwärts und vorwärts« die Orientierung.

»Wenn du mit Sicherheit wüsstest, dass morgen jemand ein Attentat auf Präsident Clinton verüben wird – was würdest du tun, um es zu verhindern?« Muss ich das beantworten? ‹g›

Mira

Fm: Eve Ackerman/Bibliothekarin
To: Diana Gabaldon 76530,523

Wo wir gerade von Zeitreisen sprechen...

Vor ein paar Tagen habe ich an deine Romanfiguren gedacht. Bis jetzt haben wir sie nicht weiter vorwärts zeitreisen sehen als bis zu dem Punkt, wo sie sich im »normalen« Leben befinden würden. Mit anderen Worten, Claire kehrt zu keinem späteren Punkt ins zwanzigste Jahrhundert zurück als dem, an welchem sie sich sowieso befinden würde, richtig?

Was bedeutet das für ein Baby, das im achtzehnten Jahrhundert geboren wird und dessen Eltern zu ihren Ausgangspunkten im zwanzigsten Jahrhundert zurückkehren können? Würde es sich nicht über seine eigene biologische Zeit hinausbewegen?

Aber natürlich hast du als Autorin die gottesgleiche Macht zu tun, was immer du willst. Im vernünftigen Rahmen ‹g›. Eve Ackerman/Bibliothekarin

Fm: Marte Brengle 76703,4242
To: Diana Gabaldon 76530,523

Was Attentate und Ähnliches angeht, so glaube ich, dass man zwar ihren Ausgang nicht ändern könnte, dass man sein Zukunftswissen aber einsetzen _könnte_, um diverse Rätsel aufzuklären. Stell dir beispielsweise vor, du könntest durch die Steine schreiten, zum November 1963 zurückkehren und ein Teleobjektiv auf dieses Fenster im sechsten Stock in Dallas richten. (Und dann die Düse machen, bevor das FBI sich den Film schnappt.)

Aber was das Verändern der kleinen Ereignisse betrifft... hast Du jemals diese wunderbare Sciencefiction-Story gelesen, in der der Zeitreisende auf den Schmetterling tritt? – M –

Fm: Betty Babas 76336,113
To: Diana Gabaldon 76530,523

den Lauf der Dinge ändern...

Wenn man also zum Beispiel dafür sorgte, dass Hitler im Ersten Weltkrieg umkommt, dann würde das den Zweiten Weltkrieg nicht notwendigerweise verhindern. Sondern es würde nur jemand anders zum Vorschein kommen und seinen Platz einnehmen?

OTOH könnten wir (zu Erzählzwecken) etwas in der Geschichte ändern, was in einer anderen Gegenwart als der unseren resultieren könnte, hätten wir _nicht_ eingegriffen.

Fm: Diana Gabaldon 76530,523
To: Betty Babas 76336,113

Liebe Betty –
tja, da liegt der Hund begraben; _es gibt_ große Ereignisse, die von der Person eines bestimmten Individuums abhängen – Bon-

nie Prince Charlie zum Beispiel. Schaff ihn aus dem Weg, und dieses Ereignis (Culloden) wird wahrscheinlich nicht geschehen (obwohl etwas anderes passieren könnte). Das Problem ist – ist unser gedachter Zeitreisender zu etwas fähig, was einem kaltblütigen Mord gleichkommt, selbst im Dienste einer größeren Sache? J&C waren es nicht – und sie haben dafür bezahlt.

Hitler, weiß nicht. Angesichts der restlichen Umstände hätte es mit ziemlicher Sicherheit _irgendeine_ Umwälzung gegeben, aber sie hätte vielleicht ganz anders ausgesehen. Wer weiß? ‹g›

Deshalb macht Zeitreisen solchen Spaß. ‹g›

– Diana

Fm: Alan Smithee 110165,3374
To: Diana Gabaldon 76530,523

Hi, Diana!

Du hast mich gewarnt, aber ich konnte es nicht lassen, die Penicillin-Szene zu lesen. Du hast eine wunderbare Art, mit Worten umzugehen. Sie gibt mir das Gefühl, mich direkt in der Situation zu befinden und dem Schmerz und die Traurigkeit zu empfinden, die es immer mit sich bringt, einen Patienten – und einen Arzt – in diesem verzweifelten Kampf zu sehen.

Um mir klar zu werden, wie ich da herangehen soll, muss ich, glaube ich, noch mehr über deine Absichten und über Claires Charakter wissen. Nachdem ich die Szene gelesen habe, ist mir nicht ganz klar, was Rosamunds Tod herbeigeführt hat. Ich glaube nicht, dass ich an Claires Stelle zu dem Schluss kommen werde, dass dass Penizillin an ihrem Tod schuld ist – zumindest nicht nur das Penizillin. Wolltest du das bezwecken? Wenn Claire ein Mensch ist, der strenger mit sich selbst umgeht, als ihre Kollegen es tun würden (eine verbreitete Tendenz unter guten Ärzten), dann würde jede ungeklärte Frage, selbst ein leiser Zweifel in Bezug auf den Fall, ihr Sorgen bereiten, weil sie eine solch unorthodoxe Methode eingesetzt hat.

Das ist sicherlich nicht mein Spezialgebiet, aber ich glaube, dass eine derartige tödliche Reaktion auf eine Arznei rapide erfolgen würde, innerhalb weniger Minuten (möglicherweise sogar Sekunden) nach der ersten Injektion, obwohl angesichts des schlechten Ausgangszustandes der Patientin wahrscheinlich auch eine weniger drastische Immunreaktion als die Anaphylaxie nach einiger

Zeit zu ihrem Tod führen könnte. (Die Szene macht auf mich den Eindruck, dass es bis zu Rosamunds Tod sehr viel länger gedauert hat, als ich erwartet hätte.) Hohes Fieber ist kein Symptom, das ich bei einem anaphylaktischen Schock oder einer Lungenembolie erwarten würde. (Ein schwerer anaphylaktischer Schock würde wohl zu hohem Fieber führen, wäre es nicht so, dass er ohne moderne Eingriffe wahrscheinlich im sofortigen Tod des Patienten resultieren würde.) Wenn Rosamund schon erhöhte Temperatur hat, bevor Claire zu ihr kommt, dann verschleiert das die Todesursache, weil es offensichtlich ist, dass die Blutvergiftung bereits fortgeschritten war und den Kreislauf erreicht hatte. Wenn das hohe Fieber erst nach der Behandlung auftritt, dann reduziert sich damit sogar die Wahrscheinlichkeit, dass das Penicillin die Todesursache war. Mein Verdacht bei hohem Fieber wäre, dass bei der chirurgischen Behandlung der Wunde ein Abzess in den Blutkreislauf der Patientin geraten ist, der dann zu einem anaphylaktischen Schock oder einer bakteriellen Embolie oder beidem geführt hat. Diese Art von Unfall ist ein Risiko, das bei dieser Art von invasivem Eingriff immer besteht, weshalb es normal wäre, ein Antibiotikum intravenös zu verabreichen, bevor man ihn versucht. Das Risiko, plötzlich eine große Kolonie von Krankheitserregern in den Kreislauf einzuführen, würde sich durch eine Amputation der Gliedmaße oberhalb der betroffenen Stelle sehr verringern – diese Lösung hat Claire ja auch vorgeschlagen, als sie die Patientin zum ersten Mal untersuchte. Vor der Entdeckung der Antibiotika war die Amputation eines Wundbrand-infizierten Gliedes in der Nähe der Infektion die einzige einigermaßen erfolgversprechende Vorgehensweise. (Übrigens, warum lässt sich Claire auf den Taubenumschlag ein? Ich weiß, dass sie hier unter alles andere als idealen gesellschaftlichen Bedingungen arbeitet, aber dies ist eine Methode, die kaum akzeptabel sein dürfte – du weißt schon, die Sache mit dem »Ausschließen einer Schädigung«. Ich schätze zwar nicht, dass man eine Verletzung mit Wundbrand noch schlimmer infizieren kann. Aber bei der bloßen Erwähnung musste ich angewidert zusammenzucken.)

Außerdem möchte ich anmerken, dass ein *einziger* (massiver) Lungenembolus dadurch zum Tode führt, dass er plötzlich die Versorgung durch die Haupt-Lungenarterie abschneidet, was zu einem dramatischen Anfall von Atemnot führt. Ein kräftiges Opfer kämpft einige Augenblicke heftig, wedelt mit den Armen und ringt verzweifelt nach Luft, bevor es aufgibt; ein schwacher Patient hört einfach auf zu leben. (Das Problem bei Lungenembolie-Phänomenen ist, dass es dem Patient nicht das Geringste nützt, wenn er noch so gut Luft bekommt. Das Blut wird nicht mit Sauerstoff versorgt, weil die Zirkulation in den Lungen durch die Blockade zum Stillstand gekommen ist. Auch die heldenhaftesten Maßnahmen können das Opfer bei einem massiven Lungenembolus nicht retten.) Der Tod ist weniger plötzlich, wenn sich viele Mikro-Emboli nach und nach über die Kapillaren des Lungenbettes verteilen, wodurch der Lungenkreislauf allmählich reduziert wird. Vielleicht solltest du also besser von Lungenembolie sprechen, anstatt von einem Embolus, wenn dies die mögliche Ursache eines Todes sein soll, der sich nicht plötzlich ereignet.

Hilft dir das irgendwie weiter? Ich hoffe, dass ich meine Gedanken hier klar ausdrücke und dass sie dir nützlich sind. Ellen und andere haben vielleicht noch weitere gute Vorschläge.

Tut mir Leid, von deiner Migräne zu hören. Dieses Problem habe ich in den letzten Monaten auch gehabt. Ich hatte sogar gestern eine – den ganzen Tag. Es ist fürchterlich, wenn ein Mann sich so schlecht fühlt, dass er nicht einmal jammern kann!!! ‹g›

Mit den besten Grüßen, Alan Smithee

Fm: Diana Gabaldon 76530,523
To: Alan Smithee 110165,3374

Lieber Alan,
danke! Was deine Anmerkungen betrifft, mal sehen, ob ich sie hinreichend entwirren kann, um zusammenhängend zu antworten. ‹g›

Okay. Rosamund hat schon _vor_ der Penicillingabe Fieber (ich stelle mir vor, dass jeder, der seit drei Tagen mit einer schweren Wundinfektion herumläuft, irgendwie Fieber hat, oder nicht?). Also können wir wohl davon ausgehen, dass die Blutvergiftung den Kreislauf erreicht hat und uns damit einen noch wichtigeren Grund liefert, das Penicillinexperiment zu versuchen. Ebenso können wir getrost annehmen, dass das Fieber nicht durch die Injektion verursacht wird. (Claire schreibt schließlich: »Patientin mit hohem Fieber vorgestellt...«, nicht wahr? Heißt das nicht, dass die Patientin bei der ersten Untersuchung hohes Fieber hatte?)

Rosamund stirbt sehr schnell nach der zweiten Injektion – vielleicht zehn bis fünfzehn Minuten? (Schließlich versucht Claire verschiedene Wiederbelebungstechniken, wie zum Beispiel den Luftröhrenschnitt.) Du (der Leser) bekommst zwar vielleicht durch die ursprüngliche Beschreibung keine genaue Zeitvorstellung – aber das ist die Folge von Claires Zurückhaltung beim Verfassen einer detaillierten Beschreibung. Wenn Du meinst, dass diese Information nötig ist, dann ist es kein Problem, eine Zeile zum Zeitverlauf hinzuzufügen.

Wenn sie diese Notizen nur für ihren persönlichen Gebrauch schreibt, dann ist es kaum nötig, viele Details aufzuzeichnen – wie die Zeit von der Injektion bis zum Tod oder dem Scheitern der Wiederbelebung –, denn sie (Claire) würde diese Details wohl kaum vergessen, sie aber wahrscheinlich auch nie wieder brauchen.

Wenn sie sie aber andererseits zumindest teilweise für eine unbekannte Person verfasst, die sich vielleicht _ausschließlich_ auf diese Notizen stützen muss, dann sollte sie besser jede Einzelheit aufschreiben, inklusive einer sehr ausführlichen Beschreibung der Anaphylaxie und der Gegenmaßnahmen (seien sie auch noch so wirkungslos); einer illustrierten Anleitung für einen Luftröhrenschnitt (mit Anmerkungen, unter welchen Umständen man diese Prozedur anwendet); einer Aufzählung der möglichen Gründe für Komplikationen (einschließlich Lungenembolien, verirrten Abszessen etc.) und so weiter.

Doch sie hat noch nicht entschieden, wie viel sie aufschreiben möchte; am Beginn der Szene ist sie immer noch dabei zu schreiben. (Es ist für den Romanschriftsteller eine wichtige Überlegung, wie viele Einzelheiten er einfügt, um dem Leser dieses »reale« Gefühl zu geben, und wie viel einfach nur Overkill wäre ‹g›. Demzufolge habe ich mit dem Minimum begonnen und andere Details – wie Rosamunds Atemnot – im Verlauf von Claires Rückbesinnung weniger direkt einfließen lassen.

Ja, o. k.; sie sollte die erste Injektion verabreichen, bevor sie mit den mechanischen Eingriffen beginnt – ein gutes Argument.

Was den Taubenumschlag angeht, so macht sie das mehr oder weniger zum psychologischen Wohl der Patientin – das ist das Mittel, von dem die Patientin überzeugt ist, dass es helfen wird. Der Beschreibung nach legt sie erst einen dicken antibakteriellen Umschlag auf die Wunde (wahrscheinlich verbindet sie sie auch;

vielleicht sollte ich diesen Schritt auch erwähnen), und bindet dann die halbierte Taube darüber. So gesehen käme die rohe Taube nicht direkt in Kontakt mit der Wunde, und sie wäre zwar lästig, würde aber _wahrscheinlich_ keinen echten Schaden anrichten.

Vielen Dank – deine Anmerkungen sind _sehr_ hilfreich!

– Diana

Fm: Alan Smithee 110165,3374
To: Diana Gabaldon 76530,523

Dear Diana,
ja, ich habe verstanden, dass Rosamund von Anfang an hohes Fieber hatte. Ich wollte nur erklären, dass es mir dadurch weniger wahrscheinlich vorkam, dass sie in erster Linie an Anaphylaxie gestorben ist, besonders da der Tod erst eine gewisse Zeit nach der zweiten Injektion eintrat. Diese Abfolge würde bei mir den Verdacht wecken, dass die Arznei nicht gewirkt hat, nicht dass sie eine tödliche Reaktion bei der Patientin hervorgerufen hat. Um eine anaphylaktische Reaktion auf eine Droge zu erleiden, müsste die Patientin dieser normalerweise eine Woche oder länger ausgesetzt sein, bevor sie die Dosis verabreicht bekommt, die ihren Tod beschleunigt. Ich war der Annahme, dass die Patientin nicht gegen das Penicillin allergisch ist, sondern gegen etwas anderes, das in ihrer Umgebung _und_ in der Arznei vorkommt (als Verunreinigung). Unter den Umständen scheint mir dies das wahrscheinlichste Szenario für einen anaphylaktischen Schock zu sein. Was ich zu sagen versuche, ist, wenn du (medizinisch) sicher erscheinen möchtest, dass der Tod durch einen anaphylaktischen Schock verursacht wurde, dann muss sich das Befinden der Patientin in dem Moment plötzlich verändern, in welchem das Penizillin zuerst benutzt wird. Wie schon gesagt, ist der beste Zeitpunkt für die Verabreichung vor der invasiven Behandlung der Wunde. Angesichts des Wesens eines schweren anaphylaktischen Schocks bezweifle ich, dass Claire die Gelegenheit hätte, nach dem Beginn der Reaktion noch irgendetwas andres als lebenserhaltende Maßnahmen durchzuführen.

Ist der Zeitraum länger, so wird meiner Meinung nach die Idee, dass das Penicillin bei Rosamund eine tödliche Reaktion ausgelöst hat, weniger plausibel, wenn auch nicht vollkommen unplausibel. Das ist es, worauf ich hinaus wollte. Wenn du möchtest, dass die Todesursache zweifelhaft ist, dann ist der Zeitablauf der Szene gut so – mit der Ausnahme, dass die erste Penicillininjektion vor der Wundreinigung erfolgen sollte. Ich glaube in der Tat, dass es für sie wichtig ist, ihre Überlegungen in ihren Notizen zu erklären, um ihre unorthodoxen Entscheidungen zu rechtfertigen. Ich weiß nicht, ob es notwendig ist, direkter zu werden. Vielleicht gibt es einen eleganten Weg, es anzudeuten, ohne den Leser mit medizinischen Konzepten zu erschlagen.

Ich glaube, dass die Szene so gut funktioniert, solange es deine Absicht ist, dass es Zweifel an der Todesursache gibt. Und deine Art, die Worte zu setzen, prägt sie mir ins Gedächtnis. Ich habe das Gefühl, zeitweise mit Claires Augen zu sehen, und ich kann die Wärme des Kontaktes mit ihrer Tochter auf meiner Haut spüren.

Ich muss meiner Frau das Buch dauernd abluchsen. Ich hätte ihr besser nichts davon erzählt, bevor ich es nicht zu Ende gelesen habe. Ha!

Schönen Tag! Alan

Fm: Ellen Mandell 76764,2512
To: Diana Gabaldon 76530,523

Liebe Diana,
musste weinen. Mehr später. Ellen

Fm: Jo C. Harmon 103151,655
To: Diana Gabaldon 76530,523

Liebe Diana,
ich habe dein Exzerpt aus THE FIERY CROSS gelesen. Ich bin Krankenschwester und habe ein paar Jahre in der internen Medizin gearbeitet. Die folgenden Fragen haben mich aus dem Erzählfluss herausgerissen:

Wie bereinigt oder extrahiert Claire eigentlich das Penicillin aus der verrotteten Melonenrinde?

Woher bekommt sie die Nadeln, mit denen sie das Medikament i.v. verabreicht?

(Wahrscheinlich hast du diese Themen schon vorher in dem Buch angeschnitten).

Warum hat Claire sich trotz der Symptome, die die Patientin an den Tag legte und die ein Anzeichen für Überempfindlichkeit hätten sein können, dafür entschieden, ihr die zweite Dosis des Medikamentes zu verabreichen... angesichts der Tatsache, dass das Stadium der Erkrankung für die damalige Zeit mit ziemlicher Sicherheit tödlich war?

Hat sie darauf gebaut, die Infektion lahm zu legen, bevor die Überreaktion lebensbedrohlich wurde?

Ich weiß, dass sie Schuldgefühle hat, aber es gibt doch noch andere Möglichkeiten, warum die Patientin diese Symptome entwickelt haben könnte, oder nicht? Kommen ihr diese Möglichkeiten irgendwann in den Sinn?

Hoffe, das hilft. ‹g›

Jo

Fm: Diana Gabaldon 76530,523
To: Jo C. Harmon 103151,655

Liebe Jo –
danke! Zu deinen Fragen:

1. Woher soll ich das wissen? Es ist bestimmt nicht _sehr_ gereinigt, was natürlich eines der Probleme bei selbst gebasteltem Penicillin ist. Allerdings befasse ich mich anderswo mit den Schwierigkeiten, genug Penicillin zu bekommen und wie, und damit, ob es wirksam ist – also mit ihrer Vorgehensweise bei ihren Experimenten. Bis ich diesen Teil schreibe, werde ich mit etwas Glück ausgetüftelt haben, wie man es (in etwa) macht. _Penicillium_ wächst allerdings tatsächlich auf verrotteter Melonenrinde, denn eine meiner Quellen enthielt ein entsprechendes Bild.

2. Nadeln sind kein Problem (es sei denn, ich möchte, dass sie eins sind ‹g›) – am Ende von FERNE UFER hatte sie sechs Stück, und ein paar davon haben bestimmt bis jetzt überlebt (später befasse ich mich noch damit, mehr davon zu beschaffen; die entsprechende Technologie gab es im achtzehnten Jahrhundert; jetzt gilt es nur noch, den passenden Handwerker zu finden ‹g›. Jedenfalls hat mich einer meiner medizinischen Berater informiert, dass man nur dann eine anständige Anaphylaxie bekommt, wenn man das Mittel i.v. verabreicht, weil oral verabreichtes Penicillin nicht reicht.

3. Da die Erkrankung der Patientin höchstwahrscheinlich so-

wieso zum Tode geführt hätte – was hatte sie zu verlieren, wenn sie ihr Penicillin ausprobierte? Der Ausschlag etc. muss nicht unbedingt auf eine Überempfindlichkeit hinweisen; mein Berater sagt mir, dass er genauso gut ein Symptom der Blutvergiftung sein kann. Und selbst wenn bei der Patientin eine Überempfindlichkeit bestand, gab es zumindest eine Chance, dass sie eine weitere Dosis überstehen würde – diese Chance gab es bei der Infektion nicht.

4. Ja, die anderen Möglichkeiten kommen ihr in den Sinn – sogar in dieser Szene; z. B. Lungenembolie. Allerdings – da ich selbst keine Ärztin o.Ä. bin, kann ich hier nur raten – _glaube_ ich, dass eine Ärztin mit umfassender klinischer Erfahrung (und eine solche Ärztin ist Claire inzwischen) und einem guten Ruf als Diagnostikerin (und den hat sie sich im Lauf der Bücher erarbeitet) ein sehr gutes Gespür dafür hätte, was vorgeht oder vorgegangen ist, selbst wenn sie es nicht vorhersehen konnte. Das heißt, nachdem sie diese Frau vor ihrer Nase hat sterben sehen, ist Claire sich ziemlich sicher, dass es ein anaphylaktischer Schock war, obwohl die trockene Aufzählung der Symptome auch auf andere diagnostische Szenarien zutreffen könnte.

Klingt das plausibel? – Diana

Fm: Jo C. Harmon 103151,655
To: Diana Gabaldon 76530,523

Diana:

»Am Ende von FERNE UFER hatte sie sechs Stück, und ein paar davon haben bestimmt bis jetzt überlebt.«

Oh. Daran kann ich mich nicht erinnern... ich hatte gedacht, sie hätte sie alle bei der Schiffskatastrophe verloren. Ich kann mich nicht entsinnen, dass sie sie in RUF DER TROMMEL benutzt oder erwähnt hätte... hat sie das? (Schätze, ich lese es besser noch einmal – Pech!)

»... hat mich einer meiner medizinischen Berater informiert, dass man nur dann eine anständige Anaphylaxie bekommt, wenn man das Mittel i.v. verabreicht, weil oral verabreichtes Penicillin nicht reicht«

Ich beuge mich gern vor Leuten, die wahrscheinlich mehr Wissen und Erfahrung haben als ich (und davon gibt es genug); aber meine Mutter hat nach einer intramuskulären Penicillininjektion einen anaphylaktischen Schock erlitten. Glücklicherweise gab es Epinephrin, das auch verfügbar war. Ich vermute, dass die Heftigkeit der Reaktion auch vom Grad der Überempfindlichkeit abhängt. (Aber ich komme vom Thema ab.)

Als Leserin mit medizinischem Hintergrundwissen würde ich erwarten, dass Claires Patientin als auffallendstes Symptom Atemnot entwickeln würde, wenn sie nach einer intravenösen Penicillininjektion einen anaphylaktischen Schock erlitte... zusätzlich zu den anderen, bereits erwähnten Symptomen.

»Da die Erkrankung der Patientin höchstwahrscheinlich sowieso zum Tode geführt hätte – was hatte sie zu verlieren, wenn sie ihr Penicillin ausprobierte?«

Das dachte ich mir.

»_glaube_ ich, dass eine Ärztin mit umfassender klinischer Erfahrung (und eine solche Ärztin ist Claire inzwischen) und einem guten Ruf als Diagnostikerin (und den hat sie sich im Lauf der Bücher erarbeitet) ein sehr gutes Gespür dafür hätte, was vorgeht oder vorgegangen ist, selbst wenn sie es nicht vorhersehen konnte.«

Einverstanden. Wie in jedem Lebensbereich entspricht dieses Gespür normalerweise der Wahrheit.

»Nachdem sie diese Frau vor ihrer Nase hat sterben sehen, ist Claire sich ziemlich sicher, dass es ein anaphylaktischer Schock war... Klingt das plausibel?«

Ja. Ich meine allerdings, dass das Symptom der Atemnot auftreten sollte... allerdings beuge ich mich vor denen, die mehr wissen als ich.

Jo

Fm: Diana Gabaldon 76530,523
To: Jo C. Harmon 103151,655

Liebe Jo –
Na ja, ich hatte auch gedacht, dass sie sie alle bei dem Schiffsunglück verloren hätte, aber solche Kleinigkeiten kann man leicht gerade biegen ‹g›. Solange ich nicht ausdrücklich _gesagt_ habe, dass sie sie irgendwo verloren hat, kann ich sie jederzeit irgendwie nachträglich erklären (ah, wie schön, eine gottesgleiche Autorin zu sein!).

Tut mir Leid, ich war unpräzise. Mein Informant hat gesagt, es müsste eine _Injektion_ sein, nicht unbedingt i.v. Ich hatte nur vermutet, dass man bei einer systemischen Blutvergiftung intravenös spritzt.

Hm. Meinst du, dass du nach der _ersten_ Penicillingabe Atemnot erwarten würdest? Denn nach der zweiten hatte Rosamund definitiv Atemnot. ‹g›

Ist es denn so, dass überempfindliche Menschen normalerweise nach dem ersten Kontakt allergische Symptome zeigen? Ich weiß nur sehr wenig darüber, hatte aber den Eindruck, dass ein erster Kontakt ohne Symptome verlaufen könnte, dass er aber zur Sensibilisierung des Patienten führt und der zweite Kontakt dann dramatische Folgen haben kann. Natürlich ist es kein Problem, nach der ersten Injektion Atemnot auftreten zu lassen, falls sie da hingehört.

Danke für die Hilfe! – Diana

Fm: Jo C. Harmon 103151,655
To: Diana Gabaldon 76530,523

Liebe Diana:
»Ist es denn so, dass überempfindliche Menschen normalerweise nach dem ersten Kontakt allergische Symptome zeigen? Ich weiß nur sehr wenig darüber, hatte aber den Eindruck, dass ein erster Kontakt ohne Symptome verlaufen könnte, dass er aber zur Sensibilisierung des Patienten führt und der zweite Kontakt dann dramatische Folgen haben kann.«

Ich glaube, du hast Recht, was das mögliche Ausbleiben einer Reaktion nach dem ersten Kontakt angeht. Ich habe das nicht zu Ende gedacht, bevor meine Finger über die Tastatur gesaust sind!

»Die Chemie des Blutes steckt _voller_ Rätsel!«

Wie wahr – ich weiß nicht, wie es bei dir ist, aber ich muss um Pilze, Käse und Wein einen Bogen machen, sonst bekomme ich furchtbare Kopfschmerzen. (Zu viel Schokolade darf ich auch nicht essen.) Jo

Fm: Arlene McCrea 73051,2517
To: Diana Gabaldon 76530,523

Diana,
Deinen PENICILLIN-Auszug fand ich toll! Allerdings ist mir eine Sache aufgefallen, die du dir überlegen solltest.

Da der Beerdigungsschmaus in einem Zimmer mit der Leiche aufgebaut ist, habe ich mich gefragt, wie viel Zeit seit dem Tod vergangen ist. Wenn die Leiche eine so schlimme Infektion hatte, dann denke ich, dass der Leichengeruch wahrnehmbar sein müsste, wenn sie nicht einbalsamiert ist.

Bevor ich das geschrieben habe, wollte ich mir sicher sein, deshalb habe ich meine Tochter Lisa angerufen (die seit zwanzig Jahren Krankenschwester ist), und sie war mit mir einer Meinung. Ihr Kommentar war: »Am besten steckt ihr die Leiche sofort in den Kartoffelkeller, wenn ihr vorhabt, in dem Zimmer zu essen!« Umso mehr, als sie die offene Wunde hatte! Bei einer Wunde, wie du sie beschrieben hast, würde Geruch schnell sehr stark werden!

Lisa hat gesagt, das würde ihr beim Lesen der Passage sofort auffallen!

Ich versuche nur zu helfen! ‹g› Arlene

Fm: Ellen Mandell 76764,2512
To: Diana Gabaldon 76530,523

Liebe Diana,
mal sehen, wo soll ich anfangen? Penizillin, wie Alex Fleming das von seinem Schimmelpilz abgesonderte Sekret nannte, ist nicht giftig, genauso wenig wie der Schimmelpilz selbst. Fleming hat das bewiesen, indem er Mäusen und Kaninchen diesen Schimmelpilz – unverdünnt – injizierte. Obwohl große Dosen von Penizillin Übelkeit und Durchfall verursachen können, kannst du (oder besser Claire ‹g›) deine Patientin nicht mit einer Überdosis umbringen.

Das große Problem bei der Penizillinproduktion war es, genügend Flüssigkeit zu gewinnen – ich habe irgendwo gelesen, dass die Ausbeute durch das Hinzufügen von Braugerste größer wird – und der entscheidende Schritt bei der Reinigung war die Gefriertrocknung. Nicht besonders hilfreich, fürchte ich.

Kontakt mit Schimmelpilzkulturen kann sicherlich zu einer Sensibilisierung führen. Ich habe einen Allergietest durchführen lassen, der bei der _Penicillium spp._-Mischung positiv ausfiel, weil ich auf eine oder mehrere der Schimmelarten in der Mischung reagiere. Aber wenn ich ohne vorbeugende Maßnahmen _reines_ Penizillin inhalieren würde, würde mir, glaube ich, höchstens die Nase laufen, und ich esse straflos Roquefort und andere Blauschimmelkäsearten.

Schimmelpilze finden sich nicht auf der Liste der Substanzen – zum Großteil Proteine –, die anaphylaktische Schocks auslösen. Zwar steht Penizillin sehr wohl auf dieser Liste, doch hängt das Auftreten von Arzneimittelallergien beim Menschen von der Art der Verabreichung, aber auch von genetischer Veranlagung und dem Ausmaß früherer Kontakte ab. Daher könnte Claires Patientin zwar eine einzigartige Reaktion haben, doch ich glaube, dass die Chance einer allergischen Anaphylaxie verschwindend gering ist, es sei denn, das Penizillin würde injiziert, und selbst dann ist es kaum wahrscheinlich.

Bei den großen Studien lag das Verhältnis der anaphylaktoiden Reaktionen auf Penizillininjektionen bei weniger als 1 zu 3000, der Großteil davon auf halbsynthetische Penizilline, die stärkere Allergene sind als Penizillin G. Man schätzt, dass sich pro Jahr in den USA weniger als hundert Todesfälle durch Penizillininjektionen ereignen, und keine durch oral verabreichtes Penizillin.

Okay… Claire würde wissen, dass Toxizität kein Problem darstellt, also würde sie anstreben, der Patientin so viel wie möglich von ihrer Kultur einzuverleiben. Sie würde wissen, dass orale Verabreichung zwecklos wäre ‹g› – die Magensäure würde die Aktivität des Medikamentes zum Großteil neutralisieren – aber sie würde sich kaum Sorgen über eine allergische Reaktion machen. Da sie wusste, dass sie die Arznei injizieren _musste_, würde sie auch einen Weg dazu finden. Vielleicht mit einer Klistiernadel und einem tiefen Einstich? Der Ehemann würde doch Standardbehandlungen wie Aderlass und Klistiere erwarten, oder nicht?

O ja, bevor ich es vergesse – vielleicht gestattet man ihr die Amputation nicht, aber sie würde versuchen, die infizierten Gliedmaßen chirurgisch zu drainieren. Ellen.

Fm: Mira Brown 100425,170
To: Diana Gabaldon 76530,523

Hi Diana,
Arlene hat Recht und du ebenfalls. ‹g‹ Wie schon gesagt, habe ich es auf dem Land erlebt. Der Geruch ist durchdringend und seltsam. Wie du sagst, haben die Leute eine Menge Kräuter, meistens aber Fichten- oder Kiefernzweige auf den Boden gestreut, die oft gewechselt wurden. Wenn die Trauergäste darauf treten, beschä-

digen sie die Nadeln und setzen den Duft frei. Es hilft, aber nicht sehr, nicht einmal am ersten Tag.

Ich nehme an, das ist der Grund, warum man an manchen Orten die Fenster offen lässt, um »der Seele hinauszuhelfen« oder so ähnlich. Anderswo dagegen schließt man die Fenster und zieht die Vorhänge zu, und viele Leute fallen in Ohnmacht, und das nicht nur vor Rührung.

Mira.

Fm: Diana Gabaldon 76530,523
To: Mira Brown 100425,170

Liebe Mira –
eine gute Idee, aromatische Nadelholzäste auf den Boden zu legen. Ich glaube nicht, dass man diesen Brauch in Schottland kannte, da es dort nicht viele Nadelbäume gibt –, aber in North Carolina gibt (oder gab) es ja wohl reichlich davon. – Diana

Fm: Diana Gabaldon 76530,523
To: Arlene McCrea 73051,2517

Liebe Arlene,
eine sehr gute Idee! ‹g› Allerdings ist die Frau in der Morgendämmerung gestorben; jetzt, als Claire ihre Notizen schreibt, ist der Spätnachmittag desselben Tages (das sollte deutlich werden, wenn ich das [Datum] hinzufüge). Außerdem wird die Leiche in der Zwischenzeit gewaschen und »aufgebahrt« worden sein (vermutlich unter Zuhilfenahme von Terpentin oder Essig und aromatischen Kräutern), aller Wahrscheinlichkeit nach in Claires Sprechzimmer oder draußen im Holzschuppen. Da die Männer eine Weile gebraucht haben werden, um den Sarg zu zimmern, dürfte die Leiche erst vor ganz kurzer Zeit ins Zimmer gebracht worden sein – und man wird sie am nächsten Morgen in der Dämmerung nach der Totenwache zur Beerdigung hinaustragen.

Danke! –Diana

## Anmerkungen

1 Das bedeutet im Grunde nur, dass ich den Verkehr regele, für Diskussionsstoff sorge und Fragen beantworte, wo und wenn ich kann. Alle section leader sind Ehrenamtler.

2 Man kann eine Mitteilung auch privat senden. In diesem Fall kann sie nur der Adressat lesen. Die meisten Mitteilungen sind öffentlich.

3 Das Copyright einer Mitteilung, die bei CompuServe erscheint, verbleibt bei ihrem Verfasser. Die hier abgedruckten Mitteilungen sind mit Erlaubnis der Verfasser wiedergegeben.

4 Die ersten paar Mitteilungen sind genauso reproduziert, wie sie online erscheinen, inklusive der gesamten Information am Kopf einer Nachricht. Nach den ersten paar habe ich allerdings im Interesse der Lesbarkeit den Kopf weggelassen.

SIEBTER TEIL

# Gabaldons
# Zeitreise-Theorie

E s ist alles Claire Beauchamps Schuld. Hätte sie sich nicht geweigert, die Klappe zu halten und wie eine Frau aus dem achtzehnten Jahrhundert zu reden, wären meine Bücher reine historische Romane geworden. Da ich aber zu faul war, ein ganzes Buch lang gegen ihre natürliche Veranlagung anzukämpfen, sah ich mich also stattdessen verpflichtet, ihr erstens zu gestatten, modern zu sein (nicht, dass ich da großartig die Wahl gehabt hätte; sie ist bemerkenswert stur), mir zweitens etwas dazu einfallen zu lassen, wie sie dort hingekommen war, und drittens herauszufinden, was *dann* passierte.

Freundlicherweise drängten sich die Steinkreise im Verlauf meiner Recherchen über die schottische Geographie und Landschaft geradezu auf. Damit hatte ich einen Mechanismus für die Zeitreisen. Mir die eigentlichen technischen Vorgänge und weiteren Implikationen zu überlegen, erforderte allerdings ein wenig Zeit, da die Erbauer der Steinkreise – wer auch immer sie waren –, nicht daran gedacht hatten, eine Bedienungsanleitung in die Oberfläche zu meißeln.

Da Claire selbst keine blasse Ahnung hatte, wie Zeitreisen funktionierten – und sie Geillis Duncan dummerweise in Cranesmuir aus den Augen verlor, bevor sie ihre Hausaufgaben vergleichen konnten –, gestaltete sich die Erklärung des Vorgangs langsam und stockend und entwickelte sich im Lauf der Bücher weiter, da ständig neue Informationen ans Licht kommen und die Figuren, die durch die Steine reisen können, sich über das Thema zu unterhalten beginnen.

Ein paar Dinge sind offensichtlich: 1. Die Steinkreise markieren Orte, an denen die Passage möglich ist, und 2. Die Fähigkeit zur Zeitreise ist anscheinend ererbt.

Nun wissen wir noch *nicht*, ob die Steinkreise nur Markierungen sind, die in der Vorzeit als Warnung vor einem Ort gedacht waren, an dem Menschen auf mysteriöse Weise verschwanden, oder ob die Steine selbst eine aktive Rolle beim »Öffnen« einer Tür durch die Zeitschichten spielen. Ich selbst neige zu ersterem, doch es bleibt eine ungeklärte Frage.

Was die Erblichkeit der Fähigkeit angeht, so ist es offensichtlich, dass nicht jeder durch die Steine reisen kann[1]. Wir wissen, dass zwei der Menschen, die es können (Brianna und Roger), direkt von zwei anderen abstammen (Claire und Geillis Duncan). Daraus lässt sich schließen, dass das Zeitreise-Gen dominant ist; das heißt, dass nur ein Elternteil das Gen haben muss und dass das Gen nur ein Mal vorhanden sein muss, damit die Eigenschaft vorliegt. Es ist wie die Fähigkeit, seine Zunge zu einem Zylinder einzurollen; wenn man das entsprechende Gen nicht hat, kann man es einfach nicht. Wenn man es hat, ist es ganz leicht und natürlich.

Gene, die solche Eigenschaften kontrollieren, kommen normalerweise allel, das heißt paarweise vor, wobei von jedem Elternteil eines der allelen Gene stammt. Jeder Elternteil hat wiederum zwei allele Gene – eines von jedem *seiner* Eltern. Wenn also eine Person (zum Beispiel Brianna Fraser) von einem Reisenden und einem Nichtreisenden abstammt, dann hat sie nur ein Zeitreise-Gen – aber dieses Gen reicht aus, um die Eigenschaft zu aktivieren, das heißt, ihr die Passage durch die Zeit-Tore zu ermöglichen. Sie besitzt allerdings ein Reise-Gen und ein Nichtreise-Gen. Sie wird nur *eines* dieser Gene an ihren Nachwuchs weitergeben, und es ist eine pure Zufallsangelegenheit, welches Kind welches Gen abbekommt.

Wenn der andere Elternteil des Kindes (Roger MacKenzie zum Beispiel) ebenfalls ein Zeitreisender mit mischerbigem Reise-Gen ist (also ein Reise-Gen und ein Nichtreise-Gen besitzt), dann haben wir die folgenden Möglichkeiten:

<br>

**BRIANNA = Zz**

|  |  | Z | z |
|---|---|---|---|
| **ROGER = Zz** | Z | ZZ | Zz |
|  | z | Zz | zz |

Wenn Brianna und Roger vier Kinder bekommen, heißt das mit anderen Worten, dass im Schnitt drei von ihnen Zeitreisende sein werden und eines nicht. Wenn sie ein Kind bekommen (Jeremiah zum Beispiel), dann stehen die Chancen drei zu eins, dass er reisen *kann* – aber es besteht eine fünfundzwanzigprozentige Wahrscheinlichkeit, dass er es nicht kann.

Ist Jeremiahs Vater aber *kein* Zeitreisender (Stephen Bonnet zum Beispiel), so ergibt sich folgende Konstellation:

|  | BRIANNA = Zz | |
|---|---|---|
|  | Z | z |
| STEPHEN BONNET = zz    z | Zz | zz |
| z | Zz | zz |

Was wiederum bedeutet, dass Jeremiah immer noch die Fähigkeit zur Zeitreise besitzen kann, aber die Chancen stehen eins zu eins oder auch fifty/fifty.

Andererseits kennen wir nur Briannas Genotyp mit Sicherheit; Roger *könnte* von *beiden* Eltern ein Reise-Gen erhalten haben. Wenn das zutrifft, dann ist sein Genotyp ZZ und *alle* Kinder, die er mit Brianna bekommt, können reisen.

Und dann wissen wir auch nicht mit Sicherheit, dass Stephen Bonnet *nicht* zeitreisen kann. Schließlich findet man das erst heraus, wenn man zufällig durch einen Steinkreis marschiert, und zwar zur richtigen Jahreszeit. Wir können aus Geillis Duncans Recherchen schließen, dass dies nicht allzu oft passiert – aber es *kommt* vor.

Geillis Duncan scheint sehr ausführlich recherchiert zu haben und wusste wahrscheinlich mehr als irgendjemand sonst über die Mittel und Wege des Zeitreisens. Unglücklicherweise ist sie tot[2]; falls sie also nicht anderswo noch mehr über die Ergebnisse ihrer Nachforschungen geschrieben hat, wird uns nichts anderes übrig bleiben als zu versuchen, das Rätsel durch Ableitung und Experiment selbst zu lösen.

## Präsentismen

*DER MANGEL AN PERSPEKTIVE in der Literatur (oder bei ihren Lesern) verursacht oft ein zeitgenössisches Phänomen, für das ich einmal die Bezeichnung »Präsentismus« gehört habe; also die Neigung, alle literarischen Werke mit den beschränkten Maßstäben der Gegenwart und ihrer Kultur zu messen. Das führt zu so seltsamen Phänomenen wie der Verunglimpfung von Klassikern wie* Huckleberry Finn – *mit der Begründung, dass sie Themen wie die Sklaverei oder die Frauenrechte auf eine Weise behandeln, die nicht mit den heutigen Vorstellungen von dem übereinstimmt, was »politisch korrekt« ist. Diese Einstellung beruht im Grunde darauf, dass einfach nicht anerkannt wird, dass es andere Zeiten als die Gegenwart überhaupt gegeben hat. Da diese Grundvermutung eindeutig ein Irrtum ist, kann man die daraus resultierende Einstellung – dass es nahe liegt, historische Zeiten und Figuren mit modernen Maßstäben zu messen – unmöglich ernst nehmen. Ich kann es zumindest nicht.*

Außerdem müssen wir bedenken, dass Geillis Duncans Schlussfolgerungen auch nicht immer unbedingt stimmen; beispielsweise war sie ja ursprünglich überzeugt, dass ein Menschenopfer erforderlich war, um die Passage zu öffnen. Wir wissen, dass das nicht stimmt, da Claire ohne derartige Hilfsmittel durchgekommen ist.

Außerdem glaubte Geillis – vermutlich auf Grund alter Schriften, auf die sie später gestoßen ist[3] –, dass Edelsteine eine Methode zur Kontrolle über den Zeitreisevorgang darstellten (indem sie beispielsweise die Passagen zu anderen Zeitpunkten als den Sonnen- und Feuerfesten öffneten) und den Reisenden beschützten. Mit dieser Annahme scheint sie näher an der Wahrheit gelegen zu haben, da Roger auf seiner Reise tatsächlich geschützt war – zunächst durch die Granatsteine am Amulett seiner Mutter und dann durch den Diamanten, den Fiona Graham ihm gegeben hat.

Das *Grimoire*, das Fiona gefunden und Roger gegeben hat, enthielt Geillis' Hypothese, dass die Zeitpassagen sich an Orten befanden, an denen die magnetischen Kraftlinien, die die Erdkruste durchziehen, so nah aneinanderstoßen, dass sie sich strudelförmig anziehen und Passagen bilden, die die Schichten der Zeit miteinander verbinden. Es hat den Anschein, als unterlägen die Zeitpassagen tatsächlich magnetischen Einflüssen, da sie an den Sonnen- und Feuerfesten am weitesten offen stehen – zu den Zeiten des Jahres, an denen die Sonne die stärkste Anziehung auf die magnetischen Erdlinien ausübt.

Doch dies sind nur Hypothesen; ob die Edelsteine tatsächlich wirken, bleibt abzuwarten.

Das ist alles, was wir zurzeit über den Zeitreisemechanismus wissen. Über die simple Existenz des Phänomens hinaus können wir diverse Vermutungen und Ableitungen über seine Wirkung anstellen. Mit anderen Worten, es ist eine Sache, wie, wann und warum jemand reist, doch was geschieht mit dem Zeitreisenden – und mit der Zeit –, wenn er drüben angelangt ist?

## PARADOXON, PRÄDESTINATION UND ENTSCHEIDUNGSFREIHEIT

Ein Schriftsteller, der sich mit Zeitreisen befasst, hat immer zwei Möglichkeiten, ob er nun ausdrücklich darauf hinweist oder nicht: erstens das Zeitreiseparadoxon (das heißt, kann man die Vergangenheit ändern, und wenn ja, wie ist die Zukunft davon betroffen?) und zweitens die Wahl zwischen Prädestination und Entscheidungsfreiheit.

All diese Fragen beruhen natürlich auf den grundlegenden Konzepten der Linearität und der Kausalität – wenn man die Hypothese nicht akzeptiert, dass die Zeit linear verläuft, aber davon ausgeht, dass Kausalität existiert (und ich glaube, dass es unmöglich ist, eine Geschichte zu schreiben, in der das Grundprinzip der Kausalität nicht existiert. »Experimentelle Literatur«, ja – Geschichte, nein), dann werden Paradoxe nicht nur möglich, sondern sie werden geradezu zwangsläufig ein zentraler Punkt der Geschichte.

Wenn man von der Hypothese ausgeht, dass die Geschichte (also die Ereignisse der Vergangenheit) verändert werden kann, dann räumt man seinen Figuren die philosophische Möglichkeit der Entscheidungsfreiheit ein. Lehnt man die Hypothese ab, dass die Geschichte verändert werden kann, dann ist man gezwungen, sich daran zu halten, dass alles vorherbestimmt ist.

Wenn die Vergangenheit durch die Handlungen von Zeitreisenden *nicht* verändert werden kann, dann legt dies die Notwendigkeit der Prädestination (oder der Postdestination, je nachdem) nahe – das heißt, die Grundidee, dass die Ereignisse »schicksalhaft« geschehen werden und das Individuum daher nicht in der Lage ist, sie zu beeinflussen.

Wenn man diese Vorstellung akzeptiert, dann geht man davon aus, dass das Universum einer Grundordnung unterliegt, deren Tragweite viel größer ist als die Tragweite menschlichen Tuns. Dies ist ein religiöser oder philosophischer Standpunkt, der viele Menschen anspricht; wir möchten gern glauben, dass jemand, der weiß, was er tut, die Fäden in der Hand hält.

Andererseits ist die Vorstellung, dass alles vorherbestimmt ist, weder besonders gut für unser Selbstwusstsein noch für unsere Unternehmungslust – und diese beiden Faktoren sind sehr wichtig, wenn es eine Geschichte geben soll (wir identifizieren uns mit den Charakteren, und wir fragen immer wieder: »Und was passiert dann?«). Diese Vorstellung führt zu einem Gefühl der Gleichgültigkeit, das verhindert, dass der Leser von der Geschichte gefesselt wird und die Wirklichkeit vergisst. Ich sage Ihnen, es kommt zwar vor, dass das Konzept der Prädestination in einem Roman funktioniert, aber das ist viel weniger reizvoll als das Konzept der Entscheidungsfreiheit.

Wie weit sich ein Leser auf eine Geschichte einlässt, hängt in erster Linie davon ab, wie gut der Autor seine Zweifel zerstreuen kann: davon, dass der Leser die Realität akzeptiert, die der Autor geschaffen hat, selbst wenn sie der Erfahrungswelt des Lesers völlig fremd ist. Ein Autor hat eine größere Chance, diese Zweifel zu zerstreuen, wenn er seine Geschichte so weit wie möglich innerhalb des Erfahrungsbereiches der Leser ansiedeln kann und nur jene Elemente manipuliert, die geändert werden *müssen,* um die gewünschte Realität zu erzeugen.

Demzufolge ist es für den Leser einfacher, eine Paradox-Geschichte zu akzeptieren – eine Geschichte, deren Geschehen sich im Kreis bewegt und auf Prädestination basiert –, wenn diese eine ganz persönliche Geschichte ist, die losgelöst von wichtigen historischen Gegebenheiten erzählt wird. Wenn man eine Zeitreisegeschichte erzählt, in der bedeutende, wiedererkennbare Ereignisse verändert werden, so stört man die Akzeptanz des Lesers, indem man eine kognitive Dissonanz zwischen den Ereignissen

DIE AUSNAHME *ist hier ein Typ von Romanen, die in letzter Zeit populär geworden sind und die man »alternative Zeitgeschichte« nennt. Am Anfang dieser Geschichten wird der Leser aufgefordert, die Prämisse zu akzeptieren, dass ein entscheidendes historisches Ereignis anders verlaufen ist – der Süden hat den amerikanischen Bürgerkrieg gewonnen, Hitler hat den Zweiten Weltkrieg gewonnen etc. –, und die Handlung entwickelt sich dann auf der Basis dieser Annahme. Dazu ist es notwendig, dass der Leser seine Zweifel von vornherein ganz bewusst beiseite legt. Daher lassen die erfolgreichen Romane dieser Gattung ihre Hauptfigur oft als ihren eigenen Vorfahren oder Nachkommen enden. (Ein Klassiker dieser Gattung ist Robert Heinleins Kurzgeschichte* Im Kreis.*)*

herstellt, von denen der Leser *weiß,* dass sie geschehen sind, und der künstlichen Welt, auf die er sich einzulassen versucht.

Ich finde es interessanter, Geschichten zu schreiben, die den Protagonisten ihre Entscheidungsfreiheit lassen, und ich halte es auch für wahrscheinlich, dass es den Lesern gefällt. In unserer Zeit und Kultur wird die Vorstellung, dass wir über individuelle Macht verfügen, nicht nur allgemein vorausgesetzt, sondern sie gilt auch als höchst erstrebenswert (die Erzählungen anderer Zeiten und Kulturen können natürlich andere Vorstellungen von der Macht des Individuums reflektieren – und das tun sie auch).

Was fängt man also mit diesen gegensätzlichen Entscheidungsmöglichkeiten an? Das ist eine Entscheidung, die jeder Schriftsteller individuell treffen muss; ich für meinen Teil habe mich für beides entschieden – meinen Figuren Entscheidungsfreiheit zu geben, aber keine bedeutenden geschichtlichen Ereignisse zu verändern (ach, wie schön, ein gottgleicher Autor zu sein!). Daher beruht Gabaldons Zeitreisetheorie auf der folgenden zentralen Grundbedingung:

**Ein Zeitreisender hat Entscheidungsfreiheit und individuelle Handlungsfreiheit; allerdings reicht seine Handlungsfreiheit *nicht weiter,* als es seine Lebensumstände erlauben.**

Aus dieser Grundbedingung ergibt sich eine notwendige Folge, die nicht das Geringste mit Zeitreisen zu tun hat, sondern vielmehr mit der offensichtlichen Natur historischer Ereignisse zusammenhängt:

**Die meisten bedeutenden historischen Ereignisse (Geschehnisse, die eine große Anzahl von Menschen betreffen und daher wahrscheinlich in den Annalen auftauchen) sind das *Sammel*resultat der Handlungen vieler Menschen.**

Natürlich gibt es Ausnahmen von dieser Regel: politische Attentate, die eine Wirkung auf viele Menschen haben, aber von einem einzelnen Individuum durchgeführt werden können; wissenschaftliche Entdeckungen, geographische Erkundungen, kommerzielle Erfindungen etc. Doch auch die Wirkung solcher Ereignisse hängt zum Großteil von den Umständen ab, unter denen sie stattfinden; viele wissenschaftliche Entdeckungen sind mehrmals gemacht worden – und wieder verloren gegangen –, bevor sie allgemeine Akzeptanz oder gesellschaftliche Relevanz erlangten.

Daher stimmt es nicht unbedingt, dass Wissen Macht ist – Wissen ist nur dann Macht, wenn die Umstände seine Anwendung erlauben.

Wenn also ein Zeitreisender in einer Gesellschaft landet, in der er nur ein Normalbürger ist, hat er relativ wenig Macht, Einfluss auf die gesellschaftlichen Ereignisse zu nehmen. So kommt Madame X zum Beispiel am Vorabend der Französischen Revolution in Paris an. Wenn Madame X eigentlich nur eine Zeitreisende ist und keine herausragende Position in der Bürgerschaft einnimmt, dann ist sie keine Aristokratin, hat keine Verbindungen zu den Mächten der Revolution und ist daher nicht in der Lage, den allgemeinen Verlauf der Revolution zu beeinflussen.

Selbst wenn sie sich irgendwie Zugang zum Allerheiligsten verschaffen und die Bekanntschaft der Königin machen könnte, um dann anzudeuten, dass es wohl unklug wäre, gewisse Bemerkungen über Kuchen zu machen... die Französische Revolution war ein komplexes gesellschaftliches Phänomen, das als Resultat von Handlungen zu Tage trat, die im Laufe vieler Jahre – Jahrhunderte! – von Hunderten und Tausenden von Menschen ausgeführt oder auch nicht ausgeführt worden waren. Es ist höchst unwahrscheinlich, dass Madame X allein einen Schritt unternehmen kann, der die gesamte Revolution erfolgreich verhindern würde, diese war ein gesellschaftliches Ereignis von solcher Komplexität, dass es schlichtweg unvorstellbar ist, dass irgendein Individuum sie hätte kontrollieren können.

Allerdings bleibt Madame X die Macht, die jedes Individuum *jener Zeit* hat: Sie kann beispielsweise einen Freund warnen, dass es klug wäre, Paris zu verlassen. Wenn er auf sie hört, dann rettet sie ihm möglicherweise tatsächlich das Leben – und verändert damit die »Geschichte« (aber nicht die Annalen).

Ergo kann eine Zeitreisende freie Entscheidungen treffen und kleine, persönliche Veränderungen in der Vergangenheit bewirken – indem sie zum Beispiel einer Freundin rät, Kartoffeln anzubauen, und damit die Folgen einer bevorstehenden Hungersnot abwendet. Da große gesellschaftliche Ereignisse normalerweise das *Sammel*ergebnis der Handlungen vieler Menschen sind, kann der Zeitreisende größere, ausführlich dokumentierte Ereignisse wahrscheinlich nicht verändern.

Daher bewahren wir in unserer Handlung die philosophischen und erzähltechnischen Vorteile der Entscheidungsfreiheit, ohne jedoch die kognitive Dissonanz heraufzubeschwören, die der Leser empfinden wird, wenn wir die »Geschichte« verändern.

## Nicht-Simultanität

Es ist unmöglich, dass zwei Individuen denselben physikalischen Raum einnehmen; zwei Spezies können nicht denselben ökologischen Raum oder dieselbe ökologische Nische besetzen. Daher kommt es mir intuitiv logisch vor, dass zwei Einheiten genauso wenig ein und denselben Zeitpunkt einnehmen können. Der Kniff ist hier natürlich, dass physikalischer Raum und ökologische Nischen *außerhalb* des Individuums liegen, während die Zeit *innerhalb* des Individuums liegt. Jeder Augenblick – oder jeder längere Zeitraum (zum Beispiel ein Menschenleben) – gehört nur zu einem Individuum.

Daher ist die Implikation der Nicht-Simultanität klar; zwei Individuen können zur selben Zeit an verschiedenen Orten existieren, doch kein Individuum kann gleichzeitig an mehr als einem Zeitpunkt existieren.

Das führt uns zu einer der interessanteren Fragen der Zeitreisetechnik – was also, wenn das Individuum versucht, in mehr als einer Zeit zu existieren? Ist das möglich?

Innerhalb unserer normalen physikalischen Gegebenheiten ist es nicht möglich, nein – aber das Schöne an Romanen ist, dass man nicht im Geringsten auf normale Gegebenheiten beschränkt ist. Geht man trotz allem davon aus, dass ein Mensch gleichzeitig zu mehr als einem Zeitpunkt existieren kann, so ergeben sich unterhaltsame Komplexitäten und Möglichkeiten (was auch die bereits erwähnte Geschichte von R. Heinlein verdeutlicht).

Diese Geschichten gehen von der Dualität (oder anderen Vielfachen) von Zeit und Raum aus – davon, dass ein Individuum von einem Zeitpunkt zum nächsten ein anderes ist (was ja in körperlicher und vielleicht auch geistiger Beziehung sicher stimmt). Nach dieser Hypothese ist eine Person eigentlich keine diskrete Einheit, sondern eine fortwährende Kette von Identitäten, die alle große Ähnlichkeit miteinander haben, sich aber alle leicht voneinander unterscheiden, *und* (das ist die Grundbedingung) jede dieser Identitäten kann physikalisch weiterbestehen, wenn man sie aus der zeitlichen Kette entfernt, die sie alle aneinanderbindet.

Natürlich ist es einer der Vorteile fiktionaler Erzählungen, dass es ein Leichtes ist, die zeitliche Verbindung aufzuheben, der Autor erfindet einfach nur eine glaubhafte Begründung und erklärt sie für wahr. Der einzige Nachteil dieser fiktionalen Annahme ist die Tatsache, dass sie sich derart in den Vordergrund drängt, dass es unumgänglich ist, sie in den Mittelpunkt des Geschehens zu stellen. Schön, aber es schränkt einen sehr ein.

Geht man stattdessen – auf der Grundlage der natürlichen Phänomene bzw. der Nicht-Simultanität – davon aus, dass niemand mehrfach existieren kann, dann ergibt sich eine andere Reihe faszinierender Situationen und logischer Entwicklungen. Was geschieht, wenn man *versucht,* gleichzeitig zu mehr als einem Zeitpunkt zu existieren? Wie kann man dieser Möglichkeit aus dem Weg gehen?

Gabaldons Theorie geht von der Voraussetzung aus, dass es einer Figur nicht möglich ist, zur selben Zeit mehrfach zu existieren. Daher kann jede Figur nur *einmal* existieren, ganz gleich, in welcher Zeitperiode sie sich befindet. *Versucht* eine Figur unter der Voraussetzung der Nicht-Simultanität in einer Zeit zu existieren, in der sie bereits existiert (hat), so dürfte sie als Resultat entweder ein Unglück erleiden oder weggedrängt werden – oder beides.

Als Roger zum ersten Mal den Steinkreis auf Craigh na Dun betritt und in Gedanken an seinen Vater durch den gespaltenen Stein schreitet, reist er daher versehentlich *durch seine eigene Lebenslinie* – das heißt, er versucht (unabsichtlich), zweimal zur selben Zeit zu existieren. Da er das nicht kann, gibt es ein ähnliches Resultat, als ob zwei Atome versuchen, denselben Raum einzunehmen – eine unmittelbare Energieexplosion, die sie auseinandertreibt[4].

Hätte Roger nicht die Edelsteine dabei gehabt (die die Energie wahrscheinlich absorbiert oder abgeleitet haben), wäre er zweifellos umgekommen. Zum Glück für ihn (und meine Geschichte) hatte er sie aber.

## DIE MOEBIUSSCHLEIFE DES SCHICKSALS

Was ich als fiktionalen »Moebius-Schleifen«-Effekt bezeichne, ist eine Situation, in der eine Figur *auf Grund ihrer Entscheidungsfreiheit* handelt und ein Ergebnis erzielt, das eine persönliche historische Realität bewahrt, die ohne das Eingreifen der Figur nicht bewahrt worden wäre. Beispiele dafür sind (in *Der Ruf der Trommel*) der junge Mann, der sein Leben riskiert, um aus humanitären Gründen ein Baby zu retten – das (ohne dass er es weiß) sein eigener Vorfahr ist – oder (in Jack Finneys *Von Zeit zu Zeit*) ein Zeitreisender, der durch eine bewusste, wenn auch unbedeutende Handlung die Empfängnis eines Mannes verhindert, der später der Entdecker der Zeitreise werden wird, und damit ein Risiko für seine Person beseitigt. Derartige Situationen riechen natürlich verdächtig nach Prädestination – doch wie schon gesagt, manchmal haben wir gern das Gefühl, dass jemand die Fäden in der Hand hält[5].

## Anmerkungen

1 *Was die gesammelten Leserwünsche angeht, ich solle einen Weg für Jamie Fraser finden, in die Zukunft zu reisen, weil es doch so toll wäre zu sehen, wie er über eine Mikrowelle oder ein Videospiel staunt ... sorry, nie im Leben. Er ist ein Mann seiner Zeit, und ich*

respektiere seine Würde zu sehr, als dass ich versuchen würde, der Natur um eines lahmen Witzes willen ein Schnippchen zu schlagen.

2 Wie mein Mann einmal bemerkt hat, »kann man bei deinen Büchern nur sicher sein, dass jemand wirklich tot ist, wenn man selbst gesehen hat, wie er sich an die Kehle greift und den Geist aufgibt.«

3 Über die Natur dieser Schriften können wir nur spekulieren; allerdings hat sie im Gespräch mit Claire die Edelsteine als bhasmas und nagina bezeichnet, Begriffe, die aus ayurvedischen Texten stammen. Alle alten Kulturen haben rätselhafte Kultstätten – und sie haben alle etwas mit Stein zu tun.

4 Sehr vereinfacht ausgedrückt, ist es genau dies, was bei einer Atomexplosion geschieht.

5 In diesem Falle ist es die Autorin.

ACHTER TEIL

# Der Blick von Lallybroch

KUNSTGEGENSTÄNDE
GEBRAUCHSGEGENSTÄNDE

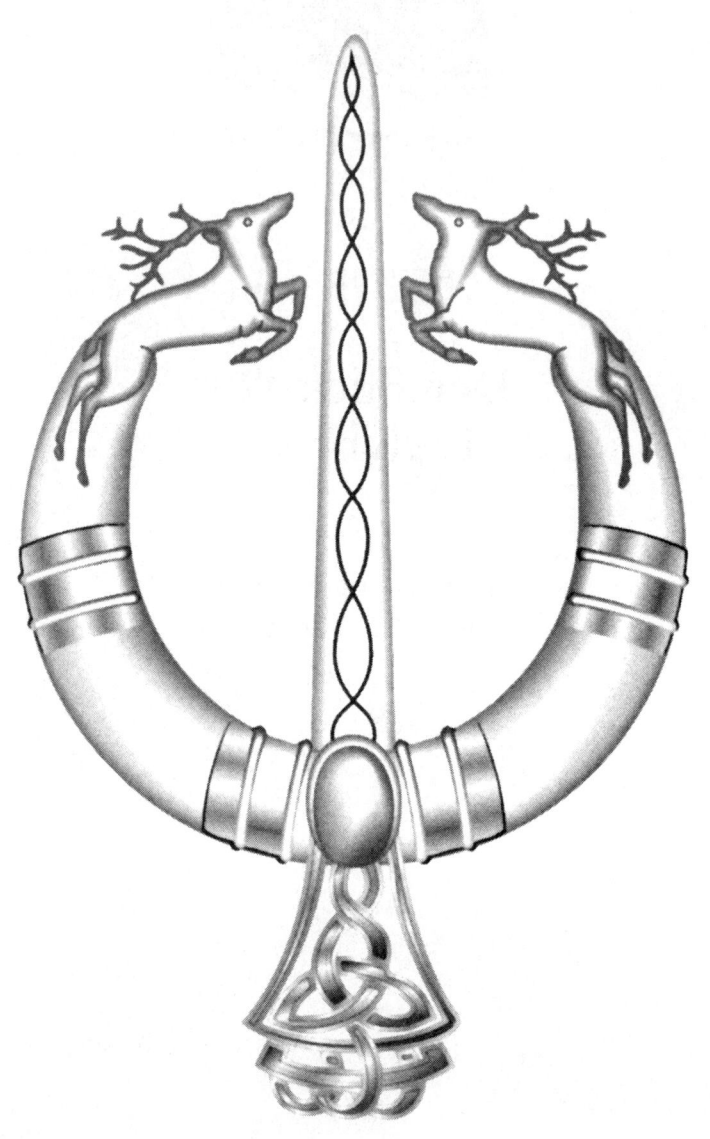

# Lallybroch

iemlich großer Kerl«, erinnerte Frank sich stirnrunzelnd. »Und ein Schotte im vollen Highlandstaat, komplett mit Sporran und der allerschönsten Brosche mit einem Hirschmotiv an seinem Plaid. Ich hätte ihn gern gefragt, wo er sie herhatte, aber er war weg, bevor ich dazu kam.«

Ich ging zur Kommode und goss noch einen Whisky ein. »Na ja, das ist doch hier kein ungewöhnlicher Anblick, oder? Ich habe im Ort schon mehrere Männer gesehen, die so angezogen waren.«

»Oooh, nein...« Frank klang skeptisch. »Nein, das Seltsame war nicht seine Kleidung. Aber als er sich an mir vorbeigeschoben hat, da hätte ich schwören können, dass er mir so nah war, dass ich hätte spüren müssen, wie er meinen Ärmel streifte – aber da war nichts. Und ich war so fasziniert, dass ich mich umgedreht und ihm beim Weggehen hinterhergesehen habe. Er ist die Gereside Road hinuntergegangen, doch als er fast an der Ecke war, ist er... verschwunden. Das war der Moment, in dem es mir kalt über den Rücken gelaufen ist.«

»Vielleicht bist du eine Sekunde abgelenkt gewesen, und er ist einfach zur Seite in den Schatten getreten«, meinte ich. »Da unten an der Ecke gibt es eine Menge Bäume.«

»Ich könnte schwören, dass ich ihn keinen Moment aus den Augen gelassen habe«, brummte Frank. Plötzlich blickte er auf. »Ich weiß es! Jetzt erinnere ich mich, warum er mir so komisch vorkam, obwohl es mir zu dem Zeitpunkt nicht klar gewesen ist.«

»Und?« Der Geist wurde mir allmählich ein wenig langweilig, und ich wäre gern zu interessanteren Dingen übergegangen, zum Beispiel dem Bett.

»Der Wind hat wer weiß wie getobt, aber seine Umhänge – Kilt und Plaid, verstehst du – haben sich überhaupt nicht bewegt, außer im Rhythmus seiner Schritte.«

Wir starrten einander an. »Na ja«, sagte ich schließlich, »das ist ein bisschen unheimlich.«

Feuer und Stein, Kapitel 1
»Ein neuer Anfang«

»Oh, das ist ja wie Stonehenge!«, sagte ich begeistert. »Stonehenge in klein!«
... Es gab keine Begräbnisspuren in dem Steinkreis auf dem Hügel. Mit »in klein« meine ich nur, dass der Steinkreis kleiner war als Stonehenge; die einzelnen Steine waren immer noch doppelt so hoch wie ich, ihre Proportionen immens...
Einige der Menhire waren gescheckt, mit gedämpften Farben gestreift. Andere waren von Katzengold durchzogen, das fröhlich in der Morgensonne glitzerte. Alle unterschieden sich auffallend von den Natursteinbrocken, die überall aus dem Farn auftragten. Wer auch immer die Steinkreise zu welchem Zweck auch immer erbaut hatte, hatte es für wichtig befunden, die Steinblöcke für das Monument extra brechen, behauen und transportieren zu lassen. Behauen – aber wie? Transportieren – aber wie und aus welcher unvorstellbaren Entfernung?

Feuer und Stein, Kapitel 2
»Der Steinkreis«

*Sie konnte nicht wieder einschlafen, nachdem sie aufgelegt hatte. Rastlos schwang sie die Füße aus dem Bett und tappte in die Küche des kleinen Apartments, um ein Glas Milch zu trinken. Erst als sie einige Minuten in die Tiefen des Kühlschranks gestarrt hatte, begriff sie, dass sie nicht die Ketchupflasche und angebrochenen Dosen sah, sondern Menhire, schwarz vor dem bleichen Himmel der Morgendämmerung.*

*Der Ruf der Trommel*, Kapitel 3
»Pastors Katze«

*In der Mittsommernacht steht in Schottland die Sonne zusammen mit dem Mond am Himmel. Sommersonnenwende, das Fest der Litha, Alban Eilir. Fast Mitternacht, und das Licht war gedämpft und milchig weiß, doch trotzdem war es Licht.*

*Er spürte die Steine schon lange, bevor er sie sah. Claire und Geillis hatten Recht gehabt, dachte er; es kam auch auf das Datum an. Bei seinen früheren Besuchen waren sie unheimlich gewesen, aber stumm. Jetzt konnte er sie hören; nicht mit den Ohren, sondern mit der Haut – ein tiefes, dröhnendes Brummen wie die Basspfeife eines Dudelsacks.*

*Der Ruf der Trommel*, Kapitel 33
»Mittsommernacht«

*Unser Führer zuckte mit den Achseln und spuckte ins Wasser.*
*»Also, mit dem See stimmt was nicht, da gibt's kein Vertun.*
*Man erzählt sich Geschichten von einem uralten Monster, das ein-*
*mal in seinen Tiefen gelebt hat. Man hat ihm Opfer gebracht –*
*Vieh, und manchmal sogar Kleinkinder, die man in Weidenkör-*
*ben ins Wasser geworfen hat.« Er spuckte noch einmal aus. »Und*
*manche Leute sagen, der See hat keinen Grund – hat in der Mitte*
*ein Loch, das tiefer ist als jede andere Stelle in Schottland. Ande-*
*rerseits« – die Falten um die Augen des Führers vertieften sich*
*noch ein wenig – »kam vor ein paar Jahren eine Familie aus Lan-*
*cashire in Invermoriston zur Polizei gerannt und brüllte, das*
*Monster wär' aus dem Wasser gestiegen und hätt' sich im Farn*
*versteckt. Es wäre eine schreckliche Kreatur, mit roten Haaren be-*
*deckt und grauenvollen Hörnern, und es kaute auf etwas herum,*
*und das Blut triefte ihm aus dem Maul.« Er hob die Hand, um*
*meinen erschrockenen Ausruf zu beschwichtigen.*
*»Der Konstabler, den sie hingeschickt haben, kam zurück und*
*meinte, tja, abgesehen von dem triefenden Blut wär das 'ne ziem-*
*lich genaue Beschreibung« – er hielt inne, um den Rest besser wir-*
*ken zu lassen – »von 'ner hübschen Highlandkuh, die im Farn*
*stand und wiederkäute!«*

Feuer und Stein, Kapitel 2
»Der Steinkreis«

*Ich hatte die Kühe verschwinden sehen, ein Zotteltier nach dem*
*anderen hatten sie sich von Rupert und seinen kundigen Männern*
*in den Graben treiben lassen, der zu der verborgenen Hintertür*
*führte. Aber würde es ihnen gelingen, die Kühe durch diese Tür*
*zu bewegen, und wenn sie noch so schön im Gänsemarsch daher-*
*spazierten? Und wenn ja, was würden sie innen anstellen; halb*
*wilde Kühe, die plötzlich in einem Steinkorridor fest saßen, der*
*von gleißendem Fackelschein erleuchtet war? Na ja, vielleicht*
*würde es ja funktionieren. Mit seinem Steinfußboden war der*
*Korridor vielleicht ihrem Stall gar nicht so unähnlich, und auch*
*dort gab es Fackeln und Menschen. Wenn sie so weit kamen, dann*
*konnte der Plan vielleicht gelingen.*
*…Jamie fuhr zusammen, als der Alkohol ihm in seine aufge-*
*sprungene Lippe biss, doch er leerte den Becher, bevor er den*
*Kopf wieder sinken ließ. Seine Augen blickten schräg zu mir auf.*

*Schmerz und Whisky hatten sie mit einem leichten Film überzo-*
*gen, und doch leuchteten sie vor Belustigung. »Kühe?«, fragte er.*
*»Waren das wirklich Kühe, oder habe ich geträumt?«*

*Feuer und Stein,* Kapitel 36
»MacRannoch«

Ich hatte angefangen, mir ein Bild von Schloss Leoch zu »bauen«,
genau wie ich es bei Lallybroch getan hatte, indem ich nämlich
den Illustratoren erstens eine allgemeine Beschreibung der Burg
lieferte und ihnen zweitens eine Reihe von Fotos und Zeichnungen überließ, die Gebäude der entsprechenden Periode zeigten,
und dabei jeweils anmerkte, welche Elemente zu der Vision des
Schlosses passten, die mir vorschwebte. Die erste Zeichnung sah
so wie diese hier aus – Castle Leoch, wie es allmählich aus dem
Nebel meiner Phantasie heraus feste Gestalt annahm.

Doch bevor wir mit dem Bild weiterkamen, besuchte ich zufällig ein Highlandfestival in Kalifornien. Bei einer Signierstunde kamen zwei Leute mit einem Fotoalbum auf mich zu und stellten
sich als Steven MacKenzie und seine Tochter Anne von der örtlichen *Clan MacKenzie Society* vor. Sie boten mir an, Ehrenmitglied des MacKenzie-Clans zu werden, und als ich erfreut akzeptierte[1], schenkten sie mir ein T-Shirt mit dem Symbol des Clans
und zeigten mir die Fotos in ihrem Album – die bei der jüngsten
Zusammenkunft des MacKenzie-Clans in Schottland entstanden
waren. Neben wunderschönen Highland-Landschaften und Massen von MacKenzies gab es auch mehrere Aufnahmen des Clan-
sitzes – Schloss Leod.

»Das meinen Sie nicht ernst!«, sagte ich, als ich das sah. »Sie meinen, es *gibt* ein Schloss mit Namen Leod?«

Darüber waren sie sehr überrascht, weil sie angenommen hatten, dass ich nicht nur von Schloss Leod wusste, sondern es auch kannte, da die Beschreibung in *Feuer und Stein* der Wirklichkeit so genau entsprach.

»Na ja, sicher kenne ich es«, sagte ich. »Aber nicht von einem Foto.«

Da sich die Wirklichkeit so abrupt vor meiner Nase aufgetan hatte, schien es sich zu erübrigen, an der Phantasieversion weiterzubauen, und daher bat ich die MacKenzies um Erlaubnis – die mir großzügig gewährt wurde –, ihre Fotos des echten Schlosses zu verwenden.

D. G.

Der Rest der Reise verlief ereignislos – wenn man es denn als ereignislos betrachtet, mitten in der Nacht, zumeist abseits der Straße, in Begleitung bis an die Zähne bewaffneter Männer in Kilts, auf einem Pferd mit einem verletzten Mann fünfzehn Meilen über Stock und Stein zu reiten. Immerhin lauerten uns keine Wegelagerer auf, es kamen uns keine wilden Tiere in die Quere, und es regnete nicht. Gemessen an den Zuständen, an die ich mich zu gewöhnen begann, war es ziemlich langweilig.

Es herrschte dichter Nebel, was nicht überraschend war, doch es war so hell, dass man eine Steinbrücke sehen konnte, die einen kleinen Fluss überspannte, der an der Vorderfront des Schlosses vorbeilief und sich eine Viertelmeile weiter in einen dumpf glänzenden See ergoss.

Das Schloss selbst war kantig und solide. Keine verspielten Türmchen oder gezackten Zinnen. Dies glich eher einem enormen, befestigten Haus mit dicken Steinwänden und hohen, schartenähnlichen Fenstern. Ein paar Schornsteine rauchten über den glatten Dachziegeln und verstärkten meinen Eindruck, dass hier alles grau war.

Die Toreinfahrt des Schlosses war so breit, dass zwei Wagen sie nebeneinander passieren konnten. Ich sage das ohne Angst, dass man mir widerspricht, denn genau das geschah gerade, als wir die Brücke überquerten. Ein Ochsengespann war mit Fässern beladen, das andere mit Heu. Unsere kleine Kavalkade sammelte sich auf der Brücke und wartete ungeduldig ab, bis die Wagen ihre mühsame Einfahrt hinter sich brachten.

Als sich die Pferde vorsichtig über das schlüpfrige Pflaster des feuchten Hofes bewegten, riskierte ich eine Frage. Ich hatte nicht mehr mit meinem Begleiter gesprochen, seit ich ihm am Straßenrand hastig den Schulterverband erneuert hatte. Er hatte ebenfalls geschwiegen, abgesehen von gelegentlichen Schmerzenslauten, wenn ein Fehltritt des Pferdes ihn durchrüttelte.

»Wo sind wir?«, krächzte ich, und meine Stimme war heiser, weil ich sie so lange nicht mehr benutzt hatte.

»Die Burg von Leoch«, antwortete er kurz.

Schloss Leoch. Na ja, wenigstens wusste ich jetzt, wo ich war. In meiner Zeit war Schloss Leoch eine pittoreske Ruine etwa dreißig Meilen nördlich von Bargrennan gewesen. Jetzt, wo Schweine an den Befestigungsmauern herumwühlten und der durchdringende Duft frischen Dunges aufstieg, war es noch um einiges pit-

*toresker. Ich fing langsam an, mich mit dem unmöglichen Gedanken anzufreunden, dass ich mich höchstwahrscheinlich irgendwo im achtzehnten Jahrhundert befand.*

Feuer und Stein, Kapitel 4
»Ankunft auf Burg Leoch«

*Aber so, wie es aussah, war Jamie noch nicht ganz fertig. Ohne Dougals Wut zu beachten, zog er eine kurze Kette aus weißen Perlen aus seinem Sporran. Er trat vor und legte mir die Kette um den Hals. Als ich nach unten blickte, konnte ich sehen, dass sie aus kleinen Barockperlen bestand, jenen unregelmäßig geformten Produkten der Süßwassermuscheln. Umrandet wurden sie von kleinen Ringen aus durchbohrten Goldkügelchen, an denen wieder kleinere Perlen hingen.*

*»Es sind nur schottische Perlen«, sagte er in entschuldigendem Tonfall, »aber sie stehen dir sehr hübsch.« Seine Finger verweilten einen Moment an meinem Hals.*

*»Diese Perlen haben deiner Mutter gehört«, sagte Dougal und sah funkelnd die Halskette an.*

*»Aye«, sagte Jamie ruhig, »und jetzt gehören sie meiner Frau. Wollen wir gehen?«*

Feuer und Stein, Kapitel 14
»Eine Hochzeit findet statt«

*Brianna beendete das Geschrei, indem sie einfach aufstand. Sie war genauso groß wie die Männer und überragte die Frauen. Laoghaire trat einen Schritt zurück. Alle Gesichter im Zimmer waren auf sie gerichtet, erfüllt von Feindseligkeit, Mitgefühl oder schlichter Neugier.*

Mit einer Kaltblütigkeit, die sie nicht fühlte, tastete Brianna nach der Innenseite ihres Rockes, der Geheimtasche, die sie erst vor einer Woche in den Saum genäht hatte. Es kam ihr wie ein Jahrhundert vor.

»Meine Mutter heißt Claire«, sagte sie und ließ die Halskette auf den Tisch fallen.

Es herrschte völliges Schweigen im Raum; nur das gedämpfte Torffeuer, das im Kamin brannte, zischte leise. Das Perlenhalsband lag glänzend da, und die Frühlingssonne, die durchs Fenster schien, ließ die durchbohrten Goldkügelchen wie Funken aufleuchten.

Es war Jenny, die zuerst sprach. Wie eine Schlafwandlerin streckte sie einen ihrer schlanken Finger aus und berührte eine der Perlen. Süßwasserperlen von der Sorte, die man barock nennt wegen ihrer einzigartigen, unregelmäßigen, unverwechselbaren Form.

»O je«, sagte Jenny leise.

*Der Ruf der Trommel*, Kapitel 34
»Lallybroch«

»Und was wolltest du so unbedingt kaufen?«, fragte ich argwöhnisch.

Er seufzte und zögerte einen Moment, dann ließ er mir das kleine Päckchen leicht in den Schoß fallen.

»Einen Ehering, Sassenach«, sagte er. »Ich habe ihn von Ewen, dem Waffenschmied, er macht solche Dinge in seiner Freizeit.«

»Oh«, sagte ich kleinlaut.

»Mach nur«, sagte er einen Augenblick später. »Mach es auf. Es ist für dich.«

Die Umrisse des Päckchens unter meinen Fingern verschwammen. Ich kniff die Augen zu und schniefte, machte aber keine Anstalten, es zu öffnen. »Tut mir Leid«, sagte ich.

»Na, das sollte es auch, Sassenach«, sagte er, doch seine Stimme war nicht länger aggressiv. Er streckte die Hand aus, nahm mir das Päckchen vom Schoß, riss die Verpackung ab und brachte einen breiten Silberring zum Vorschein, verziert mit den verflochtenen Mustern der Highlands, die jeweils durch eine zarte jakobitische Distelblüte verbunden waren.

*So viel sah ich noch, dann verschwamm es mir wieder vor den Augen.*

*Mir wurde ein Taschentuch in die Hand gelegt, und ich gab mir alle Mühe, die Flut damit zu stillen. »Er ist... wunderschön«, sagte ich, wobei ich mich räusperte und mir die Augen betupfte.*

*»Wirst du ihn tragen, Claire?« Seine Stimme war jetzt sanft, und die Tatsache, dass er meinen Namen benutzte, den er sich für formelle oder zärtliche Momente aufhob, raubte mir beinahe erneut die Kontrolle...*

*Ich konnte nicht sprechen, hielt ihm aber die rechte Hand entgegen, deren Finger zitterten. Der Ring glitt kühl und hell über mein Fingergelenk, bis er an der Fingerwurzel ruhte – er passte wie angegossen.*

Feuer und Stein, Kapitel 23
»Rückkehr nach Leoch«

*»Es sind Worte eingraviert«, sagte sie verwundert. »Mir war gar nicht bewusst, dass er... O mein Gott.« Ihr brach die Stimme, und der Ring glitt ihr aus den Fingern und landete mit einem leisen, metallischen Klirren auf dem Tisch...*

*Roger stand eine Minute lang da und kam sich unerträglich verlegen und deplatziert vor. Zwar hatte er das furchtbare Gefühl, eine Intimität zu verletzen, die tiefer ging als alles, was er je erlebt hatte, doch da er nicht wusste, was er sonst tun sollte, hob er den kleinen Metallring ans Licht und las die Worte auf der Innenseite.*

*»Da mi basia mille...« Doch es war Claires Stimme, die sie aussprach, nicht seine.*

Die geliehene Zeit, Kapitel 47
»Lose Fäden«

*»So gut wie neu.« Jamie polierte den Silberring an seinem Hemdschoß fertig, hielt ihn hoch und bewunderte ihn im Schein der Laterne.*

*»Das kann man von mir nicht behaupten«, erwiderte ich kalt. Ich lag zusammengesunken auf dem Deck, das trotz der ruhigen Strömung immer noch ganz leicht unter mir zu schlingern schien.*

»*Du bist ein ausgewachsener, waschechter, sadistischer, verdammter Schweinehund, Jamie Fraser.*«

Der Ruf der Trommel,* Kapitel 9
»Der Zweidrittelgeist«

»*Es ist lange her*«, *sagte ich.*
»*Und es war eine lange Zeit*«, *sagte er.* »*Ich bin ein eifersüchtiger Mann, aber kein rachsüchtiger. Ich würde ihn dir niemals wegnehmen.*«
*Er hielt einen Augenblick inne, und das Feuer spiegelte sich sanft glitzernd in dem Ring in seiner Hand.* »*Es war dein Leben, nicht wahr?*«
*Und er fragte noch einmal.* »*Willst du ihn zurück?*«
*Ich hielt zur Antwort die Hand hoch, und er steckte mir den Goldring an den Finger, das Metall von seinem Körper gewärmt.*
Von F. für C. in Liebe. Immer.

*Der Ruf der Trommel,* Kapitel 71
»Der Kreis ist geschlossen«

Ich werde oft nach Claires Ehering gefragt, manchmal, weil die Leute einfach nur neugierig sind, ob es einen solchen Ring wirklich gibt, manchmal, weil sie praktischere Hintergedanken haben und ihn für ihre eigene Hochzeit nachmachen lassen wollen.

Ich fürchte, der Ring existiert in Wirklichkeit nicht; nur in meinem Kopf. Ich selbst trage vier Ringe: zwei goldene an der linken Hand, zwei silberne an der rechten. Am linken Ringfinger befindet sich mein Ehering, der ein kommerzielles Muster hat (das heißt, er ist nicht für mich angefertigt worden, sondern er war einfach nur vorrätig). Das Muster heißt »Brigadoon« – ganz schön seltsam, wenn man bedenkt, dass ich geheiratet habe, lange bevor ich auch nur daran dachte, einen schottischen Roman zu schreiben.

Es ist ein acht Millimeter breiter Goldring, in den ein Muster eingraviert ist, das meiner Meinung nach Farnblätter darstellt, die sich mit kleinen, vierblättrigen Blüten abwechseln, und sehr hübsch ist. Es sieht so aus, als wären die Farne und die Blüten in einen schwarzen Hintergrund geritzt, aber das liegt nur daran, dass ich mir nicht die Mühe mache, ihn ab und zu mit einer Zahnbürste zu schrubben; ursprünglich war er ganz golden.

Als ich anfing, *Feuer und Stein* zu schreiben, unternahm ich alle möglichen Recherchen und besuchte unter anderem auch ein Highlandfestival in Mesa, Arizona. Ich war noch nie auf einem solchen Festival gewesen und fand es faszinierend: Dudelsäcke bis zum Abwinken, Trommeln, Butterkekse und jede Menge Männer in Kilts. Von dieser Veranstaltung brachte ich zwei wichtige Souvenirs mit nach Hause: eine Landkarte der schottischen Clans, die immer noch bei mir an der Wand hängt und mir bis jetzt die Namen der Nebenfiguren sämtlicher Bücher sowie den einen oder anderen geographischen Bezug geliefert hat – und einen Silberring.

Er ist fünf Millimeter breit und hat oben und unten einen schmalen Silberrand und dazwischen ein keltisches Knotenmuster. Er erinnert mich immer an *Feuer und Stein* und alles Schottische.

Als Jamie nun beschloss, Claire einen Ring zu schenken (ich hatte keine Ahnung, dass dies der Grund war, warum er sich gleich nach der Ankunft in Leoch davongemacht hatte), stand ich nun vor dem Problem, ihn beschreiben zu müssen. Da ich nicht nur ein Gefühlsmensch, sondern auch sehr praktisch veranlagt bin, warf ich einen Blick auf meine Hände – und gab Claire eine Kreuzung aus meinen beiden Ringen.

Daher ist Claires Ring breit (wie mein eigener Ehering), aus Silber geschmiedet (weil Goldschmuck in den Highlands nicht sehr verbreitet war, silberner aber schon), und hat ein Knotenmuster (das sehr alt und daher absolut angemessen, vor allem aber auch durch und durch schottisch ist), unterbrochen von Distelblüten (Blüten wie bei meinem Ring, Disteln, weil sie schottisch sind).

Nun gibt es in diesen Romanen bestimmte Elemente, deren Abbildung ich unter keinen Umständen gestatten würde – zum Beispiel die Charaktere. (Wie ich zu den Leuten sage, die sich gelegentlich beschweren, weil sie sich Claire und Jamie nicht vorstellen können und sich daher ein Bild wünschen – blättern Sie in einer Zeitschrift, bis Sie ein nettes Gesicht finden, und nehmen Sie das; es ist mit Sicherheit nicht schlechter als eine Illustration. *Ich* weiß, wie sie aussehen, ebenso wie diejenigen unter meinen Lesern, die sich ihre Sehnerven nicht mit einer Überdosis Fernsehen ruiniert haben.)

Allerdings sah ich eine reelle Chance, zumindest eine annähernd brauchbare Darstellung von einigen der Gegenstände zu bekommen, für die sich die Leute interessieren – und mit Hilfe zweier talentierter Illustratoren[2], die bereit waren, meine groben Anregungen in Entwürfe zu verwandeln, mit denen ich herumspielen konnte, haben wir Illustrationen einiger wichtiger Schmuckstücke aus den Büchern angefertigt: Claires Ehering, Ellens Perlen, die Armbänder aus Wildschweinhauern und die Brosche mit dem rennenden Hirsch, die der Geist in Inverness trägt.

Oh, meine beiden anderen Ringe? Nun, vom Metall abgesehen sind sie identisch; der eine ist aus Silber, der andere aus Gold (Silber an der Rechten, Gold an der Linken). Es sind Reproduktionen französischer Poesieringe aus dem fünfzehnten Jahrhundert, die mein Mann mir geschenkt hat – einen zum Geburtstag, den anderen zum Hochzeitstag. Beide tragen die Gravur » *Vous, et nul autre* «[3].

*Broch Tuarach bedeutet »der nach Norden gerichtete Turm«. Vom Hang des Berges aus betrachtet, der ihn überragte, unterschied sich der Rundturm, der dem kleinen Anwesen seinen Namen gab, kaum von den anderen Türmen, die am Fuß der Hügel lagen, an denen wir vorbeigekommen waren.*

*Wir passierten eine enge Lücke in den Felsen zwischen zwei Klippen und führten das Pferd zwischen den Felsbrocken hindurch. Dann wurde das Terrain einfacher, und das Land fiel sanft zu den Feldern und verstreuten Katen hin ab, bis wir schließlich auf eine kleine, gewundene Straße trafen, die auf das Haus zuführte.*

*Es war größer, als ich erwartet hatte, ein stattliches, zweistöckiges Haus aus weiß gekalktem Stein. Die Fenster waren mit grauen Natursteinen eingerahmt, das hohe Schieferdach trug zahlreiche Schornsteine, und einige kleinere, weißgekalkte Gebäude scharten sich darum wie Küken um eine Henne. Der alte Steinturm, der auf einer kleinen Erhebung an der Rückseite des Hauses stand, war etwa zwanzig Meter hoch, hatte ein kegelförmiges Dach, das an einen Hexenhut erinnerte, und war von drei Reihen kleiner Pfeilschießscharten umgürtet.*

Feuer und Stein, Kapitel 26
»Die Rückkehr des Hausherrn«

*»Schottland«, seufzte ich und dachte an die kühlen, braunen Bäche und die dunklen Kiefern von Lallybroch, Jamies Anwesen. »Können wir wirklich nach Hause fahren?«*

Die geliehene Zeit, Kapitel 29
»Die Brennnesseln«

*Aus dieser Entfernung sah das Haus vollkommen unverändert aus. Es war ein zweistöckiges, aus weiß gekalktem Stein erbautes Haus, das makellos leuchtend inmitten der heruntergekommenen Nebengebäude und der von Steinmauern umgebenen Felder stand. Auf der kleinen Anhöhe hinter dem Haus standen die Überreste des alten Rundturms, der dem Hof seinen Namen gab.*

*Bei näherem Hinsehen konnte ich erkennen, dass sich die Nebengebäude ein wenig verändert hatten; Jamie hatte mir erzählt, dass die englische Soldateska im Jahr nach Culloden den Taubenschlag und die Kapelle niedergebrannt hatte, und ich konnte die Lücken sehen, wo sie einmal gestanden hatten. Eine Stelle, an der die Mauer des Gemüsegartens durchbrochen worden war, war mit andersfarbigen Steinen geflickt worden, und ein neuer Schuppen aus Steinen und Abfallholz diente offenbar als Taubenschlag, den aufgeplusterten Federbällen nach zu schließen, die auf dem Dachbalken aufgereiht saßen und die spätherbstliche Sonne genossen.*

*Die Kletterrose, die Jamies Mutter Ellen gepflanzt hatte, war*

470

*zu einem großen, wuchernden Gewächs geworden, das an einem Spalier an der Hauswand befestigt war und gerade erst die letzten Blätter verlor.*

*Ferne Ufer,* Kapitel 32
»Die Rückkehr des verlorenen Sohnes«

*Das Torffeuer zischte hinter mir im Kamin und duftete nach Highlands, und der kräftige Geruch von Hühnersuppe und backendem Brot überzog das Haus warm und tröstend wie eine Decke.*

*Ich konnte spüren, wie es mich anzog – das Haus, die Familie, das Anwesen selbst. Ich, die ich mich an kein Heim meiner Kindheit erinnern konnte, empfand das Bedürfnis, mich hier hinzusetzen und für immer zu bleiben, mit den tausend Fäden des täglichen Lebens verwoben, unverrückbar an dieses Fleckchen Erde gebunden. Was mochte es ihm bedeuten, der sein ganzes Leben unter dem Einfluss dieser Bindung verbracht hatte?*

*Ferne Ufer,* Kapitel 37
»Was sich hinter einem Namen verbirgt«

*Brianna legte die Zügel auf Brutus' Hals, um ihn nach der letzten Steigung ausruhen zu lassen, und saß still da, während sie das kleine Tal zu ihren Füßen überblickte. Das große, weiß getünchte Bauernhaus stand friedlich inmitten blassgrüner Hafer- und Gerstenfelder, seine Fenster und Schornsteine waren in grauen Stein gefasst; der ummauerte Gemüsegarten und die zahlreichen Nebengebäude scharten sich um das Haus wie Küken um eine große, weiße Henne.*

*Sie hatte es noch nie gesehen, doch sie hatte keinen Zweifel. Sie hatte oft genug gehört, wie ihre Mutter Lallybroch beschrieb. Und außerdem war es meilenweit das einzige größere Haus; in den letzten drei Tagen hatte sie nur winzige, steinerne Bauernkaten gesehen, viele verlassen und zusammengefallen, manche nur noch feuergeschwärzte Ruinen.*

*Aus einem Schornstein unten stieg Rauch auf; es war jemand zu Hause.*

*Der Ruf der Trommel*, Kapitel 34
»Lallybroch«

Mein Blick erhaschte einen seltsamen, nicht-metallischen Glanz
in den Tiefen der Schatulle, und ich wies mit dem Finger darauf.
»Was ist das?«

»Oh, das«, sagte sie und steckte die Hand erneut in die Schatulle. »Ich habe sie noch nie getragen; sie stehen mir nicht. Aber
du könntest sie tragen – du bist groß und majestätisch, wie es
meine Mutter war. Sie haben ihr gehört, weißt du.«

Es war ein Paar Armreifen. Jeder bestand aus dem runden, fast
kreisförmigen Hauer eines Wildschweins, der so poliert war, dass
er wie Elfenbein schimmerte. Die Enden trugen Silberkappen, in
die ein Blumenmuster geritzt war.

473

»Herrgott, die sind ja bildschön! Ich habe noch nie etwas so ...
herrlich Barbarisches gesehen.«

Das amüsierte Jenny. »Aye, das sind sie. Jemand hat sie meiner
Mutter zur Hochzeit geschenkt, aber sie wollte nicht verraten,
wer. Mein Vater hat sie dann und wann wegen ihres Verehrers aufgezogen, aber ihm hat sie es auch nicht erzählt, sondern nur gelä-
chelt wie eine Katze, die Sahne gefuttert hat. Hier, probier sie
an.«

Das Elfenbein ruhte kühl und schwer auf meinem Arm. Ich
konnte der Versuchung nicht widerstehen, die tiefgelbe Oberfläche zu streicheln, die vom Alter gemasert war.

»Aye, sie stehen dir«, verkündete Jenny ...

Die Plätzchen dampften sacht in der kühlen Luft und dufteten
himmlisch. Ich streckte die Hand aus, um mir eins zu nehmen,
und die schweren Wildschweinarmbänder an meinem Handgelenk stießen klappernd zusammen. Ich sah, wie Murtaghs Blick
darauf fiel, und drehte sie so, dass er die gravierten Silberendstü-
cke sehen konnte.

»Sind die nicht schön?« sagte ich. »Jenny sagt, sie haben ihrer
Mutter gehört.«

Murtaghs Blick senkte sich auf die Schale mit Porridge, die ihm
Mrs. Cook ohne Umschweife vor die Nase gestellt hatte.

»Sie stehen Euch gut«, brummte er.

Feuer und Stein, Kapitel 31
»Quartalstag«

MacRannoch musterte den verschrumpelten, kleinen Mann und
versuchte, dreißig Jahre von seiner runzeligen Erscheinung zu
subtrahieren.

»Aye, ich kenne Euch«, sagte er schließlich. »Oder nicht Euren
Namen, aber Eure Person. Ihr habt bei der Treibjagd einen verwundeten Eber einfach so mit dem Dolch erlegt. Und was für
einen Prachtkerl. Stimmt ja, der MacKenzie hat Euch die Hauer
überlassen – ein schönes Paar, beide fast vollständig rund. Saubere Arbeit, Mann.« Ein Ausdruck, der gefährlich an Genugtuung erinnerte, legte Murtaghs pockennarbige Wangen vorübergehend in Falten.

*Ich fuhr zusammen, denn ich erinnerte mich an die prachtvol-
len, barbarischen Armbänder, die ich auf Lallybroch gesehen
hatte. Von meiner Mutter, hatte Jenny gesagt, das Geschenk eines
Verehrers.*

*Feuer und Stein*, Kapitel 36
»MacRannoch«

## Anmerkungen

1 *Ich bin auch Ehrenmitglied des Fraser-Clans.*
2 *Carlos und Deborah Gonzalez von der Firma Running Changes,
Inc.*
3 *Du und keine andere.*

# »Arma Virumque Cano«

amie wickelte das blutbefleckte Tuch um seine Hand und zog den Dolch vorsichtig aus dem Feuer. Er ging langsam auf den Jungen zu und ließ die Klinge sinken, als gäbe sie selbst den Weg vor, bis sie das Wams des Jungen berührte. Ein starker Geruch nach angesengtem Stoff stieg von dem Taschentuch auf, das um das Heft des Messers gewickelt war, und er wurde noch stärker, als eine schmale, verbrannte Linie dem Weg des Dolches an der Vorderseite des Wamses aufwärts folgte. Die Spitze, die beim Abkühlen dunkler wurde, hielt knapp unter seinem nach oben gereckten Kinn inne. Ich konnte die schmalen Schweißspuren sehen, die in den angespannten Höhlungen seines schlanken Halses aufglänzten.

*Die geliehene Zeit*, Kapitel 36
»Prestonpans«

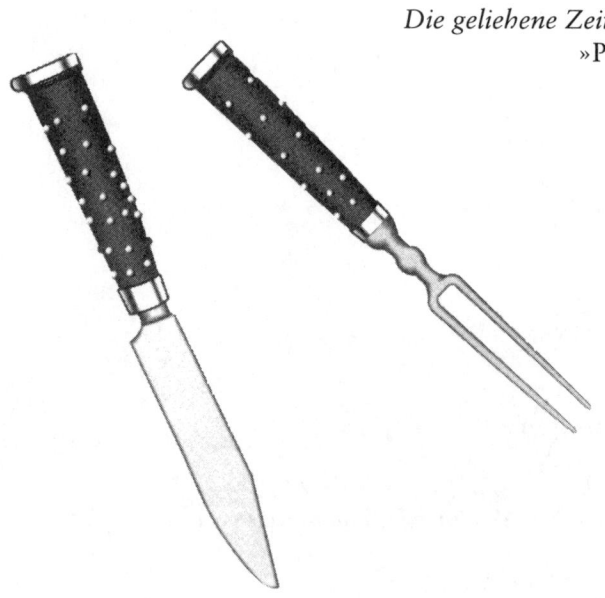

476

*Er wandte sich wieder dem Gefangenen zu und beschäftigte sich mit dem Laden der Pistole, deren dreißig Zentimeter langer Lauf mit dem herzförmigen Kolben einen dunklen Glanz verströmte, während der Feuerschein sich in den Silberfunken des Abzugs und des Zündbolzens fing.* »Kopf oder Herz?«, fragte Jamie beiläufig.

»Hä?« *Dem vollkommen verständnislosen Jungen stand der Mund offen.*

»Ich werde Euch erschießen«, *erklärte Jamie geduldig.* »Normalerweise werden Spione gehängt, aber in Anbetracht Eurer Tapferkeit bin ich bereit, Euch einen schnellen, sauberen Tod zu gewähren. Hättet Ihr die Kugel lieber in den Kopf oder ins Herz?«

Die geliehene Zeit, Kapitel 36
»Prestonpans«

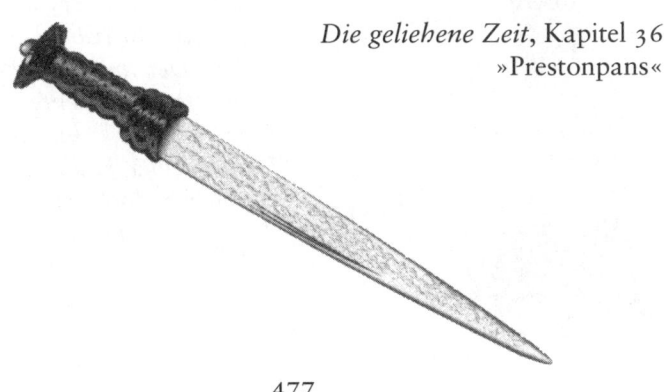

*Der Priester würde selbst zurechtkommen müssen, dachte er. Jamie zog beim Aufstehen das Schwert und war mit einem langen Schritt in Reichweite. Der Mann war nicht mehr als ein Schatten in der Dunkelheit, aber hinreichend erkennbar. Er ließ die gnadenlose Klinge mit all seiner Kraft niedersausen und spaltete auf der Stelle den Schädel des Mannes.*

*»Highlander!«, entfuhr es dem Begleiter des Mannes, und der zweite Wachposten sprang wie ein aufgescheuchtes Kaninchen in die nachlassende Dunkelheit davon, bevor Jamie seine Waffe aus ihrem grausigen Spalt befreien konnte. Er stellte einen Fuß auf den Rücken des Gefallenen und biss die Zähne zusammen, als er das unangenehme Gefühl des schlaffen Gewebes und der knirschenden Knochen spürte.*

Die geliehene Zeit, Kapitel 36
»Prestonpans«

*Ein schwaches, keuchendes Glucksen kam aus Ruperts Richtung, dann ein neuer Hustenanfall.*

*»Na, du solltest ruhig um mich trauern, Dougal«, sagte er, als der Anfall vorbei war. »Ich freue mich darüber. Aber du kannst nicht trauern, bevor ich tot bin, oder? Ich möchte von deiner Hand sterben,* mo caraidh, *nicht durch einen Fremden.«*

*»Du bist mein Anführer, Mann, und es ist deine Pflicht«, flüsterte er. »Komm schon. Tu's jetzt. Das Sterben macht mir Schmerzen, Dougal, und ich hätt es gern hinter mir.«*

*Dougals Dolch erwischte ihn unter dem Brustbein, fest und gezielt. Der untersetzte Körper krampfte und drehte sich zur Seite, während ihm Blut und Luft in einer Hustenexplosion entwichen, doch der kurze Laut der Qual kam von Dougal.*

Die geliehene Zeit, Kapitel 43
»Falkirk«

478

*Feuer ist keine gute Lichtquelle, doch es hätte schon vollständiger Dunkelheit bedurft, um diesen Ausdruck in Geillis' Gesicht zu verbergen; die plötzliche Erkenntnis dessen, was auf sie zukam.*

*Sie riss die andere Pistole aus ihrem Gürtel und schwang sie herum, sodass sie auf mich zielte. Ich sah das runde Loch der Mündung deutlich – und es kümmerte mich nicht. Das Dröhnen der Entladung prallte von den Höhlenwänden ab, das Echo ließ es Steine und Staub regnen, doch ich hatte längst die Axt vom Boden aufgehoben.*

*Ich hörte ein Geräusch hinter mir, doch ich drehte mich nicht um. Reflexionen des Feuers brannten rot in ihren Pupillen. Das rote Gefühl, hatte Jamie gesagt. Ich habe mich ihm überlassen, hatte er gesagt.*

*Ich brauchte mich ihm nicht zu überlassen, es hatte von mir Besitz ergriffen.*

*Es gab keine Angst, keine Wut, keinen Zweifel. Nur den Hieb einer Axt in vollem Schwung.*

*Der Aufprall hallte in meinem Arm wider, und mit tauben Fingern ließ ich los. Ich stand ganz still und regte mich nicht einmal, als sie auf mich zuschwankte.*

*Im Feuerschein sieht Blut nicht rot aus, sondern schwarz.*

*Ferne Ufer*, Kapitel 62
»Abandawe«

»Manchmal weiß ich, dass da irgendetwas ist«, sagte Maisri plötzlich, »aber ich kann meine Gedanken dagegen versperren, einfach nicht hinsehen. So war es bei Seiner Lordschaft; ich wusste, dass da etwas war, aber ich habe es fertig gebracht, es nicht zu sehen. Doch er bat mich hinzusehen und den Zauberspruch zu sagen, durch den die Vision deutlich wird. Und ich habe es getan.« Die Kapuze ihres Umhangs fiel nach hinten, als sie den Kopf wandte und an der Wand der Abtei hochblickte, die über uns aufragte – ocker, weiß und rot, und zwischen den Steinen bröckelte der Mörtel. Das von weißen Strähnen durchzogene Haar fiel über ihren Rücken, frei im Wind.

»Er stand da, vor dem Feuer, doch es war heller Tag, und alles war deutlich zu sehen. Ein Mann stand hinter ihm, reglos wie ein Baum, sein Gesicht schwarz verhüllt. Und über das Gesicht Seiner Lordschaft fiel der Schatten einer Axt.«

Die geliehene Zeit, Kapitel 41
»Der Fluch der Seherin«

Es war das Grallochgebet, das man ihm beigebracht hatte, als er in den schottischen Highlands als Junge das Jagen lernte. Es war alt, hatte er mir erzählt, so alt, dass einige der Worte nicht mehr gebräuchlich waren, daher klang es ungewohnt. Doch man musste es über jedem getöteten Tier sprechen, das größer als ein Hase war, bevor man ihm die Kehle oder die Bauchdecke aufschlitzte.

Ohne zu zögern, machte er einen flachen Einschnitt quer über die Brust des Bären – er brauchte den Kadaver nicht auszubluten, denn das Herz stand schon lange still – und riss die Haut zwischen den Beinen auf, sodass die Eingeweide bleich aus dem schwarzen Pelz hervorquollen und im Licht aufglänzten.

Man braucht sowohl Kraft als auch beträchtliche Erfahrung, um die zähe Haut aufzuschneiden und abzuziehen, ohne Gekröse und Eingeweidesack zu durchbohren. Da ich schon sehr viel nachgiebigere menschliche Körper geöffnet hatte, erkannte ich chirurgische Kompetenz, wenn ich sie sah.

Der Ruf der Trommel, Kapitel 15
»Edle Wilde«

NEUNTER TEIL

# Frequently Asked Questions

(Fragen, die ich häufig höre)

*Frage: Existiert Craigh na Dun wirklich?*
*Antwort: Sagen wir es einmal so – wenn es so wäre...*
*würde ich es Ihnen verraten?*

# Antworten

 **F** **rage:** Wer spricht in den Prologen? Claire? Brianna? Sie?

**Antwort:** Tja, das ist eine gute Frage. Für mich ist der Prolog eigentlich die Stimme des Buches, falls das einen Sinn ergibt. Die Bücher sind alle so angelegt, dass sie für sich stehen können, aber auch als Teile eines Ganzen ineinander greifen. Demzufolge hoffe ich zwar, dass die Handlungselemente, Charaktere etc. zwischen den Büchern konsistent sind, doch soll jedes Buch seinen eigenen Tonfall, seine eigene Struktur und Herangehensweise haben. Also ist jeder Prolog dazu gedacht, etwas über den Tonfall und die Essenz des jeweiligen Buches auszusagen.

Mit Ausnahme von *Feuer und Stein* war der Prolog bei allen Büchern die Passage, die mit Abstand am schwierigsten zu schreiben war[1]. Ich brauche immer mehrere Versuche, um ihn richtig hinzubekommen, und oft muss ich darauf warten, dass mich die Inspiration – in Form einer Formulierung oder eines Bildes – überkommt[2]. Bei *Der Ruf der Trommel* habe ich den Prolog zu allerletzt geschrieben!

Was nun die Frage angeht, so ziehe ich es vor, den Prolog im Zwielicht zu lassen. Wer da spricht? Das Buch selbst (obwohl ich mir vorstellen könnte, dass der eine oder andere Leser das Buch mit der Stimme einer Figur sprechen hört).

Eine Besonderheit der Prologe ist es, dass diese Zweideutigkeit zwar in der Schriftform funktioniert, die gesprochene Version jedoch zwangsläufig etwas eindeutiger ausfallen muss. Das heißt, die armen Schauspielerinnen, die die amerikanischen Audiobooks gelesen haben, waren gezwungen, den Prologen eine Stimme vorzugeben.

Offensichtlich hat entweder der Verfasser der gekürzten Audiobook-Version oder Geraldine James (die diese, in den USA bei Bantam erschienene Fassung liest) beschlossen, dass die Prologe der ersten drei Bücher in Claires Tonfall gelesen werden sollten, während der Prolog zu *Der Ruf der Trommel* in Briannas Stimme erklingt.

Nun enthält aber die erste Zeile des *Trommel*-Prologs die folgende Zeile: »Wenn ich in den Spiegel sehe, blicken mich die Augen meiner Mutter an...« Dummerweise haben wir inzwischen über drei Bücher hinweg mit großem Theater darauf hingewiesen, wie sehr Brianna Jamie Fraser ähnelt, bis hin zu und einschließlich der schräg stehenden, blauen Katzenaugen. Claires Augen dagegen sind bis zum Gehtnichtmehr mit Sherry, Whisky und anderen benebelnden Substanzen bräunlicher Färbung verglichen worden.

Und einmal beschreibt Claire selbst ihre Mutter, während sie (in *Ferne Ufer*) ein Foto betrachtet: »Warme braune Augen...«

**Frage:** Wird es noch ein Buch über Jamie und Claire geben?

**Antwort:** O ja. Ich werde Jamies und Claires Geschichte mit zwei weiteren Romanen vervollständigen – *The Fiery Cross* und *King, Farewell* (Arbeitstitel). Außerdem wird es ein »Prequel« geben, eine Vorgeschichte, die von Brian und Ellen, Jamie Frasers Eltern, und dem Aufstand von 1715 erzählt.

Das hat sich durch Zufall ergeben[3]. Eine Freundin fragte mich, ob ich Interesse hätte, einen Kurzroman für eine Anthologie mit vier Autoren zu schreiben, die sie gerade zusammenstellte. »Weiß nicht«, sagte ich. »Ich habe noch nie etwas geschrieben, das kürzer als dreihunderttausend Wörter war; es wäre eine interessante technische Herausforderung. Ich muss es allerdings mit meinem Verleger besprechen, um sicher zu gehen, dass es keine Probleme gibt.«[4]

Als ich meiner Lektorin von dieser Einladung erzählte, meinte sie, das klänge interessant; was ich mir denn gedacht hätte? Ich antwortete, vielleicht würde ich die Anfänge der Liebe zwischen Brian und Ellen Fraser erzählen – worauf meine Lektorin antwortete: »Oh, das kannst du nicht für sie schreiben, du musst es für mich machen – ich habe solche Lust auf diese Geschichte!«

Ich wies sie darauf hin, dass ihr Verlag keine Kurzromane he-

rausgibt, worauf sie antwortete – sie kennt mich schon sehr lange:
»Oh, ich bin sicher, du bekämst das auch länger hin.« 

Das Endergebnis war der Vorschlag, ein Buch zu schreiben, das aus drei zusammenhängenden Kurzromanen besteht; der erste erzählt die Geschichte von Dougal und Colum MacKenzie und davon, wie die Brüder die Führerschaft des MacKenzie-Clans übernahmen; der zweite davon, wie Brian und Ellen sich verlieben und sich davonstehlen; der dritte von Murtagh – seiner Freundschaft mit Brian, seiner Liebe zu Ellen und wie es dazu kam, dass er der Patenonkel ihres Sohnes wurde.

Dann wollen wir mal sehen – wir haben sechs Romane, ein Prequel, ein Begleitbuch... und ich könnte mir vorstellen, dass wir ein zweites Begleitbuch erstellen müssen, das auch die beiden letzten Romane erfasst (wenn ich das tue, wird *dieses* Buch einen kompletten Index der ganzen Serie enthalten). Am Ende wird die Serie also aus acht oder neun Büchern bestehen.

**Frage:** Haben Sie, abgesehen von diesen Romanen, noch etwas anderes geschrieben? Haben Sie vor, noch andere Geschichten zu schreiben?

**Antwort:** Ich habe jede Menge andere Sachen geschrieben – Comic-Geschichten, Radiospots, wissenschaftliche Artikel, Computerhandbücher, Softwarebesprechungen, technische Artikel über die beste Methode, einen Kuhschädel zu reinigen – aber nichts Fiktionales. *Feuer und Stein* war mein erster Roman, und ich habe bis jetzt wirklich keine Zeit gehabt, etwas anderes als die Jamie-&-Claire-Romane zu schreiben.

Allerdings habe ich einen Vertrag über zwei zeitgenössische Krimis, und ich gehe davon aus (oder hoffe), dass ich den ersten bald fertig habe.

Darüber hinaus habe ich in letzter Zeit tatsächlich drei kurze (na ja, relativ kurze) Geschichten geschrieben. Man hat mich gebeten, eine Geschichte über eine Anthologie namens »Mothers and Daughters« zu schreiben, deren »Witz« darin lag, dass die Geschichten von bekannten Autorinnen entweder in Zusammenarbeit mit ihren Müttern oder ihren Töchtern geschrieben werden sollten[5]. Ich habe meine (damals fünfzehnjährige) Tochter gefragt, ob sie dazu Lust hätte, und da sie Ja sagte, haben wir es getan. Die

Geschichte – ein modernes Märchen über eine weiße Katze und eine Buchlektorin – heißt »Dream a Little Dream for Me«.

Da uns das beiden Spaß gemacht hatte, antwortete ich dem nächsten Lektor, der um eine Fantasy-Kurzgeschichte für eine deutsche Artus-Anthologie bat, ich würde eine Story beisteuern, wenn er nichts dagegen hätte, dass ich sie gemeinsam mit meinem Sohn schreibe (da ich einen Sohn habe, der Fantasy heiß und innig liebt). Man fand die Idee gut, und so schrieben wir die Geschichte »Der Kastellan« – die Geschichte eines einsamen Mannes, der gemischten Rassen entstammt, eines weißen Raben mit einem sarkastischen Sinn für Humor und einem Drachen, der eine echte Lady ist und der Ansicht ist, dass Blut nun einmal Blut ist und in jedem Fall gut schmeckt.[6]

Ich weiß auch nicht, wieso Anthologien plötzlich so in Mode kamen, aber so war es nun einmal. Der Herausgeber von *Past Poisons: An Ellis Peters Memorial Anthology of Historical Crime* lud mich ein, eine historische Krimigeschichte beizusteuern. Das roch verdächtig nach einem Angebot, das ich nicht abschlagen konnte.

Nun ist das achtzehnte Jahrhundert die einzige Periode, in der ich mich einigermaßen auskenne, und ich glaubte nicht, dass ich die Zeit haben würde, nur für eine Kurzgeschichte adäquate Recherchen über eine andere Periode anzustellen.[7] Also blieb ich beim achtzehnten Jahrhundert, und das Ergebnis war »Hellfire« (Die Flammen der Hölle), eine Geschichte über Lord John Grey[8], den Mord an einem rothaarigen Mann und Sir Frances Dashwoods berüchtigten Hell-fire Club in der Abtei von Medmenham.

**Frage:** Wann erscheint das nächste Buch?

**Antwort:** Ich habe keine Ahnung. Ich brauche ungefähr zwei bis drei Jahre, um einen der dicken historischen Romane zu schreiben, doch verlängert sich dieser Zeitraum durch Dinge wie Tourneen und andere PR-Aktivitäten (ganz zu schweigen von meinem Familienleben). Habe ich erst einmal ein Manuskript abgeliefert, so braucht der Verlag Zeit[9] für die Produktion, und das tatsächliche Erscheinungsdatum hängt von allen möglichen Faktoren ab, auf die ich keinen Einfluss habe und die man nicht vorhersagen kann.

Ich schreibe, so schnell es geht, ohne dass die Qualität des Buches leidet, und der Verlag tut sein Bestes, ein Buch so schnell wie möglich in die Regale zu bekommen – das ist aber auch schon alles, was ich Ihnen sagen kann. Sobald es allerdings ein festes Erscheinungsdatum für ein (amerikanisches) Buch gibt, veröffentliche ich diese Information auf meiner Webpage (www.cco.caltech.edu/~gatti/gabaldon/gabaldon.html).[10]

**Frage:** Der Beschreibung nach ist Jamie unfähig, mit den Augen zu zwinkern, aber an mehreren Stellen in den Büchern »öffnet er ein Auge«, um Claire anzusehen. Ist das nicht dasselbe? Wenn er ein Auge öffnen kann, dann kann er doch wohl auch eins zukneifen?

**Antwort:** Tja, nein, das ist nicht ganz dasselbe. Die Bewegungen werden von verschiedenen Muskeln kontrolliert. Versuchen Sie einmal Folgendes: Schließen Sie beide Augen, dann öffnen Sie eins. Sie sollten ein »Ziehen« oder eine Bewegung in den Muskeln des oberen Augenlides bzw. des unteren Teils der Stirn spüren.

Okay. Jetzt halten Sie beide Augen geöffnet und kneifen Sie dann eins zu. Vorausgesetzt, dass Sie das können, sollten Sie die Muskelbewegung verstärkt im oberen Wangenbereich und im Unterlid spüren. Verstehen Sie?

Diese Frage ist einmal sehr ausführlich in einer der AOL-Gruppen diskutiert worden, und die Leute haben beides ausprobiert. Dabei ist herausgekommen, dass es ziemlich viele Leute gibt, die nicht mit den Augen zwinkern können. Manche Leute können es, aber nur mit einem Auge. Die meisten konnten ein einzelnes Auge öffnen, aber manche Leute (die zwinkern konnten) waren nicht im Stande, ein Auge zu öffnen und das andere geschlossen zu halten. Viele konnten auch eine Augenbraue hochziehen, die andere aber nicht.

Offensichtlich gibt es bei der Augenmuskelkoordination viele persönliche Eigenheiten.

**Frage:** Was für ein Name ist Ihr Nachname?

**Antwort:** Gabaldon ist ein spanischer Name. Wenn ich jemandem begegne, der den Namen korrekt auf Spanisch ausspricht, dann weiß ich, dass er a) aus New Mexico und b) sehr wahrscheinlich aus der Gegend um Belen stammt, woher mein Vater kommt.[11] (Ja, Gabaldon ist mein eigener Name, nicht der meines Mannes.)[12]

**Frage:** Was ist mit Claires Perlen passiert? Sie hat sie in *Die geliehene Zeit* ins Pfandhaus gebracht, aber später gibt sie sie Brianna.

**Antwort:** Nun, als ich die Rohfassung des Manuskriptes fertig hatte, ist mir beim Durchlesen aufgefallen, dass ich vergessen hatte, die Perlen zurückzuholen. Daher schrieb ich eine kurze Notiz an den Rand – »Perlen besorgen!« –, habe sie aber nicht in die Tat umgesetzt, bis die Satzfahnen vorlagen.

Da Textänderungen in diesem Stadium höchst unerwünscht sind, musste ich mich kurz fassen – und das habe ich auch. Auf Seite 884 (gebundene Ausgabe): *»Ich bin ein Narr«, stöhnte Jamie auf dem Weg durch die steilen, kopfsteingepflasterten Straßen, die zu der Gasse führten, in der Alex Randall wohnte. »Wir hätte uns gestern sofort auf den Weg machen sollen, als wir deine Perlen beim Pfandleiher ausgelöst hatten. Hast du eine Ahnung, wie weit es ist nach Inverness? Noch dazu mit diesen alten Kleppern?«*

**Frage:** Was ist aus Willie geworden, nachdem er und Jamie in *Der Ruf der Trommel* zu dem Indianerdorf geritten waren?

**Antwort:** Ich schätze, er und Jamie sind nach Fraser's Ridge zurückgekehrt, woraufhin es ein glückliches Wiedersehen mit dem genesenen John Grey gab, und dann haben sich beide guter Dinge auf den Weg nach Virginia gemacht.

Meine Bücher sind zwar lang, aber trotzdem ist der Platz darin begrenzt; ich kann nicht noch mehr Platz verbrauchen, um Ereignisse zu erklären, die selbstverständlich sind, sonst bliebe nicht genug für die wirklich interessanten Dinge übrig. Und ich hätte mir zwar ein paar interessante Dinge ausdenken können, die nach Willies und Jamies Rückkehr hätten passieren können, doch sie zu erklären und in die Gesamtstruktur der Handlung einzubinden, hätte das Buch merklich verlängert.[13]

**Frage:** Sind Sie Schottin oder Engländerin?

**Antwort:** Amerikanerin. Aufgewachsen in Flagstaff, Arizona.[14] Allerdings sind meine Vorfahren sowohl Engländer (mit einer deutschen Linie) als auch mexikanisch-amerikanisch; einer meiner Urgroßväter mütterlicherseits ist im späten achtzehnten Jahrhundert aus England (Yorkshire) nach Arizona emigriert, und zwei andere Linien der Familie meiner Mutter sind während der Amerikanischen Revolution nach New York gekommen[15], während die Familie meines Vaters aus New Mexico stammt.[16]

**Frage:** Sind Sie je in Schottland gewesen?

**Antwort:** Ich war noch nie in Schottland gewesen, als ich *Feuer und Stein* schrieb, und ich habe dieses Buch allein mit Hilfe von Bibliotheksrecherchen geschrieben (da ich damals ja glaubte, das Buch würde nur zu Übungszwecken dienen, hielt ich es für unpassend, meinem Mann zu sagen, ich müsste zu Recherchezwecken nach Schottland). Ich habe dann aber einen Teil meines Vorschusses für *Feuer und Stein* genommen und bin für zwei Wochen nach Schottland gefahren, während ich an *Die geliehene Zeit* arbeitete. Es war (zum Glück!) genauso, wie ich es mir vorgestellt hatte. Seitdem bin ich noch mehrere Male da gewesen, auf Werbetourneen u. ä., und ich würde sofort wieder hinfahren, wenn sich die Gelegenheit böte.

**Frage:** Was ist Ihr akademischer Hintergrund? Was haben Sie beruflich gemacht, bevor *Feuer und Stein* veröffentlicht wurde?

**Antwort:** Ich habe an der *Scripps Institution of Oceanography* einen *Master of Science* in Meeresbiologie und an der *Northern Arizona University* einen *Bachelor of Science* in Zoologie sowie einen *Doctor of Philosophy* in Quantitativer Verhaltensökologie (statistisch erfasstes Tierverhalten) erworben. Meine Abschlussarbeit habe ich über die Nistplatzsuche der Eichelhäher geschrieben[17]. Nach der Promotion hatte ich zwei Stellen an der Universität, eine an der *University of Pennsylvania*[18] und eine an der *UCLA*.[19]

Außerdem habe ich Ende der Siebziger ein oder zwei Jahre lang als freie Mitarbeiterin Comicgeschichten für Walt Disney geschrieben.[20] Dann war ich etwa zwölf Jahre lang Professorin im Zentrum für Umweltstudien an der *Arizona State University*.

Meine eigentliche Arbeit dort war verrückterweise die Entwicklung einer Expertise im brandneuen Feld der wissenschaftlichen Computernutzung (der Anwendung von Computern zu wissenschaftlichen Recherchezwecken – beispielsweise in der Botanik, Ökologie, Physiologie, Meteorologie. Das ist ein vollkommen anderes Feld als die Computerwissenschaft, die sich mit der Erforschung von Computern und ihrer Funktionsweise befasst).

Als Teil dieses Unterfangens rief ich ein wissenschaftliches Magazin namens *Science Software* ins Leben, dessen Herausgeberin ich mehrere Jahre lang war. Sehen Sie, ich habe Anfang der achtziger Jahre damit begonnen, Computer für wissenschaftliche Analysen einzusetzen, also just zu dem Zeitpunkt, als die Mikrocomputer aufkamen. Mir kam der Gedanke, dass es ein Organ geben sollte, mit dessen Hilfe andere Wissenschaftler, die auf demselben Feld arbeiteten wie ich (damals nicht sehr viele), ihre Arbeit untereinander austauschen konnten. Die Zeitschrift kam in die Gänge und hielt mich auf Trab – innerhalb kurzer Zeit machte ich praktisch nichts anderes mehr; ich gab die Zeitschrift heraus, veranstaltete Übungsseminare für Wissenschaftler, die sich Computer zulegen und ihre Labors automatisieren wollten und so weiter.

Im Grunde habe ich mein eigenes Spezialgebiet erfunden. Dann habe ich die Herausgeber der etablierten Magazine kontaktiert und ihnen angeboten, darüber zu schreiben. Das heißt, ich fing an, Probeexemplare von *Science Software* an die Herausgeber der Mainstream-Computerpresse zu schicken (zusammen mit Exemplaren meiner Disney-Comics, nur um sicher zu gehen, dass sie meine Bewerbung auch nicht übersahen), und bat um Aufträge – die ich augenblicklich bekam, weil ich damals einer von weltweit vielleicht einem Dutzend Menschen war, die etwas von wissenschaftlicher und technischer Software verstanden und zusammenhängend darüber schreiben konnten.

Mit anderen Worten, ich etablierte mich auf die gleiche Weise als »Expertin« in wissenschaftlicher Computernutzung wie ich auch die Schriftstellerei anging: Ich tat es einfach.

Und habe es sogar weiter getan, bis ich mit der Rohfassung von *Die geliehene Zeit* fertig war. Zu diesem Zeitpunkt war die Erneuerung meines Vertrages an der Uni fällig, und ich beschloss, dass es doch schön wäre herauszufinden, wie es ist, wenn man mehr als vier Stunden am Stück schläft, also habe ich meine Stelle aufgegeben.

**Frage:** Wie ist Ihnen die Idee zu einem Zeitreiseroman gekommen?

**Antwort:** Ich hatte *Feuer und Stein* als ganz geradlinigen historischen Roman geplant, doch als Claire Beauchamp Randall die Szenerie betrat (ungefähr am dritten Tag – es war die Szene, in der sie in der Kate auf Dougal und die anderen trifft), verweigerte sie mir die Zusammenarbeit. Dougal fragte sie, wer sie war, und ohne dass ich auch nur darüber hätte nachdenken können, wer sie sein *sollte*, richtete sie sich zu voller Höhe auf, starrte ihn feindselig an und sagte: »Claire Elizabeth Beauchamp. Und wer zum Teufel sind Sie?« Sie nahm die Geschichte prompt in die Hand und begann, sie selbst zu erzählen und dabei moderne Klugscheißereien über alles und jedes von sich zu geben.

An diesem Punkt zuckte ich mit den Schultern und sagte: »Schön. Dieses Buch bekommt sowieso niemand zu sehen, also spielt es keine Rolle, was ich für bizarre Dinge tue – mach nur und *sei* modern, und ich überlege mir dann später, wie du da hingekommen bist.« Also war die Sache mit der Zeitreise ganz und gar Claires Schuld.

**Frage:** Warum haben Sie *Feuer und Stein* in den vierziger Jahren beginnen lassen und nicht in der Gegenwart?

**Antwort:** Nun, drei Hauptgründe.

1) Ich wollte Claires Übergang in die Vergangenheit so plausibel wie möglich gestalten. Da sie also die Strapazen der Nachkriegszeit in Europa und die anthropologischen Reisen mit ihrem Onkel Lamb hinter sich hatte, würde ihr die Anpassung an das jakobitische Schottland nicht so schwer fallen, wie das möglicherweise bei einer modernen Person der Fall wäre. Es ist zwar für viele heutige Amerikaner schwer zu begreifen, aber

vor dem Krieg herrschten in Großbritannien recht primitive Zustände, was alle möglichen Annehmlichkeiten – Lebensmittel, Fortbewegung, Kühlmöglichkeiten, sanitäre Einrichtungen – betrifft, die für uns selbstverständlich sind.

2) Als ich weiterschrieb, war es mir klar, dass Claire zu irgendeinem Zeitpunkt in die Zukunft zurückkehren würde, und ich hatte beschlossen, dass die Zeit linear verläuft – das heißt, wenn man am Punkt A abreist und bis zu seiner Rückkehr eine X lange Zeit in der Vergangenheit verbringt, dann kommt man am Punkt A + X heraus. Ich wollte nicht gezwungen sein, *meine* Zukunft zu erfinden, um Claires Zukunft schreiben zu können – das heißt, ich wollte es nicht gleichzeitig mit den Problemen historischer und futuristischer Romane zu tun bekommen.

3) Der dritte Grund hat sich inzwischen als bedeutungslos erwiesen, doch anfangs, als ich noch mit dem Zeitreisemechanismus herumgespielt habe, habe ich mir überlegt, dass die Zeitpassagen in den Steinen vielleicht nur in Perioden gesellschaftlicher Gewalt offen standen – vor allem in Kriegszeiten. Das hätte bedeutet, dass die Zeitreisenden Gefahr liefen, in unruhige Zeiten »hineinzufallen«, und dass sie sich zwischen Perioden des Aufruhrs hin- und herbewegten, in denen es weniger wahrscheinlich war, dass ihr Verschwinden bemerkt wurde.[21]

Später habe ich beschlossen, dass es sinnvoller war, den Zeitpassagen eine geomagnetische Natur zu verleihen, sodass sie von den überlieferten Sonnenfesten beeinflusst wurden (die einen Bezug zum Gravitationsfeld der Erde und seiner wechselnden Orientierung an Sonne und Mond haben). Daher habe ich von der Verbindung mit der Häufung von Gewalt abgesehen – doch diese Idee gehörte zu den Gründen, warum der Ausgangspunkt von Claires Geschichte in der Nähe des Zweiten Weltkriegs liegt.

**Frage:** Warum »hört« Roger die Steine nicht, als er in North Carolina vor den Indianern flieht und in den Steinkreis stolpert?

**Antwort:** Falsche Jahreszeit. Wenn die Passage durch die Steine an den Sonnen- und Feuerfesten am weitesten offen steht, dann ist sie in der Zwischenzeit wahrscheinlich mehr oder weniger »geschlossen«. Wie Geillis'/Gillians Notizen andeuten, kann es tödlich enden, wenn man die Passage zur falschen Zeit versucht.

**Frage:** Warum gibt es eine Diskrepanz zwischen dem von Dougal genannten Datum, an dem Geillis Duncan in der amerikanischen (und deutschen) Ausgabe in die Vergangenheit verschwindet, und dem Datum in der britischen Ausgabe (die in Deutschland in vielen Buchhandlungen als Taschenbuch verkauft wird)?

**Antwort:** Die Diskrepanz zwischen den Daten ist ein Fehler – es ist ein Irrtum der Lektorin, verursacht durch die Unterschiede zwischen der britischen Ausgabe des Buches, die 1946 beginnt, und der amerikanischen Ausgabe, die 1945 beginnt. Das amerikanische Buch war bereits gesetzt, als wir *Feuer und Stein* nach Großbritannien verkauft haben, und der Verlag war der Meinung, dass man das ganze Manuskript erneut Korrektur lesen müsste, wenn man das Anfangsdatum änderte, daher sei es besser, es nicht zu ändern.

**Frage:** Warum haben Sie Ihre Bücher in Schottland zur Zeit der Jakobiten spielen lassen?

**Antwort:** Nun, wie fast alles andere an diesen Büchern hat sich auch das durch Zufall ergeben. Ich war auf der Suche nach einer geeigneten Zeit für einen historischen Roman, weil ich der Meinung war, ein solches Buch ließe sich zu Übungszwecken am leichtesten schreiben. Während ich noch darüber nachgrübelte, sah ich zufällig auf PBS die Wiederholung einer uralten Folge von *Doctor Who* – eine Folge, in welcher der Doctor einen jungen schottischen Begleiter hatte, den er im Jahr 1745 aufgelesen hatte. Es war ein hübscher Kerl von ungefähr siebzehn, der Jamie MacCrimmon hieß und in seinem Kilt eine ziemlich gute Figur machte.

Am nächsten Tag saß ich in der Kirche und dachte darüber nach. Na ja, dachte ich mir, irgendwo musst du ja anfangen, und eigentlich spielt es keine Rolle, wo, weil dieses Buch ja sowieso niemand zu sehen bekommen wird – warum also nicht? Schottland, achtzehntes Jahrhundert. Und so habe ich angefangen: kein Konzept, keine Figuren, keine Handlung – nur ein Ort und ein Zeitpunkt.

**Frage:** Welches Cover gefällt Ihnen am besten?

**Antwort:** Mir gefallen die Titelbilder der gebundenen amerikanischen Ausgaben[22] sehr gut. Was die anderen angeht… nun, es gibt eine große Anzahl unterschiedlicher Ausgaben, und manche sind bemerkenswert schön (die erste britische Taschenbuchausgabe von *Die geliehene Zeit* mag ich besonders – leider gibt es sie nicht mehr). Andere sind einfach nur bemerkenswert.

Lassen Sie mich der Vollständigkeit halber noch zu Protokoll geben, dass ich es ABSOLUT nicht leiden kann, wenn versucht wird, auf dem Titelbild die Gesichtszüge der Charaktere zu zeigen. Da sich kein Zeichner vorstellen kann, wie Jamie, Claire usw. in Wirklichkeit aussehen, ist das Resultat für jemanden, der genau weiß, wie sie aussehen, zwangsläufig enttäuschend. Ich ziehe es doch vor, solche Details der Phantasie des Lesers zu überlassen.

**Frage:** Wie lange brauchen Sie, um ein Buch zu schreiben?

**Antwort:** Ich habe achtzehn Monate gebraucht, bis ich *Feuer und Stein* fertig hatte, jeweils ungefähr zwei Jahre für *Die geliehene Zeit* und *Ferne Ufer* und gut zweieinhalb Jahre für *Der Ruf der Trommel*. Die Bücher sind immer länger und etwas (ha) komplizierter geworden; außerdem bin ich vier Monate unterwegs gewesen, um die Werbetrommel für die amerikanische Ausgabe von *Ferne Ufer* zu rühren, wodurch mir Zeit zum Schreiben verloren ging[23]. Ich schreibe im Schneckentempo, und ich ändere und korrigiere den Text Wort für Wort und Satz für Satz, während ich ihn schreibe… und dann gehe ich ihn durch und ändere die Worte noch einmal. Im Durchschnitt schaffe ich etwa zwei oder drei Seiten am Tag, außer gegen Ende des Buches. An diesem Punkt, an dem ich weiß, was ich tue und wohin es führt, schreibe ich zehn bis fünfzehn Seiten am Tag – und schlafe sehr wenig.

**Frage:** Welche Art von Recherchen unternehmen Sie für Ihre Bücher? Woher wissen Sie, wann Sie genug recherchiert haben? Wie lange recherchieren Sie, bevor Sie zu schreiben beginnen?

**Antwort:** Ich kenne viele Leute, die erst ihre Recherchen abschließen und dann anfangen zu schreiben, doch das würde mir nichts bringen – da ich nie weiß, was passieren wird, wüsste ich nicht, wo ich aufhören soll[24]! Also lasse ich das – ich lese und recherchiere während des gesamten Schreibprozesses, und ich beginne unverzüglich zu schreiben.

Es kommt bei einem Buch vor allem auf das Schreiben an. Was die Recherche angeht, so ist oft gar nicht klar, was ich wissen muss, bis ich es finde[25]. Wenn sich etwas als falsch herausstellt, kann ich es ändern. Wenn ich an eine Stelle gelange, an der ich etwas Konkretes wissen muss, bevor ich weiterschreiben kann – dann kann ich es nachschlagen, oder ich kann an eine andere Stelle der Handlung wechseln und mir diese Stelle für später aufheben. Doch es zählen nur die Wörter auf der Seite.

Ich habe ungefähr zweihundert Bücher zu Hause, die der Uni-Bibliothek gehören (dann und wann wollen sie eins zurück haben, was immer ein traumatisches Erlebnis ist), und außerdem kaufe ich Bücher wie andere Leute gesalzene Erdnüsse. Ich habe immer ein Buch im Auto, sodass ich an der Ampel oder während der Flötenstunde meiner Kinder etwas lesen kann, und ich lese beim Fitnesstraining auf dem Trimmfahrrad oder auf dem Laufband Recherchematerialien. Manchmal muss ich konkrete Informationen nachschlagen – etwa wie man einen Zahn zieht, wie viele Sklaven es 1767 im Durchschnitt auf einer Zuckerplantage in North Carolina gab oder wie viel ein Schwarzbär wiegt –, doch es ist wirklich nicht sehr zeitaufwändig, konkrete Fakten auszugraben. Es ist das Herumstöbern und Aufspüren faszinierender Einzelheiten wie dem Gehängtenschmalz (das übrigens historisch belegt ist – es gehörte zu den Nebenverdienstquellen eines Henkers aus dem achtzehnten Jahrhundert), das Zeit in Anspruch nimmt. Glücklicherweise macht es aber auch Spaß.

Ich kann mich erinnern, wie ich einmal ein bestimmtes Buch erwähnt fand, dessen Titel mir wichtige Hintergrundinformationen für *Ferne Ufer* versprach. Die Uni-Bibliothek hatte es nicht, und ich hatte nicht genug Zeit, um darauf zu warten, dass sie es mir per Fernleihe besorgten. Also telefonierte ich herum und machte schließlich zwei Exemplare des Buches in einer New Yorker Buchhandlung ausfindig. Zufälligerweise befand sich die Buchhandlung im Erdgeschoss des Gebäudes, in dem mein Verleger seine Büroräume hat. Und so geschah es, dass meine (extrem hilfsbereite und tolerante) Lektorin sich bei dem Versuch wieder fand, keine Miene zu verziehen, während sie eine Verkäuferin in der Buchhandlung um zwei Exemplare von *Sodomy and the Pirate Tradition* bat[26].

**Frage:** Ihre Bücher sind so komplex! Erstellen Sie vorher ein Konzept?

**Antwort:** Nein, ich arbeite nicht mit vorgefertigten Konzepten. Natürlich schreibe ich aber auch nicht *linear*; ich schreibe jede Menge Teilstückchen und füge sie dann ineinander wie ein Puzzle. Ich schreibe hier und da, da und hier, bis eine Szene fertig ist – dann springe ich an eine andere Stelle und schreibe etwas anderes. Ich habe nicht einmal Kapitel, bis es daran geht, das vollendete Manuskript auszudrucken, um es meiner Lektorin zu schicken; die Aufteilung in Kapitel, für die ich mir dann Überschriften einfallen lasse, sind so ziemlich das Letzte, was ich mit einem Buch anstelle[27].

Und ja, dann und wann habe ich Szenen, die entweder nicht passen oder überflüssig oder deplatziert sind (ich bin sicher, dass niemand glaubt, dass ich jemals eine Textstelle kürze oder herausnehme, aber das tue ich. Das Vor-Vorletzte, was ich mit einem Buch anstelle, ist ein Prozess namens »Aufschlitzen und Niederbrennen«). Doch in den meisten Fällen kann ich diese Szenen für ein anderes Buch recyceln – einer der Vorteile, wenn man eine Serie schreibt. Die kurze Szene mit dem reisenden Numismatiker Mayer Rothschild hatte ich beispielsweise ursprünglich für *Die geliehene Zeit* geschrieben. Nicht, dass sie dort nicht gut hingepasst hätte – doch sie war nicht essenziell wichtig für die Handlung, also habe ich sie entfernt. Und wie das Leben so spielt, passte sie dann wunderbar zu dem Rätsel um die Münzen in *Ferne Ufer*, wo ich sie fast unverändert verwendet habe und sie nur hier und dort ein wenig der Handlung angepasst habe.

Dann gibt es Textversionen, die einfach nicht funktionieren – ich habe die erste Hälfte der Rahmenhandlung in *Die geliehene*

*Zeit* mehrere Male umgeschrieben, bevor ich damit glücklich war, und bei jedem Durchgang nur jene Bruchstücke übernommen, die mir zu funktionieren schienen.

Jeder Schriftsteller hat eine andere Herangehensweise an das Schreiben, doch für mich ist es ein sehr organischer Prozess, wenn auch mit einer ganz eigenen inneren Logik – etwa, wie wenn man im Keller Kristalle züchtet.

**Frage:** Liefern Ihre Leser Ihnen Ideen?

**Antwort:** Na ja, ganz ehrlich gesagt, nicht sehr oft. Oder vielmehr, sie bringen mich nicht auf konkrete Ideen, obwohl es oft vorkommt, dass eine Unterhaltung mich auf einen Gedankengang bringt, der schließlich zu einem Resultat führt – obwohl dieses möglicherweise nicht mehr das Geringste mit dem ursprünglichen Vorschlag zu tun hat! Im Allgemeinen kenne ich die Gestalt des Buches, wenn auch nicht alle Einzelheiten, und ich kenne die Figuren so gut, dass ich sagen kann, ja, das *würden* sie tun, und nein, das würden sie unter *keinen* Umständen tun. Ich kann mich nur an zwei Vorschläge erinnern, die in konkreten Szenen resultiert haben, und sie stammten beide von meinen Freunden im LitForum (CompuServe) – beides Menschen, die ich seit Jahren kenne und die die Entwicklung der Bücher und Figuren von Anfang an beobachtet haben.

So hat mich zum Beispiel eine Frau – halb im Scherz – gefragt, was Jamie meiner Meinung nach sagen, denken oder tun würde, wenn er in die Zukunft reisen und seine Tochter im Bikini sehen würde. Nun ist es zwar nicht möglich, dass er in die Zukunft reist, doch die Frage brachte mich auf einen Gedankengang, der in der Unterhaltung im Mondschein in *Ferne Ufer* und in Claires Brief an ihre Tochter resultierte.

**Frage:** Wieso ist *Feuer und Stein* in der ersten Person geschrieben?

**Antwort:** Mein erster Impuls ist zu sagen: »Warum zum Kuckuck sollte es nicht so sein?« Doch wird mir diese Frage auch oft bei Autorenkonferenzen gestellt, also will ich versuchen, sie etwas detaillierter zu beantworten.

Ich experimentiere gern und probiere gern neue, interessante Strukturen und literarische Techniken aus (nicht, dass eine Ich-Erzählerin das wäre, was man als wahnsinnig gewagt bezeichnen würde). Doch die Antwort lautet schlicht, dass die erste Person damals für mich die einfachste Methode war und mir am meisten Vertrauen einflößte, und da ich das Buch zu Übungszwecken schrieb, sah ich keinen Grund, mir selbst das Leben kompliziert zu machen.

Jetzt, wo ich mehr über das Schreiben weiß, gibt es noch andere gute Gründe für meine damalige Entscheidung, doch das ist der Grund, warum ich es getan habe: Es kam mir ganz selbstverständlich vor. Vielleicht habe ich mich (abgesehen von der Tatsache, dass Claire Beauchamp Randall die Dinge an sich gerissen hat und die Geschichte selbst zu erzählen begann) dabei am wohlsten gefühlt, weil viele meiner Lieblingsbücher in der ersten Person geschrieben sind.

Wenn Sie die Klassiker der englischen Literatur betrachten, so ist gut die Hälfte davon in der Ich-Form geschrieben, von *Moby Dick* bis *David Copperfield* und *Die Schatzinsel* – sogar große Teile der Bibel sind in der ersten Person geschrieben[28]!

Was nicht heißen soll, dass diese Technik keine Nachteile hat, oder dass sie jedermanns Sache ist. Doch wenn sie zum Stil und zur Handlung passt, warum nicht?

Die Rahmenhandlung von *Die geliehene Zeit* ist zum Teil aus Claires Perspektive in der ersten Person geschrieben, zum Teil aus Roger Wakefields Perspektive in der dritten Person. Und wenn Sie sich die erste Hälfte von *Ferne Ufer* ansehen, dann werden Sie feststellen, dass sie in einer »Flechttechnik« geschrieben ist und Jamies Geschichte linear in der dritten Person erzählt, Claires Geschichte in Rückblenden in der ersten Person, und dass die Szenen, die aus Rogers Erzählperspektive geschrieben sind, Wendepunkte darstellen, die den beiden anderen Erzählern Anregungen liefern.

*Der Ruf der Trommel* benutzt wiederum *vier* Haupterzähler: Claire, Jamie, Roger und Brianna[29]. Dennoch fühle ich mich bei weitem am wohlsten, wenn ich Claires Perspektive verwende.

**Frage:** Welche Szenen waren für Sie am schwierigsten zu schreiben?

**Antwort:** Schwierig? Liebe Güte, jede einzelne. Na ja, oder auch nicht, aber wissen Sie, Schreiben ist harte Arbeit, auch wenn es oft großen Spaß macht. Was emotionale Schwierigkeiten betrifft – und das meinen Sie ja wahrscheinlich: Claires Abschiedsbrief an Brianna, die Vergewaltigungsszene in *Feuer und Stein*, die Abschiedsszene in *Die geliehene Zeit*, die »Krippenszene« in *Der Ruf der Trommel* und ein paar andere, die mir jetzt nicht spontan einfallen. Oder anders gesagt, die, die Sie erwarten würden.

**Frage:** Gibt es die Orte, an denen Ihre Bücher spielen, wirklich?

**Antwort:** Ich schätze, das hängt ein wenig davon ab, was Sie unter »wirklich« verstehen. Für *mich* sind sie mit Sicherheit alle wirklich. Doch gibt es Orte wie Inverness, Loch Ness und Fort William auch auf der Landkarte, ebenso wie Paris, Fontainebleau, Cap-Haïtien und so weiter. Wenn Sie allerdings den Steinkreis von Craigh na Dun meinen…

Sie müssen bedenken, dass ich noch nie in Schottland gewesen war, als ich *Feuer und Stein* schrieb. Als ich schließlich eine Reise dorthin unternahm, fand ich an einem Ort namens Castlerigg einen Steinkreis, der dem meinen sehr ähnlich sah. Außerdem gibt es in der Nähe von Inverness ein Hügelgrab-Monument mit Namen Clava Cairns, wo es auch einen Steinkreis gibt[30], und einen Hügel namens Tomnahurich, der angeblich ein Feenhügel ist, aber dort bin ich noch nie gewesen, daher weiß ich nicht, wie sehr er Craigh na Dun ähnelt. Was Lallybroch angeht… nun, ich finde immer wieder Dinge, die tatsächlich existieren, nachdem ich sie zu Papier gebracht habe, daher würde es mich nicht im Mindesten überraschen.

**Frage:** Wie entwickeln Sie Ihre Romanfiguren? Benutzen Sie Tabellen oder Karteikarten, um den Überblick nicht zu verlieren?

**Antwort:** Ich benutze keine Tabellen, keine Notizen, keine Konzepte, nichts dergleichen. Das einzige, was ich aufschreibe, ist der

Text des Buches, zum Teil schon deswegen, weil ich alles vergesse, was ich aufschreibe.

Mit steigender Zahl der Bücher muss ich gelegentlich nachzählen, in welchem Monat welchen Jahres eine Szene stattfindet, sodass ich weiß, wie das Wetter sein sollte, aber das ist auch schon alles. Ich vergesse die Figuren nicht, weil ich sie »sehen« kann. Sie würden doch auch nicht vergessen, wie Ihr Ehepartner aussieht oder was er gern zum Frühstück isst, nicht wahr? (Im zweiten Teil dieses Buches finden Sie ein ausführlicheres Kapitel zum Thema Entwicklung von Romanfiguren.)

**Frage:** Sind Sie Claire?

**Antwort:** Nicht doch. Obwohl ich natürlich *jede* Figur in meinen Romanen bin; das muss ich schließlich. Aber wenn Sie meinen, ob ich die Vorlage für Claire bin, nein, das bin ich nicht.

(Eine genauere Erklärung finden Sie unter »Charaktere« im zweiten Teil.)

**Frage:** Wir haben versucht, die Spielregeln von »Pastors Katze« herauszubekommen. Jede Hilfestellung wäre uns sehr willkommen.

**Antwort:** Pastors Katze ist nur ein einfaches Wortspiel, bei dem es eigentlich keinen »Gewinner« gibt. Jeder Spieler ist bei jedem Buchstaben des Alphabets einmal an der Reihe und muss versuchen, ein Adjektiv auszusuchen, das seinen Gegner entweder verblüfft oder einfach nur belustigt; der Spieler, der das »beste« Adjektiv findet (eins, das sein Gegner nicht kennt, oder einfach das unterhaltsamere Wort), hat die Runde gewonnen.

*Pastors Katze ist eine adipöse Katze.*

*Pastors Katze ist eine adhäsive Katze.*

Beides gut, aber »adhäsiv« ist vielleicht besser, weil die Vorstellung einer klebrigen Katze komischer ist als die einer fetten Katze.

*Pastors Katze ist eine böse Katze.*

*Pastors Katze ist eine Bandkeramik-Katze.*

(»Bandkeramik« ist die Bezeichnung für eine bestimmte Art von neolithischer Keramik, die gemusterte Borten aufweist, also ist es eine gestreifte Katze.) »Bandkeramik« dürfte diese Runde wohl gewinnen.

Das Spiel kann einfach, aber auch sehr komplex sein, und es wird oft benutzt, um den Wortschatz von Schülern zu erweitern. Ich bin in einer Buchhandlung in Inverness darauf gestoßen, wo ich zwei kleine Bücher gefunden habe: *The Minister's Cat*, welches mehrere Möglichkeiten pro Buchstabe aufzeigte und lustig illustriert ist, und *Cat A'Mhinister*, eine gälische Version, die das Spiel als effektive Methode zum Erlernen gälischer Vokabeln empfiehlt.

Roger und Brianna benutzen das Spiel natürlich, um indirekt miteinander zu kommunizieren – und um sich während der Autofahrt die Zeit zu vertreiben.

**Frage:** Wir sind mehrere Leute, die die Bücher schon mehrfach gelesen haben, über sie diskutieren und versuchen herauszubekommen, warum Claire und Jamie so handeln oder reagieren, wie sie es nun einmal tun. Wir alle haben aber eine Frage: Warum ist es für Claire so wichtig gewesen, am Ende von *Der Ruf der Trommel* Franks Ehering zurückzubekommen? Keine von uns hätte ihn angenommen! Können Sie uns erklären, was Sie sich bei dieser Szene gedacht haben? Trotz Claires gemeinsamer Vergangenheit mit Frank war doch ihre Liebe zu Jamie so groß – warum sollte sie also das Bedürfnis haben, einen anderen Ring als den seinen zu tragen?

**Antwort:** Ich bin versucht zu sagen, dass dies zu jenen Dingen gehört, die man entweder einsieht oder nicht – aber ich will versuchen, es zu erklären. Ja, Claire und Frank haben eine gemeinsame Vergangenheit – eine *lange* Vergangenheit, in der es viel Freude, aber auch viel Leid gegeben hat. Er ist ihre erste Liebe gewesen, ihr erster Ehemann, und bei ihrer Hochzeit hatte sie die felsenfeste Absicht, ihr Leben lang seine Frau zu sein. Schließlich ist sie ein sehr loyaler und aufrichtiger Mensch. Es war ein Akt des Verrats, ihn zu »verlassen« und sich für Jamie zu entscheiden, und das weiß sie. Frank hat ja nichts Falsches getan; sein einziges »Verbrechen« bestand darin, nicht Jamie zu sein. Finden Sie es in Ordnung, seinen Eid zu brechen und mit einem anderen davonzulaufen, nur weil er attraktiver ist als der Mann, den man geheiratet hat? Claire findet das nicht.

Okay, sie stand unter extremem Druck, und sie hatte – emotional wie physisch – sehr überzeugende Gründe für das, was sie tat, doch es *war* Betrug, und dieses Bewusstsein nagt im Verlauf der beiden ersten Bücher dann und wann an ihr (erinnern Sie sich daran, wie sie von Frank und den Porträtminiaturen träumt?). Ihre Gefühle des Schuldbewusstseins und der Loyalität gegenüber Frank sind der Grund, warum sie Jamie bedrängt, Jack Randall nicht umzubringen und so Frank das Leben zu retten.

Als sie später zurückgeht, schwanger und emotional aufgewühlt, ist es Frank, der die Scherben aufsammelt und ihr Leben wieder zusammenkittet. Er nimmt Brianna rückhaltlos an Kindes statt an – etwas, das nicht jeder Mann könnte; er unterstützt Claires Entscheidung, Ärztin zu werden, denn er weiß ihre Bestimmung zu schätzen (wenn er sie auch gleichzeitig darum beneidet). Das ist doch wohl das bewundernswerte Verhalten eines Ehrenmannes, und Claire ist sich dessen bewusst und weiß es zu schätzen.

Was nun ihre persönliche und sexuelle Beziehung angeht... sie hat ihn verlassen und ist nur zurückgekommen, weil es nicht anders ging, schwanger von einem Mann, den sie offenbar weiterhin liebt. Meinen Sie, das war für Frank leicht zu akzeptieren? Er ist ein Mann mit sehr viel Mitgefühl – aber er ist auch nur ein Mensch. Er bemüht sich – ebenso wie Claire – wiederholt, ihre Ehe ins Lot zu bringen, doch die Wut über ihren Verrat brodelt immer noch unterschwellig in ihm. Da er nicht offen zugeben kann oder will, dass ihre Geschichte wahr ist, können sie nie richtig darüber sprechen, können sie die Situation niemals lösen; Jamie Fraser ist der Geist, der stets über ihrer Ehe schwebt. Kein Wunder, wenn sich Frank dann und wann eine Geliebte nimmt – sei es aus Rache, sei es einfach nur, um Zuflucht zu finden.

Okay. Ihre Beziehung ist also schwierig und komplex. Die Probleme und Schuldkomplexe bedeuten aber nicht, dass es gar nichts von Wert zwischen ihnen gibt. Die Liebe, die sie einst füreinander empfanden, ist immer noch da, bestärkt und gestützt durch ihre gemeinsamen Gefühle für Brianna, unterminiert durch die Erinnerungen an ihre gegenseitigen Betrügereien – doch immer noch eine Säule wie ein Fels in der Wüste, den Wind und Regen verformt und gestaltet haben.

Wäre Claire in der Lage, eine solche Vergangenheit und ein solches Gefühl einfach abzulegen und damit einen Großteil ihres Lebens und ihrer Identität aufzugeben, nur weil sie jetzt irgendwo anders ist... nun, dann wäre sie nicht im Stande, Jamie so von ganzem Herzen zu lieben, wie sie es tut. Sie wäre kein ganzer Mensch.

So aber sind ihr jetzt die Schuldgefühle über ihre alles andere als perfekte Beziehung mit Frank genommen, und sie ist frei, die Erinnerung an ihre guten Augenblicke zu genießen. Jamie, der *seinerseits* mit ganzem Herzen empfindet, ist sich dessen bewusst, und er möchte, dass sie weiß, dass er mit dem Bewusstsein dessen leben kann, was sie mit einem anderen geteilt hat – das einzige, was Frank *nicht* konnte. Das hat etwas mit der Natur der Liebe und der Tatsache zu tun, dass zur Liebe auch Pflichtgefühl gehört. Während sich Roger über dieses Thema explizit Gedanken macht (*»Liebe? Pflichtgefühl? Wie zum Teufel konnte es Liebe ohne Pflichtgefühl geben?«, fragte er sich*), leben Claire und Jamie es implizit aus.

Hätte sie Franks Ring zurückgewiesen und damit im Grunde alles zurückgewiesen, was war, hätte sie den Wert einer dreißigjährigen, komplexen, aber wertvollen Beziehung geleugnet – nun das wäre unaufrichtig und schäbig gewesen. Und ein Kleingeist ist Claire genauso wenig wie Jamie.

**Frage:** Ich bin etwas verwirrt über Franks Brief am Ende von *Der Ruf der Trommel* – von dem Roger Jamie erzählt. Hat Frank gewusst, dass Jamie überlebt hatte, und Claire dieses Wissen vorenthalten? Das ist ja furchtbar!

**Antwort:** Tja, vielleicht, vielleicht auch nicht, wie Jamie so gerne sagt. Das heißt, es sieht so aus, als *hätte* Frank irgendwann so viel über Jamie herausgefunden, dass er zumindest vermutete, dass a) Claires Geschichte wahr war und b) Jamie Culloden überlebt hatte. Doch wissen wir nicht, *wann* Frank das herausfand oder wie überzeugt er davon gewesen ist.

Betrachten Sie die Sache doch einmal von Franks Standpunkt aus (ich weiß; als Leser möchte man nicht einmal an Frank *denken*, aber es gibt ihn nun einmal). Sie sind glücklich verheiratet, dann verschwindet Ihre Frau. Sie machen sich Sorgen, machen sich verrückt, suchen nach ihr, trauern um sie, ergeben sich schließlich irgendwie in Ihr Schicksal... und dann kommt sie zurück, schwanger von einem anderen, und erzählt Ihnen wilde Geschichten darüber, wo sie gewesen ist.

Na gut. Da Sie ein freundlicher und ehrenwerter Mensch sind – und diese Frau immer noch lieben –, beißen Sie die Zähne zusammen, finden sich mit der Situation und dem kommenden Baby ab und geben sich alle Mühe. Auch Ihre Frau gibt sich alle Mühe, doch Sie können deutlich sehen, dass sie den Vater des Kindes immer noch liebt – wer auch immer es gewesen ist. Als Berufshistoriker stehen Ihnen die Mittel und Wege zur Verfügung, ihre Geschichte zumindest ansatzweise zu überprüfen. Wahrscheinlich dauert es eine Weile, bevor Sie sich dazu aufraffen, das zu tun, aber *wenn* Sie es dann tun… nun, es *gab* einen Mann namens Jamie Fraser, und die Informationen, die Sie über ihn ans Tageslicht befördern können, entsprechen tatsächlich dem, was Ihre Frau Ihnen erzählt hat… aber glauben Sie das *wirklich*?

Unterdessen haben Sie eine wundervolle Tochter, die Sie abgöttisch lieben und die Sie anbetet. Zwischen Ihnen und Ihrer Tochter gibt es Probleme, aber Sie lieben sie immer noch sehr. Es war furchtbar für Sie, Ihre Frau einmal zu verlieren; sie jetzt beide zu verlieren, würde Sie zerstören.

Was tun Sie also?

WENN Sie davon ausgehen, dass die Geschichte nicht stimmt ODER dass der Jamie Fraser, den Sie gefunden haben, nicht derselbe ist, mit dem Claire zusammen war, dann gibt es eindeutig nichts, was Sie tun könnten oder sollten.

WENN Sie aber davon ausgehen, dass die Geschichte STIMMT und dass er der richtige Jamie Fraser IST… tja, dann stehen Sie vor einem kleinen moralischen Dilemma.

Erzählen Sie es Ihrer Frau (und damit womöglich auch Ihrer Tochter)? Wenn Sie es tun, dann könnte eins von zwei Dingen geschehen: 1) Sie verlässt Sie auf der Stelle *wieder* und versucht, zu Fraser zurückzukehren, oder 2) sie bleibt aus Pflichtgefühl, während sie sich deutlich nach einem anderen sehnt – was das empfindliche Gefüge der Ehe zerstören wird, die Sie mit so viel Mühe und Not wieder aufgebaut haben. Das alles würden Sie auf Grund der *Annahme* riskieren, dass eine höchst unwahrscheinliche Reihe von Tatsachen stimmt, und auf Grund einer bruchstückhaften historischen Recherche. (Selbst wenn es alles wahr wäre, könnten Sie ja nicht wissen, wie lange Fraser Culloden überlebt hat.)

Wenn Sie es Ihrer Frau erzählen und sie Sie verlässt, dann kann es gut sein, dass sie versucht, Ihre Tochter mitzunehmen. Sie könnten es vielleicht ertragen, von Ihrer Frau im Stich gelassen zu werden; die Vorstellung, Ihre Tochter zu verlieren, können Sie *nicht* ertragen – genauso wenig wie den bloßen Gedanken, die Liebe Ihrer Tochter zu verlieren, was ja geschehen könnte, wenn sie die Wahrheit erfährt, ob sie Claire nun begleitet oder nicht.

Wenn Sie es Ihrer Frau erzählen und sie nicht geht, dann wird Ihre Ehe eine leere Hülle, und es könnte immer noch geschehen, dass Sie die bedingungslose Liebe Ihrer Tochter verlieren und sie Sie nicht mehr als ihren Vater akzeptiert. Und auch diesmal würden Sie Ihr Lebensglück wegen einer bloßen Möglichkeit verlieren? Nicht besonders wahrscheinlich.

Und bedenkt man einmal nur Claires Gefühle – wenn Sie glauben, dass sie aus Pflichtgefühl bei Ihnen bleiben wird, ist es fair oder menschenfreundlich, ihr die Wahrheit zu sagen? Sie hat ihren Frieden mit dem Verlust des anderen Mannes gemacht und hier bei Ihnen und Ihrer Tochter ein wenig Glück und Beständigkeit gefunden. Selbst wenn Sie Ihre eigenen Gefühle in der Angelegenheit außer Acht lassen und davon ausgehen, dass sie absolut ehrenhaft reagieren wird – ist es richtig zuzulassen, dass sie von dem Wissen gefoltert wird, dass Fraser überlebt hat – zuzulassen, dass sie sich mit dieser Entscheidung herumquält? Und auch das wieder... nur, weil es *möglich* wäre, dass Sie Recht haben mit dem, was Sie zu wissen glauben? Nein.

Andererseits ist Frank aber nicht nur Historiker, sondern auch ein Ehrenmann. Er ist nicht in der Lage, das, was er weiß oder vermutet, guten Gewissens komplett zu ignorieren. SOLLTE dies der Jamie Fraser sein, der Brianna gezeugt hat, dann existiert eine gewisse Verpflichtung gegenüber Brianna. Frank legt großen Wert auf die Wahrheit; das muss jeder Historiker, selbst wenn er sich eingestehen muss, dass sie Grenzen hat.

Als er erfährt, dass er (wie er dem Reverend schreibt) ein schwaches Herz hat, da beschließt er, dass es an der Zeit für eine Geste ist. Es könnte sein, dass er in naher Zukunft stirbt. Wenn er tot ist, reduziert sich die verwirrende Vielzahl der Möglichkeiten. Claires und Briannas Entscheidungen können ihn dann nicht mehr verletzen – ihm droht kein direkter Schaden mehr, wenn sie herausfinden, was mit Jamie Fraser geschehen ist.

Zugleich kann er aber den Gedanken nicht ertragen, dass Brianna ihn mit Wut oder Verachtung betrachten könnte, wenn sie die Wahrheit erfährt. Sie könnte dies als Verrat empfinden – was es ja auch ist, doch es ist ein Verrat, der in Franks Augen eine gewisse Berechtigung hat; er *ist* Briannas Vater, genauso sehr wie – oder sogar mehr als – der Mann, der sie gezeugt hat, und er wird seine Liebe zu ihr nicht aufgeben, wird den Gedanken nicht zulassen, dass sie sich mit Verachtung an ihn erinnert.

Wie kann er sie also auf die Spur der Wahrheit bringen – gefahrlos, nach seinem Tod –, ohne dass Claire oder Bree herausbekommen, dass er ihnen dieses Wissen vorenthalten hatte?

Dann kommt ihm die Idee mit dem falschen Grabstein, den er in der Nähe des Grabes seines Verwandten aufstellen lässt. Brianna hat sich schon immer für Geschichte interessiert, ihm bei seiner Arbeit geholfen, und sie weiß von Jack Randall. Wenn sie nach seinem Tod an Frank denkt, dann ist es sehr wahrscheinlich, dass sie irgendwann Jack Randalls letzte Ruhestätte aufsucht – was sie ja dann auch tut. WENN sie dann das falsche Grab findet und ihrer Mutter davon erzählt ... nun, dann liegt es an Claire, ihrer Tochter die Wahrheit zu sagen. Brianna wird erfahren, wer wirklich ihr Vater ist, und damit wird Franks Pflichtgefühl ihr und der Wahrheit gegenüber erfüllt sein – und zugleich wird sie nie erfahren, dass Frank ihr dieses Wissen vorenthalten hat.

Diese Methode ist nicht ganz aufrichtig, und Frank weiß das; dennoch ist es alles, wozu er sich unter den Umständen durchringen kann. Allerdings empfindet er das Bedürfnis, seine Entscheidung – und die Gründe dafür – zu beichten, und er beschließt, dem Reverend davon zu erzählen, denn er weiß, dass dieser sein Geheimnis für sich behalten wird.

Das sind also die Hintergründe von Franks Brief und seiner Handlungsweise. Was Roger und Jamie mit diesem Wissen anzufangen beschließen ... nun, das ist *ihr* moralisches Dilemma. Vielleicht sollte man aber doch anmerken, dass Jamie keine Sekunde zögert, Claire alles zu erzählen, da er darauf vertraut, dass dieses Wissen ihrer Liebe zu ihm nichts anhaben wird. Frank hatte diese Sicherheit nicht.

**Frage:** Basieren irgendwelche Ihrer Romanfiguren auf echten historischen Persönlichkeiten?

**Antwort:** Ja, mehrere. Schließlich ist es ziemlich schwierig, über die Rebellion von 1745 zu schreiben, ohne Charles Stuart zu erwähnen.

Ansonsten – gibt es eine »echte« Hexe namens Geillis Duncane (spätes sechzehntes Jahrhundert) in *Daemonologie*, einer von König James von Schottland (später James I. von England) herausgegebenen Abhandlung über Hexen. Das Buch beschreibt den Prozess eines Hexenbundes, von dem James glaubte, dass er mittels schwarzer Magie ein Attentat auf ihn plane (Sie wissen ja, wie die Frauen so sind: immer mit dem Teufel unter einer Decke, um solche Unterfangen durchzuführen). Ich dachte mir, dass der Name jedem geläufig sein müsste, der Ahnung von schottischer Hexenkunde hat, und dass es für die anderen Leser keine Rolle spielte.

Es ist natürlich nicht der wirkliche Name der Hexe in *Feuer und Stein* – in *Die geliehene Zeit* begegnen wir ihr unter ihrem (vermutlich) eigentlichen Namen Gillian. Sie hat sich den Namen Geillis mit Absicht gegeben, da sie auf Grund ihrer Recherchen über Hexerei natürlich mit dem Original vertraut war. Darüber werden wir noch mehr erfahren, wenn Roger das Notizbuch seiner Ahnherrin liest.

Jack Randall hat es nicht gegeben – jedenfalls nicht, soweit ich weiß.

Mutter Hildegard(e) war eine historische Persönlichkeit, doch sie hat im zwölften Jahrhundert gelebt, nicht im achtzehnten. Ebenso war Monsieur Forez, der Henker aus *Die geliehene Zeit*, tatsächlich im achtzehnten Jahrhundert Henker in Paris. Prinz Charlie und viele der Jakobitenführer haben natürlich ebenfalls wirklich gelebt. (Siehe Teil zwei, »Charaktere«.)

**Frage:** Wer ist der Geist in *Feuer und Stein*?

**Antwort:** Der Geist ist Jamie – aber wie sich seine Erscheinung exakt in die Handlung fügt, wird noch erklärt werden, und zwar im letzten Buch der Serie.

**Frage:** Haben Sie schon einmal daran gedacht, Kinderbücher zu schreiben?

**Antwort:** Diese Frage wird mir ziemlich oft gestellt, aber ich habe nicht die geringste Ahnung, wieso. Sehe ich irgendwie so aus wie jemand, der das dringende und tiefe Bedürfnis hat, Kinderbücher zu schreiben? Bringt irgendetwas in dem, *was* ich schreibe, die Fragesteller auf die Idee, dass ich zurzeit den falschen Job habe?

Was auch immer hinter der Frage steckt, die Antwort ist leider nein. Ich kann nicht behaupten, dass es mich jemals gedrängt hat, Kinderbücher zu schreiben – obwohl mich vor ein paar Jahren ein Nachbarjunge gefragt hat, ob ich eines Tages einmal ein Buch für *ihn* schreiben würde. Ich antwortete skeptisch, vielleicht würde ich es versuchen, obwohl ich nicht sagen könnte, wie lange es dauert. Er fragte mich, wie das Buch heißen würde, worauf ich sagte (keine Ahnung, wieso; es war das erste Mal, dass mir spontan ein guter Titel eingefallen ist), es würde *Der Baum, der kleine Kinder fraß* heißen. Wenn Sie also je ein Buch mit diesem Titel in der Kinderabteilung finden, dann wissen Sie, dass ich endlich dazu gekommen bin. Vorher habe ich aber noch ein paar andere Sachen zu tun.

**Frage:** Wann hat Jamie Geburtstag?

**Antwort:** Am ersten Mai. Ein Leser hat einmal einen Streit mit mir darüber angefangen, weil er darauf bestand, Jamie müsste einfach Löwe sein, doch ich versichere Ihnen, dass es nicht so ist. Mein Mann und meine Kinder sind Stiere, und ich weiß, was sie für Menschen sind. Es ist der erste Mai. (Siehe: »Horoskope« in Teil zwei.)

**Frage:** Ist die Geschichte vom Dunbonnet und dem Gutsherrn, der sich sieben Jahre lang versteckt hat, wahr?

**Antwort:** Die Geschichte mit dem Fass ist wahr – genauso wie die Geschichte des Gutsherrn, der sich sieben Jahre lang in einer Höhle versteckt gehalten hat und von seinen Bediensteten der Dunbonnet genannt wurde, und seines Knechtes, der ihm das Ale

in sein Versteck brachte. Der Name des Gutsherrn? Ah... James
Fraser. Ehrlich.


**Frage:** Wer oder was ist Master Raymond? Welche Rolle spielt er?

**Antwort:** Er ist ein prähistorischer Zeitreisender. Ich glaube, dass
er aus der Zeit etwa viertausend Jahre vor Christus stammt, vielleicht auch etwas eher (damit ist er genau genommen nicht prä-
historisch, aber als er sich auf den Weg gemacht hat, gab es mit
Sicherheit noch keine schriftlichen Annalen), und das achtzehnte
Jahrhundert ist nicht sein erster Zwischenstopp. Ich denke, mehr
sage ich jetzt aber nicht über ihn – abgesehen von der Bemerkung,
dass wir seine Geschichte später in einer Romanserie erzählen
werden, wenn der Jamie-und-Claire-Zyklus vollständig ist.


**Frage:** War Jonathan Randall der Geliebte des Herzogs von Sandringham?

**Antwort:** Nein, es gab keine Liebesbeziehung zwischen dem Herzog und Randall, obwohl der Herzog sich mit Sicherheit über
Randalls Innenleben im Klaren war und dieses Wissen zweifellos
benutzt hat, um ihn zu kontrollieren. Der Herzog war einfach nur
ein praktizierender Homosexueller, wogegen Randall ein Sadist
war, dessen Gelüste keinen Unterschied zwischen den Geschlech-
tern kannten. Angesichts ihrer unterschiedlichen gesellschaftlichen Stellung – und der manipulativen Machtgier des Herzogs –
war es Randall unmöglich, die psychologische Dominanz über
den Herzog zu erlangen, die für eine sexuelle Beziehung nötig gewesen wäre, und er hätte sich dem Herzog niemals freiwillig unterworfen. Und der Herzog hätte Randall zwar zwingen können,
ihm gefügig zu sein, doch das ist unwahrscheinlich; Randall
diente ihm als wirksames Werkzeug, und eine sexuelle Beziehung
mit ihm einzugehen hätte diese Wirksamkeit zerstört. Randall
dürfte auch nicht ganz dem Geschmack des Herzogs entspro-
chen haben – angesichts seines anfänglichen Angriffs auf Jamies
Tugend dürfte dieser mehr bei jungen, gut aussehenden, hellhäu-
tigen Jungen gelegen haben.
  Der Begriff »Geliebter« impliziert eine gewisse emotionale

Gleichberechtigung, die in diesem Fall mit Sicherheit nicht existiert hat.

**Frage:** Warum benutzt Jamie in *Ferne Ufer* oder in *Der Ruf der Trommel* die Liebkosung »*mo duinne*« nicht mehr?

**Antwort:** Äh ... tja ... hust. Er sagt in *Ferne Ufer* nicht »*mo duinne*«, weil ich zwischen *Die geliehene Zeit* und *Ferne Ufer* das großzügige Hilfsangebot Iain MacKinnon Taylors bekam, dessen Muttersprache Gälisch ist (er war so freundlich, mir bei allen gälischen Ausdrücken in *Ferne Ufer* und *Der Ruf der Trommel* zu helfen)[31].

Mr. Taylor teilte mir mit, dass der Ausdruck »*mo duinne*« zwar die richtigen Wörter für das, was ich sagen wollte, enthält, dass es aber kein korrektes Idiom sei – das heißt, richtig ausgedrückt hieße es »*mo nighean donn*«. Da ich immer gern so akkurat wie möglich arbeite, habe ich diesen Ausdruck in den folgenden Büchern verwendet.

**Frage:** Wer war das paläolithische Liebespaar in *Die geliehene Zeit*? Was hat es zu bedeuten?

**Antwort:** Ich hatte eigentlich keine besondere Absicht, als ich dieses Paar verwendet habe – es war einfach nur eine Metapher dafür, wie kurz das Leben und wie wichtig die Liebe ist. Andererseits schreibe ich oft Dinge, die nur der Lebendigkeit dienen sollten und sich in einem der späteren Bücher in etwas ganz anderes verwandeln.

Nehmen Sie zum Beispiel diesen Geist in *Feuer und Stein*...

Eigentlich habe ich das Liebespaar in einem *National Geographic*-Heft gefunden. Im Original waren sie ein Paar aus Herculaneum (oder vielleicht auch Pompeji), dessen Skelette man bei Ausgrabungen gefunden hatte. Ihre Position war so, wie ich sie in *Die geliehene Zeit* beschrieben habe – er hatte die Arme um sie gelegt und versucht, sie zu beschützen, als das Feuer über sie kam. Eines der anrührendsten und dramatischsten Bilder, die ich je gesehen habe. Es ist mir jahrelang nicht aus dem Kopf gegangen, also war es da, als mein Unterbewusstes es brauchte, als Bild für Sterblichkeit und Liebe[32].

**Frage:** Was denken Sie als Wissenschaftlerin wirklich über das Ungeheuer von Loch Ness?

**Antwort:** Tja, sobald es jemand an Land zieht, sehe ich es mir an und sage Ihnen, was ich denke. Alles andere wären Hypothesen, die sich nicht auf Daten stützen, was nicht besonders wissenschaftlich wäre.

Unwissenschaftlich betrachtet, würde ich mich Claires und Rogers Theorie aus *Ferne Ufer* anschließen – dass sich unter dem See eine Zeitpassage befindet, durch die im Laufe der Jahre diverse Kreaturen gekommen und auch wieder gegangen sind, nachdem sie unterschiedlich lange in der Gegenwart geblieben sind. Dies erklärt a) die gelegentlichen Widersprüche in den Beschreibungen des Monsters und b) die Tatsache, dass es bei den in Abständen durchgeführten Untersuchungen des Sees per Boot und Sonargerät nicht gelungen ist, irgendwelche großen Lebewesen zu finden (nicht, dass dies zwingend beweisen würde, dass es dort kein größeres Tier gibt; es ist praktisch unmöglich, ein großes Gewässer so abzusuchen, dass man sich sicher sein kann).

**Frage:** Was für ein Dinosaurier ist Nessie?

**Antwort:** Der, den Claire gesehen hat, ist wahrscheinlich ein Plesiosaurus. Ich habe eine Miniatur aus dem Britischen Museum in meinem Bücherregal. Sie ist blau… und das war auch die Farbe von Claires Monster. Die Details seiner Erscheinung basieren allerdings auf meinen grundlegenden Kenntnissen der Anatomie von Reptilien.

**Frage:** Wo wird die Geschichte enden?

**Antwort:** Ich denke, die Bücher werden um das Jahr 1800 in Schottland enden. Wenn Sie jetzt mehr wissen, schön für Sie.

**Frage:** Wird die Geschichte ein Happy End haben?

**Antwort:** O ja, das letzte Buch wird ein Happy End haben, obwohl ich fest davon ausgehe, dass es die Leser trotzdem in Tränen aufgelöst zurücklässt.

**Frage:** Werden die Bücher verfilmt werden?

**Antwort:** Weiß der Himmel; ich habe keine Ahnung. Schon mehrfach haben Firmen die Option auf die Filmrechte erworben, und es wird sehr wahrscheinlich auch wieder geschehen, aber zu mehr ist es noch nicht gekommen.

Die Vorstellung, dass meine Bücher verfilmt werden, erfüllt mich mit sehr gemischten Gefühlen. *Vielleicht* wird die Adaption ja phantastisch, was ich sehr aufregend und erfreulich fände. Angesichts dessen, was ich über die Filmindustrie weiß, stehen die Chancen aber ungefähr neunhundert zu eins, dass der Film grauenhaft wird und ich ihn schrecklich fände. Da gibt es zum Beispiel die Tatsache, dass ein normaler Film zwei Stunden dauert. Daher pflege ich den Leuten, die mir sagen, wie gern sie meine Bücher verfilmt sähen, zu antworten: »Schön. Welche vierzig Seiten würden Sie denn gern sehen?« Wenn allerdings die BBC ankäme und mir ein Angebot für eine achtundzwanzigteilige TV-Serie machen würde – kein Problem!

Das würde gleichzeitig auch ein anderes kleines Problem lösen, nämlich dass amerikanische Produktionsfirmen mit Sicherheit darauf bestehen würden, amerikanische Schauspieler zu verwenden. Möchten Sie Tom Cruise als Jamie Fraser sehen? Ich nicht.

Was die Frage angeht, wen ich für die Rolle des Jamie nehmen würde... nun, die höfliche Antwort ist, dass ich noch keinen Schauspieler gesehen habe, der wie Jamie Fraser aussieht[33]. Liam Neeson hat etwa die richtige Größe, Ausstrahlung und den richtigen Akzent, aber ich habe das dumpfe Gefühl, dass es ihm Schwierigkeiten bereiten könnte, einen sexuell unerfahrenen Dreiundzwanzigjährigen zu spielen. Nicht, dass ich ihm nicht gern zusähe, wie er es *versucht*...

**Frage:** Was bedeuten die Buchstaben Q, E und D, die Jamie Claire in *Ferne Ufer* zeigt?

**Antwort:** QED ist die Abkürzung für einen geläufigen lateinischen Ausdruck, »*Quod erat demonstrandum*« – »Was zu beweisen war«[34]. In der guten, alten Zeit (als ich noch zur Schule ging) erstellte man den Beweis eines Theorems und schrieb dann neben das Ergebnis die Buchstaben »QED«[35].

Was nun Jamie und die Handlung angeht, so trägt er die bleiernen Satztypen als Gedächtnisstütze bei sich, um keine alternative Antwort zu übersehen, wenn ihm ein Problem unlösbar vorkommt. Wie Sie sich vielleicht erinnern, erzählt er Claire davon, wie ein Bekannter versuchte, ihn dazu zu bringen, etwas zu schreiben, und er Bedenken äußerte, weil er solche Schwierigkeiten mit Federkielen hatte – und erst als der Bekannte ihn darauf hinwies, fiel ihm auf, dass er während der gesamten Unterhaltung mit großer Geschicklichkeit Bleisatz gesetzt (also »geschrieben«) hatte. Mit anderen Worten wurde ihm so klar, »was zu beweisen war«, dass es nämlich eine andere Möglichkeit gab – und zwar eine, deren er sich prompt bediente.

Q. E. D.


**Frage:** Was meint Roger mit seiner Bemerkung in *Der Ruf der Trommel*: »Jammere nur, Tom Wolfe«?

**Antwort:** Da war ich nur mal wieder schlauer, als die Polizei erlaubt. Er bezieht sich (indirekt) auf das Werk von Thomas Wolfe (nicht Tom Wolfe, sondern den älteren), in dem es immer wieder heißt: »Es gibt kein Zurück nach Hause.« Das heißt, Roger erkennt sardonisch, dass diese Aussage wahr ist – und dass ihm das Pfarrhaus ganz im Widerspruch dazu unter Fionas Leitung ganz so vorkommt, wie es war, als es noch sein Zuhause war.


**Frage:** Werden wir den kleinen Ian wieder sehen?

**Antwort:** Angesichts der Tatsache, dass die Mohawk sich an den Kämpfen der Amerikanischen Revolution beteiligt haben, würde ich sagen, Sie können Gift darauf nehmen.

**Frage:** Wer ist wirklich der Vater von Briannas Baby – Roger oder Stephen Bonnet?

**Antwort:** Mensch, glauben Sie, *ich* weiß das?[36]
Ich fürchte, mit der Antwort auf diese Frage werden Sie sich – genau wie mit den unzähligen anderen Fragen bezüglich zukünftiger Ereignisse auf der Fraser/MacKenzie-Achse – gedulden müssen, bis der passende Ort und die passende Zeit dafür gekommen sind, und das wird in einem der künftigen Bücher sein.
Erstens weiß ich auch nicht immer, ob dieses, jenes oder etwas anderes geschehen wird – ich lege mir die Handlung der Bücher nicht im Voraus zurecht. Und selbst wenn ich zu wissen *glaube*, was geschehen wird, kommt es oft doch noch anders als erwartet. Also spekuliere ich nicht ins Blaue; manchmal ändern sich sogar noch Dinge, die schon geschrieben sind, bevor sie Aufnahme in das Buch finden. Ich bin aber zuversichtlich, dass Sie es irgendwann herausfinden werden.

**Frage:** In wie vielen Sprachen sind Ihre Bücher erhältlich?

**Antwort:** Es gibt die Bücher (oder wird sie bald geben) im Vereinigten Königreich Großbritannien (einschließlich der Commonwealth-Nationen, Australiens und Neuseelands), in Schweden, Frankreich, Deutschland, Kanada, Spanien (und Lateinamerika) und Italien[37]. Einzelne Titel sind außerdem nach Holland, Russland, Polen und Korea verkauft worden, sind dort aber noch nicht erschienen.

**Frage:** Wie sind Fergus und seine Frau in die Neue Welt gelangt? Sie waren doch nicht mit Jamie und Claire auf dem Schiff, das Schiffbruch erlitten hat.

**Antwort:** Stimmt. Wir gehen davon aus, dass Jamie nach Fergus geschickt hat, sobald er wieder trocken war. Die Frasers mussten ja ein paar Wochen in Les Perles verbringen, während Claires gebrochenes Bein heilte, bevor sie nordwärts durch South und North Carolina ziehen konnten – Zeit genug, um Fergus eine Nachricht nach Jamaika zu schicken und auf sein Eintreffen zu warten. Marsali bleibt natürlich auf Jamaika zurück, wo sie auf die Geburt ihres ersten Kindes wartet, und stößt später zu ihnen, als sie sich in Fraser's Ridge niedergelassen haben.

Frage: Ich habe eine Frage bezüglich der Geschichte über La Dame Blanche, die in einigen der Bücher auftaucht. Haben Sie diese Geschichte erfunden, oder ist sie historisch nachvollziehbar? Ich frage, weil ich hier an der Bucknell University gerade Chaucer durchnehme und ich in einem seiner Gedichte eine Stelle gefunden habe, die mich an die »Weiße Frau« in Ihren Büchern erinnert. Falls es sich wirklich um eine historische Legende handelt, so würde ich gern ein bisschen mehr in dieser Richtung recherchieren und mehr darüber herausfinden.

Antwort: Die »Weisse Frau« ist eine bekannte Figur in der keltischen Mythologie, ich habe sie in mehreren Quellen über keltische Folklore und Mythologie kurz erwähnt gefunden.

Frage: Ist jemals herausgekommen, wer Jamie den Axthieb auf den Schädel verpasst hat, bevor er zur Genesung in die französische Abtei kam? War es Dougal oder einer seiner Leute?

Antwort: Es ist noch nicht ans Licht gekommen, aber möglicherweise finden wir es eines Tages heraus.

Frage: Was wird aus dem kleinen Hamish MacKenzie? Kommt er nach Amerika?

Antwort: Da ich die beiden letzten Bücher noch nicht fertig habe, kann ich noch nicht mit Sicherheit sagen, was wir über Hamish MacKenzie und die Überlebenden aus Leoch herausfinden werden. Allerdings haben sich zahlreiche MacKenzies auf der Prince Edward Isle und in Nova Scotia niedergelassen – und ein Regiment dieser MacKenzies kam 1777 über die Grenze nach Süden, um (auf der amerikanischen Seite) in der Schlacht von Saratoga mitzukämpfen.

Ich weiß, dass Jamie und Claire in Saratoga sind, weil ich über die Ereignisse nach der Schlacht schon geschrieben habe[38]. Ich wäre doch sehr überrascht, wenn sie Hamish nicht wieder begegneten, aber man weiß ja nie. Bei dieser Schlacht ist eine ganze Menge passiert.

**Frage:** Eins verwirrt mich: Wenn Geillis 1968 zum ersten Mal durch die Steine gegangen ist, wie kann es dann sein, dass sie schon vor Claire in der Vergangenheit ist?

**Antwort:** Wir wissen noch längst nicht alles über die Feinheiten des Zeitreisens (obwohl ich davon ausgehe, dass wir noch mehr herausfinden, wenn Claire, Roger und Brianna die Köpfe zusammenstecken, um ihre Erfahrungen zu vergleichen und daraus Schlüsse zu ziehen). Vergessen Sie nicht, dass Gillian Edgars bei ihrer ersten Passage ein Menschenopfer benutzt hat – vielleicht hatte sie ja Recht in der Annahme, dass ihr das Macht verlieh, und konnte dadurch weiter reisen. Vielleicht war das Opfer auch irrelevant, und es war noch ein anderer Faktor im Spiel.

**Frage:** Als Claire, Brianna und Roger versuchten herauszufinden, was während und nach der Schlacht von Culloden aus Jamie geworden war – hätten sie sich nicht jede Menge Arbeit ersparen können, indem sie Franks Bücher lasen? Ich erinnere mich nicht, irgendwo erwähnt gesehen zu haben, dass jemand seine Bücher tatsächlich gelesen hat, und hat er nicht über diese Zeit geschrieben? Hatte er Nachforschungen über Jamie angestellt?

**Antwort:** Claire konnte sich nie dazu durchringen, die Bücher zu lesen, weil sie fest überzeugt war, dass Jamie tot war, und es nicht ertragen konnte, die Tage der Rebellion noch einmal zu durchleben. Dagegen ist diese Zeit Rogers Spezialgebiet als Historiker, und Brianna hat Frank geliebt und bewundert und hatte ursprünglich vor, in seine Fußstapfen als Historiker zu treten. Sie haben die Bücher mit ziemlicher Sicherheit gelesen – da sie sie aber im Zusammenhang mit ihrer Suche nach Jamie Fraser nicht erwähnen, hat wohl nichts über ihn in den Büchern gestanden. Allerdings lässt Franks Korrespondenz mit Reverend Wakefield keinen Zweifel daran, dass er nicht nur nach Jamie gesucht – sondern ihn auch gefunden hat. *Was* er allerdings herausgefunden hat und was er mit dieser Information angefangen hat ... tja, das werden wir alles zu seiner Zeit herausfinden.

**Frage:** Kommt es vor, dass Leser aus Schottland sich beschweren, weil Sie nicht den richtigen Tonfall getroffen haben? Das heißt, stört es sie, dass Sie über Schotten und schottische Themen schreiben, obwohl Sie keine Schottin sind?

**Antwort:** Nun, meiner Meinung nach ist die Phantasie ein Land für sich allein. Außerdem halte ich nicht viel von der Vorstellung, das man nur über einen bestimmten ethnischen oder geographischen Menschenschlag schreiben kann, wenn man ein genetisches Mitglied dieser Gruppe ist. Und noch weniger halte ich von der Idee, dass man nur deshalb, weil man zu dieser Gruppe gehört, auch gut darüber schreiben kann[39].

Glücklicherweise hat sich aber noch nie ein Schotte bei mir beschwert. Die Bücher sind zum Glück von Anfang an in Schottland sehr populär gewesen; *Der Ruf der Trommel* belegte sogar bei Erscheinen Platz zwei der schottischen Bestsellerliste (direkt hinter dem *Grünbuch des schottischen Parlaments*, das Platz eins belegte), und ich bekomme regelmäßig Fanpost aus Schottland, oft mit der Frage: »Wie lange haben Sie in den Highlands gelebt, bevor Sie nach Arizona gezogen sind?«[40]

Als ich zum ersten Mal in Schottland auf PR-Tournee war, war ich begeistert, meine Bücher in jeder Buchhandlung, die ich betrat, in der schottischen Abteilung zu finden. Da die Schotten auf ihr literarisches Erbe sehr stolz sind, war ich mehr als geschmeichelt, mein Werk neben dem von Robert Louis Stevenson, John Buchan, Lady Antonia Fraser und anderen zu finden. Einmal habe ich das zu einem Buchhändler gesagt, der mich daraufhin ansah, die Augenbrauen hochzog und erwiderte: »Na ja, Gahbeldan ist so ein komischer Name, da haben wir gedacht, er könnte genauso gut schottisch sein!«

Kurz, statt dass die Schotten Einwände geäußert hätten, weil ich mir ihre Geschichte angeeignet habe – ist es, glaube ich, eher so, dass sie sich *mich* angeeignet haben.

# Anmerkungen

1 Der Prolog zu Feuer und Stein *war eigentlich nicht als Prolog ge-dacht; ich habe einfach nur angefangen, etwas zu schreiben, doch anstatt sich zu einer Szene zu entwickeln, hörte es auf. Da ich nicht sehen konnte, wo es hinführen sollte, ließ ich es auf sich be-ruhen und kam später zu dem Schluss, dass es nicht wuchs, weil es so vollständig war. Da der Rest des Buches aus Claires Per-spektive geschrieben ist, diese Stelle aber möglicherweise nicht, sprach hier offensichtlich die Stimme des Buches; ergo musste es ein Prolog sein.*

2 *Eine Frage, die Schriftstellern oft gestellt wird, ist: »Haben Sie eine regelmässige Schreibroutine, oder warten Sie auf die Inspi-ration?« Wenn man ständig auf die Inspiration wartete, würden nur sehr wenige Bücher geschrieben. Meistens schreibt man, ob einem danach zu Mute ist oder nicht – doch es gibt Situationen, in denen man darauf warten muss, dass etwas zu einem spricht.*

3 *Wie alles andere an diesen Büchern; ich weiß gar nicht, warum mich das überraschen sollte.*

4 *Buchverträge garantieren dem Verleger oft eine »Option« auf das nächste Werk des Autoren, was bedeutet, dass man kein an-deres Buch an einen anderen Verlag verkaufen kann, bevor der erste entschieden hat, ob er es will. Das ist zwar vereinfacht aus-gedrückt, aber im Grunde funktioniert es so.*

5 *In den Vereinigten Staaten bei Signet erschienen.*

6 *Der Titel der Anthologie ist »Jenseits von Avalon«, erschienen bei Droemer.*

7 *Schon gar nicht, solange mir die Leute auf den Füßen stehen und nach dem nächsten Buch schreien.*

8 *Ja, der Lord John aus den Romanen. »Die Flammen der Hölle« spielt im Jahr 1757 – einer Zeit, in der er keinen Kontakt mit Jamie und Claire hatte, sondern in London seinen eigenen Ange-legenheiten nachging.*

9 *Der Verlag würde gern eine Jahreszahl hören, aber damit kann ich nur selten dienen.*

10 *Ehrlich gesagt, suchen Sie besser einfach nur unter »Gabal-don«.*

11 *Die Familienlegende weiß zu berichten, dass der erste Träger die-ses Namens, der sich in Belen niederließ, ein gewisser Henrique Gabaldon war, der im späten fünfzehnten Jahrhundert einen klei-nen Trupp spanischer Eroberer nach New Mexico führte. Der Legende nach war er der Anführer, weil er als einziger ein Pferd*

*hatte. Ich kann nicht sagen, ob das stimmt, aber es gibt die Ga-*
*baldons jedenfalls schon ziemlich lange in New Mexico.*

12 *Mein Mann war etwas pikiert, als ich bei unserer Hochzeit sei-*
*nen Namen nicht annehmen wollte. Ich habe ihm aber gesagt,*
*dass ich fünfundzwanzig Jahre damit verbracht habe, den Leu-*
*ten »Gabaldon« zu buchstabieren, und dass ich an dem Namen*
*hänge.*

13 *Die Leute von der Produktion brechen ja so schon meistens in*
*großes Geschrei aus und erleiden Massenschlaganfälle, wenn ich*
*ein Manuskript abliefere.*

14 *Eigentlich bin ich in Williams, Arizona, geboren, einer Kleinstadt*
*etwa fünfzig Kilometer von Flagstaff entfernt. Meine Familie*
*lebte in Flagstaff, doch es gab Differenzen zwischen unserem*
*Hausarzt und der Krankenhausverwaltung in Flagstaff, weshalb*
*er im Krankenhaus in Williams arbeitete – und damit meine El-*
*tern zwang, im zarten Alter von einundzwanzig Jahren mitten im*
*Winter fünfzig Kilometer über vereiste Straßen zu fahren, als bei*
*meiner Mutter die Wehen einsetzten. Im Alter von zwei Tagen bin*
*ich dann aber nach Flagstaff zurückgekehrt.*

15 *Einschließlich eines hessischen Söldners namens Schweitzer (der*
*seinem Namen nach wohl ursprünglich aus einer Schweizer Fa-*
*milie stammt).*

16 *Das Gesamtresultat dieses interessanten Erbes ist, dass mich die*
*Leute meistens fragen, ob ich eine Cherokee bin. Zwar befinden*
*sich in meiner DNA zweifellos auch kleine Mengen von Indianer-*
*genen, doch stammen diese wahrscheinlich von den Azteken,*
*Maya oder Yaqui, und das ist laaaange her.*

17 *Oder, wie mein Mann sagt: »Warum Vögel Nester bauen, wo sie*
*es tun, und wen interessiert das überhaupt?«*

18 *Das war der Job, der im Zerlegen von Seevögeln bestand.*

19 *Wo ich Kofferfische folterte.*

20 *Während ich an der UCLA arbeitete. Das war sehr praktisch; ich*
*habe in Burbank gewohnt und konnte auf dem Weg zur Uni*
*meine Comic-Storys bei Disney einwerfen – und manchmal auch*
*auf der anderen Straßenseite bei NBC halten, wo die Filmtechni-*
*ker so freundlich waren, als gemeinnützige Dienstleistung meine*
*Kofferfischfilme zu entwickeln.*

21 *Das Auftauchen eines Zeitreisenden in einer solchen Zeit könnte*
*außerdem das Zeitgeschehen beeinflussen, ohne dass es im allge-*
*meinen Aufruhr jemand bemerkt.*

22 *Die deutschen Cover sind eng an diese angelehnt.*

23 *Alles in allem habe ich fast sechs Monate auf PR-Tournee für* Der
Ruf der Trommel *verbracht, weil die ausländischen Verlage plötz-*

*lich auch auf den Geschmack kamen und sich wünschten, dass ich nach Neuseeland oder nach Großbritannien flog. Es macht Spaß, und ich treffe mich gern mit meinen Lesern – aber ich bringe unterwegs nicht übermäßig viel zu Papier.*

24  *Wo ich anfangen soll, weiß ich auch nicht, aber das ist eine andere Geschichte.*

25  *Siehe auch Teil sechs, »Recherche«.*

26  *Wieso zwei? Nun, ich habe viele Freunde, die auch Schriftsteller sind, und ich dachte, es würde ein tolles Weihnachtsgeschenk abgeben.*

27  *Das Vorletzte, was ich mit einem Manuskript anstelle, ist, es noch einmal durchzugehen und die ganzen eckigen Klammern [ ] auszufüllen, die darauf hinweisen, dass hier noch eine Information fehlt, die ich noch nicht nachgeschlagen habe.*

28  *Darauf weise ich mit schönster Regelmäßigkeit all jene Leute hin, die mich auf Kongressen ansprechen und wissen wollen: »Wie konnten Sie es wagen, einen Roman in der ersten Person zu schreiben?«*
    *»Ganz einfach«, gebe ich dann zurück. »Ich habe mich hingesetzt und ›ich‹ getippt.«*

29  *Das war übrigens keine bewusste Entscheidung. Mir war gar nicht klar, dass ich es so gemacht hatte, bis mir jemand schrieb und fragte, wie ich es gemacht hatte. Seltsamerweise – oder auch nicht – scheint* The Fiery Cross *fünf Haupterzähler zu haben. (Der fünfte Erzähler ist übrigens der kleine Ian – zur Beruhigung aller Leser, die glauben, ich hätte ihn bei den Mohawk vergessen.)*

30  *Das Foto auf der Rückseite dieses Buches wurde bei den Clava Cairns aufgenommen.*

31  *Freundlicherweise hat er seine Pflicht sogar so ernst genommen, dass er auch den kleinen Gälischführer für dieses Buch geschrieben hat.*

32  *Und das beantwortet zumindest teilweise die Frage: »Woher bekommen Sie Ihre Ideen?« Überall her.*

33  *Höflich oder nicht, die Wahrheit ist, dass Schriftsteller nicht das Geringste über die Besetzung zu sagen haben, wenn ihre Bücher verfilmt werden.*

34  *Offenbar nicht annähernd so geläufig, wie ich dachte, wenn ich bedenke, wie oft ich danach gefragt werde. Lernen die Leute keine Geometrie mehr?*

35  *Die lateinische Entsprechung für: »Klar?«*

36  *Eigentlich weiß ich es doch. Ich habe aber nicht vor, es Ihnen hier zu verraten. Ich kann Ihnen nur sagen, dass Sie es beizeiten herausfinden werden. Zumindest glaube ich das.*

37 Nur das erste Buch wurde in Italien veröffentlicht, unter dem Titel Ovunque Nel Tempo *(was ein Freund von mir scherzhaft mit ›Niemals ohne Eieruhr‹ übersetzt hat). Das Buch war etwa um drei Viertel gekürzt, und auf dem Titel war eine schwarzhaarige Schönheit mit tief ausgeschnittenem Mieder zu sehen. Ich habe mir die italienischen Rechte unverzüglich wieder gesichert.*

38 *Dieser Teil der Geschichte ist 1995 unter dem Titel »Surgeon's Steel« als Kurzgeschichte in einer amerikanischen Fantasy-Anthologie namens* Excalibur *bei Warner Books erschienen. Siehe auch Teil elf dieses Buches.*

39 *Eine befreundete Lyrikerin hat mir einmal von einer hitzigen akademischen Kontroverse erzählt, die darüber entbrannte, ob man das Werk einer anderen (sehr populären) Lyrikerin als »schwarze Lyrik« bezeichnen dürfte. Ich antwortete, die betreffende Lyrikerin sei mir schon begegnet, und... na ja... sie ist eine Schwarze, was war daran also kontrovers? Offensichtlich meinten einige Kritiker, ihre Gedichte befassten sich nicht mit »der schwarzen Erfahrungswelt« – das heißt, was sie dafür hielten, als hätte eine ganze Rasse, die aus Dutzenden von Kulturen besteht, nur das Recht auf eine Erfahrungswelt. Ich sagte, dass ich das für Unfug hielt, und daran hat sich nichts geändert.*

40 *Was wohl wieder einmal zeigt, dass man manchmal die ganze Welt zum Narren halten kann und manche Leute* immer. *Es zeigt auch, dass sich Recherche bezahlt macht.*

ZEHNTER TEIL

# Kontroversen

*» Wenn ich meine Post lese, dann glaube ich manchmal,
dass ich keine Romane schreibe, sondern Rorschach-Tests.*

David Gerrold
*Autor von Fantasy- und Science-Fiction-Romanen
sowie Drehbüchern*

# Kommunikation

iele Interviewer sind neugierig, warum ich weiterhin Auszüge aus meinen Büchern durch elektronische Kanäle wie meine Webseite oder die CompuServe-Foren, die ich »bewohne«, veröffentliche. Schließlich habe ich doch schon einen Agenten, eine Lektorin und einen Vertrag über mehrere Bücher, warum sonst sollte man das tun[1]?

Die Antwort lautet, dass es nur einen einzigen Grund dafür gibt, dass ich kleine Ausschnitte aus meinem Werk elektronisch zugänglich mache – ich wünsche mir, dass die Leute sie lesen.

Kunst ist immer eine Art von Kommunikation. Zwar sollte ein Künstler sein Werk besser auch selbst mögen, doch ein Kunstwerk ist unvollständig, solange es niemand anders teilt. Manche flüchtige Formen wie Tanz oder Theater existieren gar nicht ohne Publikum. Die Schriftstellerei hat zumindest den Vorteil, dass sie einige Zeit überdauert; es gibt zwar Computerabstürze, Virenbefall und Hausbrände, doch normalerweise laufen die Worte nicht fort, wenn man sie erst einmal auf dem Papier eingefangen hat – und es ist nicht nur *möglich*, sie unter Ausschluss der Öffentlichkeit zu schreiben, sondern oft ist es sogar notwendig.

Dennoch sind zur Kommunikation zwei Seiten notwendig. Wenn ich etwas geschrieben habe, habe ich immer das Gefühl, dass eine Art kleiner kosmischer Kreis erst dann geschlossen ist, wenn es jemand gelesen hat. Da ich im absoluten Schneckentempo schreibe, erblicken meine Bücher nur in ziemlich großen Abständen das Tageslicht; zwei oder drei Jahre sind eine lange Zeit, wenn man auf die Erfüllung wartet. Da ich aber in Episoden schreibe, sind immer wieder kleinere Abschnitte des Buches »fertig« (das heißt, so gut geschrieben, wie meine Fähigkeiten es zum Zeitpunkt ihrer Entstehung erlauben), lange bevor ich das Buch als Ganzes beende.

Ich veröffentliche niemals mehr als einen Bruchteil eines Buches – es gibt nur wenige Szenen, die sich dazu eignen, dass man sie aus dem Zusammenhang gelöst liest –, doch es verschafft mir große Genugtuung, wenn ich ab und zu meine Arbeit mit jemandem teilen kann, und es ermutigt mich zum Weiterschreiben. Wenn ich eine Szene veröffentliche, dann bin ich nicht auf Kritik oder Vorschläge aus – die Szenen sind, wie gesagt, »fertig« –, doch ich freue mich über Kommentare, sowohl über die Auszüge als auch über die bereits erhältlichen Bücher, denn dadurch schließt sich für mich der Kreis, und es ist sehr interessant zu beobachten, wie die Leser auf bestimmte Ereignisse und Figuren reagieren.

Dennoch findet sich in der Menge der Post, die ich bekomme (regulär und via E-Mail) dann und wann ein Brief, der mich glauben lässt, dass mein kosmischer Kreis sich vielleicht in einer Moebiusschleife geschlossen hat.

Wenn man nicht gerade die Sorte Bücher schreibt, die sich auf bedeutende politische Ereignisse konzentrieren – und diese auf ganz ungewöhnliche Weise interpretieren –, dann kommt es eigentlich nicht oft vor, dass ein historischer Roman zum Gegenstand heftiger Kontroversen wird. Dennoch ist mir aufgefallen, dass ein paar Themen in meinen Büchern solche Kontroversen ausgelöst haben; Themen, die in den Online-Leseclubs zur Grundlage erhitzter Diskussionen wurden oder der Gegenstand von (glücklicherweise seltenen) Beschwerdebriefen sind.

Wie schon gesagt, die Sache mit der Kommunikation ist die, dass man zwei dazu braucht. Das heißt, dass ich zwar beim Schreiben etwas Bestimmtes beabsichtigt habe, der Leser es aber im Licht seiner eigenen Erfahrungen und Auffassungen betrachtet und es gut sein kann, dass er zu anderen als den von mir beabsichtigten Schlussfolgerungen kommt. Dann und wann halte ich beim Lesen eines Briefes ein Auge geschlossen (weil ich gar nicht glauben kann, was ich da sehe) und denke mir dabei: Ich bin mir nicht sicher, welches Buch Sie gelesen haben, aber ich bin mir ziemlich sicher, dass es nicht das ist, welches ich geschrieben habe.

Dennoch bin ich bemüht, auf ernsthaft formulierte Bedenken einzugehen und zu erklären, wie und warum ich in meinem Buch den Schritt getan habe, der meinem Briefpartner solche Bedenken bereitet. In den meisten Fällen findet die Korrespondenz einen einvernehmlichen und respektvollen Abschluss, wie es auch bei den meisten der folgenden Unterhaltungen der Fall war.

Ich mag eigentlich keine Auseinandersetzungen, und ich suche sie ganz bestimmt nicht – doch wenn man seine Meinung mit Nachdruck formuliert (und ich fürchte, das tue ich), dann sollte man besser bereit sein, sie nötigenfalls zu erklären oder zu verteidigen.

## Sex

Dann und wann – etwa alle zwei Jahre – bekomme ich einen Brief, dessen Verfasser Einwände gegen den sexuellen Inhalt der Romane hat. Diese Briefe sind immer höflich; ihre Einwände basieren normalerweise auf der Theorie, dass große Literatur keine Sexszenen enthält. Da die Verfasser so freundlich sind und meine Bücher ansonsten dieser Bezeichnung für würdig erachten, finden sie, dass ihr sexueller Inhalt das Niveau des Werkes senkt und mir künstlerisch schadet.

Nun freue ich mich zwar über die Sorge um meine literarische Reputation, die aus diesen Briefen spricht, doch was die Rolle der Sexszenen angeht, so muss ich bei allem Respekt widersprechen. Es gibt viele Gründe für einen Schriftsteller, detaillierte Sexszenen in sein Buch aufzunehmen; der würdeloseste ist natürlich, Nervenkitzel für den Leser liefern zu wollen – und ich habe das Gefühl, dass einige meiner Briefpartner glauben, dass dies der *einzige* mögliche Grund für die Verwendung derartigen Materials ist.

Das stimmt aber nicht. So, wie die Menschen nun einmal sind, ist ihr Interesse am Sex fester Bestandteil ihrer genetischen Maschinerie und bildet damit den Hintergrund für viele menschliche Verhaltensweisen, ob einem das nun klar ist oder nicht.[2]

Angesichts der Tatsache, dass eine Ebene der Romane einer Erkundung der Natur von Liebe und Ehe gewidmet ist, erscheint es mir wünschenswert, das Thema Sex nicht auszuklammern. Denn es mag ja durchaus hingebungsvolle, asexuelle Ehen in der Geschichte gegeben haben, aber im Normalfall funktioniert es anders. Und wenn man sich dafür interessiert, was zwischen zwei Menschen funktioniert, dann glaube ich, dass die sexuellen Aspekte ihrer Beziehung von legitimem Belang sind.

Ich freue mich zwar zu hören, dass diese Leser meine Bemühungen ansonsten so sehr schätzen, doch ich bin wirklich der Meinung, dass die Szenen, in denen Sex vorkommt, für meine Geschichte notwendig sind, ganz egal, was man für die Voraussetzungen großer Literatur hält.

Um hier keinen falschen Eindruck zu erwecken, sollte ich vielleicht betonen, dass ich im Großen und Ganzen nur sehr wenige kontroverse Briefe bekomme. So weit ich mich erinnern kann, haben sich vielleicht drei (von etwa zehntausend) Leser über den sexuellen Inhalt der Bücher beschwert. Andererseits haben mir gut dreihundert Leser geschrieben und um *mehr* sexuellen Inhalt gebeten – aber da ich weder eine Fernsehstation noch ein Politiker bin, richte ich mich leider nicht nach Meinungsumfragen.

## SCHIMPFWÖRTER UND FLÜCHE – DAS F-WORT

Eine der Beschwerden, die ich am häufigsten in Briefen (bis jetzt etwa zwanzig an der Zahl) finde, bezieht sich auf die Schimpfwörter und Flüche – Ausdrücke, die »den Namen des Herrn missbrauchen«, wie es meine Briefpartner formulieren, obwohl sich ihre Bedenken oft gegen eine Ausdrucksweise richtet, die einfach nur vulgär und eigentlich nicht profan ist.[3]

Eine nette Dame Anfang siebzig (ich weiß, wie alt sie war, weil sie sagte, dass sie Jahrgang 1925 ist) kam einmal bei einer Signierstunde auf mich zu, und nach einer der üblichen Unterhaltungen, in der sie mir sagte, wie sehr ihr die Bücher gefallen hatten, gestand sie mir, dass *Der Ruf der Trommel* sie doch ein kleines bisschen enttäuscht habe, weil ich darin das »F-Wort« verwendet hatte.[4]

Ich habe sie nicht darauf hingewiesen, dass ich besagtes Wort auch schon in *Feuer und Stein, Die geliehene Zeit* und *Ferne Ufer* benutzt hatte, wo es ihr anscheinend nicht das geringste Problem bereitet hatte. Allerdings habe ich gesagt, dass ich das Wort an den Stellen, an denen es auftaucht, für angemessen hielt.

Die Dame runzelte die Stirn und sagte, *sie* sei 1925 geboren und verwendete solche Ausdrücke nie. Ich biss mir auf die Zunge und antwortete höflich, dass ich 1952 geboren bin und solche Ausdrücke ebenfalls nicht verwende – aber meine Romanfiguren tun es.

Da ich konservativ erzogen bin und als kleines Mädchen meine Umgangsformen an einer katholischen Schule gelernt habe, bin ich absolut unfähig zu fluchen. Vielleicht sage ich im Extremfall einmal »Verdammt!«, doch das F-Wort ist mir in der Öffentlichkeit noch nie über die Lippen gekommen. Es ist daher eine große Erleichterung für mich, dass Claire keine derartigen Hemmungen hat.

So weit ich es herausfinden konnte, war das F-Wort zu der Zeit, in welcher Claire ihren reichhaltigen Schimpfwortschatz erwarb, nicht annähernd so populär wie heute. Daher neigt sie zwar zu leichtfertigen Flüchen, benutzt das F-Wort aber nur selten (obwohl sie es dann und wann sagt, wenn sie unter Stress steht).

Im Folgenden sehen Sie ein Beispiel für die Art von Briefwechsel, die ich bezüglich dieses Themas ab und zu führe. (Der Abdruck von Mr. Tooles E-Mail-Nachrichten erfolgte mit seiner Erlaubnis.)

From: Doug Toole
To: 76530.523@compuserve.com
Date: Mon, 2 Jun 1997 18:22:41 EDT
Subject: commendation & word question

Liebe Diana,
die *Feuer und Stein*-Serie ist toll. Ich habe mir die Audio-Version schon mehrfach angehört und die Bücher ein paar Mal gelesen, und das Warten auf die nächste Folge fällt mir schwer. Danke für diese Serie.

Frage: Die ersten drei Bücher waren ohne das F-Wort toll[5], ist es notwendig, dieses Wort zu benutzen? Ich persönlich habe das Gefühl, dass die Leute von damals diese Vokabel nicht benutzt haben. Ich werde Ihre Bücher weiterhin lesen bzw. sie mir anhören, würde meine Kinder einer solchen Ausdrucksweise aber lieber nicht aussetzen, wenn ich es verhindern kann. Doug Toole

From: Diana Gabaldon
To: Doug Toole
Date: Fri 06 Jun 97 03:11:29 EDT
Subject: commendation & word question

Lieber Doug,
wenn Sie die Bücher aufmerksam läsen, dann würde Ihnen vielleicht auffallen, dass die »Leute von damals« (also die Figuren aus dem achtzehnten Jahrhundert) »das F-Wort« gar nicht benutzen.

Allerdings ist es sowohl in den vierziger Jahren (als Claire es auf-
geschnappt haben muss) als auch in den sechziger Jahren gebräuchlich gewesen, und in dieser Zeit taucht es in *Der Ruf der
Trommel* auf. Ich sage Ihnen das ungern, aber die Leute – besonders aufgebrachte junge Männer – haben das nämliche Wort tatsächlich benutzt; ich habe 1960 schon gelebt, und ich habe es gehört. ‹g›[6]

Freut mich, dass Ihnen die Bücher ansonsten gefallen haben. –
Diana


From: Diana Gabaldon
To: Doug Toole
Date: Fri 06 Jun 97 03:11:30 EDT
Subject: commendation & word question

P.S. Ihre Bemerkung, dass Sie »Ihre Kinder dem F-Wort nicht aussetzen« wollen, bringt mich auf die Frage – wie alt sind denn Ihre
Kinder? Wenn sie so jung sind, dass sie dieses Wort überhaupt
noch nicht kennen, dann fürchte ich, dass sie *viel* zu jung sind, um
meine Bücher zu lesen, und zwar bestimmt nicht wegen der Ausdrucksweise.


From: Doug Toole
To: 76530.523@compuserve.com
Date: Fri, 6 Jun 1997 07:44:02 EDT
Subject: Re: Commendation & word question

Diana,
danke für Ihre prompte Antwort. Die Kinder bzw. das Kind ist
jetzt vier und liebt Hörspiele und Bücher. Sie haben Recht, zu
jung, um Ihr Buch zu lesen. Doch wenn wir als Familie verreisen,
hören wir uns unterwegs gerne Audiobücher an, darunter auch
die Ihren. So sind wir zum Beispiel gerade nach elf Tagen aus
Needles nach Seattle zurückgekehrt. Also sind wir über die Ausdrucksweise, die darin auftaucht, im Bilde. Wir wissen, dass sie
die Worte lernen wird, würden sie aber gern so lange wie möglich davon unberührt lassen. Sie brauchen nicht zu antworten, es
sei denn, Sie möchten es gern. Noch einmal: Wir lieben Ihre Bü-

cher und werden uns auch in Zukunft auf weitere Fortsetzungen freuen.

From: Diana Gabaldon
To: Doug Toole
Date: Sun o8 Jun 97 04:43:37 EDT
Subject: commendation & word ques

Lieber Doug –
Nun, ich habe selbst Kinder (sie sind jetzt 11, 13 und 15), und auch wir versuchen zu verhindern, dass sie Kraftausdrücken ausgesetzt werden, obwohl wir genau wissen, dass sie die Wörter kennen (man kann schließlich trotzdem noch darauf bestehen, dass sie sich nicht für zivilisierte Gespräche eignen).

Dennoch – meine Bücher sind eindeutig (und mit viel Mühe) für Erwachsene geschrieben. *Wenn* ich in den Büchern Flüche verwende (seltsamerweise fluche ich selber nie), dann tue ich das, weil ich das Gefühl habe, dass die Umstände und die Figur es erfordern. In *Der Ruf der Trommel* wird das F-Wort (das ich übrigens auch in allen anderen Büchern verwendet habe, wenn auch sparsam) Ende der sechziger Jahre von einem jungen Mann ausgesprochen, der von wütender (sexuell motivierter) Leidenschaft ergriffen ist. Aus dem Munde *dieser* Figur, in *dieser* Zeit und angesichts *dieser* Umstände erschien mir seine Ausdrucksweise absolut angemessen.

Nun bestehen die Leute natürlich unter anderem deshalb darauf, dass im alltäglichen Umgang auf Gossensprache verzichtet werden sollte, weil es vulgär und abstoßend ist. Ein anderer Grund – der meiner Meinung nach genauso wichtig ist – liegt in der Tatsache, dass hinter einer solchen Ausdrucksweise die berechtigte Absicht steckt, ein Gefühl auszudrücken, das ebenfalls *jenseits* der Grenzen des alltäglichen Umgangs liegt. Solche Wörter beiläufig zu benutzen, raubt ihnen ihre Wirkung.

Das können Sie in der fraglichen Szene in *Der Ruf der Trommel* sehen. Wenn Roger immer so spräche, dann bekäme der Leser hier nicht den Eindruck eines Mannes, der sich fast bis an die Grenzen des Erträglichen getrieben sieht (zumindest hoffe ich doch, dass dieser Eindruck entsteht) und der sich mit großer Mühe an seine Vorstellungen von anständigem Verhalten klammert.

Okay. Worauf ich hinauswill, ist, dass ich eine solche Ausdrucksweise immer mit gutem Grund benutze. Vorausgesetzt, man wählt und verwendet sie mit Bedacht, erscheint es mir wirklich nicht sinnvoll, sie nur deshalb auszumerzen, weil sich *möglicherweise* eines Tages jemand eine Tonbandaufnahme eines Buches für Erwachsene in Gegenwart eines Kleinkindes anhören möchte. Hm?

(Ich hoffe übrigens, dass Sie auch die Bücher lesen, da sie für die Tonbänder stark gekürzt werden mussten und jeder Band nur etwa ein Fünftel der Handlung enthält.)

Mit freundlichem Gruß – Diana

From: Doug Toole
To: 76530.523@compuserve.com
Date: Sun, 8 Jun 1997 04:58:34 EDT
Subject: Re: Commendation & word question

Diana,
Die Tatsache, dass Sie ein offenes Ohr für mich gehabt haben, setzt meinen Bedenken ein Ende, danke für diese persönliche Antwort. Meine Frau und ich werden weiterhin Ihre Leser und Zuhörer sein. Wir wünschen Ihnen ein erfülltes und glückliches Leben.

## »Den Namen des Herrn missbrauchen«

Im folgenden finden Sie einen Brief, den ich einer meiner ersten Leserbriefschreiberinnen geschickt habe, die sich über das beschwerte, was sie als unnötige Blasphemie empfand. Da er meine Position recht eindeutig konstatiert und meine Briefpartnerin ihn positiv aufgenommen hat, benutze ich seitdem Varianten dieses Briefes, um auf ähnliche Beschwerden zu reagieren, wenn sie mich erreichen.

### 7. Dezember 1993

Meine liebe Mrs. F.:

Vielen Dank für Ihren netten Brief. Ich versuche, jeden Brief zu beantworten, den ich bekomme[7] – ich höre gern von meinen Lesern –, doch es dauert oft Monate, da ich sehr viel Post bekomme und mein Mann und meine Lektorin Einspruch erheben, wenn ich Briefe schreibe, während ich ihrer Meinung nach Bücher schreiben sollte!

Dennoch habe ich mir gedacht, ich sollte mir einen Augenblick Zeit nehmen, um auf Ihren Brief zu antworten, da es heute etwas weniger hektisch ist als sonst.

Es freut mich, dass Sie zu schätzen wissen, wie viele Recherchen und Details in diesen Büchern stecken; es ist sehr viel Arbeit, doch ich habe großen Spaß daran, zu recherchieren und die Einzelheiten dann in der Handlung unterzubringen. Und wie Sie sicher bemerkt haben, sind es diese Details, die den Büchern ihre Unmittelbarkeit verleihen – dem Leser sozusagen das Gefühl geben »dabei zu sein«.

Ich möchte allerdings gern anmerken, dass dieses Bemühen um Genauigkeit und Detailtreue sich genauso auf die Sprache der Figuren wie auf die beschriebenen physischen Details bezieht. Ich weiß Ihre Bedenken bezüglich der Flüche und Vulgärausdrücke zu schätzen; ich bin selbst gläubige Katholikin, und da ich in einer katholischen Familie erzogen wurde und in meinen prägenden Jahren eine konfessionelle Schule besucht habe, benutze ich selbst solche Ausdrücke nie.

Allerdings habe ich zahlreiche Dokumente aus dem achtzehnten Jahrhundert – und älteren Datums – gelesen, darunter Briefwechsel, journalistische Berichte, Essays und zeitgenössische Romane. Ich habe eine umfangreiche Sammlung von Wörterbüchern, die sich mit schottischem Dialekt, Gälisch, französischer Umgangssprache und historischem englischem Slang befassen und die ich beim Schreiben konsultiere. Solche Ausdrücke (einschließlich des von meinen Kindern so genannten »Sch-Wortes«) sind schon sehr, sehr lange in Gebrauch – und ihr Gebrauch wird schon genauso lange von den Moralpredigern beklagt. Wenn ich ihn unter den riesigen Materialstapeln in meinem Arbeitszimmer finden könnte, würde ich Ihnen einen Auszug aus einem mittelalterlichen Essay des (aus der Vulgatabibel bekannten) heiligen Jerome schicken, in welchem der Verfasser sich bitterlich über die verbreitete Verwendung von Flüchen und Kraftausdrücken beklagt und über die zweifellos verderbliche Wirkung solcher Ausdrücke auf die Gesellschaft lamentiert.

Dank meiner ungewöhnlichen beruflichen Laufbahn – ich habe als Ökologin (vor dem Erscheinen von *Die geliehene Zeit* war ich

zwölf Jahre lang als Universitätsprofessorin tätig), als »Expertin«
in wissenschaftlicher Computeranwendung und als Meeresbiolo-
gin gearbeitet – habe ich außerdem oft in einem Umfeld gearbeitet, in dem die meisten meiner Kollegen Männer zwischen 20 und
45 waren. Und die unangenehme Wahrheit ist, dass Männer sich
so ausdrücken.[8]

Die beiläufige Verwendung von Flüchen und Schimpfwörtern
tritt weniger häufig auf, wenn Männer und Frauen zusammentreffen – und ist in Gruppen, die nur aus Frauen bestehen, noch
sehr viel seltener –, doch bei Gruppen von Männern ist sie ein ge-
läufiges Sprachmuster. Dahinter scheint keinerlei Absicht zu stecken, sich dem Allmächtigen gegenüber geringschätzig zu zeigen
oder seine Gesprächspartner beleidigen zu wollen; es ist einfach
nur eine geläufige und selbstverständliche Ausdrucksweise. Das
trifft besonders unter Soldaten zu, und soweit ich das anhand der
Dokumente aus den beiden Weltkriegen sowie den älteren Kriegs-
tagebüchern belegen kann, die ich gelesen habe, ist das schon immer so gewesen.

Daher bin ich der Meinung, dass es einfach zur Aufgabe des Verfassers historischer Romane gehört, die heutige oder auch damalige Umgangssprache wiederzugeben – nicht als Billigung oder Ermutigung zu ungehörigen Ausdrucksweisen, sondern einfach nur
als die bestmögliche Annäherung an das, was die Leute in einer solchen Situation tatsächlich gesagt haben könnten. Ich hoffe, Ihnen
ist aufgefallen, dass die Leute sich in gemischten Gruppen, im Fa-
milienkreis oder unter Frauen *nicht* so ausdrücken.

Doch Männer tun es nun einmal – vor allem im Kampf oder bei
der Arbeit.

Mit anderen Worten hoffe ich zwar, dass das Vorhandensein
derartiger Dialoge Ihrer Freude an meinen Büchern keinen Ab-
bruch tun wird, doch ich habe nicht vor, in Zukunft auf ihre
Verwendung zu verzichten. Ich benutze solche Ausdrücke nicht
aus Unachtsamkeit oder weil sie mir gefallen, sondern ganz bewusst – ein Detail, das genauso sorgfältig gewählt ist wie die Beschreibung von Möbeln oder Kleidungsstücken.

Es freut mich sehr, dass Sie ansonsten solche Freude an den Büchern gehabt haben, vor allem, was die Beziehung zwischen Jamie
und Claire angeht. Apropos, jetzt muss ich wirklich noch ein bisschen schreiben, daher hoffe ich auf Ihr Verständnis, wenn ich diesen Brief hier beende. Nochmals vielen Dank für Ihren Brief, und

hoffentlich gefallen Ihnen auch die nächsten beiden Bücher. Und viel Spaß auf Ihrer Schottlandreise! Mit den besten Wünschen, Diana Gabaldon.


## HOMOSEXUALITÄT

Ich stelle fest, dass das Thema Homosexualität immer wieder zum Gegenstand der gelegentlichen Meinungsverschiedenheiten wird. Manche Leser sind gegen jegliche Erwähnung dieses Themas und lehnen jede schwule Romanfigur kategorisch ab (»Ich will nie mehr sehen, wie Jamie einen Mann küsst!«, wie mich eine Leserin streng zurechtwies). Das ist natürlich ihre persönliche Vorliebe, hat aber weder mit den Büchern noch den Figuren das Geringste zu tun.

Allerdings bekomme ich manchmal auch Beschwerdebriefe über das, was der Leser als »negative Darstellung von Homosexuellen« empfindet – normalerweise wird dann die Figur des Black Jack Randall als Beispiel angeführt.


### Black Jack Randall

Nun, eine Schwalbe macht noch keinen Sommer, und ein Perverser dürfte kaum der Verurteilung eines ganzen Segments der sexuell aktiven Bevölkerung gleichkommen. Black Jack Randall ist, wer er ist – ein Individuum –, und er erfüllt seinen erzählerischen Zweck in *Feuer und Stein* und *Die geliehene Zeit,* ohne auch nur irgendwie eine allgemeine Sichtweise der Schwulen als Gruppe zu implizieren.

Außerdem weise ich die Leser, die mir gegenüber gelegentlich diese Bedenken äußern[9], darauf hin, dass Jack Randall gar nicht schwul ist; er ist ein Perverser (und nein, das ist wirklich nicht dasselbe).

Jack Randall ist ein Sadist; es bereitet ihm sexuelles Vergnügen, anderen Schmerz zuzufügen. In *Feuer und Stein* werden vier verschiedene Übergriffe durch Randall beschrieben – zwei auf Männer, zwei auf Frauen (Männer: Alexander MacGregor und Jamie Fraser; Frauen: Jenny Murray und Claire Fraser). Das Geschlecht seiner Opfer ist ihm ganz offensichtlich nicht besonders wichtig; es sind der Schmerz und die Macht, die ihn erregen.

Auf Grund der gesellschaftlichen Verhältnisse und der Situation, in welcher er operiert – er ist Offizier in einer Besatzungsarmee –, hat er aber eindeutig sehr viel eher Zugriff auf Männer als mögliche Opfer. Am Anfang von *Feuer und Stein* berichtet Frank von Fällen, in denen man seinem Vorfahren »Beleidigung – nicht näher spezifiziert« vorwarf und die zu Beschwerden aus der Bevölkerung führten (*Feuer und Stein*, S. 34, Hard Cover). Offensichtlich war es eine riskante Freizeitbeschäftigung, durch die Gegend zu ziehen und Frauen zu attackieren; da war es wohl sehr viel sicherer, in den vier Wänden eines von Engländern verwalteten Gefängnisses männliche Gefangene (oder Untergebene) zu missbrauchen.

Natürlich besteht die Möglichkeit, dass die Reaktion der Männer seine sadistische Seite besonders befriedigte, da diese möglicherweise mit zusätzlichem Schmerz oder Entsetzen auf einen homosexuellen Übergriff reagierten, doch ich glaube nicht, dass sich im Text hinreichende Beweise für diesen Schluss finden. Andererseits kann man durchaus davon ausgehen, dass ein Gefangener, um dessen Schicksal sich niemand scherte, sehr viel schlimmer missbraucht werden konnte als eine Frau, deren Wohlergehen bis zu einem gewissen Grad in der Verantwortung der Gemeinschaft wie auch ihrer Verwandten lag. Daher können wir wohl davon ausgehen, dass Randall tatsächlich Männer bevorzugte – allerdings auf Grund ihrer erhöhten Verwundbarkeit und nicht, weil das seiner sexuellen Orientierung entsprach.

### Alexander MacGregor

Andere Beschwerden über meinen Umgang mit Homosexuellen (diese fast ausschließlich von Lesern, die nur das erste Buch der Serie gelesen haben) basieren schlicht und ergreifend auf Missverständnissen. Zwei oder drei Leserbriefschreiber haben mich gedrängt zu bedenken, welche möglicherweise negative Wirkung Alexander MacGregors Selbstmord auf junge Leute haben könnte, die gerade darum kämpfen, sich über ihre sexuelle Orientierung klar zu werden – ich wolle ihnen doch bestimmt nicht nahe legen, dass die Entdeckung der Tatsache, dass man schwul ist, ein Grund zum Selbstmord sei?

Einmal abgesehen von der bedeutenden Frage, ob es Aufgabe eines Schriftstellers ist, im Kontext des modernen, aufgeklärten

Denkens die möglichen gedanklichen Reaktionen aller denkbaren Leser zu berücksichtigen und diese so zu handhaben, dass das Selbstbewusstsein dieses hypothetischen Leserkollektivs möglichst gestärkt wird[10] – ist es einfach so, dass nirgendwo im Text auch nur mit einem Wort angedeutet wird, dass Alexander MacGregor schwul ist.

Mit anderen Worten hat er sich nicht aus Scham darüber aufgehängt, weil er seine sexuelle Neigung entdeckt hatte – er erhängte sich aus dem sehr viel verständlicheren Grund, dass er es nicht ertragen konnte, vergewaltigt und gefoltert zu werden. Ich würde sagen, dass sich wohl die meisten Leute dabei unwohl fühlen dürften, ganz egal, wie ihre Neigungen sind.

## Der Herzog von Sandringham

Also, der Herzog von Sandringham ist tatsächlich schwul; das wird an Hand der Geschichte deutlich, die Jamie beim Abendessen auf Schloss Leoch erzählt (*Feuer und Stein*, S. 456–462, Hard Cover). Offen gesagt entstand diese Szene durch Zufall, genau wie der Herzog.

Einer der Hauptgründe, warum ich *Feuer und Stein* geschrieben habe, war, weil ich das Schreiben *lernen* wollte. Ich versuchte immer wieder, bestimmte Sorten von Szenen einfach nur deshalb zu schreiben, weil ich nicht wusste, wie, und es lernen wollte. Als ich diese Szene bei der Abendgesellschaft schrieb, hatte ich keine Ahnung, was darin gesagt werden würde oder wie sie sich in das Gesamtbuch einfügen würde; ich hatte (bis dato) einfach noch nie eine Dialogszene mit mehr als zwei Teilnehmern geschrieben.

Die meisten Dialogszenen in einem Roman finden nur zwischen zwei Figuren statt, und das aus gutem Grund: Es ist sehr schwierig, eine Unterhaltung mit mehreren Teilnehmern zu handhaben, ohne den Überblick darüber zu verlieren, wer was sagt, oder den Leser hoffnungslos zu verwirren. Ich hatte gerade nacheinander mehrere Dialogszenen zwischen zwei Figuren geschrieben – Jamie und Claire – und hatte angefangen, das monoton zu finden. Also beschloss ich, mich an einer Szene zu versuchen, in der eine ganze Reihe von Leuten ein längeres Gespräch führen; einfach nur, um es zu lernen. Daher also Colums Speisetafel und die Unterhaltung, die sich zu Jamies ziemlich derber Geschichte entwickelte – die wiederum seine Zuhörer zu Kommentaren anstachelte.

Die Geschichte hat sich selbst entwickelt; ich habe sie nicht geplant. Jedoch ist der Herzog in *Feuer und Stein* eine Schattengestalt, die niemals auf der Bühne erscheint; zu diesem Zeitpunkt war er nur ein Ausstattungsgegenstand, und wie man an der Heiterkeit erkennen kann, die Jamies Geschichte auslöst, betrachtete man im achtzehnten Jahrhundert Homosexualität im Allgemeinen nicht mit Abscheu[11]. In dem dargestellten gesellschaftlichen Kontext akzeptierte man sie einfach nur als eine bekannte Besonderheit dieses Adeligen. In den schottischen Quellen, die ich konsultiert habe, habe ich keine übermäßig negative Einstellung gegenüber Homosexuellen gefunden; eine recht verächtliche Aburteilung des Verhaltens James' I.[12] war das höchste der Gefühle.

Wie schon an anderer Stelle gesagt, lege ich mir diese Bücher nicht zurecht, bevor ich sie schreibe – und die ganze Serie habe ich erst recht nicht geplant (das konnte ich auch kaum, da ich ja gar nicht wusste, dass es eine Serie *war*). Doch fällt mir bei der Arbeit an einem Buch oft plötzlich ein guter Verwendungszweck für ein Element oder eine Figur aus einem der vorangegangenen Bücher ein.

Als ich mich daher während der Entstehung von *Die geliehene Zeit* fragte, wie ich die notwendigen Verbindungen zwischen den schottischen Highlands und dem französischen Hof zu Stande bringen sollte (da es diese Verbindungen gegeben hat und sie historisch wichtig waren), kam mir die Idee, den Herzog zu verwenden. Er war schließlich das einzige Mitglied des Adels, das in *Feuer und Stein* auftauchte, und es war gut möglich, dass er als solches sowohl Zugang zum Hof Ludwigs XV. hatte als auch Beziehungen zu den Stuarts unterhielt.

Ich hatte die Szene schon geschrieben, in der Claire zum ersten Mal auf Alexander Randall trifft (*Die geliehene Zeit,* Kapitel 10, »Eine Dame mit üppigem Lockenhaar...«); die Gegenwart des Herzogs lieferte mir eine simple Erklärung für Alex' Anwesenheit in Frankreich – und eine wirklich nützliche Verbindung zur Familie Randall, sodass ich Black Jack Randall ins Geschehen zurückschleifen konnte, ohne mich allzu sehr auf den Kopf stellen zu müssen.

Nun erscheint Black Jack, seinem Charakter entsprechend, selten ohne irgendeine Art von bedrohlichem sexuellem Unterton. Dennoch wird der Herzog niemals bei einer Handlung gezeigt, die ihn *als schwulen Mann* diskreditieren würde. Als politischer Intrigant spielt er in der ersten Liga und bei der Verfolgung seiner Ziele ist er absolut gewissenlos, doch abgesehen von Jamies Erzählung in *Feuer und Stein* und seinen eigenen vagen Bemerkungen über Black Jack Randall sehen wir ihn nie in einem sexuellen Zusammenhang. Mit anderen Worten ist seine Homosexualität zufällig; einfach nur eine Facette seines Charakters, aber keine, die besonderen Einfluss darauf hätte, ob wir ihn als gut oder böse wahrnehmen.

Als er sich in *Feuer und Stein* (sozusagen) als Schwuler outete, beschloss ich, ihn als positiven Kontrapunkt zu Jack Randall zu behalten – das heißt zur Verdeutlichung, dass Homosexualität weder automatisch böse ist noch so betrachtet wurde, wohingegen Jack Randalls Perversion etwas ganz anderes war. Den meisten Lesern ist dieser Unterschied glücklicherweise aufgefallen.

## Lord John Grey

Ich hätte – wie manche Leser vorschlagen – eine bewundernswerte homosexuelle Figur für die ersten beiden Bücher erfinden können, zum »Ausgleich« für Black Jack Randall – doch das wäre auch eine Art von Perversion gewesen; die Verzerrung einer Geschichte um der »politischen Korrektheit« willen. Und was ich davon halte, wissen Sie ja schon. Außerdem wäre es zu viel des Guten gewesen; es hat zwar zweifellos in jeder Gesellschaft zu jeder Zeit Homosexuelle gegeben, doch einem deutlichen Anteil der Figuren in einem Roman diesen Wesenszug zu verleihen würde bedeuten, mehr Augenmerk auf sie zu lenken, als historisch oder künstlerisch angemessen wäre – es sei denn, die Handlung konzentriert sich ausdrücklich auf Schwule oder beschäftigt sich hauptsächlich mit den Anliegen der Homosexuellen.

Nun gut. Ich habe schon gesagt, dass ich die Angewohnheit habe, zurückzublicken und nützliche Figuren aus den früheren Büchern wieder aufzugreifen. Als ich einmal beschlossen hatte, dass Jamie Fraser der »Fraser aus dem Regiment des jungen Lovat« sein würde, der dem Gemetzel der jakobitischen Offiziere auf dem Schlachtfeld von Culloden entkommen würde, stand ich vor dem Problem, mir überlegen zu müssen, *wie* er entkommen sollte.

Ich hätte es auf verschiedene Weisen zu Stande bringen können, doch rückblickend fiel mir der junge Mann ins Auge, den Jamie am Vorabend der Schlacht von Prestonpans entdeckt und überwältigt hatte (*Die geliehene Zeit,* Kapitel 36, »Prestonpans«). Nun hatte ich sowieso vorgehabt, dass er diesem jungen Mann irgendwann wieder begegnen würde, da John William Grey[13] beim Abschied eine so dramatische Drohung ausgestossen hatte. Doch ich hatte keine Ahnung, *wo* sie aufeinander treffen würden.

Zuerst spielte ich mit dem Gedanken, dass der junge Mann selbst Jamie retten könnte. Doch das kam mir nicht richtig vor; er war jung und im Grunde machtlos, ganz abgesehen von seinem schmächtigen Körperbau. Ich wusste, dass Jamie verwundet war (weil alle jakobitischen Offiziere in der Kate verwundet waren), und ich glaubte nicht, dass John Grey in der Lage sein würde, ihn auf plausible Weise fortzuschaffen. Außerdem war ich mir gar nicht so sicher, dass Grey seine Rettung als Ehrenschuld betrachtete – schließlich hatte er gelobt, Jamie umzubringen.

Doch ein älterer Bruder würde die Schuld und die ehrenhafte Notwendigkeit erkennen, sie zurückzuzahlen. So weit, so gut – und kein Grund, sich irgendwelche Gedanken um Lord Johns Sexualität zu machen. Doch es war immer noch notwendig, dass Lord John Jamie später persönlich begegnete – und augenblicklich kam mir die Idee mit der Situation im Gefängnis. Was, wenn ein Mann, der einen tiefen Hass auf einen anderen empfand und sich in einer Position befand, die ihm vollständige Macht über seinen Feind verlieh – aber durch seine Ehre daran gehindert wurde, diese Macht zu benutzen?

Was konnte es für einen besseren Konflikt geben? Nun, was wenn der Mann in der Machtposition feststellt, dass sich sein Hass allmählich... in etwas anderes verwandelt? Und dann was, wenn der Mann, dem er seine aufkeimende Zuneigung zögernd anbot, unter keinen Umständen auch nur den Gedanken daran akzeptieren könnte – auf Grund von Geheimnissen in seiner eigenen, traumatischen Vergangenheit?

Diese Gelegenheit, den beiden das Leben schwer zu machen, konnte ich mir nun wirklich nicht entgehen lassen. Also entdecken wir – und Jamie –, dass Lord John schwul ist, mit allen Komplikationen, die das mit sich bringt.

Allerdings entpuppte sich Lord John als schwul, weil er schwul war, das heißt, diese Facette seiner Persönlichkeit war ein Schlüssel zu dem Teil der Handlung, in der er erscheint – und nicht, weil ich das Bedürfnis hatte, einen »guten« Schwulen als Gegenstück zu Jack Randall zu präsentieren.

Eine Bemerkung zu einem verwandten Thema:

Warum hat Jamie sich Lord John angeboten (*Ferne Ufer*, Kapitel 59, »Enthüllungen«)? Einige Leser (Männer wie Frauen) haben mir gesagt, bei dem bloßen Gedanken daran würde ihnen übel; viele andere fanden die Szene intensiv, erregend und anrührend. Wie schon gesagt, hat es keinen Sinn, wenn ein Schriftsteller versucht sich vorzustellen, wie seine Leser reagieren werden, weil man es einfach nicht vorhersagen kann.

Was nun aber die Frage angeht: Jamie empfindet ein tiefes – und zutiefst verstörendes – Gefühl der Verpflichtung gegenüber Lord John. Schließlich hat ihn Lord John vor einem gefährlichen Schicksal (die Deportation kam oft einem Todesurteil gleich, selbst für Menschen, die nicht seekrank wurden) und vor der dauerhaften Trennung von den Seinen bewahrt, ihm so viel Freiheit wie möglich gegeben, ihm aus freien Stücken seine Freundschaft angeboten – und keinen Versuch unternommen, irgendeine Art von Lohn dafür zu verlangen.

Nun ist Lord John damit herausgerückt, dass er Jamies Geheimnis kennt – dass er nämlich weiß, wer in Wahrheit Willies Vater ist –, und er wird seine schützende Hand nicht nur über das Geheimnis, sondern auch über den Jungen halten. Da er weiß, dass Jamie Willie verlassen muss, ist Lord John bereit, sein ganzes Leben zu verändern – und sogar so weit zu gehen, dass er Isobel Dunsany heiratet –, um über Jamies Sohn zu wachen und dafür zu sorgen, dass dieser weiterhin mit dem Jungen in Verbindung bleiben kann.

In seiner gegenwärtigen Lage kann Jamie Lord John nicht das Geringste anbieten, um ihm seine Dankbarkeit und Wertschätzung auszudrücken – nur sich selbst. Mit diesem Angebot versucht er zu zeigen, dass er sich bewusst ist, wie tief er in Lord Johns Schuld steht und dass er Lord John endlich als Freund und als Mann akzeptiert.

Das heißt, er ist sich bewusst, dass seine ursprüngliche Zurückweisung (und die Methode, die er angewandt hat, um sie zu zementieren) John tief verletzt hat. Obwohl es ihm nicht möglich ist, seinen Abscheu bei dem Gedanken zu überwinden, kann er sich zu diesem Akt zwingen (schließlich hat sich Jamie schon zu vielen Dingen gezwungen, die er nicht tun wollte) und Lord John so zeigen, dass er ihm seine Natur nicht übel nimmt – Jamie akzeptiert ihn so, wie er ist.

Doch Lord John ist sich Jamies wahrer Gefühle sehr wohl bewusst, und so weist er das Angebot vorsichtig zurück – akzeptiert aber das Geschenk von Jamies Freundschaft.

## Abtreibung

Ich muss sagen, dass ich damit gerechnet hatte, ziemlich viele Kommentare zu der Abtreibungsszene in *Der Ruf der Trommel* (Kapitel 14, »Wer die Wahl hat…«) zu hören zu bekommen, und sei es nur, weil dies ein Thema ist, an dem sich die Geister heftig scheiden. Doch ich bin nur überraschend selten darauf angesprochen worden (nicht, dass ich mir wünsche, dass es öfter geschieht).

Eine Rechtsanwältin war so großzügig, mir eine vierseitige Abhandlung über die gesetzliche Bedeutung des Begriffes »Mord« zu schicken, wahrscheinlich als Reaktion auf Claires Bemerkungen über gerechtfertigten, weil in Notwehr begangenen Totschlag (S. 927/28, Hard Cover). Dies hat keinerlei Relevanz in Zusammenhang mit dem Buch, da Claire keine Anwältin ist, es derartige Deutungen im achtzehnten Jahrhundert nicht gab und das Gesetz sowieso keinen Einfluss auf eine persönliche Meinung hat – doch ich weiß die Mühe zu schätzen, die diese Leserin auf sich genommen hat, um ihr Wissen mit mir zu teilen.

Davon abgesehen, habe ich nur ein oder zwei Anmerkungen zu dieser Szene gesehen (die nicht an mich persönlich gerichtet waren, sondern die ich online gefunden habe). Eine Leserin meinte, sie hätte sich bei der Szene unwohl gefühlt (das will ich doch hoffen) und sie wünschte, Claire hätte ihr Angebot, das Kind abzutreiben, nicht ausgesprochen. Zwei weitere befürworteten Claires Handlungsweise von ganzem Herzen; sie konnten mit Jamie mitfühlen, doch die Entscheidung sei allein Briannas Sache. Das auch meine Meinung.

## Gewalt in der Ehe

Dies ist mit Abstand das Thema, das bei meinen Lesern die meisten Kontroversen auslöst. Ich beziehe mich hier natürlich auf die berüchtigte Szene, in welcher Jamie von Claires (wie er meint) unverantwortlichem Verhalten endgültig die Nase voll hat und eingreift (*Feuer und Stein*, Kapitel 22, »Abrechnung«).

Ehrlich gesagt, ist dies eine meiner Lieblingsszenen in diesem Buch. Sie ist eine perfekte Illustration der kulturellen und persönlichen Konflikte zwischen diesen beiden Charakteren; Konflikte, in denen beide absolut davon überzeugt sind, im Recht zu sein – und so ist es ja auch.

Claire glaubt, sich sehr mutig und moralisch verantwortlich verhalten zu haben. Es kostet sie große Überwindung, sich von Jamie loszureißen und sich allein zu Fuß auf den Weg zu dem Steinkreis zu machen, um zu Frank, ihrem ersten Ehemann, zurückzukehren. Sie tut ihren Gefühlen Gewalt an, um einem Mann die Treue zu halten, dem sie einen Eid geleistet hat. Sie hätte Jamie ihre Situation niemals beschreiben können, denn sie konnte nicht hoffen, dass er ihr glauben würde; bei ihm zu bleiben hätte nur seinen Schmerz vergrößert, wenn sie schließlich ging. Ihre früheren Fluchtversuche sind gescheitert; dies hier sieht nicht nur so aus, als wäre es ihre beste, sondern vielleicht ihre *einzige* Chance. Durch einen unglücklichen Zufall fällt sie in Hauptmann Randalls Hände – doch das, so meint sie, ist ja wohl kaum *ihre* Schuld.

Aus Jamies Perspektive betrachtet, hat seine Frau – ohne dass es einen erkennbaren Grund außer ihrer Sturheit gäbe – schamlos Anweisungen missachtet, die nur ihrer Sicherheit dienen sollten, und ist mit ihrem Dickschädel mitten in eine Situation hineinspaziert, die nicht nur sie und ihn, sondern auch die Männer in seiner Begleitung in Gefahr gebracht hat. Darüber hinaus hat sie ihn gezwungen, sich dem Mann, den er am meisten verachtet, persönlich gegenüberzustellen und seine Tarnung aufzugeben, sodass er sich der hartnäckigen Verfolgung sicher sein kann, und – was am schlimmsten ist – sie hat zugelassen, dass Jack Randall sie sexuell belästigte.

Er ist nicht nur verärgert über ihre ursprüngliche (wie er meint) Gedankenlosigkeit, er ist über deren Ergebnis sexuell außer sich, und da es ihm versagt ist, sich Randall anständig vorzuknöpfen, drängt es ihn heftig, es der verfügbaren Schuldigen heimzuzahlen. Dennoch würde er nicht zur Gewalt greifen, wären da nicht zwei Dinge: Er selbst ist in der Vergangenheit körperlich gezüchtigt worden und betrachtet daher die geplante Strafe nicht nur als berechtigt, sondern auch als sehr gemäßigt – und, was noch wichtiger ist, es entspricht seinen Vorstellungen von dem, was richtig und falsch ist (darunter, wenn auch weniger wichtig, auch der moralische Druck der Ansichten seiner Begleiter).

Der Mann ist dreiundzwanzig Jahre alt, und er ist zwar ein erfahrener Soldat, doch die Rolle des Ehemanns ist ihm neu, und er brennt darauf, es richtig zu machen. Das bedeutet den vernünftigen Umgang mit seiner herumstreunenden Frau, und zwar, indem er nicht nur für ihre Sicherheit sorgt und sie davon überzeugt, dass es klug wäre, seinen Befehlen zu gehorchen, sondern auch ihr gesellschaftliches Ansehen wieder herstellt.

Daher erklärt er, dass er beabsichtigt, sie mit dem Riemen zu bestrafen. Das tut er nicht aus persönlicher Rachsucht oder weil er zu sadistischer Gewalt neigt; er versucht, Gerechtigkeit walten zu lassen. Das wurde damals in Schottland so gehandhabt, und Jamie empfindet es absolut nicht als fragwürdig.

Claire dagegen schon. Vom persönlichen wie vom historischen (*ihre* Historie) Standpunkt aus betrachtet, findet sie vieles an seinem Ansinnen auszusetzen. Schließlich hat natürlich Jamie das letzte Wort in diesem Konflikt – denn er ist einen guten Kopf größer und vierzig Kilo schwerer als sie. Im Lauf der Geschichte sind es doch meistens die *Stärkeren* gewesen, die gewonnen haben.

Die Reaktion der Öffentlichkeit auf diese Szene ist faszinierend. Die meisten Leser finden sie komisch, erotisch oder einfach nur sehr unterhaltsam. Einige finden sie absolut inakzeptabel – ein »guter« Mann, so argumentieren sie, würde seine Frau *niemals* schlagen, ganz gleich, unter welchen Umständen!

Tja, und ob er das würde. Man könnte Jamie Fraser wohl als »guten Mann« bezeichnen, doch er ist ein guter Mann aus dem *achtzehnten* Jahrhundert, und seine Handlungsweise entspringt nicht nur einer völlig anderen Wahrnehmung der Situation, sondern auch einer völlig anderen Auffassung von angemessenem Verhalten.

Die Leser, die sich über diese Szene beschweren, reagieren auf zwei Arten: a) Sie bringen einfach kein Verständnis für einen Mann auf, der zur Gewalt greift, ganz egal, warum. Also hätte ich ihm das niemals erlauben dürfen! Oder b) – Selbst wenn Jamies Verhalten historisch angemessen *ist,* war es falsch von mir, es zu zeigen, denn Frauen, die in ihren Beziehungen missbraucht werden, werden es lesen und daraus schließen, dass es ganz in Ordnung ist, wenn ihre Männer *sie* schlagen!

Es ist nicht die Aufgabe eines Schriftstellers, politische Interessen zu vertreten. Es ist erst recht nicht die Aufgabe eines Verfassers historischer Romane, moderne politische Interessen zu vertreten. Damit werden dem Leser jegliche Perspektive und jeder Sinn für die kulturelle Vielfalt geraubt, und es wird jener blasierte, engstirnige Glaube an die Selbstgerechtigkeit der kulturellen Werte des modernen Westens gestärkt, der die Entwicklung von Gedanken oder Werten hemmt.

(Komischerweise hat sich noch nie jemand über die konstanten Kindesmisshandlungen in den Büchern beschwert. Absolut in Ordnung, dass Jamie seinen Neffen [*Ferne Ufer,* Kapitel 32, »Die Rückkehr des verlorenen Sohns«] und seinen Ziehsohn verprügelt [*Die geliehene Zeit,* Kapitel 14, »Schmerzhafte Erfahrungen«], und keine Einwände gegen Jamies detaillierte Beschreibungen der Züchtigungen in seiner eigenen Kindheit [*Feuer und Stein,* Kapitel 22, »Abrechnung«] – aber zu sehen, wie er Hand an eine Frau legt, reicht offensichtlich aus, um bei manchen Frauen heftige Reaktionen auszulösen.)[14]

Natürlich wird die Wahrnehmung der Menschen immer von ihren eigenen Erfahrungen gefärbt sein. Es ist absolut verständlich, wenn die Reaktion auf ein Buch auf persönlichen Erfahrungen basiert, und ich habe Verständnis für derartige Einstellungen, aber ich kann nicht guten Gewissens glauben, dass sie für meine Arbeit relevant sind.

## ANDERE THEMEN

Dies sind Themen, zu denen ich offensichtlich ernst gemeinte Briefe erhalten habe – aber nur von einem oder zwei Lesern. Ich respektiere ihre Meinungen, doch offensichtlich fallen sie unter die Gruppe jener Reaktionen, die von der individuellen Wahrnehmung und Erfahrung des jeweiligen Lesers abhängen. Im Folgenden finden Sie meine Antworten auf diese Briefe (deren Inhalt aus den Antworten ersichtlich wird.)

# Körperbewusstsein

Liebe S.,

vielen Dank für Ihren zuvorkommenden Brief; ich habe ihn und Ihre akkurate Analyse der historischen Einstellungen gegenüber pummeligen Menschen mit Freude gelesen.

Dennoch... reagieren wir hier vielleicht ein wenig heftig? Claire hat *keine* Essstörungen entwickelt, und es gibt in keinem der drei Bücher den geringsten Hinweis darauf. Sie isst mit Appetit, wenn es etwas zu essen gibt (wie Sie anmerken, war das oft nicht der Fall); ihren Beschreibungen von Aroma und Geschmack nach scheint sie es zu genießen, und es gibt keine Anzeichen dafür, dass sie auf Diät ist, obsessiv über das Essen nachdenkt, ihr Verhalten vom Essen beeinflussen lässt oder sich darüber Sorgen macht, wie viel sie isst oder dass sie fett wird.

Ich habe mich bemüht, dafür zu sorgen, dass sie in *Feuer und Stein* nicht den Eindruck einer »Standard«heldin hinterlässt, und dazu zählt auch die historisch akkurate (wie Sie selbst anmerken) Würdigung eines üppigen Hinterteils. Das habe ich nicht getan, um einen politischen Standpunkt über das ideale Aussehen von Frauen zu vertreten; da ich schon viel zu viele Romane mit schlanken, achtzehnjährigen Heldinnen gelesen habe, wollte ich es anders machen und hatte das Bedürfnis, Claire so glaubwürdig und menschlich wie möglich zu beschreiben.

Mir ist nicht ganz klar, was Sie damit meinen, dass »das zweite Buch keinen Muckser über Claires körperliche Attribute verlor, abgesehen davon, dass Jamie weiterhin seine Freude daran hatte«. Da sie in der ersten Hälfte von *Die geliehene Zeit* schwanger ist, kamen mir Beschreibungen ihres Körpergewichtes und/oder -baus mehr oder weniger irrelevant vor – sie beschreibt ihre Schwerfälligkeit, dass sie »die Treppe hinaufwatschelt, um ein Nickerchen zu machen«, die Tatsache, dass sich ihr Bindegewebe auflockert und dass ihre Brüste anschwellen etc., was wohl niemanden auf die Idee bringen dürfte, dass sie eine abgemagerte Streunerin sein könnte. Jamie fühlt sich zweifellos weiterhin körperlich von ihr angezogen, und ich denke doch, dass damit deutlich wird, dass Schlankheit nicht zu seinen – oder Claires – Kriterien gehört. Das ist wohl kaum »kein Muckser«; Claire spricht überall in den Büchern von ihrem Körper und ist sich seiner bewusst; es kommt mir ziemlich irrelevant vor, ob sie nun ständig von ihrem Hintern spricht oder nicht.

Was Sie zu stören scheint, ist das dritte Buch – dass Claire sich im Spiegel betrachtet, bevor sie durch die Steine zurückgeht, und dass sich unter den mütterlichen Ratschlägen in ihrem Brief an Brianna auch die Zeile »pass auf, dass du nicht fett wirst« befindet.

Wie schon gesagt, ist Claire (hoffe ich zumindest) menschlich und glaubwürdig. Es spielt keine Rolle, ob Frauen sich in sexuellen Situationen Gedanken über ihr Aussehen machen *sollten* – sie tun es nun einmal. Ob Männer sich von Frauen wegen ihres Aussehens angezogen fühlen sollten, ist ebenfalls irrelevant – sie tun es nun einmal. Ich verfolge hier keine Propagandazwecke; ich erzähle eine Geschichte über zwei Menschen, so real, wie ich sie erschaffen kann.

Wäre ich im Begriff, einen Mann wieder zu sehen, mit dem ich vor zwanzig Jahren eine leidenschaftliche körperliche Beziehung hatte – und zwar mit der ausdrücklichen Absicht, diese Beziehung wieder aufzunehmen –, dann würde ich mich mit Sicherheit eingehend betrachten und mich fragen, was mein Liebhaber sehen würde und was sich im Vergleich zu früher geändert haben könnte. Das hat nichts mit Schlankheitswahn zu tun – es ist das Anzeichen eines sehr menschlichen Gefühls von Zweifel und Unsicherheit.

Vielleicht ist Ihnen aufgefallen, dass in der Szene fast nur vom Muskeltonus die Rede ist, nicht vom Dick- oder Dünnsein. Das einzige Anzeichen dafür, dass Claire immer noch schlank ist, ist, dass ihre Taille von hinten betrachtet »immer noch schmal« ist. Das Aussehen ihres Hinterns spricht sie nicht gesondert an, doch darf man davon ausgehen, dass er einigermaßen kräftig ist, dabei aber straff (wenigstens keine Grübchen, denkt sie nach eingehender Betrachtung).

Also bleibt uns ihre Ermahnung an ihre Tochter, nicht zuzunehmen. Nun, wir wollen ein paar Dinge in Betracht ziehen. Erstens war dies 1968, nicht die neunziger Jahre. Damals dachte man nicht einmal an Jogging, und Aerobics war der letzte Schrei für Spinner. Die meisten Frauen waren körperlich nicht aktiv, und wenn sie nicht auf ihre Ernährung achteten, neigten sie dazu, dick und ungesund zu werden, aus der Form zu geraten und unverhältnismäßig alt auszusehen. Passend zu dem Rat, »sich gerade zu halten«, und Claires offensichtlich vernünftiger Einstellung zu ihrer Ernährung und ihrem Körper (die uns deutlich ausgesprochen und angedeutet überall in den Büchern begegnet), empfiehlt Claire ihrer Tochter, nicht zu hungern, sondern sich fit zu halten.

Zweitens sollten wir den Rhythmus dieses Briefes und die Szene bedenken, zu der er gehört. Sie ist voller tiefer Gefühle, herzzerreißender Gewissenserforschung, Schuld und Liebe. Dann am Ende haben wir einen kurzen, ultra-mütterlichen »Zetz« (wie eine jüdische Freundin es formulierte), um die Spannung zu unterbrechen, den Tonfall der Beziehung zwischen Claire und Brianna wiederherzustellen und – last not least – den Leser Claires Humor spüren zu lassen, der tief verwurzelt ist und selbst inmitten von »Sturm und Drang« immer wieder auftaucht. (Dies ist schließlich kein Einzelfall; inzwischen sollte der Leser eine ganz gute Vorstellung von Claires Stil haben.)

Klar doch, sie *hätte* sagen können: »Iss grünes Blattgemüse, nimm Kalziumtabletten und wasche oder schäle Äpfel, damit du die Pestizide nicht mitisst.« Oder alle möglichen anderen akkuraten, medizinisch informierten Ratschläge (können Sie sich nicht vorstellen, dass sie immer schon so auf ihre Tochter eingeredet hat? Ich habe selbst Kinder. Diese Art von Gehirnwäsche vollzieht man ständig; man spart sie sich nicht für das Totenbett oder eine andere dramatische Trennung auf). Doch das hätte nicht den rhythmischen Bruch und den komischen Effekt bewirkt, der mir vorschwebte.

Kurz, Claire geht es an dieser Stelle nicht um einen wichtigen Ratschlag; sie nimmt noch einmal ihre Rolle als Briannas Mutter ein. Wenn Leser diesen Brief erwähnen (ich habe von vielen Lesern gehört – wenn sich auch sonst keiner Gedanken um Claires Einstellung zum Essen gemacht hat), dann schreiben sie mir, dass sie in Tränen aufgelöst und von Gefühlen überwältigt waren. Dann stoßen sie auf diese Zeile und lachen, ein plötzliches, bittersüßes Lachen, das den ganzen Brief viel anrührender macht, als wenn ich einfach nur geradeheraus auf die Tränendrüsen gedrückt hätte. Sie sehen plötzlich sich selbst und ihre Mütter oder Töchter, und das war meine Absicht.

Sehen Sie, ich bin Schriftstellerin. Keine – ich wiederhole, keine – Feministin, keine politische Aktivistin, keine Sprecherin irgendeiner Gruppe, die glaubt, einen Anspruch auf allgemeine Aufmerksamkeit zu haben. Meine eigene Meinung, die ich mit

Nachdruck vertrete, ist es, dass kein Roman für ein politisches Programm werben sollte. Es gibt viele Romane, die das tun, doch sie interessieren mich nicht.

Ich nehme ein Anliegen wie das Ihre sehr ernst – sonst hätte ich nicht zwei Stunden, die ich nicht entbehren kann, damit verbracht, Ihren Brief so detailliert zu beantworten. Ich hoffe, dass Sie mein Anliegen genauso ernst nehmen.

Jeder Leser bringt seine eigenen Erfahrungen mit, wenn er ein Buch liest, und demzufolge nimmt jeder es anders wahr. Da das nun einmal so ist, kann ich unmöglich beim Schreiben alle möglichen Überempfindlichkeiten im Hinterkopf haben. Eine solche Herangehensweise – vor allem anderen danach zu streben, niemanden zu verletzen oder einen gewissen, politisch korrekten Standard einzuhalten – resultiert in faden, mittelmäßigen Büchern. Ich bin Erzählerin, und es ist meine Aufgabe, die Geschichte dieser Menschen zu erzählen und meinen Charakteren treu zu sein, so gut ich es kann. Sonst nichts.

Höflichst, Diana Gabaldon.


## Chinesische Triebtäter

Ich war sehr überrascht, als ich vor ein paar Jahren einen recht langen und leidenschaftlichen Brief erhielt, der mir vorwarf, »negative Stereotypen über asiatische Männer zu verbreiten und sie als kleinwüchsige Alkoholiker und Triebtäter darzustellen, die die englische Sprache vergewaltigen.«

Hier musste ich erst einmal Luft holen, da ich mir – wie ich meiner Briefpartnerin mitteilte – absolut nicht bewusst gewesen war, dass es eine solche Stereotype überhaupt *gab*. Nun ist mir ja klar, dass ich immer ein sehr behütetes Leben geführt habe, aber dennoch...

So weit ich nun also weiß, sind chinesische Männer allgemein als Alkoholiker und Triebtäter bekannt, doch hatte ich vor meinem Briefwechsel mit dieser Leserin von dieser Sichtweise noch nie etwas gehört. Daher glaube ich eigentlich nicht, dass ich absichtlich zur Verbreitung eines gemeinen Gerüchtes beigetragen habe, indem ich es Mr. Willoughby gestattete, Brandy zu trinken – vor allem, wo doch die Europäer, von denen er umgeben ist, genauso viel oder mehr trinken –, oder indem ich ihm gestattete, seiner allgemeinen Bewunderung für die Frauen Ausdruck zu verleihen.

Über die andere Hälfte dieses Vorwurfes habe ich mir allerdings Gedanken gemacht. Es hätte ja sein können, dass es tatsächlich eine durch Fernsehen und Kino verbreitete Stereotype gab, die allen Asiaten ein grauenvolles Englisch nachsagte. Wie ich allerdings meiner Briefpartnerin erklärte, kommt die bloße Feststellung, dass ein Neuankömmling in einem fremden Land die unbekannte Sprache vielleicht nicht ganz fließend spricht, mir eigentlich nicht wie kulturelle Herablassung vor.

Dann ging ich auf Einzelheiten ein, da wir uns schließlich über ein Individuum unterhielten, nämlich Mr. Willoughby (alias Yi Tien Cho). Da Mr. Willoughby recht überstürzt als blinder Passagier nach Edinburgh gekommen war und keine Zeit gehabt hatte, vor seiner Abreise aus China sein Englisch aufzupolieren, da er außerdem erst seit ein oder zwei Jahren in Schottland war und seine Zeit ausschließlich in der Gesellschaft von Hafengaunern, Prostituierten und schottischen Schmugglern verbracht hatte, von denen ihn die meisten als Ungeziefer betrachteten und nur mit ihm sprachen, wenn es sich nicht vermeiden ließ – hielt ich es für höchst unwahrscheinlich, dass er grammatisch korrektes Oxford-Englisch sprach.

Weiter: kleinwüchsig. Auch darüber habe ich mir Gedanken gemacht. Warum habe ich Mr. Willoughby als klein beschrieben? War es wirklich das Resultat einer negativen kulturellen Stereotype? (Es könnte ja sein; normalerweise ist man sich seiner eigenen Vorurteile nicht bewusst, und ich habe zwar schon die chinesische Basketballmannschaft im Fernsehen gesehen, aber es ist denkbar, dass meine Wahrnehmung dadurch getrübt war, dass ich jahrelang beobachtet habe, wie Deng Xiaoping die Gürtelschnallen diverser amerikanischer Diplomaten anlächelte.)

Natürlich müsste man erst einmal definieren, dass geringe Körpergröße tatsächlich eine negative Eigenschaft ist, was ich zum Beispiel niemals tun würde (ich bin schließlich selbst nur eins siebenundfünfzig groß).

Allerdings macht ein Premierminister noch keine Kultur, genauso wenig wie eine Basketballmannschaft. Eine einzelne Romanfigur allerdings auch nicht. Ja, es gibt Asiaten in allen Körpergrößen, doch eine einzelne Person, egal, ob erfunden oder real, kann nur *eine* Größe haben[15]. Wenn man jedoch den männlichen Teil der Bevölkerung Chinas im achtzehnten Jahrhundert der Größe nach Aufstellung nehmen ließe, dann fände man zweifellos Individuen unterschiedlicher Körpergröße, und die verschiedenen Körpergrößen wären auf einer Glockenkurve angeordnet (da die Körpergröße zu jenen natürlichen Eigenschaften gehört, die grundsätzlich in einer Normalverteilung auftreten).

Ich verfüge über keinerlei Daten zum Größenvergleich zwischen europäischen und chinesischen Männern des achtzehnten Jahrhunderts, daher kann ich nicht sagen, ob es einen Unterschied in der Durchschnittsgröße gab oder nicht. Das spielt allerdings auch kaum eine Rolle. Mr. Willoughby ist die einzige chinesische Figur in *Ferne Ufer* (genau gesagt, in der ganzen Serie). Eine einzelne Romanfigur kann unmöglich verschieden groß sein, um kulturelle Heterogenität widerzuspiegeln, tut mir Leid. Man muss einer Figur eine Größe geben – wie kann es »stereotypisch« sein, wenn man sich aus dieser Normalverteilung *irgendeine* Größe aussucht? Es gibt doch wohl einen Unterschied zwischen einer Stereotype und statistischer Verteilung.

Also geht es bei dieser Frage letztendlich – und zwangsweise, erzähltechnisch gesehen – um ein Individuum. Nun wird die Handlung in *Ferne Ufer* aus dem Blickwinkel von Claire Randall erzählt, einer Zeitreisenden aus der Zukunft, die in den Büchern immer wieder als für die Zeit »ungewöhnlich groß« beschrieben wird. Die durchschnittliche Europäerin war damals ziemlich klein – möglicherweise unter eins fünfzig mit zierlichen Füßen, den Kleidern und Schuhen nach zu urteilen, die ich in Museen gesehen habe. Im Gegensatz dazu misst Claire einen Meter siebenundsechzig.

In noch größerem Gegensatz dazu ist ihr Ehemann ein schottischer Highlander, der einen Meter dreiundneunzig groß ist. Es hat mit Sicherheit im achtzehnten Jahrhundert Männer dieser Größe gegeben, doch sie waren die bemerkenswerte Ausnahme – George Washington war knapp einen Meter neunzig groß, und man hielt ihn für einen »beeindruckenden Mann«.

Worauf ich hinaus will, ist, dass wir Mr. Willoughby stets durch Claires Augen sehen und das meistens in unmittelbarer Nähe ihres hünenhaften Ehemannes. Er wird entweder von ihr oder von Jamie, ihrem Mann, beschrieben. Selbst wenn Mr. Willoughby die Größe des durchschnittlichen Europäers jener Zeit hätte, würde er Claire oder Jamie immer noch »klein« vorkommen und von ihnen so beschrieben werden.

Und was meine erzählerischen Absichten angeht, so gibt es

einen echten (wenn auch subtilen) Grund dafür, dass ich Yi Tien Cho als »klein« dargestellt habe – es war mein Wunsch, seine relativ hilflose Situation in dieser fremden Kultur zu betonen, da dies der Schlüssel zu Mr. Willoughbys Charakter und Motivation ist. Das heißt, dass er Jamies Freundschaft und Schutz zwar bewusst anerkennt, unterbewusst aber die Abhängigkeit verflucht, die ihm durch diese Beziehung aufgezwungen wird. Es ist dieser Groll – darauf, dass man ihn der ihm zustehenden gesellschaftlichen Position beraubt hat, dass er sich von Menschen verachtet findet, die für ihn die niedrigsten Barbaren sind, dass man ihm selbst seinen wirklichen Namen nimmt[16] –, der dazu führt, dass er Jamie unbeabsichtigt verrät (eine Tat, die er später wieder gutmacht, indem er Claire rettet, wobei er sich zugleich seine Wut eingesteht und seine Unabhängigkeit einfordert).

Mr. Willoughby ist ein »Außenseiter«, der durch seine andersartige Kultur und seine Sitten auffällt (daher auch das Einbinden der Füße, das unterstreicht, wie fremd seine Kultur den Schotten und Engländern erscheint, mit denen er in Kontakt kommt). Doch in diesem Buch gibt es immer wieder verschiedene »Außenseiter« – Jamie als jakobitischer Sträfling, Lord John als Schwuler, Claire als Zeitreisende. Das Thema des Buches ist Identität, es erkundet, wie Menschen sich selbst definieren: durch ihre Berufe, Beziehungen, gesellschaftliche Stellung, die Wahrnehmung ihrer Mitmenschen – und vor allem dadurch, dass sie sich Namen geben können.

Ich verstehe zwar, dass viele kleine Menschen (vor allem Männer) in Beziehung auf ihre Körpergröße keinen Spaß verstehen, doch wenn jemand die kleine Körpergröße eines einzelnen Chinesen in einem Buch als negative kulturelle Stereotype empfindet, so erscheint mir das...

Nun, manche Menschen lesen, um ihren Erfahrungshorizont zu erweitern; andere lesen, um sich ihre Vorurteile bestätigen zu lassen. Ich hoffe, ich schreibe für Erstere.

# Anmerkungen

1 *Ich habe sowieso niemals Auszüge elektronisch veröffentlicht, um Agenten oder Lektoren auf mich aufmerksam zu machen. So wie das Verlagswesen funktioniert, ist das elektronische Zufallsprinzip keine besonders wirkungsvolle Vorgehensweise, und das war vor zehn Jahren, als ich mit der Schriftstellerei begann, erst recht so.*

2 *Im Verlauf meiner bunten Laufbahn habe ich auch einmal als Ethologin gearbeitet – das ist nicht etwa ein Ethikspezialist, sondern ein Tierverhaltensforscher (nicht, dass Tiere unethisch wären; es ist einfach ein Konzept, das sich hier nicht anwenden lässt).*

3 *Viele Leute unterscheiden nicht länger zwischen Obszönität, Vulgärsprache und Blasphemie. Ich habe acht Jahre an einer katholischen Schule verbracht und ich tue es.*

4 *Gemeint ist das Wort »fuck« bzw. »fucking«, das zwar in den deutschen Übersetzungen der Bücher durch andere Kraftausdrücke übersetzt wurde, aber dem deutschen Publikum ja beispielsweise aus vielen Filmsynchronisationen geläufig ist.*

5 *Das F-Wort ist sogar in allen vier Romanen enthalten. Anscheinend stört(e) es die Leute nicht, es aus Claires Mund zu hören, während sie es bei Roger nicht mochten. Ich kann nicht sagen, ob das daran liegt, dass sie an Claires recht beiläufigen Einsatz von Kraftausdrücken gewöhnt sind (während Roger ein wohlerzogener Priesterjunge ist), oder schlicht daran, dass die Szene, in der Roger das Wort benutzt, von beträchtlicher emotionaler Intensität ist, wodurch das Wort mehr auffällt. Interessantes Phänomen.*

6 *‹g› ist das, was man im elektronischen Jargon ein »Emoticon« nennt. Da man online keine Gesichtsausdrücke sehen kann, kommt es vor, dass die Gesprächspartner zur Verdeutlichung ein Emoticon benutzen – um beispielsweise sicher zu gehen, dass dem anderen klar ist, dass sie lächeln oder einen humorvollen Tonfall beabsichtigen. Das Emoticon ‹g› steht für ein ‹G›rinsen.*

7 *Na ja, 1993 war das tatsächlich noch so.*

8 *Inzwischen höre ich – zu meinem Entsetzen – dass auch Frauen dies oft tun. Weiß gar nicht, wo das noch hinführen soll.*

9 *Bis dato sechs.*

10 *Das ist nicht der Fall, falls Sie sich gefragt haben.*

11 *Das stimmt – in London, wo Badehäuser und homosexuelle Aktivitäten im Allgemeinen nicht ungewöhnlich waren, wurde sie*

selten strafrechtlich verfolgt, wenn es auch in Abständen moralische »Aufschreie« in der englischen Presse und in den Reden von
Politikern gab, die sich auf ein moralisches Podest stellten, um
aufzufallen.

12 Den man aus Gründen, auf die ich hier nicht näher einzugehen
brauche, allgemein auch »Queenie« nannte.

13 Ursprünglich hieß er William; allerdings wollte ich Jamies Sohn
gern Willie nennen, und da auch schon sein älterer Bruder diesen
Namen trug, hatte ich den Eindruck, das würden zu viele Williams auf engem Raum werden, also habe ich Lord William so unauffällig wie möglich zu Lord John gemacht.

14 Offensichtlich stören sich Männer überhaupt nicht an dieser
Szene; kein männlicher Leser hat sie je erwähnt.

15 Als direkte Reaktion auf diesen Brief habe ich mir angewöhnt,
besonders darauf zu achten, wie asiatische Männer in den Romanen präsentiert wurden, die ich las. Interessanterweise legen zeitgenössische Autoren oft besondere Betonung darauf, ihre asiati-
schen Charaktere als »groß« darzustellen, selbst wenn die Größe
der meisten anderen Gestalten gar nicht erwähnt wird. Nun sind
aber nicht alle Asiaten groß, genauso wenig wie sie alle klein sind,
und ich verstehe zwar das Bedürfnis mancher Schriftsteller, niemanden verletzen zu wollen, doch das ändert nichts an der Tatsache, dass es tatsächlich kleinwüchsige chinesische Männer gibt.

16 Vielleicht ist Ihnen aufgefallen, wie ich überall in Ferne Ufer mit
Namen spiele: Jamie wechselt nach Bedarf seine Decknamen,
Claire passt ihren Namen den Gegebenheiten an (Beauchamp,
Randall und Fraser), und selbst Roger nimmt Notiz von seinem
ursprünglichen Familiennamen. Das ganze Buch handelt von der
Suche nach Identität und den verschiedenen Weisen, wie sich die
Menschen definieren, und die Namenswechsel sind ein bewusster
Teil dieses grundsätzlichen Themas.

ELFTER TEIL

# »Work in Progress«:
# Auszüge aus
# zukünftigen Büchern

# The Fiery Cross

eutnant Hayes' nasaler Akzent aus der Gegend von Fife war laut und klar, und der Wind kam aus seiner Richtung. Dennoch war ich mir sicher, dass die Leute weiter oben auf dem Berg nur sehr wenig hören konnten; am Fuß des Hanges, wo wir standen, konnte ich jedes Wort hören, obwohl meine Zähne klapperten.

Ich war in der Erwartung zu Bett gegangen, beim Erwachen heißen Kaffee und ein nahrhaftes Frühstück vorzufinden, worauf dann vier Hochzeiten, eine Taufe (kein Todesfall, Gott sei Dank), eine Darmspülung und weitere interessante gesellschaftliche Ereignisse auf dem Programm standen. Nun war es Morgen, und alles, was mir bis jetzt zuteil geworden war, waren Hunger in der Dämmerung und ein ohrenbetäubender Trommelwirbel zur Ankündigung einer Proklamation, die alle geplanten Festivitäten zu überschatten drohte, und kalter Nieselregen. Bis jetzt keine Spur von Kaffee.

Ich zwinkerte mit verquollenen Augen zu einer unebenen Grasfläche am Bach hinüber, wo eine Abteilung des 67sten Highlandregimentes in ihrer ganzen Pracht Aufstellung genommen hatte und vornehm dem Regen trotzte.

Das Wetter war bei den *Gatherings* immer Glückssache, da sie zwangsläufig im Spätherbst abgehalten werden mussten, wenn die Ernte beendet war. In diesem Jahr hatten wir allerdings Glück gehabt, und das schöne Wetter hatte sich gehalten – bis heute. Ich war davon wach geworden, dass mir der Regen ins Gesicht spritzte, und das Erste, was ich gesehen hatte, war grauer Himmel gewesen und Nebel, der überall wie Rauch in den Talmulden hing; eine Wolke hatte sich auf dem Mount Helicon niedergelassen wie eine brütende Henne auf einem einzelnen Ei, und die Luft war voller Feuchtigkeit.

557

»Von Seiner EXZELLENZ WILLIAM TRYON, Hauptmann-General Seiner Majestät, Gouverneur und Befehlshaber in und über besagte Provinz«, las Hayes vor und hob die Stimme zu einem Bellen, um den Lärm von Wind und Wasser und das ahnungsvolle Gemurmel der Menge zu übertönen.

Die Feuchtigkeit hüllte Bäume und Felsen in triefenden Nebel, die Wolken spuckten abwechselnd Hagel und eisigen Regen, und ein launischer Wind hatte die Temperatur um fast zehn Grad gesenkt. Mein linkes Schienbein, das kälteempfindlich war, pulsierte an der Stelle, wo ich es mir vor zwei Jahren gebrochen hatte. Ein Mensch mit einem Hang zu Vorzeichen und Metaphern hätte versucht sein können, Vergleiche zwischen dem scheußlichen Wetter und der Verkündung der Proklamation des Gouverneurs zu ziehen, dachte ich – die Aussichten waren ähnlich kühl und unheilverheißend.

»So habe ich die Information erhalten, dass sich eine große Zahl anstößiger Aufrührer am vierundzwanzigsten und fünfundzwanzigsten letzten Monats unter großem Tumult in der Stadt Hillsborough versammelt hat, um sich während der Sitzung des Obersten Friedensgerichtes dieses Distriktes den gerechten Maßnahmen der Regierung zu widersetzen, wobei sie in offener Verletzung der Gesetze ihres Landes den assoziierten Richter Seiner Majestät bei der Ausführung seines Amtes dreist attackierten, mehrere Personen während der Sitzung besagten Gerichtes auf barbarische Weise verprügelten und verletzten und der Regierung Seiner Majestät weitere enorme Entwürdigungen und Beleidigungen angedeihen ließen, weiterhin höchst gewalttätige Ausschreitungen gegen die Personen und das Eigentum der Bewohner besagter Stadt begingen sowie auf die Verdammnis ihres gesetzmäßigen Souveräns, König George, und auf den Erfolg des Thronanwärters tranken: Zum Zwecke, die an besagten Aufwiegeleien beteiligten Personen vor Gericht zu bringen, erlasse ich im Auftrag und mit der Zustimmung des Rates Seiner Majestät diese meine Proklamation, mit der ich sämtliche amtierenden Friedensrichter Seiner Majestät auf das Strengste auffordere, die oben zitierten Verbrechen sorgfältig zu untersuchen und sämtliche Personen, die ihnen gegenüber dazu aussagen wollen, unter Eid zu verhören; woraufhin diese Aussagen an mich zu übermitteln sind, sodass sie am dreißigsten November der Generalversammlung in New Bern *vorgelegt werden können, die sich auf diesen Termin zur Abwicklung öffentlicher Angelegenheiten vertagt hat.*

*Erteilt von meiner Hand unter dem Großen Siegel der Provinz in New Bern am achtzehnten Oktober im zehnten Jahr der Regentschaft Seiner Majestät, Anno Domini 1770.«*

»Gezeichnet, William Tryon«, schloss Hayes und stieß ein dampfendes Atemwölkchen aus.

Hinter mir in der Menge erklang ein unterdrücktes Grollen des Interesses und der Entrüstung – das mit einer gewissen Belustigung über die Formulierungen betreffs der verräterischen Trinksprüche versetzt war.

Dies war eine Zusammenkunft von Highlandschotten, von denen viele in der Folge des Stuartaufstandes in die Kolonien ins Exil gegangen waren, und hätte Archie Hayes die Trinksprüche offiziell zur Kenntnis nehmen wollen, die in der letzten Nacht mit den Whiskybechern die Runde um die Feuer gemacht hatten... aber er hatte schließlich nur vierzig Soldaten dabei, und was immer er selbst über König George und seine mögliche Verdammnis dachte, behielt er klugerweise für sich.

Über vierhundert Highlander umringten Hayes' kleinen Brückenkopf am Bachufer. Männer und Frauen suchten in den Bäumen oberhalb der Lichtung Zuflucht, zum Schutz gegen den zunehmenden Wind fest in ihre Plaids und Schultertücher gehüllt. Nach der Ansammlung versteinerter Gesichter zu urteilen, die zwischen den flatternden Schals und Baretten zu sehen waren, behielten auch sie ihre Meinungen lieber für sich. Natürlich war es genauso möglich, dachte ich, dass ihre Gesichtsausdrücke von der Kälte herrührten wie von angeborener Vorsicht; auch meine Wangen waren steif, meine Nasenspitze war taub und meine Füße hatte ich schon seit Tagesanbruch nicht mehr gespürt.

»Jedermann, der eine Aussage zu dieser ausgesprochen ernsten Angelegenheit machen möchte, kann sie mir getrost anvertrauen«, verkündete Hayes, dessen rundes Gesicht nichts als offizielle Ausdruckslosigkeit zeigte. »Ich bleibe für den Rest des Tages mit meinem Schreiber in meinem Zelt. Gott schütze den König!«

Er überreichte seinem Korporal die Proklamation, verbeugte sich vor der Menge, um sie zu entlassen, und wandte sich zackig einem großen Zelt aus Segeltuch zu, das in der Nähe der Bäume errichtet worden war. Die Regimentsbanner an der Standarte, die daneben aufgepflanzt war, flatterten heftig.

Zitternd ließ ich eine Hand durch den Schlitz von Jamies Umhang auf seinen Ellbogen gleiten, und durch seine Körperwärme ging es meinen kalten Fingern gleich besser. Jamie nahm meinen frostigen Griff zur Kenntnis, indem er den Ellbogen kurz an seine Seite presste, doch er sah nicht zu mir herab; die Augen gegen den Wind zusammengekniffen, sah er zu, wie sich Archie Hayes' Rücken von uns entfernte.

Der Leutnant war ein kompakter, solide gebauter Mann, der nicht besonders groß war, aber eine beträchtliche Ausstrahlung besaß, und er bewegte sich sehr bedächtig, als bemerkte er die Menge auf dem Hügel über ihm gar nicht. Auch Hayes war Highlander, genauso wie seine Männer; deswegen war er hier.

Der Leutnant verschwand in seinem Zelt und ließ die Eingangsklappe einladend hoch gesteckt. Nicht zum ersten Mal bewunderte ich Gouverneur Tryons politische Instinkte. Diese Proklamation wurde zweifellos in den Städten und Dörfern der ganzen Kolonie verlesen; er hätte einen örtlichen Beamten damit betrauen können, diesem *Gathering* seine offizielle Entrüstungsbotschaft vorzutragen. Stattdessen hatte er sich die Mühe gemacht, Hayes zu entsenden.

Archibald Hayes hatte im Alter von zwölf Jahren an der Seite seines Vaters auf dem Schlachtfeld von Culloden gekämpft. Er war im Kampf verwundet, gefangen genommen und nach Süden geschickt worden. Als man ihn vor die Wahl stellte, deportiert zu werden oder der Armee beizutreten, war er ein Söldner des Königs geworden und hatte das Beste daraus gemacht. Und das war ganz ansehnlich; die Tatsache, dass er es in einer Zeit, in der man Offizierspatente fast ausnahmslos kaufte, anstatt sie sich zu verdienen, mit Mitte dreißig zum Offizier gebracht hatte, zeugte hinreichend von seinen Fähigkeiten, dachte ich.

Er war so umgänglich, wie er professionell war; auf die Einladung hin, unser Essen und unser Feuer zu teilen, hatte er den halben Abend im Gespräch mit Jamie verbracht – und sich dann den Rest der Zeit unter der Ägide von Jamies Begleitung von Feuer zu Feuer bewegt und sich den Oberhäuptern aller wichtigen anwesenden Familien vorstellen lassen.

Und wessen Idee war das gewesen?, fragte ich mich und sah zu Jamie auf. Seine lange, gerade Nase war von der Kälte gerötet;

seine Augen zum Schutz vor dem Wind halb geschlossen, doch sein Gesicht ließ nicht den geringsten Schluss auf seine Gedanken zu. Und das, dachte ich, war ein verdammt sicheres Zeichen dafür, dass er gerade etwas ziemlich Gefährliches dachte. Hatte er von dieser Proklamation gewusst?

Kein englischer Offizier in Begleitung einer englischen Truppe hätte einer Zusammenkunft wie dieser derartige Neuigkeiten vortragen und dabei auf die geringste Kooperation hoffen können. Doch Hayes und seine unerschütterlichen Highlander in ihren Tartankleidern und Bärenfellen… Es war mir nicht entgangen, dass Hayes sein Zelt mit dem Rücken zu einem dichten Kiefernhain hatte errichten lassen; jeder, der im Verborgenen mit dem Leutnant sprechen wollte, konnte sich ungesehen vom Wald aus nähern.

»Erwartet Hayes etwa, dass jemand aus der Menge hervorschießt, in sein Zelt rennt und sich augenblicklich ergibt?«, murmelte ich Jamie zu. Ich allein kannte mindestens ein Dutzend Männer unter den Anwesenden, die an den Unruhen von Hillsborough beteiligt gewesen waren; drei von ihnen standen eine Armeslänge von uns entfernt.

Jamie sah, in welche Richtung mein Blick ging, und legte seine Hand über die meine, um mich schweigend zur Diskretion zu ermahnen. Ich sah ihn stirnrunzelnd an; er dachte doch wohl nicht, dass ich unabsichtlich jemanden verraten würde? Er schenkte mir ein schwaches Lächeln und einen jener ärgerlichen ehelichen Blicke, die deutlicher als Worte sagten: *Du weißt doch, wie du bist, Sassenach. Jeder, der dein Gesicht sieht, weiß sofort, was du denkst.*

Ich schob mich ein wenig näher heran und trat ihm diskret an den Knöchel. Ich mochte ja ein transparentes Gesicht haben, doch in einer Menge wie dieser würde es wohl kaum Kommentare provozieren! Er zuckte nicht zusammen, doch sein Lächeln wurde etwas breiter. Er ließ einen Arm in meinen Umhang gleiten und zog mich enger an sich, die Hand auf meinem Rücken.

Hobson, MacLennan und Fowles standen direkt vor uns und unterhielten sich leise. Sie kamen alle drei aus einer winzigen Siedlung namens Drunkard's Creek, etwa fünfzehn Meilen von Fraser's Ridge entfernt. Hugh Fowles war Joe Hobsons Schwiegersohn. Er war noch sehr jung, kaum älter als zwanzig. Er tat sein Bestes, um die Fassung zu bewahren, doch sein Gesicht war weiß und klamm geworden, als die Proklamation verlesen wurde; der Gouverneur war *sehr* verärgert über das, was sich vor sechs Wochen in Hillsborough ereignet hatte, das war klar.

Ich wusste nicht, was Tryon den Leuten anzutun gedachte, denen man nachweisen konnte, dass sie daran beteiligt gewesen waren – es waren mehrere Gebäude zerstört worden, und mehr als ein öffentlicher Würdenträger war auf die Straße gezerrt und misshandelt worden; dem Gerücht nach hatte einer der so genannten Friedensrichter durch einen kräftigen Hieb mit einer Pferdepeitsche ein Auge verloren, und der Oberste Richter Henderson war aus dem Fenster gesprungen und aus der Stadt geflohen, womit er die Gerichtssitzung erfolgreich verhindert hatte –, doch ich konnte spüren, wie die Strömungen der Unruhe, die die Proklamation des Gouverneurs hervorgerufen hatte, durch die Menge liefen wie das Wasser, das nebenan im Bach über die Steine wirbelte.

Joe Hobson blickte sich zu Jamie um, dann wandte er sich ab. Leutnant Hayes' Anwesenheit an unserem Feuer war gestern Abend nicht unbemerkt geblieben.

Wenn Jamie seinen Blick sah, so erwiderte er ihn nicht. Er zog eine Schulter zu einem Achselzucken hoch, dann neigte er den Kopf, um mit mir zu sprechen.

»Nein, ich glaube nicht, dass Hayes erwartet, dass sich jemand stellt. Aber es ist seine Pflicht, um Informationen zu bitten. Ich danke Gott, dass es nicht die meine ist, seiner Bitte zu entsprechen.« Er hatte nicht laut gesprochen, aber so laut, dass seine Worte Joe Hobson erreichten.

Hobson wandte den Kopf und nickte Jamie ironisch zu, um anzuzeigen, dass er ihn gehört hatte. Er berührte den Arm seines Schwiegersohns, und sie drehten sich um und kletterten den Hang hinauf zu den oben verstreuten Lagerstätten, wo ihre Frauen sich um die Feuer und die kleineren Kinder kümmerten.

Es war der letzte Tag des *Gatherings;* heute Nachmittag würden die Eheschließungen und Taufen stattfinden, die offizielle Segnung der Liebe und ihrer ungezügelten Früchte, die im Laufe des vergangenen Jahres den Lenden der kirchenlosen Masse entsprungen waren. Am Abend würden die letzten Lieder gesungen und die letzten Geschichten erzählt werden, und man würde zwischen den züngelnden Flammen der zahlreichen Feuer tanzen – ob es regnete oder nicht. Am Morgen würden die Schotten und ihre

Familien in ihre Ansiedlungen zurückkehren, die von den dicht besiedelten Ufern des Cape Fear River bis weit in die wilden Berge des Westens verstreut lagen –, und sie würden die Nachricht von der Proklamation des Gouverneurs und den Ereignissen von Hillsborough mitnehmen.

Ich wackelte in meinen feuchten Schuhen mit den Zehen und fragte mich beklommen, wer es hier für seine Pflicht halten mochte, Hayes' Einladung zu einem Geständnis oder zu einer Anschuldigung zu folgen. Jamie nicht, nein. Aber andere vielleicht. Während des einwöchigen *Gatherings* hatte es viele Angebereien über den Aufruhr von Hillsborough gegeben, doch waren längst nicht alle Zuhörer willens, die Aufrührer als Helden zu betrachten.

Ich konnte das Gemurmel der Unterhaltungen, das nach der Proklamation ausbrach, genauso gut spüren wie hören; Köpfe wandten sich, Familien sammelten sich dichter umeinander, Männer bewegten sich von Gruppe zu Gruppe, und der Inhalt von Hayes' Ansprache wurde den Hügel hinaufgetragen und für jene wiederholt, die außer Hörweite gestanden hatten.

»Wollen wir gehen? Vor den Hochzeiten gibt es noch viel zu tun.«

»Aye?« Jamie sah zu mir herunter. »Ich dachte, Jocastas Sklaven kümmern sich um die Verpflegung. Ich habe Ulysses die Whiskyfässer gegeben – er ist der Sogan Buidhe.«

»Ulysses? Hat er seine Perücke dabei?« Ich lachte bei diesem Gedanken. Der Sogan Buidhe war der Mann, der bei einer Highlandhochzeit für die Verteilung von Getränken und Erfrischungen zuständig war; die Bezeichnung bedeutete eigentlich in etwa »freundlicher, jovialer Kerl«. Ulysses, Jocastas schwarzer Butler, war wahrscheinlich die würdevollste Person, die ich je gesehen hatte – selbst ohne seine Livree und seine gepuderte Pferdehaarperücke.

»Wenn ja, dann klebt sie ihm wahrscheinlich am Kopf, bevor es richtig Tag wird.« Jamie blickte zu den tief hängenden Wolken auf und schüttelte den Kopf.

»Glücklich die Braut, der die Sonne lacht«, zitierte er. »Glücklich die Leiche, regnet's mit Macht.«

»Das ist es, was ich an den Schotten so mag«, sagte ich trocken. »Ein passendes Sprichwort für jede Gelegenheit. Sag das bloß nicht, wenn Brianna es hören kann.«

»Wofür hältst du mich, Sassenach?«, wollte er mit einem halben Lächeln wissen. »Ich bin schließlich ihr Vater, oder nicht?«

»Definitiv.« Ich blickte hinter mich, um sicher zu gehen, dass Brianna nicht in Hörweite war, doch es war kein Zeichen ihres flammenden Kopfes in der Nähe zu sehen. Mit Sicherheit die Tochter ihres Vaters, war sie auf Strümpfen einsdreiundachtzig groß und in einer Menschenansammlung fast genauso leicht auszumachen wie Jamie selbst.

»Es ist sowieso nicht die Hochzeit, um die ich mich kümmern muss; ich muss Frühstück machen, und dann muss ich Murray MacLeod suchen und ihn bitten, mir bei der Morgensprechstunde zu helfen.«

»Oh, aye? Ich dachte, du hast gesagt, der gute Murray ist ein Scharlatan.«

»Ich habe gesagt, er ist unwissend und stur und stellt eine Bedrohung der öffentlichen Gesundheit dar; das ist nicht dasselbe – nicht ganz.«

»Nicht ganz«, sagte Jamie grinsend. »Und hast du vor, ihn zu bekehren oder zu vergiften?«

»Je nachdem, was mir am wirksamsten vorkommt. Vielleicht trete ich auch einfach aus Versehen auf seine Klinge und zerbreche sie; das ist wahrscheinlich die einzige Möglichkeit, ihn davon abzuhalten, die Leute zur Ader zu lassen. Aber lass uns gehen, mir ist kalt!«

»Aye, dann los«, pflichtete Jamie mir mit einem Blick auf die Soldaten bei, die immer noch in Rührt-euch-Stellung am Bachufer formiert waren. »Sieht so aus, als hätte Klein Archie vor, seine Jungs da stehen zu lassen, bis sich die Leute zerstreut haben; sie sind auch schon ein bisschen blau.«

Die Reihe der Highlander war zwar voll bewaffnet und uniformiert, doch ihre Haltung war entspannt; beeindruckend, kein Zweifel, doch nicht bedrohlich. Ein paar kleine Jungen – und auch diverse kleine Mädchen – hüpften zwischen ihnen auf und ab und zupften frech an den Säumen ihrer Kilts oder schossen ganz wagemutig vor, um die glänzenden Musketen, die baumelnden Pulverhörner und die Griffe der Dolche und Schwerter zu berühren.

»Abel, *a charaid!*« Jamie war stehen geblieben, um den dritten Mann aus Drunkard's Creek zu begrüßen. »Hast du heute schon was gegessen?«

MacLennan hatte seine Frau nicht zum *Gathering* mitgebracht und aß daher überall dort, wohin ihn das Glück führte. Die Menge um uns zerstreute sich jetzt, doch er blieb ungerührt stehen und hielt die Ecken eines roten Flanelltaschentuchs fest, das er sich über den zunehmend kahlen Kopf gezogen hatte, um ihn vor dem prasselnden Regen zu schützen. Wahrscheinlich hoffte er darauf, eine Einladung zum Frühstück zu ergattern, dachte ich.

Ich betrachtete seinen stämmigen Körper und wog im Geiste seinen möglichen Konsum an Eiern, Porridge und Toast gegen die schwindenden Vorräte in unseren Beuteln auf. Nicht, dass schlichte Nahrungsknappheit einen Highlander daran hindern würde, jemandem Gastfreundschaft anzubieten – schon gar nicht Jamie, der MacLennan einlud, sich uns anzuschließen, während ich in Gedanken achtzehn Eier durch neun anstatt acht Leute dividierte. Also keine Spiegeleier; ich würde sie mit geriebenen Kartoffeln zu Reibekuchen verarbeiten, und am besten borgte ich mir auf dem Weg bergauf auch noch etwas Kaffee von Jocastas Lagerstätte.

Wir wandten uns zum Gehen, und Jamies Hand glitt plötzlich an meinem Rücken hinunter. Ich machte ein Geräusch, das alles andere als würdevoll war, und Abel MacLennan machte kehrt, um mich anzustarren. Ich lächelte ihn fröhlich an und unterdrückte das Bedürfnis, Jamie erneut zu treten, diesmal weniger diskret.

MacLennan kletterte mit Höchstgeschwindigkeit vor uns den Hang hinauf, und seine Rockschöße schwangen voller Vorfreude über seiner abgetragenen Kniehose. Jamie schob eine Hand unter meinen Ellbogen, um mir über die Felsen zu helfen, und bückte sich dabei, um mir ins Ohr zu knurren.

»Warum zum Teufel trägst du keinen Unterrock, Sassenach?«, zischte er. »Du hast ja nichts unter deinem Rock an – du holst dir noch den Tod bei der Kälte!«

»Da hast du gar nicht so Unrecht«, sagte ich, denn ich zitterte, obwohl ich meinen Umhang trug. Ich hatte zwar meine Chemise unter dem Überkleid an, doch sie war dünn und zerschlissen, für ein Sommerlager unter freiem Himmel bestens geeignet, aber völlig unzureichend, um die winterlichen Böen abzuhalten, die durch meinen Leinenrock wehten, als bestünde er aus Gaze.

»Du hattest gestern Abend 'nen wunderbaren Wollunterrock an, Sassenach. Was ist daraus geworden?«

»Frag mich lieber nicht«, riet ich ihm.

Jetzt fuhren seine Augenbrauen in die Höhe, doch bevor er weiter nachhaken konnte, erklang hinter uns ein Schrei.

»Germain!«

Ich drehte mich um und sah einen kleinen, blonden Kopf, dessen Haare im Fahrtwind wehten, als sein Besitzer unterhalb der Felsen den Hang hinunterschoss. Der zweijährige Germain hatte die Tatsache, dass seine Mutter mit seiner neugeborenen Schwester beschäftigt war, dazu benutzt, ihrer Obhut zu entfliehen und einen Vorstoß zu der Formation der Soldaten zu unternehmen. Indem er den Händen der Zuschauer immer wieder entwischte, raste er kopfüber den Abhang hinunter wie ein Stein und wurde dabei immer schneller.

»Fergus!«, schrie Marsali. Als er seinen Namen hörte, wandte sich Germains Vater gerade noch rechtzeitig von seiner Unterhaltung ab, um zu sehen, wie sein Sohn über einen Stein stolperte und kopfüber nach vorn flog. Komischerweise machte der Junge keine Anstalten zum Selbstschutz, sondern fiel elegant hin und kugelte sich wie ein Igel zusammen, als er mit der Schulter auf dem grasigen Hang aufkam. Er rollte wie eine Kanonenkugel zwischen den Reihen der Soldaten hindurch, schoss über den Rand eines felsigen Überhangs und plumpste mit einem Platschen in den Bach.

Die Leute hielten hörbar die Luft an, und einige rannten bergab, um zu helfen, doch einer der Soldaten war schon zum Ufer geeilt. Er kniete sich hin, durchstieß die auf dem Wasser treibenden Kleider des Kindes mit der Spitze seines Bajonetts und zog das durchnässte Bündel ans Ufer.

Fergus rannte in die eisigen Untiefen und streckte die Hände aus, um seinen triefenden Sohn in Empfang zu nehmen.

»*Merci, mon ami, mille merci beaucoup*«, sagte er zu dem jungen Soldaten. »*Et tu, toto*«, sagte er an seinen prustenden Sohn gerichtet und schüttelte ihn kurz. »*Comment ça va, du lütten Dummkopf?*«

Der Soldat machte ein verblüfftes Gesicht, doch ich wusste nicht, ob es an Fergus' einzigartiger Dialektmischung lag oder am Anblick des glänzenden Hakens, den er an Stelle seiner fehlenden Linken trug.

»Schon gut, Sir«, sagte er mit einem schüchternen Lächeln. »Ich glaube, ihm ist nichts passiert.«

Brianna tauchte hinter einer Kiefer auf und trug Jemmy, der

sechs Monate alt war, auf der einen Schulter. Sie bückte sich und hob die kleine Joan geschickt aus Marsalis Arm.

Jamie schwang sich den schweren Umhang von den Schultern und legte ihn an Stelle des Babys in Marsalis Arm.

»Sag dem Soldaten, er soll an unser Feuer kommen«, sagte er zu ihr. »Wir bekommen doch noch einen Esser satt, oder, Sassenach?«

»Natürlich«, sagte ich und berichtigte meine Kopfrechnungen. Achtzehn Eier, vier alte Brotlaibe zum Toasten – nein, einen sollte ich für die morgige Heimreise aufbewahren –, drei Dutzend Haferkekse, falls Jamie und Roger sie nicht gegessen hatten, ein halbes Glas Honig...

Ein reuiges Lächeln erhellte Marsalis Gesicht und wurde von uns erwidert, dann war sie fort und hastete ihren durchnässten, zitternden Männern zu Hilfe.

Jamie blickte ihr mit einem resignierten Seufzer nach, als der Wind ihm in die vollen Hemdsärmel fuhr und sie mit einem gedämpften Knattern aufblähte. Er kreuzte die Arme vor der Brust, zog zum Schutz vor dem Wind die Schultern zusammen und lächelte mit einem Seitenblick zu mir herunter.

»Äh, tja, ich schätze, dann erfrieren wir wohl gemeinsam, Sassenach. Aber das macht mir nichts. Ich würde sowieso nicht ohne dich leben wollen.«

»Ha«, sagte ich gutmütig. »Du könntest nackt auf einer Eisscholle leben, Jamie Fraser, und sie zum Schmelzen bringen. Was hast du mit deinem Rock und deinem Plaid gemacht?«

»Frag mich lieber nicht«, sagte er grinsend. Er bedeckte meine Hand mit seiner breiten, schwieligen Handfläche. »Lass uns gehen; ich kann das Frühstück kaum erwarten.«

»Warte«, sagte ich und löste mich von ihm. Jemmy hatte keine Lust, die Umarmung seiner Mutter mit dem Neuankömmling zu teilen, und heulte und wand sich protestierend, während sein kleines, rundes Gesicht vor Ärger rot anlief. Ich streckte den Arm aus und nahm ihn Brianna ab, und er strampelte und krähte in seinen Wickeltüchern herum.

»Musikalische Babys.« Brianna lächelte kurz und hievte die kleine Joan in eine stabilere Position an ihrer Schulter. »Bist du sicher, dass du ihn willst? Dieses hier ist ruhiger – und wiegt nur die Hälfte.«

»Nein, ist schon in Ordnung. Schsch, Schätzchen, komm zu

Oma.« Ich lächelte, als ich das sagte und spürte diese immer noch neue Mischung aus Überraschung und Entzücken, dass ich tatsächlich eine Großmutter sein konnte. Ich nahm an, dass es irgendwann nichts Besonderes mehr sein würde; ich hatte mich schließlich auch prima daran gewöhnt, dass man mich »Mama« rief.

Als er mich erkannte, stellte Jemmy das Theater ein und klammerte sich wie immer an mich wie eine Muschel an einen Felsen und vergrub seine runden Fäuste fest in meinem Haar. Ich löste seine Finger und warf einen Blick über seinen Kopf hinweg, doch unten schien alles unter Kontrolle zu sein. Fergus stand mit klatschnassen Kniehosen und Strümpfen da, Jamies Umhang um die Schultern gelegt, und wrang mit einer Hand die Vorderseite seines Hemdes aus, während er etwas zu dem Soldaten sagte, der Germain gerettet hatte. Marsali hatte ihr Schultertuch abgenommen und den kleinen Jungen darin eingewickelt, und ihr loses blondes Haar wehte im Wind wie Spinnweben.

Der Lärm hatte Leutnant Hayes neugierig gemacht, und er lugte aus seiner Zeltklappe wie eine Wellhornschnecke aus ihrer Schale. Er sah nach oben und fing meinen Blick auf; ich winkte kurz, dann wandte ich mich ab, um meiner Familie zurück zu unserer Lagerstelle zu folgen.

Jamie sagte etwas auf Gälisch zu Brianna, während er ihr über eine felsige Stelle vor mir auf dem Pfad half.

»Ja, ich bin fertig«, antwortete sie auf Englisch. »Wo ist dein Rock, Pa?«

»Ich habe ihn deinem Mann geliehen«, sagte er. »Wir wollen doch nicht, dass er bei eurer Hochzeit wie ein Bettler aussieht, aye?«

Brianna lachte und strich sich mit der freien Hand eine wehende rote Haarsträhne aus dem Mundwinkel.

»Lieber wie ein Bettler als ein verhinderter Selbstmörder.«

»Was?« Ich holte sie ein, als wir aus dem Schutz der Felsen traten. Der Wind tobte über die freie Fläche und peitschte uns mit Hagel und stechenden Kiessplittern.

»Uff!« Brianna beugte sich über das fest eingewickelte Baby auf ihrem Arm und schützte es vor dem Ansturm. »Roger hat sich beim Rasieren geschnitten, die Vorderseite seines Rocks ist mit Blutflecken übersät.« Sie blickte Jamie an, und ihre Augen tränten vom Wind. »Wo ist er jetzt?«

»Heil und gesund«, versicherte er ihr. »Er spricht mit Vater Donahue.« Er sah sie scharf an. »Du hättest mir ruhig sagen können, dass der Junge kein Katholik ist.«

»Hätte ich«, sagte sie ungerührt. »Habe ich aber nicht. Ist für mich gehopst wie gesprungen.«

»Wenn du mit diesem merkwürdigen Ausdruck meinst, dass es nicht von Bedeutung ist …«, hub Jamie mit einem deutlichen Unterton der Schärfe an, wurde aber dadurch unterbrochen, dass Roger persönlich auftauchte. Er machte eine blendende Figur in Kilt und Plaid aus grünweißem MacKenzie-Tartan und Jamies gutem Rock nebst Weste. Der Rock passte ihm bestens – beide Männer waren etwa gleich groß und hatten lange Gliedmaßen und breite Schultern, wenngleich Jamie drei oder vier Zentimeter größer war –, und die graue Wolle stand Roger mit seinem dunklen Haar und seiner Olivenhaut genauso gut wie Jamie mit seinen bronzenen Brauntönen.

»Du siehst prima aus, Roger«, sagte ich. »Wo hast du dich geschnitten?« Sein Gesicht war rosafarben und hatte das rohe Aussehen, das frisch rasierter Haut eigen ist, war aber ansonsten unbeschädigt; ein Glück unter diesen Umständen.

Roger trug Jamies Plaid unter dem Arm, ein rotschwarzes Tartanbündel. Er reichte es ihm und bog den Kopf zur Seite, um mir den tiefen Einschnitt direkt unter seinem Unterkiefer zu zeigen.

»Da. Nicht so schlimm, aber es hat fürchterlich geblutet. Man nennt diese Klingen nicht umsonst Halsabschneider, aye?«

Der Schnitt war zu einer sauberen, dunklen Linie verkrustet, etwa acht Zentimeter lang und verlief vom Ende seines Kieferknochens schräg an seiner Halsseite hinunter. Ich berührte kurz die Haut neben dem Schnitt. Es stimmte; die Klinge des Rasiermessers war senkrecht eingedrungen, es gab keine überhängende Haut, die genäht werden musste. Doch es war kein Wunder, dass es geblutet hatte; es sah wirklich so aus, als hätte er versucht, sich die Kehle durchzuschneiden.

»Bisschen nervös heute Morgen?«, zog ich ihn auf. »Dir kommen doch nicht etwa Zweifel, oder?«

»Dazu ist es ein bisschen spät«, sagte Brianna trocken, während sie an meine Seite trat. »Er hat hier schließlich ein Kind, das einen Namen braucht.«

»Er wird so viele Namen haben, dass er gar nicht weiß, was er damit anfangen soll«, versicherte Roger ihr. »Und du auch – Mrs. MacKenzie.«

Ein Hauch von Röte erhellte Briannas Gesicht beim Klang dieses Namens, und sie lächelte ihn an. Er beugte sich zu ihr hinüber, küsste sie auf die Stirn und nahm ihr dabei das Baby ab. Ein Ausdruck plötzlichen Erschreckens überzog sein Gesicht, als er das Gewicht des Bündels in seinen Armen spürte, und er starrte es an.

»Das ist nicht unserer«, sagte Brianna und grinste über seinen verblüfften Blick. »Es ist Marsalis kleine Joan. Mama hat Jemmy.«

»Gott sei Dank«, sagte er und hielt das Baby sehr viel vorsichtiger im Arm. »Ich dachte schon, er hätte sich in Luft aufgelöst oder so etwas.« Er hob die Decke sacht an, legte Joans winziges, schlafendes Gesicht frei und lächelte – wie es die Leute immer taten – beim Anblick ihres komischen braunen Haarschopfes, der spitz zulief wie der Knoten einer Engelspuppe.

»Schön wär's«, sagte ich und grunzte, als ich den wohlgenährten Jemmy, der in seiner Decke friedlich ins Koma gefallen war, in eine bequemere Position hochstemmte. »Ich glaube, er hat auf dem Weg bergauf ein oder zwei Pfund zugenommen.« Die Anstrengung war mir in die Wangen gestiegen, und ich hielt das Baby ein wenig von mir weg, weil mir eine plötzliche Hitzewelle zu Kopfe stieg und mir unter meinen zerzausten Locken der Schweiß ausbrach.

Jamie nahm mir Jemmy ab und klemmte ihn sich geschickt unter den Arm wie einen Football, eine Hand unter dem Kopf des Babys.

»Also hast du mit dem Priester gesprochen?«, fragte er und sah Roger skeptisch an.

»Das habe ich«, sagte Roger trocken und beantwortete den Blick genauso wie die Frage. »Er ist zu dem Schluss gekommen, dass ich nicht der Antichrist bin. Solange ich willens bin, den Jungen katholisch taufen zu lassen, steht der Hochzeit nichts im Wege.«

Jamie grunzte als Antwort, und ich unterdrückte ein Lächeln. Jamie hatte zwar keine nennenswerten religiösen Vorurteile – er hatte mit viel zu vielen Männern jeden denkbaren Hintergrundes verhandelt, gekämpft oder sie befehligt –, doch die Enthüllung, dass sein Schwiegersohn Presbyterianer war und keinerlei Absicht hatte zu konvertieren, war doch nicht unkommentiert geblieben.

Brianna bemerkte meinen Blick, lächelte mich von der Seite an und verzog ihrerseits die Augen zu blauen Dreiecken voll katzenhafter Belustigung.

»Sehr klug von dir, dass du das Thema Religion nicht schon vorher erwähnt hast«, murmelte ich, wobei ich Acht gab, nicht so laut zu sprechen, dass Jamie mich hören konnte. Die beiden Männer schritten vor uns her und gingen immer noch sehr steif miteinander um. Die Förmlichkeit ihres Umgangs wurde jedoch durch die herabhängenden Wickeltücher der Babys entschärft, die sie trugen. Jemmy quäkte plötzlich, doch sein Großvater schwang ihn hoch, ohne seine Schritte zu verlangsamen, und er ergab sich in sein Schicksal und fixierte uns über Jamies Schultern hinweg mit seinen runden Augen, von seiner Decke wie von einer Kapuze geschützt.

»Roger wollte etwas sagen, aber ich habe ihm gesagt, er sollte den Mund halten.« Sie winkte Jemmy zu und fixierte Rogers Rücken mit dem Blick der Ehefrau. »Ich wusste, dass Pa keine Szene machen würde, wenn wir bis kurz vor der Hochzeit warten.«

Dies war eine sehr treffende Einschätzung des Verhaltens ihres Vaters. Sie ähnelte Jamie in viel mehr Dingen als nur den augenfälligen Merkmalen wie Aussehen, Haar- und Hautfarbe; sie besaß seine Menschenkenntnis und sein Sprachtalent. Dennoch regte sich ein Gedanke in meinem Hinterkopf, etwas, das mit Roger und Religion zu tun hatte ...

Wir hatten uns den Männern so weit genähert, dass wir ihre Unterhaltung hören konnten.

»... über Hillsborough«, sagte Jamie gerade zu Roger hinübergebeugt, damit dieser ihn trotz des Windes hören konnte. »Wollte Informationen über die Aufrührer.«

»Oh, aye?« Roger klang interessiert und argwöhnisch zugleich. »Das wird Duncan Innes interessieren. Er ist während der Unruhen in Hillsborough gewesen, hast du das gewusst?«

»Nein.« Jamie klang mehr als nur interessiert. »Ich habe in dieser Woche kaum ein Wort mit Duncan gewechselt. Vielleicht frage ich ihn, wenn die Hochzeiten vorbei sind.«

Roger drehte sich um und schützte Joan mit seinem Körper vor dem Wind, während er mit Brianna sprach.

»Deine Tante hat Vater Donahue gesagt, dass er die Hochzeiten in ihrem Zelt abhalten kann. Dann wird es nicht ganz so schlimm.«

»Brrr!« Brianna zog zitternd die Schultern zusammen. »Gott sei Dank. Heute ist nicht der Tag, um unter dem Ginsterbusch zu heiraten.«

Eine Kastanie über unseren Köpfen ließ ihr gelbes Laub regnen, als wollte sie ihre Zustimmung ausdrücken. Roger sah ein wenig beklommen aus.

»Das ist wohl nicht die Hochzeit, an die du gedacht hattest«, sagte er.

Brianna blickte zu Roger auf, und ein Lächeln breitete sich langsam in ihrem Gesicht aus. »Das war die erste auch nicht«, sagte sie. »Aber ich fand sie schön.«

Roger neigte auf Grund seiner Hautfarbe nicht zum Erröten, und seine Ohren waren sowieso rot vor Kälte. Er öffnete den Mund, als wollte er antworten, dann begegnete er Jamies stechendem Blick, schloss ihn wieder und machte ein verlegenes, aber unleugbar zufriedenes Gesicht.

»Mr. Fraser!«

Ich drehte mich um und sah einen der Soldaten hügelaufwärts auf uns zukommen, den Blick auf Jamie gerichtet.

»Korporal MacNair, Euer Diener, Sir«, sagte er schwer atmend, als er bei uns ankam. Er neigte abrupt den Kopf. »Der Leutnant lässt Euch grüßen – ob Ihr wohl so freundlich wärt, ihn in seinem Zelt aufzusuchen?« Sein Blick fiel auf mich, und er verbeugte sich erneut, weniger zackig. »Mrs. Fraser. Gott zum Gruße, Ma'am.«

»Euer Diener, Sir.« Jamie erwiderte die Verneigung des Korporals. »Ich bitte, mich bei dem Leutnant zu entschuldigen, doch ich habe Verpflichtungen, die meine Anwesenheit anderswo erfordern.« Er sprach höflich, doch der Korporal blickte scharf zu ihm auf. MacNair war jung, aber nicht unerfahren; ein rascher Blick des Begreifens überflog sein hageres, dunkles Gesicht.

»Der Leutnant bittet Mr. Farquard Campbell, Mr. Andrew MacNeill, Mr. Gerald Forbes, Mr. Duncan Innes und den Priester um ihre Anwesenheit, sowie Euch.«

Die Anspannung in Jamies Schultern ließ nach.

»Ist das so«, sagte er trocken. Farquard Campbell und Andrew MacNeill waren Großgrundbesitzer und lokale Beamte; Gerald Forbes ein prominenter Anwalt aus Cross Creek. Und Duncan Innes war im Begriff, durch seine bevorstehende Heirat mit Jamies verwitweter Tante Jocasta Cameron zum Besitzer der größten Plantage in der westlichen Hälfte der Kolonie zu werden.

Er zuckte leicht mit den Achseln und verlagerte das Baby auf die andere Schulter, um es bequemer zu haben.

»Aye. Nun gut. Sagt dem Leutnant, ich werde zu ihm kommen, sobald es mir gelegen kommt. Wenn er allerdings mit Vater Kenneth sprechen möchte, so glaube ich, dass er ein wenig warten muss. Sowohl der gute Vater als auch ich werden bei einer Hochzeit erwartet.«

Korporal MacNair verneigte sich unbeeindruckt und zog davon, wahrscheinlich auf der Suche nach den anderen Herren auf seiner Liste.

»Und was soll das jetzt wieder?«, fragte ich Jamie. »Hoppla.« Ich streckte die Hand aus und strich Jemmy einen glitzernden Speichelfaden vom Kinn, bevor er Jamies Hand erreichen konnte. »Schon wieder ein neuer Zahn?«

»Ich habe Zähne in Hülle und Fülle«, versicherte mir Jamie.

»Und du auch, soweit ich das sehen kann. Und was den Korporal und seine Botschaft angeht – Archie Hayes hat wahrscheinlich vor, mich, Campbell und den Rest als Helfershelfer zu engagieren.« Er hielt einen triefenden Ast zur Seite, um mich vorbeizulassen; Roger und Brianna waren vorgegangen.

»Helfershelfer wobei? Die Aufrührer zu finden? Es war doch wohl niemand aus Fraser's Ridge dabei, oder?« Ich duckte mich unter dem Ast hindurch und spürte die Kühle eines feuchten Blattes, das mir über die Wange strich.

»Nein. Ich kann nicht sagen, wozu Hayes Hilfe braucht. Und ich habe auch nicht vor, es herauszufinden.« Er sah mich an, eine rote Augenbraue hochgezogen, und ich lachte.

»Oh, wir haben das Wort *gelegen* im flexiblen Sinne benutzt, was?«

»Ich habe nichts davon gesagt, dass es *ihm* auch gelegen kommt«, klärte Jamie mich auf. »Nun, was deinen Unterrock angeht, Sassenach, und den Grund, warum du dich mit blankem Arsch auf dem Berg herumtreibst – Duncan, *a charaid!*« Als er Duncan Innes sah, der durch einen Kiefernhain auf uns zukam, schmolz sein trockener Gesichtsausdruck zu aufrichtigem Vergnügen dahin.

Duncan kletterte über einen umgestürzten Baumstamm, was ihm auf Grund seines fehlenden Armes sehr schwer fiel, und stieß zu uns auf den Pfad, wobei er sich Wassertropfen aus dem Haar schüttelte. Er trug seinen Hochzeitsstaat, ein sauberes Hemd mit

Halsbinde und einem schönen Spitzenjabot und einen blauen Wollrock mit rotem Seidenfutter, dessen leerer Ärmel mit einer Brosche hoch gesteckt war. Ich hatte Duncan noch nie so elegant gesehen und sagte ihm das auch.

»Och, na ja«, sagte er verlegen. »Miss Jo hat es sich gewünscht.« Er schüttelte das Kompliment gemeinsam mit dem Regen ab und strich sich sorgfältig die toten Nadeln und Rindenstückchen von seinem Rock, die daran hängen geblieben waren, als er zwischen den Kiefern hindurchging.

»Brrr! Ein fürchterlicher Tag, Mac Dubh, das steht fest.« Er sah zum Himmel auf und schüttelte den Kopf. »Glücklich die Braut, der die Sonne lacht; glücklich die Leiche, regnet's mit Macht.«

»Ich frage mich nur, wie viel Entzücken man von der durchschnittlichen Leiche erwarten kann«, sagte ich, »egal, wie die meteorologischen Bedingungen sind. Aber ich bin mir sicher, dass Jocasta sehr glücklich sein wird«, fügte ich hastig hinzu, als ich sah, wie sich ein Ausdruck der Verwirrung über Duncans Gesicht breitete. »Und du natürlich auch!«

»Oh... aye«, sagte er ein wenig unsicher. »Aye, natürlich. Danke, Ma'am.«

»Als ich dich durch den Wald kommen gesehen habe, dachte ich, dir ist vielleicht Korporal MacNeill auf den Fersen«, sagte Jamie. »Du bist doch nicht unterwegs zu Archie Hayes, oder?«

Duncan machte ein erschrockenes Gesicht.

»Hayes? Nein, was kann der Leutnant von mir wollen?«

»Ein oder zwei Dinge, die ich mir vorstellen könnte. Hier, Sassenach, nimm das kleine Krabbeltier, aye?« Jamie unterbrach sich, um mir Jemmy zu geben, der beschlossen hatte, sich aktiver für das Geschehen zu interessieren und gerade versuchte, den Oberkörper seines Großvaters zu erklettern, wobei er mit den Fersen trat und laute Grunzgeräusche machte. Doch seine plötzliche Aktivität war nicht der Hauptgrund, warum Jamie sich dieser Last erleichterte, wie ich feststellte, als ich Jemmy entgegennahm.

»Vielen Dank«, sagte ich und rümpfte die Nase. Jamie grinste mich an und wandte sich mit Duncan auf den Weg, wobei sie ihre Unterhaltung wieder aufnahmen.

»Hm«, sagte ich und schnüffelte vorsichtig. »Fertig? Nein, dachte ich mir.« Jemmy schloss die Augen, lief knallrot an und stieß ein Knallgeräusch aus, das an gedämpftes Maschinengewehrfeuer erinnerte. Ich löste seine Wickeltücher so weit, dass ich an seinem Rücken hinunterspähen konnte.

»Huch«, sagte ich und wickelte ihn gerade noch rechtzeitig aus seiner Decke. »Womit hat dich deine Mutter nur gefüttert?«

Entzückt, dass er den Wickeltüchern entkommen war, schlug Jemmy mit den Beinen, als wären es Windmühlenflügel, wobei eine ungesund aussehende, gelbliche Substanz aus den ausgebeulten Beinen seiner Windel rann.

»Pfui«, sagte ich kurz und trug ihn mit ausgestreckten Armen vom Pfad weg zu einem der kleinen Rinnsale, die sich den Berg hinabschlängelten. Ich kam zwar ganz gut ohne den Komfort von fließend warmem und kaltem Wasser oder Autos aus, dachte ich dabei, doch es gab Zeiten, da hätte ich wirklich gern Dinge wie Gummihöschen mit elastischen Beinabschlüssen gehabt. Von Toilettenpapier auf Rollen ganz zu schweigen.

Ich fand eine gute Stelle am Rand des Bächleins, wo eine dicke Schicht totes Laub lag. Ich kniete mich hin, breitete eine Ecke meines Umhangs aus, platzierte Jemmy auf Händen und Knien darauf und zog ihm die durchweichte Windel aus, ohne mir die Mühe zu machen, die Sicherheitsnadeln zu lösen.

»Hiiih!«, sagte er und klang überrascht, als ihn die kalte Luft traf. Er verkrampfte seine kleinen, fetten Pobacken und kauerte auf dem Boden wie eine kleine, rosafarbene Kröte.

»Ha«, sagte ich zu ihm. »Wenn du glaubst, kalter Wind am Hintern wäre schlimm, dann warte nur.« Ich ergriff eine Hand voll feuchter, gelbbrauner Blätter und säuberte ihn energisch. Da er ein sehr duldsames Kind war, zappelte und wand er sich zwar, doch er brüllte nicht, sondern machte stattdessen schrille »iiiih«-Laute, als ich seine Körperhöhlungen säuberte.

Ich drehte ihn herum, hielt eine Hand prophylaktisch über die Gefahrenzone und ließ seinen Geschlechtsteilen eine ähnliche Behandlung angedeihen, was ein breites, zahnloses Grinsen auslöste.

»Du bist wohl wirklich ein Highlandmann, was?«, sagte ich und grinste zurück.

»Und was meinst du nun wieder damit, Sassenach?« Ich blickte auf und stellte fest, dass Jamie mit verschränkten Armen auf der anderen Seite des Bächleins an einem Baum lehnte und mich anlächelte. Die leuchtenden Farben seines formellen Tartans und seines weißen Leinenhemdes zeichneten sich auffallend vor dem verblichenen Herbstlaub ab, doch Gesicht und Haare ließen ihn wie einen Waldbewohner aussehen, ganz in Bronze und Dunkelrot, und der Wind regte sich in seinem Haar, sodass die losen Spitzen tanzten wie die scharlachroten Ahornblätter über uns.

»Na ja, Kälte und Feuchtigkeit können ihm offensichtlich nichts anhaben«, sagte ich, während ich meine Bemühungen abschloss und die letzte Hand voll beschmutzter Blätter zur Seite legte. »Ansonsten… na ja, ich habe bis jetzt noch nicht viel mit männlichen Säuglingen zu tun gehabt, aber ist das hier nicht sehr frühreif?«

Jamies Mundwinkel verzog sich nach oben, als er sich den Anblick betrachtete, der unter meiner Hand zum Vorschein kam. Das winzige Anhängsel war aufgerichtet, so steif wie mein Daumen und ungefähr genauso groß.

»Ah, nein«, sagte er. »Ich habe schon viele Jungs im Naturzustand gesehen – zumindest Jennys drei. Das tun sie alle hin und wieder.« Er zuckte mit den Achseln, und das Lächeln wurde breiter. »Ob es aber nur bei *schottischen* Jungs so ist, das kann ich nicht sagen…«

»Ein Talent, das mit dem Alter zunimmt, würde ich sagen«, sagte ich trocken. Ich warf die schmutzige Windel über den Bach, wo sie klatschend zu seinen Füßen landete. »Zieh die Nadeln heraus und wasch das aus, ja?«

Er zog seine lange, gerade Nase kraus, kniete sich aber widerspruchslos hin und ergriff das schmutzige Paket zögernd mit zwei Fingern.

»Oh, also *das* ist aus deinem Unterrock geworden«, sagte er. Ich hatte die große Tasche geöffnet, die ich um die Taille geschlungen trug, und ein großes, zusammengefaltetes Stoffrechteck hervorgezogen. Es war kein ungebleichtes Leinen wie die Windel, die er in der Hand hielt, sondern ein dicker, weicher, oft gewaschener Wollstoff, der mit Johannisbeer- und Dattelpflaumensaft rot gefärbt war.

Ich zuckte mit den Schultern, sah nach, ob bei Jemmy erneute Explosionen drohten, und legte ihn auf die frische Windel.

»Bei drei Wickelkindern – diesem hier, Joanie und Germain – und dem feuchten Wetter, sodass nichts anständig trocknen kann, hatten wir ziemlichen Mangel an sauberen Tüchern.« Die Büsche am Rand der Lichtung, auf der wir unser Familienlager aufgeschlagen hatten, waren sämtlich mit wehender Wäsche verziert, die dank des ungünstigen Wetters zum Großteil immer noch feucht war.

»Hier.« Jamie reckte sich über den Bach, der etwa dreißig Zentimeter breit und voller Steine war und reichte mir die Nadeln, die er aus der alten Windel gezogen hatte. Ich nahm sie entgegen und achtete sorgsam darauf, sie nicht in den Bach fallen zu lassen. Meine Finger waren steif und kalt, doch die Nadeln waren wertvoll; Brianna hatte sie aus heißem Draht gemacht, und Roger hatte die Schutzverschlüsse nach ihren Zeichnungen aus Holz geschnitzt. Richtige Sicherheitsnadeln, wenn auch ein wenig größer und grober als die moderne Variante. Ihr einziger wirklicher Fehler war der Kleber, der die hölzernen Kappen mit dem Draht verband; es war ein Kaseinkleber aus gekochter Milch, der alles andere als wasserfest war, und die Kappen mussten von Zeit zu Zeit wieder angeklebt werden.

Ich schlug die Windel fest um Jemmys Lenden und stieß eine Nadel durch das Tuch. Beim Anblick der hölzernen Kappe lächelte ich. Brianna hatte einen Satz Nadeln genommen und in jede Kappe einen kleinen, komischen Frosch geschnitzt – komplett mit einem breiten, zahnlosen Grinsen.

»Na gut, Fröschchen, das war's.« Als ich die Windel sicher befestigt hatte, setzte ich mich hin und hob ihn auf meinen Schoß, um sein Hemdchen glatt zu streichen und zu versuchen, ihn wieder in seine Decke zu wickeln.

»Wo ist Duncan hingegangen?«, fragte ich. »Nach unten, um mit dem Leutnant zu sprechen?«

Jamie war über seine Arbeit gebeugt und schüttelte den Kopf.

»Ich habe ihm gesagt, er soll es nicht tun. Er ist tatsächlich während der Unruhen in Hillsborough gewesen. Am besten wartet er noch ein bisschen; wenn Hayes ihn dann fragt, kann er aufrichtig schwören, dass hier niemand ist, der an dem Aufruhr beteiligt war.« Er blickte auf und lächelte humorlos. »Morgen früh ist nämlich auch keiner mehr hier.«

Ich beobachtete, wie seine großen, gewandten Hände das durchgespülte Tuch auswrangen. Die Narben an seiner rechten Hand waren normalerweise fast unsichtbar, doch jetzt zeichneten sie sich deutlich ab, unregelmäßige, weiße Linien auf seiner kälteroten Haut. Ich fühlte mich bei der ganzen Angelegenheit leicht beklommen, auch wenn es keine direkte Verbindung mit uns zu geben schien.

Normalerweise rief der Gedanke an Gouverneur Tryon bei mir nur einen Hauch von Gereiztheit hervor; er saß schließlich in sicherer Entfernung in seinem neuen Palast in New Bern und dreihundert Meilen voller Küstenstädte, Plantagen im Inland, Kiefernwälder, Vorgebirge, unzugänglicher Berge und nackter, heulender Wildnis trennten ihn von unserer winzigen Siedlung auf Fraser's Ridge. Angesichts all seiner anderen Sorgen wie zum Beispiel den selbst ernannten »Regulatoren«, die Hillsborough terrorisiert, und den korrupten Sheriffs und Richtern, die den Terror provoziert hatten, glaubte ich kaum, dass er die Zeit hatte, auch nur einen Gedanken an uns und unsere friedvolle Existenz zu verschwenden.

Doch das änderte nichts an der unangenehmen Tatsache, dass Gouverneur Tryon Jamie eine beträchtliche Landvergabe in den Bergen North Carolinas zum Geschenk gemacht hatte – und dass Tryon dafür eine kleine, aber wichtige Tatsache in seiner Westentasche versteckt hielt; Jamie war katholisch. Und nach dem Gesetz kamen nur Protestanten in den Genuss der königlichen Landvergaben.

Angesichts der geringen Anzahl von Katholiken in der Kolonie und der mangelnden Organisation unter ihnen – es gab keine katholischen Kirchen, keine ortsansässigen katholischen Priester; Vater Donahue, der heute Nachmittag die Trauungen vollziehen würde, hatte die beschwerliche Reise aus Baltimore auf sich genommen –, war die Frage der Religion kaum ein Thema. Jamies Tante Jocasta Cameron und ihr verstorbener Ehemann waren schon so lange einflussreiche Mitglieder der schottischen Gemeinschaft, dass niemand auf die Idee gekommen wäre, ihren religiösen Hintergrund in Frage zu stellen, und ich hielt es für wahrscheinlich, dass kaum einer der Schotten, mit denen wir die ganze Woche gefeiert hatten, wusste, dass wir Papisten waren.

Allerdings würden sie es wahrscheinlich bald herausfinden. Brianna und Roger, die seit einem Jahr per *Handfasting* verlobt waren, sollten heute durch den Priester verheiratet werden, zusammen mit zwei anderen katholischen Paaren aus Barbecue Creek – und mit Jocasta und Duncan Innes.

»Archie Hayes«, sagte ich plötzlich. »Ist er katholisch?«

Jamie hängte die nasse Windel neben sich an einen Ast und schüttelte sich das Wasser von den Händen.

»Ich habe ihn nie gefragt. Das heißt, sein Vater war es nicht; es würde mich überraschen, wenn er es wäre – er ist doch Offizier.«

»Stimmt.« Die Nachteile seiner schottischen Herkunft, seiner Armut und seiner jakobitischen Vergangenheit waren erdrückend genug; es war erstaunlich genug, dass Hayes sie überwunden und es zu seiner gegenwärtigen Position gebracht hatte, ohne dass er noch zusätzlich mit der Bürde der Papistenreligion belastet war.

Doch was mir Sorgen machte, waren nicht Leutnant Hayes und seine Männer; es war Jamie. Äußerlich war er so ruhig und selbstsicher wie immer, und in seinem Mundwinkel lauerte stets dieses schwache Lächeln. Doch ich kannte ihn sehr gut; ich hatte gesehen, wie die beiden steifen Finger seiner rechten Hand – in einem englischen Gefängnis verstümmelt – an der Seite seines Beines gezuckt hatten, als er in der vergangenen Nacht mit Hayes Witze und Geschichten ausgetauscht hatte.

Er war spät in unser improvisiertes Bett gekommen, hatte schlaflos neben mir gelegen und sich mit einer Ruhelosigkeit hin- und hergewälzt, die von etwas anderem herrührte als von der Unbequemlichkeit unseres Schlaflagers aus Zedernzweigen und aufgehäuftem Laub. Noch jetzt konnte ich die dünne Falte sehen, die sich zwischen seinen Augenbrauen bildete, wenn er sich Sorgen machte, und es lag nicht an der Besorgnis über das, was er gerade tat.

»…Presbyterianer«, sagte er gerade. Er sah mich ironisch lächelnd an. »Wie unser Roger.«

Die Erinnerung, die ich vorhin im Hinterkopf gehabt hatte, nahm plötzlich ihren Platz ein.

»Das hast du gewusst«, sagte ich. »Du hast *gewusst,* dass Roger kein Katholik ist. Du hast gesehen, wie er dieses Kind in Snaketown getauft hat, als wir … ihn von den Indianern befreit haben.« Zu spät sah ich, wie der Schatten sein Gesicht überzog, und biss mir auf die Zunge. Als wir Roger befreit hatten – und Jamies geliebten Neffen Ian an seiner Stelle dort gelassen hatten.

»Aye, das habe ich«, sagte er.

»Aber Brianna…«

»Sie würde den Jungen doch sogar heiraten, wenn er ein Hottentotte wäre«, unterbrach mich Jamie. »Das kann jeder sehen. Und ich kann nicht sagen, dass ich viel gegen Roger einzuwenden hätte, wenn er ein Hottentotte *wäre*«, fügte er zu meiner großen Überraschung hinzu.

»Nicht?«

Jamie zuckte mit den Achseln und trat über den winzigen Bach an meine Seite. Er wischte sich die feuchten Hände am Rand seines Plaids ab.

»Der Junge hat Courage und ein gutes Herz. Du weißt, dass er das Baby als sein eigenes Kind angenommen und Brianna gegenüber kein Wort darüber verloren hat. Nicht jeder Mann würde das tun.«

Ich blickte unwillkürlich auf Jemmy hinunter. Ich versuchte, nicht darüber nachzudenken, konnte es aber nicht verhindern, dass ich dann und wann seine absolut liebenswerten Gesichtszüge nach einer Spur absuchte, die vielleicht seine wahre Abstammung preisgab. Im Augenblick kaute er mit einer Grimasse der Konzentration auf seiner Faust, und mit seinem weichen, rotgoldenen Plüsch sah er vor allem Jamie ähnlich.

»Mm. Warum hast du dann so darauf bestanden, dass der Priester Roger überprüft?«

»Nun, sie heiraten sowieso«, sagte er in aller Logik. »Aber ich wollte, dass der Kleine katholisch getauft wird.« Er legte seine breite Hand sanft auf Jemmys Kopf und glättete mit dem Daumen die winzigen, roten Augenbrauen. »Also dachte ich mir, wenn ich ein bisschen Theater über Roger mache, dann sind sie vielleicht in Bezug auf *a ruaidh* hier gern einverstanden, aye?«

Ich lachte und zog Jemmy eine Ecke der Decke über die Ohren.

»Und ich dachte, Brianna hätte *dich* durchschaut!«

»Das denkt sie auch«, sagte er grinsend. Er bückte sich plötzlich und küsste mich.

Sein Mund war weich und sehr warm. Er schmeckte nach Kaffee und Honig, und er roch stark nach Holzrauch und ungewaschenem Mann mit einem winzigen Hauch Windelaroma.

»Oh, das ist schön«, sagte ich beifällig. »Mach das noch mal.«

Der Wald um uns war still, wie es nur ein Wald ist. Kein Vogel, kein Tier, nur der Gesang der Blätter über uns und das Rauschen des Wassers zu unseren Füßen. Ständige Bewegung, ständig Geräusche – und mitten darin perfekter Friede. Es waren eine Menge Menschen auf dem Berg, und die meisten von ihnen waren gar nicht weit von uns entfernt – doch genau hier, genau jetzt hätten wir allein auf dem Jupiter sein können.

Ich öffnete die Augen und seufzte und schmeckte Honig. Jamie lächelte mich an und strich mir ein herabgefallenes, gelbes Blatt aus dem Haar. Das Baby lag in meinen Armen, ein schweres, warmes Gewicht, der Mittelpunkt des Universums.

Keiner von uns sprach, denn wir wollten die Stille nicht stören. Es war, als stünden wir auf einer Spitze, die sich drehte, dachte ich – um uns ein Strudel von Ereignissen und Menschen, und jeder Schritt in eine beliebige Richtung würde uns in das wirbelnde Durcheinander zurückstürzen, doch hier im absoluten Zentrum – herrschte Friede.

Ich streckte die Hand aus und strich ihm ein paar Ahornsamen von der Schulter. Er hob meine Hand und führte sie mit einer plötzlichen Heftigkeit an seinen Mund, die mich aufschrecken ließ. Und doch waren seine Lippen sanft, war seine Zungenspitze warm auf dem fleischigen Hügel an der Wurzel meines Daumens – Venushügel nennt man ihn, den Sitz der Liebe.

Er hob den Kopf, und ich spürte die plötzliche Kühle an der Stelle, wo die uralte Narbe sich weiß wie ein Knochen zeigte. Ein *J*, das in die Haut geritzt war, seine Markierung auf meiner Hand.

Er legte seine Hand auf mein Gesicht, und ich drückte sie mit der meinen fest, als könnte ich das verblichene *C* auf der kalten Haut meiner Wange spüren. Keiner von uns sprach, doch der Schwur war getan, wie wir ihn schon einmal geleistet hatten, mit den Füßen auf einem Felssplitter inmitten des Treibsandes, der einen Krieg verhieß.

Er war nicht nah, noch nicht. Ich hörte ihn kommen im Klang von Trommeln und Proklamationen, sah ihn im Glitzern des Stahls, wurde an Leib und Seele von Furcht durchdrungen, wenn ich in Jamies Augen sah.

Die Kühle war fort, und heißes Blut pulsierte in meiner Hand, als gälte es, die alte Narbe zu öffnen und mein Herzblut erneut für ihn zu vergießen. Der Krieg würde kommen, und ich konnte ihn nicht aufhalten.

Doch diesmal würde ich ihn nicht verlassen.

## BLACK PUDDING

Ich war mit der Herstellung von *Black Pudding* beschäftigt, als Ronnie Sinclair auf dem Hof auftauchte. Er trug zwei Whiskyfässer vor sich her. Mehrere andere hingen ihm zu einer ebenmäßigen Kaskade zusammengebunden den Rücken hinunter, was ihm das Aussehen einer Art exotischer Raupe verlieh, die sich während der Verpuppung mühsam aufrecht hielt. Es war ein kühler

Tag, doch der lange Marsch bergauf hatte ihn heftig ins Schwitzen gebracht, und er fluchte nicht minder heftig.

»Warum in drei Teufels Namen hat Ehrwürden das verflixte Haus hier oben in den gottverdammten Wolken gebaut?«, wollte er ohne Umschweife wissen. »Warum nicht an einer Stelle, wo man mit dem verfluchten Wagen auf den Hof fahren kann?« Er setzte die Fässer vorsichtig ab, dann zog er den Kopf aus den Strippen des Tragegeschirrs, um seinen hölzernen Panzer abzulegen. Er seufzte erleichtert und rieb sich die Stellen an seinen Schultern, wo die Trageriemen sich eingegraben hatten.

Ich ignorierte seine rhetorischen Fragen und rührte weiter, wobei ich einladend mit dem Kopf auf das Haus deutete.

»Wir haben frischen Kaffee«, sagte ich, »und Honiggebäck.« Mein Magen verkrampfte sich bei dem Gedanken ans Essen allerdings ein wenig. War er erst einmal gewürzt, in seine Hülle gestopft, vorgekocht und später gebraten, war *Black Pudding* eine Köstlichkeit. In seinen früheren Stadien, zu denen es nun einmal gehörte, dass man armtief in einem Fass mit halb geronnenem Schweineblut herumrührte, war er weniger appetitlich.

Sinclair dagegen machte bei der Erwähnung von etwas Essbarem gleich ein zufriedeneres Gesicht. Er wischte sich mit dem Ärmel über die schweißnasse Stirn, nickte mir zu und wandte sich zum Haus. Dann hielt er inne und wandte sich zurück.

»Ah. Das habe ich vergessen, Missus. Ich habe auch 'ne Nachricht für Euch.« Er tastete vorsichtig an seiner Brust herum, dann tiefer und befühlte seine Rippen, bis er schließlich fand, wonach er suchte, und es zwischen seinen verschwitzten Kleiderschichten hervorzog. Er brachte ein feuchtes Papierbündel zum Vorschein und hielt es mir erwartungsvoll entgegen, ohne die Tatsache zu beachten, dass mein rechter Arm fast bis zur Schulter mit Blut bedeckt war und der linke kaum besser aussah.

Ich versuchte, mir mit dem sauberen linken Ellbogen das Haar aus dem Gesicht zu streichen, doch es gelang mir nicht.

»Nehmt es mit in die Küche, ja?«, schlug ich vor. »Ehrwürden ist drinnen. Ich komme, sobald ich hier fertig bin. Wer…« Ich hatte fragen wollen, von wem der Brief war, änderte die Frage aber taktvoll zu: »Wer hat ihn Euch gegeben.« Ronnie konnte nicht lesen – doch ich sah sowieso keinerlei Schriftzeichen auf der Außenseite der Notiz.

»Ein Kesselflicker, der nach Belem unterwegs war, hat ihn mir gegeben«, sagte er. »Er hat nicht gesagt, von wem er ihn hatte – nur, dass er für die Heilerin ist.«

Er schaute das zusammengefaltete Papier stirnrunzelnd an, doch ich sah, wie sein Blick zu meinen Beinen abschweifte. Trotz des kühlen Wetters war ich barfuß, trug nur mein Hemd und hatte mir eine blutverschmierte Schürze um die Taille gebunden. Ronnie war schon seit Monaten auf Brautschau und hatte sich dem zu Folge angewöhnt, die physischen Attribute jeder Frau, der er begegnete, abschätzend zu betrachten, ohne sich darum zu kümmern, wie alt oder ob sie zu haben war. Er bemerkte, dass ich es bemerkt hatte, und riss den Blick hastig los.

»Das war alles?«, fragte ich. »Die Heilerin? Meinen Namen hat er nicht genannt?«

Sinclair rieb sich mit der Hand durch das schüttere, rote Haar, sodass zwei Strähnen über seinen Ohren abstanden und er noch mehr als sonst wie ein gerissener Fuchs aussah.

»Brauchte er ja wohl auch nicht, oder?« Ohne weitere Konversationsversuche zu unternehmen, verschwand er auf der Suche nach etwas Essbarem und nach Jamie im Haus. Ich versuchte, mir die losen Haare aus den Augen zu pusten, gab dann aber auf und machte mich wieder an meine blutige Arbeit.

Das Schlimmste war, das Blut zu reinigen. Man fuhr mit dem Arm durch die dunklen, stark riechenden Tiefen des Fasses, um die Fibrinfäden abzusammeln, die sich bildeten, wenn das Blut zu verklumpen begann. Diese blieben an meinem Arm hängen und konnten dann herausgezogen und abgewaschen werden – wieder und wieder. Allerdings war das etwas weniger widerlich als die Aufgabe, die Gedärme auszuwaschen, sodass man sie als Wurstpellen benutzen konnte; Brianna, Lizzie und Marsali waren gerade unten am Bach damit beschäftigt.

Ich warf einen Blick auf meinen jüngsten Fang; in der klaren, roten Flüssigkeit, die mir von den Fingern tropfte, waren keine Fasern zu sehen. Ich tauchte meinen Arm erneut in das Wasserfass, das neben dem Fass mit dem Blut unter der großen Kastanie aufgebockt stand. Jamie, Roger und Fergus hatten das Schwein auf den Hof gezerrt, ihm einen Holzhammer zwischen die Augen geknüppelt und es dann an den Ästen hochgezogen, ihm die Kehle durchgeschnitten und es in das Fass ausbluten lassen.

Dann hatten Roger und Fergus den ausgeweideten Rumpf mitgenommen, um ihn mit kochendem Wasser zu übergießen und die

Borsten abzuschaben. Jamies Anwesenheit war anderswo gefragt: Er musste sich um Oberst Richards kümmern, der plötzlich aufgetaucht war, pustend und schnaufend von seinem Aufstieg. Hätte er wählen können, so dachte ich, hätte Jamie es vorgezogen, sich mit dem Schwein zu befassen.

Ich wusch mir Hände und Arme – eine vergebene Liebesmüh, die aber für meinen Seelenfrieden notwendig war – und trocknete mich mit einem Leinenhandtuch ab. Dann schaufelte ich mit beiden Händen Gerste, Hafermehl und gekochten Reis aus den bereitgestellten Schüsseln in das Fass und lächelte sacht bei der Erinnerung an das pflaumenrote Gesicht des Obersts und an Ronnie Sinclairs Meckereien. »Ehrwürden« hatte diesen Ort auf dem Bergkamm in weiser Voraussicht gewählt – eben darum, *weil* es so schwierig war, ihn zu erreichen.

Ich schob mir das Haar zurück, holte tief Luft und tauchte meinen sauberen Arm erneut in das Fass. Das Blut kühlte sich sehr schnell ab. Jetzt, wo es von Getreide bedeckt war, war der Geruch weniger durchdringend als die metallische Ausdünstung frischen, heißen Blutes. Doch die Mischung war immer noch warm und die Körner bildeten elegante weiße und braune Wirbel, die beim Umrühren in das Blut gesogen wurden.

Ronnie hatte Recht; es war nicht nötig gewesen, mich über »die Heilerin« hinaus zu identifizieren. Es gab bis Cross Creek keine andere, es sei denn, man zählte die *Schamanen* der Indianer mit – was die meisten Europäer nicht tun würden.

Ich fragte mich, wer mir die Notiz geschrieben hatte und ob die Angelegenheit dringend war. Wahrscheinlich nicht – zumindest war es wohl keine unmittelbar bevorstehende Geburt oder ein schwerer Unfall. Nachrichten von solchen Vorfällen wurden normalerweise persönlich überbracht, hastig von einem Freund oder Verwandten vorgetragen. Wer einem Kesselflicker eine schriftliche Nachricht anvertraute, der konnte nicht darauf bauen, dass sie auch nur einigermaßen prompt ausgeliefert wurde; Kesselflicker zogen weiter oder blieben, je nachdem, wie viel Arbeit sie vorfanden.

Außerdem kamen nur selten Kesselflicker oder Landstreicher nach Fraser's Ridge, obwohl wir im Lauf des letzten Monats drei gesehen hatten. Ich wusste nicht, ob dies mit unserer wachsenden Population zusammenhing – Fraser's Ridge brachte es inzwischen auf fast vierzig Familien, obwohl die Blockhäuser sich im Umkreis von fünf Meilen über die bewaldeten Berghänge verteilten – oder mit etwas Unheimlicherem.

»Es ist eins der Vorzeichen, Sassenach«, hatte Jamie mir gesagt, während er unserem letzten kurzfristigen Gast beim Abschied stirnrunzelnd nachsah. »Wenn ein Krieg in der Luft liegt, zieht es die Männer auf die Straße.«

Ich glaubte, dass er Recht hatte; ich erinnerte mich an die Wanderer auf den Straßen der Highlands, die Gerüchte über den Stuart-Aufstand mit sich trugen. Es war, als entwurzelten die Erschütterungen der Unrast all jene, die nicht durch Liebe oder eine Familie fest mit einem Ort verbunden waren, und als trügen die wirbelnden Strömungen des Konfliktes sie fort, die ersten, bruchstückhaften Vorwarnungen einer Explosion, die mit zeitlupenhafter Klarheit kommen und alles erschüttern würde. Ich erschauerte, als der leichte Wind mich durch mein Hemd hindurch berührte.

Die schleimige Masse hatte die nötige Konsistenz erreicht, etwa so wie sehr dicke, dunkelrote Sahne. Ich schüttelte mir verklebte Körnerklumpen von den Fingern und griff mit der sauberen, linken Hand nach der bereitstehenden Schüssel mit gehackten und sautierten Zwiebeln. Das starke Zwiebelaroma überlagerte den Metzgereigeruch, ein heimeliger Küchenduft.

Das Salz war gemahlen, der Pfeffer gerieben. Alles, was ich jetzt brauchte… wie auf ein Stichwort kam Roger um die Hausecke gebogen, eine große Schüssel mit klein gehacktem Schweinespeck in der Hand.

»Gerade rechtzeitig!«, sagte ich und wies kopfnickend auf das Fass. »Nein, schütte es nicht hinein, es muss abgemessen werden – zumindest in etwa.« Ich hatte zehn doppelte Hände voll Hafermehl gebraucht, zehnmal Reis, zehnmal Gerste. Also die Hälfte – fünfzehn. Ich schüttelte mir erneut das Haar aus den Augen, schöpfte eine Doppelhand aus dem Inhalt der Schüssel und ließ sie in das Fass plumpsen.

»Alles in Ordnung bei dir?«, fragte ich. Ich wies mit dem Kinn auf einen Hocker, während ich begann, das Fett mit den Fingern unter die Mischung zu arbeiten. Roger war immer noch ein wenig blass und angespannt um den Mund, doch er lächelte mich gequält an, als er sich hinsetzte.

»Prima.«

»Du hättest es nicht tun müssen, weißt du?«

»Doch, das musste ich.« Der gequälte Tonfall seiner Stimme wurde stärker. »Ich wünschte nur, ich hätte es besser gemacht.«

Ich zuckte mit einer Schulter und griff in die Schüssel, die er mir hinhielt.

»Man muss es üben.«

Roger hatte sich bereit erklärt, das Schwein zu schlachten. Jamie hatte ihm einfach nur den Holzhammer gereicht und war zur Seite getreten. Ich hatte Jamie schon öfter Schweine schlachten sehen; er sprach ein kurzes Gebet, segnete das Schwein und schlug ihm dann mit einem mächtigen Hieb den Schädel ein. Roger hatte fünf Anläufe gebraucht und ich bekam jetzt noch eine Gänsehaut, wenn ich mich an das Gequieke erinnerte. Danach hatte er den Hammer hingelegt, war hinter einen Baum getreten und hatte sich heftig übergeben.

Ich schöpfte eine weitere Hand voll. Die Mischung verdickte sich und fühlte sich langsam fettig an.

»Er hätte dir zeigen sollen, wie es geht.«

»Ich glaube nicht, dass es technisch irgendwie schwierig ist«, sagte Roger trocken. »Es ist schließlich ziemlich unkompliziert, einem Tier auf den Schädel zu hämmern.«

»Körperlich vielleicht«, pflichtete ich ihm bei. Ich schöpfte noch mehr Speck und arbeitete jetzt mit beiden Händen. »Es gibt ein Gebet dafür, weißt du. Für das Schlachten eines Tiers. Jamie hätte es dir sagen sollen.«

Er sah ein wenig erschrocken aus.

»Nein, das wusste ich nicht.« Er lächelte, diesmal etwas überzeugender. »Letzte Ölung für das Schwein, aye?«

»Ich glaube nicht, dass es im Interesse des Schweins geschieht«, sagte ich scharf. Wir verstummten für einige Momente, während ich den Rest des Specks in die cremige Getreidemischung rührte und dann und wann innehielt, um ein Knorpelstückchen wegzuschnippen. Ich konnte Rogers Blick auf dem Fass spüren, während er die seltsame Alchemie des Kochens beobachtete, jenen Prozess, der den Übergang des Lebens von einem Lebewesen zu einem anderen schmackhaft machte.

»Die Viehtreiber in den Highlands zapfen manchmal einem ihrer Tiere eine oder zwei Tassen Blut ab und vermischen es mit Hafermehl, um es unterwegs zu essen«, sagte ich. »Nahrhaft, schätze ich, aber nicht so köstlich.«

Roger nickte geistesabwesend. Er hatte die fast leere Schüssel auf den Boden gestellt und puhlte sich mit der Spitze seines Dolches das getrocknete Blut unter den Fingernägeln hervor.

»Ist es dasselbe wie bei Rotwild?«, fragte er. »Das Gebet. Ich habe einmal gesehen, wie Jamie es gesprochen hat, obwohl ich die meisten Worte nicht mitbekommen habe.«

»Das Grallochgebet? Ich weiß es nicht. Warum fragst du ihn nicht?«

Roger beschäftigte sich intensiv mit seinem Daumennagel und hielt den Blick fest auf seine Hand gerichtet.

»Ich war mir nicht sicher, ob es ihm recht ist, dass ich es lerne. Ich meine, wo ich doch kein Katholik bin.«

Jamie hatte sich ziemlich verblüfft über die Entdeckung gezeigt, dass sein frisch gebackener Schwiegersohn Presbyterianer war, schien es aber zufrieden zu sein, als Roger keine Einwände dagegen vorbrachte, durch einen Priester getraut zu werden und Jemmy taufen zu lassen. Er hatte auch damit aufgehört, Roger beim Tischgebet mit Argusaugen zu beobachten.

Ich blickte auf die Mischung hinab und lächelte insgeheim.

»Ich glaube nicht, dass das eine Rolle spielt. Dieses Gebet ist sehr viel älter als die römisch-katholische Kirche, wenn ich mich nicht irre.«

In Rogers Gesicht flackerte Interesse auf, als sich der Wissenschaftler in ihm regte.

»Ich hatte das Gefühl, dass es eine sehr alte Form des Gälischen war – sogar älter als das, was man heutzutage hört –, ich meine … jetzt.« Er errötete ein wenig, als ihm klar wurde, was er gesagt hatte. Ich nickte, sagte aber nichts.

Ich erinnerte mich daran, wie es war; dieses Gefühl, dass man in einer ausgetüftelten Illusion lebte. Das Gefühl, dass die Realität in einer anderen Zeit, an einem anderen Ort existierte. Ich erinnerte mich daran und begriff ein wenig erschrocken, dass es für mich tatsächlich nur noch eine Erinnerung war – für mich hatte die Zeit einen Ruck getan.

Meine Zeit war *jetzt,* meine Realität das raue Holz und der schlüpfrige Speck unter meinen Fingern, der Verlauf der Sonne, der mir meinen Tagesrhythmus vorschrieb, Jamies Nähe. Es war die andere Welt mit ihren Autos und ihrem Telefongeklingel, mit ihren Weckern und Hypotheken, die mir unwirklich und weit entfernt vorkam, der Stoff, aus dem die Träume waren.

Doch weder Roger noch Brianna hatten diesen Übergang vollzogen. Ich konnte es an ihrem Verhalten sehen, es am Widerhall ihrer Unterhaltungen hören, wenn sie unter sich waren. Wahrscheinlich lag es daran, dass sie einander hatten; sie konnten sich die andere Zeit lebendig erhalten; eine kleine Welt, die nur sie teilten. Für mich war die Veränderung leichter. Ich hatte schon einmal hier gelebt, und diesmal war ich schließlich bewusst hergekommen – und ich hatte Jamie. Was ich ihm auch immer von der Zukunft erzählte, es war ihm unmöglich, sie anders als ein Märchen zu sehen. Unsere kleine, gemeinsame Welt war aus anderen Dingen gemacht.

Doch wie sollten Brianna und Roger zurechtkommen? Es war gefährlich, mit der Vergangenheit so umzugehen, wie sie es manchmal taten – wie mit etwas Pittoreskem, Seltsamem, einem vorübergehenden Zustand, dem man entrinnen konnte. Für sie gab es kein Entrinnen – ob aus Liebe oder Pflichtgefühl, Jemmy hielt sie beide hier, ein kleiner, rotschöpfiger Anker, der sie an die Gegenwart band. Besser – oder zumindest sicherer –, wenn es ihnen gelang, diese Zeit voll und ganz als die ihre zu akzeptieren.

»Bei den Indianern gibt es das auch«, sagte ich zu Roger. »Das Grallochgebet oder etwas Ähnliches. Deshalb habe ich gesagt, ich glaube, es ist älter als die Kirche.«

Er nickte voller Interesse.

»Ich glaube, dass alle primitiven Kulturen einen solchen Brauch kennen – dass es ihn überall gibt, wo man jagt, um zu essen.«

Primitive Kulturen. Ich biss mir auf die Unterlippe und verkniff es mir, ihn darauf hinzuweisen, dass auch er höchstwahrscheinlich gezwungen sein würde, für seine Familie zu töten, wenn sie überleben sollte – wie primitiv das auch sein mochte. Doch dann fiel mein Blick auf seine Hand, deren blutige Finger er geistesabwesend aneinanderrieb. Er wusste es bereits. *Doch, das musste ich*, hatte er gesagt, als ich ihm gesagt hatte, dass es doch nicht nötig gewesen wäre.

In diesem Moment blickte er auf, sah meinen Blick und schenkte mir ein schwaches, müdes Lächeln. Er verstand.

»Ich glaube, vielleicht… das Schlachten ohne Vorbereitung kommt mir wie Mord vor«, sagte er langsam. »Wenn man sich vorbereiten kann – mit einer Art Ritual, mit dem man sich die Notwendigkeit dieser Tat eingesteht…«

»Die Notwendigkeit – und auch, dass sie ein Opfer ist.« Jamies Stimme ertönte leise hinter mir, und ich schrak zusammen. Ich wandte abrupt den Kopf. Er stand im Schatten der großen Blaufichte. Ich fragte mich, wie lange er schon dort war.

»Hab dich nicht kommen hören«, sagte ich und wandte ihm mein Gesicht zum Kuss zu, als er zu mir trat. »Ist der Oberst fort?«

»Nein«, sagte er und küsste mich auf die Stirn, eine der wenigen verbliebenen sauberen Stellen. »Ich habe ihn eine Weile bei Sinclair gelassen. Das Komitee für die Sicherheit, aye?« Er schnitt eine Grimasse, dann sah er mich an und lächelte. Er zog ein sauberes Taschentuch hervor, strich mir die langen Haarsträhnen aus dem Gesicht und band sie geschickt mit dem Tuch zusammen, das er mir als schmales Band um den Kopf knotete.

»Oh, danke!«, sagte ich erleichtert. Als Erwiderung berührte er sacht meinen Nacken, dann wandte er sich Roger zu.

»Aye, du hast Recht«, sagte er. »Es ist niemals angenehm, ein Tier zu schlachten, aber es muss sein. Doch wenn man schon Blut vergießen muss, dann ist es nur Recht, es dankbar zu tun.«

Roger nickte und blickte auf die Mischung, mit der ich beschäftigt war, bis zu den Ellbogen in das Blut getaucht, das er vergossen hatte.

»Dann wirst du mich nächstes Mal die richtigen Worte lehren?«

»Für diesmal ist es auch noch nicht zu spät, oder?«, sagte ich. Beide Männer machten etwas verblüffte Gesichter. Mit hochgezogener Augenbraue sah ich erst Jamie an, dann Roger. »Ich habe doch gesagt, es ist weniger für das Schwein.«

Jamie erwiderte meinen Blick mit einem humorvollen Glitzern in den Augen, doch er nickte ernst.

»Nun gut.«

Auf meine Anweisung hin erhob er den schweren Kräuterkrug: eine Mischung aus geriebenem Muskat und zerstoßenem Majoran, Salbei und Cayenne, Petersilie und Thymian. Roger hielt ihm die Hände hin, sodass sie eine Schale formten, und Jamie schüttete sie ihm voll. Dann zerrieb Roger die Kräuter langsam zwischen seinen Handflächen und ließ die staubigen, grünlichen Krümel in das Fass rieseln, wobei sich ihr durchdringender Duft mit dem Blutgeruch vermischte und Jamie langsam die Worte sprach, in einer uralten Zunge, die aus den Tagen der Nordmänner überliefert war.

»Sag es auf Englisch«, sagte ich, denn ich konnte Roger ansehen, dass er die Worte zwar wiederholte, aber nicht jedes verstand.

»*O Herr, segne das Blut und das Fleisch dieser Kreatur, die Du mir geschenkt hast*«, sagte Jamie leise. Er ergriff ebenfalls eine Prise der Kräutermischung und zerrieb sie zwischen Daumen und Zeigefinger zu einem duftenden Staubregen.

»*Von Deiner Hand erschaffen, wie Du den Menschen erschaffen hast.*

*Leben, zum Leben gegeben.*

*Dass ich und die Meinen essen können, voll Dank für das Geschenk.*

*Dass ich und die Meinen Dir danken können für Dein eigenes Opfer von Blut und Fleisch.*

*Leben, zum Leben gegeben.*«

Die letzten der grauen und grünen Krumen verschwanden unter meinen Händen in der Mischung und das Ritual des Wurstteiges war vollendet.

»Das war lieb von dir, Sassenach«, sagte Jamie, als er mir hinterher meine sauberen, nassen Hände und Arme mit dem Handtuch abtrocknete. Er wies kopfnickend auf die Hausecke, hinter der Roger jetzt mit wesentlich friedvollerem Gesichtsausdruck verschwunden war, um bei den restlichen Metzgerarbeiten zu helfen. »Ich wollte es ihm vorher sagen, aber ich wusste nicht, wie.«

Er zog eine angedeutete Grimasse und wischte sich eine Haarsträhne zur Seite, die der Wind aus seinem Zopf gerupft hatte.

»Du kennst doch seine Angewohnheit, mich anzusehen, als wäre er ein Naturforscher und ich ein Krabbeltierchen, das er in seinem Netz gefangen hat?«

Ich lachte über seine Beschreibung, musste aber zugeben, dass sie zutraf; Roger benahm sich in der Tat bisweilen, als sei Jamie ein faszinierendes Artefakt, und ließ sich von ihm wieder und wieder die selben Geschichten oder Highlandbräuche erzählen, sodass Roger sie sich einprägen konnte, bis die Zeit kam, wenn er sie aufschreiben konnte. Jamie fügte sich mit Geduld und gutem Willen, verdrehte aber dann und wann hinter Rogers Rücken gequält die Augen.

»Nur so ergeben die Dinge für ihn einen Sinn«, sagte ich. Ich streckte die Hand aus und steckte ihm die lose Strähne hinter das Ohr. »Er hatte schließlich keinen Vater, der ihm Grallochgebete beibringen konnte.«

Er lächelte ein wenig gezwungen. »Aye, ich weiß. Aber ich konnte mich schon bei dem Versuch auf dem Hof stehen sehen, es ihm zu erklären, während mir ein Hundertkiloschwein die Arme auskugelt und unser Roger sagt ›Also, heißt es »Fleisch und Blut« oder »Blut und Fleisch«‹? und Fergus uns beide auf Französisch beschimpft.«

Ich lachte erneut und trat dichter an ihn heran. Es war ein kalter, windiger Tag, und jetzt, wo ich zu arbeiten aufgehört hatte, trieb mich die Kühle dichter zu ihm, um seine Wärme zu suchen. Er legte die Arme um mich und ich spürte die beruhigende Wärme seiner Umarmung – und das leise Knistern von Papier in seinem Hemd.

»Was ist das?«

»Oh, ein Briefchen, das Sinclair mitgebracht hat«, sagte er und trat ein Stück zurück, um in sein Hemd zu fassen. »Ich wollte es nicht in Gegenwart des Obersts öffnen und ich hatte die Befürchtung, dass er es lesen würde, wenn ich aus dem Zimmer gehe.«

»Der Brief ist sowieso nicht für dich«, sagte ich und nahm ihm das fleckige Papier ab. »Er ist für mich.«

»Ach ja? Davon hat Sinclair nichts gesagt, hat ihn mir einfach nur gegeben.«

»Typisch!« Wie üblich betrachtete mich Ronnie Sinclair – genau wie alle anderen Frauen – als unbedeutendes Anhängsel eines Ehemannes. Die Frau, die er womöglich zur Heirat verleiten würde, tat mir jetzt schon Leid.

Ich faltete den Brief unter Schwierigkeiten auseinander; er war so lange auf verschwitzter Haut getragen worden, dass seine Ränder ausgefranst waren und zusammenklebten.

Die Botschaft, die er enthielt, war kurz und rätselhaft, aber beunruhigend. Sie war mit einem Werkzeug wie etwa einem angespitzten Stöckchen in das Papier geritzt worden und die verwendete Tinte erinnerte unangenehm an getrocknetes Blut, auch wenn es eher wahrscheinlich war, dass es Beerensaft war.

»Was steht denn da, Sassenach?« Als er das Stirnrunzeln sah, mit dem ich das Papier betrachtete, trat Jamie an meine Seite, um es sich anzusehen. Ich hielt es ihm hin.

Ganz unten in einer Ecke, als hätte der Absender gehofft, dass es so nicht auffallen würde, stand in blassen, winzigen Buchstaben das Wort *Faydree*. Darüber war in kühneren Buchstaben die Nachricht hingekratzt:

*Kum*
*Her*

# King, Farewell

## CHIRURGENSTAHL

s war fast Abend; die Sonne sank unsichtbar und tauchte den Nebel in ein stumpfes, trübes Orange. Vom Fluss her erhob sich der Abendwind, sodass sich der Nebel vom Boden lichtete und sich in Schwaden und Wirbeln zerstreute.

Schwarzpulverrauch lag in schweren Wolken in den Senken. Er hob sich langsamer als die leichteren Nebelfetzen und verlieh einer Szene, die, wenn nicht höllisch, so doch zumindest verdammt gruselig war, den passenden Schwefelgeruch.

Hier und dort klärte sich ein Fleckchen plötzlich auf, als würde ein Vorhang beiseite gezogen, um die Folgen der Schlacht zu zeigen. In der Ferne bewegten sich kleine, dunkle Gestalten, schossen hin und her und bückten sich, blieben plötzlich stehen, die Köpfe erhoben wie Paviane, die nach einem Leoparden Ausschau halten. Es waren die Frauen und die Huren der Soldaten, die dem Tross gefolgt und jetzt wie Krähen gekommen waren, um die Toten auszurauben.

Unter ihnen waren auch Kinder. Unter einem Busch saß ein Junge von neun oder zehn Jahren rittlings auf der Leiche eines rotberockten Soldaten und schlug mit einem schweren Felsbrocken auf dessen Gesicht ein. Gelähmt von diesem Anblick, blieb ich stehen und sah, wie der Junge in den offenen, blutverschmierten Mund griff und einen Zahn herausdrehte. Er ließ seine blutige Beute in eine Tasche gleiten, die an seiner Seite hing, tastete sich weiter vor und zog. Als er keine weiteren losen Zähne fand, ergriff er wie ein Profi seinen Stein und machte sich wieder an die Arbeit.

Ich spürte, wie mir die Galle in der Kehle hochstieg, und eilte schluckend weiter. Kriege, Tote und Verwundete waren mir nicht neu. Doch noch nie war ich einer Schlacht so nah gewesen; noch nie hatte ich ein Schlachtfeld betreten, auf dem noch die Toten und Verwundeten lagen, bevor sich die Sanitäter oder Totengräber ihrer annehmen konnten.

Hilferufe und gelegentliches Stöhnen oder Schreien erklang körperlos im Nebel und erinnerte mich unangenehm an Jamies Geschichte von den verdammten Geistern des Tals. Wie der Held dieser Geschichte beachtete ich ihre Rufe nicht und blieb nicht stehen, sondern eilte weiter, stolperte über kleine Erhebungen, rutschte auf feuchtem Gras aus.

Ich hatte Fotografien der großen Schlachtfelder vom Amerikanischen Bürgerkrieg bis hin zu den Stränden der Normandie gesehen. Dies ähnelte ihnen nicht im Mindesten – keine aufgewühlte Erde, keine verworrenen Gliederhaufen. Es war still bis auf die Geräusche der verstreuten Verwundeten und die Stimmen derer, die wie ich nach einem verschollenen Freund oder Ehemann riefen.

Von der Artillerie umgestürzte Bäume lagen zertrümmert am Boden; bei diesem Licht hätte ich glauben mögen, dass sich auch die Körper der Soldaten in Baumstämme verwandelten, dunkle Umrisse, die ausgestreckt im Gras lagen – nur, dass sich manche von ihnen noch bewegten. Hier und dort regte sich zaghaft eine Gestalt, ein Opfer der Zauberkraft des Krieges, das gegen die Magie des Todes ankämpfte.

Ich blieb stehen und rief seinen Namen in den Nebel hinein. Rufe antworteten mir, doch seine Stimme war nicht dabei. Vor mir lag ein junger Mann mit ausgebreiteten Armen, einen Ausdruck blanken Entsetzens im Gesicht, und das Blut umrandete seinen Oberkörper wie ein großer Heiligenschein. Seine untere Hälfte lag zwei Meter weiter. Ich schritt zwischen den Teilen hindurch, die Röcke gerafft, die Nasenlöcher gegen den schweren Eisengeruch des Blutes zugekniffen.

Das Licht ließ jetzt nach, doch ich sah Jamie, sobald ich über den Rand der nächsten Erhebung trat. Er lag in der Senke auf dem Gesicht, einen Arm ausgebreitet, den anderen unter seinem Körper eingerollt. Die Schultern seines dunkelblauen Rockes waren fast schwarz vor Feuchtigkeit, und er hatte die Beine ausgebreitet und die Fersen abgewinkelt.

Mir blieb die Luft weg, und ich rannte den Hang hinunter auf ihn zu, ohne auf das dichte Gras, den Schlamm oder die Brombeeren zu achten. Doch als ich näher kam, sah ich eine flinke Gestalt hinter einem Busch hervorschießen und auf ihn zuflitzen. Sie fiel neben ihm auf die Knie, packte ihn ohne Zögern an den Haaren und riss seinen Kopf zur Seite. In der Hand der Gestalt glitzerte etwas auf, hell selbst im gedämpften Licht.

»Halt!«, schrie ich. »Lass es fallen, du Miststück!«

Die Gestalt blickte erschrocken auf, als ich die letzten Meter in einem Satz nahm. Zusammengekniffene, rot umrändte Augen funkelten aus einem Gesicht zu mir auf, das voller Ruß- und Schmutzstreifen war.

»Weg hier«, knurrte sie. »Ich hab ihn als Erste gefunden!« Der Gegenstand in ihrer Hand war ein Messer, sie machte kleine Stoß-bewegungen in meine Richtung, um mich zu vertreiben.

Ich war zu wütend – und hatte viel zu viel Angst um Jamie –, um an mich selbst zu denken.

»Lasst ihn los! Rührt ihn an, und ich bringe Euch um!«, sagte ich. Ich hatte die Hände zu Fäusten geballt, und ich muss so aus-gesehen haben, als sei es mir Ernst, denn die Frau fuhr zurück und ließ Jamies Haare los.

»Er gehört mir«, sagte sie und wandte mir kämpferisch das Ge-sicht zu. »Geht und sucht Euch einen anderen.«

Eine andere Gestalt glitt aus dem Nebel hervor und begab sich an ihre Seite. Es war der Junge, den ich vorhin gesehen hatte, so schmutzig und heruntergekommen wie die Frau selbst. Er trug kein Messer, umklammerte aber einen primitiven Metallstreifen, der aus einer Feldflasche geschnitten war. Seine Kante war dun-kel vor Rost oder Blut.

Er funkelte mich an. »Er gehört uns, hat Mutter gesagt. Weg hier! Ab, marsch!«

Ohne abzuwarten, ob ich seinen Worten Folge leisten würde, schwang er ein Bein über Jamies Rücken, setzte sich auf ihn und begann, in der Seitentasche seines Rockes herumzugraben.

»Er lebt noch, Mum«, wies er die Frau an. »Ich kann sein Herz klopfen spür'n. Schneid ihm besser schnell die Kehle durch; ich glaub nicht, dass er schwer verletzt ist.«

Ich packte den Jungen am Kragen und riss ihn von Jamies Kör-per fort. Dabei ließ er seine Waffe fallen. Er kreischte und schlug mit den Armen und Ellbogen nach mir, doch ich stieß ihm mein Knie so fest ins Kreuz, dass ein Ruck durch seine Wirbelsäule ging, dann nahm ich ihn mit dem Ellbogen in den Schwitzkasten und umklammerte mit der anderen Hand sein Handgelenk wie mit einem Schraubstock.

»Lasst ihn los!« Die Frau kniff die Augen zusammen wie die eines Wiesels und knurrte, dass ihre Schneidezähne glänzten.

Ich wagte es nicht einmal, den Blick so lange von der Frau abzuwenden, dass ich Jamie hätte anschauen können. Ich konnte ihn jedoch aus dem Augenwinkel sehen. Sein Kopf war zur Seite gedreht, sein freigelegter Hals leuchtete weiß und verletzlich.

»Steht auf und tretet zurück«, sagte ich, »oder ich erwürge ihn, das schwöre ich.«

Sie kauerte über Jamies Körper, das Messer in der Hand, und sah mich abschätzend an, während sie versuchte, sich darüber klar zu werden, ob ich es ernst meinte. Das tat ich allerdings.

Der Junge wehrte sich und wand sich in meinem Griff und hämmerte mit den Füßen gegen meine Schienbeine. Er war klein für sein Alter und dünn wie eine Bohnenstange, aber dennoch kräftig; es war wie ein Ringkampf mit einem Aal. Ich verstärkte meinen Druck auf seinen Hals; er gurgelte und hörte auf, sich zu wehren. Sein Haar stand vor ranzigem Fett und Dreck, und ein säuerlicher Geruch stieg mir in die Nase.

Die Frau stand langsam auf. Sie war viel kleiner als ich und abgemagert dazu – die Handgelenke, die aus ihren zerlumpten Ärmeln ragten, waren nur Haut und Knochen. Ich konnte ihr Alter nicht einschätzen – zwischen zwanzig und fünfzig wäre alles möglich gewesen.

»Mein Mann liegt da drüben tot auf dem Feld«, sagte sie und wies mit einem Ruck ihres Kopfes hinter sich auf den Nebel. »Hatte nichts als seine Muskete und die holt sich der Sergeant zurück.«

Ihr Blick glitt weiter weg zu dem Wald, in den sich die britischen Truppen zurückgezogen hatten. »Ich finde bald einen Mann, aber bis dahin muss ich meine Kinder ernähren – außer dem Jungen noch zwei.« Sie leckte sich die Lippen und ihre Stimme bekam einen beschwörenden Unterton. »Ihr seid allein; Ihr kommt besser zu Recht als wir. Lasst mir diesen Mann – da drüben sind noch mehr.« Sie wies mit dem Kinn auf den Abhang hinter mir, wo die toten und verwundeten Rebellen lagen.

Meine Umklammerung musste beim Zuhören etwas nachgelassen haben, denn der Junge, der widerstandslos in meinem Griff gehangen hatte, machte plötzlich einen Satz und war frei. Er machte einen Kopfsprung über Jamie hinweg und landete rollend zu Füßen seiner Mutter.

Er stellte sich an ihre Seite und beobachtete mich mit Ratten-
augen, glänzend wie Perlen und wachsam. Er bückte sich, tastete
im Gras herum und kam mit dem improvisierten Dolch wieder
hoch.

»Halt sie auf Abstand, Mum«, sagte er mit von meinem Würge-
griff rauer Stimme. »Ich erledige ihn.«

Aus dem Augenwinkel hatte ich Metall aufglänzen sehen, das
halb im Gras vergraben war.

»Halt!«, sagte ich und trat einen Schritt zurück. »Bring ihn
nicht um. Nicht.« Einen Schritt zur Seite, dann wieder einen zurück. »Ich gehe, ich überlasse ihn euch, aber…« Ich warf mich
zur Seite und bekam den kalten Metallgriff zwischen die Finger.

Es war nicht das erste Mal, dass ich Jamies Schwert hochhob.
Es war für ihn angefertigt worden, größer und schwerer als normal. Es muss mindestens zehn Pfund gewogen haben, doch ich bemerkte es nicht.

Ich ergriff es und schwang es mit beiden Händen in einem Bogen, der die Luft zerriss und das Metall zwischen meinen Fingern
nachhallen ließ.

Mutter und Sohn sprangen zurück. Beide trugen den selben
Ausdruck grotesker Überraschung in ihren runden, verschmierten
Gesichtern.

»Weg hier!«, sagte ich.

Ihr Mund öffnete sich, doch sie sagte nichts.

»Es tut mir Leid um Euren Mann«, sagte ich. »Doch hier liegt
mein Mann. Fort von ihm, habe ich gesagt!« Ich erhob das Schwert
und die Frau trat hastig zurück und zog den Jungen am Arm.

Sie wandte sich zum Gehen und verfluchte mich knurrend,
doch ich achtete nicht auf ihre Worte. Der Junge hielt seine Augen beim Gehen auf mich gerichtet, dunkle Kohlen im Dämmer-
licht. Er würde mich wieder erkennen – und ich ihn auch.

Sie verschwanden im Nebel, und ich ließ das Schwert sinken,
das plötzlich viel zu viel für mich wog. Ich ließ es ins Gras fallen
und fiel neben Jamie auf die Knie.

Das Herz klopfte mir in den Ohren, und meine Hände zitterten
noch, als ich nach dem Puls in seinem Hals tastete. Ich drehte seinen Kopf zur Seite und konnte ihn knapp unter seinem Kieferkno-
chen regelmäßig schlagen sehen.

»Gott sei Dank!«, flüsterte ich vor mich hin. »Oh, Gott sei
Dank!«

Ich tastete ihn rasch ab, um nach einer Verletzung zu suchen, bevor ich ihn bewegte. Ich glaubte nicht, dass die Leichenfledderer zurückkehren würden; ich konnte die Stimmen einer Gruppe von Männer hören – eine Abordnung der Rebellen, die gekommen war, um die Verletzten zu holen.

Er hatte eine dicke Beule auf der Stirn, die bereits blau wurde. Sonst konnte ich nichts sehen. Der Junge hatte Recht gehabt; er war nicht schwer verletzt. Dann drehte ich ihn auf den Rücken und sah seine Hand.

Ein Highlander kämpfte normalerweise mit dem Schwert in der einen und der Tartsche in der anderen Hand, dem kleinen Lederschild, der dazu diente, den gegnerischen Hieb abzufangen. Er hatte keine Tartsche gehabt.

Die Klinge hatte ihn zwischen dem dritten und vierten Finger der rechten Hand getroffen und sich in seine Hand gegraben, eine tiefe, hässliche Wunde, die ihm die Handfläche bis fast zum Gelenk spaltete.

Trotz ihres grauenhaften Aussehens blutete die Wunde nicht sehr; er hatte die Hand unter sich zusammengerollt gehabt und sein Gewicht hatte wie ein Druckverband gewirkt. Die Vorderseite seines Hemdes war rot durchtränkt, besonders über seinem Herzen. Ich riss ihm das Hemd auf und fühlte darunter nach, um sicher zu gehen, dass das Blut von seiner Hand stammte, und es war so. Seine Brust war kühl und feucht vom Gras, aber unversehrt, seine Brustwarzen zusammengezogen und steif vor Kälte.

»Das … kitzelt«, sagte er mit schlaftrunkener Stimme. Er fuhr sich ungeschickt mit der linken Hand an die Brust, als wollte er meine Hand beiseite schieben.

»Entschuldigung«, sagte ich und unterdrückte das Bedürfnis zu lachen, so froh war ich, ihn lebend und bei Bewusstsein zu sehen. Ich schob ihm einen Arm unter die Schultern und half ihm, sich aufzusetzen. Er sah wie ein Betrunkener aus, ein Auge halb zugeschwollen und Gras im Haar. Er benahm sich auch wie ein Betrunkener und schwankte alarmierend von links nach rechts.

»Wie geht es dir?«, fragte ich.

»Schlecht«, sagte er kurz und bündig. Er beugte sich zur Seite und übergab sich.

Ich ließ ihn wieder ins Gras sinken und wischte ihm den Mund ab, dann machte ich mich daran, ihm die Hand zu verbinden.

»Es wird bald jemand hier sein«, versicherte ich ihm. »Wir bringen dich zum Wagen zurück, und dann kann ich mich darum kümmern.«

»Mmpfm.« Er grunzte leise, als ich den Verband festzog. »Was ist eigentlich passiert?«

»Was passiert ist?« Ich hielt inne und starrte ihn an. »Das fragst *du* mich?«

»Was in der Schlacht passiert ist, meine ich«, sagte er geduldig und sah mich mit seinem guten Auge an. »Ich weiß, was mit mir passiert ist – jedenfalls in etwa«, fügte er hinzu und zuckte zusammen, als er sich an die Stirn fasste.

»Ja, in etwa«, sagte ich rüde. »Du hast dich wie ein geschlachtetes Schwein klein hacken lassen und dir den Schädel halb einschlagen lassen. Hast mal wieder den verfluchten Helden gespielt, das ist es, was mit dir passiert ist!«

»Ich habe gar nicht...«, begann er, doch ich unterbrach ihn, denn meiner Freude darüber, ihn lebend zu sehen, folgte jetzt rasch die Wut.

»Du hättest nicht gehen müssen. Du hättest nicht gehen *dürfen!* Ich bleibe beim Schreiben und Drucken, hast du gesagt. Du wolltest nicht kämpfen, wenn es nicht sein muss, hast du gesagt. Nun, du *musstest* nicht, aber du hast es trotzdem getan, du aufgeblasener, dickköpfiger, applaussüchtiger Schotte!«

»Applaussüchtig?«, erkundigte er sich.

»Du weißt genau, was ich meine, weil du dich genauso verhalten hast! Du hättest umkommen können!«

»Aye«, pflichtete er mir reumütig bei. »Ich dachte auch, es wäre so weit, als der Dragoner über mich herfiel. Aber ich habe gebrüllt und sein Pferd erschreckt«, fügte er schon fröhlicher hinzu. »Es ist gestiegen und hat mich mit dem Vorderhuf im Gesicht erwischt.«

»Versuch nicht, das Thema zu wechseln!«, schnappte ich.

»Ist das Thema nicht, dass ich noch lebe?«, fragte er, wobei er versuchte, eine Augenbraue hochzuziehen und erneut zusammenzuckte, als ihm das nicht gelang.

»Nein! Das Thema ist deine Dummheit, deine verflixte egoistische Sturheit!«

»Ach das.«

»Ja, das! Du – du – Hornochse! Wie kannst du mir das antun? Meinst du, ich hätte im Leben nichts Besseres zu tun als hinter dir herzutrotten und dir deine Einzelteile wieder anzukleben?« Jetzt kreischte ich ihn hemmungslos an.

Zu meiner gesteigerten Wut grinste er mich an, und das halbgeschlossene Auge ließ seinen Gesichtsausdruck noch verwegener aussehen.

»Du hättest eine gute Marktfrau auf dem Fischmarkt abgegeben, Sassenach«, merkte er an. »Du hast genau das richtige Mundwerk dafür.«

»Jetzt halt endlich den Mund, du verdammter…«

»Gleich hören sie dich«, sagte er nachsichtig und deutete dabei auf den Trupp kontinentaler Soldaten, die den Abhang herunter auf uns zukamen.

»Es ist mir egal, wer mich hört! Wenn du nicht schon verletzt wärst, dann… dann…«

»Vorsicht, Sassenach«, sagte er, immer noch grinsend. »Ich glaube nicht, dass du mir noch mehr Einzelteile abreißen willst; du müsstest sie ja doch nur wieder ankleben, aye?«

»Führ mich bloß nicht in Versuchung«, sagte ich mit zusammengebissenen Zähnen und einem Blick auf das Schwert, das ich fallen gelassen hatte.

Er sah es und griff danach, schaffte es aber nicht ganz. Ich schnaubte verächtlich, beugte mich über ihn und packte es am Griff, den ich ihm in die Hand schob. Ich hörte einen Ausruf von den Männern, die den Hügel herabkamen, drehte mich um und winkte ihnen zu.

»Wenn dich jetzt jemand hörte, dann bekäme er den Eindruck, dass dir nicht besonders viel an mir liegt, Sassenach«, sagte er hinter mir.

Ich drehte mich um und sah ihn an. Das unverschämte Grinsen war verschwunden, doch er lächelte immer noch.

»Du hast ein Mundwerk wie eine echte Xanthippe«, sagte er, »aber du gibst eine wunderbare Schwertkämpferin ab, Sassenach.«

Mein Mund öffnete sich, aber die Wörter, die mir noch vor einer Sekunde im Überfluss auf der Zunge gelegen hatten, hatten sich in Luft aufgelöst wie der sich lichtende Nebel. Das Schwert lag kalt und schwer in meiner Hand.

»Ich sage dir später, warum«, sagte er leise und legte mir seine gesunde Hand auf den Arm. »Aber fürs Erste, *a nighean donn* – danke für mein Leben.«

Ich schloss den Mund. Die Männer hatten uns fast erreicht. Ihre Füße raschelten im Gras, und ihre Ausrufe und ihr Geplauder übertönten das nachlassende Stöhnen der Verwundeten.

»Gern geschehen«, sagte ich.

»Hamburger«, sagte ich leise, aber nicht leise genug. Er sah mich an und zog eine Augenbraue hoch.

»Hackfleisch«, sagte ich, und die Augenbraue senkte sich.

»Oh, aye, das ist es. Habe mit der Hand einen Schwerthieb abgefangen. Zu dumm, dass ich keine Tartsche hatte; ich hätte den Hieb leicht abwenden können.«

»Na wunderbar.« Ich schluckte. Es war bei weitem nicht die schlimmste Verletzung, die ich je gesehen hatte, doch bei ihrem Anblick wurde mir trotzdem ein wenig übel. Die Spitze seines Ringfingers war direkt unter dem Nagel sauber in einer schrägen Linie abgetrennt worden. Das Schwert hatte ihm einen Hautfetzen von der Innenseite des Fingers geschält, ihm Mittel- und Ringfinger auseinander gerissen und seine Hand fast bis zum Handgelenk gespalten.

»Du musst es fast am Heft erwischt haben«, sagte ich, um Ruhe bemüht. »Oder es hätte dir die Außenseite der Hand abgehackt.«

»Mmpfm.« Die Hand rührte sich nicht, als ich daran herumzog und -drückte, doch ihm stand der Schweiß auf der Oberlippe, und er konnte einen kurzen Schmerzenslaut nicht unterdrücken.

»Tut mir Leid«, murmelte ich automatisch.

»Ist schon gut«, sagte er genauso automatisch. Er schloss die Augen, dann öffnete er sie wieder.

»Nimm ihn ab«, sagte er plötzlich.

»Was?« Ich fuhr zurück und sah ihn erschrocken an.

Er wies kopfnickend auf seine Hand.

»Den Finger. Nimm ihn ab, Sassenach.«

»Das kann ich doch nicht machen!« Doch während ich das noch sagte, wusste ich schon, dass er Recht hatte. Abgesehen von den eigentlichen Verletzungen des Fingers war die Sehne schwer beschädigt; die Chancen, dass er jemals wieder in der Lage sein würde, den Finger zu rühren, ganz zu schweigen davon, ihn ohne Schmerzen zu bewegen, waren minimal.

»Er hat mir in den letzten zwanzig Jahren herzlich wenig ge-

nützt«, sagte er mit einem leidenschaftslosen Blick auf den mitgenommenen Stumpf, »und es ist kaum wahrscheinlich, dass das
jetzt besser wird. Ich hab mir das verflixte Ding ein halbes Dutzend Mal gebrochen, weil er so absteht. Wenn du ihn abnimmst,
dann stört er mich wenigstens nicht mehr.«

Ich hätte ihm gern widersprochen, doch dazu war keine Zeit.
Außerdem begannen verwundete Männer, den Hang hinauf auf
den Wagen zuzuströmen. Die Männer gehörten zur Miliz, nicht
zur Armee; falls ein Regiment in der Nähe war, gab es dort vielleicht einen Militärarzt, doch ich war näher.

»Einmal ein Scheißheld, immer ein Scheißheld«, murmelte ich
leise. Ich drückte Jamie einen Bausch aus Baumwollwatte auf die
blutige Handfläche und wickelte ihm rasch eine Leinenbandage
um die Hand. »Ja. Ich muss ihn abnehmen, aber das muss warten. Halt still.«

»Autsch«, sagte er nachsichtig. »Ich hab doch gesagt, ich bin
kein Held.«

»Wenn du keiner bist, liegt es jedenfalls nicht daran, dass du
dir nicht genug Mühe gibst«, sagte ich und zog den Knoten der
Bandage mit den Zähnen fest. »So, das muss fürs Erste reichen;
ich kümmere mich darum, wenn ich Zeit habe.« Ich ergriff die
verbundene Hand und tauchte sie in die kleine Schüssel mit Alkohol und Wasser.

Er wurde weiß, als der Alkohol durch den Stoff drang und auf
das rohe Fleisch traf. Er holte scharf durch die Zähne Luft, sagte
aber nichts mehr. Ich deutete ohne Umschweife auf die Decke, die
ich auf dem Boden ausgebreitet hatte, und er legte sich folgsam
hin und rollte sich unter dem schützenden Wagen zusammen, die
verbundene Hand an seine Brust gedrückt.

Ich erhob mich von meinen Knien, zögerte jedoch einen Moment. Dann kniete ich mich wieder hin und küsste ihn hastig auf
den Nacken, wobei ich seinen Zopf zur Seite schob, der mit halb
getrocknetem Schlamm und Laub verklebt war. Ich konnte gerade
eben seine Wange sehen; sie verspannte sich kurz, als er lächelte,
dann entspannte sie sich.

Es hatte sich herumgesprochen, dass der Lazarettwagen da
war; eine versprengte Gruppe von Verwundeten, die noch laufen konnte, wartete darauf, dass sich jemand ihrer annahm, und
ich konnte kleine Gruppen von Männern, die ihre verletzten Kameraden trugen oder halb hinter sich herzogen, den Hang he-

raufkommen sehen. Ich würde heute Abend viel zu tun bekommen.

Marsali und Ian fehlten mir sehr. Oberst Everett hatte mir zwei Assistenten versprochen, doch im Augenblick befand er sich Gott weiß wo. Ich nahm mir einen Moment Zeit, um die wachsende Menschenmenge zu überblicken, und pickte mir einen jungen Mann heraus, der gerade einen verwundeten Freund unter einem Baum abgesetzt hatte.

»Du da«, sagte ich und zupfte ihn am Ärmel. »Hast du Angst vor Blut?«

Im ersten Moment machte er ein erschrockenes Gesicht, dann grinste er mich unter seiner Maske aus Schlamm und Pulverrauch an. Er war ungefähr so groß wie ich, breitschultrig und stämmig, und man hätte sagen können, dass er ein Engelsgesicht hätte, wäre es weniger schmutzig gewesen.

»Nur, wenn's meins ist, Ma'am, und das ist es bis jetzt Gott sei Dank nicht.«

»Dann komm mit mir«, sagte ich und erwiderte sein Lächeln. »Du bist jetzt mein Assistent und hilfst beim Vorsortieren.«

»Wirklich? Hey, Harry!«, rief er seinem Freund zu. »Ich bin befördert worden. Wenn du nächstes Mal deiner Mama schreibst, sag ihr, Lester hat's doch noch zu etwas gebracht!« Er stolzierte mir hinterher und grinste nach wie vor.

Das Grinsen verwandelte sich rasch in einen Ausdruck stirnrunzelnder Konzentration, als ich ihn schnell an den Verwundeten vorbeiführte und ihm erklärte, in welche Dringlichkeitsgrade sie einzuteilen waren.

»Männer, die in Strömen bluten, haben allererste Priorität«, sagte ich zu ihm. Ich drückte ihm einen Arm voll Leinenverbände und einen Sack Baumwollwatte in die Hände.

»Gib ihnen das – sag ihren Freunden, sie sollen die Watte fest auf die Wunden pressen oder die Gliedmaßen oberhalb der Wunden mit einem Tourniquet abbinden. Weißt du, was das ist?«

»Oh, ja, Ma'am«, versicherte er mir. »Das habe ich selbst schon einmal gemacht, als ein Panther meinen Vetter Jess zerfleischt hat, unten in Caroline County.«

»Gut. Aber verlier keine Zeit damit, es hier auch selbst zu machen – ihre Freunde sollen es tun. Knochenbrüche können ein wenig warten – sag ihnen, sie sollen sich da unter der großen Birke sammeln. Kopfverletzungen und innere Verletzungen, die nicht offen bluten, nach da hinten unter die Kastanie, wenn man sie transportieren kann. Wenn nicht, gehe ich zu ihnen.« Ich deutete hinter mich, dann drehte ich mich im Halbkreis und nahm das Gelände in Augenschein.

»Wenn du ein paar gesunde Männer siehst, schick sie los und lass sie das Lazarettzelt aufbauen; es kommt da auf die flache Stelle. Und dann noch ein paar, die sollen eine Latrine graben... da drüben, denke ich.«

»Ja, Sir! Ma'am, meine ich!« Lester nickte mit dem Kopf und umfasste festen Griffes seinen Wattesack. »Ich kümmere mich sofort darum, Ma'am. Obwohl ich mir erst mal keine Sorgen wegen der Latrine machen würde«, fügte er hinzu. »Die meisten von den Jungs haben sich sowieso schon vor Angst in die Hosen gemacht.« Er grinste und nickte erneut, dann machte er sich an seine Runde.

Er hatte Recht; ein schwacher Fäkalgestank hing in der Luft, wie das auf Schlachtfeldern immer war, eine leisere Note unter den durchdringenden Gerüchen nach Blut und Rauch.

Während Lester die Verwundeten sortierte, ließ ich mich nieder, um mit den Reparaturarbeiten zu beginnen. Ich stellte meine Medizintruhe, den Beutel mit den Fäden und eine Schüssel mit Alkohol auf die Ladeklappe des Wagens; davor stand ein Alkoholfass, auf das sich die Patienten setzen konnten – vorausgesetzt, sie konnten sitzen.

Die schlimmsten Fälle waren Bajonettwunden; glücklicherweise hatte es keine Kartätschen gegeben, und für die Männer, die von Kanonenkugeln getroffen worden waren, kam jede Hilfe meinerseits zu spät. Während ich arbeitete, hörte ich mit einem Ohr den Unterhaltungen der wartenden Männer zu.

»War das nicht das Verrückteste, was du je gesehen hast? Zu wie vielen waren die Kerle?«, fragte einer gerade seinen Nebenmann.

»Keine blasse Ahnung«, erwiderte sein Freund kopfschüttelnd. »Im ersten Moment hab ich da nur rot gesehen und sonst nichts. Dann ist ganz in der Nähe eine Kanone losgegangen und dann hab ich eine ganze Zeit nur Rauch gesehen.« Er rieb sich das Gesicht; das Wasser aus seinen tränenden Augen hatte lange Streifen in den schwarzen Ruß gegraben, der ihn von der Brust bis zur Stirn bedeckte.

Ich sah mich nach dem Wagen um, konnte aber nicht darunter blicken. Ich hoffte zwar, dass Schock und Erschöpfung es Jamie ermöglichten, trotz seiner Hand zu schlafen, bezweifelte es aber.

Obwohl fast jeder in meiner Umgebung irgendeine Verletzung hatte, waren sie nicht niedergeschlagen, und es herrschte eine allgemeine Stimmung der überschwänglichen Erleichterung und des Jubels. Weiter hügelabwärts konnte ich in den Nebelschwaden am Fluss die Jubelrufe der Sieger und das chaotische Rasseln und Kreischen der Pfeifen und Trommeln hören, die aufgeregt durcheinander lärmten.

Inmitten des Lärms ertönte eine Stimme dichter bei uns; ein uniformierter Offizier auf einem braunen Pferd.

»Hat irgendjemand diesen großen, rothaarigen Kerl gesehen, der den Vorstoß abgefangen hat?«

Es folgte Gemurmel, und jeder sah sich um, doch niemand antwortete. Der Reiter stieg ab, schlang seine Zügel um einen Ast und kam zwischen den Wartenden hindurch auf mich zu.

»Wer auch immer er ist, eins weiß ich, der hat Mumm in den Knochen«, bemerkte der Mann, dessen Wange ich gerade nähte.

»Und Luft im Hirn«, murmelte ich.

»Häh?« Er warf mir einen verwirrten Seitenblick zu.

»Nichts«, sagte ich. »Still halten, nur noch einen Moment; ich bin fast fertig.«


Es wurde schon fast wieder hell, als ich mich endlich in das Zelt begeben konnte, in das ich ihn unterdessen hatte legen lassen. Ich hob leise den Eingang an, um Jamie nicht zu stören, doch er war schon wach und lag zusammengerollt auf der Seite, die dem Eingang zugewandt war. Sein Kopf ruhte auf einer zusammengefalteten Decke.

Er lächelte sacht, als er mich sah.

»Eine harte Nacht, Sassenach?«, fragte er. Seine Stimme war ein wenig heiser, weil er sie so lange nicht benutzt hatte und die Luft so kalt war. Nebel kroch unter der Eingangsklappe hindurch und färbte sich im Licht der Laterne gelb.

»Ich habe schon schlimmere erlebt.« Ich strich ihm das Haar aus dem Gesicht und betrachtete ihn sorgfältig. Er war bleich, aber nicht feucht. Sein Gesicht war schmerzverzerrt, doch seine Haut fühlte sich kühl an – keine Spur von Fieber. »Du hast nicht geschlafen, oder? Wie fühlst du dich?«

»Ich habe ein bisschen Angst«, sagte er. »Und mir ist ein bisschen übel. Aber jetzt, wo du hier bist, geht's mir besser.« Seine halbseitige Grimasse war beinahe ein Lächeln.

Ich legte ihm die Hand unter das Kinn und drückte mit den Fingern auf den Puls in seinem Hals. Sein Herz schlug regelmäßig unter meinen Fingerspitzen, und ich erschauerte kurz, weil ich an die Frau auf dem Schlachtfeld denken musste.

»Du frierst ja, Sassenach«, sagte er. »Und müde bist du auch. Geh schlafen, aye? Ich halte es noch ein bisschen aus.«

Ich war wirklich müde. Mein Adrenalinspiegel, der von der Schlacht und der arbeitsreichen Nacht im Lazarettzelt hoch gehalten worden war, sank rapide; Erschöpfung kroch mir den Rücken entlang und lockerte meine Gelenke. Doch ich konnte mir gut vorstellen, wie viel Kraft ihn das stundenlange Warten bereits gekostet hatte.

»Es dauert nicht lange«, versicherte ich ihm. »Und es geht dir besser, wenn es vorbei ist. Dann kannst du in Ruhe schlafen.«

Er nickte, obwohl er nicht merklich beruhigt aussah. Ich klappte den kleinen Arbeitstisch auseinander, den ich aus dem Operationszelt mitgebracht hatte, und stellte ihn so auf, dass ich ihn in Reichweite hatte. Dann holte ich meine kostbare Flasche Laudanum hervor und goss etwa zwei Fingerbreit der dunklen, stark riechenden Flüssigkeit in einen Becher.

»Trink das schluckweise«, sagte ich und drückte ihm den Becher in die linke Hand. Ich begann, mir die Instrumente zurechtzulegen, die ich brauchen würde, und sah zu, dass alles ordentlich bereit lag. Ich hatte mit dem Gedanken gespielt, Lester darum zu bitten, mitzukommen und mir zu assistieren, doch er war fast im Stehen eingeschlafen und hatte unter den schwach leuchtenden Laternen des Operationszeltes wie ein Betrunkener geschwankt, und ich hatte ihn losgeschickt, sich eine Decke und einen Platz am Feuer zu suchen.

Ein kleines Skalpell, frisch geschliffen. Das kleine Glas mit Alkohol, in dem sich die feuchten Sehnen zusammenrollten wie ein Nest kleiner Vipern, jede mit einer kleinen, gebogenen Nadel wie mit einem Zahn versehen. Ein weiteres Glas mit den trockenen, gewachsten Sehnen, die mir als Arterienkompressen dienten. Ein Strauß von Sonden, die mit den Enden in Alkohol standen. Zange. Wundhaken mit langen Griffen. Das Tenakel mit einen Häkchen zum Festhalten der Ränder durchtrennter Arterien.

Die Chirurgenschere mit ihren kurzen, geschwungenen Schneiden und den Griffen, die für meine Hände maßgefertigt waren, nach meinen Wünschen von Stephen Moray, dem Silberschmied, hergestellt. Zumindest fast nach meinen Wünschen. Ich hatte darauf bestanden, dass er die Schere so einfach wie möglich hielt, damit sie leicht zu säubern und zu desinfizieren war. Stephen war meinem Wunsch in Form eines nüchternen, eleganten Designs nachgekommen, hatte aber der Versuchung nicht widerstehen können und eine kleine Verzierung angefügt – ein Griff trug eine hakenähnliche Verlängerung, gegen die ich meinen kleinen Finger stützen konnte, um mehr Druck ausüben zu können, und diese Verlängerung bildete eine glatte, geschmeidige Kurve, an deren Ende eine schlanke Rosenknospe in einem Blätterstrauß erblühte. Über den Kontrast zwischen den schweren, brutalen Schneiden am einen Ende und dieser zarten Eitelkeit am anderen musste ich jedes Mal lächeln, wenn ich die Schere aus ihrem Kasten hob.

Verbandmaterial aus Baumwollgaze und schwerem Leinen, Wattebäusche, Klebpflaster, deren Rotfärbung von den Drachenblutharzen herrührte, die als Kleber dienten. Eine offene Schale mit Alkohol zur Desinfektion während der Arbeit und die Gefäße mit Chinarinde, Knoblauchpaste und Schafgarbe zum Verbinden.

»Fertig«, sagte ich zufrieden, als ich mein Sortiment ein letztes Mal überprüfte. Alles musste vorbereitet sein, da ich allein arbeitete; wenn ich etwas vergaß, würde niemand da sein, der es mir holte.

»Sieht nach ziemlich viel Vorbereitung für einen mickrigen Finger aus«, bemerkte Jamie hinter mir.

Ich fuhr herum und sah, dass er sich auf einen Ellbogen aufgestützt hatte und den Becher mit Laudanum unangetastet in der Hand hielt.

»Könntest du ihn nicht einfach mit dem Messer abhacken und die Wunde mit einem heißen Eisen versiegeln, so wie es die Regimentsärzte machen?«

»Doch, das könnte ich«, sagte ich trocken. »Aber glücklicherweise brauche ich es nicht; wir haben genug Zeit, es vernünftig zu machen. Darum habe ich dich warten lassen.«

»Mmpfm.« Er ließ den Blick wenig begeistert über die Reihe der glänzenden Instrumente schweifen, und es war ihm anzusehen, dass es ihm viel lieber gewesen wäre, die ganze Angelegenheit so schnell wie möglich hinter sich zu bringen. Mir wurde klar, dass dies für ihn nach langsamer, ritueller Folter aussah und nicht nach einer komplexen chirurgischen Operation.

»Ich möchte, dass du deine Hand später noch benutzen kannst«, sagte ich bestimmt. »Keine Infektion, kein vereiterter Stumpf, keine ungeschickte Verstümmelung und – so Gott will – keine Schmerzen, wenn es erst einmal verheilt ist.«

Bei diesen Worten hoben sich seine Augenbrauen. Er hatte es nie erwähnt, doch es war mir sehr wohl bewusst, dass seine rechte Hand und ihr problematischer Ringfinger ihm seit Jahren immer wieder Schmerzen verursachten, schon seit dieser im Gefängnis von Wentworth zerschmettert worden war, wo Jamie in den Tagen vor dem Stuartaufstand festgehalten worden war.

»Versprochen ist versprochen«, sagte ich und wies kopfnickend auf den Becher in seiner Hand. »Trink.«

Er hob den Becher und schob seine lange Nase widerstrebend über den Rand, und seine Nasenflügel zuckten, als der widerliche süße Geruch ihn traf. Er berührte die dunkle Flüssigkeit mit der Zungenspitze und verzog das Gesicht.

»Mir wird schlecht davon.«

»Du wirst müde davon.«

»Ich bekomme davon Albträume.«

»Solange du nicht im Schlaf auf Kaninchenjagd gehst, spielt das keine Rolle«, versicherte ich ihm. Er musste lachen, versuchte es aber noch ein letztes Mal.

»Es schmeckt wie das Zeug, das man einem Pferd aus den Hufen kratzt.«

»Und wann hast du zum letzten Mal einem Pferd den Huf ausgeleckt?«, wollte ich wissen und stemmte die Hände in die Hüften. Ich funkelte ihn mit Intensitätsstufe zwei an, die normalerweise der Einschüchterung kleinlicher Bürokraten und niederer Armeefunktionäre diente.

Er seufzte.

»Du meinst es ernst, aye?«

»Ja.«

»Na gut.« Mit einem tadelnden Blick duldsamer Resignation warf er den Kopf zurück und schüttete den Inhalt des Bechers in einem Schluck hinunter.

Ein Schauderkrampf schüttelte ihn, und er gab leise Würgegeräusche von sich.

»Ich habe gesagt, du sollst es schluckweise trinken«, bemerkte ich nachsichtig. »Wenn es dir wieder hochkommt, darfst du es vom Boden auflecken.«

Angesichts der Tatsache, dass der Boden aus aufgewühltem Staub und zertrampeltem Gras bestand, war das eindeutig eine leere Drohung, doch er presste Augenlider und Lippen fest zusammen, legte sich schwer atmend auf das Kissen zurück und schluckte alle paar Sekunden den Brechreiz hinunter. Ich zog einen niedrigen Hocker heran und setzte mich neben das Feldbett, um zu warten.

»Wie fühlst du dich?«, fragte ich nach ein paar Minuten.

»Benommen«, erwiderte er. Er öffnete ein Auge einen Spalt breit und betrachtete mich durch den schmalen, blauen Schlitz, dann stöhnte er und schloss es wieder. »Als ob ich von einer Klippe stürze. Es fühlt sich sehr unangenehm an, Sassenach.«

»Versuch, einen Moment lang an etwas anderes zu denken«, schlug ich vor. »Etwas Angenehmes, um dich abzulenken.«

Seine Stirn zog sich in Falten, dann entspannte sie sich.

»Steh einmal kurz auf, ja?«, sagte er. Folgsam stand ich auf und fragte mich, was er wollte. Er öffnete die Augen, streckte die gesunde Hand aus und klammerte sie fest um meine Pobacke.

»Da«, sagte er. »Das ist das Beste, was mir einfällt. Wenn ich deinen Hintern festhalte, kann mich nichts aus dem Gleichgewicht bringen.«

Ich lachte und rückte ein paar Zentimeter näher an ihn heran, sodass seine Stirn an meine Oberschenkel gedrückt war.

»Na, zumindest ist es ein tragbares Heilmittel.«

Er schloss die Augen und hielt mich fest. Sein Atem ging langsam und tief. Die schroffen Linien der Erschöpfung und des Schmerzes in seinem Gesicht begannen sich zu lösen, als die Wirkung der Droge einsetzte.

»Jamie«, sagte ich nach einer Minute leise. »Es tut mir Leid.«

Er öffnete die Augen, blickte zu mir auf und lächelte, wobei er mich leise drückte.

»Aye, na ja«, sagte er. Seine Pupillen hatten zu schrumpfen begonnen; seine Augen waren so unauslotbar und tief wie der Ozean, als blickte er in weite Ferne.

»Sag mir, Sassenach«, sagte er einen Augenblick später. »Wenn man einen Mann vor dich hinstellte und dir sagte, dass der Mann am Leben bliebe, wenn du dir den Finger abschneidest und dass er sterben müsste, wenn nicht – würdest du es tun?«

»Ich weiß es nicht«, sagte ich leicht erschrocken. »Wenn das die Entscheidung wäre und es daran nichts zu rütteln gäbe und es ein guter Mann wäre … ja, ich denke, ich würde es tun. Besonderen Spaß würde es mir aber nicht machen«, fügte ich nüchtern hinzu, und sein Mund verzog sich zu einem Lächeln.

»Nein«, sagte er. Sein Gesichtsausdruck wurde jetzt sanft und verträumt. »Hast du gewusst«, sagte er einen Moment später, »dass ein Oberst bei mir gewesen ist, als du im Lazarett bei der Arbeit warst? Oberst Johnson; Micah Johnson war sein Name.«

»Nein, was hat er gesagt?«

Seine Hand begann, sich von meinem Hintern zu lösen; ich legte die meine darüber, um sie in Position zu halten.

»Es ist seine Kompanie gewesen – in der Schlacht. Ein Teil von Morgans Leuten und der Rest des Regimentes von der anderen Hügelseite waren in der Schusslinie der Briten. Wenn deren Vorstoß gelungen wäre, hätten sie die Kompanie mit Sicherheit verloren, und weiß Gott, was aus dem Rest geworden wäre.« Sein leichter Highlandakzent wurde jetzt stärker, sein Blick war auf meinen Rock fixiert.

»Also hast du sie gerettet«, sagte ich sanft. »Wie viele Männer sind in einer Kompanie?«

»Fünfzig«, sagte er. »Obwohl ich nicht annehme, dass sie alle umgekommen wären.« Seine Hand rutschte ab; er fing sich und erneuerte leise glucksend seinen Griff. Durch meinen Rock konnte ich seinen Atem warm auf meinen Oberschenkeln spüren.

»Es hat mich an die Bibel erinnert, aye?«

»Ja?« Ich drückte seine Hand gegen die Rundung meiner Hüfte und hielt sie dort fest.

»Die Stelle, wo Abraham mit dem Herrn der Städte in der Ebene verhandelt. ›Würdest du die Stadt nicht zerstören‹«, zitierte er, »»wenn es dort fünfzig Gerechte gäbe?‹ Und dann handelt Abraham ihn herunter, immer etwas mehr, von fünfzig auf vierzig, dann auf dreißig und zwanzig und zehn.«

Seine Augen waren halb geschlossen, seine Stimme friedvoll und gelassen.

»Ich hatte keine Zeit, um Nachforschungen über die Moral in dieser Kompanie anzustellen. Aber man würde doch annehmen, dass unter ihnen zehn Gerechte wären – gute Männer?«

»Ganz bestimmt.« Sein Atem war schwer, seine Hand fast ganz erschlafft.

»Oder fünf. Oder auch nur einer. Einer würde reichen.«

»Ich bin mir sicher, dass es einen gibt.«

»Der Junge mit den Apfelbäckchen, der dir im Lazarett geholfen hat – ist er einer?«

»Ja, er ist einer.«

Er seufzte tief, die Augen fast geschlossen.

»Dann sag ihm, ich bin ihm nicht böse wegen des Fingers«, sagte er.

Ich hielt seine gesunde Hand eine Minute lang fest. Er atmete langsam und tief, sein Mund war in völliger Entspannung erschlafft. Ich drehte ihn sanft auf den Rücken und legte ihm die Hand auf die Brust.

»Verflixter Kerl«, flüsterte ich. »Ich wusste doch, dass du mich zum Weinen bringen würdest.«


Draußen im Lager herrschte die Stille der letzten Augenblicke des Schlummers, bevor die aufgehende Sonne die Männer in Bewegung versetzte. Dann und wann konnte ich einen Wachtposten rufen hören, und zwei Jäger unterhielten sich murmelnd, als sie auf dem Weg in den Wald nahe an meinem Zelt vorbeikamen. Die Lagerfeuer waren bis auf die Glut heruntergebrannt, doch ich hatte drei Laternen, die ich so arrangiert hatte, dass sie Licht spendeten, ohne Schatten zu werfen.

Ich legte mir ein dünnes Kieferbrettchen als Arbeitsfläche auf den Schoß. Jamie lag mit dem Gesicht nach unten auf dem Feldbett, und sein Blick war mir zugewandt, sodass ich seine Gesichtsfarbe im Blick hatte. Er schlief fest; er atmete langsam und rührte sich nicht, als ich die Spitze einer Sonde gegen seinen Handrücken drückte. Alles bereit.

Die Hand war geschwollen und aufgedunsen und hatte sich verfärbt; die Schwertwunde bildete eine dicke, schwarze Linie auf der sonnengoldenen Haut. Ich schloss einen Moment die Augen, hielt sein Handgelenk fest und zählte seine Pulsschläge. *Eins und zwei und drei und vier…*

Ich betete niemals bewußt, wenn ich mich auf eine Operation vorbereitete, doch ich suchte nach etwas – etwas, das ich nicht beschreiben konnte, aber immer erkannte; eine gewisse Seelenruhe, jene losgelöste Geistesgegenwart, die es mir möglich machte, auf dem schmalen Grat zwischen Rücksichtslosigkeit und Mitgefühl zu wandeln, zugleich in äußerster Intimität mit dem Körper unter meinen Händen vereint und fähig, das, was ich berührte, im Namen der Heilkunst zu zerstören.

*Eins und zwei und drei und vier …*

Mit einem Mal bemerkte ich, dass sich mein eigener Herzschlag verlangsamt hatte; der Pulsschlag in meiner Fingerspitze stimmte mit dem in Jamies Handgelenk überein, Schlag um Schlag, langsam und kraftvoll. Wenn ich auf ein Zeichen wartete, so reichte dies wohl hin. Achtung, fertig, los, dachte ich und ergriff das Skalpell.

Ein kurzer Einschnitt oberhalb der Fingerknöchel von Ringfinger und kleinem Finger, dann schnitt ich die Haut abwärts fast bis zum Handgelenk auf. Ich grub mich vorsichtig mit der Scherenspitze unter die Haut, dann steckte ich den losen Hautlappen mit einer der langen Stahlsonden zurück, die ich in dem Weichholzbrettchen feststeckte.

Ich hatte einen kleinen Pumpzerstäuber, der mit einer Lösung aus destilliertem Wasser und Alkohol gefüllt war; da es nicht möglich war, sterile Bedingungen herzustellen, benutzte ich ihn, um die Operationsfläche leicht einzunebeln und das erste aufquellende Blut wegzuspülen. Nur nicht zu viel; der Vasokonstriktor, den ich ihm gegeben hatte, wirkte, aber das würde nicht lange anhalten.

Ich zerteilte vorsichtig die Muskelfasern, die noch ganz waren, um den Knochen freizulegen und die Sehne, die über ihn hinweglief und silbern zwischen den anderen Farben des Körpers glänzte. Das Schwert hatte die Sehne etwa drei Zentimeter oberhalb der Mittelhandknochen fast ganz durchtrennt. Ich zerschnitt die wenigen verbliebenen Fasern, und die Hand reagierte mit einem enervierenden Zuckreflex. Ich biss mir auf die Lippe, doch es war alles in Ordnung; abgesehen von der Hand, hatte er sich nicht bewegt. Er fühlte sich anders an; es war mehr Leben in seinem Gewebe als in dem eines Mannes unter Äther oder Pentothal. Er war nicht anästhesiert, sondern lag nur im Tiefschlaf; seine Haut und seine Muskeln fühlten sich elastisch an, nicht nachgiebig und schlaff, wie ich es zu meiner Zeit im Krankenhaus gewohnt gewesen war. Dennoch war es etwas ganz anderes – und eine unermessliche Erleichterung – als die lebendigen, panischen Zuckungen, die ich im Lazarettzelt unter meinen Händen gespürt hatte.

Ich schob die abgeschnittene Sehne mit der Zange zur Seite. Der tief liegende Zweig des Ellennervs kam zum Vorschein, ein zarter, weißer Myelinfaden, dessen winzige Verästelungen sich bis hin zur Unsichtbarkeit tief im Gewebe ausbreiteten. Gut, er lag so dicht am kleinen Finger, dass ich arbeiten konnte, ohne den Hauptstamm des Nervs zu beschädigen.

Man wusste es nie; Lehrbuchillustrationen waren eine Sache, doch das Erste, was jeder Chirurg lernte, war die verblüffende Tatsache, dass jeder menschliche Körper ein Unikat war. Der Magen mochte sich in etwa dort befinden, wo man ihn erwartete, doch die Nerven und Blutgefäße, die ihn versorgten, konnten überall in seiner ungefähren Nachbarschaft verlaufen, und ihre Form und Anzahl konnte jedes Mal anders sein.

Doch jetzt kannte ich die Geheimnisse dieser Hand. Ich konnte ihren Bauplan sehen, die Strukturen, die ihr Gestalt und Bewegungsfähigkeit verliehen. Da war der schöne, kraftvolle Bogen des dritten Mittelhandknochens, und das feine Netz der Blutgefäße, die ihn versorgten. Blut quoll auf, langsam und lebendig, scharlachrot auf dem zerstörten Knochen, dunkel und königsblau in der kleinen Vene, die unter dem Gelenk pulsierte, schwarz verkrustet am Rand der eigentlichen Wunde, wo es geronnen war.

Ohne mich zu fragen, woher, hatte ich gewusst, dass der vierte Mittelhandknochen zerschmettert war; das Ringfingergelenk, das in der Hand lag. So war es; die Klinge hatte ihn in der Nähe des proximalen Endes getroffen und das Ende des kleinen Knochens nahe der Mitte der Hand abgesplittert.

Also würde ich ihn ebenfalls fortnehmen; die freiliegenden Knochenstücke mussten sowieso entfernt werden, um zu verhindern, dass sie das umliegende Gewebe reizten. Wenn ich den Finger vom Mittelhandgelenk an entfernte, würden Mittelfinger und kleiner Finger dicht beieinander liegen und so die Hand verschmälern und die sperrige Lücke schließen, die der fehlende Finger hinterließ.

Ich zog fest an dem zerschmetterten Finger, um den Gelenkzwischenraum zu vergrößern, dann benutzte ich die Skalpellspitze, um die Sehne zu durchtrennen. Die Knorpel trennten sich mit einem leisen, aber hörbaren *Plop!*, und Jamie fuhr zusammen und stöhnte, und seine Hand wand sich in der meinen.

»Schsch«, flüsterte ich ihm zu und hielt seine Hand fest. »Schsch, ist schon gut. Ich bin hier, es ist schon gut.«

Ich konnte nichts für die jungen Männer tun, die auf dem Feld im Sterben lagen, doch hier, für ihn, konnte ich zaubern, und ich wusste, dass meine Magie von Dauer war. Er hörte mich, tief in seinen verstörenden Opiumträumen; er runzelte die Stirn und murmelte etwas Unverständliches, dann seufzte er tief und entspannte sich, und sein Handgelenk erschlaffte wieder unter meiner Hand.

Irgendwo in der Nähe krähte ein Hahn, und ich sah zur Zeltwand hinüber. Es war merklich heller geworden, und ein schwacher Morgenwind wehte hinter mir durch den Spalt und kühlte mir den Nacken.

Den tief liegenden Muskel so zerstörungsfrei wie möglich entfernen. Die kleine Fingerarterie und die beiden anderen Gefäße abbinden, die groß genug aussahen, als dass man sich darum kümmern sollte, die letzten paar Fasern und Hautfetzen durchtrennen, die den Finger fest hielten, diesen dann anheben – und der baumelnde Mittelhandknochen sah überraschend weiß und nackt aus, wie ein Rattenschwanz.

Es war saubere, ordentliche Arbeit, doch mich überkam für einen Augenblick ein Gefühl der Traurigkeit, als ich das zerstörte Stück Fleisch bei Seite legte. Einen Moment lang stand mir vor Augen, wie Jamie kurz nach der Geburt den kleinen Jemmy hielt und mit einem Ausdruck des Glücks und des Staunens seine winzigen Finger und Zehen zählte. Auch sein Vater hatte einmal seine Finger gezählt.

»Es ist ja gut«, flüsterte ich, genauso an mich wie an ihn gerichtet. »Ist ja gut. Er wird heilen.«

Der Rest ging schnell. Die Zange, um die kleinen Knochensplitter herauszuziehen. Ich säuberte die Wunde, so gut ich konnte, und entfernte Gras und Schmutzpartikel und sogar ein winziges Stoffrestchen, das durch den Hieb in die Wunde geraten war. Dann galt es nur noch, die gezackten Wundränder zu versäubern, ein kleines, überstehendes Hautstück abzuschneiden und die Einschnitte zu vernähen. Eine Paste aus Knoblauch und Silbereichenblättern, mit Alkohol vermischt und dick über die Hand verteilt, eine Kompresse aus Watte und Gaze und ein fester Verband aus Leinen und Klebpflastern, um die Schwellung zu reduzieren und den Mittelfinger und den kleinen Finger dazu zu bringen, sich dicht aneinander zu legen.

Die Sonne war fast aufgegangen; die Laterne über mir kam mir trübe und schwach vor. Mir brannten die Augen von der Arbeit, die ich dicht vor mir gehabt hatte, und vom Rauch der Feuer. Draußen erklangen Stimmen; die Stimmen der Offiziere, die zwischen den Männern umhergingen und sie weckten, um dem neuen Tag entgegenzublicken – und dem Feind?

Ich legte Jamies Hand neben seinem Gesicht auf die Liege. Er war bleich, jedoch nicht übermäßig, und seine Lippen waren blassrosa gefärbt, nicht blau. Ich ließ die Instrumente in einen Eimer mit Alkohol und Wasser fallen, denn plötzlich war ich zu müde, um sie ordentlich zu reinigen. Ich wickelte den abgetrennten Finger in eine Leinenbandage, da ich mir nicht ganz sicher war, was ich damit tun sollte, und ließ ihn auf dem Tisch liegen.

»Alle Mann aufsteh'n! Alle Mann aufsteh'n!«, erklang draußen der rhythmische Ruf des Sergeants, von Seiten der widerwilligen Schläfer durch clevere Abwandlungen und rüde Antworten unterbrochen.

Ich machte mir nicht die Mühe, mich auszuziehen; wenn es heute Kampfhandlungen gab, dann würde man mich sowieso bald genug wecken. Jamie dagegen nicht. Ich brauchte mir keine Sorgen zu machen; was auch immer geschah, er würde heute nicht kämpfen.

Ich zog mir die Nadeln aus dem Haar und schüttelte es mir über die Schultern, froh, dass es lose herabhängen konnte. Dann legte ich mich neben ihm auf die Liege und schmiegte mich an ihn. Er lag auf dem Bauch; ich konnte seine kleinen, muskulösen Pobacken sehen, ebenmäßige Rundungen unter der Decke, die auf ihm lag. Spontan legte ich ihm die Hand auf den Allerwertesten und drückte zu.

»Schlaf schön«, sagte ich und ließ mich von der Müdigkeit ergreifen.

# Die Kannibalenkunst

SCHRIFTSTELLEREI UND DAS RICHTIGE LEBEN

ch bekomme ziemlich viele Briefe oder E-Mails von Leuten, die entweder schon selbst schreiben oder mit dem Gedanken daran spielen, und sie alle fragen (in unterschiedlichen Abstufungen der Verzweiflung), wie man es eigentlich schafft, auch nur ein Wort zu schreiben, wenn man eine Familie hat, berufstätig ist und/oder auch nur so tut, als würde man nebenbei auch noch ganz normal leben?

Na ja, es ist nicht leicht. (Oh, das wussten Sie schon. Warten Sie; es wird gleich interessanter.)

Was die Familie betrifft, so ist das Hauptproblem, dass man – in den Augen sämtlicher Bekannter und Verwandter – kein »richtiger« Schriftsteller ist, so lange man noch keines seiner eigenen Werke verkauft hat. Es ist sogar sehr viel wahrscheinlicher, dass Ihre Familie Ihre schriftstellerischen Aktivitäten entweder als extrem subversiv (»Du schreibst doch nicht über *mich,* oder?«) oder schlicht als »Zeitverschwendung« betrachtet (da sie es für sinnvoller hält, wenn Sie ihr die besagte Zeit widmen).

Verkaufen Sie dann doch etwas, wird man Ihren Bemühungen etwas mehr Respekt entgegen bringen (nicht viel, aber mehr). Es ist irrelevant, dass Sie genau dasselbe tun, ob Sie Ihre Werke nun verkaufen oder nicht. Geld entspricht Respekt – und wenn Sie beim Schreiben gar nicht die Absicht haben, Geld zu verdienen, warum zum Kuckuck verschwenden Sie eigentlich Ihre Zeit damit? (So denken Ihre Lieben. Und sie sprechen es sogar aus, zumindest, bis Sie laut werden und mit Gegenständen zu werfen beginnen.)

Das bedeutet: So lange Sie nichts verkaufen, müssen Sie um jede Minute an der Tastatur kämpfen (ich persönlich habe zumindest kurzfristig gute Erfahrungen mit Herumbrüllen und fliegenden Papierkörben gemacht).

Doch nachdem dieser Kampf einige Monate gedauert hatte, wurde mir endlich klar, dass sich die Familie vor allem deshalb so aufführt, weil sie sich von der Schriftstellerei *bedroht* fühlt (natürlich ist die Familie eine Bedrohung für die Schriftstellerei, aber das steht auf einem anderen Blatt). Wenn Sie also einen Weg finden, Ihrer Familie Ihre endlosen Zuneigung zu versichern, wird man Ihrem eigenwilligen Hobby gegenüber sehr viel toleranter werden.

So kann man beispielsweise einem Ehemann seine Verstimmung eigentlich nicht vorwerfen, wenn seine Frau sich vom Abendessen erhebt, verkündet, dass sie schreiben geht, und ihre Zelte abbricht, um ihn mit den Kindern und *America's Funniest Home Videos* allein zu lassen und bis zum Frühstück am nächsten Morgen nicht mehr gesehen zu werden. Auch Kinder wissen ganz genau, wenn man sie im Stich lässt – und sie ergreifen vorbeugende Maßnahmen, indem sie zum Beispiel alle zehn Minuten ein Butterbrot verlangen, geschwisterliche Faustkämpfe inszenieren und Ihre Knöchel umklammern, wenn Sie versuchen, aus dem Zimmer zu gehen.

Viel besser, wenn sich die Möchtegern-Schriftstellerin *AFHV* mit der Familie *gemeinsam* anschaut, den Kindern Geschichten vorliest, sie zu Bett bringt und sich dann für ein Weilchen zur ehelichen Entspannungsgymnastik ins Schlafzimmer zurückzieht. *Dann* kann die Schriftstellerin aufstehen, auf Zehenspitzen die Treppe hinaufsteigen und arbeiten, ohne ein Wort der Klage von der Familie zu hören, die in Frieden schläft und sich ihrer Hingabe sicher ist. Dies bedeutet natürlich, dass sie nicht viel Schlaf abbekommt, aber man muss sich entscheiden, was einem im Leben wichtig ist.

Ich habe eine Kurzantwort auf die Frage: »Wie schreiben Sie eigentlich trotz Familie, Job etc.?«, und sie lautet: »Ich schlafe nicht, und ich tue nichts im Haushalt.«

Ohne Schlaf auszukommen, habe ich gelernt, als ich innerhalb von vier Jahren drei Kinder bekommen habe (und das mit Absicht – es ist aber nicht so schlimm, wie es sich anhört; es liegen immer zwei Jahre dazwischen); eine Fähigkeit, die mir seitdem enorm nützlich ist. Es *ist* zwar möglich zu schreiben, während alles um einen herum den Kopf verliert (ganz zu schweigen von Autoschlüsseln, Schulbroten, Hausaufgaben und der einen oder anderen Hausamphibie) und einem die Schuld dafür zuschiebt, doch ein wenig Zurückgezogenheit ist wirklich etwas sehr Angenehmes für einen Schriftsteller – und sie ist den Schlafmangel wert.

Wahrscheinlich werden Sie lange aufbleiben oder früh aufstehen müssen (die meisten Menschen können nicht beides), doch wenn Sie auch nur eine halbe Stunde lang auf nichts anderes als Ihre eigenen Gedanken lauschen können, macht es sich schon bezahlt. Hat man erst einmal einen Einstieg in die Arbeit gefunden, so wird es sowohl leichter, im Alltag über die Arbeit nachzudenken, als auch, sich an besagte Arbeit zu begeben, sobald sich ein günstiger Augenblick ergibt. Sie werden nicht viel Zeit zum Schreiben haben, zumindest am Anfang, deshalb werden Sie keine Sekunde damit verschwenden wollen, dass Sie dasitzen und sich fragen, wo Sie anfangen sollen.

Natürlich gibt es eine körperliche Grenze dafür, wie lange man ohne Schlaf auskommen und trotzdem noch zusammenhängend schreiben kann. Ein Nickerchen ist kein absolut vollwertiger Ersatz für acht Stunden Tiefschlaf, doch es ist sehr viel besser als gar nichts. Sie werden schnell lernen, wie man das macht – innerhalb von achtundvierzig Stunden, nachdem Sie mit der Nachteulen- oder Frühaufstehermethode angefangen haben. Ich habe mich immer in meinem Büro in der Uni auf den Boden gelegt und geschlafen, während ich darauf wartete, dass mich jemand zurückrief (ich frage mich oft, was ich zu den Leuten gesagt habe, wenn sie dann angerufen haben).

Wenn Sie es nicht schaffen, ohne nennenswerte Schlafmengen auszukommen, dann müssen Sie auf irgendeine andere Aktivität verzichten, um diese Zeit zum Schreiben zu benutzen. Im Interesse der Bewahrung des heiligen Familienlebens empfehle ich, keine Abstriche beim Abendessen, den Gutenachtgeschichten oder beim Sex zu machen. Allerdings sind mir keine Studien bekannt, die die Häufigkeit des Staubsaugens mit der Scheidungshäufigkeit in Verbindung bringen. Und es ist zwar nichts unmöglich, doch glaube ich nicht, dass Ihre Kinder als Erwachsene zurückkommen und Sie vor den Kadi zerren werden, weil sie plötzlich auf unterdrückte Erinnerungen an Ihre Versäumnisse bei der Reinigung des Kühlschrankes gestoßen sind.

Bezahlen Sie jemanden dafür, dass er das Haus putzt, oder gewöhnen Sie sich an den Dreck. Ich mache beides. Eine reizende Person, deren Sauberkeitsansprüche viel höher sind als meine, kommt dreimal in der Woche und putzt das Haus, und in der restlichen Zeit herrscht das Chaos.

(Es gibt eine dritte Alternative – zwingen Sie Ihren Mann und/oder Ihre Kinder, die Hausarbeit zu erledigen. Diese Methode ist zwar langfristig effektiv, doch zumindest anfangs verschlingt sie sehr viel mehr Zeit, als sie spart.)

Doch egal, welche Methoden Sie sich aneignen, das richtige Leben hat die Angewohnheit, sich störend einzumischen. Wenn das geschieht, bleibt Ihnen nichts anderes übrig, als Ihren Text gedanklich zurückzustellen – dabei aber weiter über ihn nachzudenken.

Als Beispiel und zur Ermutigung füge ich einen Brief an, den ich Ende 1995 an meine Freunde geschrieben habe, als ich darum kämpfte, den *Ruf der Trommel* zu beenden, und der illustriert, wie ein Schriftsteller mit dem richtigen Leben fertig wird. (Vergessen Sie nicht, dass ich das Buch irgendwann tatsächlich fertig bekommen habe. Die Moral ist: Nur nicht aufgeben!)


Research & Craft
15-Dec-95 12:01:46
Sb: Making Time to Write
To: Alex Keegan 100555, 1651 (X)

Lieber Alex –
Du hast ja so Recht – was die Tatsache angeht, dass man in erster Linie Schriftsteller ist und sein Buch ständig im Kopf hat.

Gestern war einer von DIESEN Tagen, der morgens schon mit Angst und Schrecken begann, weil meine Jüngste ihre Geige nicht finden konnte, der Mittlere so erledigt war, dass sein Vater ihn nicht wach bekam und um Hilfe rufen musste (ich habe eine geheime Methode; ich ziehe ihm die Bettdecke weg, packe ihn an den Füßen und spiele ein Fingerspiel für Babys mit seinen Zehen. Das ärgert ihn so, dass er sich knurrend hinsetzt, sodass man ihn dann aus dem Bett hieven und in seinen begehbaren Kleiderschrank schieben kann), und die Große mit ihrer Frisur unzufrieden war.

Da ich in der Nacht zuvor um drei Uhr ins Bett gegangen war, beraubte mich die Tatsache, dass ich um viertel nach sieben aufstehen musste, selbst meiner üblichen, knappen Schlafration. Außerdem taten mir alle Knochen weh, weil ich tags zuvor die

Treppe hinuntergefallen war (frag nicht; es hatte mit dem Faxgerät und der Tatsache zu tun, dass ich gerade schrieb. Im Geiste schrieb ich immer noch, als ich nach unten ging, um ein eintreffendes Fax zu holen, nach dem ich – allem Anschein nach – griff, während ich mich noch auf der Treppe befand, offensichtlich ohne mir der Tatsache bewusst zu sein, dass ich nicht abheben konnte. Na ja, offensichtlich bin ich *doch* ein kurzes Stück abgehoben, da ich etwa zwei Meter vor der Treppe auf Knien und Ellbogen aufkam).

Habe aber die Truppenmoral wieder hergestellt – fand die Geige (mit Hilfe der einfachen Methode – die alle in meiner Familie wahnsinnig macht – zu fragen: »Wo hast du sie zuletzt gesehen?«), kämmte der Großen die Haare zu einem Pferdeschwanz zusammen (dazu musste ich sie auf dem Badewannenrand Platz nehmen lassen; sie ist zehn Zentimeter größer als ich), band Sohnemann die Schuhe zu und rannte die Treppe hinauf, um Nachrichten für zwei seiner Lehrer zu schreiben (er hatte mehrere Grippeschübe und hat sechs Unterrichtstage nebst dazugehörigen Referaten versäumt. Das Problem ist, dass er zu schüchtern ist, um seine Lehrer um eine Liste der fehlenden Aufgaben zu bitten).

Die Jungs aus dem übernächsten Haus kamen und klopften an die Tür – sie hätten ihren Bus verpasst, ob ich sie zur Schule bringen würde? Lud die ganze Mannschaft ins Auto und griff gerade nach meiner Handtasche, um dann selbst einzusteigen, als unsere Haushälterin angeflitzt kam und sagte, uns seien X, Y und Z ausgegangen, vor allem aber Waschpulver.

Habe die Kinder abgesetzt – nicht ohne Sam streng zu ermahnen, die Briefe für seine Lehrer nicht zu vergessen –, bin zum Drugstore gefahren, wo ich die Reinigungsmittel kaufte und mich nach dem homöopathischen Grippemittel erkundigte, das JLM mir empfohlen hat (weil ich einen Anflug von Halsschmerzen spürte). Musste beim Herumfahren ständig an Schnee denken (ohne besonderen Grund, wir haben dreißig Grad im Schatten). Fuhr nach Hause, lieferte Glasreiniger, Waschpulver etc. ab, ging nach oben und verbrachte die übliche halbe Stunde mit Frühstücken (Cola Light und Milky Way Dark) und dem Lesen und Beantworten von Forumsnachrichten und E-Mail, während ich vor meinem inneren Auge dunkle Fußspuren im Schnee sah, feuchte, eisüberkrustete Blätterhaufen und die dunkle Furche im Laub, wo jemand im Schutz eines umgestürzten Baumstammes gelegen hatte.

Machte mich wie üblich um zehn an die Arbeit, bis zum Anschlag mit Vitamin C und Occilococcinum voll gepumpt. Las mir eine halb fertige, in Arbeit befindliche Szene durch, fügte ein paar Absätze hinzu, dann überkam mich ein neues, lebhaftes Bild – ich folgte den Fußabdrücken im Schnee, und da lag ein toter Hase, der in einer Schlinge gefangen war, mit einem Pelz aus Eiskristallen steif auf dem Pfad. Öffnete ein anderes Bildschirmfenster und begann die neue Szene, um sie ins Rollen zu bringen. Verfiel in den Geisteszustand, in dem ich von der Treppe getreten war, und spürte die Sorge der Frau, die den Fußspuren folgte. Warum hat er nicht angehalten und den Hasen mitgenommen? Wo ist er?

Habe gerade wunderschön im ersten Absatz Fuß gefasst, als der gefürchtete Ruf erklingt: »*Es un hombre a la puerta!*«

Hombres an der puerta bedeuten immer eine Unterbrechung, doch ist sie normalerweise kurz, zum Beispiel FedEx oder UPS oder dann und wann der Kammerjäger oder der Mann vom Futtergeschäft, der die Pellets für die Pferde liefert (das ist immer ein *Riesen*ärger, weil ich dann sämtliche Hunde einsammeln und in die Garage sperren muss, bevor ich um das Grundstück gehen und das große Gartentor öffnen kann, damit der Laster herein kann).

Diesmal war es ein Hombre von der Telefongesellschaft, der gekommen war, um die Faxleitung zu reparieren (Treppe, siehe oben). Zeigte ihm das widerspenstige Fax, half ihm, die Leitung aufzuspüren – die von einem Angestellten meines Mannes installiert worden war, der als Programmierer arbeitete und früher sein Büro in diesem Zimmer hatte – und überließ ihn sich selbst.

Da mir das Telefon einfiel, hörte ich den Anrufbeantworter ab (nur eines der Telefone in unserem Haus klingelt, aus Gründen, die ich hier nicht erläutern will; das heißt, dass ich es normalerweise von meinem Büro aus nicht höre – im Großen und Ganzen keine schlechte Sache –, deshalb habe ich mir angewöhnt, ungefähr einmal in der Stunde das Band abzuhören). Nachricht von meinem Vater, der wissen möchte, wann die Mädchen die Schule aus haben, sodass meine Stiefmutter (die gute Seele) sie zum Friseur mitnehmen kann. Nachricht von einer Person, die mein Haus für mich verkaufen will (ignorieren). Nachricht von einer Person, die vorbeikommen und uns eine Alarmanlage vorführen möchte (ignorieren). Die Hunde im Haus haben endlich aufgehört, den Telefonmenschen anzubellen, doch er ist nach draußen gegangen, wo jetzt die anderen Hunde hysterische Anfälle bekommen.

Es gibt einen Grund dafür, dass bei uns noch nie eingebrochen worden ist, abgesehen von der Tatsache, dass wir nicht viele Dinge haben, die zu stehlen sich lohnen würde, es sei denn, man zählt den SuperNintendo-Player mit. Falls jemand kommen und meinen antiken xt-Klon stehlen möchte, kann er ihn gerne haben; er ist versichert. Nachricht von einer Bibliothekarin in Salt Lake City, die um Bestätigung bittet, ob ich Ende Mai als Rednerin zu einer Konferenz in Snowbird komme, und ob ich auch den Vortrag beim Abendempfang halten kann, er wird extra bezahlt.

Kleine Panikattacke. Habe ich wirklich zugesagt, im Mai nach Utah zu fahren und dort zu den Leuten zu reden? Blättere das Ablagefach mit meinen Vortrags- und Workshopverpflichtungen durch. Offensichtlich habe ich zugesagt, vorausgesetzt, dass ich nicht zur aba-Konferenz muss (Hinweis: Werfen Sie niemals etwas weg, und wenn Sie mit den Leuten telefonieren, notieren Sie sich auf ihrem Brief, was Sie zu ihnen gesagt haben). Denke mir plötzlich, dass ich gar nicht weiß, ob ich zur aba muss; es könnte ja sein, dass *Der Ruf der Trommel* so spät im Jahr erscheint, dass es dort vorgestellt wird.

Rufe meine Lektorin an, die nicht da ist, spreche aber mit ihrer Assistentin, die mir verspricht, sich für mich bezüglich der aba zu erkundigen. Begebe mich wieder an die Arbeit, schaffe es bis zu einer lyrischen Beschreibung von länger werdenden Schatten unter den Bäumen, die sich im Lauf des Sonnenuntergangs von Vanille in kühles Violett und dann in kaltes Blau verfärben. Stehe auf, um die Balkontür zu öffnen, weil es langsam im Büro ziemlich warm wird. Telefonhombre kommt herein, um zu fragen, wo der zentrale Telefonverteiler ist. Zum Glück weiß ich das (von vorangegangenen Telefonabenteuern in diesem Haus) und gehe mit, um es ihm zu zeigen.

Gehe nach oben. Komme unverzüglich wieder herunter, weil ein Hombre von Airborne Express mit einem Paket vor der Tür steht und eine Unterschrift benötigt. Es stellt sich heraus, dass es den Entwurf für den Schutzumschlag von *Der Ruf der Trommel* enthält, was bei mir eine Mischung aus Interesse und Panik hervorruft (da sich besagtes Buch ein Stockwerk höher in einem ernsten Zustand der Unvollständigkeit befindet). Lege den Entwurf auf den Küchentisch und starre ihn eine Weile an, während ich mich zu entscheiden versuche, ob er mir gefällt oder nicht, und dabei die Fische und Molche, die auf dem Tisch wohnen, mit Tubifex füttere. Gebe den Wellensittichen Körner und frisches Wasser (sollten die Hunde einen Einbrecher nicht verraten, dann tun es die vier Vögel, Krachmacher, die sie sind).

Überlasse den Umschlagentwurf sich selbst, sodass er in meinem Unterbewusstsein schön durchziehen kann, und gehe nach oben. Beende den Satz mit den Schatten, beginne, mich um den Mann auf der Jagd zu sorgen, warum ist er nicht zurückgekommen? Schreitet er die Reihe seiner Fallen ab? Gehe hin und werfe einen Blick in ein Buch über Tierspuren, um herauszufinden, wie Hasenspuren im Schnee aussehen. Registriere im Vorübergehen, wie Frettchenfährten und diverse Vogelspuren aussehen. Schaue in Roger Tory Petersons Naturführer nach, um sicherzugehen, dass es diese Vögel im Winter in North Carolina gibt (frage mich dabei kurz, ob es mein konstanter Kontakt mit diesem Buch in den Tagen meiner häufigen Exkursionen gewesen ist, der mich auf den Namen »Roger« gebracht hat. Hoffe nicht, da ich RTP einmal persönlich begegnet bin und er damals ein ziemlich eingebildeter, alter Spinner war. Jetzt ist er tot, und Gott sei seiner Seele gnädig).

Federal-Express-Hombre kommt und liefert einen mysteriösen Karton mit der Aufschrift *»Norm's Gourmet Mushroom Garden«*. Da ich diesen unmöglich einfach so beiseite legen kann, öffne ich ihn und stelle fest, dass meine Schwester mir… einen Pilzgarten geschickt hat. Zu Weihnachten. Eine Plastiktüte mit ungefähr drei Litern Moder, der eine braune Flüssigkeit absondert. Die beigefügte Gebrauchsanleitung versichert mir, dass darauf Shiitake-Pilze sprießen werden, wenn ich das Plastik entferne, die Masse mit Wasser einsprühe, sie in einem Topf mit Wasser auf ein Holzstücke setze und sie an einen ruhigen, kühlen Ort stelle, wo sie täglich etwa sechs bis acht Stunden diffuses Licht abbekommt (was ich damit anfangen soll, wenn sie erst einmal gesprossen sind, darüber schweigt sich die Gebrauchsanleitung aus).

Stelle den Pilzgarten unten auf den Schreibtisch, wo ich ihn nicht vergessen werde (neben einen riesigen Stapel Ex-Libris-Aufkleber, die darauf warten, signiert zu werden, und die zu vergessen ich mir alle Mühe gebe, doch am Montag kommt Dougs Sekretärin, um dafür zu sorgen, dass ich das nicht tue), und gehe nach oben, nicht ohne ein Gefühl der Genugtuung darüber, dass ich meiner Schwester zu Weihnachten bereits eine Kartoffelkanone aus dem Scherzartikelkatalog bestellt habe.

Setze mich hin, lese mir die sechs Sätze durch, die ich auf dem Bildschirm stehen habe, und versinke wieder in der Szene. Wie lange werde ich/wird sie warten, bevor sie aufbricht, um den vermissten Mann zu suchen? Draußen ist es dunkel, und es wird kälter. Das Abendessen steht auf dem Herd, doch sie hat keinen Hunger, und der Duft des Essens tröstet sie nicht. Wenn ihm etwas zugestoßen ist … Das Telefon klingelt, und wunderbarerweise höre ich es. Die Assistentin der Lektorin, die mich davon in Kenntnis setzt, dass sie noch nicht wissen, ob ich zur ABA fahren soll, aber das Datum hat sich geändert, und sie findet erst Mitte Juni statt, wenn ich also möchte, kann ich nach Utah fahren.

Unterdessen trifft mein Mann unten ein, klagt über Schmerzen im Fuß und fragt a) habe ich daran gedacht, ihm Warzenentferner zu kaufen, und b) habe ich Lust, mit ihm einen Hot Dog essen zu gehen? Beantworte beides mit Ja und gehe Bratwurst mit Sauerkraut und Senf essen, wobei wir uns darüber unterhalten, ob ich im Mai nach Utah fahren soll. Als er erfährt, dass sie mir tausend Dollar dafür anbieten, dass ich komme und ihnen einen Vortrag halte, ist mein Mann mit mir einer Meinung, dass ich es tun sollte, und bemerkt beiläufig, dass er immer schon ein Flugzeug aus einem Bausatz bauen wollte.

Fahre nach Hause (finde mich im Auto hinter einer Wand aus Felsen und Zweigen hockend wieder. Indianer, die ich nicht erkenne, ziehen in ein paar Metern Entfernung im Gänsemarsch durch den Wald. Ihre Gesichter sind bemalt, und sie bewegen sich auf das Haus zu, das ich gerade verlassen habe), um festzustellen, dass noch ein Hombre vom Federal Express da gewesen ist, er meine Haushälterin aber nicht angetroffen und daher eine Zustellernotiz an der Tür hinterlassen hat. Gehe nach oben, hole mir schnell meine E-Mail ab, überfliege sie und versuche, mir den Rest des Tages zurechtzulegen. Telefon; meine Schwiegereltern laden uns ein, nach dem Abendessen zum Dessert vorbeizukommen. Telefon; eine Frau in Alabama wünscht sich als Weihnachtsgeschenk für ihre Schwester ein signiertes Exemplar von *Der Ruf der Trommel*. Erkläre ihr höflich, dass das Buch noch nicht fertig ist und unterdrücke diverse unfreundliche Bemerkungen, die mir in den Sinn kommen, als sie ausruft: »Aber warum denn NICHT?«

Meine Jüngste kommt aus der Schule nach Hause. Habe fünf Minuten Zeit, um ihr eine Kleinigkeit zu essen zu machen, mir ihren Tagesbericht anzuhören und sie wegen ihrer Zähne zu bedauern (sie braucht eine Kieferregulierung und hat gestern ihre erste Klammer eingesetzt bekommen), dann fahre ich die älteren Kinder von der Schule abholen.

Stelle fest, dass Sohnemann vergessen hat, den Lehrern ihre Briefe zu geben. Packe ihn metaphorisch beim Ohr und schleife ihn mit, damit er die Lehrer in ihren Löchern aufspürt. Entlocke zweien eine Liste der fehlenden Aufgaben, doch ein dritter ist bereits fort.

Liefere jedermann zu Hause ab, verteile Essen und Trinken an alle, setze die Jüngste, die mich begleiten möchte, ins Auto und breche auf, um die Besorgungen des Nachmittags zu erledigen – zum Futtergeschäft, um einen Futterbeutel und zwei Säcke Hafer für das ältliche Pferd zu kaufen, das bei den Pellets immer zu kurz kommt, und zum Supermarkt, weil uns ein paar lebensnotwendige Dinge wie Milch und Thunfisch ausgegangen sind und weil meine Tochter am nächsten Tag eine Weihnachtsparty veranstaltet, bei der sie unter anderem vorhat, mit sechs Freundinnen Kekse zu verzieren.

Komme nach Hause, nachdem ich im Auto festgestellt habe, dass die Indianer tatsächlich verdächtig sind, weil es Mohawk sind, die sich, weit von ihren Jagdgründen entfernt, mit unbekannter Absicht unterwegs befinden (hat das irgendetwas mit Vater Alexandre zu tun, dem jesuitischen Missionar, dessen Fleisch schwach ist und dem wir später noch begegnen werden?). Koche das Abendessen, schlucke noch mehr homöopathisches Grippemittel und Vitamin C, fahre zum Dessert zu den Schwiegereltern.

Komme zurück (sie hat ihn in einer Höhlung unter einem Gebüsch gefunden. Die Mohawk werden insgeheim von einer kleinen Gruppe Tuscaroraindianer verfolgt, und *diese* kennen wir).

Überwache umfangreiche Hausaufgaben, während ich zehn Dutzend süße Plätzchen backe. (»Weißt du«, bemerkt meine Jüngste, die mir – ha, ha – beim Backen »hilft«, »irgendwie fühle ich mich schlecht.« »Tun deine Zähne immer noch weh?«, fragte ich. »Nein«, sagt sie, »aber ich habe gerade daran gedacht, dass ich gleich ins Bett gehe und du dann immer noch Plätzchen bäckst. Ich bekomme Schuldgefühle deswegen.« Zufrieden mit diesem Anzeichen eines keimenden Gewissens, versichere ich ihr, dass das schon in Ordnung ist, weil ich nämlich *gern* backe – das tue ich auch, aber – und rase nach oben, um für Sam einen schwarzen Edding zu suchen, den er braucht, um die visuellen Hilfsmittel für ein Referat über die Gegenwart vorzubereiten.)

Älteste Tochter kommt und fragt, ob ich ihr die Verfassung für die Nation tippen kann, die sie gerade in der Schule entwirft, weil sie sehr langsam tippt und sich heute Abend vor Arbeit kaum retten kann. Versichere ihr, dass ich das kann, und bringe das Dokument nach oben, um es neben dem Computer abzulegen, wo ich es nicht vergessen werde.

Stecke alle ins Bett. Nehme noch mehr Antigrippemittel, während ich mir anhöre, wie mein Mann mir erzählt, wie erschöpft er ist. Stecke ihn ins Bett, esse eine Schüssel Reis mit chinesischem Rind, das vom Abendessen über ist, und gehe um Mitternacht nach oben, um zu arbeiten.

Beantworte ein paar Mitteilungen, spiele eine Runde Solitär, stelle fest, dass ich dem Einschlafen nahe bin, lege mich auf den Boden und schlafe eine Stunde. Wache auf, kann mich aber nicht wach halten – bringe ein oder zwei Sätze zu Stande, stelle aber fest, dass sie keinen Sinn ergeben. Beschließe, dass Fleisch und Blut ihre Grenzen haben, und wanke nach unten, um abzuschließen, sehe nach den Kindern und den Tieren, mache das Licht aus, füttere die Kaninchen, Hamster usw. Bin unterwegs ins Schlafzimmer, als mir einfällt, dass ich Lauras Verfassung nicht abgetippt habe, die sie morgen dringend für den Unterricht braucht.

Schließe das Büro auf, gehe nach oben... kam um halb drei wieder nach unten, nahm noch einmal Vitamin C und kippte um. Mit dem schriftstellerischen Gesamtresultat, dass ich konkret vielleicht dreihundert Wörter *geschrieben* habe, was ziemlich entmutigend wäre (und es auch ist), wenn ich mir mein Ziel von zweitausend Wörtern vor Augen halte, aber ich weiß jetzt eine ganze Menge mehr als heute Morgen über das, was in der Szene vorgeht, und eigentlich habe ich den ganzen Tag nicht aufgehört zu schreiben. Und vielleicht stelle ich ja morgen die Szene selbst ins Forum.

Und so komme ich irgendwann ans Ziel. Wenn ich nicht vorher sterbe.
Diana

ZWÖLFTER TEIL

# Bibliographie

# Einleitung

Die englischsprachige Originalausgabe dieses Buches enthält eine etwas andere Bibliographie. Diese setzt sich aus den über sechshundert Büchern zusammen, die während der Entstehung der Romane als Quellen ihr Dasein auf meinen Regalen gefristet haben. Es ist weder eine vollständige noch eine besonders wissenschaftliche Bibliographie, doch ich habe sie für die zahlreichen Leser zusammengestellt, die mir schreiben, weil sie mehr über Schottland, Botanik, Hexenkunst oder andere Themen wissen möchten, die in den Romanen auftauchen.

Wir haben beschlossen, die ursprüngliche Bibliographie für die deutschen Leser durch eine nützlichere, gekürzte Version zu ersetzen, die sich aus drei Teilen zusammensetzt:

1. Englischsprachige Bücher, die der Urlauber in Schottland (bzw. Großbritannien) in jeder Buchhandlung finden sollte.

2. Englischsprachige Bücher, die der Urlauber in den Vereinigten Staaten in jeder Buchhandlung finden sollte.

3. Einige deutsche Bücher, die mit den Büchern der Originalbibliographie themenverwandt sind – zum Beispiel Kräuterführer.

Viel Spaß beim Stöbern!

## Bücher, die man in Schottland problemlos finden sollte

**Alexander, William, and George Henry Mason**
**Views of 18th Century China: Costumes, History, Customs**
1988 Studio Editions, London
ISBN 1-85170-131-1

**Anonymous**
**»I Am Come Home«**
**Treasures of Prince Charles Edward Stuart**
1985 National Museum of Antiquities of Scotland

**Anonymous**
    Edinburgh Street Guide
    Bartolomew & Son Ltd., 12 Duncan St, Edinburgh EH9 1TA

**Anonymous**
    Scottish Battles
    1985 Lang Syne Publishers Ltd., Newtongrange, Midlothian
    ISBN 0946264-70-8

**Anonymous**
    Strange Old Scots Customs and Superstitions
    Lang Syne Publishers
    ISBN 0946264-05-8

**Anonymous**
    The Swords and the Sorrows
    1996 The National Trust for Scotland Trading Company Ltd.

**Bain, Robert**
    The Clans and Tartans of Scotland
    1985 Fontana/Collins Glasgow and London
    ISBN 0-00411117-6

**Bennett, Margaret**
    Scottish Customs from the Cradle to the Grave
    1996 Polygon, Edinburgh
    ISBN 0-7486-6118-2

**Broster, D. K.**
    The Jacobite Trilogy
    1984 Mandrian Paperbacks, Reed Consumer Books, Ltd.,
    London
    ISBN 0-7493-1395-1

**Brown, Catherine**
    Broths to Bannocks:
    Cooking in Scotland 1690 to the Present Day
    1991 John Murray (Publishers) Ltd.,
    50 Albemarle Street, London W1X 4Bd
    ISBN 0-7195-4988-4

**Darwin, Tess**
 The Scots Herbal
 The Plant Love of Scotland
 1996 The Mercat Press, Edinburgh
 ISBN 1-873644-60-4

**Dunkling, Alan Leslie**
 Scottisch Christian Names
 An A To Z of First Names
 1988 Johnston and Bacon (Books) Ltd.,
 PO Box No. 1, Stirling, Scotland
 ISBN 0-7179-4249-4

**Dunnett, Dorothy, and Alastair Dunnett**
 The Scottish Highlands
 1993 Mainstream Publishing, Edinburgh
 *(in Buchhandlungen in der Nähe von Touristenattraktionen oft
 auch auf Deutsch erhältlich)*

**Fraser, Charles Ian of Reelig, M.A.**
 The Clan Fraser of Lovat
 1979 Johnston and Bacon, Edinburgh and London
 ISBN 9-7179-4265-1

**Gordon, Giles (Ed.)**
 Scottish Ghost Storys
 1996 Random House UK Ltd., London
 ISBN 1-85958-483-7

**Hunter, James**
 A Dance Called America
 1994 Mainstream Publishing Company, Edinburgh

**Hook, Michael, and Walter Ross**
 The »Forty-Five«:
 The Last Jacobite Rebellion
 1995 The National Library of Scotland, Edinburgh
 ISBN 0-11-495721-5

**Innes, Sir Thomas, of Learney**
  The Scottish Tartans:
  Histories of the Clans,
  Chiefs' Arms and Clansmen's Badges
  1984 Johnston and Bacon (Books) Ltd., Stirling, Scotland

**Kennedy, Ludovic**
  In Bed With An Elephant
  1996 Corgi Books published by Transworld Publishers, Ltd.,
  61-63 Uxbridge Road, London W5 5SA
  ISBN 0-552-14474-6

**Kennedy, Richard**
  The Dictionary of Beliefs
  An Illustrated Guide to World Religions and Beliefs
  1984 BLA Publishing Limited, Sussex
  ISBN 0-7062-4291-2

**Knowlson, T. Sharper**
  The Origins of Popular Superstitions and Customs
  1994 Studio Editions Ltd., London
  ISBN 1 85958 032 7

**Launert, Edmund**
  The Hamlyn Guide to Edible Plants of Britain and Northern
  Europe
  1989 Hamlyn
  ISBN 0-600-56395-2
  *(vom selben Verfasser existiert ein dt.-englisches Wörterbuch
  der Biologie; siehe dt. Sektion der Bibliographie)*

**Leonard, C. H., A. M., M. D.**
  The Concise Gray's Anatomy
  1985 Omega Books Ltd., Herfordshire, England
  ISBN 0-907853-42-0

**Livingstone, Sheila**
  Scottish Customs
  1996 Birlinn Limited, 14 High Street, Edinburgh EH1 1TE
  ISBN 1-874744-41-6

**Lochhead, Marion (Ed.)**
Scottish Tales of Magic and Mystery
1990 Johnston & Bacon Books Limited, Stirling, Scotland
ISBN 0-7179-4602-9

**MacDonald, Micheil**
The Clans of Scotland
The History and Landscape of the Scottish Clans
1991 Brian Trodd Publishing House Limited, London
ISBN 1-85361-216-2

**Macdonald, Ross**
Famous Edinburgh Crimes
1987 Lang Syne Publishers Ltd., Newtongrange, Midlothian
ISBN 0946264-18X

**MacKay, Charles**
The Auld Scots Dictionary
1992 Lang Syne Publishers, Ltd., Glasgow
ISBN 1-85217-001-8

**Maclennan, Malcolm**
Gaelic Dictionary: Gaelic-English, English-Gaelic
1979 Acair and Aberdeen University Press, Great Britain
ISBN 0-08-025712-7

**Macleod, Iseabail**
The Pocket Guide to Scottish Words: Scots-Gaelic
1986 Richard Drew Publishing Ltd., Glasgow
ISBN 0-86267-160-4

**Macleod, Iseabail, Pauline Cairns, Caroline Macafee, and Ruth Martin (Eds.)**
The Scots Thesaurus
1990 Aberdeen University Press, Aberdeen
ISBN 0-08-036583-3

**Makins, Marian (Ed.)**
Scots Dictionary
1995 HarperCollins, Glasgow
ISBN 0-00-470486-X

Marshall, Nancy
  Scottish Songs And Ballads
  1990 W & R Chambers Ltd., 43-45 Annandale Street,
  Edinburgh EH7 4AZ
  ISBN 0-550-20061-4

May, Robin, and G. A. Embleton
  The British Army in North America 1775-1783
  Men-at-Arms Series
  1996 Reed International Books Ltd., Men-at-Arms Series,
  Michelin House, 81 Fulham Road, London SW3 6RB
  ISBN 0-85045-195-7

McLintock, Mrs. (Introduction and Glossary by Iseabail Macleod)
  Mrs McLintock's Receipts for Cookery and Pastry-Work
  1996 The University Press, Aberdeen (reprint) Original pub.
  1767

McNeill, F. Marian
  The Scots Kitchen:
  Its Traditions and Lore with Old-Time Recipes
  1994 The Mercat Press, Edinburgh
  ISBN 1-873644-23-X

Miall, Anton
  Xenophobe's Guide to the English
  1994 Ravette Books Limited, Horsham, West Sussex

Moorey, Teresa
  Herbs for Magic and Ritual
  A Beginner's Guide
  1996 Headway – Hodder & Stoughton
  ISBN 0-340-674156

Newton, Norman
  The Life and Times of Inverness
  1996 John Donald Publishers Ltd., 138 St Stephen Street,
  Edinburgh, EH3 5AA
  ISBN 0-85976-442-7

**Norman, Diana**
The Stately Ghosts of England
1987 Dorset Press, a division of Marlboro Books Corp.

**Peacock, John**
The Chronicle of Western Costumes
From the Ancient World to the late Twentieth Century
1996 Thames and Hudson, Ltd. London
ISBN 0-500-01490-6

**Perrins, Christopher**
Collins New Generation Guide:
Birds of Britain and Europe
1987 Collins, London
ISBN 0-00-219769-3
*(siehe auch dt. Sektion der Bibliographie)*

**Pyne, William H.**
British Costumes
1989 Woodsworth Editions, Ltd., Ware, Hertfordshire
ISBN 1-85326-926-3

**Ratcliffe, Derek**
Highland Flora
1977 Highlands and Islands Development Board,
Bridge House, Bank Street, Inverness
ISBN 0-902347-56-X

**Reaney, P. H., and R. M. Wilson**
A Dictionary of English Surnames
1996 Oxford University Press, Oxford
ISBN 0-19-863146-4

**Reid, Stuart**
18th Century Highlanders
Men-At-Arms Series
1993 Osprey Publishing Ltd., Michelin House, 81 Fulham Rd,
London SW3 6 RB

Reid, Stuart, and Paul Chappel
  King George's Army 1740-1793
  Men-at-Arms Series
  1996 Reed International Books Ltd., London
  ISBN 1-85532-565-9

Robertson, James (Ed.)
  A Tongue in Yer Heid
  1994 B & W Publishing, Edinburgh
  ISBN 1-873631-35-9

Robson, Alan
  Grisly Trails and Ghostly Tales
  Virgin Books, 332 Ladbroke Grove, London W10 5AH

Tabraham, Christopher
  Scottish Castles and Fortifications
  1986 Historic Buildings and Monuments,
  Scottish Development Department, Edinburgh

Thompson, Derick S. (Ed.)
  The Companion to Gaelic Scotland
  1983 Blackwell Reference, Oxford

Thompson, Derick S. (Ed.)
  The New English-Gaelic Dictionary
  1986 Gairm, Glasgow
  ISBN 0-901771-66-X

Tod, Andrew
  Memoirs of a Highland Lady:
  Elizabeth Grant of Rothiemurchus
  1988 Canongate Classics
  ISBN 0-86241-396-6
Tranter, Nigel
  The MacGregor Trilogy
  MacGregor's Gathering, The Clansman,
  Gold for Prince Charlie
  1996 Cornet Books-Hodder and Stoughton, London
  ISBN 0-340-40572-4

**Whyte, Hamish (Ed.)**
  The Minister's Cat
  1993 The Mercat Press, Edinburgh
  ISBN 1-873644-10-8

**Whyte, Hamish, et al (Eds.)**
  Cat A' Mhinisteir:
  The Gaelic Minister's Cat
  1994 The Mercat Press, Edinburgh
  ISBN 1-873644-33-7

**Willsher, Betty**
  Understanding Scottish Graveyards
  1990 W & R Chambers Ltd., Edinburgh
  ISBN 0-550-20482-2

**Wilson, Barbara Ker**
  Scottish Folk-tales and Legends
  1989 Oxford University Press, Oxford
  ISBN 0-19-274141-1

**Woods, Nicola**
  Scottish Proverbs
  1989 W & R Chambers, Edinburgh
  ISBN 0-550-20052-5

# Bücher, die man in jeder Buchhandlung der USA bekommen sollte

**Alsop, J. Fred**
Birds of The Smokies
1991 Great Smokie Mountain Natural History Association,
Rt. 2, Box 572 B, Gatlinburg, TN 37738
ISBN 0-937207-05-5

**Ammer, Christine**
It's Raining Cats and Dogs (and Other Beastly Expressions)
1989 Bantam Doubleday Dell Publishing Group, Inc
ISBN 0-440-20507-7

**Amos, William H., and Stephen H. Amos**
Atlantic & Gulf Coasts
The Audubon Society Nature Guides
1985 Borzoi Books-Publ. by Alfred A Knopf, Inc., New York
ISBN 0-394-73109-3

**Atkinson, R. J. C.**
Stonehenge
1990 Penguin Books USA, New York
ISBN 0-14-013646-0

**Atterbury, Paul, and Lars Tharp (Eds.)**
The Bulfinch Illustrated Encyclopedia of Antiques
1994 Bulfinch Press Book – Little, Brown and Co., New York
ISBN 0-8212-2077-2

**Bartlett, John (Justin Kaplan, General Editor)**
Bartlett's Familiar Quotations
1992 Little, Brown and Company Boston
ISBN 0-316-08277-5

**Baumgarten, Dr. Peter (General Editor)**
Baedeker's Caribbean
1992 Prentice Hall Press
ISBN 0-13-063579-0

Beale, Paul (Ed.)
**Partridge's Concise Dictionary of Slang and Unconventional English**
1989 Macmillan Publishing Company, 866 Third Avenue, New York, NY 10022
ISBN 0-02-605350-0

Bennett, Alan
**The Madness of King George**
1995 Random House, Inc., New York
ISBN 0-679-76871-8

Bown, Deni
**Encyclopedia of Herbs & Their Uses**
1995 Dorling Kindersley Publishing Inc., New York

Brownstone, David, and Irene Franck
**Timelines of War:**
**A Chronology of Warfare from 100.000 BC to the Present**
1994 Little, Brown and Company, New York
ISBN 0-316-11403-0

Bruce, George
**The Paladin Dictionary of Battles**
1986 Hunter Publishing, Inc., Edison, NJ
ISBN 0-586-08529-7

Buckland, Raymond
**Scottish Witchcraft:**
**The History & Magic of the Picts**
1995 Llewellyn Publications, St. Paul, MN
ISBN 0-87542-057-5

Defoe, Daniel
**Robinson Crusoe**
Thomas Nelson and Sons Ltd., 19 East 47th Street, New York, NY
*(diverse deutsche Ausgaben)*

Demos, John
The Unredeemed Captive: A Family Story from Early America
1994 Alfred A Knopf, Inc., New York
ISBN 0-394-55782-4

Desmond, Kevin
A Timetable of Inventions and Discoveries
1986 M. Evans and Company Inc., New York

Duffy, Christopher
The Military Experience in the Age of Reason
1715-1789
1987 Barnes & Noble Books Inc.
ISBN 0-7607-0441-4

Fraser, Antonia
Scottish Love Poems
1989 Peter Bedrick Books, New York
ISBN 0-87226-211-1

Gordon, Richard
The Alarming History of Medicine
1993 St. Martin's Press, New York
ISBN 0-312-16763-6

Grun, Bernard
The Timetables of History
A Horizontal Linkage of People and Events
1982 A Touchtown Book, Simon and Schuster Inc.,
New York
ISBN 0-671-24988-6

Gutenberg Press
Medieval Punishment
Torture and Executions in Europe 1100-1600
How It Was Done Why It Was Done
1995 The Gutenberg Press 3198 S John Redditt Drive, Lifkin,
TX 75904

Harris, Paul
A Little Scottish Cookbook
1988 Chronicle Books, San Francisco
ISBN 0-86281-560-0

Haskins, Jim
Voodoo & Hoodoo:
The Craft as Revealed by Traditional Practitioners
1990 Scarborough House, Lanham, MD (originally published
1978, Stein & Day)
ISBN 0-8128-6085-3

Hawking, Stephen W.
A Brief History of Time
From The Big Bang to Black Holes
1988 Bantam Books, New York
*(siehe auch deutsche Sektion der Bibliographie)*

Hurston, Zora Neale
Tell my Horse: Voodoo and Life in Haiti and Jamaica
1990 Perennial Library, New York

Johnson, Elias
Legends, Traditions, and Laws of the Iroquois, or Six Nations,
and History of the Tuscarora Indians
1978 AMS Press, New York

Kermack, W. K. (Ed.)
A Scots Sampler: An Anthology of Prose and Verse
1993 Barnes & Noble, Inc., New York
ISBN 1-56619-129-7

Laffin, John
Brassey's Dictionary of Battles
1995 Barnes & Noble Books, New York
ISBN 0-7607-0767-7

Langguth, A. J.
  Patriots: the Men who Started the American Revolution
  1988 Simon & Schuster Inc., New York
  ISBN 90-671-67562-1

Leung, Y. Albert
  Chinese Herbal Remedies
  1984 Universe Books, New York
  ISBN 0-87663-578-8

Loewen, W. James
  Lies My Teacher Told Me
  1995 Simon & Schuster
  ISBN 0-684-81886-8

Love, Dane
  Scottish Ghosts
  1996 Barnes & Noble

Lyle, Emily (Ed.)
  Scottish Ballads
  1995 Barnes & Noble, New York
  ISBN 1-56619-997-2

MacDougall, Carl (Ed.)
  The Giant Book of Scottish Short-Stories
  1989 Peter Bedrick Books, New York
  ISBN 0-87266-217-0

Maracle, David Kanatawakhow
  One Thousand Useful Mohawk Words
  1992 Audio-Forum, a division of Jeffrey Norton Publishers,
  Inc, On-the-Green, Guilford, CT 06437
  ISBN 0-88432-710-8

Moss, Norman
  British/American Language Dictionary
  1988 Passport Books, Trade Imprint of National Textbook
  Co., 4255 West Touhy Avenue, Lincolnwood, IL 60646-1975
  ISBN 0-8442-9104-8

McNeil, W. K. (Ed.)
Ghost Stories from the American South
1985 August House, PO Box 3223, Little Rock, AR 72203
ISBN 0-935304-84-3

Meyer, Duane
The Highland Scots of North Carolina 1732-1776
1961 The University of North Carolina Press
ISBN 0-8078-419-4

Nordhoff, Charles, and James Norman Hall
Mutiny on The Bounty
1960 Little, Brown And Company, Boston

Partridge, Eric (revised and edited by Pual Beale)
A Dictionary of Catch Phrases
American and British, from the Sixteenth Century to the Present Day
1992 Scarborough House, Lanham, MD
ISBN 0-8128-8536-8

Pepper, Elizabeth, and John Wilcock
Magical and Mystical Sites: Europe and the British Isles
1993 Phanes Press; PO Box 6114 Grand Rapids, MI 49516
ISBN 0-933999-44-5

Pennick, Nigel
The pagan book of days:
A Guide to the Festivals,
Traditions, and Sacred Days of the Year
1992 Destiny Books, Rochester, VT
ISBN 0-89281-369-5

Platt, Richard
Cross-Sections: Man-Of-War
1993 Dorling Kindersley, New York
ISBN 1-56458-321-X

Porter, Roy
  Medicine, A History of Healing:
  Ancient Traditions to Modern Practices
  1997 Marlowe & Company, New York
  ISBN 1-56924-708-0

Rawley, James A.
  The Transatlantic Slave Trade: A History
  1981 Norton, New York

Ribeiro, Aileen
  Dress in Eighteenth Century Europe 1715-1789
  1985 Holmes & Meier Publishers, Inc., New York
  ISBN 0-8419-1016-2

Roberts, Nancy
  Blackbeard and Other Pirates of the Atlantic Coast
  1993 John F. Blair, Publisher Winston-Salem, NC
  ISBN 0-89587-098-3

Ross, Ann
  The Folklore of the Scottish Highlands
  1993 Barnes and Noble
  ISBN 1-56619-226-9

Russell, Randy, and Janet Barnett
  Mountain Ghost Storys and Curious Tales of Western North
  Carolina
  1994 John F. Blair, Publisher 1406 Plaza Drive,
  Winston-Salem, NC 27103
  ISBN 0-89587-064-9

Shaw, P. Carol
  Whisky: A Discriminating Guide to Scotch Whiskies
  1995 Running Press, Philadelphia
  ISBN 1-56138-387-2

Sloane, Eric
 **ABC Book of Early America**
 1963 Wings Books, New York
 ISBN 0-517-14789-0

Sloane, Eric
 **Eric Sloane's Sketches of America Past**
 1986 Promontory Press, New York
 ISBN 0-88394-065-5

Starr, Douglas
 **Blood: An Epic History of Medicine and Commerce**
 1998 Alfred A. Knopf, Inc., New York
 ISBN 0-679-41875-x

Svensson, Sam (Ed.)
 **The Lore of Ships**
 1998 Barnes & Noble, Inc.
 ISBN 076070781

Swain, John
 **The Pleasures of the Torture Chamber**
 1995 Dorset Press, division of Barnes & Noble, Inc.
 ISBN 1-56619-772-4

Tang, Stephen, et al.
 **Chinese Herbal Medicine**
 1995 Berkley Books, New York
 ISBN 0-425-14987-0

Tannahill, Reay
 **Food in History**
 1989 Crown Trade Paperbacks; 201 East 50th Street, New York 10022
 ISBN 0-517-88404-6

Warrack, Alexander (Ed.)
 **The Concise Scots Dictionary**
 1988 Crescent Books – Crown Publishers, Inc., New York
 ISBN 0-517-67377-0

Webster, William David, James F. Parnell, and Walter C. Biggs, Jr.
  Mammals of the Carolinas, Virginia, and Maryland
  1985 The University of North Carolina Press
  ISBN 0-8078-1663-9

Wilbur, C. Keith, M. D.
  Revolutionary Medicine 1700–1800
  1980 The Globe Pequot Press, Chester, CT
  ISBN 0-87106-041-8

Wilbur, C. Keith, M. D.
  Antique Medical Instruments
  1987 Schiffer Publishing Ltd., Atglen, PA


## DEUTSCHE BÜCHER

Brüder Grimm
  Irische Elfenmärchen
  nach der englischen Originalausgabe
  des Thomas Crofton Croker
  Edition Herder
  ISBN 3-451-26053-0
  *(bibliophile Nettigkeit)*

Charles, Prinz von Wales
  Der alte Mann von Lochnagar
  Olaf Hille Verlag
  ISBN 3-929174-11-1
  *(liebenswertes Kinderbuch mit viel Lokalkolorit aus den
  Cairngorm-Bergen)*

Fontane, Theodor
  Jenseits des Tweed
  Bilder und Briefe aus Schottland
  Aufbau TB
  ISBN 3-7466-5286-3

Fraser, Antonia
Maria Stuart
Claassen Verlag
ISBN 3-546-00110-9

Guyonvarc'h, Christian J., u. Leroux, Françoise
Die hohen Feste der Kelten
Arun Verlag
ISBN 3-927940-26-7

Harenberg Sehnsuchtskalender Schottland
53 Postkarten
Harenberg Verlag
*(klein, aber seufz)*

Hawking, Stephen
Eine kurze Geschichte der Zeit
rororo science
ISBN 3-499-60555-4
*(das Buch mit der Moebiusschleife ...)*

Hildegard von Bingen
Kräuterbüchlein für Leib und Seele
Ausgewählt und eingeleitet von Lieselotte Eltz-Hoffmann
Gütersloher Verlagshaus
ISBN 3-579-03350-6

Horwood, William
Die Flucht des Adlers
Ravensburger Buchverlag
*(Die Geschichte eines Adlers, der nach langer Gefangenschaft im Londoner Zoo an seinen Heimatort zurückfindet – den sagenumwobenen Steinkreis von Callanish auf der Hebrideninsel Lewis; leider vergriffen, doch falls es im Second-Hand-Buchladen im Regal stehen sollte ...)*

Indianermärchen aus Nordamerika
hg. v. Frederik Hetmann
Fischer TB
ISBN 3-596-10204-9

Jackson, Michael
Whisky
Hädeke Verlag
ISBN 3-7750-0180-8

Keltische Märchen
hg. v. Frederik Hetmann
Fischer TB Bd. 2899
ISBN 3-596-22899-9

Klemme, Brigitte, u. Holtermann, Dirk
Delikatessen am Wegesrand
Hinsehen, abpflücken und aufessen – Wildkräuter mit anderen
Augen sehen
Walter Rau Verlag
ISBN 3-7919-0616-X

Kölbl, Konrad
Kölbl's Kräuterfibel
Eine Fundgrube alter und moderner Heilkräuter- und Hausmittel-Rezepte
Verlag Konrad Kölbl
ISBN 3-87411-160-1
(mit Faksimile-Abdrucken aus dem »Hortus Eystettensis«, aus
der »Heilung der Krankheiten« von Sebastian Kneipp etc.)

Larsson, Björn
Der keltische Ring
Berlin Verlag
3-8270-0244-3 (Krimi um die modernen Kelten)

Launert, Edmund
Biologisches Wörterbuch (dt.-engl.)
UTB Verlag
ISBN 3-8252-8105-1

Leloup, Roger
Spuk in Schottland
Carlsen Verlag
ISBN 3-551-02132-5

Märchen aus Schottland
hg. v. Frederik Hetmann
Fischer TB
ISBN 3-596-11391-1

Märchen von Hexen und weisen Frauen
hg. v. Sigrid Früh
Fischer TB Bd. 10462
ISBN 3-596-13363-7

Malzahn, Manfred
Scots – Die Sprache der Schotten – Wort für Wort
bearbeitet von Alexander Schwarz
Reihe: Kauderwelsch
ISBN 3-89416-277-5

Meenan, Aidan
Celtic Design – Knotwork
Keltische Flechtmuster
Arun Verlag
ISBN 3-927940-47-X

Meenan, Aidan
Celtic Design – Spiral Patterns
Keltische Spiralmuster
Arun Verlag
ISBN 3-927940-48-8

Metzger, Jan
Die Milizarmee im klassischen Republikanismus
Die Odyssee eines militärpolitischen Konzeptes von Florenz
über England und Schottland nach Nordamerika (15.-18.
Jhdt.)
Sankt Galler Studien für Politikwissenschaft
ISBN 3-258-06089-4

Pahlow, Mannfried
GU Kompass Heilpflanzen
Die wichtigsten Heilkräuter – Kennenlernen und Bestimmen
leicht gemacht
Gräfe und Unzer
ISBN 3-7742-4244-5

Ody, Penelope
Naturmedizin Heilkräuter
Der Ratgeber für die richtige Anwendung von Heilkräutern zu
Hause mit 150 farbigen Fotoarrangements und 93 Schwarz-
weiß-Grafiken
BLV Verlagsgesellschaft
ISBN 3-405-15745-5

Perrins, Christopher
Vögel
Biologie + Bestimmen + Ökologie
Pareys Naturführer Plus
ISBN 3-8263-8182-3

Resch-Rauter, Ingeborg
Unser keltisches Erbe
Flurnamen, Sagen, Märchen und Brauchtum als Brücken in die
Vergangenheit
Teletool Ed.
ISBN 3-9500167-0-8

Stellmann, Dr. med. H. Michael
Kinderkrankheiten natürlich behandeln
Gräfe und Unzer
ISBN 3-7742-5089-8
*(beileibe kein Kinderkram, sondern für den Laien eine hervor-
ragende Einführung in die Naturmedizin)*

Tisserand, Maggie
Die Geheimnisse wohlriechender Essenzen
Windpferd Verlag, Edition Schangrila
ISBN 3-89385-021-X

Watkins, Dee u. Watkins, Jessie
**Englische Landhausküche**
Falken Verlag
ISBN 3-8068-4981-1
*(enthält ungeachtet des irreführenden Titels auch viele Rezepte aus Irland, Wales und Schottland)*

# ANHANG I

# Errata

NA JA, WISSEN SIE – NIEMAND IST PERFEKT. Ich nicht, die Lektoren und Korrektoren nicht, die Setzer nicht. Ich am allerwenigsten. Allerdings ist es mein Name, der vorn auf dem Buch steht. Bei einigen der folgenden Korrekturen handelt es sich schlicht um Tippfehler, manche sind eigentlich keine Irrtümer, doch die Leser glauben, dass sie es sind – und manche sind tatsächlich Fehler. Ich bezweifle, dass diese Liste vollständig ist; es liegt in der Natur von Irrtümern, dass sie sich im Verborgenen aufhalten und vermehren und bei jeder Lektüre eines Textes neue auftauchen. (Ich glaube, dass sie sich vermehren, wenn das Buch geschlossen ist, und jedes Mal, wenn man es aufschlägt, bei Tageslicht ausschlüpfen.)

In der Folge also Korrekturen, Erklärungen und Verbesserungen – die Seitenangaben beziehen sich jeweils auf die gebundene Ausgabe. Mein Dank gilt Elizabeth M. Phillips für ihre detaillierten Kommentare, die mir sehr geholfen haben.

## FEUER UND STEIN

**Anfangsdatum »1945«.** Einige Zeit, nachdem ich einen amerikanischen Verleger für *Outlander/Feuer und Stein* gefunden hatte, bekam ich zu meiner Überraschung einen Anruf von einem Herrn mit einer angenehmen Stimme, der mich davon in Kenntnis setzte, dass er mein Agent für Auslandsrechte sei (ich wusste gar nicht, dass ich einen hatte) und dass es ihm eine Freude sei, mir mitzuteilen, dass er die Rechte an meinem Buch gerade einem schwedischen Verleger verkauft habe.

»Das *können* Sie?«, platzte ich heraus. Offensichtlich konnte er. Bis jetzt sind die Bücher an Verleger in Schweden, Frankreich, Spanien (und Lateinamerika), Italien, Deutschland, Kanada, das Vereinigte Königreich, Russland, Korea, Polen und die Niederlande verkauft worden. Mir war zwar klar gewesen, dass man Bücher selbstverständlich ins Ausland verkaufen kann, mir war aber *nicht* klar gewesen, dass der Autor normalerweise dafür bezahlt wird. Außerdem war mir nicht klar gewesen, dass es Unterschiede zwischen der Originalfassung eines Buches und einer Auslandsausgabe geben könnte – vor allem einer, die in der selben Sprache verfasst ist.

Der Verkauf des ersten Buches an einen britischen Verlag führte zu einer ganzen Reihe kleiner Veränderungen und Komplikationen. Auf meine Bitte hin (da ich noch nie in Schottland gewesen war) war der britische Verleger so freundlich, das Manuskript von Reay Tannahill, einer bekannten schottischen Historikerin (die selbst eine talentierte Verfasserin historischer Romane ist) lesen zu lassen. Reay schickte mir eine Reihe von Anmerkungen zu kleinen Details des Manuskriptes (welche Farben man beispielsweise bei der Verwendung von Pflanzenfarben erwarten kann, welche Farbe die häufigste Granitsorte in Argyllshire hat und wie Loch Ness tatsächlich riecht), über die ich sehr froh war. Zu dem Zeitpunkt, als ich Reays Anmerkungen erhielt, lag die amerikanische Version des Buches bereits als Satzfahnen vor. Dennoch konnte ich sie fast vollständig in die amerikanische Ausgabe einarbeiten, mit einer Ausnahme.

Reay schrieb mir: »Der Zweite Weltkrieg war für uns nicht so abrupt zu Ende wie für Sie in den Vereinigten Staaten. Auch nach der Friedenserklärung gab es noch länger Rationierungen und Not – und es gibt immer noch Menschen, die sich daran erinnern. Die Handlung Ihres Buches beginnt im Jahr 1945, doch die Bedingungen, die Sie beschreiben, wären ein Jahr später sehr viel glaubwürdiger; eigentlich sollte das Buch 1946 beginnen.« – »Schön«, sagte ich und rief meinen amerikanischen Verleger an.

»Das können wir nicht«, wurde mir gesagt. »Sie können die anderen Änderungen übernehmen, so lange sie klein sind, aber wenn Sie das Anfangsdatum ändern, ändern sich alle Daten im Verlauf des Buches. Wir müssten das Manuskript erneut Korrektur lesen lassen, und dazu sind wir schon zu dicht am Drucktermin. Außerdem«, so wurde hinzugefügt, »wird der Unterschied sowieso keinem Leser in den Staaten auffallen.«

Demzufolge beginnt *Outlander* (genau wie die deutsche Ausgabe, *Feuer und Stein*) im Jahr 1945 und *Cross Stitch,* die britische Version, im Jahr 1946. Dieser kleine Widerspruch hat später zu einem hartnäckigen Irrtum in *Die geliehene Zeit* geführt, und die einzige Methode, die mir zu seiner Aufklärung einfällt, ist, ihn zu erklären. Jedenfalls sollte das Buch eigentlich 1946 beginnen.

**Seite 32/33:** Frank und der Reverend verkünden Claire, dass sie das »Allerneueste« über Jack Randall herausgefunden haben, was Claire – angesichts des Aussehens der Papiere auf dem

Schreibtisch – auf »ungefähr 1750« zurückdatiert. Wenn Jack Randall 1746 gestorben ist, konnte er kaum 1750 die Gegend terrorisieren. Und da er 1739 gerade Kommandeur von Fort William geworden war, als Jamie dort ausgepeitscht wurde, sollte Claire wahrscheinlich eher 1740 sagen. Andererseits ist Claire keine Antiquarin und kennt Randalls Geschichte nicht – also würde ich sagen, eine aus dem Ärmel geschüttelte Schätzung, die nur um zehn Jahre abweicht, ist gar nicht so übel.

**Seite 108: »MacTavish«.** An dieser Stelle ist (durch mich) ungeschickt redigiert worden. Ursprünglich trug Jamie bei seiner ersten Begegnung mit Claire den Decknamen »Jamie MacTavish« – da die Schotten nicht wussten, wer sie war, sie aber im Verdacht hatten, eine Art Spionin zu sein, und sie ihr Jamies Identität nicht preisgeben wollten. Doch habe ich die Stelle, an der er so vorgestellt wird, beim abschließenden Zurechtstutzen des Manuskriptes entfernt – und weder mir noch der Lektorin noch der Korrektorin ist diese Referenz aufgefallen, die plötzlich in der Luft hing.

**Seite 159: »Kirschen und Aprikosen«.** Diverse Gärtner in meiner Bekanntschaft haben mich verlässlich darüber in Kenntnis gesetzt, dass es zu dieser Jahreszeit weder reife Kirschen noch Aprikosen gibt. Bin ich Botanikerin? Nein.

**Seite 182: »Je suis prest.«** Dies zählt zu den Dingen, die kein Irrtum sind, von den Leuten aber oft dafür gehalten werden. Ja, ich weiß (wie sich mehrere Dutzend Leser informiert haben), dass die korrekte französische Schreibweise »Je suis *prêt*« lautet. Das ändert aber nichts an der Tatsache, dass das verflixte Motto des Fraser-Clans nun einmal »Je suis prest« *ist*. »Prest« ist eine alte französische Schreibweise; das »s« wurde irgendwann im neunzehnten oder zwanzigsten Jahrhundert durch das akzentuierte »ê« ersetzt – doch es war einmal »prest«, und dabei bleibt es.

**Seite 211: »Kirschbaum«.** Okay, das hat man nun davon, wenn man Szenen nicht der Reihe nach schreibt und sie später zusammenfügt. Es führt dazu, dass Leute auf blühende Kirschbäume einschlagen, obwohl andere Leute einen Monat zuvor Kirschen gepflückt haben (selbst wenn es nicht hätte sein dürfen). Dämliche Kirschen ist alles, was ich dazu sagen kann.

**Seite 300: »Brian Dhu«** sollte wahrscheinlich »Brian Dubh« heißen. Es gibt im Gälischen keine korrekte Schreibweise (da es lange Zeit keine Schriftsprache war und es bis heute keine durchschlagenden Versuche einer Standardisierung der Rechtschreibung gegeben hat), doch manche Formen sind häufiger verbreitet als andere. Die gälische Rechtschreibung ist nicht besonders konsistent, vor allem, wenn man sich ältere Dokumente ansieht (ehrlich gesagt ist es bei der englischen Rechtschreibung aber auch nicht anders), und ich habe »Dhu« schon in dieser Schreibweise als Spitznamen gefunden. Dennoch meint mein Gälischexperte, es sollte »Dubh« sein, und er weiß es besser als ich.

**Seite 300: »Mo duinne«** sollte »mo nighean donn« sein. Dies war ein Versuch meinerseits, mit Hilfe eines gälischen Wörterbuchs »meine Braune« zu sagen. Iain Taylor, mein Gälischexperte (der mir großzügigerweise nach der Lektüre der ersten beiden Bücher seine Hilfe angeboten hat), teilt mir mit, dass die korrekte Form eigentlich »mo nighean donn« (mein braunhaariges Mädchen) sein sollte, daher habe ich diese Form in den späteren Büchern verwendet.

**Seite 303: »Lag Cruime«.** Ich würde nicht unbedingt sagen, dass dies ein *Irrtum* ist, doch es ist auch kein Gälisch. Ich habe den Namen erfunden.

**Seite 323; im Deutschen?:** Statt »**Campbells**« muss es »Chisholms« heißen.

**Seite 422: Statt »grauen Augen«** muss es »grüne Augen« heißen.

**Seite 550: Statt »Fergus nic Leodhas«** muss es »Fergus mac Leodhas« heißen; »nic« bedeutet »Tochter des«, »mac« bedeutet »Sohn des«.

**Seite 551: Das Geburtsdatum des kleinen Jamie.** Jenny sagt ihrem Bruder, dass ihr Sohn »letzten August« zwei geworden ist. Da es zu diesem Zeitpunkt Ende Oktober 1743 ist, müsste Jamie Murray im August 1741 geboren sein. Andererseits sagt Jamie auch, dass die Empfängnis ihres Sohnes »sechs Monate nach meiner letzten Begegnung mit... Randall« stattfand. Wenn sie Randall zuletzt im Oktober 1739 begegnet ist, als er Jamie Fraser nach Fort William mitnahm, so müsste Jamie Murray im April 1740 gezeugt und im Januar 1741 geboren sein, nicht im August. Ooooookay. Also wird »August« zu »Januar«.

Seite 553: Statt »**mi dhu**« sollte es in korrektem Gälisch »mo nighean dubh« heißen. Es bedeutet »meine Schwarzhaarige«.

Seite 600: Statt »**ruadh**« muss es »ruaidh« heißen.

Seite 650: »**Die Zahlen waren** eins, neun, sechs und sieben.« Dies bezieht sich ebenso wie die kurz darauf folgende Jahreszahl auf das Jahr 1967 und sollte zu »...eins, neun, sechs und acht« (1968) geändert werden. Siehe auch unter »Anfangsdatum 1945«.

Seite 784: »1745« ist ein Tippfehler; es muss »1746« heißen. Außerdem hat Jack Randall nicht 1744, sondern Anfang 1746 geheiratet – aber inzwischen ist uns doch sicher allen klar geworden, wie ungenau historische Dokumente sein können, nicht wahr?


# Diverses

Einige Leser haben mir mitgeteilt, dass es zu der Zeit, von der die Rede ist, in Schottland keine Wölfe gegeben haben kann oder dass es für eine Frau unmöglich ist, mit bloßen Händen einen Wolf zu töten. Das mag so sein – vielleicht aber auch nicht.

Wölfe sind seit Mitte des achtzehnten Jahrhunderts in Schottland ausgestorben; die letzte (einigermaßen verlässliche) Sichtung, die ich finden konnte, war 1749; in den Jahren davor wurden selten Wölfe gesichtet. Das bedeutet, dass es durchaus im Jahr 1743 noch Wölfe gegeben haben *könnte*, als Claire vor den Mauern des Gefängnisses von Wentworth einem kleinen Rudel begegnete.

Nun beschreibe ich deren Verhalten nicht so, wie es für ein echtes Wildrudel charakteristisch ist, sondern es entspricht dem Verhalten von Tieren, die aus ihrem ursprünglichen Lebensraum vertrieben worden sind und sich gezwungen sehen, statt von der Jagd von Abfällen und Aas zu leben. Man würde erwarten, dass sich dies nicht nur auf das Verhalten dieser Tiere negativ auswirkt, sondern auch auf ihren Ernährungszustand und ihre Gesundheit im Allgemeinen.

Daher ist es zwar unwahrscheinlich – wenn auch nicht unmöglich –, dass eine Frau unter normalen Bedingungen einen ausgewachsenen Wolf überwältigen und töten könnte, doch es liegt schon eher im Bereich des Möglichen, dass eine verzweifelte Frau ein heruntergekommenes, unterernährtes Tier überwältigt, das durchaus auch noch mit Parasiten infiziert sein oder an Mangelerscheinungen leiden könnte.

Anmerkung: In letzter Zeit bemüht sich der Scottish Wildlife Council um eine Wiedereinführung der Wölfe in Schottland. Bei einer Schottlandreise Anfang der neunziger Jahre habe ich diverse Poster gesehen, die alle das Porträt eines großen, gelbäugigen Wolfes mit ganz sacht gefletschten Zähnen zeigten. »Sagen Sie *ihm* bloß nicht, dass er ausgestorben ist!«, war der Slogan, der darunter stand.

## DIE GELIEHENE ZEIT

**Seite 31: Der »Flying Scotsman«** braucht nicht drei Stunden bis nach Edinburgh, sondern eher vier bis fünf.

**Seite 39: Briannas Alter.** Okay. Ich gebe offen zu, dass ich dazu neige, Daten aus dem Auge zu verlieren, da ich normalerweise beim Schreiben ein ungefähres Datum einsetze und später vergesse, es zu korrigieren. Allerdings *glaube* ich, dass Brianna im November 1948 geboren wurde. Wenn das stimmt, dann wäre sie im Mai 1968 bei ihrer ersten Begegnung mit Roger Wakefield neunzehn. Und wenn *das* stimmt, dann hätte Claire sagen müssen »Brianna muss noch anderthalb Jahre warten«, nicht »Brianna muss noch acht Monate warten«, bis sie legalerweise Alkohol trinken darf.

Seite 210: »Der geduldige Jamie lauschte aufmerksam auf das A der Gabel, dann brachte er einen Ton hervor, der ungefähr einem Dis entsprach.«

Eine dem Originaltext entsprechende Übersetzung würde lauten: »Geduldig wie immer, lauschte Jamie aufmerksam auf das A der Gabel, dann sang er erneut und brachte einen Ton hervor, der irgendwo in der Lücke zwischen dem Es und dem Dis klemmte.«

Dies ist einer jener Nicht-Irrtümer, den nicht nur die Übersetzerinnen ausmerzen zu müssen glaubten, sondern auf den mich die Leute immer wieder aufmerksam machen, wobei sie mich darauf hinweisen, dass Es und Dis dieselbe Note sind. Da ich einen Abschluss in Musik habe, bin ich mir dessen bewusst, und Claire ist es auch; sie übertreibt den Missklang von Jamies Stimme, indem sie unterstellt, dass er einen Ton treffen kann, der so falsch ist, dass er gar nicht existiert. So viel zum Thema Übertreibung.

Seite 215: Eine etwas deplatzierte Szene. Hier sieht es so aus, als begegneten wir Annalise de Marillac zum ersten Mal, dabei sind wir schon ein paar Szenen zuvor auf sie gestoßen. Das kommt davon, wenn man stückweise schreibt und die Teile später zusammenfügt.

Seite 596: Statt »mi dhu« muss es *mo nighean dhubh* heißen.

Seite 612: Statt »mo cridh« muss es *mo chridhe* heißen.

Seite 943 ff: Neunzehnhundertachtundsechzig. Dies ist kein Fehler, *wenn* man die Daten in *Feuer und Stein* von 1945 zu 1946 und von 1967 zu 1968 ändert. (Siehe auch den Anfang dieser Liste.) Tut man es aber nicht, dann ist es einer.


# FERNE UFER

Seite 123: Statt »Damespiel« muss es *Würfelspiel* heißen.

Seite 148: *a charaid(h)?*

**Seite 246:** Statt 1945 muss es *1946* heißen.

**Seite 372:** Hier wird eine der Prostituierten als Mollie vorgestellt, um sich dann in Millie zu verwandeln. Suchen Sie sich einen der Namen aus; es sollte nur immer derselbe sein.

**Seite 709:** »...die Geschichte von Gideon und seiner Tochter?« Okay, dumm gelaufen. Claire ist keine Bibelforscherin, und ich auch nicht. Es war nicht Gideon, es war Jephthah (Richter 12).

**Seite 830: MacKimmie/Joyce.** Okay. Ich gebe zu, dass ich vorübergehend den Überblick über Laoghaires Ehemänner verloren habe. Vor Jamie hatte sie zwei – Hugh MacKenzie, einen von Colums Pächtern und dann Simon MacKimmie, den Vater von Marsali und Joan, der im Gefängnis umgekommen ist. Nur hatte ich Simon nicht ordnungsgemäß zur Kenntnis genommen, sodass er an einer Stelle Simon MacKimmie heißt und an einer anderen Simon Joyce, und als ich diese Stelle schrieb, hatte ich mich noch nicht entschieden, welcher Name nun der richtige war, also schrieb ich sie beide hin und nahm mir vor, den falschen später zu streichen. Nur, dass ich es nicht getan habe.

## Der Ruf der Trommel

**Seite 100:** Aus zuverlässiger Quelle ist mir mitgeteilt worden, dass die Sitte es so will, dass der Vertreter der MacDonalds ruft: »Clan Donald ist hier«, nicht: »Die MacDonalds sind hier.« Das ist durchaus vernünftig, denn schließlich bedeutet »Mac-Donald« ja Sohn oder Söhne des Donald. Andererseits ist dies bei den MacLeods, MacKuens, MacLarens und (soweit ich weiß) auch den anderen »Mac«-Clans nicht Usus, sondern ihr Ruf nennt den Namen mit »Mac«. Wiederum andererseits steht nirgendwo geschrieben, dass diese Sitte überall einheitlich gehandhabt werden muss, und wenn Clan Donald sich so rufen möchte, dann habe ich absolut nichts dagegen.

**Seite 112:** Die wachsamen Gärtner, die ihr Veto gegen die Kirschsaison in Schottland eingelegt haben, waren auch bei den Pfirsichen in North Carolina wieder aufmerksam bei der Sache.

Hmm. Möglicherweise kommt es diesen hilfsbereiten Seelen nicht in den Sinn, dass das Wetter im achtzehnten Jahrhundert etwas anders gewesen sein könnte als heutzutage? (Vielleicht war es ja auch nicht so, aber ich nutze jede Entschuldigung, die ich finden kann.)

**Seite 584: Stricknadeln.** Das ist auch wieder eine von diesen Stellen, an denen vielleicht ein Irrtum vorliegt, vielleicht auch nicht. Ich wusste, dass es im achtzehnten Jahrhundert schon gerade Stricknadeln gab, aber das war auch schon ungefähr alles, was ich darüber wusste. Daher habe ich eine befreundete Handarbeitsexpertin zur Geschichte der Stricknadel befragt, weil ich wissen wollte, ob es damals schon so etwas wie Rundstricknadeln gab.

Sie versorgte mich mit einer Menge nützlicher Informationen, darunter auch die Beschreibung eines Werkzeugs namens »Strickfutteral«, das aus Stahldraht bestand und (so wie ich es verstand) dazu diente, bei der Arbeit an einem größeren Kleidungsstück die Maschen zu halten, die nicht mehr auf die Nadel passten. Genauso funktioniert natürlich eine Rundstricknadel, und ich machte prompt einen Gedankensprung, machte das eine zum anderen – und stellte Claire für ihren Handarbeitskorb nicht nur ein Nadelspiel zum Sockenstricken, sondern auch eine Rundstricknadel zur Verfügung.

Wie ich später von den Experten des Crafts-Forums beim CompuServe erfuhr, ist ein »Strickfutteral« *nicht* das Gleiche wie eine Rundstricknadel. Das Nadelspiel ist zwar historisch akkurat, doch die Rundstricknadel ist es nicht. Andererseits, so fügten sie alle hinzu, gefiel ihnen die Szene sehr, und wir schreiben hier doch Romane, nicht Geschichte, oder?

So weit, so gut. Ich erhebe keinesfalls den Anspruch, dass diese Liste von Irrtümern vollständig ist. Dann und wann bekomme ich einen hilfsbereiten Brief oder eine E-Mail, die mich auf einen (eingebildeten oder tatsächlichen) Fehler hinweist und grundsätzlich damit endet, dass der Verfasser mir liebenswürdig versichert, dass das Buch wirklich ziemlich gut ist, wenn er nur einen Fehler auf zig Millionen Seiten gefunden hat! Ich danke ihm dann herzlich und verkneife es mir, ihm von den Fehlern zu erzählen, die ihm zufälligerweise nicht aufgefallen sind.

ANHANG II

# Informationen über die
# gälische Sprache

VIELE LEUTE SCHREIBEN MIR (offensichtlich unter dem völlig falschen Eindruck, dass ich Gälisch spreche) und bitten mich um Rat oder um die Angabe von Informationsquellen, weil sie auch gern Gälisch lernen möchten. Unglücklicherweise kann ich ihnen da nicht weiterhelfen, kann sie aber glücklicherweise in diesem Buch zumindest an die richtige Adresse verweisen:

Das

## Studienhaus für keltische Sprachen und Kulturen
*Taigh nan cànan cheilteach 's an cultur*
Hauptstraße 449
53639 Königswinter
Tel 02223-912666
Fax 02223-912667
Internet: http:\\www.sksk.de

ist eine Abteilung des sprachwissenschaftlichen Instituts der Universität Bonn, die durch einen Förderverein getragen und von den Kultusministerien Irlands und Schottlands mitfinanziert wird.

Es beherbergt nicht nur eine linguistische Forschungsstätte und ein Archiv, sondern bietet auch offene Kurse für Anfänger und Fortgeschrittene im Irischen, Schottisch-Gälischen, Walisischen und Bretonischen an (Wochenend-Workshops, Wochen-Intensivkurse, Abendkurse). Der eine oder andere Musikkurs rundet das Angebot ab. Telefonische Informationen werden gern erteilt.

Unter der Überschrift

## Failte 97
findet der deutsche Web-Surfer neben der SKSK-Seite noch ein weiteres deutschsprachiges Angebot. Die Adresse
**http://www.smo.uhi.ac.uk/cnag/failte/Failte97/f12d.html**
führt ihn zu einer Seite mit verschiedenen Adressen in Schottland, die gälische Sprachaufenthalte anbieten. Die Seite enthält weiterhin Hintergrundinformationen zur gälischen Sprache, Geschichte, Gegenwart und Kultur sowie Tipps zur Reiseorganisation.

Ein Link verbindet den englischsprachigen User mit der Seite des Gälisch-Kurses *Speaking Our Language,* der in der gälischen Schiene von Scottish Television als Fernsehserie lief. Die Begleitmaterialien zu dieser Serie (Arbeitshefte, Audiocassetten und Videos) bilden einen gut nachvollziehbaren gälisch-englischen Schnupperkurs (die Webseite bietet eine Probelektion an).

Informationen bei:

Cànan Ltd.
PO Box 345
Isle of Skye IV44 8XA
Scotland
Tel 0044-1471-844345
Fax 0044-1471-844421
e-mail canan@smo.uhi.ac.uk

ANHANG III

# Eine kurze Discographie
# keltischer Musik

Zum ersten Mal bin ich mit keltischer Musik in Berührung gekommen, als ich für *Feuer und Stein* schottische Sprachmuster recherchierte. Balladen und andere Lieder vermittelten mir ein Bild von der Kultur und ihrer Sprache, und außerdem konnte ich mir die improvisierten Kommentare der Musiker auf den Liveaufnahmen anhören, was ich wirklich sehr hilfreich fand.

Doch ich mag keltische Musik auch über den Zweck der Recherche hinaus – und vielen meiner Leser geht es genauso. In der Folge finden Sie daher eine Liste keltischer CDs, die natürlich keinerlei Anspruch auf Vollständigkeit erhebt und nur als Einstieg gedacht ist. Die aufgeführten Platten sollten über den deutschen Handel problemlos zu beziehen sein.


## Battlefield Band
Eine der dienstältesten schottischen Folk-Formationen, die zu den Mitbegründern der keltischen »Renaissance« gehört und immer noch oft in Deutschland zu Gast ist.

*Across the Borders*
Label: Fms

*After Hours*
Label: Fms

*Anthem for the Common Man*
Label: Fms

*Celtic Hotel*
Label: Fms

*Home Ground – Live from Scotland*
Label: Fms

*Home Is where the Van Is*
Label: Fms

*Live Celtic Folk Music*
Label: Munich

*Music in Trust Vol. 1*
Label: Fms

*Music in Trust Vol. 2*
Label: Fms

*New Spring*
Label: Fms

*On the Rise*
Label: Fms

*Opening Moves*
Label: Tropic

*Quiet Days*
Label: Fms

*Rain, Hail or Shine*
Label: Fms

*Stand Easy*
Label: Fms

*There's a Buzz*
Label: Fms

*Threads*
Label: Fms


## Capercaillie

Capercaillies Sängerin Karen Matheson gilt als eine der führenden modernen keltischen Vokalistinnen; Michael Caton-Jones würdigte ihr Talent, indem er sie für seinen Spielfilm »Rob Roy« nicht nur vors Mikrofon, sondern auch vor die Kamera holte. Die Musik der Gruppe erweckt traditionelles Musikgut in modernen Arrangements zum Leben.

*Beautiful Wasteland*
Label: Survival; Vertrieb: Indigo

*The Blood is Strong*
Label: Survival; Vertrieb: Indigo

*Capercaillie*
Label: Survival; Vertrieb: Indigo

*Crosswinds*
Label: Green Linnet

*Delirium*
Label: Survival; Vertrieb: Indigo

*Dusk till Dawn (The Best of)*
Label: Survival; Vertrieb: Indigo

*Get Out*
Label: Survival; Vertrieb: Indigo

*Secret People*
Label: Survival; Vertrieb: Indigo

*Sidewalk*
Label: Green Linnet

*To the Moon*
Label: Survival; Vertrieb: Indigo

## The Cast
Simple, aber anrührende Song-Arrangements (u.a. »Auld Lang Syne«) eines jungen Duos.

*The Winnowing*
Label: Culburnie

## Duncan Chisholm

machte sich einen exzellenten Namen als Frontmann und Violinist der Rockformation »Wolfstone« aus Inverness und wandelt hier einmal auf Solopfaden.

*Redpoint*
Label: Copperfish

## Clan Alba

Wer einmal ein Konzert der Reihe »The Scottish Folk Concert« besucht hat, die jedes Frühjahr durch Deutschland tourt, kennt die meisten der Künstler, die sich zu diesem interessanten Samplerprojekt zusammengefunden haben: Dick Gaughan, Brian Mac-Neill, Fred Morrison, Sileas, Davy Steele, Mike Travis, Dave Tulloch.

*Clan Alba*
Label: Clan Alba

## Alasdair Fraser

Der Geiger Alasdair Fraser ist in Kanada beheimatet, befasst sich jedoch musikalisch hauptsächlich mit seinen schottischen Wurzeln.

*Dawn Dance*
Label: Culburnie Records

*The Driven Bow (mit Jody Stecher)*
Label: Culburnie Records

*Portrait of a Scottish Fiddler*
Label: Culburnie Records

*Skyedance (mit Paul Machlis)*
Label: Culburnie Records

**78th Fraser Highlanders Pipe Band**
Militärkapelle, deren Dudelsackspieler auch einen »Gastauftritt«
in »Der Ruf der Trommel« absolvieren.

*78th Fraser Highlanders Pipe Band*
Label: Lismor

*The Immigrant Suite*
Label: Lismor


**Ishbel MacAskill**
Sängerin von der Insel Skye, die traditionelles gälisches Liedgut in
behutsam modernisierter Fassung präsentiert.

*Sìoda*
Label: Skye


**Catherine-Ann MacPhee**
Traditionelle gälische Vokalistin

*I See Winter*
Label: Greentrax

*The Language of the Gael*
Label: Greentrax

*Sings Mairi Mhor*
Label: Greentrax


**The Poozies**
Frauenpower mit viel Humor von der englischen Folksängerin
Sally Barker, der irischen Ausnahme-Akkordeonistin Karen
Tweed und dem schottischen Harfen-Duo Mary MacMaster und
Patsy Seddon (Sileas).

*Chantoozies*
Label: Hypertension

*Danzoosies*
Label: Hypertension

## Runrig
Schottlands Exportschlager Nummer eins in Sachen Folk-Rock.

*Amazing Things*
Label: Chrysalis; Vertrieb: EMI

*The Best of (Long Distance)*
Label: Chrysalis; Vertrieb: EMI

*The Big Wheel*
Label: Chrysalis; Vertrieb: EMI

*The Cutter and the Clan*
Label: Chrysalis; Vertrieb: EMI

*The Gaelic Collection*
Label: Electrola; Vertrieb: EMI

*In Search of Angels*
Label: Col; Vertrieb: Sony

*Mara*
Label. Chrysalis; Vertrieb: EMI

*Once in a Lifetime (Live)*
Label: Chrysalis; Vertrieb: EMI

*Scotland's Pride (Runrig's Best)*
Label: Chrysalis; Vertrieb: EMI

*Searchlight*
Label: Chrysalis; Vertrieb: EMI

*Transmitting Live*
Label: Chrysalis; Vertrieb: EMI

## Sileas

Die Harfenistinnen Mary MacMaster und Patsy Seddon sind vielen Folk-Fans auch als die eine Hälfte des Damenquartetts »The Poozies« bekannt; in Schottland zählen sie zu den geschätztesten Expertinnen ihres Fachs.

*Beating Harps*
Label: Green Linnet

*Delighted with Harps*
Label: Lapwing

*Harpbreakers*
Label: Lapwing

*Play on Light*
Label: Fms


## Davy Spillane

ist ein irischer Flötist und Dudelsackspieler, der auf dem Soundtrack des Films »Rob Roy« zu hören war, im richtigen Leben keltischen Folk und Jazz-Klänge zu Fusion verquirlt und damit eines der besten Beispiele für die Lebendigkeit der keltischen Kultur abgibt.

*Out of the Air*
Label: Tara

*Pipedreams*
Label: Tara

*The Sea of Dreams*
Sm Import; Vertrieb: Sony

*Shadow Hunter*
Label: Tara

### Für den eingefleischten Jazzfan...

...vertonte der Glasgower Saxophonist Tommy Smith für das »Glasgow Jazz Festival« einen Gedichtzyklus von Edwin Morgan: *Beasts of Scotland* ist bei Linn Records erschienen.

### Für den Filmfan...

...verarbeitete John Sayles' Hauskomponist Mason Daring zahlreiche Motive aus dem gemeinsamen Melodienschatz der Iren und Schotten in seinem schlichten Soundtrack zu *The Secret of Roan Inish* (Label: Daring).

...sammelte Carter Burwell die Musiker der schottischen Top-Gruppe Capercaillie sowie (u.a.) den irischen Jazz-Folk-Flötisten Davy Spillane und die Geigerin Máire Breatnach um sich, als er den Soundtrack zu *Rob Roy* (Virgin Movie Music) einspielte, und das Ergebnis ist auch ohne Bilder hörenswert.

...erinnerten sich auch Trevor Jones und Randy Edelman des keltischen Erbes vieler amerikanischer Einwanderer, als sie den Soundtrack zu *Last of the Mohicans* (Polydor) komponierten. Das Akkordeonstück »The House in Rose Valley«, das im Film, aber nicht auf der CD vorkommt, wurde von Phil Cunningham, einem der bekanntesten Akkordeonvirtuosen der Welt, geschrieben und eingespielt und findet sich auf seiner CD *Airs & Graces* (Green Linnet).

### Für den Einsteiger...

...liefert der Narada-Sampler *Celtic Legacy* (Vertrieb: EMI) Kostproben moderner keltischer Musik aus Irland, Schottland, Wales, der Bretagne und Kanada. Mit: The Poozies, Máire Breatnach, Maighread Ní Dhomnaill, Altan u.a.

ANHANG IV

# Die Methadonliste

ICH BIN NUN EINMAL LANGSAM. Oder zumindest brauche ich sehr viel länger dazu, eins von diesen Büchern zu schreiben, als ein Leser braucht, um es zu lesen. Demzufolge haben mich schon einige Leute gefragt, ob es noch andere Schriftsteller gibt, die ähnliche Bücher schreiben wie meine, damit sie etwas zu lesen haben, während sie auf Jamies und Claires nächstes Abenteuer warten.

Ich hätte ein Problem damit, Bücher zu empfehlen, die den meinen *ähneln*, weil ich mich mit dem Gedanken angefreundet habe, dass meine Bücher einzigartig sind[1]. Allerdings gibt es noch viele andere Bücher, die einzigartig sind und die einem Leser, der meine Bücher mag, vielleicht auch gefallen.

Ich habe diese Liste in (grobe) Abschnitte unterteilt und mich dabei an den grundlegenden Elementen oder Genres der Bücher orientiert. Lesern, die die Zeitreise- bzw. die Fantasy-Elemente meiner Romane mögen, werden wahrscheinlich eher die unter »Fantasy« oder »Historische Fantasy« aufgelisteten Bücher gefallen, während diejenigen von Ihnen, die Freude an den historischen Details haben, vielleicht die »reguläre« Liste historischer Romane bevorzugen und sich für manche der anderen Bücher vielleicht weniger erwärmen können.

Dennoch kann ich die meisten Schriftsteller auf dieser Liste als Leserin nur begeistert empfehlen; ein paar habe ich noch nicht gelesen, habe aber nur Gutes über sie gehört. Die meisten Titel der Liste liegen auf Deutsch als Taschenbücher vor; einige sind so frisch, dass sie bei Drucklegung dieses Buches gerade als Hardcover erschienen oder noch bei deutschen Verlagen in Vorbereitung waren, wenige andere sind leider bisher nur im englischen Original erhältlich, sollen hier aber der Vollständigkeit halber dennoch genannt werden. Probieren Sie sie aus; ich hoffe, sie werden Ihnen gefallen!

# Historische Fantasy

Dies sind Bücher mit einer regulären historischen Basis, die sich mit Fantasy in den unterschiedlichsten Formen vermischt.

**Judith Merkle Riley**
*Die Vision*
*Die Suche nach dem Regenbogen*
*Die Zauberquelle*
*Die Hexe von Paris*

JMR schreibt historische Romane, die in verschiedenen Zeitperioden angesiedelt sind und sich durch einen Schuss Romantik und angenehmen Humor auszeichnen und exzellent recherchiert sind. All ihre Geschichten sind außerdem übernatürlich oder paranormal angehaucht.

**Vonda McIntyre**
*Am Hofe des Sonnenkönigs*

Vonda McIntyre ist eine bekannte, preisgekrönte Science-Fiction- und Fantasy-Autorin, doch dieses Buch ist eine sehr schöne Mischung aus einem regulären historischen Roman mit einem Schuss Fantasy. Der Sonnenkönig, der in Versailles eine Meerjungfrau gefangen hält? Faszinierend, intelligent und emotional packend.

**Connie Willis**
*Doomsday Book (nur englisch)*

Eine tolle Zeitreisegeschichte, die gute Science Fiction mit einer ausgesprochen akkuraten historischen Erzählung vermischt und zurzeit des Mittelalters in Britannien spielt. Sehr spannend und exzellent geschrieben.

**Tim Powers**
*The Stress of Her Regard (nur englisch)*

Ein sehr seltsames, aber sehr gutes Buch, das von dem Dichter Shelley und der Legende der Blut saugenden Lamia handelt. Enthält ein gewisses Maß an Blutvergießen und Gewalt, ganz zu schweigen von den Lamias. Spielt im neunzehnten Jahrhundert in England und Italien. Tolles Buch, aber nichts für Zimperliche.

## Fantasy

**Laurell K. Hamilton**
*The Anita Blake Vampire Hunter Series (nur englisch)*

Eine einzigartige Serie, die von den Abenteuern Anita Blakes erzählt, einer staatlich geprüften Vampirvernichterin und Zombie-Erweckerin, die – im Lauf der Serie – von einem Werwolf und einem Vampir umworben wird und so ziemlich sämtliche übernatürlichen Kreaturen bekämpft, von denen ich je gehört habe – und einige, von denen ich noch nicht gehört hatte. Extrem brutal und blutrünstig, doch dies wird nie zum Selbstzweck. Action nonstop, doch der interessante Aspekt der Serie sind die moralischen Fragen, die aufgeworfen werden, während die Hauptfigur ihren eigenen Fähigkeiten und ihrer Macht auf den Grund geht und sich zu fragen beginnt, worin eigentlich der Unterschied zwischen den Menschen und den Monstern besteht.

**Lois Master Bujold**
*Shards of Honor (nur englisch)*

Die Handlung spielt in der Zukunft, doch die Figuren und Werte stammen deutlich erkennbar aus dem Hier und Jetzt. Eine gute Abenteuergeschichte, in deren Zentrum eine starke Liebesbeziehung steht.

**Anne McCaffrey**

Eine exzellente Erzählerin – und sehr produktive Schriftstellerin –, in deren Geschichten es von Drachen, telepathischen Fähigkeiten und anderen abenteuerlichen Elementen wimmelt.

**Raymond Feist**
*Faerie Tale (nur englisch)*
*Die Midkemia-Serie*

Alle Bücher von Feist sind gut; die Midkemia-Bücher sind eine gute Empfehlung für Leser, die Spaß an einer Mischung aus Fantasy und Abenteuer haben. *Faerie Tale* ist ein Einzeltitel und – meiner Meinung nach – Feists interessantestes Werk, in dem sich Übernatürliches und Sexualität auf faszinierende Weise vermischen.

## Richard Adams
*Unten am Fluss*

Dieses Buch ist unterhaltsam und abenteuerlich und gibt Ihnen die Illusion, vollständig in einer anderen Welt aufzugehen – in diesem Fall einem Karnickelbau.

# HISTORISCHE ROMANE

## Jack Whyte
Jack Whytes Bücher (bis jetzt sind es sechs; auf Deutsch ist gerade der erste Band der Serie erschienen: *Der Himmelsstein*) spielen vor der Zeit König Arthurs in Britannien und es kommen durchaus Figuren wie Merlyn oder Arthur darin vor – doch es sind reine historische Romane ohne jede Spur von Fantasy oder Magie. Jack sagt dazu: »Ich wollte herausfinden, wie das verflixte Schwert in den Stein geraten ist – und wie der Knabe es herausgezogen hat –, ohne auf Zauberei zurückgreifen zu müssen.« Es ist ihm gelungen, und dabei zeichnet er ein detailgetreues, faszinierendes Bild von den Geschehnissen in Britannien, als die Römer dort ihre Zelte abbrachen, abmarschierten und es den zurückbleibenden römischen Siedlern überließen, mit den keltischen Eingeborenen zurecht zu kommen und um die Erhaltung dessen zu kämpfen, was sie unter Zivilisation verstanden.

## Dorothy Dunnett
*The Lymond Chronicles (sechs Bücher)*
*– davon auf Deutsch: Das Königsspiel*
*The Niccolo Series (acht Bücher)*
*– davon auf Deutsch: Der Frühling des Widders*

Dunnett schreibt dicke, fette, historische Romane – reich an Details mit gut durchdachter Handlung und überzeugenden Figuren.

Die Lymond-Bücher spielen im fünfzehnten Jahrhundert, die Niccolo-Bücher im vierzehnten Jahrhundert – beide Serien decken ein großes Terrain ab, darunter die meisten Länder Europas und das Mittelmeer. Dunnett ist eine dieser Autorinnen, die die Leute entweder lieben oder hassen; dazwischen gibt es nichts. Ihr Schreibstil ist sehr dicht, ihre Prosa oft anbetungswürdig – manchmal aber auch arg verklausuliert.

### Jennifer Roberson
*Herrin der Wälder*
*Lady of the Glen (nur englisch)*

*Herrin der Wälder* ist eine Neuerzählung der Robin-Hood-Legende aus der Sicht der Jungfer Marian (lassen Sie sich nicht einschüchtern, wenn Ihr Buchhändler Sie schief ansieht, weil Sie ein Buch mit einem *solchen* Cover kaufen wollen – in der Geschichte kommen keine spärlich bekleideten Sexbomben vor). *Lady of the Glen* ist ein reiner historischer Roman, der das Massaker von Glencoe beschreibt – und zwar ziemlich akkurat.

### Nigel Tranter
*The MacGregor Trilogy u.a. (nur englisch)*

Der Anfang 2000 verstorbene Tranter war in Großbritannien als Verfasser historischer Romane äußerst populär. *The MacGregor Trilogy* handelt von der Zeit der Jakobiten in Schottland, doch er hat noch dutzendweise andere, interessante Bücher geschrieben, die sich mit anderen Aspekten der britischen Vergangenheit befassen.

### Robert Louis Stevenson
Alt, aber bewährt. Falls Sie *Die Schatzinsel* oder *Entführt – Die Abenteuer des David Balfour* noch nicht gelesen haben, tun Sie sich den Gefallen.

### Morgan Llywelyn
Llywelyns Bücher (auf Deutsch ist nur ein Pferdebuch für Kinder erhältlich) handeln manchmal von Sagengestalten (z. B. *Red Branch,* das von Cuchullain erzählt) und manchmal von historischen Persönlichkeiten und Ereignissen (*1916*). Keltische Ge-

schichte ist ihr Spezialgebiet und ihre Bücher sind gut recherchiert und faszinierend.

## Charles Palliser
*Quincunx*

Hätte Charles Dickens Spaß daran gehabt, Rätselstorys zu schreiben, hätte er dieses Buch verfasst. Es ist ein gigantisches Werk mit diversen, sich kreuzenden (und spannenden) Handlungsfäden, geschrieben in einem ausgesprochen authentischen viktorianischen Stil. Sehr lebendig und höchst interessant – aber es ist keine leichte Lektüre (ungefähr anderthalb Kilo, würde ich sagen).

## Brian Moore
*Schwarzrock – Black Robe*

Dieses kleine Buch spielt im späten siebzehnten Jahrhundert; nüchtern geschrieben, aber sehr lebendig – die Geschichte eines jungen, französischen Jesuiten, der zu den Huronen geschickt wird, um sie zu bekehren und ihnen als Priester zu dienen.

# Historische Romanserien

Für alle Leser, die, wenn sie erst einmal etwas Tolles gefunden haben, möchten, dass es immer weitergeht. Dies sind exzellente Serien, die zum Teil auf historischen Ereignissen basieren, sie zum Teil aber auch nur als Kulisse für fiktive Abenteuer benutzen – jedoch ohne phantastische Anklänge.

## Patrick O'Brian
*Die »Aubrey/Maturin«-Serie* (z. T. auf Deutsch)

O'Brian (der ebenfalls leider im Januar 2000 verstarb) war der renommierteste Autor historischer Seefahrer-Romane. Seine Serie (das erste Buch ist *Kurs auf Spaniens Küste*) spielt zur Zeit der napoleonischen Kriege; die Hauptfiguren sind Kapitän Jack Aubrey und sein Freund und Schiffsarzt Dr. Stephen Maturin. Tolle Charaktere, wunderbar geschrieben, exzellente Verwendung historischer Details.

## C. S. Forester
*Die »Horatio Hornblower«-Serie*

Nicht ganz so komplex wie O'Brian, aber dennoch ein guter Erzähler. Die Hornblower-Serie spielt zur selben Zeit im selben Milieu wie O'Brians Bücher – die britische Marine zurzeit der napoleonischen Kriege –, doch ihre Figuren und ihr Stil sind ganz anders.

## Sharon Kay Penman
Penman (deren Bücher leider nur auf Englisch erhältlich sind) schreibt über bedeutende Ereignisse der britischen (englischen und walisischen) Geschichte und benutzt dabei historische Persönlichkeiten genauso wie erfundene Figuren.

## Bernard Cornwell
*Die »Sharpe«-Serie (nur auf Englisch)*

Ich habe ein paar von Cornwells anderen Büchern gelesen, die ich gut recherchiert fand. Die Sharpe-Serie habe ich noch nicht gelesen – ich hebe sie mir als Belohnung für das nächste fertige Manuskript auf –, doch sie ist mir wärmstens ans Herz gelegt worden. Die Bücher spielen zur selben Zeit wie O'Brians und Foresters Romane, doch Sharpe erlebt die napoleonischen Kriege als Soldat, nicht als Seemann, und die Geschichten spielen zum Großteil an Land.

## George MacDonald Fraser
*Die »Flashman«-Serie (nur englisch)*

Flashman ist ein Mann, den man mit Wonne verabscheuen kann. Ein Schuft, Betrüger, Aufschneider und Erzschurke, der unter den Anfeuerungsrufen der Leser fröhlich sein Unwesen in der Geschichte treibt. Diese Bücher haben nicht nur bemerkenswerten Unterhaltungswert, sie sind auch ausgesprochen gründlich recherchiert und durch amüsante Fußnoten ergänzt. Flashmans Laufbahn erstreckt sich über den Großteil des neunzehnten Jahrhunderts und über mehrere Kontinente.

**Winston Graham**
*Die »Poldark«-Serie (z. T. auf Deutsch)*

Sehr gelungene historische Seifenoper mit sympathischen Figuren; spielt Ende des achtzehnten Jahrhunderts in Cornwall.

## Historische Krimis

**Anne Perry**
Von Anne Perry gibt es zwei Romanserien, die beide im viktorianischen London spielen. Die Hauptfiguren der einen Serie sind das Ehepaar Thomas (ein Polizist) und Charlotte Pitt. Die andere Serie handelt von Edward Monk, einem Polizisten, der im ersten Buch (*Das Gesicht des Fremden*) im Krankenhaus aufwacht, ohne sich erinnern zu können, wer er ist oder wie er dort hingeraten ist. Beide Serien vermitteln ein detailliertes Bild der Periode und ihrer sozialen Probleme; die Handlung ist gut konstruiert.

**Steven Saylor**
Saylors Serie handelt von Gordianus, dem Sucher, und spielt im ersten Jahrhundert vor Christus in Rom. Saylors literarischer Stil ist exzellent, sein Gespür für den Alltag im alten Rom bemerkenswert.

**Lindsey Davis**
Noch eine Serie, die im antiken Rom spielt und von Marcus Didio Falco, einem Schnüffler aus dem vierten Jahrhundert vor Christus, und seiner ständigen Begleiterin Helena Justina handelt. Sehr viel leichter als Saylors Bücher und Geschmackssache; manche Leute haben Spaß an ihrem nicht ganz ernst gemeinten, modernen Tonfall, andere nicht.

**Sharan Newman**
Die »Catherine LeVendeur«-Serie spielt im mittelalterlichen Frankreich. Sympathische Figuren, humorvoller Stil und ein gutes Gespür für die damalige Zeit.

**Barbara Hambly**
*Die Farben der Freiheit*
*Schatten am großen Strom*

Fantasy-Fans ist Barbara Hambly ein Begriff, doch außerdem schreibt sie historische Krimis, die in New Orleans spielen.

## Bruce Alexander
*Der Zorn des Gerechten*
*Die zweite Wahrheit*
*Hinter geschlossenen Türen*

Eine Krimiserie, die im achtzehnten Jahrhundert in London spielt.

## Margaret Lawrence
*Hearts and Bones (dt. in Vorbereitung: Wenn das Eis bricht)*
*Blood-Red Roses*
*The Burning Bride*

Hannah Trevor arbeitet im ausklingenden achtzehnten Jahrhundert als Hebamme in einem Städtchen in Maine, wo sie mit ihrer kleinen, stummen Tochter lebt. Im ersten Buch der Serie gerät der Mann, der sie liebt, unter Mordverdacht, im zweiten Buch ist es Hannah selbst, die sich des Verdachtes erwehren muss. Glücklicherweise (für den Leser) hat Hannah lesen und schreiben gelernt, sodass sie in der Lage ist, Teile ihrer Geschichte mittels ihrer Tagebucheinträge selbst zu erzählen und so das ihre zur dichten, packenden Atmosphäre dieser außergewöhnlichen Bücher beiträgt. Eine starke, neue Stimme im Blätterwald.

## Walter Satterthwait
Von Walter gibt es eine zeitgenössische Krimiserie (Joshua Croft), die hervorragend ist, doch er hat auch eine Reihe von historischen Einzeltiteln geschrieben. Hier ist der deutsche Leser ausnahmsweise im Vorteil gegenüber dem amerikanischen: Sowohl »Miss Lizzie«, in dem Walter überzeugend in die Perspektive eines heranwachsenden Mädchens schlüpft, das in den Sommerferien die Bekanntschaft der vermutlichen Axtmörderin Lizzie Borden macht, als auch »Oscar Wilde im Wilden Westen«, in dem der irische Schriftsteller sich aufs Amüsanteste als Detektiv betätigt, sind in Amerika vergriffen, in Deutschland aber (in exzellenten Übersetzungen) noch zu haben. Zwei weitere Krimis, *Eskapaden* und *Maskeraden* schicken den Pinkerton-Detektiv Phil Beaumont in den Dreißigern auf Entdeckungsreise durch Europas Highso-

ciety, wo er Bekanntschaft mit Harry Houdini, Sir Arthur Conan Doyle, Ernest Hemingway, Gertrude Stein und anderen illustren, mit viel Humor porträtierten Gestalten schließt.

### Dorothy L. Sayers

Eine der Autorinnen, die einen starken Einfluss auf meine eigene Arbeit ausgeübt hat. Zwar waren die »Lord Peter Wimsey«-Krimis ursprünglich keine »historischen« Krimis – als sie entstanden, waren sie zeitgenössisch –, doch sie gehören einfach zum Besten, was die Wiedergabe des sozialen und physischen Umfeldes, die lebensechten, dreidimensionalen Figuren, die spannenden Geschichten sowie das angeht, was mein Mann als »tiefere Bedeutung« bezeichnet (das heißt moralische Fragen, deren Tragweite über die eigentliche Handlung hinausgeht. »Hat es eine tiefere Bedeutung?«, fragt er mich, wenn ich ihm eine neue Szene zu lesen gebe).

## Zeitgenössische Romane

### Sharyn McCrumb

Die Appalachen-Serie:
*Und kehre ich je zurück*
*Am Ufer des Todes*
*Schatten über den Bergen*
*Ein Sarg aus Rosenholz*
*The Ballad of Frankie Silver (bis jetzt nur englisch)*

Von McCrumb gibt es eine leichtere, zeitgenössische Krimireihe, die mir ebenfalls gut gefällt, doch ich empfehle vor allem die »Balladen«-Romane, die in der Gegenwart in den Appalachen spielen, aber tief in der Vergangenheit dieser Region verwurzelt sind.

### Dana Stabenow

Stabenows Krimis sind gut konstruiert und haben eine faszinierende Hauptfigur: Kate Shugak, eine aleutische Ermittlerin, die allein in der Wildnis von Alaska lebt. Ich erwähne sie hier vor allem wegen der kunstvollen Darstellung der Details und der Emotionen einer anderen Kultur.

**Reginald Hill**
Einer der besten zeitgenössischen britischen Krimiautoren. Von Hill gibt es zwei Serien und ein paar Einzeltitel (auf Deutsch nur: *Unter Tage* sowie, in Vorbereitung, *Das Dorf der verschwundenen Kinder*); ich mag all seine Bücher, doch am besten gefallen mir die Krimis um Pascoe und Dalziel sowie seine neue Serie, deren Held Joe Sixsmith heißt.

**Stephen Hunter**
*Die Gejagten*

Der einzige Mensch, den Lamar Pye respektiert, ist er selbst. Der einzige Mensch, den er liebt, ist sein geistig zurückgebliebener, schutzbedürftiger Vetter Odell. Der einzige Mensch, von dem er etwas will, ist der opportunistische Zeichner Richard, der die Vorlage für Lamars Jahrhundert-Tattoo liefern soll. Als diese drei aus dem Gefängnis ausbrechen, hinterlassen sie eine Blutspur, die das provinzielle Amerika erschüttert. Dummerweise ist der Cop, der ihre Verfolgung aufnimmt, auch nicht annähernd aus so standfestem Holz geschnitzt – und Stephen Hunter macht es dem Leser nicht leicht, seine Sympathien richtig zu verteilen. Ein packender Thriller mit viel grimmigem Humor und einem etwas anderen Verständnis von Gut und Böse.

**Don Winslow**
*California Fire and Life*

Dieses Buch hatte bei Drucklegung noch keinen deutschen Verlag gefunden, wurde aber gerade unter die Lupe genommen. Jack Wade, Gutachter bei einer kalifornischen Versicherung, braucht erst gar keine Lupe, um festzustellen, dass beim Brand von Nicky Vales Haus etwas nicht mit rechten Dingen zugegangen ist. Wie tief allerdings der Sumpf ist, der sich vor ihm auftut, das ahnt Jack erst, als seine sturköpfige Weigerung, den Fall ruhen zu lassen, ihn selbst mitten ins Kreuzfeuer befördert hat. Knappe Prosa, pointierte Dialoge, treffsicherer Sarkasmus und ein starkes Gerechtigkeitsempfinden charakterisieren dieses Buch, das Winslow hoffentlich aus der Geheimtipp-Ecke ins Rampenlicht befördern wird.

# Romane aus Schottland

**Iain Banks**
*Inversionen*
*Förchtbar Maschien*
*Die Spur der toten Sonne*
*Die Wespenfabrik*
*Träume vom Kanal*

Banks ist einer der populärsten modernen schottischen Schriftsteller. Einige seiner Bücher werden als Science Fiction gehandelt, andere ganz allgemein als Belletristik. Seine stilistische Bandbreite ist sehr groß, und er ist immens talentiert.

**M. C. Beaton**
Die Krimiserie um Hamish Macbeth ist *sehr* leichte, schnelle Lektüre, besticht jedoch durch ihren beträchtlichen Charme und ihre Zuneigung für den langen, hageren, rothaarigen Highlandpolizisten, der ihr Held ist (und in der TV-Serie von keinem Geringeren als Robert Carlyle dargestellt wird – die Bücher sind bislang nur auf Englisch erhältlich).

**William MacIlvanney**
McIlvanneys Bücher bewegen sich am anderen Ende der literarischen Skala; drei von ihnen drehen sich um den Glasgower Polizisten John Laidlaw (auf Deutsch ist *Laidlaw* erhältlich), das vierte, *The Kiln,* ist ein autobiografischer Roman, ebenfalls sehr gut. Sehr lyrisch, sehr hart – eine Kombination, die nicht einfach zu bewerkstelligen ist. Außerdem auch sehr schottisch.

**John Buchan**
*Die neununddreißig Stufen*
*John Macnab (nur englisch)*
*Classic Scottish Tales (nur englisch)*

**D. K. Broster**
*The Jacobite Trilogy*

Drei Romane, die zur Zeit der Rebellion von 1745 spielen.

**Andrew Greig**
*The Return of John Macnab*

Eine moderne Nacherzählung von John Buchans Geschichte; das heißt, eine andere (zeitgenössische) Geschichte, die jedoch auf dem ursprünglichen John Macnab basiert und einige derselben Themen behandelt.

**Irvine Welsh**
*Trainspotting*
*The Acid House*
*Der Durchblicker*
*Ecstasy*
*Drecksau*

Irvine Welsh ist nichts für schwache Nerven. Seine Bücher sind gleichzeitig erschreckend und zum Brüllen komisch. Und herzerweichend. *Trainspotting, Drecksau* (und Teile von *Der Durchblicker*) sind im Original zudem in Edinburgher Dialekt geschrieben, der der Gewöhnung bedarf und dem die Übersetzungen nur sehr bedingt gerecht werden.

**Ian Rankin**
*auf Deutsch nur: Verborgene Muster*

Rankins Krimiserie spielt in Edinburgh; ihre Hauptfigur ist Detective John Rebus. Harte Geschichten, aber wunderbar geschrieben. Starke Charaktere.

# LIEBESROMANE

Für alle, die am liebsten Liebesgeschichten lesen, folgen hier einige empfehlenswerte Autorinnen »reiner« Romanzen (Liebesgeschichten, in die keine anderen Genre-Elemente gemischt sind).

*Laura Kinsale (nur englisch)*
*Susan Elizabeth Phillips*
*Judith McNaught*
*Nora Roberts*

Ich habe keine einzelnen Titel erwähnt, da all diese Schriftstellerinnen sehr produktiv sind.

### Ungewöhnliche Bücher

Diese Bücher könnte ich nicht einmal annähernd beschreiben. Ich kann nur sagen, dass sie einzigartig sind und dass ich sie sehr interessant gefunden habe.

**Jeanette Winterson**
*Das Geschlecht der Kirsche*

**John Berendt**
*Mitternacht im Garten der Lüste*

**Manuel Puig**
*Der Kuss der Spinnenfrau*

**Tom Wolfe**
*Ein ganzer Kerl*

**Gabriel Garcia Márquez**
*Die Liebe in den Zeiten der Cholera*

Bis zum nächsten Buch – viel Spaß beim Lesen!

## Anmerkung

1  *Meine Lektorin hat schon öfter gesagt: »Diese Bücher müssen sich per Mundpropaganda herumgesprochen haben, weil sie zu verrückt sind, als dass man sie beschreiben könnte.«*

# Für Lesbia ...

»... Einmal erreichte mich die Anfrage eines Gefängnisinsassen, der mich um den vollständigen Text des Catull-Gedichtes bat, das Jamie in *Feuer und Stein* zitiert. Er habe diese Szene ausgesprochen romantisch gefunden, sagte er, und er würde das Gedicht gern als Geschenk für seine Frau kalligrafieren – da diese eine Menge durchgemacht habe und er sich wünschte, er könnte es wieder gutmachen ...«

## Carmen V

*Vivamus, mea Lesbia, atque ameus,*
*rumoresque senum severiorum*
*omnes unius aestimemus assis.*
*soles occidere et redire possunt:*
*nobis cum semel occidid brevis lux,*
*nox est perpetua una dormienda.*
*da mi basia mille, deinde centum,*
*dein mille altera, dein secunda centum,*
*deinde usque altera mille, deinde centum.*
*dein, cum mia multa fecerimus,*
*conturbabimus illa, ne sciamus,*
*aut nequis malus invidere possit,*
*cum tantum sciat esse basiorum.*

– Catullus (84? – 54 vor Christus).

(Leben lass uns, meine Lesbia, und lieben,
und jeder Einwand der gestrengen Alten
sei uns herzlich einerlei.
Die Gestirne können untergehen und wiederkehren,
doch ist unser kurzes Lebenslicht erst vergangen,
so erwartet uns die ewige Nacht.
Gib mir eintausend Küsse, darauf noch einmal hundert,
darauf noch einmal tausend, und nochmals hundert mehr,
dann noch einmal eintausend, und wiederum einhundert,
und haben wir schließlich die Vielzahl erfüllt,
überlassen wir uns ganz dem Vergessen,
auf dass selbst der böse Neider
beim Zählen der Küsse den Faden verliert.)

# Danksagung

Wie üblich, möchte sich die Autorin bedanken bei

… ihrem Ehemann, der zu sagen pflegt: »Ja, aber wann bekommst du denn wieder einmal ein *richtiges* Buch fertig?« (Ich arbeite daran. An dem Buch. An den Büchern. Wie auch immer. Bald. Na ja, jedenfalls sobald ich kann. Zeit ist relativ, oder?)

… ihren Kindern, die immer noch dann und wann neunmalkluge Sprüche loslassen, inzwischen aber alt genug sind, um dagegen zu protestieren, dass diese in der Öffentlichkeit zitiert werden (Ihre – einhelligen – Worte waren: »*Wir* kommen in deinen Büchern vor? MUTTER! Unsere *Freunde* lesen diese Bücher!« Worauf ich geantwortet habe: »Dann sagt euren Freunden, ich finde, sie sind alle noch *viel* zu jung, um diese Bücher zu lesen!«).

… den üblichen Verdächtigen: dem altbewährten, stets im Wandel begriffenen Kreis meiner elektronischen Freunde (und den vielen, liebenswürdigen, flüchtigen Bekannten), die dafür sorgen, dass es mir nie an interessanten Tatsachen, unterhaltsamen Fragen, lebenswichtigen Informationen, geistreicher Konversation und faszinierendem Rohmaterial mangelt.

… den Lesern, die mich nicht nur zu diesem Buch angeregt haben, sondern auch für einen Großteil seines Inhalts verantwortlich sind, weil sie mich mit Fragen gelöchert haben, mir nahe gelegt haben, was sie am liebsten wüssten, und interessante Kleinigkeiten aller Art beigesteuert haben, wie zum Beispiel die keltische Discographie (als Begleitmusik zum Lesen der Bücher). Ganz zu schweigen von jenen, die mit mir über die Handlungsweise der Figuren in den Büchern diskutiert haben – als ob ich damit irgendetwas zu tun hätte!

Dieses Buch unterscheidet sich beträchtlich von meinen Romanen, und zwar nicht nur in Bezug auf seinen Inhalt, sondern auch auf sein Aussehen und auf sein Wesen. Normalerweise ist das einzig Wichtige an einem Buch die Handlung, und die technischen Details wie das Layout und die Redaktion sind zwar mit Sicherheit nicht unwichtig, aber sie sind nicht das Wesentliche. Dieses Buch dagegen ist beileibe nicht nur die Summe seiner Worte, es ist vielmehr das Resultat der Hingabe einer Vielzahl talentierter (und geduldiger) Mitstreiter an meiner Seite, darunter:

…Barbara Schnell, meine deutsche Übersetzerin, die mir auch zahlreiche Fotos von den Highlands rund um Lallybroch zur Verfügung gestellt hat.

…Carlos und Deborah Gonzales, deren künstlerische Magie Visionen in Wirklichkeit verwandelt hat.

…Dr. James Brickell, der im Jahr 1733 von Schottland nach North Carolina emigrierte und sich die Mühe gemacht hat, Zeichnungen der Flora und Fauna anzufertigen, auf die er unterwegs gestoßen ist.

…Die australische Astrologin Kathy Pigou, die die Horoskope für Claire und Jamie angefertigt hat.

…Iain MacKinnon Taylor (und sein Bruder Hamish und seine Tante Margaret), der seinen Teil dazu beigetragen hat, das Aussterben der gälischen Mundart zu verhindern, indem er mir mit gälischen Übersetzungen, Aussprachehilfen, Definitionen und grammatikalischen Anmerkungen aushalf.

…Michelle LaFrance, die sich ebenfalls dem Fortbestand der gälischen Sprache verschrieben und mir eine Fülle nützlicher Quellen zur Verfügung gestellt hat.

…Das Personal und die Besucher des Roots-Forums bei CompuServe, die mir mit ahnenkundlichen Referenzmaterialien aller Art ausgeholfen haben.

…Die Kuratoren der *Scottish Academic Press,* die mir gestattet haben, diverse keltische Segenssprüche und Bittgebete aus den *Carmina Gadelica* vollständig zu zitieren.

…Der ungenannte Herausgeber des Newsletters *The Baronage Press,* der mir ausführliche und sachkundige Hilfe bei der Vorbereitung der Wappen und der ahnenkundlichen Anmerkungen geleistet hat, die die Stammbäume ergänzen.

…Judie Rousselle, Diane Schlichting, Fay Zachary, Tabbak, BC-Maxy, Sassenak und die anderen, die so liebenswürdig waren, mit ihren Web-Sites dafür zu sorgen, dass Jamie und Co. online eine ständige Vertretung besitzen – und ganz besonders Rosana Madrid Gatti, die die offizielle Diana-Gabaldon-Home-Page (von der jeder begeistert ist, der sie sieht) gestaltet hat und sie auch verwaltet.

…Virginia Norey (deren Name hier eigentlich mindestens in Neonbuchstaben stehen müsste), die das atemberaubende Layout der Originalausgabe dieses Buches entworfen hat, ganz zu schweigen von den ergänzenden Illustrationen.

…Mark Pensavalle, der Produktionsleiter, der die Seiten dieses Buches mit seinem Blut und Schweiß getränkt hat (ich würde ja auch Tränen sagen, aber ich glaube, ganz so schlimm, dass er tatsächlich geweint hat, war es doch nicht).

…Johanna Tani, meine verantwortliche Lektorin. Sie hat genau die Wachsamkeit gehegt, die unabdingbar ist im Kampf gegen die Heerscharen von Fehlern, die ihre Nester in den Fugen eines Buches bauen und bei Tageslicht ausschlüpfen, wenn sich die Buchdeckel öffnen.

…Susan Schwartz, ohne deren herkulische Anstrengungen dieses Buch schlicht und einfach nicht existieren würde.

…Jennifer Prior, Korrektorin und damit eine der normalerweise unbesungenen Heldinnen der Buchproduktion.

…Die vielen anderen Menschen, die so viel zu diesem Buch beigetragen haben: Ann Fraser, der ich Details des Stammbaums der

Frasers von Lovat verdanke; Elaine Smith, von der ich die Muster auf dem Ring und einige Fotos bekommen habe; Stephen und Anne MacKenzie und Karen Jackson, die die Fotos von Schloss Leod beigesteuert haben, und all die anderen hilfreichen Seelen, die dieses Buch zu dem gemacht haben, was es ist (nämlich umfangreich).

Ich danke Euch allen!

Diana Gabaldon
http://www.cco.caltech.edu/~gatti/gabaldon/gabaldon.html

*Anmerkung zur Übersetzung:* Da die Inhaltsangaben im vorliegenden Buch kurze Zitate aus den Romanen enthalten, habe ich Frau Schnell gebeten, diese erneut zu übersetzen, um die stilistische Kontinuität in diesem Buch zu gewährleisten.

Diana Gabaldon
bei Blanvalet

# Feuer und Stein
*Roman. 799 Seiten.*

**Eine geheimnisvolle Reise ins schottische Hochland des
18. Jahrhunderts. Und eine Liebe, wildromantisch und
stärker als Zeit und Raum. Der farbenprächtige historische
Roman einer jungen Autorin, die Furore machen wird!**

Bereits mit ihrem Debütroman *Feuer und Stein*, dem
ersten, in sich abgeschlossenen Band der großen
Highland-Saga, riss Diana Gabaldon Leser und Kritiker zu
Begeisterungsstürmen hin: »Fesselnd und herzerwärmend!
Dieser großartige Roman erweckt Schottland und seine
Geschichte auf atemberaubende Weise zu neuem Leben.«
*(Publishers Weekly)*

# Diana Gabaldon
bei Blanvalet

# Die geliehene Zeit
*Roman. 979 Seiten.*

**Zwanzig Jahre lang hat Claire Randall ihr Geheimnis
bewahrt. Doch nun kehrt sie mit ihrer Tochter Brianna
nach Schottland zurück. Und mitten in den Highlands, auf
einem geheimnisvollen alten Friedhof, schlägt für sie die
Stunde der Wahrheit...**

*Die geliehene Zeit* – der zweite Band aus Diana Gabaldons
großer historischer Highland-Saga – wurde von Lesern und
Kritikern wiederum enthusiastisch gefeiert: »Prall, üppig,
lustvoll, kühn – und absolut süchtigmachend!«
*(Berliner Zeitung)*

Diana Gabaldon
bei Blanvalet

# Ferne Ufer
*Roman. 1088 Seiten.*

Ihre Liebe war stärker als Zeit und Raum – damals.
Werden sie jetzt das Feuer neu entfachen können? Auf der
Suche nach James Fraser, dem rebellischen Clanführer,
kehrt Claire Randall zurück ins schottische Hochland des
18. Jahrhunderts. Und stets sind Hoffnung, Mut und
unerschütterlicher Humor ihre Wegweiser beim Aufbruch
zu ungewissen, fernen Ufern...

Auch mit *Ferne Ufer*, dem dritten Roman der großen
historischen Highland-Saga riss Diana Gabaldon Leser und
Kritiker zu Begeisterungsstürmen hin: »Ein opulenter
Roman wie ein kunstvolles Mosaik. Und eine
ungewöhnliche und packende Liebesgeschichte!«
*(Library Journal)*

# Diana Gabaldon
## bei Blanvalet

# Der Ruf der Trommel

*Roman. 1200 Seiten.*

Nach einer langen, abenteuerlichen Reise landen Claire
Randall und James Fraser in den amerikanischen Kolonien
des achtzehnten Jahrhunderts. Doch der Atem der
Vergangenheit reicht weit. Denn auch ihre Tochter Brianna
ist dem Ruf der Trommel gefolgt – nicht nur auf der Suche
nach der Vergangenheit und nach dem Vater, den sie nie
gesehen hat, sondern auch aus Angst vor einer Zukunft,
die nur sie allein kennt...

Mit diesem, dem vierten Roman der großen historischen
Highland-Saga stürmte Diana Gabaldon die
*Spiegel*-Bestsellerliste! »Unterhaltsam, humorvoll und
farbenprächtig. Ein Lesevergnügen ganz besonderer Art!«
*(Norddeutscher Rundfunk)*

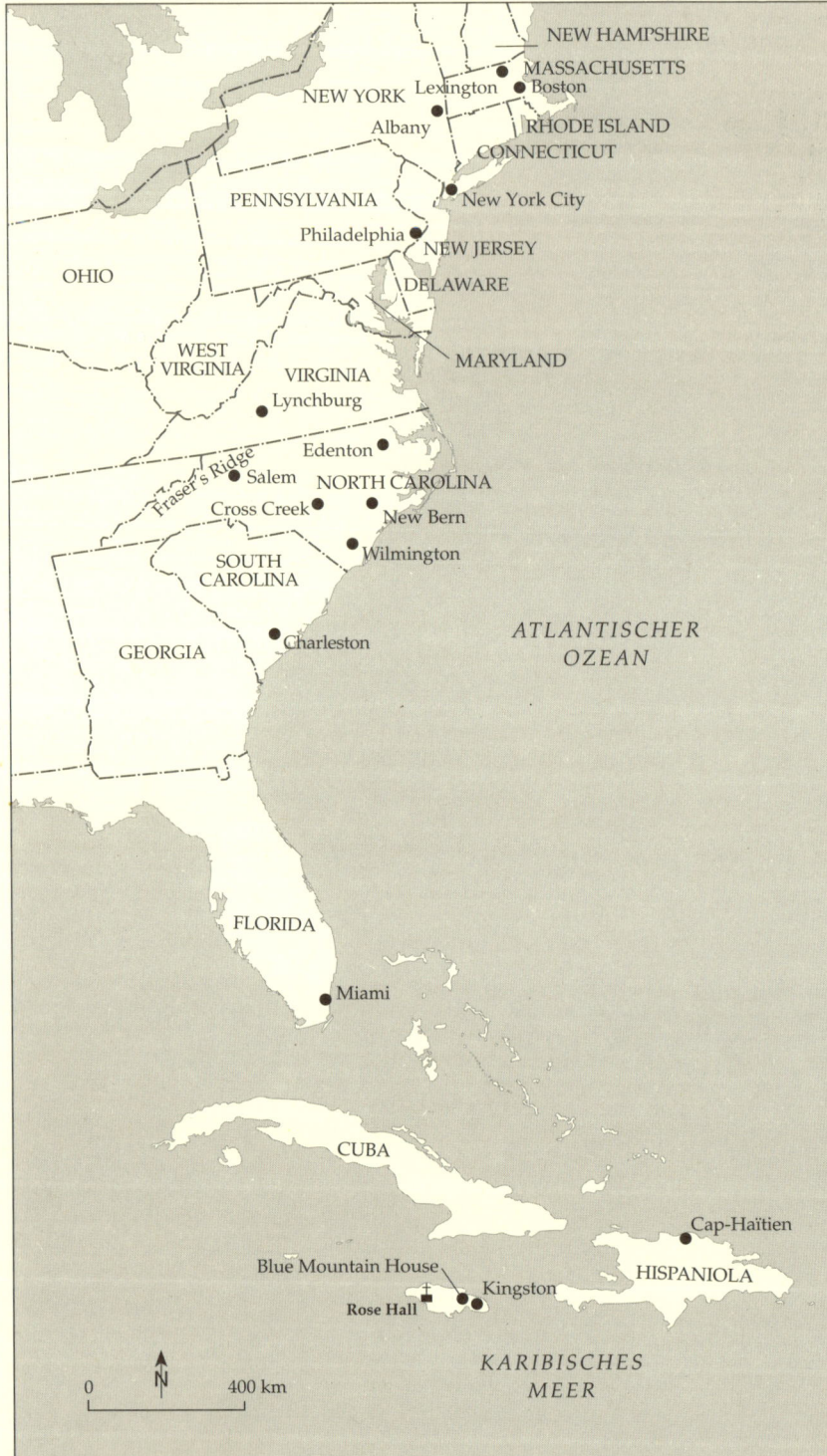

NEW HAMPSHIRE

MASSACHUSETTS

Lexington
Boston

NEW YORK

Albany

RHODE ISLAND

CONNECTICUT

PENNSYLVANIA

New York City

Philadelphia

NEW JERSEY

OHIO

DELAWARE

WEST
VIRGINIA

MARYLAND

VIRGINIA

Lynchburg

Edenton

Fraser's Ridge

Salem

NORTH CAROLINA

Cross Creek

New Bern

SOUTH
CAROLINA

Wilmington

GEORGIA

Charleston

ATLANTISCHER
OZEAN

FLORIDA

Miami

CUBA

Cap-Haïtien

HISPANIOLA

Blue Mountain House

Kingston

Rose Hall

KARIBISCHES
MEER

0          400 km
N